Ullstein

Das Buch

Der Verwaltungschef von Orange County, Will Trona, ist ein mächtiger Mann. Seine Geschäfte wickelt er oft im Schutze der Dunkelheit ab. Für gewöhnlich wechseln dabei große Taschen voller Bargeld die Besitzer. Wills Schutz bei diesen nächtlichen Transaktionen ist sein Adoptivsohn Joe, den er einst aus dem Waisenhaus holte, wofür Joe ihm immer dankbar sein wird.
Eines Abends schlägt jedoch ein Geschäft fehl und Will wird vor den Augen seines Sohnes erschossen. Joe beginnt mit der rastlosen Suche nach den Mördern seines Vaters. Dabei muss er sich ein letztes Mal mit der eigenen schmerzhaften Vergangenheit auseinander setzen ...

Der Autor

T. Jefferson Parker wuchs in Kalifornien auf. Nach seinem Studium arbeitete er als Journalist, spezialisiert auf Polizeiberichterstattung. Er lebt mit seiner Familie in Fallbrook, Kalifornien. Für *Der stille Mann* erhielt T. Jefferson Parker den begehrten Edgar Award in der Kategorie »Bester Roman«.

Für Fritz und Flo,
die mich noch immer zu sich einladen,
obwohl sie mich länger kennen als ich mich selbst

Kapitel eins

»Drück auf die Tube, Joe. Mary Ann leidet mal wieder unter Depressionen; deshalb will ich bis zehn zu Hause sein.«

Das war mein Boss, Will. Will Trona, Verwaltungschef des ersten Bezirks von Orange County. Mary Ann war seine Frau.

»Ja, Sir.«

»Erzähl mir was, während du fährst. Bist du bewaffnet?«

»Wie üblich.«

Will war angespannt. Das war er in letzter Zeit öfter. Er setzte sich wie immer neben mich. Hinten nahm er nur Platz, wenn er eine Besprechung hatte. Sonst saß er vorn, wo er die Straße, das Armaturenbrett und mich im Auge behalten konnte. Er hatte ein Faible für Geschwindigkeit und liebte es, wenn ich aus einer Kurve heraus beschleunigte, so dass sein Kopf in die Kopfstütze gepresst wurde. Ständig fragte er mich, wie ich es schaffte, die Kurven so schnell zu nehmen, ohne von der Straße abzukommen.

Ich gab ihm immer die gleiche Antwort: »Langsam hinein, schnell heraus.« Das lernt man in der Fahrschule als Erstes über das Kurvenfahren. Aber mit einem guten Auto kann man Dinge anstellen, die kaum jemand für möglich hält.

Wir fuhren von Wills Haus in Tustin Hills die Berge hinunter. Es war Mitte Juni und vor der Abendsonne hing ein pinkfarbener Schleier aus Wolken und Smog. Oben in Tustin Hills gab es eine Menge neuer Häuser, aber Wills Haus gehörte nicht dazu. Verwaltungschefs verdienen zwar anständig und genießen darüber hinaus einige Vergünstigungen, doch Orange County ist eine der teuersten Gegenden des Landes. Im Vergleich zu den Häusern der Umgebung wirkte Wills Haus abbruchreif. Doch eigentlich war es nur alt und schlicht. Ansonsten gab es nichts an ihm auszusetzen. Tatsächlich war es ein gutes Haus. Mehr als gut. Ich muss es wissen, denn ich bin in ihm aufgewachsen. Will ist mein Vater, gewissermaßen.

»Der erste Halt ist der Kulturverein«, sagte er mit einem Blick auf seine Uhr. »Medina traut sich wieder raus.«

Er sah mich nicht an, während er sprach. Stattdessen hatte er den Kopf zurückgelegt und die Augen halb geschlossen. Aber sie bewegten sich. Für gewöhnlich machte er den Eindruck, als würde ihm missfallen, was er sah. So als würde er es beurteilen und herauszufinden versuchen, wie man es verbessern konnte. Aber auf seinem Gesicht lag auch etwas wie Zuneigung. Und Besitzerstolz.

Jetzt griff er nach der zwischen seinen Füßen stehenden Aktentasche aus Leder, ließ sie aufschnappen, nahm einen schwarzen Terminkalender heraus, stellte sie wieder auf den Fußboden und begann sich Notizen zu machen. Er hatte die Angewohnheit, beim Schreiben zu reden. Manchmal nur mit sich selbst, manchmal mit mir. Da ich bei ihm lebte, seit ich fünf Jahre alt war, und abends für ihn arbeitete, seit ich sechzehn war, hatte ich zu unterscheiden gelernt, wann er Selbstgespräche führte und wann er mit mir sprach.

»Medina hat angeblich fünfhundert illegale Einwanderer in die Wählerverzeichnisse eintragen lassen, die einem Reporter der *Times* erklärt haben, sie seien zwar illegal hier, dürften aber trotzdem in den Vereinigten Staaten wählen. Das habe Medina ihnen erzählt. Und sie alle würden für mich stimmen, weil Medina es ihnen gesagt hat. Wie soll ich mich jetzt verhalten?«

Ich hatte schon darüber nachgedacht. »Distanziere dich davon«, antwortete ich mit einem Blick in den Rückspiegel. »Fünfhundert Stimmen sind den Skandal nicht wert.«

»Das ist kurzsichtig, Joe. Bösartig und dumm ist es. Dank Medina bekomme ich die Stimmen der Latinos und du meinst, ich sollte ihm den Laufpass geben? Wer hat dir beigebracht, so mit deinen Freunden umzugehen?«

Will spielte immer den Lehrer. Ständig testete er, prüfte, diskutierte – oder sprach etwas aus, nur um zu hören, wie es sich anhörte und ob er es selbst glaubte oder nicht.

Manche Dinge sah ich mittlerweile genauso wie er, in anderen würde ich nie mit ihm übereinstimmen. Will Trona hatte mich zu dem gemacht, was ich war, aber selbst er hatte seine Grenzen. Ich war nicht einmal halb so alt wie er. Ich hatte noch viel vor mir.

Doch eines hatte er mich gelehrt: dass man sich schnell entscheiden und mit seiner ganzen Kraft hinter dieser Entscheidung stehen muss. Und wenn man später seine Meinung ändert, sollte man mit aller Kraft *diese* Entscheidung vertreten. Man darf keine Angst haben, sich zu irren. Will hasste zwei Dinge: Unentschlossenheit und Halsstarrigkeit.

Also sagte ich: »Du brauchst die Latinostimmen, um den ersten Bezirk zu gewinnen. Das ist klar. Aber diese Stimmen werden dir nicht verloren gehen. Die Leute lieben dich.«

Will schüttelte den Kopf und schrieb weiter. Er war ein ansehnlicher Mann, gut gebaut, kräftiger Nacken, breite Brust und Hände, die durch die Sommer, in denen er auf dem Bau gearbeitet hatte, um nach der Rückkehr aus Vietnam sein Studium zu finanzieren, stark und dunkel geworden waren. Zurückgekämmte schwarze Haare, die an den Schläfen grau wurden. Blaue Augen. Wenn er einen ansah, dann mit dem gleichen Ausdruck wie im Auto, den Kopf leicht zurückgelegt, fast schlafend, aber mit aufmerksamem Blick. Und wenn er lächelte, dann gaben die Spuren von vierundfünfzig Jahren seinem Gesicht einen Ausdruck, der die Leute davon überzeugte, dass er sie kannte und mochte. In den meisten Fällen stimmte das auch.

»Joe, achte heute Abend auf Medina. Mund zu, Augen auf. Du könntest etwas lernen.«

Mund zu, Augen auf. Du könntest etwas lernen. Eine von Wills ersten Lektionen.

Er klappte den Terminkalender zu und steckte ihn wieder in die Aktentasche. Nachdem er die Tasche geschlossen hatte, warf er einen Blick auf seine Uhr. Dann lehnte er sich an die Kopfstütze, senkte die Augenlider halb herab und verfolgte, wie der Boulevard der weißen Mittelschicht von Tustin zur Straße der Latinos von Santa Ana wurde.

»Wie war die Arbeit heute?«

»Ruhig, Sir.«

»Dort ist es immer ruhig. Bis es einen Kampf gibt oder Rassenunruhen ausbrechen.«

»Ja.«

Tagsüber war ich Deputy der Polizei von Orange County. Wie alle neuen Deputys arbeitete ich im Zentralgefängnis. Vier Jahre Gefängnisdienst hatte ich schon hinter mir. Noch ein Jahr, dann würde ich zum Streifendienst versetzt werden und ein richtiger Polizist werden. Ich war vierundzwanzig.

Deputy war ich geworden, weil Will es so gewollt hatte. Bevor man ihn zum Verwaltungschef gewählt hatte, war auch er Polizist gewesen. Er fand, Polizist zu sein sei das Richtige für mich. Außerdem hielt er es für nützlich, ein »Ohr« im Büro des Sheriffs zu haben.

Die Räume des Hispano-Amerikanischen Kulturvereins befinden sich in der Fourth Street, nicht weit vom Zentralgefängnis. Es ist Jaime Medinas Terrain. Der Kulturverein tut Gutes – er verteilt Geld und Waren an arme Latinos, gewährt bedürftigen Studenten Stipendien, hilft bei der Einbürgerung, bietet Familien in Notlagen Schutz und so weiter.

Aufgrund des Missverständnisses über das Wahlrecht von Medinas Beinahe-Staatsbürgern spielte der Bezirksstaatsanwalt allerdings mit dem Gedanken, den Verein wegen Verschwörung und Wahlbetrug schließen zu lassen. Letzte Woche hatte man die Vereinsräume durchsucht und auf den Titelseiten der Zeitungen waren Fotos von Anzugträgern erschienen, die Kartons zu einem Lieferwagen trugen.

Wegen des schwebenden Verfahrens hätte Will nicht dorthin gehen sollen. Zudem war er mit Philip Dent, dem Bezirksstaatsanwalt, befreundet – ein Grund mehr, sich herauszuhalten, solange die Untersuchung lief. Aber Will vertrat im Verwaltungsrat Medinas Bezirk und der war ohne die Stimmen der Latinos und ohne ihre Dollars nicht zu gewinnen. Eine politische Zwangslage, eine von Tausenden im Leben eines Verwaltungschefs. Früher oder später würde er Stellung beziehen müssen, denn Politik, das hatte Will mir früh beigebracht, bedeutete, Entscheidungen zu treffen.

»Jennifer wird etwas für uns haben, Joe. Schließ es in den Kofferraum ein, während ich mit Medina rede.«

»Ja, Sir.«

Ich bog vom Boulevard nach links ab, warf wieder einen Blick in die Spiegel und sah die *zapateria* an der einen Ecke und das Brautausstattungsgeschäft mit den in weiße Spitze gekleideten Puppen im Schaufenster an der anderen. Dann musterte ich die hinter uns fahrenden Autos und die Leute auf dem Bürgersteig. Auch ich war an diesem Abend etwas nervös. Lag etwas in der Luft? Vielleicht, wenn auch nichts Offensichtliches.

Trotz der hochgekurbelten Fenster und der laufenden Klimaanlage konnte man die mexikanische Musik aus der *discoteca* hören. Eine Polka auf Meskalin. Ein dunkelhäutiger Mann mit weißem Cowboyhut und weißen Stiefeln blieb am Bordstein stehen, um uns vorbeizulassen. Vielleicht erkannte er Will Tronas Auto, vielleicht auch nicht. Sein walnussfarbenes Gesicht war ausdruckslos; es hatte alles gesehen und nichts konnte es mehr beeindrucken.

Dann fuhr ich auf einen schmutzigen Parkplatz, der im Schatten eines riesigen Pfefferbaums auf der Rückseite des Kulturvereinsgebäudes lag. Wir traten in die angenehme Wärme hinaus und Will ging, die Aktentasche in der Hand, voran. Er trug wie üblich einen dunklen Anzug.

Die Hintertür war verschlossen, also hämmerte Will dagegen.

»Machen Sie auf, Jaime! *La Migra* – die Einwanderungsbehörde!«

Die Tür öffnete sich einen Spaltbreit und schwang dann ganz auf.

»Ihre Scherze sind noch nie gut gewesen.« Jaime war ein schlanker junger Mann mit hängenden Schultern und Schildpattbrille. Seine Khakihose schien ihm zwei Nummern zu groß zu sein. »Die Rassisten überfallen mich und Sie hauen ab.«

»Nun, jetzt bin ich wieder da. Kommen wir zum Geschäft. Ich hab's eilig.«

Medina drehte sich um und lief, mit Will und mir im Schlepptau, den Korridor hinunter.

Als sie ins Büro gingen und Jaime die Tür hinter ihnen zuzog, gab er durch ein kurzes Nicken zu verstehen, dass er meine Anwesenheit bemerkt hatte. Ich bin daran gewöhnt, übersehen zu werden, und habe nichts dagegen. Mit einem Gesicht wie meinem will man nicht, dass die Leute einen beachten. Gleich am Anfang hatte Will mir klar gemacht, dass die Leute wesentlich weniger darauf erpicht waren, mich anzustarren, als ich gedacht hatte. Er sagte, die meisten hätten Angst, auch nur hinzusehen. Er hatte Recht. Das war vor neunzehn Jahren, als er mich zum ersten Mal zu sich nach Hause mitnahm.

Ich ging durch eine Schwingtür am Ende des Korridors und sah mich in dem Raum um. Er enthielt sechs Arbeitsplätze: Schreibtisch, Telefon, Papierstapel und jeweils drei Stühle für Klienten. An einer Wand hing die amerikanische Flagge, an der gegenüberliegenden die mexikanische. Dazu Reiseplakate, Fußballposter, Stierkampffotos.

Stille.

Seit der Razzia kamen keine Hilfesuchenden mehr und außer Jennifer, Jaimes Stellvertreterin, arbeitete auch niemand mehr hier.

»Guten Abend, Miss Avila.« Ich nahm meinen Hut ab.

»Mr Trona. Guten Abend.«

Sie kam zu mir herüber, um mir die Hand zu geben. Sie war

eine schwarzhaarige Schönheit, dreißig, geschieden, zwei Kinder. Sanfte Finger. In den Bund ihrer Jeans war ein weißes Baumwollmännerhemd gestopft. Schmale Taille, hübsche gerade Schultern, schwarze Stiefel. Vor ein paar Monaten hatte sie nach einem Jahr ihren zimtbraunen Lippenstift gegen einen kirschroten eingetauscht.

»Will muss hier sein.«

»Sie sind in Jaimes Büro.«

Sie sah automatisch an mir vorbei in den Korridor, dann ging sie zu ihrem Schreibtisch zurück. Sie hatte etwas mit dem Boss. Das war eins der vielen Geheimnisse, die ich eigentlich nicht kennen sollte. Die Welt war voll von ihnen.

»Die Sachen für Sie stehen drüben an meinem Stuhl.«

»Ich werde sie holen, danke.«

Es war eine Tennistasche mit US-Open-Aufdruck, ein großes schwarzes Ding mit einem grellgelben Ball darauf. Und schwer. Ich trug die Tasche zum Auto hinaus und stellte sie auf dem Asphalt ab, während ich die Alarmanlage ausschaltete und den Kofferraum öffnete. Dann hob ich sie hinein, schloss den Kofferraum wieder ab und aktivierte die Alarmanlage.

Zurück im Haus, holte ich mir eine Zeitschrift aus dem Empfangsraum, rollte einen Schreibtischstuhl in den Korridor und setzte mich vor Jaimes Büro.

Medina: *Sie müssen mit Phil Dent reden, Mann ...*

Will: *Ich kenn ihn nur, Jaime. Er gehört mir nicht.*

Medina: *Richtig ... das ist nicht Ihr Job, mein ... Freund ...*

Jennifer ging, in eine frische Duftwolke gehüllt, an mir vorbei und steckte den Kopf durch die Bürotür, ohne vorher anzuklopfen.

»Kaffee, Bier? Hallo, Will.«

»Kaffee, bitte.«

Ohne einen Blick für mich übrig zu haben, rauschte sie wieder an mir vorbei und kam eine Minute später mit zwei Bechern in der einen Hand und einem Milchkännchen in der anderen zurück.

Nachdem sie im Büro verschwunden war, hörte ich Will irgendetwas murmeln, und alle drei lachten. Dann kam sie wieder heraus, schloss die Tür und sah mich an, als wäre ich gerade erst angekommen.

»Wollen Sie auch etwas, Mr Trona?«

»Nein, danke. Mir geht's gut.«

Sie stolzierte an mir vorbei zu ihrem Arbeitsplatz zurück.

Ich breitete die Zeitschrift auf meinen Knien aus, schaute aber nicht hinein. Meine Aufgabe war es, zu sehen und zu hören, nicht zu lesen. *Mund zu, Augen auf.*

Ich hörte den Verkehr auf dem Boulevard und das Summen der Klimaanlage. Draußen fuhr ein Auto vorbei, dessen Subwoofer so laut wummerte, dass ich die Bässe in der Brust spürte. Ich hatte noch immer das Gefühl, dass etwas nicht stimmte, wusste aber nicht, wieso. Vielleicht hatte Wills Stimmung auf mich abgefärbt. Ich ertappte mich oft dabei, dass ich seine Stimmungen nachempfand. Vielleicht weil er mich adoptiert hatte.

Ich hörte Jennifer eine Telefonnummer wählen.

Medina: *Da ist doch das ganze Geld aus dem Tabakvergleich, Mann … ungefähr eine Milliarde, und Sie sind –*

Will: *Diese Milliarde gehört nicht mir, sondern der Verwaltung, Jaime. Ich kann sie nicht einfach in einem Kopfkissenbezug weitergeben. Haben die neunzig nicht geholfen?*

Jennifer: *Gib mir Pearlita.*

Medina: *Jedes bisschen hilft. Aber was soll ich tun, wenn es alle ist? Dasitzen und zusehen, wie der Verein den Bach runtergeht? Wir brauchen das Geld für unsere Arbeit, Will. Wir brauchen es für Ausbildungsplätze, Anwälte, Lebensmittel – Mann, wir brauchen es für …*

Jennifer: *Okay, okay. Ja, er ist gerade hier.*

Medina: *… wir können nicht einmal etwas tun, wenn eine*

arme schwangere Latina einen Block von ihrer Wohnung entfernt überfahren wird. Wir können nichts tun, wenn ein guatemaltekischer Junge von faschistischen Strandcops aus Newport umgelegt wird. Uns sind die Hände gebunden, Mann. Uns steht das Wasser bis zum Hals.

Will: *Was passiert ist, ist schrecklich, Jaime. Ich weiß.*

Medina: *Dann finden Sie gemeinsam mit uns einen Weg, wie wir ihnen helfen können, Will.*

Ich hörte, wie Jennifer auflegte. Sie drehte sich zu mir um, aber ich sah nicht von der Zeitschrift auf.

Will: *Sie haben mir geholfen, Savannah zu finden, also wird sich Jack vielleicht Ihrer Sache annehmen. Und der Reverend wird auch ein gutes Wort für Sie und den Kulturverein einlegen. Ich habe es schon getan.*

Medina: *Wir brauchen mehr als gute Worte, Will.*

Die Bürotür öffnete sich und Medina führte uns mit verkniffener Miene den Flur entlang. An der Hintertür gab er uns beiden die Hand. Dann brachte Jennifer uns hinaus.

Will nickte mir zu, ich ging zum Auto, ließ den Motor an und schaltete die Klimaanlage ein. Ich konnte sie im Seitenspiegel sehen: Will in seinem dunklen Anzug und Jennifer in Jeans, Stiefeln und leuchtend weißem Hemd. Sie standen im Licht, das durch die offene Hintertür fiel, und redeten eine Weile miteinander. Will hatte seine Aktentasche auf dem Asphalt abgestellt.

Dann gab er ihr die Hand, wie er schon Millionen Hände geschüttelt hatte: mit offener Handfläche und vorgestrecktem Arm, den Kopf zum Zeichen des Willkommens und der Besitzergreifung lächelnd zurückgelegt.

»Ich liebe dich«, sagte sie.

Ich konnte es wegen der Klimaanlage zwar nicht hören, aber es war nicht schwer, die Worte von ihren kirschroten Lippen abzulesen.

Will griff in die Tasche und gab ihr die Geldscheine, die ich für ihn gezählt, gerollt und mit einem Gummiband zusammengebunden hatte. Die Rolle hatte ungefähr die Größe einer halb aufgerauchten Churchill – zwei Riesen, mit denen Jennifer einigen ihrer Freunde aus der Klemme helfen konnte.

»Ich liebe dich auch«, erwiderte er.

Wir verließen Santa Ana und fuhren nach Tustin zurück. Will dirigierte mich zur Highschool und ließ mich an den Tennisplätzen anhalten. Zu dieser Tageszeit war dort nicht viel los. Nur zwei waren belegt.

»Joe, nimm die Tennistasche aus dem Kofferraum und bring sie zum mittleren Platz. Dort stellst du sie auf die Bank.«

»Ja, Sir.«

Als ich zurück war, saßen wir ein oder zwei Minuten schweigend nebeneinander. Will schaute auf seine Uhr.

»Was ist in der Tasche, Dad?«

»Ruhe.«

»Ist das eine Antwort oder ein Befehl, Sir?«

»Reverend Daniel im Grove«, sagte er.

Der Grove Club wird von seinen Mitgliedern nur Grove genannt. Er liegt versteckt in den Bergen, an der Mautstraße 241, von der eine gewundene Privatstraße abgeht, die zu einem Tor führt, an dem zwei bewaffnete Männer Wache schieben – für gewöhnlich ein Nebenjob für Deputys. Von öffentlichen Straßen aus ist der Grove nicht zu sehen und ein Schirm aus riesigen Palmen, Platanen und Eukalyptusbäumen schützt ihn vor Blicken aus der Luft. Deshalb ist in der Presse oder den Fernsehnachrichten noch nie ein Bild von ihm veröffentlicht worden.

Das erste Stück der 241 legten wir mit hundertvierzig Stundenkilometern zurück. »Nehmen Sie die Mautstraße – denn das Leben ist kurz!«, verkündete eine elektronische Anzeigetafel. Von einigen anderen Autos abgesehen, waren die Leuchtbuchstaben das einzige Licht weit und breit.

Politisch hatte Will gegen alle vier Mautstraßen gekämpft, weil sie sich – obwohl die Öffentlichkeit sie reparieren und unterhalten sowie für ihre Benutzung exorbitante Mautgebühren zahlen muss – in Privatbesitz befinden. Die Gewinne fließen in die Kasse der TRA, der Mautstraßenagentur. TRA klingt nach einer Behörde, aber es ist keine, sondern ein Konsortium superreicher Bauunternehmer, die an den Mautstraßen schon Gebäude hochziehen, noch bevor der Asphalt trocken ist. Im Süden von Orange County kann man erleben, wie über Nacht eine halbe Stadt aus dem Boden gestampft wird.

Doch das war noch nicht alles. Die TRA hatte das Repräsentantenhaus des Staates dazu gebracht, nicht mehr für die Instandhaltung bestimmter öffentlicher Autobahnen in Orange County zu sorgen. Bis 2006 sollten sie weder ausgebaut noch repariert werden, was Benutzer auf die Mautstraßen trieb, da die verwahrlosten Autobahnen gefährlich und zudem sechs Stunden am Tag verstopft waren.

Obwohl Will diese Schlacht verloren hatte, war er nicht wirklich traurig. Schließlich konnte man auf den brandneuen Mautstraßen richtig Gas geben, und da Will dichten Verkehr hasste und Geschwindigkeit liebte, benutzten wir sie ständig.

Als wir die erste Mautstation passiert hatten, beschleunigte ich auf hundertneunzig Stundenkilometer. Will beugte sich herüber, um einen Blick auf den Tacho zu werfen, dann lehnte er sich wieder zurück und lachte leise in sich hinein.

»Gut so, Joe«, sagte er.

Ein halbes Jahr zuvor hatten sich Will und die anderen Verwaltungschefs eine zweihundertprozentige Erhöhung ihres Fahrzeugbudgets genehmigt, so dass Will einen BMW 750IL leasen konnte. Der Motor holt aus zwölf Zylindern 350 PS heraus. Es ist ein gutes Auto, nicht sehr wendig, aber schnell – der Motor erwacht bei neunzig Stundenkilometern zum Leben und macht über zweihundertfünfzig Spitze. Für eine große Limousine liegt der Wagen gut in der Kurve. Von null auf hundert schafft er es jedoch nicht sehr schnell – erst letzte Woche hatte mich eine Saleen Cobra an einer Ampel glatt stehen lassen.

»Ah«, stieß er leise hervor, »das tut gut.«

Als ich das Gaspedal voll durchtrat, schien der Wagen einen Augenblick innezuhalten, dann schoss er förmlich nach vorn. Die Tachonadel stieg auf zweihundertzwanzig und weiter auf zweihundertfünfundzwanzig. Bei zweihundertfünfzig wurde bei diesem Modell der Motor automatisch heruntergeregelt – jedenfalls sah es die Werkseinstellung so vor. Doch auf Wills Geheiß hatte ich einen Dinan-Chip eingebaut, der den Regler überbrückte. Außerdem erhöhte er die PS-Zahl auf dreihundertsiebzig. Ebenso wie ich liebte Will das gedämpfte Kreischen, das der Motor bei Vollgas von sich gab. Wenn die deutschen Pferde mit voller Kraft laufen, gibt es nichts, was ihnen gleichkommt.

»Manchmal, mein Sohn, wünschte ich, die Straße wäre zehntausend Kilometer lang. Dann könnten wir stundenlang so weiterfahren. Weg vom Grub. Ich hasse den Grub.«

Grub war Wills Abkürzung für den Grove Club. Er sah wieder auf seine Uhr.

»Ich weiß«, sagte ich.

Trotzdem war Will Mitglied des Klubs. Er musste es sein. Jemand wie er, der nicht davor zurückschreckte, den Einfluss des freien Unternehmertums zu beschneiden, war zwar nicht gerade der typische Grovianer, aber immerhin war er ein Politiker, der sich einen sündhaft teuren Wagen bewilligt hatte, um sich mit kriminellem Tempo zu quasiberuflichen Terminen chauffieren zu lassen, und das machte ihn zu einem Grovianer. Außerdem gehörte er – der Verwaltungschef des mächtigen ersten Bezirks – zur Regierung und die Regierung konnte ihren Einfluss im Sinne des Grove Clubs einsetzen. Also brauchte der Grove meinen Boss.

Will hatte mir anvertraut, dass er jeden Monat zwei Riesen Mitgliedsbeitrag zahlte, die vollständig von seinen Gönnern aufgebracht wurden, da kein ehrlicher Staatsdiener sich diesen Beitrag leisten konnte. Der größte Teil des Geldes wird in den Grove Trust eingezahlt, der es an sein Entwicklungs- und Aktionskomitee weiterleitet, eine nicht gewinnorientierte und daher von Steuern befreite Organisation.

Jahr für Jahr spuckt der Trust Millionen für Projekte und Verbände aus, die nach seiner Einschätzung für ihn von vitalem Interesse sind. Seine Interessen sind Macht und Profit. Doch er interessiert sich auch für andere Dinge. Letztes Jahr, zum Beispiel, hat er dem Kinderheim Hillview sechzigtausend Dollar gespendet, genug, um zwei Stellen mit mittlerem Einkommen für ein Jahr zu finanzieren. Ich halte viel von dem Heim und weiß, wie sehr es um Geld kämpfen muss. In Hillview habe ich den größten Teil der ersten fünf Jahre meines Lebens verbracht.

Zwei Polizisten außer Dienst kontrollierten uns und öffneten dann das Tor. Das Klubhaus lag anderthalb Kilometer vom Eingang entfernt in einem Tal zwischen den Bergen. Es ist im Stil einer Hazienda um einen großen Hof errichtet. Die von Bougainvilleen umrankten Rundbögen der Kolonnaden bestehen aus Ziegeln und Hohlsteinen. Das Haus selbst ist überwiegend in dunklen Farben gehalten.

Ich parkte den Wagen und folgte Will zum Eingang, wo ein weiterer Polizist außer Dienst unsere Namen in seine Kladde schrieb. Er wollte mich schon nach meinem Namen fragen, als ich meinen Hut zurückschob, um ihm zu zeigen, wer ich war. Aufgrund meines Gesichts besitze ich eine gewisse Bekanntheit. Es ist unverkennbar. Was mit ihm geschah, war eine große Sache, als ich ein Baby war.

Will ging voran in den Speiseraum, wo er einige Hände schüttelte. Ich hielt mich im Hintergrund und faltete meine vor dem Körper. Es war ein normaler Abend im Grove: An der Hälfte der Tische saßen überwiegend ältere Ehepaare; eine Menge graue Haare und Diamanten hoben sich von Smokingjacken und Abendkleidern ab. Drei große Bauunternehmer – einer baute Geschäfts-, die beiden anderen Wohnhäuser. Ein

Lobbyist der Bauindustrie, der früher einmal Verwaltungschef gewesen war. Zwei Abgeordnete, ein Senator, der Topberater des stellvertretenden Gouverneurs. Ein Quartett von Risikokapitalgebern. Ein Tisch mit Männern in den Dreißigern, die 1999 durch die Nasdaq zu Milliardären geworden waren.

Wir gingen in die Lounge hinauf, einen großen Raum mit einer Bar in der Mitte, Billardtischen und Nischen am Rand. Will setzte sich in seine übliche Nische, während ich ein Queue auswählte und zum nächstgelegenen Billardtisch ging, an dem ich mir die Zeit vertreiben und gleichzeitig lauschen konnte, ohne Wills Gesprächspartner nervös zu machen.

Ich schaute zum zweiten Stockwerk hinauf. In meinem Blickfeld befanden sich eine polierte Treppe und die Tür einer der Empfangssuiten, an die gerade ein Kellner klopfte. Dort oben ging es um die verschwiegeneren Dinge. Reiche Männer und ihre öden Geheimnisse. Ich war schon in all diesen Suiten gewesen.

Ich spielte ein gutes Break und verfolgte, wie drei Kugeln in den Taschen verschwanden.

Reverend Daniel Alter, ein gepflegter, grauhaariger Mann, war pünktlich auf die Minute. Er berührte im Vorbeigehen meinen Arm, sagte aber nichts. Ich beobachtete, wie er Will die Hand schüttelte, sich ihm gegenüber in die Nische schob und dann den Vorhang zuzog.

Reverend Alter betreibt eine riesige »Fernsehpfarrei«. Die Sendungen entstehen in seiner viele Millionen teuren »Kapelle des Lichts« hier in Orange County und werden in zahlreichen Ländern ausgestrahlt. Bestimmt haben Sie ihn schon gesehen, wie er eine seiner enthusiastischen Predigten hält. In seiner Show verkauft er christliche Produkte – von CDs und Erleuchtungsvideos bis zu tatsächlich aufleuchtenden »Kapelle des Lichts«-Schlüsselanhängern. Das eingenommene Geld ist steuerfrei und niemand weiß, wohin es geht, nicht einmal Will Trona. Das hat er mir jedenfalls gesagt.

Reverend Alter: *Hier, nimm schon.*

Will: *Gut, gut.*

Reverend Alter: *Die Reserve bringt uns noch um.*

Will: *Dann mach mehr Runs. Ich habe die Tasche von Jaime bekommen.*

Reverend Alter: *Hast du sie?*

Will: *Ich weiß, wo sie ist. Aber ich bin nicht sicher, ob ich den Leuten, die sie haben, trauen kann.*

Reverend Alter: *Was meinst du damit?*

Will: *Das wird sich zeigen.*

Reverend Alter: *Du hast deine Sache großartig gemacht, Will. Und Jack hat seinen Teil erledigt. Es wird alles gut gehen.*

Danach trat eine lange Pause ein, während ich die Zweierkugel quer über den Tisch stieß und in einer Ecktasche versenkte.

Reverend Alter: *Ich zähle auf dich. Möge Gott durch dich dieses Wunder vollbringen.*

Will: *Ich glaube nicht, dass dein Gott für dich irgendwelche Wunder vollbringen will, Daniel. Du hast ihn schon zu oft bemüht.*

Reverend Alter: *Hab dich nicht so, Will. Ich dachte, das wäre etwas für dich. Ist alles bereit?*

Will: *Es ist alles vorbereitet, Dan. Kein Bange.*

Reverend Alter: *Du weißt, Will, die Wege des Herrn sind unerforschlich.*

Damit zog Reverend Daniel den Vorhang auf und sie traten beide heraus. Der Reverend warf einen Blick auf den Billardtisch und schenkte mir dann die Andeutung eines Lächelns.

»Ich würde die Sechs empfehlen«, meinte er. »Mit viel Nachlauf.«

Will klopfte ihm auf die Schulter und der Reverend ging zur Bar hinüber.

Will blickte auf seine Uhr. »Gehen wir, Joe. Wir holen noch ein Paket ab, liefern es aus und dann ist endlich Feierabend. Was für ein Tag!«

Als wir die Lounge verließen, saß der Reverend neben einer

Frau mit glänzenden schwarzen Haaren an der Bar und schaute uns nach.

Während sich die Abendluft abkühlte, zog Nebel in dicken Schwaden vom Pazifik herauf. Typisches Juniwetter. Unten an der Küste nannten sie es Junitrübnis. Als die Berge hinter uns lagen und unsere Mobiltelefone wieder Empfang hatten, klingelte Wills Handy.

»Trona«, meldete er sich und lauschte dann einen Moment. »Du hast es bekommen, oder?«

Er hörte wieder zu, dann beendete er das Telefonat.

»Joe, das Paket ist in Anaheim, Lind Street 33. Gib dieser grandiosen Blechkiste die Sporen und bring uns hinüber. Junge, was bin ich froh, wenn dieser Tag vorbei ist.«

»Ja, Sir.« Ich warf einen Blick in die Spiegel und fragte: »Was ist in dem Paket, Boss?«

»Wir versuchen, Gutes zu tun.«

Als wir die Stadtgrenze von Tustin erreichten, klingelte Wills Telefon erneut. Er nahm das Gespräch an, hörte kurz zu und sagte dann: »Es geht alles seinen Gang. Ich tue, was ich kann. Aber auch ich kann Kohle nicht in Diamanten verwandeln.«

Seufzend klappte er das Handy zu.

Wir hatten Anaheim fast erreicht, als er eine Nummer wählte. »Sieht aus, als würden wir es pünktlich schaffen.«

Es war eine Wohnblock im hässlichen Teil von Anaheim. Will sagte mir, ich solle in der Gasse auf der Rückseite parken. Sie war so schmal, dass ein zweites Auto nur an mir vorbei kommen konnte, wenn ich den Wagen halb auf den Gehweg fuhr. Linkerhand lag eine Reihe von Carports und auf der rechten Seite erhob sich eine mit Graffiti bedeckte Betonsteinmauer. Nirgends rührte sich etwas. Nur der Nebel wallte durch die Gasse.

»Sei unfreundlich«, wies Will mich an. Das pflegte er zu sagen, wenn er mit Schwierigkeiten rechnete oder wenn er wollte, dass ich irgendwelche Leute einschüchterte.

Er blieb hinter mir stehen, als ich mit der Linken an die Tür klopfte. Die Rechte hatte ich unter die Jacke an den Griff einer der beiden fünfundvierziger Automatikcolts geschoben, die ich für gewöhnlich bei mir trage.

»Ja? Wer ist da?«

»Öffnen Sie die Tür«, sagte ich.

Die Tür ging einen Spaltbreit auf und eine dicke Frau blinzelte uns an. Als sie mich sah, riss sie die Augen auf.

Ich drängte sie in die Wohnung. Ihre Hände waren leer und hinter ihr bewegte sich nichts. Nur der Fernseher lief.

Sie betrachtete mein Gesicht, bis ich ihr zeigte, was ich unter meiner Jacke trug. Ihr Blick wanderte von der Kanone zu meinem Gesicht und wieder zurück. Gefangen gehalten von zwei Horrorbildern, beschloss sie, die Hände zu heben und die Augen auf den Fußboden zu senken.

Die Wohnung roch nach Speck und Zigaretten. Vor den Fenstern hingen Laken und der Teppich war bis auf die Dielen durchgetreten.

»Ich weiß nichts darüber, Mister. Sie sagen, ich soll kommen und Mädchen gucken, also ich komme und gucke. Ich weiß nicht ...«

»Ganz ruhig, Señora«, unterbrach Will ihren Redefluss. »Sie ist okay, Joe. Wo sind sie?«

Sie nickte in Richtung des Schlafzimmers. »Sie hier. Er nicht hier. Sie gucken fern.«

»Bleiben Sie stehen«, befahl ich ihr. »Was soll ich tun, Boss?«

»Hol sie her.«

Das Mädchen stand vom Fußboden auf, als ich hereinkam. Sie war klein, blond und blass und steckte in Jeans, weißen Turnschuhen und einem Cirque-du-Soleil-T-Shirt. Vielleicht zwölf Jahre alt.

Sie musterte mein Gesicht. Kinder tun das manchmal – mich einfach so anstarren. Viele schneiden eine Grimasse, einige fangen an zu weinen, andere rennen weg. Ich sah, wie Angst in ihre Augen stieg und ihr Kinn zu zittern anfing.

»Ich bin Joe.«

»Ich bin Savannah«, sagte sie leise.

Dann machte sie einen Schritt auf mich zu und streckte mir ihre kleine, zitternde Hand entgegen. Ich schüttelte sie. Dann zog ich die Hutkrempe etwas tiefer in die Stirn, um ihr weniger Angst einzuflößen.

»Wie geht es Ihnen?«, fragte sie.

»Ich weiß nicht genau. Kommst du trotzdem mit mir?«

Sie warf einen Pocahontas-Rucksack über die Schulter und ging voran. Auf der Treppe zur Gasse auf der Rückseite des Hauses griff ich wieder nach der Pistole. Will nahm das Mädchen an die Hand.

Ich öffnete die Türen auf der Beifahrerseite für sie und wartete, während Will Savannah den Rucksack abnahm, sie anschnallte, den Gurt für ihre Größe anpasste und ihr zeigte, wie die Armlehne aus dem Sitz geklappt wurde.

Angesichts dessen, was er sonst alles war – Ehemann, Politiker, Agitator, Manipulator, Träumer –, vergesse ich leicht, dass er auch Vater war – Adoptivvater und der großzügigste Vater, den man sich vorstellen kann.

Er hatte dem Mädchen die Hand auf die Schulter gelegt und sprach leise mit ihr, während einer seiner Füße aus dem Auto hing.

Scheinwerfer schwenkten in unsere Richtung und ich hörte, dass sich ein Auto von vorn näherte. Ohne Hast, nicht bedrohlich – wahrscheinlich ein Mieter auf dem Weg zu seinem Carport.

»Sir, wir sollten fahren.«

»Ich rede mit ihr.«

Ich hörte hinter uns ein zweites Auto und sah, wie das Scheinwerferlicht den glänzenden schwarzen Kofferraum des BMW erfasste.

Ich trat näher an die Fondtür heran. »Du solltest lieber einsteigen, Boss.«

»Ich rede mit Savannah.«

Ich sah mich um. Die Wagen näherten sich mit gleich bleibender Geschwindigkeit. Ohne Hast, ohne aufzublenden. Ohne uns zu bedrohen? Plötzlich hielten sie an. Fünfundzwanzig Meter vor uns, fünfundzwanzig Meter hinter uns. Sie verschwanden in einer Nebelschwade, tauchten wieder auf. Marke oder Modell der Autos konnte ich nicht erkennen, von den Nummernschildern ganz zu schweigen.

»Hier lauert Gefahr, Sir.«

»Wo?«

»Überall.«

Ich trat Wills Fuß ins Auto, schmiss erst die hintere und dann die Beifahrertür zu, während ich die Fernbedienung aus der Tasche zog.

Autotüren öffneten sich. Das Scharren von Füßen auf Asphalt.

Im Scheinwerferlicht des Autos vor uns sah ich drei Gestalten durch die Nebelschwaden auf uns zukommen. Eine große und zwei kleinere – lange Mäntel, hochgeschlagene Kragen, verborgene Gesichter.

Ich riss die vordere Tür auf, schaltete die Scheinwerfer ein und warf die Tür hinter mir zu. Dann verriegelte ich alles mit der Fernbedienung und griff mit der Rechten nach einer meiner Fünfundvierziger. Als ich mich umsah, tauchten im Scheinwerferlicht des Autos zwei weitere Mäntel auf. Ich legte die Linke auf den Griff der anderen Automatik, so dass ich die Arme vor der Brust gekreuzt hatte, als ob mir kalt wäre.

Vor uns ertönte eine tiefe, volle Stimme. Weil sie in der engen Gasse zwischen Mauer und Carports widerhallte, war sie kaum zu orten, dafür aber umso besser zu hören.

»Will! Ah, Will Trona! Lassen Sie uns reden!«

Will war aus dem Auto gesprungen, bevor ich ihn zurückhalten konnte.

»Pass auf Savannah auf!«, rief er mir zu. »Ich werde uns diesen Abschaum vom Hals schaffen.«

Ich stieg aus, schloss die Tür und trat hinter ihn. Aber er fuhr herum und zischte mir zu: »*Ich sagte, pass auf das Mädchen auf, Joe! Also pass auf sie auf!*«

Ich blieb zurück und beobachtete, wie er sich von mir entfernte. Im Kreuzfeuer der Scheinwerfer sah er wie ein bleicher Schatten aus.

Der Große trat vor. Sein Gesicht war nicht zu erkennen; ich konnte noch nicht einmal sein Alter schätzen. Die Hände hatte er in den Manteltaschen vergraben.

Die beiden Typen hinter mir hatten sich nach links bewegt, so dass ich zwischen ihnen und unserem Wagen stand. Ihre Maschinenpistolen hielten sie mit gesenkten Läufen dicht an den Mänteln.

Sie rührten sich nicht.

Wir saßen in der Falle und es gab nichts, was ich hätte tun können, außer dazustehen und die Augen offen zu halten.

Will blieb zwei Meter vor dem Mann stehen, stemmte die Fäuste in die Hüften und stellte die Füße ein wenig auseinander.

Mit den Motorengeräuschen und Abgasen wehten Worte zu mir herüber. Ich entriegelte mit der Fernbedienung die Wagentüren, beugte mich ins Auto und schaltete die Innenbeleuchtung aus.

»Was ist los, Joe?«, fragte das Mädchen. »Ich kann nichts sehen.«

»Sei jetzt still. Ganz still.«

»Okay.«

»... schwer, mit Ihnen Schritt zu halten, Will Trona ...«

Die Stimme hatte einen merkwürdigen Tonfall, eine fast fröhliche Betonung der Silben. Es wirkte künstlich, wie eine Fremdsprache, die der Sprecher irgendwann gelernt hatte.

Will: *Wer, zum Teufel, sind Sie?*

... das Mädchen im Auto?

Will: *Gehören Sie zu Alex? – Sie gehören zu Alex.* Lachen. *Der kleine Scheißkerl hat wohl die Hosen zu voll, um sich zu zeigen, was?*

Dann wieder Will: *Wir haben einen Deal. Machen Sie, dass Sie hier wegkommen.*

Jetzt ist das der Deal.

Damit beugte sich der Große vor und eine scharfe Explosion krachte durch die Gasse. Will fiel auf die Knie und sackte nach vorn.

Ich riss die Fondtür auf, sprang ins Auto, öffnete Savannahs Gurt und schob sie über die Sitzbank auf die andere Seite.

Durch die Windschutzscheibe sah ich, wie der Große einen Schritt nach vorn machte. Ich drückte die gegenüberliegende Tür auf, kletterte um Savannah herum und zog sie an einem Arm aus dem Auto.

»Was ist los? Ist mit Will alles in Ordnung?«

»Pscht.«

Während ich das Mädchen herauszog, sah ich mich um, gerade rechtzeitig, um mitzubekommen, wie der Arm des Großen nach unten zielte. Ein zweiter lauter Knall. Wills Kopf zuckte einmal und Rauch stieg im grellen Scheinwerferlicht in den Nebel auf.

»Savannah«, flüsterte ich, »gleich musst du rennen! Wenn es zweimal hupt, bin ich das. Zweimal hupen, das bin ich!«

Damit hob ich sie hoch, schwenkte sie über die Betonsteinmauer und ließ sie los. Ich hörte, wie sie auf dem Boden aufkam. Dann schnelles Trappeln.

Die Schritte der Männer hinter mir wurden lauter. Ich ließ mich aufs Pflaster fallen, zog eine Pistole und glitt in den Fond des dunklen Wagens zurück. Die beiden Männer kamen schnell näher, die Maschinenpistolen im Anschlag. Sie schauten auf die Mauer, dorthin, wo sie mich zuletzt gesehen hatten.

Als sie nah genug waren, erschoss ich sie. Der Linke fiel wie vom Schlag getroffen um. Der Rechte zuckte zusammen, blieb stehen und gab eine wilde Salve ab, wodurch die Waffe hochgerissen und in sein eigenes Gesicht geschleudert wurde. Dann klapperte es metallisch und ich hörte ein Stöhnen.

Gebückt schob ich mich aus dem Auto und legte mich auf die Straße. Dann presste ich mich an den Wagen und kroch mit ausgestreckter Pistole auf Ellbogen und Knien zur Motorhaube vor.

Trotz aufgeblendeter Scheinwerfer konnte ich die Männer nur schemenhaft erkennen. Der Große kam zusammen mit den beiden anderen auf mich zu. Hinter ihnen lag Will am Boden. Aber jedes Gefühl für Entfernung und Perspektive war verloren gegangen. In diesem Nebel schien sich alles aufzulösen.

Verdammt, was war das?

Dann wieder die tiefe Stimme: *Seht nach!*

Ich richtete meine Fünfundvierziger auf die Stimmen und versuchte, den Nebel mit meinen Augen zu durchdringen.

Ich glaube, da liegen zwei, drüben am Auto.

Seht nach!

Ich richtete die Waffe nach links. Von dort waren die Stimmen gekommen.

Dann hörte ich näher kommende Schritte, von zwei Paar Füßen. Im Scheinwerferlicht konnte man zwei Umrisse erkennen.

Ich kann überhaupt nichts sehen!

Die Schritte stoppten.

Scheiße ... Das sind Nix und Luke. Sie sind alle, Mann. Ich geh da nicht hinein ...

Der Nebel lichtete sich für einen Moment und verdichtete sich dann wieder. Merkwürdig aussehende Männer.

Ich hörte den Großen hinter ihnen. Dann durchschnitt seine klare Stimme den Nebel: *Kommt zurück. Jetzt! Beeilung!*

Ich hörte die Männer rennen. Ihre Umrisse bewegten sich durch das Scheinwerferlicht.

Hierher! Wieder der Große.

Nix und Luke sind tot, Mann.

Es knallte zweimal und ich hörte zwei Körper auf der Straße aufschlagen. Dann knallte es wieder zweimal, während aus der Hand des Großen kurz nacheinander zwei orange Flammen Richtung Pflaster zuckten.

Kurz darauf setzte das Auto mit quietschenden Reifen zurück. Der Wagen wippte so stark, dass die Scheinwerferkegel übers Pflaster zu hüpfen schienen. In ihrem Licht sah ich hinter Will die beiden Männer liegen – einer von ihnen bewegte sich, der andere rührte sich nicht. Dann war das Auto aus der Gasse heraus und brauste mit aufheulendem Motor die Straße auf der anderen Seite der Häuser, an denen ich entlangrannte, hinunter.

Will hockte, die Arme um die Taille geschlungen, auf den Knien und war vornüber gesunken, so dass seine Stirn auf dem Pflaster lag. Überall war Blut – an seinem Kopf, an seinen Kleidern und auf der Straße.

Ich legte ihm die Hand auf den Rücken.

»Oh«, murmelte er.

»Nicht reden, Boss. Du bist in Ordnung.«

Ich rannte zum Auto zurück und fuhr es ein Stück vor. Dann schleppte ich Will auf den Beifahrersitz. Er saß aufrecht da, immerhin. Feucht und schwer. Es roch nach Metall. Dort, wo sein Kopf geruht hatte, als ich ihn trug, war Blut auf meinem Gesicht.

Einer der Männer, auf die der Große geschossen hatte, bewegte sich noch, als ich den großen Wagen um ihn herumsteuerte. Ich raste, ohne auf die nächtlichen Ampeln zu achten, auf den Lincoln Boulevard, die Hand auf der Hupe festgeklebt, während draußen Nebelschwaden vorbeijagten.

»Du bist okay, Will. Du wirst okay sein.«

Sein Kopf lag an der Kopfstütze und seine Augen waren weit aufgerissen. In ihnen flackerte ein mattes Licht. Schulter, Hemd und Schoß waren voller Blut.

»Halt durch, Dad. Bitte, halt durch. Wir sind gleich da.«

»*Mary Ann.*«

Ich raste mit hundertsechzig Sachen südwärts. Die Autos fielen hinter uns zurück, als ständen sie. Wills Kopf wackelte, wenn ich über die Spurteiler fegte. Dann beugte er sich vor, wie er es immer tat, um die Instrumente und mich zu beobachten.

»*Alle*«, stieß er hervor.

»Alle *was*, Dad?«

Er hustete eine rote Masse auf die Windschutzscheibe und

hing dann vorgebeugt in seinem Gurt. Rücklichter huschten vorbei.

Ich raste die Chapman-Abfahrt hinunter, überfuhr drei rote Ampeln, bog mit ausbrechendem Heck auf den Parkplatz der Notaufnahme des Krankenhauses ein und kam mit rauchenden Reifen an der Krankenwagenrampe zum Stehen.

Will lehnte zusammengesackt an der Tür. Ich rannte um den Wagen herum, und als ich die Tür aufriss, fiel er mir in die Arme. Ich trug ihn die Rampe hinauf, auch wenn ich fühlte, dass er keinen Arzt mehr brauchte.

Meine Knie gaben nach, aber ich wankte nicht, denn das war das Einzige, was ich für ihn tun konnte, und das wollte ich richtig machen. Zwei Leute von der Notaufnahme rannten uns mit einer Trage entgegen.

Zu warten ist die Hölle.

Ich ging im Warteraum und auf den Fluren auf und ab und erledigte die nötigen Anrufe – zuerst bei meiner Mutter, Mary Ann, dann bei meinen Brüdern Junior und Glenn.

Es waren die schwersten Anrufe meines Lebens. Ich konnte ihnen weder sagen, dass Will sterben, noch, dass er überleben würde. So presste ich mit schwerer Zunge nur hervor, dass er angeschossen worden sei.

Ich fuhr den Wagen von der Rampe weg und stellte ihn auf dem Parkplatz ab. Im Innern des Autos roch es stark nach Blut und Leder und der hässlichen Ausdünstung menschlicher Panik.

Zwanzig Minuten später teilte mir ein Arzt der Notaufnahme mit, dass wir Will verloren hatten.

Verloren.

Das Wort drang wie eine Kugel in mein Herz. Ich sagte mir, dass Will jetzt gegangen sei, für immer gegangen. Ich hielt mir vor, dass ich den Menschen, den ich auf der Welt am meisten liebte, im Stich gelassen und bei meiner wichtigsten Mission versagt hatte. Und während die Kugel sich qualmend durch mein Herz bohrte und in die Nacht hinausschoss, schwor ich mir, dass ich diejenigen, die Will das angetan hatten, finden und mit ihnen abrechnen würde.

Irgendwie schaffte ich es, noch einmal bei meiner Mutter und meinen Brüdern anzurufen. Um die Kugel durch sie hindurchzujagen.

Zu spät natürlich, denn sie waren bereits auf dem Weg zum Krankenhaus.

Gegen den Protest eines Arztes und zweier Polizisten stieg ich in Wills Auto und fuhr zu dem Haus in der Lind Street zurück.

Rote Lichter, gelbes Absperrband, überall Nachbarn und drei Decken, unter denen Leichen lagen. Die Polizei von Anaheim war vor Ort. Ein Streifenpolizist kam mit einer Taschenlampe auf meinen Wagen zu und winkte mich weg.

Ich setzte zurück und fuhr auf der Suche nach dem Mädchen durch die dunklen Nebenstraßen und die breiten leeren Hauptstraßen. Mit fünfzehn Stundenkilometern schlich ich dahin und drückte wieder und wieder auf die Hupe, zweimal, ganz leicht. So fuhr ich herum, langsam, mit eingeschalteter Innenbeleuchtung und heruntergekurbelten Fenstern. Komm raus, komm raus, wo immer du bist. Der Nebel war noch immer so dicht, dass ich häufig nicht einmal einen Block weit sehen konnte. Alle paar Minuten fuhr ich an die Seite, hielt an, hupte und horchte. Spähte in den Nebel.

Schließlich erreichte ich per Handy meine Mutter. Offenbar war sie kurz davor durchzudrehen. Sie war im Krankenhaus und man ließ sie nicht zu ihm. Ich tat mein Bestes, um sie zum Weiterreden zu bewegen und zu beruhigen. Dann sagte ich ihr, sie solle Reverend Alter anrufen.

Gerade als ich den Wagen wendete, um zum Krankenhaus zurückzufahren, hielt ein Streifenwagen der Polizei von Anaheim mich an. Als ich meine Marke vorzeigte, ging ein Ruck durch beide Polizisten und sie legten die Hand an ihre Waffen.

»Was, zum Teufel, tun Sie hier, Deputy?«

»Nach einem Mädchen suchen.«

»Ist das da im Auto Blut?«

»Ja.«

»Steigen Sie, bitte, aus. Langsam! Und die Hände weg vom Körper, Mr Trona.«

Kapitel zwei

Die nächsten drei Stunden verbrachte ich auf dem Polizeirevier von Anaheim mit zwei Beamten der Mordkommission – der große Blasse war Guy Alagna und die stämmige Dunkle hieß Lucia Fuentes.

Sobald ich ihnen von Savannah erzählt hatte, verließ Fuentes den Verhörraum und blieb eine halbe Stunde weg. Alagna, dessen Hakennase wie ein scharfer weißer Schnabel aus seinem Gesicht ragte, fragte mich zum dritten Mal, ob ich den großen Killer beschreiben könne.

»Es war zu dunkel«, erklärte ich zum dritten Mal. »Zu viel Nebel. Sie trugen alle lange Mäntel.«

Ich war es leid. Mir wurde langsam bewusst, was sich alles verändert hatte. Verändern würde. Den Rest meines Lebens würde ich ohne ihn verbringen müssen. Für immer. Die Welt war für mich völlig neu und ich hasste sie.

»Kommen wir noch einmal zu diesen Mänteln, Joe. Wie sahen sie aus?«

Ich beschrieb ihm zum dritten Mal die langen Mäntel. Dabei sah ich auf meinen Hut hinunter, den ich auf die Knie gelegt hatte.

»Ihre Farbe?«

»Es war Nacht, Detective Alagna. Nebel. Keine Farbe zu erkennen.«

»Okay, in Ordnung.«

Er legte eine lange Pause ein und ich spürte seinen Blick auf meinem Gesicht. Früher oder später mussten die Leute einfach hinschauen.

Ich trank miesen Kaffee aus einem Styroporbecher und

blickte auf den Einwegspiegel, während ich mir das Bild der Männer, die durch den Juninebel auf Will zugingen, wieder vor Augen rief. Junitrübnis, in der sich die Klinge des Mordes verbarg. Ich bemühte mich, einen Blick auf das Gesicht des Großen zu erhaschen – nur ein Merkmal, irgendetwas, an das ich anknüpfen konnte. Nichts. Nebel. Bewegung. Aufsteigende Abgase, Stimmen. Der höhnische Knall der Pistole. Und dann noch einmal.

Alle paar Minuten baute sich in meinen Ohren ein Donnern auf, das leise begann, wie die Wellen an einem fernen Strand, dann aber immer lauter wurde, bis ich das Gefühl hatte, neben einer Düsenjetturbine zu sitzen. Aber es war keine Turbine, nur eine Stimme und die sagte immer wieder dieselben Worte, lauter und lauter: *Du hast ihn umgebracht Du hast ihn umgebracht Du hast ihn umgebracht Du hast ihn umgebracht Du hast ihn umgebracht* ...

Hör auf! Erinnere dich. Augen auf, Mund zu.

Ich werde uns diesen Abschaum vom Hals schaffen.

Woher wusste Will, dass die Leute Abschaum waren?

Will! Ah, Will Trona! Lassen Sie uns reden!

Die tiefe, volle Stimme hallte mit beängstigender Klarheit in meinem Kopf wider. Ich hörte diesen merkwürdigen, fast fröhlichen Klang der Worte.

Kannte der Killer ihn oder hatte er nur so getan?

Gehören Sie zu Alex?

»Und Sie sind sicher, dass sie ihm nichts weggenommen haben?«, fragte Alagna.

»Sie haben ihm das Leben genommen.«

Aus den Augenwinkeln sah ich, wie er mich fixierte. Doch als ich mich ihm zuwandte, schaute er weg. Die Menschen schämen sich, wenn ich sie dabei ertappe, wie sie mein Gesicht mustern.

»Sie wissen, was ich meine, Joe.«

»Soweit ich gesehen habe, nichts, Detective.«

»Zurück zum Wagen. Haben sie etwas aus dem Auto genommen?«

»Sie haben es nicht einmal berührt.«

»Okay, in Ordnung. Also, um ganz sicher zu sein – der Täter hat Will beim Namen genannt. Und Will hat ihn gefragt, ob er zu Alex gehöre. Und er hat gesagt, ein Deal sei ein Deal, oder etwas in der Art, und dann hat der Typ ihm in den Bauch geschossen?«

»Der Täter sagte: ›Jetzt ist das der Deal.‹«

Dann fragte er mich wieder nach den beiden Männern, auf die ich geschossen hatte und die beide tot waren, als die Polizei auftauchte. Ich erzählte ihm noch einmal in allen Einzelheiten, was passiert war. Die Namen der beiden oder andere Informationen über sie wollte er mir nicht geben.

»Sie konnten also nicht gut genug sehen, um den Mann zu beschreiben, der Ihren Vater erschossen hat, aber gut genug, um mit zwei Schüssen zwei Männer niederzustrecken, die sich noch dazu bewegten.«

»Wie gesagt, Sir, sie waren nicht weit weg – vielleicht sechs Meter.«

»Ich vermute, Sie sind ein guter Schütze.«

»Bin ich.«

Alles, was ich Alagna und Fuentes gesagte hatte, entsprach der Wahrheit. Ein paar Dinge hatte ich allerdings nicht erwähnt. Zum Beispiel Wills Aktentasche. Er ging selten ohne sie aus dem Haus und so enthielt sie die Spuren seines Lebens. Mehr als Spuren. Sie enthielt seinen Terminkalender, Notizen und Briefe, Entwürfe und Berichte, eine Liste der Dinge, die er erledigen wollte, sein Gekritzel. In dieser alten Ledermappe trug er alles mit sich herum, was er im Verlauf eines Tages möglicherweise brauchen konnte – von einem Diktiergerät bis zu Zahnbürste und Zahnpasta. Ich hatte die Aktentasche in den Verhörraum mitgenommen und neben meinem Stuhl abgestellt, als wäre es meine. Und niemand hatte nach ihr gefragt.

Auch die Tennistasche, die wir beim Hispano-Amerikanischen Kulturverein abgeholt hatten, ging Alagna meiner Ansicht nach nichts an. Ich würde einem Cop, den ich nicht kannte, so einem Bleichgesicht, das sich dreimal erklären ließ, wie ein Mantel aussah, doch nicht alles auf die Nase binden, was ich wusste.

Deshalb vergaß ich auch das Geschenk zu erwähnen, das Will an diesem Abend Jennifer Avila gemacht hatte – die zweitausend Dollar, die ich gezählt und gerollt hatte. Ebenso wenig erzählte ich etwas von den privaten Worten, die sie gewechselt hatten.

Bei Wills Treffen mit Jaime Medina und Reverend Daniel Alter hatte ich angeblich nicht mehr als hallo und auf Wiedersehen gehört. Die kurzen Telefongespräche, die er nicht lange vor seiner Ermordung geführt hatte, blieben gleichfalls mein Geheimnis. Im Stillen fragte ich mich, wie ich bei der Telefongesellschaft an die Liste dieser Anrufe herankommen könnte. Für einen Beamten der Mordkommission wäre das kein Problem, aber für einen Deputy im vierten Jahr? Es würde ein bisschen dauern.

Ferner vergaß ich zu erwähnen, dass meine Adoptivmutter Mary Ann in letzter Zeit depressiv gewesen war und dass Will unbedingt vor zehn Uhr zu Hause sein wollte.

All das war allein Wills Angelegenheit und ging Alagna nichts an.

Lucia Fuentes stürzte in den Raum. »Einer der Täter hat überlebt. Er hat keine Papiere dabei, aber er lebt.«

Alagna warf mir einen Blick zu. »Vielleicht kann er einige der gewaltigen Lücken in Mr Tronas Darstellung füllen.«

Ich nickte, sagte aber nichts. Stattdessen blickte ich auf Wills Aktentasche. Neben dem Griff entdeckte ich einen getrockneten Blutfleck. Ich hoffte, dass Alagna ihn nicht bemerkte, glaubte aber nicht, dass er ihm auffallen würde.

»Aber was das Mädchen betrifft«, fuhr Fuentes fort, »habe ich nichts über ein vermisstes Mädchen namens Savannah gefunden. Weder das nationale Kinderschutzzentrum noch das FBI, noch nicht einmal Joes Sheriffs hier – niemand sucht nach ihr. Vielleicht ist es ein Deckname.«

Alagna starrte mich an. »Ich bezweifle, dass ihr Vater sie

nach Einbruch der Dunkelheit mit fünfzigjährigen Typen um die Häuser ziehen lässt.«

»Vielleicht ist es aber auch genau das, was ihr Vater macht«, meinte Fuentes.

»Joe, wissen Sie, ob der Verwaltungschef Neigungen in dieser Richtung hatte?«

Jetzt erwiderte ich Alagnas Blick und seine wächserne Haut färbte sich rot.

»Er war ein guter Mann, Detective Alagna«, erklärte ich. »Und ich werde so tun, als hätten Sie diese dumme Frage nicht gestellt.«

»Große Worte für einen Deputy im vierten Jahr.«

»Wir können unsere Differenzen auf jede Art austragen, die Ihnen genehm ist, Sir.«

»Ich trage gar nichts aus.«

»Hört auf, ihr Arschlöcher«, fuhr Fuentes dazwischen. »Was ist mit dir los, Guy?«

Alagna wandte den Blick ab, während seine Ohren rot anliefen. Sie standen in auffallendem Kontrast zu seiner weißen Hakennase.

Was mit ihm los war? Er hatte Angst vor mir und das machte ihn wütend. Nichts auf der Welt scheint gesunde, harte Polizisten mehr zu reizen als ein vierundzwanzigjähriges Monster, das sich nicht einschüchtern lässt.

Ich habe nicht nur ein Gesicht, das aussieht, als wäre es in der Hölle modelliert worden, sondern bin auch groß und kräftig. Darüber hinaus bin ich mit den meisten Waffen vertraut und habe fast mein ganzes Leben damit zugebracht, mich in Selbstverteidigung zu üben – in jeder Methode und Schule, jeder Technik, die man sich vorstellen kann. Nie wieder soll passieren, was mir passiert war, als ich neun Monate alt war. Ich habe mir geschworen, dass es nie wieder geschehen wird.

Doch meine beste Waffe ist der Eindruck, den ich vermittle. Die Menschen glauben, ich hätte vor nichts Angst. Vielleicht liegt es an der Narbe. An meinen Augen. Meiner Stimme. Ich weiß es nicht.

Tatsächlich gab es zwei Dinge, vor denen ich Angst hatte. Das eine war mein Vater, mein wirklicher Vater, derjenige, der mir das angetan hatte, als ich neun Monate alt war. Er hieß Thor Svendson und war irgendwo da draußen. Sollte er jemals auftauchen, wäre ich bereit. Ich hatte fünf schwarze Gürtel, zwei regionale Golden-Glove-Titel und eine Schützennadel der Polizei, die belegten, dass ich bereit war.

Das andere, was mir Angst einflößte – auch wenn es mir erst bewusst wurde, als die Situation eintrat –, war die Aussicht, ohne Will zu leben. Und von beiden Dingen war das Leben ohne Will die weitaus schlimmere Variante.

Doch mit meinem ruinierten Gesicht und meiner offensichtlichen Furchtlosigkeit mache ich den meisten Menschen Angst. Das ist seit meiner frühesten Jugend so gewesen. Als ich mich daran gewöhnt hatte, versuchte ich es durch gute Manieren zumindest teilweise wettzumachen. Ich kam zu der Überzeugung, dass gute Manieren für einen Mann mit meinem Gesicht unerlässlich waren, und habe an ihnen fast so hart gearbeitet wie an der Beherrschung von Kenpo-Karate oder den Rückstoßnuancen des Colt .45 ACP.

»Also, Joe«, sagte Fuentes. »Erzählen Sie uns etwas über das Mädchen. Wenn Ihr Vater nicht so war, was hatte er dann mit ihr zu schaffen?«

»Ich weiß nicht genau. Er sagte, er versuche Gutes zu tun.«

Sie wechselten einen Blick.

Dann schwoll die Stimme in meinem Kopf wieder an: *Du hast ihn umgebracht Du hast ihn umgebracht Du hast ihn umgebracht...*

Ich hatte das Gefühl, wieder in diesem Nebel zu stecken, der vergangene Nacht durch die Straßen gewabert war. Geheimnisnebel. Mördernebel. Ich hätte gewünscht, ihn wegblasen und in etwas Klares und Sonniges, etwas Wahres treten zu können. Das war unmöglich, aber ich hatte einen ruhigen Ort, an den ich gehen konnte. Dorthin konnte ich jederzeit gehen. Also machte ich mich auf den Weg.

»Ich habe Ihnen erzählt, was ich weiß«, sagte ich, indem ich den Hut in die Hand nahm und aufstand. »Rufen Sie mich an, wenn Sie wieder meine Hilfe brauchen. Ich würde gern wissen, wer das Mädchen ist, und ihm helfen. Entschuldigen Sie mich, aber ich muss jetzt zur Arbeit. Ich will nicht zu spät kommen.«

Alagna sah Fuentes an, als erwarte er, dass sie mich aufhielt. Doch sie starrte mich nur an wie jemand, der den Bus verpasst hat.

Als ich vor die Tür trat, ging gerade die Sonne auf. Die Reporter stürzten sich auf mich und ich war froh, sie zu sehen. Denn ich teilte ihnen zwar nur das Notwendigste mit, hob dabei aber hervor, dass seit vergangenem Abend ein Mädchen namens Savannah vermisst werde. Ich beschrieb sie genau, einschließlich ihrer Kleidung, des Rucksacks, ihres guten Benehmens und der feinen glatten Haare. Ich zeichnete auf meinem Notizblock sogar ein Porträt von ihr, so gut ich konnte. Das war besser als nichts.

Den Reportern gefiel die Sache: Vielleicht konnten sie das Mädchen ja finden und etwas Gutes tun. Nur Polizisten sind noch zynischer als Journalisten.

Über Orange County ging die Sonne auf und ich saß allein in Wills Wagen. Die Straßen waren bereits verstopft; die Leute verhielten sich, als wäre Will noch am Leben. Was war los mit ihnen? Und was war mit Alagna und Fuentes los, dass sie mich mit einem Auto davonfahren ließen, das eine Rolle in einem Mordfall gespielt hatte? Warum hatten sie es nicht sichergestellt?

Ich erreichte meine Mutter wieder über das Handy. Reverend Daniel Alter hatte sich mit ihr im Krankenhaus getroffen. Im Augenblick hatte sie sich in die Kapelle des Lichts zurückgezogen und ein leichtes Beruhigungsmittel genommen. Ihre Stimme klang hell und unwirklich. Da sie sich zu benommen fühlte, um selbst zu fahren, würde einer der Hilfspfarrer sie nach Hause bringen. Ich bot ihr an, sie abzuholen, aber sie bestand darauf, dass ich arbeitete: Beschäftige dich, bleib tätig. Daraufhin sagte ich ihr, dass ich nach meiner Schicht nach ihr schauen würde.

Nachdem ich mich in der Sporthalle der Polizei geduscht und rasiert und meine Uniform angezogen hatte, ging ich über den Gefängnishof zu meiner Arbeitsstelle.

Das Gefängnis von Orange County ist das sechstgrößte des Landes. Dreitausend Insassen, dreitausend orange Overalls. Siebzig Prozent von ihnen Schwerverbrecher. Auf der anderen Seite hundert Wärter wie ich, überwiegend junge Kerle, die versuchen, nur mit Pfefferspray bewaffnet, die Ordnung aufrechtzuerhalten. Täglich kommen Hunderte neuer Häftlinge hinzu, insgesamt siebentausend im Jahr. Gleichzeitig werden jeden Tag Hunderte in die Gesellschaft entlassen. Rein und raus. Rein und raus. Wir nennen es »Looping«. Das Gefängnis ist ein riesiger rotierender Wirbel, ein Sturmsystem aus Demütigung, Wut, Gewalt und Langeweile.

Tagsüber ist das Männergefängnis meine Welt, eine Welt der strengen Ordnung, die für gewöhnlich schweigend eingehalten wird. Macht und Unterwerfung. Die Guten sind grün, die Bösen orange. Steck die Hände in die Taschen, Blick geradeaus, Mund zu. Zieh die Taschen raus, zeig die Socken. Sie und wir.

Es ist auch eine Welt der Stichwaffen, die aus Bettgestellen gebastelt werden, eine Welt der Schlagstöcke, die aus mit Seifenstücken gefüllten verknoteten T-Shirts bestehen, eine Welt des Fusels, der aus Brot und Obstresten gebraut wird, die aus dem Speisesaal herausgeschmuggelt worden sind, eine Welt des Rauschgifts, der schwarzen Tätowierungen und der Kassiber – Mitteilungen, die von den Bossen in Zelle 29 in Trakt F oder den Schutzhäftlingen in Trakt J heimlich an Häftlinge der untersten Sicherheitsstufe geschickt werden, damit diese sie an Freunde und Komplizen draußen weiterleiten. Es ist eine Welt des Schweigens, eine Welt schwach beleuchteter Wachstationen, damit die Häftlinge nicht beobachten können, wie wir sie beobachten, eine Welt nach Rassen getrennter Gangs, eine Welt der Ehre und Rache, der ständigen Lügen und des Drecks.

Ich mag sie. Ich mag meine Freunde und Kollegen und das merkwürdige Verhältnis zu den Insassen. Gelegentlich mag ich auch den einen oder anderen Häftling. Ihre Tricks sind clever und sie schaffen es immer wieder, mich zu überraschen. Am meisten mag ich jedoch, dass es so ordentlich zugeht: die Klingeln und Glocken, Zeitpläne und Vorschriften, die schweren Schlüssel, das Essen, das wir im Personalspeiseraum zu uns nehmen. Das sind Anstaltsdinge und als jemand, der aus einer Anstalt kommt, habe ich mich daran gewöhnt, mich auf sie zu verlassen. In den vier Jahren, die ich im Kinderheim Hillview zugebracht habe, sind mir diese Dinge derart in Fleisch und Blut übergegangen, dass ich sie nicht mehr missen möchte.

An diesem Vormittag war ich zum Dienst in Trakt J eingeteilt, der den Schutzhäftlingen vorbehalten ist, den besonders Gefährlichen und Berüchtigten, denen, die Kinder missbraucht haben, und den anderweitig sexuell Abartigen, die die Wut der gewöhnlichen Insassen auf sich ziehen würden, und manchmal auch Gesetzeshütern, die sich für einige Zeit auf der anderen Seite der Gitter wiederfinden.

Trakt J besteht aus vier Sektionen mit zusammen hundertsiebzig Insassen. Es ist ein großer Kreis, in dessen Mitte sich unsere Wachstation befindet. Zwischen den Zellen und der Wachstation liegen die Tagesräume, in denen Bänke und Tische im Picknickstil und jeweils ein Fernsehgerät stehen. Durch die Fenster der schwach beleuchteten Wachstation können wir in sämtliche Zellen sehen und mit Hilfe der Kameras, die in den Zellen angebracht sind, können wir jeden Häftling vom Monitorpult in der Wachstation aus beobachten; zudem werden die Zellen durch Mikrofone überwacht.

Es ist sehr ruhig in Trakt J und die Insassen begegnen uns etwas respektvoller als die der anderen Trakts. Vielleicht liegt das an der Schwere ihrer Verbrechen oder daran, dass viele von ihnen noch vor Gericht stehen und lange Haftstrafen, möglicherweise sogar die Todesstrafe, erwarten. Jedenfalls neigen die Männer in Trakt J weniger dazu, sich über mein Gesicht lustig zu machen.

In den ersten beiden Jahren, als ich in unterschiedlichen Trakts gearbeitet habe, musste ich mir oft genug Anreden wie »Sackgesicht«, »LSD-Freak«, »Frankenstein« und so weiter gefallen lassen. Die einzelnen Beschimpfungen haben mich nicht gekratzt, aber die Häufung war kaum zu ertragen. Trotzdem habe ich nie meine Fassung verloren. Ich habe gelernt, mich an den stillen Ort zurückzuziehen und die Häftlinge mit dem distanzierten Interesse eines Insektenforschers zu betrachten.

Was ist dir denn passiert?

Nichts, wieso?

Weil dein Gesicht voll Scheiße ist, Sackgesicht!

Nur damit Sie einen Eindruck haben.

Natürlich sind die Leute hinter Gittern mutiger als die meisten draußen. Man ist vor ihnen sicher, aber das gilt auch umgekehrt. Selbst mein mörderischster Blick hat oft nicht mehr zur Folge als ein Ansteigen der Lautstärke: *Oh, sieh dir bloß Sackgesicht an! Wie der mich jetzt anguckt!* Wenn man als Wärter durch das schwere Gefängnistor geht, dann begibt man sich nicht nur an seinen Arbeitsplatz – man ist *drinnen*. Manchmal vergisst man es. Manchmal hat man das Gefühl, als wäre man schon immer da und würde für immer da bleiben. Für jemanden, der sich um gute Manieren bemüht, ist das nicht leicht auszuhalten.

Doch dann atmet man tief durch und erinnert sich daran, dass man nur eine Schicht hinter sich bringt, während die andern eine Strafe absitzen. Es ist, als würde man aus einem Alptraum erwachen.

Im Besprechungsraum schrieb ich mich ein und setzte mich zur Lagebesprechung. Sergeant Delano führte die morgendliche Einweisung durch: Am Tag zuvor waren zehn Schwarze und zehn Latinos im Speisesaal aneinander geraten. Es war schnell vorüber gewesen und nicht eskaliert, so dass wir nicht gezwungen waren, unsere Schlagstöcke und Schutzhelme hervorzuholen. Ein paar Beulen, ein paar Kratzer. Keine Waffen. Die Folge war, dass wir in Bereitschaft versetzt wurden, weil in Trakt F um dreizehn Uhr eine Zellendurchsuchung durchgeführt werden sollte. Deputy Smith hatte in der Sohle einer Badesandale eine Stichwaffe gefunden, die so scharf war, dass sie direkt in das Gummi der Sohle geschoben werden konnte. Es gab Gerüchte über Probleme im Norden. Man sagt, dass Häftlingsunruhen in den großen Zuchthäusern meist auf die kleineren Gefängnisse übergreifen. Zuerst habe ich das für ein Märchen gehalten, aber nach drei Jahren als Wärter kann ich bestätigen, dass es stimmt. Deshalb werden Gerüchte über Probleme in Pelican Bay, Folsom, Cochran oder San Quentin sehr ernst genommen. Schließlich machten wir eine Sammlung für ein Barbecue, um die Beförderung unseres Captains zu feiern. Dann war die Besprechung zu Ende.

Ich prüfte Funkgerät und Schlüssel und ging dann den Gang zum Trakt J hinunter. In der Wachstation warf ich einen Blick auf die Monitore, um zu sehen, was meine Gefangenen machten. Es schien alles in Ordnung zu sein. Gary Sargola, der Kühlschrankkiller, schlief, wobei er wegen seiner Venenentzündung ein Bein hochgelegt hatte. Dave Hauser – ein ehemaliger stellvertretender Bezirksstaatsanwalt, der zum Drogendealer geworden war – sah sich *Good Morning America* an.

Der Kinderpsychiater Dr. Chapin Fortnell, der angeklagt war, in den letzten zehn Jahren sechs Jungen missbraucht zu haben, saß aufrecht auf seiner Pritsche und schrieb etwas mit einem Wachsmalstift. Das war das schärfste Schreibgerät, das wir ihm erlaubten, seit er zwei Monate zuvor versucht hatte, mit einem Filzstift eine Vene zu öffnen.

Der Serienvergewaltiger Frankie Dilsey, der wegen drei Taten verurteilt und wegen drei weiterer angeklagt war, schnitt vor dem Stahlspiegel über seinem Waschbecken Grimassen, während er mit seinen langen Fingern auf den Beckenrand trommelte und seine Hüften zu einem Song wiegte, der nur in seinem Kopf erklang.

Sammy Nguyen, ein junger vietnamesischer Gangster, dem vorgeworfen wurde, bei einer Verkehrskontrolle einen Polizisten ermordet zu haben, lag auf seiner Pritsche und betrachtete ein Foto seiner Freundin, das er mit unserer Erlaubnis an die Zellendecke geheftet hatte. Jetzt warf er einen Blick auf die Kamera, so als wüsste er, dass ich ihn beobachtete und lächelte kurz, bevor er sich wieder Bernadettes Foto zuwandte. Er ist ein pfiffiger Bursche. Meistens verhält er sich ruhig und relativ höflich; er hat seinen eigenen Ehrenkodex, an den er sich gebunden fühlt. In der vietnamesischen Gangstruktur ist er ein ziemlich hohes Tier – hat wahrscheinlich fünfzig Leute unter sich.

Will und Sammy kannten sich. Sie hatten sich allerdings nur einmal getroffen, vor ungefähr zwei Monaten im Bamboo 33, einem Nachtklub. Will war hingegangen, um einigen vietnamesischen Freunden einen Gefallen zu tun. Es war der Eröffnungsabend des Klubs und die Besitzer hatten Will eingeladen, um ihre Bedeutung zu demonstrieren, vielleicht auch, um in die Zeitungen zu kommen. Will war mit Mary Ann hingefahren. Deshalb war ich nicht dabei gewesen.

Die Eröffnungsfeier sei ruhig verlaufen, erzählte Will später. Nur dieser gut aussehende Gangster namens Sammy Nguyen und seine Freundin Bernadette hätten ihn mit irgendwelchem Gerede über die Gründung einer Sparkasse in Little Saigon belästigt. Er habe versucht, sie loszuwerden, indem er ihnen sagte, er würde zu ihnen zurückkommen, aber die beiden seien ihm nicht von der Seite gewichen, bis er mit Mary Ann an einen anderen Tisch umgezogen sei.

Danach hätte dieser Sammy ihn unverwandt angestarrt. Es war eins dieser Blickduelle, bei dem vom Gegenüber, in diesem Fall also Will, erwartet wird, seinen Respekt zu bezeugen, indem er den Blick senkt.

Will wusste, worum es ging. Immerhin war er über zwanzig Jahre Polizist gewesen. Also ließ er sich auf das Duell ein und suchte tief in sich nach Gedanken, die ihm helfen konnten, dem fremden Blick standzuhalten. Wie er mir erzählte, dachte er an Vietnam und einige seiner Freunde, die dort gestorben waren, damit Typen wie Sammy hier leben konnten. Aber es waren auch viele gute Leute hergekommen und er fragte sich, wozu der ganze Krieg gut gewesen war. Nach Wills Darstellung verlor er sich gewissermaßen in diesen Gedanken und die Zeit verging. Als Nächstes bemerkte er, dass Sammy wegschaute. Das bedeutete, dass dem Vietnamesen nicht der nötige Respekt erwiesen worden war und dieser nun nach den Regeln sämtlicher Gangs das Recht hatte, ihn sich zu verschaffen, indem er Will ermordete.

Idiotisches Gossengehabe hatte Will es genannt und er hatte es bereits vergessen, als Sammy Nguyen am nächsten Tag unter der Anklage verhaftet wurde, Dennis Franklin, einen Polizisten aus Westminster, niedergeschossen zu haben. Die Schießerei hatte nur zwei Stunden nach dem Geplänkel zwischen Will und Sammy stattgefunden.

Will nahm sich die Sache zu Herzen. Er kannte Franklin zwar nicht, fragte mich aber, ob Sammy das Bamboo 33 in weniger mordlustiger Stimmung verlassen hätte, wenn er an jenem Abend netter zu ihm gewesen wäre, sich seine Geschäftsidee angehört und auf das Blickduell nicht eingelassen hätte. Franklin hatte nicht mehr getan, als Sammy auf der Bolsa Avenue wegen überhöhter Geschwindigkeit anzuhalten.

Will und Mary Ann beteiligten sich mit fünfzigtausend Dollar an einem Fonds für Franklins Witwe und seinen zweijährigen Sohn. Bei den Zeitungen kam das gut an, aber sie wollten wissen, warum die Tronas sich gerade um Franklins Familie kümmerten. Weil er ein guter Polizist gewesen sei, erklärte Will. Die Begegnung mit Sammy Nguyen erwähnte er nicht.

Ich verließ die Wachstation und ging zu Sammys Zelle. Trübes Licht, fast vollständige Stille, die gedämpfte Szenerie von Träumen. Die Zwitter – Männer in verschiedenen Stadien der Geschlechtsumwandlung – starrten mich an. Clarkson, ein mehrfacher Kindermörder, ignorierte mich. Vor Sammys Zelle stand gerade ein Kalfakter, der das Frühstück durch die Klappe schob.

»Hallo, Deputy Joe. Das mit Ihrem Vater tut mir Leid.«

Im Gefängnis verbreiten sich Neuigkeiten in Windeseile.

»Danke.«

Sammy setzte sich mit dem Tablett auf den Knien hin, schaute aber nicht auf das Essen. »Ich bin ihm einmal begegnet, wissen Sie.«

Ich sah ihn schweigend an. Er hatte es mir schon einmal anvertraut.

»Er hat mich und Bernadette beleidigt. Für sein Benehmen an jenem Abend hätte ich ihn töten lassen können und ich wäre völlig im Recht gewesen.«

»Ja, das haben Sie mir schon erzählt. Diese Art zu denken ist kindisch, Sammy.«

Er dachte einen Moment darüber nach. Dann nahm er seine Brille ab und legte sie aufs Kopfkissen.

»Aber ich habe es nicht getan. Ich habe nichts damit zu tun.«

Ich glaubte ihm, denn wir lasen seit seiner Verhaftung seine Post mit. Daher wusste ich, dass er mit Hilfe von Bernadette weiter die Geschäfte der Gang führte. Sie war nicht nur seine Frau, sondern auch seine Stellvertreterin und er teilte ihr alles in seinen Briefen mit. Er war wegen Mordes verurteilt, steckte aber außerdem bis zum Hals in Waffengeschäften, Betrügereien, Einbrüchen und Hehlerei. Will und die Beleidigung durch ihn hatte er in seinen Briefen nicht ein einziges Mal erwähnt, und wenn er den Mord an Will in Auftrag gegeben haben sollte, dann hätte er es auf dem Postweg über Bernadette tun müssen.

Es wunderte mich, dass ein cleverer und misstrauischer Typ wie Sammy nicht auf die Idee kam, dass seine Post kontrolliert wurde.

»Haben Sie es gesehen?«

»Ja. Sie waren zu fünft.«

»Das war ein Auftragsmord, Joe.«

»So sah es aus.«

»Wie nah waren Sie?«

»Es war dichter Nebel. Aber sie trugen alle lange Mäntel mit hochgestellten Kragen. Der Anführer war ziemlich groß.«

Auf Sammys großflächigem, verschlagenem Gesicht machte sich Misstrauen breit. Ich lüge ihn und die anderen Häftlinge häufig an, manchmal so faustdick, dass es unglaubwürdig klingt, manchmal so geringfügig, dass es sich nicht nach einer Lüge anhört. Wenn man den Häftlingen nur die Wahrheit sagt, stürzen sie sich auf einen wie Piranhas. Man muss ein bisschen bluffen, um sie sich vom Leib zu halten. Man braucht sozusagen heiße Luft. Die bekommen wir von ihnen und die bekommen sie von uns.

Deshalb nehmen sie automatisch an, dass man sie belügt, auch wenn man ihnen die Wahrheit sagt. Im Gefängnis klingt nicht einmal die Wahrheit wahr.

»Die Cobra Kings«, sagte Sammy. »Sie tragen lange Mäntel und ziehen sich gut an. Sie sind unberechenbar, Joe, denn ihr Blut ist gemischt – vietnamesisches und amerikanisches, vietnamesisches und schwarzamerikanisches, vietnamesisches und mexikanisch-amerikanisches. Die GIs haben herumgebumst und herausgekommen sind – wie nennen die Zeitungen sie? ›Kinder des Krieges‹? – Idioten. Jeder hasst sie. Sie werden erwachsen, tun sich zusammen und bilden eine Gang in Saigon. Aber sie werden trotzdem gehasst. Also kommen sie hierher, ins Land der Freiheit. All das.«

»Freunde von Ihnen?«

Er schüttelte den Kopf.

»Der Schütze wusste, wie Will hieß«, sagte ich. »Aber ich glaube nicht, dass Will ihn kannte.«

Sammy lächelte, so dass seine weißen Zähne aufblitzten.

»Vielleicht hatte Ihr Vater Freunde, die nicht gut für ihn waren. So etwas passiert in der Politik. Die Leute helfen dir, aber sie sind nicht gut für dich.«

»Das ist nicht gerade neu.«

Wieder dieses Lächeln mit den vielen Krähenfüßen in den Augenwinkeln. »Haben Sie das Gesicht des Schützen gesehen, Joe?«

»Es war nicht zu erkennen.«

Auf Sammys Gesicht spiegelten sich Zynismus und Zweifel wider. »Sie haben gehört, wie er Ihren Vater beim Namen nannte, aber sein Gesicht nicht gesehen?«

»Der Nebel«, erklärte ich.

Er musterte mich, um herauszufinden, wie weit er mir trauen konnte. Ich war froh, dass er es tat. Ein Triumphgefühl schien über sein Gesicht zu huschen und ich wollte, dass er es auskostete.

»Ich habe gehört, dass drei Typen über die Klinge gesprungen sind und einer überlebt hat. Sind Sie dafür verantwortlich?«

Ich nickte. »Bei zweien.«

»Was für ein Gefühl war das?«

»Kein schlechtes. Im Vergleich zum Anblick meines sterbenden Vaters.«

»Haben Sie vorher schon getötet?«

»Nein.«

»Das ist traurig, Joe. Eine sehr traurige Entwicklung. Wer hat die beiden anderen erschossen?«

»Der Große wollte die Zeugenliste verkleinern.«

Sammy dachte darüber nach. »Schlechte Führung. Sehr kalt. Riecht stark nach den Cobra Kings. Aber ich würde sagen, es war das Geld, Joe. Man muss es so mit weniger Leuten teilen.«

»Da war ein Mädchen«, eröffnete ich ihm.

»Was für ein Mädchen?«

»Savannah.«

»Waren sie auch hinter ihr her?«

»Nein. Kennen Sie sie?«

»Nein.«

»Mir würde alles über ein Mädchen namens Savannah

weiterhelfen, Sammy. Möglicherweise besteht eine Verbindung zu jemandem namens Alex. Von beiden ist kein Nachname bekannt.«

Sammy kann sehr gut schauspielern. Er ist wirklich überzeugend. Ich habe ihn bei Vernehmungen und Durchsuchungen beobachtet; er ist ein Meister darin, sich überrascht, empört, unschuldig oder drohend zu gebärden. Er liebt Übertreibungen.

Aber wenn er nichts verraten will, wird sein gewitztes Gesicht eine spiegelblanke Oberfläche, die sich als undurchdringlich erweist, ganz gleich, wie intensiv man es erforscht. Und genau diese Miene setzte er jetzt auf.

Dann trat plötzlich ein offener, fröhlicher Ausdruck auf sein Gesicht.

»Haben Sie meine Rattenfalle schon?«

»Sie kriegen keine Rattenfalle.«

»Ich habe eine riesige Ratte hier. Sie kommt und geht, wann sie will. Durch die Rohre.«

Wir haben in der Tat Ratten, Mäuse und Schaben. Aber ich glaubte, dass er die Falle für etwas anderes haben wollte, auch wenn ich nicht wusste, wofür. Sammy hat etwas für Werkzeug und dergleichen übrig. In der vorangegangenen Woche hatten wir bei einer Durchsuchung seiner Zelle eine brandneue, noch in der Verpackung steckende Krallenschere gefunden. Es war eine dieser Scheren mit schwerem Griff und kleiner gebogener Klinge, die sich um ein ovales Loch legte. Daraus hätte Sammy eine gute Stichwaffe basteln können. Aber ich glaube nicht, dass er etwas derart Niedriges im Sinn gehabt hat. Sammy ist nicht einfach nur jemand aus der Gosse – da hatte Will sich geirrt. Er ist intelligenter und gefährlicher und zugleich wesentlich unberechenbarer.

Wie gesagt, wir öffneten jeden Brief an und von Sammy Nguyen. Die Krallenschere konnte er also nicht mit der Post erhalten haben. Vielleicht hatte er sie von seinem Zellennachbarn Frankie Dilsey bekommen oder jemand hatte sie ihm im Tagesraum gegeben. Möglicherweise auch im Sportbereich oben auf dem Dach. Oder einer der Wärter hatte ihm die Schere zugespielt. Genauso gut konnte es ein Besucher gewesen sein oder Sammys Anwalt hatte das Risiko auf sich genommen, aus der Anwaltskammer ausgeschlossen zu werden.

Ich blickte in seine schwarzen Augen, während er meine fixierte. Sein Temperament war bekannt. Den Polizisten Dennis Franklin nicht mitgezählt, stand er im Verdacht, persönlich acht Morde begangen zu haben. Sieben davon fielen unter die Rubrik Bandenkriminalität. Das achte Opfer war ein junger Mann gewesen, der sich vermutlich an Bernadette Lee herangemacht und dafür auf einem Parkplatz in Garden Grove drei Schüsse ins Gesicht kassiert hatte.

Ich dachte an den Schützen im Nebel und fragte mich, ob Sammy den Mord an Will auf einem anderen Weg als über Bernadette in Auftrag gegeben hatte. Er durfte jeden Tag eine Viertelstunde das Münztelefon in Trakt J benutzen – vielleicht hatte er es so gemacht.

Dann begann sich die Stimme in meinem Kopf wieder zu melden, flüsternd nur, aber quälend genug: *Du hast ihn umgebracht Du hast ihn umgebracht Du hast ihn umgebracht*...

Ich hätte in die Zelle gehen und die Wahrheit aus Sammy herausprügeln können – sofern er überhaupt Wahrheit in sich hatte. Er war clever und ein Mörder, aber gegen mich hätte er keine Chance gehabt.

Was immer ich herausbekommen hätte, es wäre auf unrechtmäßigem Wege geschehen und als Beweis vor Gericht nicht zugelassen worden. Aber auf Verwertbarkeit vor Gericht wäre es mir auch nicht angekommen. Ich hätte mich mit den anderen Wärtern absprechen können; niemand hätte jemals erfahren, was in Sammys Zelle wirklich passiert war und warum. Solche Dinge geschehen eben, wenn auch wesentlich seltener, als man annehmen sollte.

Aber in meinem Geist stieg ich hinauf und begab mich an den stillen Ort, und als ich die Szene von dort aus betrachtete, sagte ich mir, dass ich meinen Beruf als Deputy verfehlt hätte, wenn ich nicht gerissen genug war, einen Typen wie Sammy zu durchschauen.

Sammy lächelte, als hätte er meine Gedanken gelesen, und öffnete die Hände, wobei die Handflächen nach oben zeigten. »Tut mir Leid, dass Ihr Vater erschossen wurde, Joe. Was dieses Mädchen angeht, Savannah – vielleicht kann ich etwas herausfinden. Sie besorgen mir die Falle, dann werde ich sehen, was ich tun kann.«

Im Besprechungsraum taute ich eins der Frühstückssandwiches auf, die ich im Gefrierschrank eingefroren hatte. Während die Mikrowelle ächzte, schaute ich auf den Fußboden. Tränen kullerten aus meinen Augen; ich spürte sie auf den Wangen und der großen Narbe, wo sich Tränen immer kühler anfühlten, und in meinem Kopf begann sich wieder der Nebel auszubreiten, der versuchte den Lärm zu ersticken.

Allmählich reichte es mir.

Du hast ihn umgebracht Du hast ihn umgebracht ...

Trotz des Gebrülls versuchte ich nachzudenken. Dabei gelangte ich zu dem Schluss, dass Sammy nicht hinter der Sache steckte. Auch er hatte vermutlich nicht vorher gewusst, dass etwas Derartiges passieren würde. Es dürfte ihn ebenso überrascht haben wie Will.

Die eigentliche Überraschung war jedoch Savannah. Der leere Blick, mit dem Sammy reagiert hatte, als ich nach ihr fragte, sagte mir, dass er etwas verbarg. Etwas, das er mir noch nicht verraten wollte. Etwas, das wertvoll für mich sein könnte.

Ich kapierte es nicht. Ein niedliches kleines Mädchen sieht furchtbare Dinge, rennt hinaus in die Nacht und ein Typ wie Sammy will sie gegen eine neue Rattenfalle eintauschen.

Erklären Sie mir die menschliche Natur. Ich kann es nicht.

Kapitel drei

Mittagszeit im Speisesaal des Männergefängnisses. Zweihundertfünfzig Insassen und drei Wärter, die mit nichts anderem als Pfefferspray bewaffnet waren. Ich lehnte an einer Wand und verfolgte, wie die Overalls hereinkamen. Die Vorschriften besagten: in einer Reihe gehen, Hände in den Taschen, am nächsten freien Tisch rechts oder links Platz nehmen, keine Gespräche, bis man mit dem Tablett am Tisch saß und keine Gespräche mit Häftlingen an anderen Tischen.

Es war still. Die meisten dieser Typen kommen mit ihrer Situation klar. Wer es nicht kann, kommt entweder in Schutzhaft in Trakt J oder wird in Trakt F isoliert und isst in seiner Zelle. Trotzdem, wenn es Ärger gibt, dann dort. Für gewöhnlich passiert es schnell. Niemand sieht etwas.

Letzte Woche hat ein junger Mexikaner sich Respekt verschafft, indem er einen großen Schwarzen erstochen hat. Irgendwann werden sich die Schwarzen rächen. Liegt ein größerer Gewaltausbruch in der Luft, können wir Wärter es spüren. Dann ist es noch ruhiger als sonst und die Häftlinge tun merkwürdige Dinge, die nicht zu ihnen passen: Ein Vielfraß isst sein Essen nicht; ein freundlicher Typ wird grantig; niemand will duschen oder in den Tagesraum gehen. Das sagt uns, dass etwas in der Luft liegt.

Die Häftlinge haben eine Viertelstunde Zeit, um zu essen und wieder in Reih und Glied hinauszugehen, die Augen zumeist gesenkt, während die schnürsenkellosen Schuhe, die vom Gefängnis gestellt werden, leise über den Fußboden schlurften. Wenn die Häftlinge an den Wärtern vorbeikommen, ziehen sie die Taschen aus den Hosen.

Im Speisesaal teilen sich die Häftlinge in Gangs auf, so genannte »Autos«, die voneinander Abstand halten. Da wir ein »braunes« Gefängnis sind, das überwiegend mit Latinos belegt ist, haben wir zwei Latinoautos – eins für Staatsbürger und eins für Illegale. Daneben gibt es ein asiatisches und ein schwarzes Auto. Das weiße Auto wird »Holzauto« genannt, wohl wegen der Hinterwäldler, die hier einsitzen. Der Fahrer ist der Typ im Fond des jeweiligen Autos. Er hat das Sagen, er ist der Boss. Wenn wir ein Problem mit jemandem haben, gehen wir zu diesem Boss und überlassen es ihm, für eine gewisse Ordnung zu sorgen. Klappt das nicht, bestrafen wir das ganze Auto. Im Gefängnis kann der Gruppendruck gewaltig sein.

Es dauerte bis nach dem Mittagessen, bevor Sergeant Delano mir sagte, ich solle nach Hause gehen und dort bleiben.

»Die Seelenklempner werden sich bei Ihnen melden, Joe – die Leute, die sich um Polizisten kümmern, die in Schießereien verwickelt waren. Es sind Sergeant Mehring und Norm Zussman. Machen Sie sich keine Sorgen, Sie haben das Richtige getan. Niemand hat es auf Sie abgesehen. Nebenbei bemerkt, sehen Sie aus, als könnten Sie etwas Erholung gebrauchen.«

»Kann ich nicht zur Arbeit kommen, Sir?«

»Sie haben bezahlten Urlaub, Joe. Legen Sie sich an den Strand. Verabreden Sie sich mit einem Mädchen. Gehen Sie angeln.«

»Ich würde lieber arbeiten.«

Tatsache war, dass ich nichts Besseres zu tun hatte, als zu arbeiten. Das Gefängnis war meine Welt, so wie es Hillview gewesen war, bis Will Trona mich dort herausgeholt hatte.

»Gehen Sie.«

Ich wehrte mich nicht mehr. Ich war so müde, dass ich es kaum zum Parkplatz schaffte. In meinem Kopf begann mich die Stimme wieder zu verhöhnen, aber selbst mein Gewissen war zu erschöpft, um ihr Einhalt gebieten zu können.

Ich setzte einfach einen Fuß vor den anderen und sagte mir,

dass Will tot war, das Leben aber weitergehen würde, weitergehen, weitergehen.

Als ich Wills Wagen erreichte, stand einer der FBI-Leute aus dem Bundesgebäude neben ihm. Er hieß Steve Marchant. Etwa fünfunddreißig, schlank, aber kräftig.

»Ich wünschte, ich könnte diesen Mord untersuchen«, sagte er.

»Die Polizei von Anaheim ermittelt in dem Fall.«

»Falsch – Sie tun das, das heißt Birch und Ouderkirk. Der Sheriff hat das Rennen gemacht, weil Sie zu seinen Leuten gehören.«

Ich wusste nicht, was ich sagen sollte. Wie würde es sein, wenn meine Kollegen den Mord an meinem Vater untersuchten? Rick Birch von der Mordkommission eilte ein guter Ruf voraus. Ich hatte Rick kennen gelernt – er war alt, erfahren und klug. Ouderkirk kannte ich nicht.

»Joe, ist das das Mädchen, das Sie gestern Abend mit Will gesehen haben?«

So verstohlen, wie er das brieftaschengroße Schulfoto in der Handfläche hielt, wirkte es, als wollte er mir Diebesgut verkaufen.

Seine Frage war leicht zu beantworten. »Ja, das ist Savannah.«

»Bingo«, sagte er, während er das Foto einsteckte. »Beschreiben Sie mir ihre Kleidung.«

Ich tat es. »Geht es ihr gut, Steve?«

»Sie wird vermisst.«

»Was können Sie mir über sie sagen?«

»Absolut nichts. Aber schauen Sie sich um halb sechs die Nachrichten an.«

»Aber mit ihr ist doch alles in Ordnung, oder?«

»Halb sechs, die Nachrichten. Mehr kann ich Ihnen nicht sagen.«

Er trat näher an mich heran und blickte mir in die Augen. »Joe, haben Sie den Schützen gestern Abend gesehen?«

»Nicht genau.«

»Lassen Sie den Kopf nicht hängen, Joe. Man kann nicht überall sein und alles sehen. Halten Sie die Ohren steif. Wir werden den Scheißkerl kriegen und ihn nach Quentin schicken, wo man ihm einen kräftigen Stromstoß verpasst.«

»Danke, Sir. Ich weiß das zu schätzen.«

»Kommen Sie morgen um acht Uhr in mein Büro, in Ordnung? Nach den Nachrichten werden Sie wissen, warum. Ich werde Sie mindestens zweimal nach allem fragen, woran Sie sich in Bezug auf das Mädchen erinnern.«

Als ich wieder im Auto saß, rief ich meine Mutter an. Ihre Stimme klang jetzt kräftiger, aber ich konnte den Kummer heraushören. »Will junior und Glenn landen in einer Stunde, Joe. Ihre Familien kommen nach.«

»Ich werde sie abholen, Mama.«

»Ich bin schon auf dem Weg.«

»Dann treffen wir uns an der Statue.«

Sie nannte mir die Fluggesellschaften und Ankunftszeiten, sagte, dass sie mich liebe, und legte auf.

Ich traf sie an der Statue von John Wayne, einer riesigen Bronzefigur, die den Schauspieler im Cowboykostüm zeigt, wie er mit großen Schritten dahineilt. Als ich meine Mutter umarmte, warf sie sich mir schluchzend an die Brust. Ich hatte sie schon öfter weinen gehört, aber noch nie so, mit solch heftigen Zitterschüben, die von den Füßen durch den ganzen Körper aufzusteigen schienen. Ich führte sie zu einer Bank, wo einige rücksichtsvolle Menschen zur Seite rückten, um uns Platz zu machen.

Als sie sich wieder gefasst hatte, sah sie mir in die Augen, fuhr mit der Hand über mein Gesicht und fragte mich, wie es mir gehe. Sie ist der einzige Mensch auf der Welt, dem ich erlaube, das zu tun – beide Seiten meines Gesichts zu berühren. Ich sagte ihr, dass es mir gut gehe, und wir respektierten beide diese Lüge genug, um aufstehen und zum Ankunftsflugsteig von Will junior gehen zu können.

Eine Stunde später fuhren wir vier in zwei Wagen an den

Reportern und Kameramännern vorbei und bogen in die lange, schattige Auffahrt unseres alten Hauses in Tustin Hills ein. Dann standen wir auf der Veranda, während Mutter den Schlüssel herauskramte. Ich roch den Eukalyptus und die Rosen, die sie immer mit Hingabe pflegte. Mein Blick blieb an der alten, rötlichen Holztür mit dem Fenster hängen und mir ging auf, dass es dieselbe Tür war, die sich mir vor zwanzig Jahren geöffnet und mir den Zugang zu den wundervollsten, glücklichsten Tagen meines Lebens ermöglicht hatte. *In ein Zuhause.*

Als ich hineinging, hatte ich jedoch das Gefühl, eine Parodie des Glücks von einst zu durchleben, wie zum Hohn auf wahr gewordene Träume. Wills Haus, aber ohne Will.

Ich schloss die Tür hinter mir und schaute zu meinen Brüdern und meiner Mutter, brachte es aber nicht fertig, ihnen in die Augen zu sehen.

Du hast ihn umgebracht Du hast ihn umgebracht Du hast ihn umgebracht.

»Ich habe ihn nicht umgebracht«, sagte ich.

»Was soll das heißen, Joe?«, fragte Will junior und legte mir den Arm um die Schultern, während wir ins Wohnzimmer gingen.

Von den nächsten Stunden weiß ich nicht mehr viel, nur, dass sie zu den schlimmsten meines Lebens gehörten.

Zu Hause. Ich fuhr meinen Mustang aus der Garage und Wills BMW hinein, ließ die Fenster heruntergekurbelt und blieb eine Weile gedankenverloren im Wagen sitzen.

Dann nahm ich Wills Aktentasche und ging ins Haus. Ich habe drei große Fußbodensafes – einen im Schlafzimmer, einen im Bad und einen im Arbeitszimmer. Das Haus war 1945 auf einem erhöhten Fundament errichtet worden, so dass es einfach gewesen war, die Safes einzubauen. Ich öffnete den im Arbeitszimmer.

Um Platz zu schaffen, nahm ich die Smith .357 Magnum und eine meiner kleinen hölzernen Schatztruhen heraus. In diesen »Truhen« bewahrte ich alles auf, was mir wertvoll war: Steine, Muscheln, Federn, anderen Krimskrams, Notizen, kleine Geschenke. Darunter war auch das Erste, was ich von Will bekommen hatte, ein Buch mit dem Titel *Shag, der letzte Büffel der Prärie*. Ich hatte ein Bibliotheksexemplar davon gelesen, als er sich das erste Mal in Hillview mit mir unterhalten hatte. Ich war damals fast fünf. Als er das nächste Mal kam, schenkte er mir ein brandneues Exemplar.

Ich starrte einen Augenblick auf die Aktentasche. Sie erinnerte mich so sehr an Will. Als ich über einen Blutfleck strich, blieb eine dunkle Kruste an meinem Finger kleben. Nur gut, dass Alagna das Blut nicht gesehen hatte. Aber da er es nicht für nötig erachtet hatte, Wills BMW zu beschlagnahmen, hätte er wahrscheinlich auch mit seiner Aktentasche nicht viel anfangen können. Ich öffnete sie und betrachtete jeden der alltäglichen Gegenstände darin, als hätte er eine große Bedeutung in Wills Leben gehabt: seine letzte Büroklammer, seine letzte Tagesordnung für den Verwaltungsrat, seine letzten Aspirin. Dann schloss ich die Tasche, legte sie auf den Boden des Safes und stellte die Schatztruhe darauf.

Ich prüfte die Waffe – sie war stets geladen und immer einsatzbereit – und wischte sie mit dem Öltuch, auf dem sie gelegen hatte, ab. Dann drückte ich die Safetür zu und drehte das Schloss herum.

Als ich ins Wohnzimmer ging, schien alles völlig anders auszusehen. Alles war wie immer und doch völlig anders. Ich betrachtete den polierten Ahornboden, das schwarze Sofa, den schwarzen Sessel, die schwarze Ottomane, die ordentlich in ihrem Ständer gestapelten Zeitschriften, die Chromleselampe. Mein Blick wanderte über die Wände mit den gerahmten Postern von Rennwagen, dem billigen Druck von Michelangelos »Gott erschafft Adam« und den vielen gerahmten Fotos von Will, Mary Ann, Will junior und Glenn.

In der Küche setzte ich mich hin und starrte auf das schwarzweiße Schachbrettmuster der Fliesen, die weißen Wände, auf Schränke, Arbeitsfläche und Armaturen, alles in

Weiß. Die Essecke war in Chrom gehalten, mit weißen gepolsterten Stühlen und einer weißen Vinyltischplatte. Fast anstaltsmäßig. Ich hatte das Haus selbst eingerichtet und renoviert und ich hielt es sauber wie einen Operationssaal. Doch das alles schien jetzt so unwichtig zu sein, so absolut bedeutungslos.

Abends um halb sechs übertrugen alle vier Fernsehsender eine von Savannahs Vater einberufene Pressekonferenz.

Ihr Nachname lautete Blazak, sie war elf Jahre alt und vor drei Tagen, am Montagnachmittag, entführt worden. Ihr Vater war Jack Blazak aus Newport Beach. Ich kannte ihn vom Sehen; er war nicht nur einer der reichsten und mächtigsten Männer von Orange County, sondern auch ein Bekannter von Will. Zur Pressekonferenz war er mit seiner Frau Lorna erschienen.

Außer Blazak stand FBI-Sonderermittler Steve Marchant den Reportern Rede und Antwort. Sie hatten drei neuere Fotos von Savannah, die ihr Vater als »sehr intelligent, sehr sensibel und sehr phantasievoll« beschrieb.

Sie war vor drei Tagen von Zuhause verschwunden – irgendwann am Montagvormittag, wie Jack sagte – und kurz darauf war eine Lösegeldforderung eingegangen. Jack kam kurz ins Stottern, seufzte und gab dann zu, er und seine Frau hätten aus Furcht um das Leben ihrer Tochter zuerst die Absicht gehabt, das Lösegeld zu zahlen. Die Entführer hätten gedroht, ihnen Savannahs Kopf »tiefgekühlt in einem Paket mit UPS« zuzuschicken, wenn sie zur Polizei gingen.

Blazaks Kehlkopf hüpfte hoch und runter, als er gestand, dass »nach drei Tagen in der Hölle« sein Versuch, seine Tochter freizukaufen, »nicht erfolgreich« verlaufen sei. Aber er habe Grund zu der Annahme, dass er am heutigen Donnerstagabend die Zahlung an Savannahs Entführer durchführen und ihre sichere Rückkehr erreichen könne. Als er am Morgen gehört habe, dass ein Mädchen namens Savannah, auf das die Beschreibung seiner Tochter passe, vom Tatort eines Mordes geflohen sei, habe er sich umgehend ans FBI gewandt.

Er bat alle Zuschauer, nach seiner Tochter Ausschau zu halten, und lobte für Informationen, die zu ihrer Rückkehr führten, eine Belohnung von hunderttausend Dollar aus.

Dann erklärte Steve, wo und wann Savannah zuletzt gesehen worden war und was sie angehabt hatte, antwortete auf einige Fragen und nannte die Nummer einer Hotline. Er betonte, dass das FBI den Fall mit allen zur Verfügung stehenden Kräften verfolge. Savannah Blazak wieder heil nach Hause zu bringen sei wichtiger als alles andere.

Steve machte einen entschlossenen und leicht wütenden Eindruck. Jack Blazak sah aus, als wäre er zehn Kilometer hinter einem Schulbus hergezogen worden, und seine Frau wirkte reizend und zerbrechlich und schien kaum etwas von allem mitzubekommen.

Es folgte ein Bericht über Will nach der Ankündigung »Blutbad in Anaheim. Orange County unter Schock«. Aufnahmen der Lind Street, vom Krankenhaus, der geschlossenen Tür von Wills Büro, alte Ausschnitte, die ihn in Sitzungen zeigten. Auch ein paar Sekunden von uns hatten sie, wie wir die Straße zu unserem Haus in Tustin Hills entlanggingen, und dann von hinten, auf dem Weg zur Veranda.

Sogar ein Foto von mir mit dem Kommentar, »Quellen in der Ermittlungsbehörde« hätten bestätigt, dass ich, während ich meinen Vater zu beschützen versuchte, zwei Killer tödlich verwundet hatte. Ein weiterer sei ebenfalls gestorben und ein anderer schwer verwundet. Die Toten seien bisher noch nicht identifiziert worden. Auch das Motiv kenne man zur Zeit noch nicht.

Bei mir klingelte ununterbrochen das Telefon. Bekannte von der Akademie und von der Polizei, alte Freunde, Verwandte. Bei Familienangehörigen ging ich ran, ansonsten ließ ich den Anrufbeantworter die Gespräche entgegennehmen, ob es nun

Bruce war, ein Zeitungsreporter aus New York, oder Seth, der eine Nachrichtensendung im Fernsehen von Los Angeles produzierte, oder June Dauer, eine Moderatorin beim örtlichen Rundfunk, oder Dr. Norman Zussman, der Psychiater, der mich durch das Programm für Polizisten schleusen sollte, die in Schießereien verwickelt worden waren.

Ich wärmte drei Fertiggerichte auf und stellte sie zusammen mit einer Packung Milch auf den Tisch. Ich mochte den anstaltsartigen Geschmack von Fertiggerichten und die unterteilten Teller – weitere Nachwirkungen meiner Zeit in Hillview.

Ich wollte gerade anfangen zu essen, als es an der Tür klingelte. Es war Rick Birch. Er sah müde und alt aus. Ich bat ihn herein und bot ihm eins der Fertiggerichte an, aber er winkte ab.

»Essen Sie nur«, sagte er. »Ich habe nur ein, zwei Fragen an Sie.«

Ich stellte die Gerichte wieder in den Ofen und setzte mich ihm gegenüber hin. Er sah sich um, als würde er eine Inventarliste erstellen. Auf seiner Nase saß eine randlose Brille mit getönten Gläsern.

»Wie alt sind Sie, Joe?«

»Vierundzwanzig, Sir.«

»Wie lange wohnen Sie schon hier?«

»Drei Jahre.«

»Sie halten das Haus sauber und ordentlich.«

»Danke. Ich mag es ordentlich«

»Die beiden, die Sie erschossen haben, waren Cobra Kings.«

»Ich habe von ihnen gehört.«

»Ray Flatley von der Abteilung für Bandenkriminalität kann Ihnen Details nennen. Aber im Wesentlichen sind es Diebe, denen es nichts ausmacht, einen Mord zu begehen, wenn ihnen danach ist.« Er zog ein kleines Notizbuch aus der Manteltasche, das offenbar schon an der richtigen Stelle aufgeschlagen war. »Sie haben Luke Smith und Ming Nixon erwischt, 27 beziehungsweise 31 Jahre alt. ›Luke‹ ist eine Abwandlung von Loc. Den Namen Nixon hat der andere in Saigon bekommen, weil er ein Mischling war. Der dritte Tote konnte noch nicht identifiziert werden. Der vierte Mann, der noch am Leben ist, heißt Ike Cao – neunzehn, ein altgedientes Mitglied der Cobra Kings.«

Er musterte mich über seine Brille hinweg mit nach vorn geneigtem Kopf. Ich wusste nicht, wie ich reagieren sollte. Es tat mir zwar Leid, dass ich sie getötet hatte, aber nicht allzu sehr.

»Ich vermute, Sie haben einige Zeit frei bekommen«, sagte er.

»Ich wollte nicht.«

»Nehmen Sie Urlaub. Niemand macht so etwas durch, ohne dass es ihn verändert. Norm Zussman ist ein guter Psychiater.«

»Ich wünschte, ich könnte weiterarbeiten.«

»Das kann ich verstehen.«

Birch blinzelte mit seinen hellblauen Augen. Er wirkte wie ein Farmer: wettergegerbtes Gesicht, große Hände und eine innere Ruhe, die von der Beobachtung des Wachstums der Natur herzurühren schien.

»Joe, erzählen Sie mir von Ihrem Vater und Savannah Blazak.«

»Ich weiß nicht viel.«

»Nein?«

»Nein, Sir. Was das Mädchen anging, hatte Will mich nicht eingeweiht. Ich bin sein Sohn und ich war sein Fahrer und Leibwächter. Manchmal sagte er mir, was er vorhatte, und manchmal nicht. Von Savannah habe ich gestern Abend gegen neun Uhr zum ersten Mal gehört. Als wir zur Lind Street fuhren, um sie abzuholen. Und von der Entführung habe ich erst heute Nachmittag um halb sechs erfahren, als ich die Nachrichten sah.«

Birch dachte einen Moment nach. »Nur damit ich es nicht falsch verstehe: Das Mädchen wird am Montagmorgen entführt. Die Eltern sind nicht in der Lage, das Lösegeld zu übergeben, obwohl sie es haben und zur Zahlung bereit sind. Am Mittwochabend hat Will Trona sie gefunden. Erklären Sie mir das.«

»Das kann ich nicht.«

»Sie haben den Schützen gesehen?«

»Nicht gut. Der Nebel verhüllte ihn.«

»Würden Sie ihn bei einer Gegenüberstellung wiedererkennen?«

»Wenn er sprechen würde.«

»Das müssen Sie erklären.«

Ich tat es – die Art der Stimme, der merkwürdige Tonfall.

»Eine Stimmenidentifikation würde uns nichts nutzen. Es ist nicht einmal genug, um jemanden festzuhalten.«

Das war mir bekannt, also schwieg ich.

»Wissen Sie, wer es getan hat, Joe?«

»Nein, Sir, natürlich nicht.«

Sein ruhiger Blick lag unverwandt auf meinem Gesicht. »An dieser Sache stimmt einiges nicht.«

»Das denke ich auch.«

»Würden Sie morgen mir gegenüber Ihre Aussage wiederholen? Ich habe zwar Alagnas Band, aber ich würde gern meine eigenen Fragen stellen.«

»Selbstverständlich.«

Er nickte und sah sich kurz um, bevor er sich wieder mir zuwandte. »Haben Sie schon mit Marchant gesprochen?«

»Morgen.«

Birch trommelte mit den Fingern in schnellem Wirbel auf den Tisch. »Hat er das Mädchen missbraucht?«

»*Will?*«

»Ich werde nicht der Einzige sein, der Ihnen diese Frage stellen wird. Sie wurde entführt und ist zuletzt zusammen mit ihm gesehen worden. Zwischen diesen beiden Punkten kann man eine ziemlich gerade Linie ziehen.«

»Ich bin sicher, dass er es nicht getan hat, Sir.«

»Es gibt nicht viele andere Dinge, deren Sie sicher sind.«

Ich überlegte, wie ich ihn dazu bringen konnte, von der Telefongesellschaft eine Liste der Anrufer zu beschaffen, ohne ihm gleichzeitig zu verraten, dass ich ihm gegenüber nicht offen war. Ich kam zu dem Schluss, dass ich irgendwann mit Rick Birch ins Reine kommen musste. Aber noch war es nicht so weit.

Er wartete darauf, dass ich etwas erwiderte, aber ich blieb stumm. Er machte den Eindruck, als würde er ewig warten wollen.

»Wie sah es mit Wills Finanzen aus?«

»Gut, Sir. Sein Einkommen war nicht schlecht und meine Mutter ist reich. Außerdem hatte er nie viel fürs Geldausgeben übrig.«

Er wartete wieder, aber ich sagte nichts mehr.

»Blazak hat nicht erwähnt, wie hoch die Lösegeldforderung war.«

Jetzt war ich an der Reihe zu warten. Auch ich konnte ewig warten.

»Okay, Joe. Zum Kleingedruckten kommen wir morgen. Tun Sie mir einen Gefallen und schreiben Sie auf, was gestern Abend passiert ist. Alles, woran Sie sich erinnern. Das wird uns beiden eine Hilfe sein.«

»In Ordnung.«

Er stand auf. »Es tut mir Leid«, sagte er. »Tut mir aufrichtig Leid für Sie.«

»Danke.«

Wir vereinbarten einen Termin und er sah sich noch einmal in meiner Küche um. Dann brachte ich ihn zur Tür.

Nach dem Abendessen rief Jack Blazak an. Er wollte, dass ich am nächsten Morgen in aller Herrgottsfrühe zu ihm kam. Nach seiner Tochter fragte er nicht. Stattdessen gab er seiner Frau den Apparat, damit sie mir den Weg zum »Newport-Haus« erklärte.

Nachdem sie es getan hatte, sagte sie: »Legen Sie noch nicht auf, Mr Trona. Ich muss Sie einfach danach fragen – wie ging es ihr? Sah sie gut aus? War sie aufgeregt oder verletzt oder sonst etwas? Ich habe mein Kind seit drei Tagen nicht gesehen.«

»Es ging ihr gut, Mrs Blazak. Als ich sie gesehen habe, ging es ihr gut.«

Kapitel vier

Es war sechs Uhr früh und die Sonne ging gerade über den Hügeln von Newport Beach auf. Mein Auto stand am Fuß des wuchtigen Marmortorwegs, der die Einfahrt zur Pelican-Point-Siedlung bildete, und ein Wachmann notierte sich meinen Namen sowie die Nummern meines Autos, meiner Dienstmarke und meines Führerscheins. Dann starrte er mein Gesicht an, als könnte er mir jederzeit hineinschlagen. Doch schließlich schwang das Tor auf und ich fuhr hindurch.

Zehn Tage vorher hatte die Polizei von Newport unmittelbar vor diesem Tor einen sechzehnjährigen Jungen erschossen. Zwölf Schüsse, neun Treffer – der Junge war sofort tot gewesen. Er war mit einer Machete und einem scharf geschliffenen Schraubenzieher bewaffnet gewesen und hatte auf Spanisch herumgeschrien. Er hieß Miguel Domingo. Jaime Medinas Hispano-Amerikanischer Kulturverein war wegen des Vorfalls auf die Barrikaden gegangen und hatte eine Untersuchung gefordert. Tatsächlich hatte Jaime an jenem Abend mit Will darüber gesprochen.

Das Ende des Jungen war der zweite gewaltsame Tod einer illegalen guatemaltekischen Arbeitskraft in diesem Monat gewesen. Eine Woche vorher war Luria Blas, eine junge Putzfrau, von einem Auto überfahren worden, als sie in Fullerton in der Nähe ihrer Wohnung auf die Straße »geirrt« war. Es wurde als Unfall eingestuft. Die Frau in dem Chevy Suburban, die sie überfahren hatte, war ausgestiegen und hatte zu helfen versucht.

Wenn man durch eine Siedlung wie Pelican Point fuhr und all die Schönheit und den Reichtum sah, wurde einem drastisch vor Augen geführt, wie ungerecht die Welt doch war. Die einen lebten in Villen am Strand, während die anderen vor deren Toren erschossen oder von einem großen Auto über den Haufen gefahren wurden. Manche versuchten sich ihren Anteil zu nehmen, indem sie zu Schraubenzieher und Machete griffen. Andere versuchten es zu schaffen, indem sie anderer Leute Wohnungen putzten.

Neuer Asphalt auf alten Hügeln. Villen, Paläste, Herrenhäuser – einige fertig, andere noch nicht. Georgianisch oder im Tudorstil, toskanisch, römisch, à la Frank Lloyd Wright oder postmodern in Glas und Beton. Grauer Himmel mit einer einsamen Möwe. Grüne Hänge und ein Bataillon gelber Bulldozer, bereit, alles einzuebnen, um den Blick auf den Horizont freizugeben. Man konnte gar nicht früh genug anfangen, Bergkuppen zu planieren.

Am nächsten Tor stand ein eigenes kleines Wachhaus, aber keine Wache. Eine Sicherheitskamera folgte meinem Gesicht, bis ich anhielt. Die Gegensprechanlage war leicht zu erreichen. Ich drückte auf die Klingel und wartete. Zwei Tore pro Grundstück, das war jetzt der Standard in den Hügeln von Newport.

»Ja?«

»Joe Trona für das Ehepaar Blazak.«

»Kommen Sie herein, Joe.«

Die Blazaks hatten sich für griechisch-römisch entschieden: Vor dem Haus inmitten von kanarischen Dattelpalmen lag ein im Sonnenschein schimmernder Pool, dann kam eine weiße Marmortreppe, die zu einem Portikus mit imposanten Säulen und einer riesigen, fensterlosen Doppeltür hinaufführte. Das Haus glänzte in weißem Marmor, war rechteckig und hatte ein Flachdach. An einer Seite wuchsen Bougainvilleen und Ocotillo-Sträucher, die Schatten auf die hellen Marmorwände warfen und sich mit ihren hellroten Blütenblättern von ihnen abhoben.

Ich parkte neben einer auf Hochglanz polierten rotweißen dreiundsechziger Corvette »Split Window«, auf deren Nummernschildern »BoWar« zu lesen war. Die Garage dahinter stand offen und protzte mit einem Silver Cloud, einem Lexus SUV und einem Jaguar, auf dessen Nummernschildrahmen noch die Reklame des Händlers klebte.

Jack Blazak kam die Treppe herunter, um mich zu begrüßen. Er schüttelte mir kräftig die Hand. Hellbraune Augen, gewelltes dunkles Haar, kräftig und voll.

»Danke, dass Sie gekommen sind.«

»Es ist mir ein Vergnügen.«

»Lorna und Bo sind drinnen.«

Seine Stimme war rau und er stieß die Worte in einer Art hastigem Bellen hervor, so als wollte er Zeit sparen.

Der Eingangsraum war großzügig bemessen und besaß eine hohe Kuppeldecke mit Oberlicht. Ich nahm meinen Hut ab. Weiße Wände, auf die das erste Sonnenlicht des Tages fiel, und unter den Füßen noch mehr weißer Marmor. Blazak sah genauso bleich aus wie die Wände.

Er führte mich in ein Wohnzimmer mit verglaster Westfront, von wo aus man die Berge und den Ozean sehen konnte.

Lorna Blazak saß in einer Ecke einer großen Ledercouch. In der anderen hatte ein Typ Platz genommen, den ich nicht kannte.

»Oh, Mr Trona«, sagte sie, »ich bin ja so froh, dass Sie hier sind.«

Sie gab mir die Hand – knochig und kühl. Ihre Augen waren glanzlos und sie machte einen erschöpften Eindruck.

»Darf ich Ihnen Bo Warren vorstellen? Er ist der neue Sicherheitsbeauftragte der Kapelle des Lichts.«

Warren hatte sich erhoben. Er war klein und drahtig, hatte einen rasierten Kopf und blaue Augen unter scharf gezogenen, misstrauischen Augenbrauen. Kamelhaarblazer, schwarzes, zugeknöpftes Polohemd, blitzblanke Militärstiefel. Sein Handschlag war kurz und so fest, dass es wehtat, und dabei starrte er mir unverwandt in die Augen.

BoWar, dachte ich. Bo im Krieg.

»Angenehm«, sagte ich. »Ich bin Joe Trona.«

Er erwiderte nichts, also ergriff Lorna das Wort.

»Möchten Sie etwas trinken, Joe?«

»Nein, danke.«

Jack setzte sich zu den anderen auf die Couch und zeigte auf einen Sessel ihnen gegenüber. Zwischen uns stand ein gläserner Couchtisch. In die runden Enden der Tischplatte waren Wellen geätzt, auf die ich jetzt meinen Hut legte.

»Zuerst das Wichtigste, Joe«, begann Blazak. »Wir sind Ihnen sehr dankbar, dass sie unsere Tochter aufgespürt haben, und mehr als glücklich, dass sie am Leben ist. Wir haben Sie hergebeten, um Ihnen ein paar Dinge mitzuteilen und Ihre Wissenslücken zu schließen.«

Wieder kamen seine Worte schnell und aggressiv. Offenbar war er es gewohnt, dass man ihm zuhörte.

Ich nickte. »Ich möchte auch nicht dumm dastehen, Sir.«

Warren kicherte. Jack sah mich verdutzt an und drehte sich dann zu seiner Frau um.

»Jack ist in den letzten Tagen etwas schroff, Mr Trona«, erklärte sie. »Seit Savannah entführt wurde, hat er nachts nie länger als zwei Stunden geschlafen. Genauso wie ich. Verzeihen Sie uns, wenn wir etwas ... direkt sind.«

»Ich verstehe.«

»Hilfe«, stieß Jack hervor. »Alles, was wir wollen, ist Ihre Hilfe.« Er verstummte wieder. Dann warf er Warren einen Blick zu und sagte: »Jetzt können Sie übernehmen, Bo.«

»Mit Vergnügen«, erwiderte Warren und rutschte auf die Couchkante vor, als wolle er jeden Augenblick aufspringen. »Joe, Savannah Blazak ist am Montag, dem 11. Juni, irgendwann zwischen neun und elf Uhr vormittags entführt worden.«

Semper fi, dachte ich. Marines. Seine Stimme war tiefer und lauter als erwartet, so als ob er einen Lautsprecher im Körper hatte.

»Jack war bei der Arbeit und Lorna unterwegs. Marcie, das Hausmädchen, machte sauber und passte gleichzeitig auf

Savannah auf, die, wie sie glaubte, in ihrem Zimmer spielte. Als Marcie um 10.55 Uhr nachsah, war sie aber nicht da. Marcie lief durchs ganze Haus und rief nach Savannah – kein Kind weit und breit. Sie suchte auf dem Grundstück – kein Kind weit und breit. Sie rief bei den Nachbarn an, die eine Tochter in Savannahs Alter haben, aber es war niemand zu Hause. Um 11.10 Uhr rief sie Jack auf der Arbeit an und wählte dann – auf Jacks Anordnung hin – die 911, die allgemeine Notrufnummer. Danach rief sie Mrs Blazak auf deren Handy an. Jack schaffte es, in siebzehn Minuten zu Hause zu sein. Da war die Polizei von Newport schon da.«

Warren starrte mich mit seinen kalten blauen Augen an. »So weit alles klar?«

Ich nickte.

»Das Weitere in Kurzform: Die Polizisten machten viel Aufhebens, schauten ins Zimmer des Kindes ...«

»Nennen Sie sie Savannah, Bo. Nicht *das Kind.*«

»Tut mir Leid, Mrs Blazak. Savannah. Sie schauten in Savannahs Zimmer. Befragten Marcie. Befragten Jack. Sie nahmen die Aussagen auf und meinten, Savannah würde bestimmt unversehrt wieder auftauchen. In 99 von 100 Fällen tauche ein vermisstes Kind unversehrt wieder auf. Wahrscheinlich hätten sie Marcie am liebsten heruntergeputzt, weil sie die 911 gewählt hatte, obwohl es sich nicht um einen Notfall handelte. Aber der Grund des Anrufs war immerhin Jack Blazaks Tochter.«

»Bleiben Sie bei den Fakten, Bo«, mischte sich Blazak ein, »und fassen Sie sich kurz.«

Warren ließ ein Lächeln aufblitzen, das sofort wieder verschwand – an, aus – wie eine Warnblinkanlage. Er räusperte sich.

»Ja, Sir. Okay. Also, Joe, rund drei Stunden nachdem das Hausmädchen die Polizei angerufen hatte, erhielten die Blazaks zu Hause einen Anruf. Der Anrufer hatte seine Stimme irgendwie gedämpft – mit einem Handtuch oder so. Er erklärte, er hätte Savannah, und ließ sie ›Hallo, Mama und

Papa‹ sagen, um es zu beweisen. Es stimmte, es war Savannah. Dann forderte er für ihre Freilassung eine halbe Million Dollar in bar. Er gab Jack und Lorna 46 Stunden, um das Lösegeld zu zahlen. Sollten sie es nicht tun, würde er Savannah töten. Dasselbe würde er tun, wenn sie die Behörden einschalteten. Er sagte, er würde sich vor Mittwochmittag wieder melden. Das war am Montag, vierzehn Uhr, Sie erinnern sich.«

»Ja.«

»Jetzt der erste Knalleffekt: Jack hat die Stimme des Entführers erkannt. Und Knalleffekt Nummer zwei: Der Entführer ist sein Sohn Alex, von seinen Freunden auch der ›verrückte Alex‹ genannt.«

Gehören Sie zu Alex?

»Verdammt, Bo«, unterbrach ihn Lorna. »Müssen Sie so grob sein?«

Warren flehte förmlich um Verzeihung. »Nun, es tut mir Leid, aber ich wollte Joe einen Eindruck vermitteln, mit wem wir es zu tun haben. Ich denke, Lorna, sein Spitzname erlaubt Rückschlüsse auf seinen Charakter. Ich versuche nicht, den Namen Ihres Sohn in den Schmutz zu ziehen, auch wenn er ein verurteilter Verbrecher, Dauergast in der Psychiatrie und jetzt offenbar wieder zum Entführer geworden ist.«

»Er war nur angeklagt«, korrigierte Lorna müde. »Er ist nie verurteilt worden.«

»Er ist *wieder* zum Entführer geworden?«, fragte ich.

»Er hat Savannah von Zuhause weggebracht, als sie drei war«, erklärte Warren.

»Er war *dreizehn*«, zischte Lorna. »Sie sind weggelaufen.«

»Machen Sie weiter, Warren«, drängte ihr Mann. Er hatte den Kopf an die Couch gelehnt und starrte an die Wohnzimmerdecke. »Sie vergeuden schon wieder unsere Zeit.«

»In Ordnung, Jack, sicher. Also, Jack und Lorna wollten Savannah nicht noch mehr in Gefahr bringen, als sie schon war. Und verständlicherweise wollten sie auch ihren Sohn nicht gefährden, obwohl er gedroht hatte, seine eigene Schwester umzubringen, wenn er nicht einen Haufen Geld bekäme. Sie beraten sich miteinander. Sie machen sich die Entscheidung schwer, wirklich schwer. Endlich beschließen sie, Gott um Hilfe zu bitten. Sie gehen zu Reverend Daniel Alter und erzählen ihm, was passiert ist. Unter seiner Leitung finden eine Reihe von Gebeten und Lesungen statt, die fast eine halbe Stunde dauern. Nachdem sie den Herrn um Hilfe gebeten haben, sind sowohl Jack als auch Lorna überzeugt, dass die christliche Lösung darin besteht, Alex für die Rückkehr von Savannah zu bezahlen und ihm professionelle Hilfe zu besorgen, statt ihn ins Gefängnis zu bringen. Reverend Alter pflichtet ihnen bei.«

Warren lehnte sich seufzend zurück und fügte hinzu: »Den Rest können Sie sich denken.«

»Reverend Alter hat angeregt, die Lösegeldübergabe Ihnen zu übertragen, weil Sie schließlich für alle Sicherheitsfragen zuständig sind.«

»Genau.«

»Aber irgendetwas ist am Mittwoch schief gelaufen, sonst säßen wir heute nicht hier.«

»Offensichtlich. Auftritt Will Trona. Weil Will über gute Kontakte verfügte, hatte Reverend Alter ihn gebeten, bei der Suche nach Savannah und Alex zu helfen. Ihr Vater hat Jack am Mittwochvormittag angerufen und ihm mitgeteilt, dass er mit Alex gesprochen und Savannah gesehen habe. Wo sie waren und wie er sie gefunden hatte, wollte er nicht verraten. Er sagte, Alex würde jetzt eine Million für seine Schwester verlangen. Er, Will, würde das Geld überbringen und wenn er das getan hätte, würde er Savannah abholen und zu uns bringen. Das alles sollte Mittwochabend passieren. Jacks Geld wurde Will auch, wie geplant, übergeben. Nicht geplant war, dass Ihr Vater ermordet wurde und Savannah verschwand.«

Ich verglich Warrens Geschichte mit dem, was ich gesehen und gehört hatte. Sie schien zu stimmen. Aber es überraschte mich doch zu hören, dass Will am Mittwochvormittag Savannahs Aufenthaltsort gekannt, es aber nicht für nötig gehalten hatte, ihn mir mitzuteilen. Er hatte mir nicht einmal gesagt, dass er nach einem entführten Mädchen suchte, sondern mich im Dunkeln gelassen – zu meinem eigenen Besten, hatte er sonst hinterher immer gesagt. Aber es verletzte mich, weil Wills nächtliche Geschäfte auch meine Sache hätten sein sollen.

»Ich verstehe«, sagte ich. »Als Savannahs Name gestern in den Nachrichten genannt wurde, hielten Sie die Zeit für gekommen, Polizei und FBI zu informieren, an die Öffentlichkeit zu gehen und alles zu tun, um Savannah zu finden, bevor Alex sie wieder aufspürte.«

»Gut«, meinte Warren. »Sie verstehen also unsere Probleme.«

»Ja, Sir. Das Erste ist, dass das Ganze zwei Tage zurückliegt und Savannah immer noch vermisst wird. Das zweite ist, dass Mr und Mrs Blazak ihren Sohn noch immer lieben. Sie haben das FBI davon überzeugt, dass eine groß angelegte Fahndung Alex entweder in den Selbstmord oder in einen Zusammenbruch treiben würde. Und dass eine solche Aktion nicht unbedingt zu Savannahs Rückkehr führen würde. Steve Marchant hat ihnen ein paar Tage Aufschub gewährt, aber weder Savannah noch Alex wurden gefunden. Deshalb wird Alex' Gesicht, wie schon Savannahs, bald an jeder Plakatwand und in jeder Nachrichtensendung zu sehen sein. Das bedeutet, ihm steht eine Verhaftung wegen Entführung mit anschließender Anklage, aber keine Therapie seiner Geistesstörung ins Haus.«

»So ist es«, bestätigte Warren. »Laut Marchant halten sie die öffentliche Fahndung nach Alex noch bis Montag zurück. Drei Tage. Und jetzt kommen Sie ins Spiel. Da Sie sie schon einmal gefunden haben, hoffen wir, dass Sie sie auch ein zweites Mal finden werden.«

»Das dachte ich mir.«

»Nun, Sie sind ein helles Bürschchen«, meinte Warren feixend.

»Joe«, sagte Jack mit weicher Stimme und beugte sich vor, »wir brauchen noch einige Dinge von Ihnen.«

»Was für Dinge?«

»Wir müssen alles wissen, was an jenem Abend passiert ist. Alles, was Will gesagt hat, was Sie von meiner Tochter gesehen oder über sie gehört haben. Alles, was Sie der Polizei von Anaheim, dem Sheriff von Orange County, dem FBI, den Medien erzählt haben. Ich will alles noch einmal von Ihnen hören. Bis ins letzte Detail, Joe. Ich werde die ganze Geschichte auf Band aufnehmen. Verstehen Sie?«

»Ich verstehe.«

Bo Warren stand auf und machte einen Schritt auf mich zu. Hatte er sich bisher wie ein Oberst angehört, der die Presse ins Bild setzte, so klang er jetzt wie ein General, der Befehle erteilte. »Joe, wir haben eine hervorragende Hypnotiseurin, eine, die ohne Drogen arbeitet und die Sie in einen Zustand versetzen kann, in dem Sie sich sogar an die Einzelheiten Ihrer Geburt erinnern. Sie wird in 75 Minuten hier sein. Davor möchten wir eine Stunde mit Ihnen haben, um Ihren Bericht zu hören, alles, woran Sie sich erinnern. Dann versetzen wir Sie eine Stunde in Hypnose. Wir denken, dass Sie wissen, wie wir Savannah aufspüren können, weil Sie und Ihr Vater sie schon einmal gefunden haben. Ganz gleich, ob Ihnen bewusst ist, dass Sie es wissen. Wir bitten Sie, dem Mädchen zu helfen. Helfen Sie uns. Und helfen Sie sich selbst. *Eine Million Dollar*, wenn Sie sie für uns finden, Joe. Oder wenn Sie uns zu ihr führen. So oder so. Möglicherweise haben Sie den Schlüssel schon in Ihrem klugen Kopf. Eine Million Dollar ist kein schlechtes Honorar dafür, in Blazaks Arbeitszimmer auf der Couch zu liegen und sich an jenen Abend zu erinnern.«

Ich sah sie der Reihe nach an. Warren stand gut zwei Meter von mir entfernt neben dem Couchtisch und fixierte mich. Jack hatte die Hände hinter dem Kopf verschränkt und starrte mich ebenfalls an.

Auch Lorna betrachtete mich. Doch dann tat sie etwas, das mich verblüffte. Sie schüttelte den Kopf, leicht und schnell, aber ich hatte es gesehen und es war eindeutig gewesen.

Sie schaute mir direkt in die Augen. Dann tat sie es noch einmal und senkte den Blick.

»Also abgemacht«, stellte Warren fest.

»Großartig«, sagte Blazak. »Fangen wir an!«

»Wie lautet Ihre Antwort, Mr Trona?«, fragte Lorna. Ihr Blick wirkte keineswegs mehr abwesend und ich sah, dass ihr Kinn leicht zitterte.

»Im Augenblick nein. Aber ich werde darüber nachdenken.«

In der Stille, die darauf folgte, hörte ich draußen das *Kju-kju-kju* eines Falken. Dazu säuselte die Klimaanlage.

»Ähm, Joe«, sagte Warren, »Sie haben gerade von zwei Elternteilen gehört, dass ihre Tochter entführt worden ist. *Von ihrem eigenen Sohn.* Sie haben die Tochter am Mittwoch, vor zwei Tagen, kurz gesehen. Sie wissen jetzt, dass sie sich in der Gewalt eines ziemlich gefährlichen jungen Psychopathen befunden hat, Bruder oder nicht. Womöglich wieder in seiner Gewalt befindet. Und nachdem Sie all das gehört haben, sitzen Sie da und sagen uns, Sie wollen nicht helfen?«

»Ich werde nach ihr suchen und sie Ihnen bringen, wenn ich sie finden sollte. Aber ich werde Ihnen nicht alles über jenen Abend sagen.«

»Warum nicht, Soldat?«

Warren machte zwei Schritte auf mich zu, so dass ich mich in Reichweite seiner Stiefel befand.

»Weil noch etwas anderes an jenem Abend geschehen ist«, antwortete ich. »Etwas, das Ihnen vielleicht nichts bedeutet, mir aber wichtig ist.«

»Uns ist Will auch wichtig«, gab Warren zurück. »Wenn Sie das meinen.«

»Genau das meine ich. Und Will Trona geht Sie nichts an.«

»Hör zu, du Mistkerl – alles, was die Tochter dieses Mannes dort betrifft, geht mich sehr wohl etwas an. Hilf uns, hilf dir selbst!«

Ich griff nach meinem Hut und stand auf, ohne Warren aus

den Augen zu lassen. Dann wandte ich mich den Blazaks zu. »Danke für die Einladung. Ich werde tun, was ich kann, um Savannah zu finden. Sie scheint ein großartiges Mädchen zu sein.«

Jack starrte mich an. Lorna sah ihren Mann an. Warren war kurz aus meinem Blickfeld verschwunden und tauchte dann direkt vor mir auf. »He, Narbengesicht, nur noch eine Sekunde...«

»Nicht«, warnte ich ihn.

Doch er hatte mich schon am Oberarm gepackt – fest. Ein starker Mann. Ich griff mit beiden Händen nach seinem Handgelenk, drehte mich unter ihn und warf ihn wie eine Axt über die Schulter. Er landete flach auf dem Rücken, aber ziemlich hart auf dem Teppich und ich hörte, wie die Luft seinen Lungen entwich. Den Mund in die cremefarbene Wolle gepresst, drehte er sich ächzend herum.

»Oh, mein Gott!«, rief Lorna aus.

»Sicherheitsbeauftragter!«, stieß Jack verächtlich hervor. »Dass ich nicht lache.«

»Es tut mir Leid«, sagte ich. »Ich werde für die Reinigung aufkommen.«

Lorna ging aus dem Zimmer und Jack stand auf und blickte auf Warren hinunter.

Ich hob meinen Hut auf und schaute ebenfalls hinunter auf Warren. Der Anblick seines Schulterholsters hätte mich nicht überraschen sollen, aber er tat es. Irgendwie passten ein Fünfmillionendollarhaus und eine automatische Handfeuerwaffe nicht zusammen, so als fände man in seiner Schlagsahne eine Fliege. Auf dem Weg nach draußen hörte ich ihn noch immer nach Atem ringen, bis ich die Eingangshalle erreicht hatte.

Lorna Blazak hielt mir mit einer Hand die Tür auf und streckte mir mit der anderen eine Visitenkarte entgegen. Ich nahm sie und las:

Alex Jackson Blazak
Seltene Waffen und Sammlerstücke

Kriegsandenken
Nur nach Vereinbarung
(949) 555-2993

Auf die andere Seite war in eleganter Frauenhandschrift eine Adresse geschrieben: »Alex könnte sie dort festgehalten haben. Es ist eine Art Geheimnis, nun ja ... er hat keine Handelslizenz. Vielleicht finden Sie dort etwas, das Sie zu ihr führt. Jack weiß nichts von der Adresse. Die Polizei auch nicht. Ich habe versucht hineinzukommen, aber es war abgeschlossen.«

Zum zweiten Mal an diesem Vormittag hatte sie mich in Erstaunen versetzt. »Warum schützen Sie ihn?«

»Weil er eine Chance hat, wenn Sie ihn finden – ebenso wie meine Tochter.«

»Ich werde ihn verhaften.«

»Das hoffe ich. Jack ist derart außer sich. Ich habe um uns alle Angst.«

»Sonst noch etwas, das ich wissen sollte, Mrs Blazak?«

»Ich liebe meine Kinder. Gehen Sie.«

Ich dankte ihr und sie schloss die gewaltige Tür hinter mir.

Während ich in meinem Auto saß und die Berge hinter mir ließ, ging mir durch den Kopf, wie schön es hier war. Grüne Berge, blaues Wasser, prächtige Anwesen.

Ich fragte mich, warum Savannah Blazak es nicht geschafft hatte, nach Hause zu kommen. Ob Alex sie wieder eingefangen hatte, bevor sie zur Polizei laufen oder einen vernünftigen Erwachsenen hatte ansprechen können? Und warum schützte Lorna jemanden, der gedroht hatte, ihr ihre Tochter tiefgekühlt in einem Paket zuzuschicken?

Dann grübelte ich zum hundertsten Mal darüber nach, wie Will Savannah gefunden hatte. Woher hatte er gewusst, wo er suchen musste? Und warum hatte er mich nicht eingeweiht?

Savannah war am Montagvormittag entführt worden. Ihre Eltern hatten es niemandem gesagt außer ihrem geistlichen Ratgeber und dessen Sicherheitsbeauftragtem.

Am Mittwochmorgen hatte Will Trona das Rätsel gelöst, das Mädchen gefunden und ihre unversehrte Rückkehr nach Hause arrangiert. Doch am selben Abend, zehn Minuten nachdem er sie in seine Obhut genommen hatte, war er tot gewesen.

Als ich durch das Marmortor fuhr, stand dort ein Kamerateam, das einige Aufnahmen machte, vielleicht für einen Beitrag über Miguel Domingo, den sechzehnjährigen Guatemalteken mit der Machete. Aber wie Jaime Medina bezweifelte ich, dass die Medien der Geschichte viel Beachtung schenken würden. Das Team sollte wahrscheinlich nur einen Werbespot für die Pelican-Point-Siedlung drehen, wo eine Million nicht viel zählte.

Der Wachmann versuchte sie mit bösen Blicken zu vertreiben, aber sie befanden sich auf einer öffentlichen Straße.

Kapitel fünf

Ich ging die Treppe zur FBI-Zentrale von Orange County hinauf. Der öffentliche Eingang war mit schusssicherem Glas und einer Videokamera gesichert. In der Eingangshalle lief ich an der Wand der Märtyrer vorbei – einer Fotogedenktafel für FBI-Mitarbeiter, die in Erfüllung ihrer Pflicht ihr Leben gelassen hatten – und dann führte mich Steve Marchant in den Raum, den das FBI für den Fall Savannah eingerichtet hatte. Es war beeindruckend: zehn Agenten, sechs Computer, eine Telefonanlage, komplett mit Aufnahme- und Abhöreinrichtungen, ein großes Funkpult. An der Wand hing ein drei Meter langes Stück Packpapier mit einem handschriftlichen Zeitablauf, so dass man mit einem Blick sehen konnte, was passiert war. Darüber hingen Fotos von Savannah und Alex Blazak.

Einige der Agenten drehten sich um und musterten mich, andere arbeiteten einfach weiter.

»Ich wollte, dass Sie das sehen, bevor wir uns unterhalten, Joe«, erklärte Marchant. »Wenn es einen Durchbruch gibt, können wir bis zu zweihundert Agenten aufbieten. Wir hassen Entführer und setzen alles ein, was wir haben, um sie zur Strecke zu bringen.«

Er führte mich in einen kleinen Konferenzraum, in dem ein Tonbandgerät und eine Videokamera bereitstanden.

»Machen Sie es sich bequem, Joe. Wir werden den Mittwochabend detailliert durchgehen. Kaffee?«

»Nein, danke.«

»Wie geht es Ihrem Gedächtnis?«

»Sehr gut.«

Er setzte sich mir gegenüber und probierte das Tonbandgerät aus. Dann nannte er Fallnummer, Datum und Uhrzeit sowie meinen Namen und fragte mich, ob ich aus freien Stücken hier sei und freiwillig aussagte. Ich antwortete, dass dies der Fall sei, aber er klärte mich dennoch über meine verfassungsmäßigen Rechte auf.

»Fangen wir an. Also, Joe, erzählen Sie von Mittwochabend.«

Zwei Stunden und zwei Tonbänder später hatte ich einen Großteil dessen, woran ich mich erinnerte, rekapituliert. Marchant interessierte sich besonders dafür, was Will im Auto gesagt hatte, für die Verbindung zwischen Will und Savannah und für meine Begegnung mit Jack Blazak an diesem Morgen. Er machte sich Notizen auf einem Computerausdruck, bei dem es sich möglicherweise um eine Auflistung von Telefongesprächen handelte. Was Informationen anging, hielt er sich ausgesprochen bedeckt; ich erfuhr nichts, was ich nicht schon wusste. Das FBI ist bekannt für seine restriktive Informationspolitik.

Ich für meinen Teil erwähnte weder etwas von Lorna Blazaks Visitenkarte mit Alex' »Geschäftsadresse« noch von Wills Worten zu Jennifer Avila oder dem Geld, das er ihr gegeben hatte. Auch dass Mary Ann an dem Abend unter Depressionen gelitten hatte, behielt ich für mich. Diese Dinge waren mir anvertraut worden und ich glaubte nicht das Recht zu haben, sie jemandem zu offenbaren, den ich kaum kannte.

Nachdem Marchant Bandgerät und Videorekorder ausgeschaltet hatte, lehnte er sich zurück und sah mich an. »Was halten Sie von dem Vater – Jack?«

»Angespannt. Beunruhigt.«

Er nickte. »Und von Lorna?«

»Benommen.«

»Wenn Sie sich wieder bei Ihnen melden sollten, will ich es sofort erfahren.«

Ich versprach, ihn zu informieren.

»Als Sie das Lösegeld auf dem Tennisplatz abstellten, konnten Sie da die Spieler sehen?«

»Auf dem einen Platz wurde ein Doppel gespielt – eine älteres Quartett –, auf dem anderen waren zwei Teenager zugange, Jungen, gute Spieler, die ziemlich hart zuschlugen.«

»Haben diese Jungen Ihnen irgendwelche Beachtung geschenkt?«

»Nicht dass ich wüsste.«

»Joe – Ihre Mutter und Ihr Vater, hatten sie eine gute Beziehung?«

»Ich glaube, ja, eine starke. Sie liebten sich und standen alles gemeinsam durch.«

»Haben Sie einen Grund zu der Annahme, Will könnte Savannah sexuell nahe getreten sein?«

»Keinen. Er liebte Frauen und keine kleinen Mädchen.«

Er machte sich eine Notiz, dann klappte er das Notizbuch zu. »Joe, wir werden in diesem Fall Leute aus dem Büro des Sheriffs einsetzen. Auch von der örtlichen Polizei, wenn wir sie brauchen. Ich hoffe, Sie wissen, dass wir hier sind, um zu helfen, und nicht, um den Ruhm einzuheimsen.«

»Ich verstehe.«

»Aber ich werde dieses Mädchen heil wieder nach Hause bringen. Und nichts wird mich davon abhalten. Ich werde tun, was nötig ist.«

»Das klingt, als wollten Sie mich warnen. Ich weiß allerdings nicht, wovor.«

Er stand auf und lächelte. Er war groß, hielt sich aber etwas gebeugt, so als wollte er es verbergen. »Ich wollte nur sagen, dass ich Ihre Hilfe zu schätzen weiß und auf Ihrer Seite bin. Alle unsere zweihundert Agenten sind auf Ihrer Seite. Birch will die Untersuchung in dem Mordfall führen. Damit können wir leben. Er ist zwar manchmal etwas ... ablehnend, aber Sie sollten wissen, dass wir Ihnen helfen werden, wo wir nur können.«

Eine halbe Stunde später berichtete ich Rick Birch alles, was ich Marchant gesagt hatte. Aber kein Wort mehr. Nichts über meine Mutter oder über Wills Geliebte und seine Angespanntheit. Vielleicht versuchte ich wenigstens ein kleines Stück seiner Privatsphäre zu retten. Möglicherweise versuchte ich mich auch an unseren Pakt zu halten, die nächtlichen Geschäfte gemeinsam zu führen, obwohl er ihn ganz offensichtlich gebrochen hatte, indem er mich aus dem dunkelsten dieser Geschäfte herausgehalten hatte.

Als Birchs letzte Frage beantwortet war, hatte ich das Gefühl, als hätte ich meine Geschichte sämtlichen Gesetzeshütern in Orange County erzählt.

»Alex Blazak?«, fragte Sammy Nguyen mit Unschuldsmiene. »Warum sollte ich Alex Blazak kennen?«

»Sie sind beide im Waffengeschäft.«

»Jetzt nicht mehr. Aber meine Geschäfte waren legal. Er hätte kleinen Kindern Maschinengewehre verkauft, wenn das Geld eingebracht hätte. Er hat ein Schwert, das Hitler Göring geschenkt hat und zuerst Napoleon gehörte. Es ist rund 1,3 Millionen wert.«

»Wie gut kennen Sie ihn?«

Er setzte seine Brille auf und musterte mich. »Joe, was tun Sie eigentlich hier? Sie sind außer Dienst. Der Trauerfall, Beteiligung an einer Schießerei, all das.«

»Erzählen Sie mir von Alex.«

»Netter Hut, Joe. Verdeckt einen Teil Ihres Gesichts.«

»Machen Sie schon, Sammy. Helfen Sie mir weiter.«

Es war früher Nachmittag und in Trakt J herrschte wie immer um diese Zeit eine träge Stimmung. Nach dem Mittagessen verloren die Insassen für ungefähr eine Stunde ihre Gehässigkeit und Energie; sie zogen sich eine Weile zurück und machten ein Nickerchen oder lasen. Um drei Uhr erwachte der Trakt dann zu neuem Leben.

Sammy lag auf seiner Pritsche und schaute auf das Bild von Bernadette.

»Er wird der verrückte Alex genannt, weil er genau das ist.

Verrückte kann ich nicht ausstehen, Joe. Sie sind schlecht fürs Geschäft.«

»Wenn Sie ihn finden wollten, wo würden Sie suchen?«

Er sah zu mir herüber, als würde ihn die Frage interessieren.

»Ich habe gestern Abend die Nachrichten gesehen. Seine Schwester ist gekidnappt worden und Sie können *ihn* nicht finden?«

»Richtig.«

»Dann hat *er* sie vielleicht gekidnappt.«

Manche der Insassen konnten eins und eins zusammenzählen. Sie kannten ihresgleichen.

»Das bezweifle ich. Er hat einen Deal platzen lassen.« Ich dachte, ich könnte ihn mit dem Hinweis auf seine Konkurrenz aus der Reserve locken.

»Wer ist der Käufer?«

»Das geht Sie nichts an.«

»Wahrscheinlich ein reicher Mann, der am Strand wohnt und pinkfarbene Nunchakus will, um seinem Freund eine Freude zu machen. Diese Art von Geschäften beherrscht der verrückte Alex am besten.«

»Es ging um kleinkalibrige Handfeuerwaffen, brandneue, mit weggeätzten Seriennummern.«

Sammy dachte nach. Vielleicht steckte er selbst in ähnlichen Geschäften und überlegte nun, wie er in die Sache einsteigen konnte.

»Wie kann ich ihn finden, Sammy?«

»Sie wollen Informationen über einen ehemaligen Geschäftspartner und ich habe immer noch keine Rattenfalle.«

»Versuchen Sie's mit der hier.«

Ich zog eine Falle aus der Tasche und hielt sie ihm durch die Gitterstäbe hin. Es war eine von der Art, in der das Tier festklebt und verendet, weil es sich nicht mehr von der Stelle rühren kann. Ich hatte sie aus dem Materialschrank, wo die paar Fallen aufbewahrt wurden, die wir besaßen. Er sprang von der Pritsche auf und kam herüber.

»So eine brauche ich nicht. Ich brauche eine altmodische, die den Ratten das Genick bricht.«

»Sie haben keine speziellen Wünsche geäußert. Außerdem sind nur solche in den Zellen erlaubt.«

Er sah mich mit seinen dunklen Augen an. Forschend. Abwägend.

»Ich habe mit ein paar Leuten geredet, wissen Sie, am Telefon, konnte aber nichts über das Mädchen herausbekommen. Inzwischen haben Sie wahrscheinlich durch die Pressekonferenz gestern erfahren, was Sie wissen wollten.«

»Ich muss sie finden.«

»Ich kann Ihnen nicht helfen. Jedenfalls nicht von hier drinnen.«

»Dann habe ich eben eine gute Falle vergeudet.«

»So etwas mache ich nicht, Joe. Wenn ich sage, dass ich liefere, dann liefere ich auch. Natürlich nur, soweit es in meinen Kräften steht. Das Mädchen ist gekidnappt worden, das FBI kann sie nicht finden und dann soll ich sie aufspüren? Nein. Nicht von hier drinnen. Den Bruder vielleicht. Vielleicht kann ich da etwas machen. Ich kenne Leute, die ihn kennen.«

»Ich wäre für jede Hilfe dankbar.«

Sammy setzte sich mit der Falle in der Hand hin und sah mich mitfühlend an.

»Es ist schlimm, wenn der Vater stirbt. Meiner wurde in San Jose ermordet, als ich elf war – wussten Sie das?«

»Ja.«

»Sie haben ihn erschossen, als er gerade seinen Nachtklub abschloss.«

»Raubmord.«

»Sie haben die Einnahmen der Nacht gestohlen – 800 Dollar und 48 Cent. Die 48 Cent haben mich wütend gemacht.«

Ich hatte seine Akte durchgeblättert und den Bericht eines Gerichtspsychologen gelesen, in dem unter anderem Sammys Darstellung vom Tod seines Vaters schriftlich festgehalten worden war.

Sammys Version dessen, was nach dem Mord geschah, hatte mich interessiert. Einiges erfuhr ich, indem ich im Trakt F des alten Zentralgefängnisses in den Installationsschacht kroch und mich hinter die Zelle hockte, in der einer von Sammys Handlangern saß. Durch die Lüftung kann man alles mit anhören. Wir Wärter sind angehalten, so gut es geht, Informationen zu sammeln, und in den Installationsschächten zu hocken ist eine Methode, dem nachzukommen. Eine andere besteht darin, mit einem Mechanikerschlitten leise den Wachgang entlangzurollen, der im alten Teil des Gefängnisses die Trakte voneinander trennt. Die Wände des Gangs bestehen bis zur Hüfte aus Beton, darüber aus Plexiglas. Wenn man ihn betritt, ruft der Insasse der ersten Zelle »Wärter kommt!«, und alle anderen Häftlinge unterbrechen ihre Tätigkeiten. Fährt man den Gang aber auf einem Mechanikerschlitten liegend entlang, können sie einen nicht sehen und man kann anhalten, über die Betonkante spähen und spionieren. Wir nennen das »rodeln«.

Der Rest meines Wissens stammte von dem Gerichtspsychologen, der Briefe gelesen hatte, die Sammy der damals dreizehnjährigen Bernadette Lee geschrieben hatte, ohne sie abzuschicken.

Nach eigener Aussage war Sammy mit vierzehn Jahren in die asiatische Unterwelt abgetaucht. Dort hatte er einen großen Teil seines Lebens verbracht. Eines Tages erfuhr er, wer seinen Vater umgebracht hatte, und als er sechzehn war, nahm er zu den Mördern Kontakt auf. Es handelte sich um Einbrecher, die mal hier, mal dort einstiegen. Damals eine einträgliche kriminelle Laufbahn, weil viele vietnamesische Flüchtlinge den amerikanischen Banken noch nicht vertrauten und daher ihre Ersparnisse und Wertsachen unter ihren Betten oder in Safes aufbewahrten.

Sammy gelang es, bei diesen Leuten anzuheuern, und weil er seine Sache gut machte, wurde ihm ein weiterer Job angeboten. Vielleicht fanden sie es lustig, den Sohn eines Typen für sich arbeiten zu lassen, den sie getötet hatten. Oder sie wollten ihm helfen. Sammy hatte keine Ahnung, warum, und stellte auch keine Fragen. Der nächste Coup verlief ebenfalls glatt. Aufgrund eines Tipps hatte Sammy mit seinen Bossen Bargeld und Juwelen im Wert von knapp 65 000 Dollar erbeutet und eine verängstigte Familie in der Garage gefesselt und geknebelt.

Doch gerade als die drei abhauen wollten, benutzte Sammy sein abgesägtes Kaliber 12, um einen seiner Bosse zu zwingen, den anderen zu fesseln, zu knebeln und zu der Familie zu setzen. Den Zweiten fesselte er selbst. Dann schnitt er dem Ersten die Kehle durch und zwang den Zweiten zuzusehen, bis sein Kumpan verblutet war, bevor er auch ihm die Kehle aufschlitzte. Er benutzte ein Keramikküchenmesser der Firma Böker, das er in einer Kalbslederscheide bei sich trug. Den Familienmitgliedern krümmte er kein Haar, aber er achtete darauf, dass sie alles mitbekamen, und schärfte ihnen ein, sie sollten außer der Polizei allen, die sie kannten, sagen, dass Sammy Nguyen ein guter Mann sei, solange man sich nicht mit ihm anlegte – dann würde er sich zu wehren wissen. In einer verqueren Form von Ritterlichkeit überließ er der Familie einen Teil der Beute, überwiegend Schmuck, im Wert von rund zehntausend Dollar.

So war es in seinen Briefen an Bernadette zu lesen.

»Es gab noch immer keine Verhaftung wegen des Mordes an Ihrem Vater, oder?«

»Noch nicht.«

»Lassen Sie mich raus und ich liefere Ihnen binnen vierundzwanzig Stunden den Mörder. Sprechen Sie mit Staatsanwalt Phil Dent. Er soll mich rauslassen.«

»Sie haben einen Polizisten getötet, Sammy.«

»Ich bin unschuldig. Ich werde meine Unschuld beweisen.«

»Bis dahin könnten Sie vielleicht etwas über Alex herausfinden.«

»Dafür brauche ich mehr Telefonzeit.«

»Sie haben ab vier Uhr eine halbe Stunde.«

»Mir steht nur eine Viertelstunde zu.«

»Ich gebe Ihnen einen Bonus, Sammy. Bitte enttäuschen Sie mich nicht.«

»Ich habe einiges über die Cobra Kings herausgefunden«, verkündete Sergeant Ray Flatley, der Leiter der Abteilung für Bandenkriminalität. Ich saß in seinem Büro im Sheriff's Department und blickte durch das schmale Fenster auf die Häuser von Santa Ana.

»Ich danke Ihnen, dass Sie mir Ihre Zeit opfern, Sir.«

Flatley war ein schmächtiger Mann, dessen Haare allmählich grau wurden. Sie waren so ordentlich gekämmt, das man meinte, sie gehörten zu einer Perücke, was jedoch nicht der Fall war. Seine Frau war vor zwei Jahren an Krebs gestorben und es war offensichtlich, dass er ihren Tod noch immer nicht verwunden hatte. Er spielte Klavier und seine Frau war Sängerin gewesen. Sie pflegten als die »Sharp Flats« aufzutreten – in Restaurants, auf privaten Feiern, bei diversen Anlässen. Sie hatten auf einer der Zeugnisfeiern der Akademie gespielt. Ray parodierte beliebte Sänger; er konnte den Klang ihrer Stimmen wirklich gut imitieren. Aber seine Frau war die eigentliche Stimme des Duos – sie sang wie ein Engel. Ich erinnere mich noch, wie seine Augen feucht wurden, als er sie bei »When a Man Loves a Woman« begleitete, obwohl er sie den Song schon tausendmal singen gehört hatte. Schauspieler können auf Stichwort einen verschleierten Blick bekommen, aber nicht der Leiter einer Abteilung für Bandenkriminalität.

»Sicher«, sagte er. »Ich habe Will immer gemocht. Als wir jung waren, haben wir uns mit Eigentumsdelikten herumgeschlagen.«

»Er hat immer in den höchsten Tönen von Ihnen geschwärmt, Sergeant.«

Er musterte mich einen Moment. »Okay. Die Cobra Kings sind ein lockerer Verbund. Sie verteilen sich über das ganze Land. Ihre Führung sitzt offiziell in Houston. Hier bei uns gibt es ungefähr vierzig Männer und Frauen. In dieser Hinsicht sind sie gleichberechtigt. Die älteren Mitglieder sind Mischlinge: halb Vietnamesen, halb Amerikaner. Sie haben sich nach dem Krieg in Vietnam zusammengetan und seitdem Leute jeglicher Herkunft aufgenommen, überwiegend Kids, die man keiner Rasse eindeutig zuordnen kann. Es sind schlimme Leute, Joe, die sich nur schwer fassen lassen. Sie verfügen über den Geschäftssinn der Asiaten; schon vor Jahren haben sie hier und im Silicon Valley Chips und andere High-Tech-Hardware gestohlen. Es gibt Gerüchte über den Verkauf von Schmuggelware an die Chinesen für patentfreie Imitationen, aber das kann ich nicht bestätigen. Sie leiden unter dem gleichen Männlichkeitswahn wie amerikanische Banden. Ihre Erkennungszeichen sind Mäntel und manchmal auch die Mützen amerikanischer Baseballmannschaften. Wie es heißt, müssen die Mitglieder einen Skalp erbeuten – ein Leben vernichten –, bevor sie aufgenommen werden.«

»Haben wir jemanden von ihnen?«

»Ich wünschte es, Rick Birch auch. Am nächsten sind wir an zwei Typen oben in Pelican Bay dran – den Auftragsmördern, die letztes Jahr den mexikanischen Mafiatypen umgelegt haben.«

»Mit Maschinengewehren.«

»Und dann haben wir jetzt natürlich den vierten Mann von Wills Angreifern auf der Intensivstation – Ike Cao. Vielleicht können wir ihn zum Reden bringen, falls er durchkommt. Die Kings sind in dieser Hinsicht allerdings ziemlich eigen – niemand weiß etwas.«

Ich erinnerte mich an das viermalige scharfe Knallen, mit dem der Große seine Männer im Nebel zum Schweigen gebracht hatte.

»Der Obermacker hier in Südkalifornien heißt John Gaylen und ist sechsundzwanzig. Er wurde kurz nach dem Fall von Saigon geboren. Halb schwarzer amerikanischer GI, halb vietnamesische Prostituierte, wie ich gehört habe. Dreimal wegen schwerer tätlicher Beleidigung festgenommen, keine Anklagen. Einmal wegen des Verkaufs von Diebesgut, keine

Verurteilung. Noch einmal wegen Verabredung zum Mord, aber wir haben vor Gericht den Kürzeren gezogen. Das Problem ist, dass die Leute Angst haben auszusagen. Wir kommen weder verdeckt an ihn heran noch über V-Männer – er enttarnt sie jedes Mal. Wir haben ein paarmal versucht, seine Jungs umzudrehen, aber sie spielen nicht mit.«

»Ist Englisch seine Muttersprache?«

Flatley musterte mich mit gerunzelter Stirn. »Warum?«

»Ich habe an dem Abend eine Stimme gehört. Ich werde sie nie vergessen und ich weiß genau, wie sie klang. Tief und sehr klar, mit einem merkwürdigen Tonfall, eine Art Singsang.«

»Kla-ang sie-e viell-lleicht, äh-h, ein biss-sschen wie da-as, Joe?«

»Genau so.«

Er lächelte. »Vietnamesisch plus Französisch plus Englisch plus Hip-Hop und südkalifornischem Slang. Ich höre das ständig.«

Er schüttelte seufzend den Kopf. Für einen Moment schien er John Gaylen völlig vergessen zu haben. Vielleicht dachte er daran, wie schön eine Frauenstimme doch sein konnte.

»Joe, ich weiß nicht, welche Sprache er zuerst gelernt hat. Vietnamesisch, würde ich sagen. Vielleicht auch Französisch. Hier, sehen Sie sich die einmal an. Überwachungsfotos.«

Er legte eine Akte auf den Schreibtisch und ich schlug sie auf. Gaylen machte auf allen Bildern einen humorlosen und leicht bösartigen Eindruck. Ich war überrascht, ihn in Schlips und Kragen zu sehen, und sagte es Flatley.

»Ja, die Cobra Kings achten auf ihre Kleidung. Sie machen eine Menge Geld und es bereitet ihnen Freude, es zu zeigen. Hochklassige Gangster. Sehen Sie sich nur das Spielzeug und das Mädchen an.«

Auf dem dritten Foto öffnete Gaylen die Beifahrertür eines neuen schwarzen Mercedes-Viertürers. Sein Anzug saß perfekt, so wie es nur wirklich gute Anzüge tun. Eine Hand hatte Gaylen an der Tür, mit der anderen führte er eine dicke Zigarre zum Mund.

Die Frau, der er die Tür öffnete, war eine gelangweilte schwarzhaarige Schönheit mit blasser Haut und einer Kette um den Hals, die im Licht nur so funkelte. Ich kannte sie, denn ich hatte erst eine Stunde zuvor ein Bild von ihr gesehen. Bernadette Lee, Sammy Nguyens Liebe seines Lebens. Auch John Galyens große Liebe?

Ich betrachtete die restlichen Fotos, acht insgesamt.

Flatley lehnte sich zurück. »Sind das die Männer, die Will in Mänteln und Mützen aufgelauert haben?«

»In Mänteln mit hochgestellten Kragen.«

»So tragen sie die Soldaten. Wir glauben, dass die Cobra Kings hinter einer Hand voll ungelöster Mordfälle im ganzen Land stecken. Ein Mord ist hier in Orange County passiert. Soweit wir wissen, hatten die Morde all einen geschäftlichen Hintergrund. Aber es sieht nicht danach aus, als hätte Ihr Vater mit diesem Abschaum Geschäfte machen wollen.«

»Ich habe ihm bei vielen seiner Geschäfte geholfen«, erwiderte ich. »Er hat mir vertraut und viel erzählt, dabei aber John Gaylen oder die Cobra Kings nie erwähnt. Doch dieser Schütze wusste, wer er war – er hat ihn beim Namen genannt. Es war eine Hinrichtung. Es gab keinerlei Zweifel, weshalb sie da waren.«

Flatley zog die Augenbrauen hoch. »Es überrascht mich, dass nicht auch Sie getötet wurden. Er hat einen Augenzeugen zurückgelassen. Vielleicht zwei, je nachdem, ob sich Cao erholt. Ein Schuss in die Brust und einen in den Kopf – es schaut nicht gut für ihn aus.«

»Wenn mich der Schütze so schlecht gesehen hat wie ich ihn, habe ich kein gutes Ziel abgegeben.«

Flatley nickte. »Was ist mit den Autos?«

»Ich konnte sie im Nebel nicht genau erkennen. Außerdem blendeten die Scheinwerfer der Wagen.«

»Die Soldaten mögen heiße kleine Hondas, wissen Sie, diese tiefer gelegten Civics mit den großen Stinger-Auspuffen. Bosse wie Gaylen fahren nichts außer Daimler-Benz.«

»Den Scheinwerfern nach könnten es Hondas gewesen sein. Sie waren sehr grell.«

Flatley schwieg einen Moment. Er wirkte konzentriert, aber sehr, sehr müde. »Rick Birch weiß das alles. Er ist einer unserer Besten. Wenn es jemanden gibt, der diesen Fall lösen kann, dann ist es Rick.«

»Ich weiß.«

»Er gibt sich große Mühe. Die Cobra Kings sind schwer zu finden, weil sie kein festes Revier haben. Sie sind überall und nirgends. In dieser Hinsicht ähneln sie dem verdammten Nebel, der den Tatort eingehüllt hat.«

Er sah mich skeptisch an. »Führen Sie eigene Recherchen durch und halten vielleicht etwas vor Rick geheim?«

»Eigene Recherchen, ja, Sir. Geheim, nein.«

Er nickte und zuckte die Achseln. »Ich verstehe. Als meine Frau operiert wurde, wollte ich dabei sein. Ich dachte, es wäre vielleicht gut. Natürlich haben die Ärzte es mir ausgeredet und wahrscheinlich war es gut so.«

»Ich kann mir vorstellen, wie Sie sich gefühlt haben.«

»Man fragt sich allerdings immer, ob man mehr hätte tun können.«

»So geht's mir auch.«

»Fünf Knarren gegen eine, Joe, und Sie haben zwei von ihnen ausgeschaltet. Ich an Ihrer Stelle würde nicht zu viel grübeln.«

Ich setzte meinen Hut auf und erhob mich.

»Haben Sie das von Savannah Blazak gehört? Heute Vormittag um zehn Uhr hat das FBI einen Hinweis aus Rancho Santa Fe erhalten. Das liegt unten in San Diego County. Zwei Augenzeugen haben sie gesehen und in der Pressekonferenz gestern Abend wiedererkannt. Als Marchant dort ankam, war sie weg.«

»War sie allein?«

»Davon war nicht die Rede. Marchant hat nichts darüber gesagt.«

Ich holte mir in einem Drive-in etwas zu essen und fuhr nach Hause. Das Essen roch gut.

Mein alter Mustang brummte durch den dichten Verkehr von Ampel zu Ampel, bis ich auf die Autobahn bog. Er stammt aus dem Jahr 1967, ein ziemlich seltenes Modell, und ich habe ihn recht gut restauriert. Tacho und Instrumente sind original. Aber ich habe ihn etwas getunt, um die Motorleistung zu erhöhen. Klingt klasse, wenn man aufs Gas tritt und der Kopf fliegt einem in jedem Gang nach hinten.

Um sechs Uhr abends bewegen sich die Autos auf den Autobahnen von Orange County allerdings, als befänden sie sich noch im Vorführraum. Ich blieb nur eine Meile auf der angeblichen Autobahn, fuhr dann herunter und nahm – zusammen mit einigen Tausend anderen – die übliche Abkürzung nach Hause.

Ich gab das Essen, das ich mitgebracht hatte, auf den Teller eines der Fertiggerichte, den ich mir für diesen Zweck aufgehoben hatte. Während ich aß, hörte ich den Anrufbeantworter ab. Es waren wesentlich weniger Nachrichten als am Tag zuvor. Bei den meisten Menschen, mit denen ich sprechen wollte, hatte ich mich schon gemeldet. Anfragen von Journalisten hatte ich allesamt abschlägig beschieden, außer der von June Dauer von KFOC. Also hatte sie zum dritten Mal eine Nachricht hinterlassen, um mich zu bitten, an einem der nächsten Tage als Gast in ihrer Nachmittagssendung aufzutreten.

Ich rief sie an, um abzulehnen und ihr weitere Anrufe zu ersparen.

Sie hatte eine recht angenehme Stimme und dankte mir für den Rückruf. Ich versuchte gerade zu erklären, warum ich nicht in ihrer Sendung erscheinen konnte, als sie mich unterbrach, um mir mitzuteilen, dass KFOC ein öffentlich-rechtlicher Radiosender sei und sich dem Dienst an der Öffentlichkeit verpflichtet fühle. In ihrer Sendung *Real Live* würden Live-Interviews gesendet, die persönlich gehalten, aber nicht indiskret seien, informativ, aber »eindeutig nicht unter die Gürtellinie zielend«. Sie versuche Geschichten von Leuten aufzugreifen, »die nicht notwendigerweise Berühmtheiten sind, sondern echte Menschen, die in einem interessanten Augenblick ihres Lebens präsentiert werden«.

Meine Geschichte hätte sie schon immer interessiert, eröffnete sie mir. Seit sie von dem Baby gehört habe, dem Säure ins Gesicht geschüttet worden war. Sie habe in der Lokalzeitung einige Fotos von mir gesehen, als ich sechs war und in der Juniorliga spielte. Noch heute sehe sie die große Doppelseite über mich vor sich, als ich zwölf wurde, und das Farbporträt auf der Titelseite des *Journal*-Teils über »Leute von heute«. Außerdem, erzählte sie, habe sie mehrere Interviews mit mir gesehen und erinnere sich noch ziemlich gut an den ABC-Bericht, als ich achtzehn wurde. Damals war ich fast mit der Highschool fertig gewesen und hatte mich gewissermaßen auf dem Sprung an die California State University in Fullerton befunden, um Politologie und Geschichte zu studieren.

»Es tut mir Leid, aber ich kann nicht, Miss ...«

»Dauer, June Dauer.«

»Ich bin nicht in der Lage, ein Interview zu geben, Miss Dauer.«

»Nicht in der Lage oder nicht willens?

»Nicht willens.«

Danach trat Stille ein. Es tat mir ein wenig Leid, sie abblitzen zu lassen. Ich enttäusche die Menschen nicht gern.

»Joe?«

»Ja, Ma'am, ich meine Miss, ich meine ...«

»Nennen Sie mich einfach June, Joe. *June.* Okay?«

»In Ordnung, June.«

»Hören Sie, Joe. Ich möchte schon fast mein ganzes Leben lang mit Ihnen reden. Als wir beide in der sechsten Klasse waren, habe ich einen Artikel über Sie geschrieben. Für *Real Live* sind Sie einfach perfekt. Kommen Sie, Joe, geben Sie mir eine Chance! Dieser Frau von Kanal sieben haben Sie auch eine gegeben, der, die sich die Tränen vom gelifteten Gesicht getupft hat, während sie den Abspann sprach. Ich habe es gesehen, Joe, und sie hat Sie *benutzt.*«

»Hat sie das? Wofür?«

»Um bei den Zuschauern Mitleid zu erregen. Ich fand das widerlich. Und es war Privatfernsehen – wir sind ein öffentlich-rechtlicher Sender. Wir sind *arm*!«

Ich dachte darüber nach. »Nun«, erwiderte ich, »danke für Ihr Interesse.«

Sie seufzte. »Joe, Sie müssen es tun und wissen Sie auch, warum?«

»Nein.«

»Weil irgendwo da draußen ein kleiner Junge oder ein kleines Mädchen Ähnliches wie Sie durchmacht. Vielleicht sogar noch Schlimmeres. Und dieser kleine Mensch hockt in seiner kleinen, seiner dunklen kleinen ... *Hölle* ... und fragt sich, was es für einen Sinn hat, was es, verdammt noch mal, für einen Sinn hat weiterzumachen. Und, Joe, man weiß nie, aber es besteht die Chance, dass dieses Kind zuhört, wenn *Real Live* ausgestrahlt wird. Es könnte Sie hören und erkennen, dass es eine Chance hat.«

Ich ließ mir ihre Worte durch den Kopf gehen. Sie hatte eine angenehme, ehrliche und überzeugende Stimme. »Ist Mutmachen besser als Mitleid?«

»Ich denke, ja. Es ist wichtig, die Zuhörer zu ermutigen, über den eigenen Tellerrand zu blicken. Mitleid macht sie froh darüber, dass sie nicht Sie sind.«

»Okay.«

»Sie tun es?«

»Ja.«

»Sie mögen nicht besonders begeistert sein, Joe, aber ich bin es. Und jemand anderes könnte es auch sein, jemand, den Sie nicht einmal kennen.«

»Ich freue mich, dass *Sie* sich freuen.«

Ich bedauerte meine Zusage bereits, als wir einen Termin vereinbarten und sie mir die Adresse von KFOC in Huntington Beach gab.

Zwei Stunden später parkte ich in der Straße, in der Alex

Blazaks geheime Geschäftsräume lagen. Sie befanden sich in einem Gebäude im Industriegebiet von Costa Mesa – Maschendrahtzaun, kein Licht, bellende Hunde ein paar Grundstücke weiter.

Ich sprang über den Zaun und ging zur Eingangstür. Dann wählte ich auf meinem Handy Blazaks Nummer. Ich knackte das Schloss, ging hinein, fand den Lichtschalter. Aus dem Anrufbeantworter ertönte meine Stimme. An der Wand hing eine Alarmanlage. Sobald der Anrufbeantworter meine Nachricht aufgenommen und sich ausgeschaltet hatte, rief ich mit Alex' Telefon die Zeitansage an und legte den Hörer neben den Apparat. Jetzt konnte ich so viel Alarm auslösen, wie ich wollte, ohne dass er zum nächsten Sicherheitsdienst weitergeleitet werden konnte.

Eine Eingangshalle. Alter Teppich, Furnierpaneele, eine Thekenplatte aus Vinyl. Der Glaskasten darunter war leer und dreckig. In dem Kasten war einst eine Lampe gewesen; jetzt enthielt er nur noch Drähte.

Hinter der Halle schloss sich ein großes Zimmer mit niedriger Decke und sehr guten Leuchtstofflampen an. Keine Fenster, mit gelochten Hartplatten verkleidete Wände, eine Tür.

In einem Halbkreis waren sechs kreisförmige Gestelle aufgebaut. Die beiden auf der linken Seiten enthielten lange Gewehre, die beiden mittleren Karabiner und die beiden rechten Militärutensilien. Vor drei Wänden waren frei stehende Kästen aufgereiht: Pistolen, Selbstlader, Maschinenpistolen, Taschenpistolen, Messer, Bajonette, Schwerter, Dolche, exotische Kampfsportwaffen – Nunchakus, Wurfsterne, Wurfmesser –, Totschläger, Schlagringe, Rasiermesser. Sogar eine offene Kiste mit Splitterbomben.

Ich drehte eine Runde. Das Ganze sah aus, als wäre es dem Traum eines fernsehsüchtigen Zwölfjährigen entsprungen. Oder dem eines gestörten Oberschülers. Es waren über zweihundert Schusswaffen sowie hundert Messer und exotische Waffen. An der gegenüberliegenden Wand stapelten sich Munitionskisten.

Neben ihnen befand sich eine Treppe, die in ein Loft hinaufführte. In dem Loft standen ein Schreibtisch, zwei Sofas mit Decken und Kissen darauf, zwei Sessel, ein Fernseher, ein Computer. Außerdem gab es ein Badezimmer und eine Kochnische. Auf dem Couchtisch zwischen den Sofas lagen Zeitschriften für Waffennarren und der Aschenbecher bestand sinnigerweise aus den unteren zweieinhalb Zentimetern einer Artilleriegranate.

Im Aschenbecher entdeckte ich zwei halb aufgerauchte Zigarren. Die eine war eine Macanudo, bei der anderen ließ sich kein Markenname erkennen. Außerdem lag ein weißer Stab mit einem kleinen, flachen Purpurkreis am Ende darin. Neben dem Ascher lag ein Streichholzheftchen aus dem Bamboo 33.

Im Kühlschrank in der Kochnische fand ich frische Milch, Orangensaft, Brot und Äpfel. Bis zum Verfallsdatum auf der Milchpackung war es noch eine Woche hin. Die Äpfel waren fest und die Brotpackung war noch nicht geöffnet. Auf der Theke lagen noch nicht ganz reife Bananen und eine Packung mit Keksen, die noch nicht altbacken waren. Ich schaltete den Fernseher ein: Ein Trickfilmsender lief.

Im Bad lagen noch mehr Zeitschriften. Auf dem Spülkasten stand eine große Dose Raumspray. Ein schmutziger Spiegel, eine saubere Toilettenschüssel, ratternde Lüftung.

Ich riss etwas Toilettenpapier ab und ging zum Couchtisch zurück, wo ich die Zigarrenstummel aus dem Ascher einwickelte und in die Tasche steckte. Dann machte ich dasselbe mit dem weißen Stab. Als ich ihn aus dem Ascher nahm, sah ich die Banderole der Davidoff. Sie war an der Schmalseite sauber durchgeschnitten. Ich holte noch ein Stück Toilettenpapier und wickelte auch sie ein.

Ich hoffte, Melissa, meine Freundin vom Kriminallabor, würde die DNS extrahieren können. Im menschlichen Speichel gibt es davon reichlich.

Jemand hatte das Loft als Bleibe genutzt. Kürzlich. Essen und Getränke waren keine Woche alt. Der Trickfilmsender dürfte kaum das Lieblingsprogramm des verrückten Alex Blazak sein. Er hatte sich inzwischen wahrscheinlich zu den Power Rangers hochgearbeitet. Und es fiel schwer, ihn sich mit einem Lutscher im Mund vorzustellen.

Spät am Abend klopfte Bo Warren an meine Tür. Als ich öffnete, lächelte er mich an. Seine Augen funkelten im Verandalicht.

»Joe, ich wollte nur sagen, dass niemand auf der Welt mit mir macht, was Sie heute mit mir gemacht haben, ohne dafür zu bezahlen, und zwar nicht zu knapp.«

»Ich würde sagen, das ist eine faire Warnung, Sir.«

»Es kann überall passieren, jederzeit.«

»Wie ich gehört habe, war Marchant unten in Rancho Santa Fe ziemlich dicht an Savannah dran.«

Er schüttelte den Kopf. »Schwachköpfe«, stellte er fest. »Also helfen Sie uns, Joe. Tun Sie, was Ihr Vater getan hat. Finden Sie sie. Das Angebot steht weiterhin – eine Million, wenn Sie es schaffen.«

»Ihr Typen gebt Millionen aus wie ich Vierteldollars.«

»Das nennt man *noblesse oblige*, Sie Dämlack. Und vergessen Sie nicht, dass die Wirtschaft angekurbelt werden muss.«

»Warum liegt Ihnen so viel daran, dass das FBI sie nicht vor Ihnen findet?«

»Zunächst einmal will Jack nicht, dass sie erschossen wird. Genauso wenig wie Alex. Außerdem will er nicht, dass sich die Presse darauf stürzt. Eine nette, ruhige Familienzusammenführung, darum geht es bei der Million.«

Ich dachte an den verrückten Alex und seine ruhige, höfliche Schwester. »Ich werde sie finden, auch ohne Geld.«

Er sah mich eindringlich an. »Warum wollen Sie das tun?«

»Ich mochte sie.«

Er schüttelte leicht den Kopf, als hielte er mich für verrückt. »Sie sind wie dieser Guatemalteke, den die Polizei von Newport kaltgemacht hat.«

»Inwiefern?«

»Sie versuchen in gewisse Kreise einzudringen, sich dort aufzuhalten, wo die wichtigen Leute sind. Aber mit groben Werkzeugen und stumpfen Instrumenten.«

»Ich glaube, da haben Sie etwas falsch verstanden.«

»Das werden wir sehen.«

Er zielte mit seinem Zeigefinger wie mit einer Pistole auf mich und »schoss« mir erst in den Bauch und dann in den Kopf.

»Gute Nacht, Joe. Lassen Sie sich nicht von den Wanzen beißen.«

In dieser Nacht träumte ich von Mohnblumen. Ich träume häufig von Mohnblumen. Wie ein helloranges Tuch breiten sie sich über einen Berghang, doch wenn ich näher herangehe, entdecke ich, dass es keine Blumen sind, sondern Flammen, und dass der Hang kein Berg ist, sondern eine ins Riesenhafte vergrößerte menschliche Wange – meine. Und dann träume ich von dem Schmerz.

Manchmal träume ich von dicken Kabeln, schwarzen, biegsamen Kabeln, die überall um mich herumbaumeln, mich einhüllen und einschnüren. Ich kann nur noch versuchen zu klettern, also greife ich zu, ziehe, stoße mich ab. Dann träume ich vom Schmerz. Und wenn ich aufwache, kratze ich an den Narben auf meinem Gesicht und versuche sie abzuziehen.

Oder ich träume von Wellen, die einen Strand abtragen und Knochen freilegen. Von Regen, der blutende Felsen abwäscht. Von einem Wüstenwind, der den Sand zum Schmelzen bringt und nur noch Knorpel und Zähne übrig lässt. Von dicken, efeuumrankten Baumstümpfen, die aus Haut bestehen.

Ich erinnere mich nicht an die Schmerzen, nur daran, dass ich welche gespürt habe. Ich erinnere mich, verstanden zu haben, dass mit mir etwas Überwältigendes und Entscheidendes geschah und dass eine der beiden wichtigen Bezugspersonen in meinem Leben beteiligt war. Ich erinnere mich an plötzliche Dunkelheit und grelles Licht. Ich erinnere mich an das später einsetzende gleichmäßige Pochen von entstehenden Narben, an die endlosen Stunden, die es dauerte, bis sie sich gebildet hatten. Mich hat diese Zeit geprägt. Chirurgen. Transplantate. Verbände. Gaze, Spiegel, Salben. Halb Gesicht, halb Horror.

Und nach all der Zeit, die seither verstrichen ist, sind diese harten Narben noch immer mit der Vergangenheit verbunden wie eine Alarmanlage. Wenn ich sie streife, wird ein greller, wahnwitziger, mörderischer Moment vor dreiundzwanzig Jahren wachgerufen. Es passiert noch immer.

Oh, und ich träume von den Gesichtern schöner Frauen.

Das tue ich immer.

Kapitel sechs

Am Montag eröffnete das FBI die öffentliche Jagd auf Alex Blazak. Die Geschichte von Alex, dem gestörten 21-Jährigen, stand am Morgen in den Zeitungen und kam am Abend im Fernsehen. Viele gute Fotos, Beispiele seiner Gewalttätigkeit, der Hinweis darauf, dass er ein »Waffenhändler« sei, was er nicht war, oder »mutmaßlich mit illegalen Waffen handelt«, was zutraf.

In den nächsten beiden Tagen wurde er zweimal gesehen und beide Male wurde das mobile Einsatzkommando des FBI ausgeschickt. Aber Marchants Leute waren nicht schnell genug. Es schien, als hätte Alex einen sechsten Sinn. Das erste Mal war er im Erholungsgebiet am Big Bear Lake gesehen worden, wo er am Nordufer ein geräumiges Ferienhaus mit zwei Schlafzimmern gemietet hatte. Das zweite Mal war er in einem Hotel am Sunset Strip in Hollywood aufgefallen.

Den Nachrichten zufolge hatten die Augenzeugen in beiden Fällen ausgesagt, dass Savannah bei ihm gewesen sei. Mir fielen die frischen Lebensmittel in Alex' Lager ein, die ungeöffnete Brotpackung, die noch nicht ganz gelben Bananen, die Milch und der Saft, die ihr Verfallsdatum noch nicht erreicht hatten. Ich musste annehmen, dass Alex irgendwie gelungen war, was ich an jenem Abend nicht geschafft hatte: Er hatte Savannah im Nebel gefunden und in sein Auto gebracht. Nach dem, was in der Lind Street passiert war, war sie wahrscheinlich froh gewesen, ihn zu sehen. Im Vergleich zu fünf Killern in langen Mänteln muss sie einen kidnappenden Bruder als kleineres Übel empfunden haben.

Ich pinnte eine Landkarte an die Küchenwand und zog rote

Kreise um die drei Orte, an denen Savannah gesehen worden war. Jetzt hatte er sie also wieder und er änderte oft und rasch seinen Standort, war den Häschern des FBI immer einen Schritt voraus. Ich fragte mich, wann er in all der Hektik wieder versuchen würde, Lösegeld zu erpressen. Warum ließ er seine Schwester nicht einfach laufen und setzte sich mit der Million aus der Tennistasche nach Mexiko ab?

Ich rief zweimal am Tag bei Marchant an, aber er meldete sich nicht.

Ein Freund von Will im Anaheim Medical Center unterrichtete mich zweimal täglich über den Zustand des Mordverdächtigen Ike Cao: unverändert kritisch. Er lag bewusstlos auf der Intensivstation und wurde von Leuten des Sheriffs rund um die Uhr bewacht.

Dr. Norman Zussman rief noch zweimal an. Ich sollte so bald wie möglich zurückrufen, um einen Beratungstermin wegen der Schießerei zu vereinbaren.

Widerstrebend folgte ich der Aufforderung.

June Dauer von KFOC rief an, um unseren Interviewtermin zu bestätigen. Er fiel auf den Tag von Wills Beerdigung, aber ich sagte trotzdem zu. Ihre Stimme war so voller Hoffnung und ich fand es angenehm, ihr zu lauschen.

Wir begruben Will am ersten Tag des Sommers. Es war ein Donnerstag, acht Tage nach seinem Tod.

Reverend Daniel Alter hielt in dem riesigen Gebetshaus aus getöntem Glas, der Kapelle des Lichts, einen Gedenkgottesdienst ab. Für über zweitausend Trauergäste war die Kapelle jedoch zu klein und so mussten diejenigen, die keinen Platz gefunden hatten, in einen anderen Saal ausweichen, wo an allen vier Wänden riesige Übertragungsmonitore hingen.

Meine Brüder, leibliche Söhne von Will und Mary Ann, saßen während des Gottesdiensts neben mir. Will junior weinte. Er ist zehn Jahre älter als ich, verheiratet, Vater dreier Kinder und Patentanwalt in Seattle. Glenn, zwei Jahre jünger als Will junior, ist ebenfalls verheiratet und lebt mit seiner Frau und seinen Zwillingen in San Jose, wo er eine Firma leitet, die Glasfaserkabel in neue Vororte verlegt. Er starrte geradeaus, als würde er nichts sehen – oder alles.

Mary Ann, ganz in Schwarz gekleidet, saß am Mittelgang. Ich konnte ihr unterdrücktes Schluchzen während des gesamten Gottesdienstes hören und ihre Augen waren die meiste Zeit über auf den Fußboden gerichtet.

Der Sarg bestand aus Mahagoni und hatte Silberbeschläge. Er war eine Spende von Freunden von Will, denen der Friedhof gehörte, auf dem er begraben werden würde. Mary Ann hatte sich nach Rücksprache mit uns drei Jungs und Reverend Alter dafür entschieden, den Sarg offen zu lassen. Glenn war dafür gewesen, ihn zu schließen, weil der Anblick von Wills Gesicht bei denen, die ihn geliebt hatten, nur den Schmerz vertiefen würde. Der Reverend hatte ihm beigepflichtet. Will junior hatte aus dem gleichen Grund für einen offenen Sarg plädiert. Und auch ich hatte dafür gestimmt, weil ich Will noch einmal sehen wollte.

Tausende von weißen Rosen bedeckten das Podium, waren von der Bahre bis zum Fußboden drapiert und ergossen sich wie eine Flüssigkeit über den purpurnen Teppich und die Chorstufen. Einer von Wills Freunden, dem eine Kette von Blumenläden gehörte, hatte sie gespendet.

Wills Begräbnisanzug stammte von einem Freund mit einer eigenen Kollektion italienischer Designerkleidung und seine Finger waren von Mary Anns Kosmetikerin manikürt worden – ohne Bezahlung, versteht sich.

Die Grove Club Foundation hatte mit einigem Tamtam einen Gedenkfonds ins Leben gerufen, dessen Mittel dem Kinderheim Hillview zugute kommen sollten. An diesem Morgen hatte das *Journal* von Orange County gemeldet, in drei Tagen seien bereits knapp zwei Millionen Dollar gespendet worden – eine Million allein von Jack und Lorna Blazak.

Reverend Alters Auftritt an diesem Vormittag war ausgesprochen bewegend. Er ist einer der gefühlvollsten Prediger, die ich jemals gehört habe, ohne je laut, schwülstig oder theatralisch zu werden. Vielmehr spricht er gefasst und aus tiefstem Herzen. Zumindest hat es den Anschein. Er mag ein gewiefter Schauspieler sein, aber wenn seine Stimme bebt, seine Kehle sich zuschnürt und die Tränen wie Regenbäche über sein Gesicht fließen, nun, dann rührt es mich.

... und Gottes gnädige Hände haben dich zurückerhalten, Will Trona, dich, der so vielen helfend die Hand gereicht hat ...

Ich blickte auf meine verschränkten Hände. Der Puls in meinem rechten Handgelenk schlug langsam und gleichmäßig. Warum auch immer, aber ich schaute ständig mit halbem Auge auf das dicke gelbe Stromkabel der Videokamera auf der linken Seite. Merkwürdig, wie sich der Verstand auf etwas Nebensächliches konzentriert, wenn etwas Wichtiges stattfindet. Aber das gelbe Kabel erinnerte mich an die beiden Autos, die uns in der Gasse hinter dem Haus den Weg versperrt hatten. Fast alles, was ich sah, ließ mich an diese beiden Autos und die Männer in ihnen denken. Ich fragte mich, ob Rick Birch eine Liste aller Telefongespräche angefordert hatte, die Will mit seinem Handy geführt hatte.

... wenn wir also diesen Tod betrauern, dann lasst uns nicht vergessen, dieses Leben zu feiern ...

Will juniors Brust zuckte. Er war schon immer ein emotionaler Mensch gewesen. Als er einmal mit einem Luftgewehr einen Spatzen erlegt hatte, heulte er wie ein Schlosshund. Ich sagte ihm, er solle nicht aus Spaß auf irgendetwas schießen; er nahm es sich zu Herzen. Wegen meines Gesichts schreiben die Leute mir gern besondere Einsichten und moralisches Gewicht zu. Nach dem Motto: Je hässlicher der Körper, desto schöner die Seele. Nette kleine Formel, nur leider stimmt sie nicht. Das Einzige, was ich Will junior damals voraushatte, war das Wissen darum, wie sich großer Schmerz anfühlte, und ich konnte mir denken, der Spatz kannte das Gefühl jetzt auch.

Ich legte meinem Bruder die Hand aufs Knie und gab ihm

eines der mit einem Monogramm bestickten Taschentücher, die ich, wie Will es mich gelehrt hatte, stets bei mir trug; es konnte ja sein, dass eine Dame eines brauchte. Bevor ich zu Hause losgefahren war, hatte ich vier Stück in verschiedene Taschen meines schwarzen Begräbnisjacketts gesteckt. Eines hatte ich bereits Mom gegeben. Blieben noch zwei.

... und lasst uns in der Tiefe unserer Trauer das Entzücken über die Herrlichkeit Gottes spüren ...

Ich sah mich nur einmal um und betrachtete die Menge, das Meer trauernder Gesichter, das sich bis an die blauen Glaswände erstreckte, die sich in schwindelnde Höhen in den blassen Junihimmel erhoben.

Gerade als ich dachte, der Gottesdienst sei vorüber, glitten die oberen Glaswände der Kapelle des Lichts in die unteren Wandabschnitte und eine Woge warmer Luft strömte herein. Ein Raunen ging durch die Trauergemeinde. Hinter Reverend Alter stiegen Zehntausende von weißen Tauben auf, und als er die Arme gen Himmel streckte, sah es aus, als würden sie ihm aus den Händen fliegen. Ihre Flügel schlugen laut, während die Vögel in der stillen Kapelle höher stiegen. Man konnte förmlich hören, wie sie in Panik gerieten. Doch dann begriffen sie, dass über ihnen der Himmel war, und sie flogen in den Nachmittag davon. Sie waren in Käfigen aufgezogen worden und noch nie vorher geflogen. Während wir auf den Friedhof hinausgingen, regneten weiße Federn auf uns herab. Ich dachte daran, wie Savannah Blazak über jene Mauer geklettert und in der kühlen Vorstadtnacht verschwunden war.

Etwa die Hälfte der Trauergemeinde wollte einen letzten Blick auf Will werfen. Es dauerte eine Stunde. Ich war der Zweite in der Reihe, gleich nach Glenn. In der Gerichtsmedizin hatte ich schon Leichen und bei Verkehrsunfällen sogar noch blutende Opfer gesehen. Und ich hatte Luke Smith und Ming Nixon gesehen. Aber dies war das erste Mal, dass ich wirklich hinschaute, und ich war durch nichts auf den Schock vorbereitet, den Tod auf dem Gesicht eines Menschen zu sehen, den ich liebte. Ich betrachtete Wills Gesicht und begriff, welche Macht, welche Persönlichkeit, welch großes Leben von uns gegangen war. Ich küsste meine Fingerspitzen, strich mit ihnen über seine harte Wange und ging hinaus.

Tränen stiegen in mir auf und mit ihnen ein kaltes Racheverlangen. Ich zog meinen Hut tief ins Gesicht.

Vom Begräbnis sind mir die hellgrünen Grasflächen auf den Hügeln und die lange Kolonne schwarzer Autos, die am Grab zum Stehen kam, in Erinnerung geblieben. Das Grab war mit einer schwarzen Plane zugedeckt. Dass eines ausgehoben worden war, ließ sich nur aus den frisch aufgeworfenen Erdhaufen rund um die Plane erkennen.

Während ich dort stand und die Ankunft der Autos beobachtete, fragte ich mich, woher die Killer gewusst hatten, wo Will und ich sein würden. Waren sie uns gefolgt oder hatten sie einen Tipp bekommen? Hatten die Leute, die uns zu dieser Adresse geschickt hatten, auch den Mord begangen? War Will nur zur Rettung von Savannah Blazak geschickt worden, um zu sterben?

Ich hoffte, die Killer hatten auf uns gewartet. Denn wenn uns aufgelauert worden war, hatte ich sie einfach nur übersehen, und vielleicht würde ich mir eines Tages verzeihen können, dass ich mich hatte überrumpeln lassen. Wenn sie uns aber gefolgt waren, hatte ich auf bedeutend eklatantere Weise versagt.

Mund zu, Augen auf.

Meine Gedanken schweiften ab, aber ich kam immer wieder auf diese beiden Autos zurück. Ich wusste, ich hätte Mitleid für die Männern empfinden sollen, die ich erschossen hatte. Und Schuld, weil ich ihnen das Leben genommen hatte. Ich versuchte diese Gefühle zuzulassen, aber ich hatte sie nicht. In mir gibt es einen kalten Ort, wohin ich die schlimmen Dinge abschiebe. Eine Art Kühlschrank, nur mit massiverer Tür. Und ist etwas erst einmal dort verstaut, lässt es sich nur schwer wieder hervorholen. Ich sagte mir, dass es böse Männer waren, die mich mit Sicherheit auch umgebracht hätten. Das rechtfertigte, was ich getan hatte, und die Kühlschranktür war jetzt zu. Aber hinter all den *Wenns* konnte ich die Tür nicht so leicht schließen: *Wenn* ich sie früher gesehen, *wenn* ich schneller reagiert, *wenn* ich auf meine innere Unruhe gehört, *wenn* uns der Nebel nicht eingehüllt hätte.

Ich verfolgte aus der Entfernung, wie die Trauergäste an meiner Familie vorbeidefilierten. Ich hatte gesagt, was ich zu sagen hatte. Also zog ich mich unter eine dichte Ulme zurück, allein, mit offenen Augen und geschlossenem Mund, die Hutkrempe tief ins Gesicht gezogen, um noch mehr für mich zu sein.

Die meisten Leute am Grab kannte ich. Ich sah Wills Kollegen aus dem Verwaltungsrat, Bürgermeister, Stadtverordnete, Richter, die oberen Ränge aus dem Büro des Sheriffs, den Gouverneur von Kalifornien, zwei Kongressabgeordnete. Einige waren Freunde, andere Feinde, aber alle waren sie gekommen.

Sämtliche Bauunternehmer waren erschienen. Land ist immer noch der wertvollste Besitz und die größte Einnahmequelle in Orange County. Will hatte mit jedem einzelnen dieser Leute Auseinandersetzungen gehabt und war gleichzeitig auf seine verquere Weise mit einigen von ihnen befreundet gewesen. Ich erkannte die Fußsoldaten aus der Wirtschaft, jene eloquenten Frauen und Männer, die ihren Firmen jedes Jahr Millionen einbringen – der Irvine Company, Philipp Morris, der Rancho Santa Margarita Company. Ihre Bosse waren auch da, die Finanzchefs, Vorstands- und Aufsichtsratsvorsitzenden – die Leute, die mit ihren eigenen Jets oder Hubschraubern einfliegen.

Dann die Unternehmer, die Milliardäre, die es aus eigener Kraft geschafft hatten: Technikfreaks, Lieblinge der Nasdaq, Erfinder, Marktteilnehmer aller Art. Jack Blazak, der sein erstes Vermögen mit gelben Rasensprengern gemacht hatte, die nicht verstopften, war natürlich auch da. Er sah noch schlechter aus als bei unserer letzten Begegnung. Es schien, als würde mit jedem Tag, den seine Tochter fort war, ein bisschen mehr Leben aus ihm weichen.

Die Nächsten auf der Leiter der Macht waren die Bürokraten. Wills Kohorten, die Pitbulls der Regierung – jetzt noch unterwürfig und anspruchslos, im nächsten Augenblick besitzergreifend und unnachgiebig. Sie arbeiten für Bezirke, Behörden, Verwaltungen, Kommissionen, Sektionen, Abteilungen, Ämter. Im Vergleich zu den Baulöwen oder den Unternehmern besitzen sie kein Geld, aber sie verfügen über Macht. Macht, die manchmal hilfreich und profitabel für alle sein kann. Sie kann erschaffen oder vernichten. Die Kosten sind Verhandlungssache.

Will war ein Bürokrat. Eines Tages werde ich vielleicht auch einer sein. Ich habe wahrscheinlich die beste Ausbildung genossen, die ein Bürokrat erhalten kann: meine ersten fünf Anstaltsjahre.

Dann waren da die Menschen aus seiner unmittelbaren Umgebung, Verwandte, Freunde, Nachbarn und Bekannte – sein Arzt, sein Friseur, sein Tennislehrer. Sogar unser alter Müllmann war da, ein junger Vater von drei Kindern, als ich selbst noch ein Kind war, jetzt ein Mann mittleren Alters mit grauen Haaren, stämmiger Figur und traurigen Fältchen um die Augen. Mittwochs früh um halb sieben, wenn in unserer Straße der Müll abgeholt wurde, hatte Will immer ein Schwätzchen mit ihm gehalten, bevor er mich an der Bushaltestelle abgesetzt hatte und dann zur Arbeit ins Büro des Sheriffs gefahren war.

Ich beobachtete sie und fragte mich, aus wie vielen Leben ein Leben bestand. Ich fühlte mich zugleich stolz und leer, überwältigt und niedergeschlagen.

Als Jennifer Avila, hinreißend schön in Schwarz, mit meiner Mutter sprach, fühlte ich mich betrogen. Betrogen von Will und irgendwie auch von Jennifer.

Mein Herz pochte zuerst heftig und dann fast gar nicht mehr. Was ich sah, war etwas verschwommen – meine Augen funktionierten nicht richtig. Auf dem Rücken spürte ich eine große heiße Stelle. Wie sollte ich in ein paar Stunden bloß mit einer Radiomoderatorin reden? Ich zitterte sogar, obwohl mir in meinem schwarzen Anzug warm war.

Der alte Carl Rupaski, der Chef des Verkehrsamts von Orange County – und ein erklärter politischer Gegner meines Vaters –, kam zu meinem Baum und schüttelte meine Hand. Seine Augen waren feucht und er roch nach Tabak und Alkohol. »Ich würde demnächst gern einmal mit Ihnen reden, Joe. Vielleicht wenn wir beide nicht mehr unter Schock stehen. Wie wäre es mit einem Mittagessen nächste Woche? Sagen wir, am Montag?«

»Ja, Sir. Das wäre nett.«

Er legte mir eine schwere Hand auf den Arm. »Das ist wirklich ein großer Scheiß, Kleiner. Ein großer Scheiß.«

Als Nächster gesellte sich Jaime Medina zu mir in den Schatten. Er sah noch verzweifelter und gequälter als sonst aus, noch gebeugter und unglücklicher. Wir unterhielten uns eine Weile über Will und er erzählte mir, wie viel Will für den Hispano-Amerikanischen Kulturverein getan hatte, wie hart es jetzt werden würde, wo ihr Verbündeter auf Seiten des Staates fort und eine strafrechtliche Ermittlung anhängig war.

»Ich habe diesen Leuten nie gesagt, sie könnten wählen, bevor sie Staatsbürger geworden sind«, beteuerte er. »Das war ein Missverständnis. Mehr nicht. Außerdem, was zählen schon ein paar Dutzend Stimmen?«

Ich zuckte die Achseln. Die Probleme des Hispano-Amerikanischen Kulturvereins interessierten mich im Augenblick nicht.

»Wollen Sie uns helfen?«

»Wie, Sir?«

»Da ist jemand, mit dem Sie reden sollten. Es ist ein großer Skandal. Sie können Aufsehen erregen, berühmt werden.«

»Ich will nicht berühmt werden.«

»Sie sind es bereits. Damit würden Sie zum neuen Vorreiter der Gerechtigkeit werden. Reden Sie doch mit dem Jungen. Er ist der Bruder von Miguel Domingo, dem Jungen, den die Bullen umgebracht haben. Er hat eine Geschichte zu erzählen. Verstehen Sie, Miguel Domingo hatte einen *Grund*, warum er in die abgeschirmte Siedlung von Newport Beach hineinwollte. Er hat es wegen einer Frau getan.«

»Welcher Frau?«

»Luria Blas, die vor ihrer Wohnung getötet worden ist. Interessiert?«

»Nein, danke. Ich habe im Moment viel um die Ohren.«

»Und, das wäre, Joe?«

»Sehen Sie sich um, Sir.«

Er tat es und seufzte. »Ich werde Sie anrufen. Wir werden zu einem besseren Zeitpunkt noch einmal darüber reden.«

Ein paar Minuten später schlenderte Rick Birch zu mir. Interessanterweise stellte er sich nicht vor, sondern neben mich und beobachtete mit mir zusammen die Trauergäste. Es gefiel mir, dass er eine Weile schwieg. Als er schließlich den Mund öffnete, sagte er etwas, womit ich nie gerechnet hätte.

»Mein Bruder ist ermordet worden, als ich zehn war«, erzählte er. »Er war acht Jahre älter als ich – ein harter Bursche in einem harten Viertel oben in Oakland. Man hat ihn in der Gosse hinter einer Bar gefunden. Keine Verhaftungen. Das brachte mich auf den Gedanken, Polizist zu werden – um die Scheißtypen zu verhaften und hinter Schloss und Riegel zu bringen.«

»Das ist ein guter Grund, Sir.«

»Machen Sie weiter?«

»Ja, Sir.«

»Hören Sie, morgen wird John Gaylen zu einem kleinen informellen Gespräch zu mir kommen und ich möchte, dass Sie hinter dem Einwegspiegel sitzen.«

»Gern.«

Später, beim Leichenschmaus, versammelten wir drei Brüder uns in einer Ecke. Wie waren im sechzehnten Stock des Newport Marriott Hotels, in einem Restaurant, das der Geschäftsführer, ein weiterer Freund von Will, kostenlos zur Verfügung gestellt hatte. Von dort aus konnte man das Meer sehen, eine rauchgraue Platte unter dem Junihimmel.

Will junior und Glenn waren betrunken. Ich trank ebenfalls eine Menge, für meine Verhältnisse jedenfalls. Für gewöhnlich trinke ich nicht viel, weil ich sonst das Gefühl habe, weniger fit zu sein.

Meine Brüder wollten beide am nächsten Tag zurückfliegen – ihr Familienleben und ihre Arbeit wieder aufnehmen. Sie hatten ein schlechtes Gewissen, weil sie Mary Ann und mich allein ließen.

Will junior umarmte mich. »Wenn ich etwas tun kann, Joe. Du brauchst nur anzurufen.«

Dann Glenn: »Pass auf Mom auf. Ich wünschte, ich würde nicht so weit weg wohnen. Dann könnte ich dir dabei helfen. Und pass auch auf dich selbst auf.«

Ihre Kinder rannten an uns vorbei. Will juniors Rasselbande jagte mit Cocktailschwertern und -schirmen den Zwillingen hinterher.

Ich fühlte mich von ihnen im Stich gelassen. Warum konnten sie nicht ihr Leben ändern und für eine Weile nach Südkalifornien ziehen, um mir zu helfen herauszufinden, wer Will aus welchem Grund getötet hatte?

Weil es unrealistisch war. Das Leben musste weitergehen. Weil Will es so gewollt hätte und all das.

Wir standen einen Moment da und beobachteten die Kinder beim Spielen und ich begriff eine wunderschöne, herzzerreißende Wahrheit: Das Leben ging bereits weiter.

Ich verließ den Leichenschmaus als Letzter. Bis zum Interview mit June Dauer von KFOC blieb mir noch etwas Zeit, die ich mit einem weiteren Martini auf einem Fensterplatz im sechzehnten Stock verbrachte. Die Kellner räumten die Rechauds und die Tische weg; die runden rollten sie über den Boden und die viereckigen klappten sie zusammen. Ich hörte das Scharren der Stühle und die Arbeitsgeräusche, aber es schien alles eine Million Meilen weit entfernt zu passieren. Alles.

Ich hatte Angst vor dem Interview, machte mich aber nach einem weiteren Drink auf den Weg.

Als ich beim Sender ankam, war ich betrunken. Stärker, als ich beim Verlassen des Hotels gedacht hatte. Ich bedauerte, dass ich so viel getrunken hatte. Eigentlich wollte ich am liebsten alles vergessen, doch jetzt war ich hier, um mich zu erinnern, und das vor Tausenden von gelangweilten Zuhörern.

Ich wartete in einem kühlen Empfangsraum mit einem purpurnen Teppich und orangenen Stühlen mit Chromfüßen, kaute Kaugummi, trank starken schwarzen Kaffee und beobachtete, wie die zusammengepresste Stanniolpapierkugel des Kaugummis in meinem Hut herumrollte.

Dann kam der Produzent von *Real Live* herein, ein lächelnder junger Mann mit langen Haaren und Ziegenbärtchen, der sich selbst als Sean vorstellte.

»June ist gleich so weit«, verkündete er. »Wasser, Limonade?«

»Noch einen Kaffee, bitte.«

»Hier, das ist der grüne Raum. Nehmen Sie Platz. Ich werde Ihnen einen Kaffee holen. Wie wäre es mit einem Schuss Kahlua darin, um ihn zu veredeln?«

»Lieber nicht.«

Ich setzte mich und betrachtete die Sendekabinen. Drei waren dunkel, eine schwach beleuchtet. An einem der Schwenkarmmikrofone in der beleuchteten Kabine stand eine junge Frau mit schwarzen Locken. Sie hielt den Kopf gesenkt und las offenbar etwas ab. Ich beobachtete ihr Spiegelbild, das in merkwürdigem Winkel auf der Glasscheibe reflektiert wurde.

Sean kam mit einer dampfenden Tasse Kaffee zurück und stellte sie auf den Tisch, an dem ich saß. »Heiß«, warnte er mich. »Wir sind zur vollen Stunde dran. Nur noch ein paar

Minuten. Übrigens, Mann, was mit Ihrem Vater passiert ist, tut mir Leid.«

»Danke.«

Er zögerte und ging dann hinaus.

Fünf Minuten später führte er mich in die beleuchtete Kabine. Dort klangen alle Geräusche tiefer als sonst und das Licht war weich und silbrig. Die lockige Frau kam um den Tisch herum und streckte mir die Hand entgegen.

»June Dauer.«

»Freut mich, Sie kennen zu lernen, Miss Dauer.«

Sie lächelte. Dunkle Augen und ein ausgesprochen hübsches Gesicht. Die Linien ihrer Kiefer waren gerade und kräftig. Kleine Nase, kleiner Mund. Sie trug eine ärmellose Jeansbluse, die in zerknitterten Shorts steckte; die Socken waren heruntergerollt und an den Füße hatte sie blaue Baumwollschuhe. Ihre Beine waren wohl geformt.

Sie drückte meine Hand. »Joe, es tut mir wirklich Leid, dass sich das Interview mit dem Begräbnis Ihres Vaters überschneidet. Hätte ich das eher gewusst, hätte ich nie diesen Termin vorgeschlagen.«

»Wir haben den Tag der Beerdigung erst später festgesetzt, Miss Dauer. Es ist überhaupt kein Problem.«

Sie schüttelte den Kopf und sah mich einen Augenblick aus zusammengekniffenen Augen an. »Ich hatte Sie doch gebeten, diese guten Manieren zu Hause zu lassen, oder?«

»Entschuldigung, ich ...«

»Entspannen Sie sich, Joe. Nehmen Sie hier Platz und setzen Sie sich diese Kopfhörer auf. Wir werden eine Stimmprobe machen und dann geht es los.«

Ich setzte mich auf den angebotenen Drehstuhl, beobachtete, wie sie um den Tisch herumging, und legte dann meinen Hut vor mich hin. Sie setzte sich und rollte auf ihrem Stuhl an den Tisch heran. Das Studio war überwiegend dunkel. Nur ein sanfter Spot über ihrem Kopf hob sie von den Schatten um uns herum ab. Ich schaute hoch und entdeckte, dass ich ebenfalls von einem Spot angestrahlt wurde. Mir wurde heiß, mein

Kragen schien mich einzuschnüren und mein Herz klopfte, als würde ich ein Rennen bestreiten. Ich setzte die Kopfhörer auf, atmete dreimal tief durch und fühlte mich noch schlechter. Ich war kurz davor, mich an den stillen Ort zurückzuziehen, als June Dauers klare, helle Stimme zu mir durchdrang.

»Zählen Sie bis zehn, Joe. Mit normaler Stimme. Halten Sie den Mund ungefähr sieben, acht Zentimeter vom Mikrofon entfernt und sprechen Sie nicht direkt hinein, sondern etwas daneben.«

Ich tat, was sie sagte.

»Gut, gut. Haben Sie etwas getrunken, Joe?«

»Mehr als üblich.«

»Was ist üblich?«

»So gut wie nichts.«

»Sind Sie betrunken?«

»Das wird sich noch herausstellen.«

Sie warf einen Blick in den Nachbarraum, wo Sam saß und ihr zunickte.

»Und drei und zwei und eins«, sagte er. »Ihr seid auf Sendung.«

Ich hörte Musik und eine Stimme vom Band kündigte die Sendung an. Dann sprach June die Anmoderation. Sie erzählte ein bisschen über meine Vergangenheit und benutzte dabei das Wort »Säurebaby«, bei dem sich mir, wie jedes Mal, die Nackenhaare sträubten. Während sie sprach, presste sie ihre Arme an den Körper und sah starr zu mir herüber, als wäre ich ein Bär im Zoo. Ihre Stimme war klar, auch wenn sie fast flüsterte, so als würde sie sich nur mit einer einzige Person unterhalten. Der Kopfhörer gab ihr einen komischen Umriss und hinter dem flach anliegenden Bügel standen ihre Locken hoch.

An die erste Hälfte des Interviews erinnere ich mich nur vage. Ich war nervös. Soweit ich weiß, bestanden meine Antworten anfangs nur aus ein, zwei Worten. Meine Stimme klang ungewöhnlich dünn und hörte sich an, als käme sie aus großer Entfernung. June stellte mir Fragen, die ich schon tausendmal beantwortet hatte, und ich gab ihr die Antworten, die ich mir im Laufe der Jahre zurechtgelegt hatte.

Thor. Was passiert war. Schmerz. Erinnerung. Operationen. Hillview. Andere Kinder. Will und Mary Ann. Schule. Bekanntheit als »Säurebaby«. Baseball. College. Büro des Sheriffs. Arbeit im Gefängnis.

Plötzlich musterte mich June über den Tisch hinweg und ich erwiderte ihren Blick. In ihren Augen spiegelte sich das Licht des Spots über ihrem Kopf, wodurch sie sehr hell aussahen. Auf einmal entspannte ich mich und begann mich wohl zu fühlen.

»Ich bewundere, wie Sie das alles gemeistert haben, Joe. Ich habe Ihre Geschichte über Jahre hinweg verfolgt. Sie haben es geschafft, trotz eines tragischen Beginns ein gutes Leben zu führen. Die Menschen müssen erfahren, dass *sie* das auch können.«

»Das verdanke ich hauptsächlich meinen Eltern. Meinen Adoptiveltern, meine ich.«

Sie fragte mich, welchen Rat ich Menschen mit Problemen geben würde, besonders jungen Menschen. Woraus konnten sie echtes Selbstbewusstsein ziehen? Wie Wut und Selbstmitleid überwinden?

Ich gab die Antworten, die ich immer gab: Glaub an dich selbst, hab keine Angst, anders zu sein, denk daran, dass es immer Menschen gibt, die noch schlechter dran sind.

Dann fragte sie mich etwas, wonach ich noch nie gefragt worden war.

»Joe – was denken Sie, wenn Sie ein schönes Gesicht sehen?«

Vielleicht lag es daran, dass die Frage neu war. Vielleicht auch am Begräbnis oder am Alkohol oder an dem warmen Anzug. Möglicherweise lag es einfach daran, dass schöne Gesichter eines der Themen sind, über die zu sprechen ich mich für qualifiziert halte. Ich bin nicht sicher, was der Grund war, aber plötzlich wollte ich reden.

»Ich denke, dass der Betreffende Glück gehabt hat. Ich

liebe schöne Gesichter, Miss Dauer. Es gibt so viele unterschiedliche Arten. Ich könnte sie stundenlang betrachten. Aber es ist nicht leicht, das zu tun. Nicht viele Menschen lassen sich lange angucken, wenn man sie nicht kennt.«

»Sie müssen eine Menge Leute kennen.«

»Einige. Aber man will sie nicht dauernd anstarren.«

»Nein. Also, was tun Sie?«

Sie lehnte sich etwas zurück und musterte mich eindringlich. Ihr Haar glänzte im Licht und in ihren Augen waren wieder helle Funken. Ich nahm deutlich das trübe Licht und die gedämpfte Akustik in der Kabine wahr. Für einen Augenblick schien es, als wäre June Dauer der einzige andere Mensch im ganzen Gebäude, als wären wir allein, und ich würde nur mit ihr sprechen.

»Ich gehe ins Kino oder sehe fern, June. Ich mag Liebesfilme mit vollkommenen Gesichtern darin. Manchmal gehe ich auf belebte Plätze, wo ich mich in der Menge verlieren und einfach nur beobachten kann. Aber es geschieht alles so schnell. Die Filme und Fernsehsendungen enden, die Menschen am Strand gehen weiter oder wenden sich ab, die Besucher der Einkaufszentren schlendern vorüber, so dass nicht genug Zeit ist, ein Gesicht wirklich zu bewundern und zu genießen.«

»Ich weiß, was Sie meinen. Es ist, als ob man sich in einer anderen Welt als die beobachteten Menschen befindet. Wenn ich hier im Studio sitze und mit Leuten draußen in der wirklichen Welt spreche, fühle ich manchmal das Gleiche.«

Plötzlich wurde mir bewusst, was für ein Vergnügen es war, mit June Dauer zu reden. Sie wirkte so allein in diesem Lichtstrahl mitten in der Dunkelheit, die sie umgab. Ich vergaß, wo ich war und warum ich dort war und dass ich zu viel getrunken hatte, und unterhielt mich einfach mit ihr.

»Genau, June. Als wären sie nicht *wirklich*. Ich meine, keines dieser Gesichter ist wirklich, nicht in dem Sinne, dass man es berühren könnte, besonders nicht die Gesichter in der Menge. Die kann man absolut nicht berühren.«

»Nein, das sollte man nicht versuchen.«

»Nicht, dass ich sie berühren wollte. Ich will weder berühren noch berührt werden.«

June beugte sich zum Mikrofon vor und runzelte leicht die Stirn, so als würde ihr Kopfhörer oder irgendetwas anderes nicht richtig funktionieren.

»Sie wollen weder berühren noch berührt werden? Halten Sie das für gesund?«

»Darüber denke ich nicht nach, Miss Dauer.«

»Das habe ich noch nie jemanden sagen hören. Jeder sehnt sich nach Kontakt. Aber wissen Sie, ich glaube, es gibt eine Menge schöner Gesichter, die bereit wären, eine Tasse Kaffee mit Ihnen zu trinken, mit Ihnen zu plaudern und sich von Ihnen bewundern zu lassen.«

»Einmal habe ich ein Model dafür bezahlt, nur still dazusitzen und sich betrachten zu lassen. Tracy. Sie war jung und stand erst am Anfang ihrer Karriere. Sie brauchte das Geld. Sie kam noch einmal und ließ sich drei Stunden lang angucken, für dreihundert Dollar. Was für ein Gesicht sie hatte. Unvorstellbar schön. Nach dem zweiten Mal tranken wir zusammen einen Kaffee und haben uns unterhalten. Ich habe sie sehr gemocht. Ich habe jeden Tag an sie gedacht, dann jede Stunde, dann jede Minute. Aber ich habe mich eine Weile nicht bei ihr gemeldet, weil ich erst meine Fassung wiedererlangen wollte, um nicht bedürftig zu erscheinen und sie abzuschrecken. Als ich sie später anrief, sagte mir ihre Zimmergenossin, sie sei nach Mailand gezogen. Ich habe ihr geschrieben, aber sie hat nicht geantwortet.«

Es trat eine Pause ein, während June mich fixierte. »Ich finde, das ist traurig. Nun, da wir schon beim Thema sind, Joe, wie sieht es mit Rendezvous aus? Haben Sie Verabredungen?«

»Um ehrlich zu sein, meine Erfahrung mit Rendezvous ist begrenzt. Ich bin mir meiner Wirkung auf Frauen bewusst und es wäre nicht richtig, jemandem Angst zu machen, nur um sein Gesicht betrachten zu können.«

An dieser Stelle ging mir auf, dass ich genau das tat – June Dauers Gesicht anstarren. Ich sah weg, stieß dabei aber mit der Wange ans Mikrofon, was einen gewaltig verstärkten dumpfen Schlag hervorrief. Sie lachte. Es war ein wundervolles Lachen, eines der nettesten, das ich jemals gehört hatte.

»Das war ich, Leute«, erklärte June den Zuhörern. »Bin vom Stuhl gefallen, weil Joe Trona mich angestarrt hat!«

Ich spürte, wie mein Gesicht heiß wurde, lächelte aber. Normalerweise versuche ich, so wenig wie möglich zu lächeln. Es ist kein schöner Anblick.

»Joe, mir ist aufgefallen, dass Sie sehr gute Manieren haben. Warum?«

»Um die Menschen zu beruhigen. Außerdem habe ich vor Jahren gedacht, Frauen würden gute Manieren anziehend finden.«

»Im Allgemeinem tun wir das auch. Also ...«

»Aber man braucht mehr als nur gute Manieren. Man muss... Es ist schwer zu erklären. Verstehen Sie ... man möchte nicht nur als große Narbe unter einem Hut wahrgenommen werden, die ›Ja, bitte‹, ›Nein, danke‹ oder ›Heute ist ein schöner Tag, nicht wahr, Miss Dauer?‹ sagt. Man möchte nicht als sprechender Pavian dastehen – oder als englischer Butler wahrgenommen werden, der zum Monster mutiert ist. Verstehen Sie, was ich meine?«

Sie ließ eine Pause eintreten, so als hätte ich sie auf dem falschen Fuß erwischt.

»Nein, eigentlich nicht, Joe. Aber deshalb wollte ich Sie in der Sendung haben. Wie reagieren Frauen denn auf Sie?«

»Ich hatte eine Verabredung. Sie verhielt sich, als wäre das Zusammensein mit mir das Normalste der Welt. Ich bin darauf hereingefallen, bis wir in ihrer Wohnung waren und sie mich fragte, ob sie mein Gesicht berühren dürfe. Ich sagte ja, weil ich sie nicht enttäuschen wollte, schloss die Augen, biss die Zähne zusammen und wartete. Sie brauchte ewig. Erst hörte ich nur ihren Atem, dann spürte ich ihre Fingerspitzen. Es war unerträglich, doch ich hielt still, so gut ich konnte, fing aber an zu zittern. Als ich die Augen öffnete, weinte sie. Ich stand auf und entschuldigte mich dafür, dass ich sie zum Weinen gebracht hatte. Dann ging ich.«

»Warum sind Sie gegangen?«

»Weil sie weinte. Ich will nicht bemitleidet werden, Miss Dauer. Entsetzen ist akzeptabel. Entsetzen ist angemessen. Aber Mitleid ist etwas, das ich nicht ertrage.«

Wieder trat eine kurze Pause ein, bevor sie etwas sagte, und wieder runzelte sie die Stirn.

»Wenden wir uns etwas anderem zu. Joe Trona – worauf in Ihrem Leben sind Sie besonders stolz?«

Ich dachte nach. »Dass Will und Mary Ann Trona mich aufgenommen haben.«

In dem Augenblick, als ich es sagte, erinnerte ich mich daran, was ich wenige Stunden zuvor getan hatte. Dann fiel mir wieder der Abend in der Lind Street ein und ich dachte an all die Gelegenheiten, die ich gehabt hatte, ihn zu einem besseren Ende zu bringen. Mir wurde bewusst, dass ich zu einem ganzen Land sprach und nicht nur zu einer einzelnen Frau, die verständnisvoll zu sein schien und mit der ich mich gut unterhalten konnte.

»Sind Sie überhaupt stolz auf sich selbst? Darauf, wie Sie sich in widrigen Umständen verhalten und einige ziemlich hohe Hürden überwunden haben?«

»Nein.«

»Okay, Joe – wir haben noch zwei Sekunden, also beschreiben Sie sich selbst in zwei Worten! Nicht nachdenken – *zwei Worte!*«

Ich hörte, wie die Musik einsetzte.

»Kommen Sie, Joe!«

»Stark verbesserungswürdig«, sagte ich.

June Dauers Stimme legte sich über die Musik.

»Sind wir das nicht alle? Joe Trona *ist* Real Live. Genauso wie *Sie*. Vergessen Sie das nicht. Hier ist June Dauer, die Ihnen einen angenehmen Abend wünscht. Und wenn Sie nicht glücklich sein können, dann seien Sie still! Bis zum nächsten Mal.«

Damit schob sie das Mikrofon weg, nahm den Kopfhörer ab und legte ihn vor sich auf den Tisch. Der Lichtstrahl des Spots über ihrem Kopf spiegelte sich noch immer in ihren Augen und sie hatte noch immer die Stirn gerunzelt.

»Danke.«

»Keine Ursache.« Mich durchflutete eine warme Welle der Erleichterung, ich atmete tief durch und sackte in mich zusammen. Ich überlegte, ob es auch bei Mediengästen so etwas wie das Stockholm-Syndrom gab, denn ich liebte June Dauer fast dafür, dass sie mich durch die Sendung geführt hatte.

»Entspannen wir uns bei einem Spaziergang«, sagte sie. »Ich hatte einmal eine Rhetorikexpertin hier, die so nervös war, dass sie, als es vorbei war, in die Toilette rannte und sich übergab.«

»Das werde ich bestimmt nicht tun.«

»Kommen Sie.«

Wir verließen das Studio und das Gebäude und gingen spazieren. In Gegenwart einer attraktiven Frau bin ich immer extrem selbstkritisch, also versuchte ich stets einen halben Schritt vor ihr und einen Meter neben ihr zu bleiben.

»Ich habe keine ansteckende Krankheit«, sagte sie.

»Tut mir Leid. Ich werde hektisch.«

»Dann beruhigen Sie sich. Rennen hilft da auch nicht.«

Ich verlangsamte meinen Schritt. Es war kurz vor sechs Uhr abends, aber immer noch hell. Es begann gerade erst kühler zu werden. Man hätte meinen können, der Nachmittag würde ewig dauern, wie eine gesprungene Schallplatte, die immer wieder dieselbe Stelle spielt. Während ich durch den Sonnenschein ging, dachte ich über all das nach, was ich ihr in der letzten halben Stunde erzählt hatte. Es schien schon so lange her zu sein.

Die Studios von KFOC befanden sich auf dem Campus eines Junior College und so schlenderten wir an den niedrigen Häusern und den Kiosken mit den flatternden Reklamewimpeln vorbei. Die Gummibäume waren dunkelgrün und glänzten und die Schüler hatten breite Pfade über die Ecken der Grasflächen getrampelt.

Ich zog das Jackett aus und legte es über den Arm. Eine kühle Abendbrise wehte durch mein Hemd. Während ich vorgab, das Jackett über meinem Arm zu ordnen, betrachtete ich June Dauer, die sich leicht abgewandt hatte und die Wolken beobachtete. Dieselbe Brise, die meinen Rücken kühlte, hob die Locken über ihrer Stirn und legte ihre Ohren frei. In den Ohrläppchen steckten kleine Rubine. Ich stellte mir vor, wie ich zwei Hand voll der roten Steine sanft über ihren Kopf schüttete und zuschaute, wie sie durch die dunklen Locken purzelten, ihre Schultern und Beine hinunterrollten und rasselnd um ihre Füße herum aufschlugen – keine Ahnung, warum. Zu viel Alkohol vermutlich.

Oder es lag am DUD. Will hatte mir einiges über die Liebe und die Frauen beigebracht. So sollte ich mich nach einer Sünderin mit Sinn für Humor umsehen. In die Liebe sollte ich mit offenen Augen gehen, in die Ehe mit geschlossenen. Ein anderer Rat lautete: *Suche nach DUD.*

DUD ist »Das Unbekannte Ding«. Manche Frauen haben es, manche nicht. Vielleicht nimmst du es zuerst in ihren Augen wahr. Es kann aber auch in ihrer Stimme sein. Oder in ihren Händen. Wenn du es erst einmal gesehen hast, wirst du entdecken, dass es überall an ihr ist. Aber du wirst nie wissen, was es ist, denn es ist »Das Unbekannte Ding«. DUD ist der Grund, warum du zurückkehrst, wieder und wieder. Es ist der Klebstoff, aber du weißt nie, was es ist. Mary Ann hat jede Menge davon.

Ich ließ keinen Blick von June Dauer, bis sie mich anguckte und ich mich abwandte.

Es war DUD, ganz offensichtlich. Ich sah es in ihrem Gesicht, ihren Augen, der geraden, festen Kinnlinie. Ich hatte es schon früher bei anderen Frauen gesehen, aber noch nie so klar. Und noch nie so viel.

»Wie war der Gottesdienst, Joe?«

»Sehr gut. Reverend Alter hat eine Million weiße Tauben

in der Kapelle des Lichts freigelassen. Dann öffnete sich die Decke und sie flogen hinaus.«

»Klingt schön.«

»Sie flogen zum ersten Mal.«

»Woher wollen Sie das wissen?«

»Sie werden in Käfigen gezüchtet.«

»Wow, da benutzt du zum ersten Mal deine Flügel und dann spielt man Musik dazu und zweitausend Menschen schauen dir zu.«

Wir bogen auf einen großen Platz ein und kamen wieder vor dem Studio an. Sie reichte mir die Hand, ich schüttelte sie und betrachtete June wieder. Im Tageslicht sah sie noch viel schöner aus. Sie hatte dunkle, etwas feuchte Haut. Ihre Augen, die im Studio schwarz gewirkt hatten, waren in Wirklichkeit tiefbraun.

»Danke, dass Sie so offen gewesen sind«, sagte sie. »Sie waren sehr aufgeschlossen. Und wer weiß, Joe, vielleicht hatte irgendein Zuhörer da draußen ähnliche Probleme. Vielleicht haben Sie ihn dazu gebracht, sein Leben zu ändern. Wie auch immer. Ich meine, Sie haben mir geholfen, eine halbe Stunde zu füllen – das ist mein Job. Aber möglicherweise haben Sie auch noch mehr getan.«

»Das hoffe ich.«

Ich fuhr nach Hause, kehrte dann aber um und fuhr zum KFOC zurück. Es war eine Fahrt von rund zwanzig Minuten.

Es kam mir blöd vor, so auf dem Parkplatz herumzustehen, also fuhr ich zum zweiten Mal nach Hause. Aber dort fühlte ich mich irgendwie fehl am Platz ... eingesperrt, also fuhr ich wieder zum KFOC, parkte, holte tief Luft und ging rasch zum Empfang. *Das Unbekannte Ding.* Ich nahm den Hut ab und fragte die Empfangsdame, ob ich Miss Dauer sehen könne.

Das schien die Empfangsdame zu beunruhigen.

Doch June Dauer kam lächelnd den Studioflur entlang.

»Kommen Sie mit, Joe. Wir nehmen eine Sendung auf Band auf, um Sie an einem Regentag auszustrahlen!«

»Ich kann nicht«, erwiderte ich. »Ich kann nicht bleiben. Ich wollte nur sagen, dass ich mich gern mit Ihnen verabreden würde. Wir können tun, was immer Sie wollen.«

Die Empfangsdame lächelte und tat beschäftigt.

June sah mich an und lachte. »Die einzigen Dinge, die ich nicht mag, sind Splatterfilme und Restaurants, in denen man *Happy Birthday* singt. Vielleicht sollten wir einfach nur eine Tasse Kaffee zusammen trinken und uns besser kennen lernen.«

»Es ist mir eine große Ehre.«

»Warten wir ab, was Sie hinterher sagen.«

Wir vereinbarten Termin und Treffpunkt und dann fuhr ich nach Hause. Mir war, als würden die Reifen meines Mustang zwanzig Zentimeter über dem Asphalt schweben, obwohl sich das Auto immer noch gut steuern ließ.

Zuerst dachte ich, es läge am Alkohol, aber mittlerweile war ich stocknüchtern. Mein Herz raste und ich kurbelte die beiden vorderen Seitenfenster herunter, um frische Luft hereinzulassen.

Volle fünf Minuten dachte ich weder an Will noch an die Männer in den Autos.

Kapitel sieben

Ich nutzte den langen Sommerabend, um etwas zu erledigen, was ich schon seit Tagen hatte tun wollen, wozu ich aber nie Gelegenheit gehabt hatte. Nachdem ich in mein kleines Haus in Orange zurückgekehrt war, fuhr ich Wills Auto aus der Garage auf die Auffahrt neben dem Haus. Die Auffahrt endet an einem Tor, hinter dem sich, wenn es geschlossen ist, mein nettes kleines Privatreich erstreckt: Haus, kleiner Vorgarten, großer Orangenbaum, Garage und Auffahrt.

Nachdem ich mich umgezogen hatte, nutzte ich die Abgeschiedenheit hinter dem Tor und den langen Abend, um das Auto zu waschen – mit der Hand, Quadratzentimeter für Quadratzentimeter, außen und innen. Das Blut von dem braunen Leder abzubekommen war unmöglich, aber ich reinigte und pflegte es, so gut ich konnte. Die rechte vordere Fußmatte war völlig von Blut durchtränkt; ich schäumte sie zweimal ein, ließ sie eine Zeit lang liegen und schäumte sie erneut ein. Aus solchen Dingen Blut auszuwaschen ist ein aussichtsloses Unterfangen. Also vermischte sich der dumpfe, fleischige Geruch mit dem Duft des Shampoos und des Lederpflegemittels. Vermutlich würde der Wagen ewig danach riechen.

Ich fühlte mich ihm in diesen Stunden sehr nahe. Wir hatten so viel Zeit zusammen in dem Auto verbracht. Ich sah ihn vor mir, wie er sich vorbeugte, um den Tacho abzulesen, hörte, wie er mich nach der Geschwindigkeit fragte. Ich sah, wie er sich festhielt, wenn es in eine der Kurven ging, die er so liebte. Oder wie er die schwarze Aktentasche auf seinem Schoß öffnete und hineinblickte. Oder wie er sich zurücklehnte und mit missbilligendem, aber irgendwie auch hoffnungsvollem Blick die Welt dort draußen betrachtete.

Im nachlassenden Tageslicht ging ich um das Auto herum und strich über den glatten schwarzen Lack. Netter Wagen. Ich hatte ihn zweimal wöchentlich mit der Hand gewaschen, einmal im Monat gewachst und alle sechzig Tage Motor und Unterboden mit Wasserdampf gereinigt. Ich hatte auf den Leasingvertrag gepfiffen und Wills Änderungswünsche selbst erfüllt: den Dinan-Chip eingebaut, den Standardauspufftopf gegen einen ersetzt, der die Motorleistung etwas erhöhte und der Limousine den grummelnden Klang eines Geländewagens aus den siebziger Jahren verlieh, und die 16-Zoll-Felgen durch solche aus Edelstahl ersetzt. Nur die planmäßige Wartung, die Sache der Bezirksverwaltung war, machte ich nicht selbst. Ich beschloss, den Wagen zu behalten, bis er zurückgefordert wurde, auch wenn er das Dreifache meines Jahresgehalts kostete.

Aber an all das dachte ich eigentlich nicht, während ich mit der Hand über die glatte schwarze Oberfläche strich. Vielmehr fragte ich mich zum wiederholten Mal, ob man uns verfolgt oder aufgelauert hatte. Hatten sie uns dorthin geführt, oder waren sie uns gefolgt?

Ich wollte das Erstere glauben – dass sie von Anfang an gewusst hatten, wo wir am Ende landen würden, nämlich in der Lind Street in Anaheim.

Denn wie hätten sie mir folgen können? Es war dunkel, aber ich achtete auf die Lichter und die Autos um uns herum. Und als Will sagte, ich solle Gas geben, da habe ich es wirklich getan. Die Tachonadel hatte jenseits der 180-Stundenkilometer-Marke gestanden. Wie hätten zwei Autos uns bei diesem Tempo unbemerkt folgen sollen?

Ich hatte eine Idee.

Nachdem ich den hinteren Teil des Wagens aufgebockt hatte, zog ich ein Paar neue Latexhandschuhe an und schob mich auf meinem Mechanikerschlitten darunter. Es war zu dunkel, um etwas zu sehen. Also kam ich hervor, holte eine

Taschenlampe aus dem Kofferraum und legte mich wieder unter den Wagen.

Der Unterboden war sauber, wie es dank meiner Pflege nicht anders zu erwarten war. Ich fuhr mit der Hand über Tank, Auspuff und Differenzial, dann an der Achse entlang, über die hinteren Streben und zuletzt unter die Plastikabdeckung des Schutzblechs und am Chassis entlang. Und dort fand ich etwas, das ich nicht durch Tasten erkannte.

Es dauerte etwas, bis ich es abmontiert hatte. Zwei Ausflüge an die Werkbank waren nötig, um den kürzesten Schraubenzieher, den ich besaß, herauszusuchen. Mit ihm kam ich gerade so heran.

Schließlich zog ich den Gegenstand mit zwei Fingern heraus und legte ihn neben meinen Kopf auf den Beton. Dann drehte ich den Kopf zur Seite und sah ihn mir an.

Ein Kurzwellensender, ungefähr von der Größe eines Elektrorasierers. Ausgelegt auf eine einzige Frequenz. Eine Frequenz, die nur zu einem einzigen Zweck gesendet wurde: um jemandem folgen zu können.

Ich dachte einen langen Moment darüber nach. Ebenso wie über Will und Savannah, fünf Männer mit Knarren und eine Tennistasche mit einer Million Dollar. Selbst mit dem Sender in der Hand wollte ich nicht zugeben, dass sie mir gefolgt waren.

Ich brachte ihn ins Haus und stäubte ihn auf der Suche nach Fingerabdrücken mit Ruß ein. Das Abnehmen von Fingerabdrücken habe ich geübt, seit ich zwölf bin. Damals hat Will mir gesagt, dass er es gern sähe, wenn ich später zur Polizei ginge. Gute Sache, das. Drei hübsche Kandidaten – ein Daumen auf der Seite und zwei Finger oben. Die Abdrücke wurden perfekt: Ruß auf weißem Klebeband.

Ich ging mit dem Sender nach draußen, sah ihn mir im nachlassenden Sonnenlicht genauer an und überlegte. Da sie wussten, dass ich dumm genug gewesen war, einmal darauf hereinzufallen, dachten sie vielleicht, ich würde ihnen noch einmal auf den Leim gehen.

Vielleicht war ich es bereits.

Also schob ich mich unter das Auto und schraubte den Sender wieder an.

Dann rief ich meine Freundin Melissa im kriminaltechnischen Labor an und bat sie um einen weiteren Gefallen.

Ich holte Wills schwarze Aktentasche aus dem Bodensafe.

Als Erstes fiel mir der vertraute Geruch auf. Dann der vertraute Umriss. Ich konnte ihn mir kaum ohne die Tasche vorstellen: auf seinem Schoß im Auto, während ich fuhr; in seiner Hand, wenn er in einen Raum ging und diesen zu seinem eigenen machte, wie nur er es konnte; an seiner Linken hängend, wenn er Hände schüttelte, jemandem in die Augen schaute und mit einem festen Händedruck und ein, zwei gut gewählten Worten Wählerstimmen gewann. Oder auf dem Asphalt des Parkplatzes des Hispano-Amerikanischen Kulturvereins stehend, während Jennifer Avila ihm sagte, dass sie ihn liebe.

Ja, ich wollte ihm nah sein.

Und mir dämmerte auch, dass der Grund für seinen Tod vermutlich dort zu suchen war, irgendwo unter den Menschen, die er gekannt hatte. Es passte zu etwas, das Will mir tausendmal gesagt hatte: *Liebe viel, vertraue wenig*.

Ich ging mit der Aktentasche in die Garage und stieg in Wills BMW. Ich setzte mich auf seinen Platz, damit das Lenkrad nicht im Weg war. Dann stellte ich die Aktentasche auf meinen Schoß, so wie er es immer getan hatte, schaltete die Leselampe ein und öffnete sie.

Vor mir lagen die Versatzstücke des Alltags meines Vaters: Adressbuch und Kalender; Taschenrechner und Brieftasche; ein gelber Abrissblock mit seiner Handschrift auf dem obersten Blatt; ein kleiner Kassettenrekorder; ein Multifunktionswerkzeug, aus dem man nahezu alles herausklappen konnte, von Zangen über Schraubenzieher bis zu einer kleiner Säge; eine Einwegkamera; vier Aktendeckel in hellen Farben mit Papieren zu verschiedenen Themen; das Protokoll der letzten Verwaltungsratssitzung; die Tagesordnung für die nächste.

Unten in einem Fach für Kugelschreiber und Bleistifte fand ich einen Schlüssel, den ich wiedererkannte, weil ich den gleichen besaß. Sie passten beide in ein Schließfach in der Santa Ana Bank.

Mir fiel ein, dass ich ihn vor drei Jahren, als er mir den Schlüssel gab, danach gefragt hatte.

Wenn ich schon den Schlüssel habe, Sir, was ist in dem Schließfach?

Krimskrams. Nichts.

Ich steckte den Schlüssel ein. Früher oder später würde ich das Schließfach ausräumen müssen.

In der Aktentasche waren zwei Dinge, die ich nicht erwartet hatte: ein Familienfoto, das aus der Zeit stammte, als ich sechs war. Es war ungerahmt, zerknickt und voller Fingerabdrücke.

Ich dachte daran zurück, wie ich mit sechs war, als ein Jahr meines neuen Lebens hinter mir lag, ich mich aber noch immer fragte, wann ich aus diesem wunderbaren Traum von dem Haus in den Bergen und den schönen Menschen, die keine Angst vor mir hatten, erwachen würde. Ich erlebte den ersten Ansturm der Liebe und hatte absolut keine Ahnung, was ich fühlte.

Das andere, was mich überraschte, war eine kleine Sammlung von ausgeschnittenen Zeitungsartikeln, die von einer Büroklammer zusammengehalten wurden. Sechs an der Zahl. Sie handelten alle von Luria Blas und Miguel Domingo.

Keine Anmerkungen von Will. Nur die Artikel. Ich überflog sie und legte sie zurück.

Ich nahm den Terminkalender heraus, schlug die letzte Woche im Leben meines Vaters auf und ging die Sitzungen und Auftritte, Mittagessen und Ausschusssitzungen, die öffentlichen und persönlichen Anlässe durch.

Es war alles leicht nachzuvollziehen. Zwei Termine stachen jedoch heraus, beide Male Verabredungen am Tag, während meiner Arbeitszeit. Und er hatte mir beide verschwiegen. Die erste war am Dienstag, einen Tag vor seinem Tod, ein mittägliches Treffen mit seinem Verwaltungsratskollegen Dana Millbrae und dem Verkehrsamtschef Rupaski im Grove Club. Will und Millbrae waren im Verwaltungsrat Gegenspieler gewesen. Millbrae vertrat den betuchteren Süden von Orange County, Will den ärmeren und bevölkerungsreicheren mittleren Teil.

In letzter Zeit hatte sich Millbrae bei einigen Grundsatzabstimmungen über Verkehrsfragen allerdings auf Wills Seite geschlagen. Besonders eine Abstimmung fiel mir ein. Sie hatte Ende Mai stattgefunden. Gegenstand war die Frage, ob die Bezirksverwaltung eine der Verlust bringenden Mautstraßen, die vor wenigen Jahren mit privatem Geld gebaut worden waren, kaufen sollte. Die Straße war acht Kilometer lang und die Maut betrug in den Stoßzeiten 2,65 Dollar, mit der Folge, dass niemand sie benutzte. Das Konsortium, das sie gebaut hatte und nun jeden Tag rund tausend Dollar verlor, verlangte von der Bezirksverwaltung 27 Millionen Dollar für sie.

Will hatte eingewandt: »Zum Teufel, nein, soll doch das Privatkapital den Verlust tragen, nicht der Steuerzahler.« Rupaski hatte sich dagegen für den Kauf ausgesprochen und argumentiert, das Verkehrsamt könne die Straße kostengünstiger betreiben als der gegenwärtige Eigentümer und im Jahr 2010 schwarze Zahlen schreiben. Der Ankauf der Straße sei noch beim doppelten Preis ein gutes Geschäft.

Darauf hatte Will entgegnet, ein gutes Geschäft sei es nur für Rupaskis Freunde – das Konsortium, das die Straße gebaut hatte. Es sei nicht Aufgabe der Verwaltung, das Verlustrisiko von Spekulanten abzudecken.

Rupaski warf Will daraufhin vor, Weltverbesserer wie er seien für die Zunahme des Verkehrs und die Verschlechterung der Lebensbedingungen in Orange County verantwortlich.

Das brachte ihm von Will die Bemerkung ein, er sei eine Marionette in den Händen der Baulöwen.

Ich konnte mich gut an den Abend erinnern.

Der Verwaltungsrat ist ein siebenköpfiges Gremium und von Millbrae kam das überraschende Nein, das verhinderte, dass die Verwaltung von Rupaskis Freunden eine Mautstraße kaufte.

Ich sah noch Rupaskis Gesicht vor mir, das er nach der Abstimmung gemacht hatte. Und auch Millbraes. Rupaski hatte ausgesehen, als hätte er sich gerade auf einen Angelhaken gesetzt. Millbrae – ein ernster Mann mit leiser Stimme, nichts sagend wie eine Tasse Milch – wirkte beunruhigt, fast ängstlich.

Will hatte sein Mikrofon ausgeschaltet, die Aktentasche geschlossen und, während er das Podium verließ, mit einem Blick auf mich in Richtung Ausgang genickt. Auf der Fahrt nach Hause hatte er sich diebisch über das Abstimmungsergebnis gefreut. Millbrae nannte er »Millie« und Rupaski erklärte er zum übelsten Gauner, der ihm jemals untergekommen sei.

Jemand, der seine eigenen Schläger in eigenen Streifenwagen herumkutschieren lässt, um seine eigenen Gesetze durchzusetzen, hat zu viel Macht, Joe. Geschieht dem Mistkerl Millie ganz recht, dass er mal überstimmt worden ist.

Das waren exakt seine Worte. Ich wusste, welche Autos er meinte: Das Verkehrsamt von Orange County besaß für die Dienstfahrten seiner Mitarbeiter eine Flotte brandneuer, weiß glänzender Chevrolet Impalas mit getönten Scheiben.

Joe, es macht mich rasend, subalterne Bürokraten in protzigen, Sprit fressenden Superschlitten durch die Gegend fahren zu sehen, besonders wenn sie getönte Scheiben haben, so dass man nicht erkennen kann, welcher Verkehrsamtsarsch hinter dem Steuer sitzt.

Das war einer der Gründe gewesen, warum er eine Erhöhung seines Fahrzeugbudgets beantragt und, nachdem sie genehmigt worden war, diesen protzigen, Sprit fressenden Superschlitten geleast hatte, in dem ich jetzt saß. Seine eigene Scheinheiligkeit dabei war ihm nicht entgangen. Einmal meinte er, in einer gerechten Welt bekämen Verwaltungschefs Kleinwagen und Mitarbeiter des Verkehrsamts – von Carl Rupaski abwärts – müssten zu Fuß gehen.

Daher war das Mittagessen von Will, Millbrae und Rupaski im Grove Club ein erstaunliches Ereignis. Will hatte es mir gegenüber vorher nicht erwähnt und auch nachher nichts davon erzählt. Allerdings war er in den letzten Tagen seines Lebens gereizt und nervös gewesen.

Bist du bewaffnet?

Der andere überraschende Eintrag in Wills Terminkalender war ein mittägliches Treffen mit einer Ellen E. am Mittwoch, dem Tag, an dem er starb. Als Zeit war 14 Uhr und als Treffpunkt ein kleines mexikanisches Restaurant draußen in Riverside, unmittelbar jenseits der Bezirksgrenze, eingetragen.

Ich nahm sein Adressbuch aus der Aktentasche und sah die Einträge unter E durch. Dort war eine Ellen Erskine verzeichnet, mit zwei Telefonnummern und einer Adresse. Ich kannte sie nicht, hatte aber von ihr gehört. Für einen Anruf war es etwas spät.

Ich blieb noch eine Weile im Auto sitzen, strich mit der Hand über Dinge, die er berührt hatte, kramte in Erinnerungen und dachte nach.

Kapitel acht

Ich stand im Sheriff's Department im Beobachtungsraum hinter dem großen Spiegel eines der Verhörzimmer. Rick Birch öffnete John Gaylen die Tür. Als Gaylen das Zimmer betrat, sich umdrehte, die Hände faltete und mich durch den Einwegspiegel anzusehen schien, wurde mir etwas flau im Magen. Mehr als flau. Er grummelte.

Ich sah weg, holte tief Atem und schaute wieder hin.

Grummeln.

Ich versuchte den Kopf frei zu bekommen und mich ganz aufs Beobachten zu konzentrieren. *Mund zu, Augen auf.*

Hinter den beiden erschien Herman Ouderkirk, Ricks Partner, ein kleiner, dicker Mann um die vierzig. Er warf die Tür hart hinter sich zu. Gaylen starrte in meine Richtung, obwohl er mich nicht sehen konnte. Dann warf er einen Blick auf die Videokamera, die auf einem Stativ in einer Ecke stand. Sie steht dort nur zur Tarnung, denn sie ist meistens ausgeschaltet. Die in Betrieb befindliche Kamera ist in der Klimaanlage in der gegenüberliegenden Wand versteckt.

»Sie haben nicht gesagt, dass es aufgenommen wird.«

Mir rieselte ein Schauer über den Rücken und ich spürte, wie meine Kopfhaut kalt wurde und leicht kribbelte. Seine Stimme klang tief und klar und hatte einen merkwürdigen, leicht verdrehten Tonfall.

Sie kam durch das Mikrofon der Videokamera und wurde gerade so weit verstärkt, dass ich sie hören konnte.

Will! Ah, Will Trona! Lassen Sie uns reden!

Die Stimme des Schützen? So ähnlich sie klang, so schwer war es, sich an die genaue Sprachmelodie zu erinnern.

»Wir nehmen nichts auf«, versicherte Birch.

»Das sagen Sie so.«

»Drehen Sie das verdammte Ding zur Wand, wenn Sie ihm nicht glauben«, warf Ouderkirk ein. »Ziehen Sie den Stecker raus.«

Gaylen betrachtete die Kamera, zog dann seinen Mantel aus, legte ihn zusammen und hängte ihn über die Linse und das Mikrofon der Kamera.

»Wer ist hinter dem Spiegel?«

»Niemand.«

Gaylen schien mich durch den Spiegel zu mustern. »So sieht er auch aus«, meinte er schließlich.

Ich atmete tief ein und versuchte mich zu beruhigen, während ich ihn beobachtete und über diese Stimme nachgrübelte. Soweit man sich bei einer Stimme sicher sein kann, war ich überzeugt, dass sie es war.

Er war groß, hatte kupferfarbene Haut und ein seltsam attraktives Gesicht – hohe Wangenknochen, tief liegende Augen, volle Lippen. Sein Blick war wachsam und unruhig. Er trug einen marineblauen Anzug mit graublauem Hemd und graublauer Krawatte. Am Handgelenk blinkte eine Rolex oder eine Rolex-Imitation.

In dem Verhörraum steht ein im Fußboden verankerter Tisch. Die vier Stühle, zwei auf jeder Seite, sind ebenfalls am Boden befestigt. Ursprünglich waren sie einmal braun gestrichen, aber die Farbe ist an den Kanten und Ecken abgewetzt, so dass das Metall darunter zum Vorschein kommt. Auf ihnen sind immer noch die Zigarettenspuren aus den Zeiten zu sehen, als die Leute noch beim Verhör rauchten. Heutzutage wird nicht mehr geraucht. Aber man hat vor Jahren beschlossen, die Spuren nicht zu beseitigen, weil der eine oder andere Verdächtige bei ihrem Anblick vielleicht noch verzweifelter darüber wird, dass er nicht rauchen darf.

Vor Stuhl vier befindet sich ein Knopf unter der Tischplatte, mit dem die echte Kamera eingeschaltet werden kann, aber das hatte Rick bereits draußen getan.

»Setzen Sie sich, John«, sagte Rick.

Gaylen nahm den Stuhl, auf dem er mit dem Rücken zur Tarnkamera saß. Das war die übliche Reaktion. So sah ich ihn auf dem Monitor von vorn und durch den Spiegel im Profil.

Ouderkirk lehnte sich an die Tür und verschränkte die Arme, während Birch sich Gaylen gegenübersetzte und Stift und Notizblock hervorholte.

»Mittwochabend, John«, begann er. »Wir haben einen Augenzeugen für den Mord an Trona, der uns gesagt hat, dass es die Cobra Kings waren.«

»Dann halten Sie sich an sie.«

»An welche?«

»Ich war nicht dort.«

»Ach, und wo waren Sie?«

»Bei einer Frau.«

»Dann hätte ich gern ihren Namen und ihre Telefonnummer.«

Gaylen sah zu mir, dann zu Ouderkirk und schließlich wieder zu Birch.

»Ah, ich wette, die hätten Sie gern, was?«

Ah, Will Trona!

Birch lehnte sich zurück und klopfte mit dem Stift auf den Tisch.

»Wir haben eine recht genaue Beschreibung des Schützen. Sie passt ziemlich gut auf Sie. Hier, schauen wir einmal, was Sie dazu sagen.« Er blätterte in seinem Notizbuch zurück. »Groß, durchschnittliche Figur, langer Mantel oder Trenchcoat. Dunkle Haut, vielleicht afroamerikanisch. Rechtshänder. Tiefe Stimme.«

Gaylen fixierte Birch, während er vorlas, und nickte zweimal leicht. »Das passt auf viele Leute.«

»Nicht wirklich. Fünf Typen in langen Mänteln? Was hätte es für einen Sinn, eigene Uniformen zu haben, wenn man sie nicht zeigt? Fünf Typen in langen Mänteln sind fünf Cobra Kings.«

»Ich war nicht dort.«

»Wer dann? Helfen Sie mir weiter.«

Gaylen grinste höhnisch.

Ouderkirk ging aus dem Raum und knallte die Tür hinter sich zu.

»Hören Sie, John, ich werde Ihre Leute herholen. Bis auf den letzten Mann. Und ich werde ihnen die Hölle heiß machen. Sehr heiß. Wenn Sie also etwas über den Abend wissen, sollten Sie es mir lieber jetzt sagen. Denn von morgen an wird man Ihnen Behinderung der Justiz vorwerfen und die bringt drei bis fünf Jahre ein. Stellen Sie sich drei Jahre ohne diese Frau vor, mit der sie am Mittwoch vor zwei Wochen zusammen waren. Stellen Sie sich drei Jahre ohne jede Frau vor. Wenn Sie mich fragen, John, dann würden Sie einen ziemlich hohen Preis zahlen.«

Gaylen starrte ihn an.

In diesem Moment kam Ouderkirk zu mir ins Zimmer. »Ist er das?«

»Ja. Die Stimme.«

»Nur aufgrund der Stimme können wir ihn nicht festhalten, Joe. Was ist mit dem Gesicht?«

Ich war kurz davor, nach nebenan zu gehen und mich selbst um John Gaylen zu kümmern.

»Der Nebel hatte sein Gesicht verschluckt. Aber nicht seine Stimme.«

»Zu schade. Ich halte ihn für einen Typen, der zwei Freunde kaltmacht, nur um seinen eigenen gut gekleideten Arsch zu retten.«

»Sie könnten ihn fragen, ob Sammy Nguyen von ihm und Bernadette Lee weiß.«

»Die Kleine auf dem Foto?«

»Ja. Sie ist Sammys Freundin. Er hat in seiner Zelle ein Foto von ihr über seiner Pritsche angebracht. Er ist ein Mörder, hat aber viele Freunde draußen.«

»Damit kriegen wir ihn!«

Wir verfolgten, wie Birch das Verhör fortsetzte. »John,

vielleicht wart ihr es nicht. Vielleicht waren es fünf Typen, die wie ihr aussehen wollten. Obwohl es nicht sehr wahrscheinlich ist, oder? Wir halten uns an Sie. Wir haben mindestens einen Zeugen – einen guten Zeugen. Und einen zweiten im Krankenhaus. Cao wird es schaffen, müssen Sie wissen. Zäher Bursche, der Kleine. Und er wird mit Freuden reden, meinen Sie nicht auch? Wir wissen, dass Sie ihn angeschossen haben. Unser Zeuge hat alles gesehen.«

»Ich schieße nicht auf Freunde. Sie vielleicht, ich nicht.«

»Kommen Sie, John, machen Sie sich nichts vor. Von seinem eigenen Kumpel auf diese Weise betrogen zu werden! Und wenn er Sie nicht belastet, dann knacken wir einen anderen Ihrer Männer, vielleicht einen jungen, vielleicht jemanden, der Ihnen eins auswischen will. Vielleicht jemanden, der sie nicht besonders mag. Und wenn Ihr Name fällt – wow, dann sitzen Sie in der tiefst möglichen Scheiße. Aber jetzt, in diesem Augenblick, sind Sie noch in der Lage, sich selbst zu helfen, indem Sie uns helfen.«

»Ich Ihnen helfen? Das ist Grund genug, von hier zu verschwinden«, entgegnete Gaylen.

»Jederzeit. Die Tür ist offen. Woher kannten Sie Will Trona?«

Gaylen schüttelte den Kopf. »Nein. Ich kannte ihn nicht. Überhaupt nicht.«

»Da hat Will Trona aber etwas anderes gesagt.«

»Ach, Sie haben ihn wieder zum Leben erweckt?«

»Ich habe seinen Terminkalender gelesen.«

Darüber musste Gaylen einen Augenblick nachdenken. »Sagen Sie mir nicht, er wäre mit uns zum Mittagessen im Bamboo 33 gewesen.«

»Ohne Namen, John. Nur CK hier und CK da.«

Gaylens Miene versteifte sich. »Wahrscheinlich sein Freund.«

Ich wusste, dass Birch improvisierte, denn ich hatte jede Seite von Wills Kalender und Notizbuch kopiert, bevor ich sie ihm übergeben hatte.

»Da bin ich anderer Meinung. Ich halte die Buchstaben für ein Indiz, so wie die Beschreibungen. Das gibt mir einen weiteren Grund, die Cobra Kings einen nach dem anderen vorzuladen und so lange an der Kette zu reißen, bis ein Glied bricht. Genau das werde ich tun.«

Gaylen stand auf, ging zu der Tarnkamera, nahm seinen Mantel und legte ihn über den Arm. »Ich nehme an, wir sind fertig.«

»Die Kings erbeuten Skalps, stimmt's?«

»Nein.«

»Sicher tun sie das. Sie verlangen von Neulingen zu töten, wenn sie Vollmitglieder werden wollen. Das haben wir von Ihren Leuten, es besteht also kein Grund, es zu leugnen.«

»Ich habe keine Ahnung, wovon Sie reden.«

»Vielleicht hattet ihr den Auftrag, den Verwaltungschef umzulegen. Hat bestimmt einiges eingebracht. Das würde erklären, wieso Sie ihn an dem Abend mit Namen angesprochen haben. Möglicherweise erklärt es auch, warum Sie in Tronas Terminkalender stehen.«

Gaylen lächelte. »Weil er eine Verabredung mit seinem Mörder getroffen hat? Sie träumen, Detective.«

Birch stand auf. »Manchmal werden Träume wahr.«

»Dann schlafen Sie weiter. Das können Sie gut.«

»Was ist mit dem Namen und der Telefonnummer Ihrer Verabredung an jenem Abend?«

»Nein. Dafür müssen Sie mich schon verhaften.«

»Sie könnten uns allen viel Mühe ersparen.«

»Ich helfe keinen Bullen.«

»Warum sind Sie dann hergekommen? Vielleicht weil Sie besorgt waren und wissen wollten, was wir in der Hand haben?«

»Sie haben nichts.«

»Wann haben Sie Alex Blazak getroffen?«

Gaylen fixierte Birch. »Ah, wieder etwas, das ich nicht getan habe.«

»Woher hätten Sie sonst wissen sollen, wo Savannah an dem Abend zu finden war?«

Gaylen schüttelte den Kopf. »Sie haben keinen Grund, mich festzuhalten. Und je mehr Sie reden, desto mehr beweisen Sie es.«

An diesem Punkt stürmte Ouderkirk ins Zimmer. Er hatte etwas in der Hand. »Wollen Sie schon gehen?«, fragte er Gaylen.

»Es gibt nichts mehr zu besprechen.«

»Vielleicht doch, wenn Sammy Nguyen von Ihnen und Bernadette erfährt.«

Ouderkirk hielt das Überwachungsfoto von Gaylen und Bernadette hoch.

Gaylen trat einen Schritt vor, um es besser sehen zu können, und es war offensichtlich, dass wir ihn kalt erwischt hatten. Er erstarrte, wenn auch nur kurz. Wahrscheinlich hatte er die Geschichte von Bernadette und ihrem Verehrer lange vor uns gehört. Aber das Foto kannte er garantiert noch nicht.

»Das geht Sie nichts an«, protestierte er. »Sie wollen, dass ich Ihnen helfe, Ihre Arbeit zu tun, um sich dann umzudrehen und mich zu ficken?«

»Traurig, was?«, erwiderte Ouderkirk. Er warf einen Blick auf das Foto und zuckte lächelnd die Achseln.

»Arschloch«, stieß Gaylen hervor und machte Anstalten zu gehen. Birch hielt ihm die Tür auf, während Ouderkirk mit dem Foto winkte.

»Ist sie das Alibi, Gaylen?«, fragte Birch. »Wollen Sie uns deshalb nicht den Namen nennen? Wissen Sie, wir können das Foto auch verschwinden lassen.«

»Sie können beide zur Hölle gehen.«

Damit verließ Gaylen den Raum. Birch folgte ihm und Ouderkirk nickte mir zu, als er die Tür hinter sich schloss.

»Ich liebe diesen Job«, sagte er.

Birch kam herein und bat mich, an seinem Schreibtisch auf

ihn zu warten. Die Minuten verstrichen, so dass ich Zeit hatte, das Foto von seiner Familie zu betrachten. Frau, Kinder, Enkel. Birch sah glücklich aus. Dann wanderte mein Blick zum Aktenstapel, zum sauberen Löschblatt, zum Block mit einer Notiz in Birchs Handschrift. Auf dem Löschblatt lag ein Formular, wie es bei Verhören verwendet wurde. Es war leer, aber auf das oberste Blatt war ein Notizzettel geklebt, auf dem Gaylens Name sowie eine Adresse und eine Telefonnummer standen.

Nach einigen Minuten erschien Birch und rief mich in einen leeren Sitzungssaal. Er sah mich prüfend an, sagte aber nichts.

»Er war es, Sir. Ich habe ihn an der Stimme erkannt.«

»Die Stimme reicht uns nicht, Joe.«

»Ich weiß, aber vom Aussehen her kann ich ihn nicht identifizieren.«

»Dann können wir ihn nicht festnehmen.«

»Er war es, Sir. *Das ist der Mann, der meinen Vater erschossen hat.*«

»Das glaube ich Ihnen. Aber auf einer Stimmenidentifikation kann der Staatsanwalt keine Mordanklage aufbauen. Wir kämen nicht über die Haftprüfung hinaus. Wir brauchen mehr, viel mehr. Was gibt es sonst, Joe?«

»Als er das Zimmer betrat – noch bevor er den Mund aufmachte –, hatte ich das Gefühl, dass etwas nicht stimmte. Aber das hilft Ihnen nicht weiter.«

»Nein, tut es nicht.«

Er lehnte sich seufzend zurück und dachte nach. »Wenn er geschossen hat, warum ist er dann hergekommen und hat sich meinen Fragen gestellt?«

»Weil er dreist ist und sich sicher fühlt. Er vertraut darauf, dass die Cobra Kings nicht brechen werden, wenn Sie sie biegen. Und er weiß, dass Sie nicht genug in der Hand haben, um ihn festzunehmen. Sonst hätten Sie es schon getan.«

Birch schwieg einen Moment. »Was ist, wenn er nur ein Klugscheißer ist, der nichts über Will weiß? Warum sollte er herkommen und mit einem Bullen von der Mordkommission reden?«

»Das ist er nicht.«

»Sie haben ihn nicht gesehen! Wenn er nun gar nicht dort war? Wenn er eine Stimme hat, die der des Typen ähnelt, *der* dort war?«

»Es ist nicht nur die Stimme, sondern auch die Art, wie er die Dinge betont, Sir. Und warum sollte er herkommen und mit Ihnen reden, wenn er unschuldig ist?«

»Ich sage Ihnen, warum. Meist spielt es sich folgendermaßen ab: Wenn sie es getan haben und wissen, dass wir ihnen auf der Spur sind, setzen sie sich für gewöhnlich ab, solange sie es noch können. Haben sie es nicht getan, kommen sie her und reden, gucken zu, wie wir uns abstrampeln, und lachen sich ins Fäustchen. Gaylen ist nicht abgehauen, sondern hergekommen und hat den Starken gemimt. Nicht einmal den Namen und die Telefonnummer hat er uns gegeben. Er war sogar pünktlich.«

Ich suchte nach den richtigen Worten, aber was ich gefühlt hatte, als Gaylen den Verhörraum betrat, war schwer zu beschreiben. »Auf mich wirkte er ungewöhnlich, Sir. Ich kann meine Reaktion auf ihn noch immer nicht genau wiedergeben. Es war, als spürte ich eine Bedrohung, als würde ich etwas wiedererkennen. Ich kann es nicht beschreiben.«

Birch sah mich an und schüttelte dann den Kopf. »Ich werde mir heute Abend zu Hause das Video ansehen. Irgendetwas erfahre ich dabei immer. Eins scheint jetzt schon klar zu sein: Er hat Angst davor, dass Sammy Nguyen Bernadette Lee etwas antun könnte, wenn er über ihr Verhältnis zu ihm Bescheid wüsste.«

Ich nickte. »Werden Sie mit ihr reden?«

»Darauf können Sie wetten.«

»Ich kann Ihnen ihre Adresse geben. Sie stand immer auf Sammys Briefen.«

Wieder sah er mich lange an. »Warum das?«

»Um zu helfen.«

Seiner Miene war zu entnehmen, dass er mir glauben wollte, es aber nicht konnte. »Ich vermute, Sie wissen mehr über jenen Abend, als Sie sagen. Viel mehr.«

Ich spürte, wie mir das Blut in den Kopf schoss und das Narbengewebe zu jucken begann. Ja, es gab ein paar Details, die ich für mich behalten hatte. Wills letzte Geheimnisse, wenn man so will; zumindest die letzten, die er mir anvertraut hatte.

»Joe, Ihr Vater braucht Ihren Schutz nicht mehr. Darüber ist er hinaus. Was er jetzt braucht, ist, dass Sie die Wahrheit sagen. Und lassen Sie mich eins hinzufügen: Auch ein Hund kann ein Geheimnis bewahren, aber ein Mann muss lernen, wann er mehr schadet als nutzt. Ist Ihnen das klar?«

»Ja, Sir.«

»Das sollte es auch, wenn Sie bei der Polizei Karriere machen wollen.«

»Ja, ich weiß.«

Er wartete eine Weile und schüttelte dann den Kopf, so als hätte ich die falsche Antwort gegeben.

Als ich allein in meinem Auto saß, wählte ich auf meinem Handy Ellen Erskines Privatnummer. Niemand meldete sich, nicht einmal ein Anrufbeantworter. Also versuchte ich es bei ihrer Arbeitsstelle. Eine angenehme weibliche Stimme sagte »Kinderheim Hillview«, und ich fragte nach Mrs Erskine.

»Sie ist auf einer Sitzung. Soll ich ihr etwas ausrichten?«

»Nein, nicht nötig«, sagte ich und unterbrach die Verbindung.

Kinderheim Hillview, dachte ich – warum? Eine Spende, eine Spendensammlung, eine Budgetänderung?

In Spekulationen versunken, die nirgendwohin führten, machte ich mich auf den Weg zum Trakt J, um abzuholen, was Sammy Nguyen mir versprochen hatte.

Gary Sargola, der so genannte Kühlschrankkiller, verlangte nach einem Arzt, weil sein von einer Venenentzündung geschwollenes Bein schmerzte. Da ich dafür nicht verantwortlich war, sagte ich es Sergeant Delano.

»Lass ihn ruhig eine Weile leiden«, erwiderte Delano. »Wie das arme Mädchen, das er in die Gefriertruhe gelegt hat. Netter Hut übrigens.«

Dave Hauser, der frühere stellvertretende Bezirksstaatsanwalt, der zusammen mit einem Typen, gegen den er ermittelt hatte, ins Drogengeschäft eingestiegen war, zeigte mir ein Foto seiner neugeborenen Tochter. Er saß seit vier Monaten im Gefängnis und das Baby war jetzt ungefähr zwei Tage alt. Es hieß Kristen. Nach seiner Entlassung, sagte Dave, würde er mit seiner Familie nach Tahiti auswandern und nicht weit von Marlon Brando ein Stück Land kaufen.

Dr. Chapin Fortnell lag schluchzend auf seiner Pritsche. Als ich ihn fragte, was los sei, rollte er sich herum und sah mich aus geschwollenen roten Augen an. »Es geht alles in die Brüche, Joe.« Später erfuhr ich, dass sich einer der sechs Jungen, die der gute Doktor laut Anklage missbraucht haben soll, erhängt hatte.

Der mehrfache Vergewaltiger Frankie Dilsey sah sich im Aufenthaltsraum eine Seifenoper an. Als ich vorbeiging, drehte er sich um und zeigte grinsend auf die Schauspielerin auf dem Bildschirm. *»Darum dreht sich allet, Sackjesicht. Dit wolln se alle, jenau dit.«*

Und so weiter. Meine Arbeit.

Am Nachmittag beobachtete ich die Aufnahme eines neuen Häftlings, der die Zelle neben Sammys bekam. Er war ein Motorradfreak namens Giant Mike Staich, der offenbar mit einer Machete auf einen Polizeispitzel losgegangen war, ihm den Kopf abgeschlagen hatte und dann wochenlang mit dem in einem Kissenbezug an seiner Harley hängenden Kopf herumgefahren war. Ein Motorradpolizist, der einige Kilometer hinter ihm hergefahren war und an einer roten Ampel hinter ihm anhielt, hatte den Verwesungsgeruch wahrgenommen und Staich festgenommen.

Bei der Einlieferung war er kahl geschoren worden. »Zu

viele Läuse, um sie nur mit Seife killen zu können, Mann.« Sein Hals war bis zum Kinn hinauf tätowiert. An der linken Hand fehlte der Mittelfinger. Knapp zwei Meter groß, gewaltiger Bauch, kurze, krumme Beine, die dazu bestimmt zu sein schienen, zehn Stunden am Tag rittlings auf einem Benzintank zu hocken.

Er fragte, was alle wissen wollten: »Was, zum Teufel, ist mit Ihrem Gesicht passiert?«

»Säure.«

»Da sieht ein platt gefahrenes Tier auf der Straße besser aus. Warum haben Sie sich nicht operieren lassen?«

»Ich hatte acht Operationen.«

Er überlegte und nickte dann. »Sie sollten es mit einer Tätowierung abdecken, Mann. Mit einem großen Schädel, in dem ein Schwert steckt, oder mit einem Löwen, der das Maul aufreißt. Niemand wird sehen können, was darunter ist. Ich kenne da einen wirklich guten Typen in Stanton.«

»Danke für den Rat.«

In der Nachbarzelle lag Sammy Nguyen, wie immer, auf seiner Pritsche und schaute zu Bernadettes Foto hoch. Als ich mit ihm redete, verhielt er sich mürrisch und feindselig und beklagte sich darüber, dass man ihm die konfiszierte Krallenschere nicht zurückgeben wollte.

»Hier gibt's weder Hunde noch Katzen«, meinte ich.

»Jeder Idiot weiß das, Joe. Ich benutze sie für *meine* Nägel. Es ist die einzige Möglichkeit, den richtigen Winkel hinzubekommen, so dass sie anständig aussehen. Da können Sie jede Kosmetikerin fragen. Können Sie nicht dafür sorgen, dass man sie mir zurückgibt?«

»Sie schulden mir noch etwas für die Falle.«

Er machte ein überraschtes Gesicht. »Und was sollte das sein?«

»Alex Blazak.«

Seine Stimmung schien sich schlagartig zu bessern. Er warf Bernadettes Foto einen Luftkuss zu und kam dann zu mir ans Gitter. »Das habe ich total vergessen.«

»Sie haben viel zu tun«, sagte ich.

Darüber musste er lachen. Auch ich konnte mir ein Grinsen nicht verkneifen.

»Es ist ein Deal«, stellte er fest. Dann blickte er verschwörerisch nach rechts und links und beugte sich dicht ans Gitter. »Wissen Sie, was ein Couturier ist?«

Ich nickte.

»Seine Freundin ist einer. Sie hat ein Geschäft in der Laguna Canyon Road, neben dem großen Antiquitätenladen. Christy oder Christine oder so ähnlich. Und sie heißt Sands. Wie der Sand am Strand.«

»Gut«, sagte ich.

»Dann beschaffen Sie mir die Krallenschere wieder.«

»Ich will ehrlich zu Ihnen sein, Sammy – es ist völlig ausgeschlossen, dass der Captain eine Krallenschere hier drinnen erlaubt.«

Er verzog das Gesicht und zuckte die Achseln. »Scheiß auf den Captain, Joe. Ich gebe Ihnen Christy Sands und Sie geben mir dafür meine Krallenschere.«

»Das kann ich nicht.«

Er verlegte sich mal wieder aufs Schmollen. Sein Gesichtsausdruck wäre eines Tragöden würdig gewesen. »Dann besorgen Sie mir eine bessere Falle, mit der ich diese Ratte erlegen kann. Seit zwei Wochen ist sie jede Nacht hier. Sehen Sie?«

Er zeigte auf den Fußboden. Dort stand die Plastikfalle mit dem Klebeband. Augenscheinlich hatte die Ratte noch keine Bekanntschaft mit ihr gemacht.

»Ich werde mich nach einer besseren Falle umsehen.«

Er schenkte mir einen waidwunden Blick, bevor er sich wieder auf seine Pritsche setzte. »Achten Sie darauf, dass es eine gute ist. Eine von den großen und keine für Mäuse. Eine für *Ratten.*«

An dieser Stelle konnte sich Giant Mike Staich in der rechten Nachbarzelle nicht mehr zurückhalten.

»Tritt einfach auf das verdammte Viech«, schlug er vor.

Da die Zellen durch eine Wand getrennt waren, konnten sie sich gegenseitig nicht sehen, sondern nur mich. Sammy seufzte und warf mir einen Blick zu, der besagte: Warum haben Sie einen solchen Schwachkopf neben mir untergebracht?

»He, Rattenmann«, rief Giant. »Ich bin Mike. Ich bin hier, weil ich angeblich jemandem den Kopf abgesäbelt und ihn in einen Sack gesteckt habe. Als ob ich so blöd wäre, so etwas zu tun.«

»Warum hast du ihn in einen Sack gesteckt?«

»Das war ich nicht.«

Sammy verzog angewidert das Gesicht. »Ich bin Sammy Nguyen«, sagte er schroff. »Ich bin hier, weil ich einen Bullen kaltgemacht haben soll, den ich nie gesehen habe. Wenn ich hier rauskomme, weil ich zu Unrecht verurteilt worden bin, werde ich diesen Verein hier verklagen, bis er bankrott ist. Außer Joe, der ist ein anständiger Typ.«

»Wer ist Joe?«

»Er steht direkt vor dir.«

»Oh, du meinst Sackgesicht.«

»Es ist Narbengewebe«, erklärte Sammy.

»Sieht aus wie noch nicht getrocknete Kuhscheiße. Lassen Sie sich die Tätowierung machen, Mann. Scheißen Sie auf den Hut.«

»Ich werde darüber nachdenken.«

»Eine Tätowierung würde es nicht abdecken«, wandte Sammy ein. »Er braucht eine weitere Operation.«

»Er hatte schon acht.«

Sogar die Sträflinge reden über mich, als wäre ich nicht da. Meine Arbeit.

Doch das war der gute Teil meiner Arbeit – interessante Leute kennen zu lernen, neue, exotische Freunde zu gewinnen. Der schlechte Teil waren die Langeweile, die permanenten Lügen und Gaunereien. Die ständigen Witze über meine Narben. Ich hatte seit Wochen keinen guten mehr gehört.

Ich wollte weg von hier. Auch wenn mich das Gefängnis

irgendwie an meine frühe Kindheit erinnerte, war mir doch klar, dass ich hier herausmusste.

Im Durchschnitt dauert der Gefängnisdienst eines Deputys fünf Jahre. Also ging ich davon aus, dass ich mich in einer guten Ausgangsposition befand. Immerhin hatte ich schon fast vier Jahre hinter mir. Trotzdem wurde ich jeden Tag acht Stunden lang das Gefühl nicht los, eine lebenslange Strafe abzusitzen, und zwar eine, die nicht wegen guter Führung verkürzt wurde. Dieses Privileg war echten Häftlingen vorbehalten.

Kapitel neun

Ich weiss nicht, wie ich mir die Freundin des verrückten Alex vorgestellt hatte, aber wie Chrissa Sands bestimmt nicht. Sammy Nguyen hatte ihren Vornamen falsch verstanden, die Lage ihrer Boutique aber richtig angegeben.

Sie war einige Jahre älter als Alex – Mitte zwanzig, schätzte ich. Groß, hübsch, hohe Wangenknochen, Ponyfransen, den Rest der dicken blonden Haare in Schulterhöhe gerade abgeschnitten. Ich konnte die Energie, die von ihr ausging, förmlich spüren.

Sie musterte mich eine Weile, betrachtete sogar mein Gesicht, ohne wegzusehen.

»Netter Hut.«

»Danke.«

»Versuchen Sie mal den.«

Sie schoss quer durch den Laden und kam mit einem rostroten weichen Filzhut mit cremefarbenem Hutband auf dem Kopf zurück. In den zwei Sekunden, die sie brauchte, sah ich mich in dem Geschäft um. Vier Kleiderständer, einige Wandregale mit Pullovern. Im hinteren Teil standen ein großer Tisch mit drei verschiedenen Nähmaschinen und drei Schaufensterpuppen mit halbfertigen Kleidern. Überall lagen Zeichnungen, Zeitschriften und Scheren herum.

Wir tauschten die Hüte und ich probierte ihren auf. Sie streckte die Hand aus und bog die Krempe ein wenig zurück. Zwischen ihren Zähnen wackelte eine Nadel. Dann trat sie zurück und betrachtete ihr Werk.

»Ausgezeichnet, in jeder Hinsicht«, sagte sie. »Hier.«

Damit zog sie mich am Arm zu einem mannshohen Spiegel.

Sie summte vor sich hin. Der Hut sah wirklich gut aus und sie nickte in seine Richtung.

»Ich muss mit Ihnen über Alex und Savannah reden«, sagte ich.

»Ich weiß, wer Sie sind und dass Sie Polizist sind.«

»Genau genommen bin ich Gefängniswärter.«

»Sie sehen nicht wie ein Wärter aus.«

»Äh, danke. Die Sache ist, Miss Sands ...«

»Chrissa.«

»Chrissa, ich bin nicht als Polizist hier. Ich versuche einfach nur Savannah Blazak zu finden.«

»Ja«, sagte sie leise. »Sie und jeder sonst.«

»Vielleicht könnten wir uns hinsetzen und eine Minute miteinander reden.«

»Wir werden länger brauchen. Lassen Sie uns Mittag essen gehen. Ich muss hier mal raus.«

Wir tauschten wieder die Hüte und sie setzte den rostroten auf. Ich fand, dass er gut zu ihren Jeans, dem weißen T-Shirt und dem gelben Blazer passte. Sie sauste hinter den Nähtisch und kam mit einer Handtasche über der Schulter und einem dicken Schlüsselring zurück. Auf ihrer Nase saß eine Sonnenbrille mit Silbergestell und winzigen Gläsern.

»Sie fahren«, bestimmte sie.

Als wir hinausgingen, winkte sie zwei Typen zu, die nicht weit von der Auffahrt des Parkplatzes an einer Bushaltestelle standen. Obwohl alle Welt davon schwärmte, was für eine freundliche Stadt Laguna Beach doch sei, machten sich die beiden nicht die Mühe, den Gruß zu erwidern.

»Arschlöcher«, stieß Chrissa hervor, während sie den Sicherheitsgurt anlegte.

»Wer sind sie?«

»Vergessen Sie sie.«

Wir setzten uns an einen Plastiktisch auf einer großen Terrasse mit Blick auf den Strand. Die Brandung war nicht hoch, klatschte aber ziemlich laut auf den Strand und ein leichter

Wind ließ die Wasseroberfläche wie langsam fließendes Quecksilber schimmern. Es waren kaum Menschen im Wasser, obwohl der Strand voller Sonnenhungriger war.

Chrissa Sands schüttete eine Bloody Mary hinunter und bestellte eine zweite. Sie erzählte mir, dass Alex und Jack Blazak sich seit fast fünf Jahren gegenseitig »verachteten«. Jack habe von seinem Sohn Perfektion verlangt und Alex habe »die Peitsche zu spüren bekommen« und mit Rebellion geantwortet. Alex sei tatsächlich ein bisschen verrückt – nichts Ernstes, ihrer Meinung nach, nur die Bereitschaft, mehr Risiken einzugehen als durchschnittlich verzogene reiche junge Männer. Sicher, Alex gebe sich gern hart und sei vernarrt in seine Kanonen, Messer und anderen Waffen; wenn man ihn aber besser kenne, sei er ein wirklich cooler Typ. Er würde nie jemanden verletzen, nicht einmal ein Tier. Als Vegetarier esse er nie etwas, das ein Gesicht habe. Die Waffen seien nur etwas, das er gern ansehe, so wie andere Leute Kunstwerke betrachteten. Und sie seien ein Weg, Geld zu verdienen. Alex besitze ein für Napoleon angefertigtes Schwert, das Hitler Himmler geschenkt habe – oder umgekehrt. Es sei ungefähr eine halbe Million wert. Aber Alex sei »eindeutig gewaltlos und unaggressiv«.

»Er ist ein lieber Junge«, sagte sie mit einer Träne im Auge. »Eines Tages kam er zu mir ins Geschäft, weil er etwas für seine Mutter suchte, wie er sagte. Er hatte eine vergoldete Pistole in seiner Aktentasche und erzählte mir alles darüber – dass sie mal irgendeinem General in Japan gehört hat und so –, war aber unterwegs, um seiner Mama ein Geburtstagsgeschenk zu kaufen. Ich hätte ihn am liebsten umarmt. Das war so ... süß. Er tut so, als wäre er der härteste Bursche der Welt, aber das ist er nicht. Man muss ihm Mut machen, das Richtige zu tun. Man muss ihn vor den falschen Leuten beschützen. Ich habe versucht, das zu tun. Und wenn man seine Aufmerksamkeit erlangt, ist es das wunderbarste Gefühl, weil er so intensiv ist, so vollkommen *lebendig*. Ich meine, ich bin auch so ... wir sind beide ein bisschen unbesonnen, aber auf gute Weise. Zumindest hoffe ich das.«

Ich gab ihr eins meiner Taschentücher mit Monogramm. Sie tupfte sich die Augen und lächelte.

»Gott, ich liebe Männer mit guten Manieren. Stofftaschentücher sind so überaus cool. Ich sollte wirklich etwas mit Taschentüchern machen. Ich werde das hier waschen und Ihnen dann zurückgeben.«

»Nicht nötig.«

Sie lächelte wieder, winkte mir mit dem Taschentuch zu und legte es dann neben meine Hand auf den Plastiktisch.

»Joe, Sie sind ein kompletter Spießer. Aber ich mag das. Das ist okay. Sagen Sie jetzt bloß nicht danke.«

Ich tat es nicht, musste aber lächeln, weil ich mich ertappt fühlte.

»Wann haben Sie Alex zuletzt gesehen?«

»Ich will nicht lügen«, sagte sie, griff nach ihrer Handtasche und begann darin zu wühlen. Ein Strafzettel und eine Packung Papiertaschentücher fielen heraus, während sie, den Arm bis zum Ellbogen in der Tasche versenkt, den Boden absuchte. Schließlich förderte sie ein kleines Notizbuch zu Tage, auf dem van Goghs Sonnenblumen abgebildet waren. Sie öffnete es und blätterte darin.

»Am Sonntag, dem zehnten.«

»Wo?«

»Wir haben uns dort in der Hotellounge getroffen.«

Sie nickte in Richtung des Hotels Laguna, das nicht weit nördlich von uns lag. Sie blickte eine Weile hinüber. Ich sah ebenfalls in die Richtung und entdeckte die beiden Männer, denen sie beim Verlassen des Geschäfts zugewinkt hatte. Der eine beobachtete den Strand, der andere uns.

Chrissa schob den rostroten Hut in den Nacken, nahm ihre Sonnenbrille ab und griff wieder nach meinem Taschentuch, um sich noch einmal die Augen zu tupfen.

»Etwas ist ... ganz und gar nicht in Ordnung.«

»Fangen Sie mit dem Anfang an und erzählen Sie es mir.«

»Könnten wir dabei ein paar Schritte gehen? Ich möchte beim Essen nicht darüber sprechen.«

Ich bezahlte die Drinks und wir gingen zum Strand hinunter. Auf der Promenade wandten wir uns nach Norden. Chrissas unhöfliche Bekannte waren verschwunden.

»So ist es besser«, meinte sie. »Also, Alex war am Sonntag wie üblich bei mir. Er ging spät nach Hause, auch wie üblich. Am Montag habe ich ihn nicht gesehen, obwohl der Montag einer der Tage ist, an denen wir uns für gewöhnlich zum Mittagessen treffen. Alex kommt ins Geschäft, wir gehen essen, trinken etwas und dann bringt er mich in die Boutique zurück. Nun, an jenem Montag rief er mich an, um mir zu sagen, dass er etwas erledigen müsse und keine Zeit fürs Mittagessen habe. Er blieb vage, schien aber erregt zu sein, freudig erregt, glaube ich. Als er am Abend wieder anrief, war er völlig aufgedreht, ganz high. Er erklärte, er sei an einem Deal dran; mehr könne er nicht sagen, aber wir würden um eine halbe Million Dollar reicher sein. Er prahlt gern damit, dass er groß herauskommen wird, aber bisher ist es nie eingetroffen. Außerdem liebt er es, sich geheimnisvoll zu geben. Dann hat er das Gefühl, die Fäden in der Hand zu halten. Wie dem auch sei – Savannah war zu Besuch bei ihm, er hat sie ans Telefon geholt und wir haben uns eine Minute lang unterhalten. Sie wollte unbedingt wissen, woran ich arbeitete, an welcher Art von Kleidern und Blusen und so. Ich erzählte ihr von den Sommerkleidern mit Goldlamédollars darauf. Dann sagte mir Alex, dass er in den nächsten Tagen viel zu tun hätte. Ich solle mir keine Sorgen machen. Das tat ich auch nicht, bis am nächsten Tag dieser Typ im Geschäft aufkreuzte. Das war dann also am Dienstagvormittag.«

»Bo Warren.«

»Ja. Er sagte, Reverend Daniel Alter habe ihn geschickt, weil er mit meinem Freund reden wolle. Mr Warren schien wegen Alex beunruhigt zu sein. Es sei äußerst wichtig, dass sein Boss mit meinem Freund spreche, sagte er. ›Mehr als äußerst wichtig‹ waren seine genauen Worte. Sie hätten ihn gesucht, könnten ihn aber nicht finden. Ob ich ihnen helfen könne.«

Wir gingen eine Minute schweigend weiter. Chrissa beobachtete die Basketballspieler auf dem Hauptstrand. Dann sah sie sich um, bevor sie sich wieder mir zuwandte.

»Konnten Sie?«

»Ich rief über mein Handy in Reverend Alters Büro an und wurde schließlich durchgestellt. Ich hatte ihn im Fernsehen gesehen, aber noch nie mit ihm gesprochen. Er war sehr ruhig und freundlich. Bo Warren sei sein Sicherheitschef, erklärte er. Und er würde es zu schätzen wissen, wenn ich ihnen behilflich wäre. Sie versuchten Alex zu helfen, fügte er hinzu. Das hat mir Sorgen gemacht.«

»Dann haben Sie also Warrens Fragen beantwortet?«

»Ja. Ich sagte ihm, wo Alex gern herumhängt, wo seine Jagdgründe sind. Er fragte mich, ob ich mit ihm gesprochen hätte, und ich berichtete ihm dasselbe, was ich Ihnen gerade über das Telefongespräch erzählt habe. Dann erkundigte er sich nach Savannah. Ich sagte ihm, dass ich auch mit ihr gesprochen hätte. Zwischendurch fragte ich ihn immer wieder, was los sei, aber mehr als die Auskunft, dass Alex in Schwierigkeiten stecke und Reverend Alter ihm aus ihnen herauszuhelfen versuche, war nicht aus ihm herauszubekommen. Er wollte sich in meinem Geschäft umsehen, so als glaubte er, ich würde etwas verstecken. Ich ließ ihm seinen Willen. Später fand ich heraus, dass er auch bei meiner Wohnung in der Stadt gewesen war. Jedenfalls hatte über eine Stunde eine rotweiße Corvette in meiner Straße geparkt und er fährt so einen Wagen. Wir hatten in den letzten Monaten einige Einbrüche, weshalb die Nachbarn ein bisschen aufeinander aufpassen. Er hat mir seine Karte dagelassen, mit zwei zusätzlichen Telefonnummern, die er auf die Rückseite schrieb. Ich solle ihn sofort anrufen, wenn ich erführe, wo Alex sich aufhält. ›Schneller als sofort‹, sagte er. Als er ging, war ich ganz krank vor Sorge. Er ist auf unangenehme Weise sehr eindringlich.«

»Haben Sie die Karte dabei?«

Sie tauchte wieder in ihre Handtasche ab und kramte sie

hervor. Auf der Vorderseite war neben Warrens Angaben das Logo der Kapelle des Lichts abgebildet; auf der Rückseite standen handschriftlich zwei weitere Telefonnummern. Ich schrieb sie in mein Notizbuch.

»Alex hat an dem Abend angerufen, also am Dienstagabend. Ich sollte an den Strand vor dem Hotel Laguna kommen. Es war spät, ungefähr Mitternacht. Savannah war bei ihm. Außerdem war ein neuer Freund von Alex dabei, Tony, ein älterer Typ. Alex war sehr ... nun, unruhig. Er ist manchmal übermäßig vorsichtig, weil irgendwelche Leute angeblich hinter ihm her sind, aber in dieser Nacht war er fast paranoid. Ich versuchte ihm von diesem Warren zu erzählen, aber er schien bereits alles über ihn zu wissen. Wir machten einen kurzen Spaziergang am Wasser entlang, Savannah und Tony immer hinter uns. An der mit Graffiti beschmierten Strandmauer blieben wir stehen. Alex umarmte und küsste mich. Ich spürte förmlich, wie seine Furcht auf mich übergriff. Er sagte, er würde möglicherweise ein paar Wochen weg sein. Aber danach würden wir in Geld schwimmen. Das waren seine Worte: ›in Geld schwimmen‹. So war ... so nahm er Abschied. Dann meinte er noch, ich solle ja nicht die Wahrheit sagen, wenn jemand nach ihm frage. Die Warnung erfolgte natürlich zu spät, denn ich hatte ja schon mit diesem Warren geredet.«

Wir kamen an die Treppe, die in den Heisler-Park führt, und stiegen sie hinauf. Einige der Rosen standen in voller Blüte und hoben sich als grelle Farbflecken vom blauen Pazifik ab. Wir gingen an einem Restaurant und einem auf den Klippen thronenden Gebäude vorbei. Chrissa sah sich um und seufzte. Ihre Bekannten waren wieder da und taten so, als würden sie die Rosen bewundern.

Sie schüttelte den Kopf. »Am nächsten Morgen, Mittwoch, folgte mir ein Auto zur Arbeit. Als ich am Nachmittag nach Santa Ana fuhr, um mir ein paar Stoffe anzusehen, tauchte dasselbe Auto im Rückspiegel auf. Hinterher, als ich wieder zu Hause war und zum Abendessen ausging, stand es wieder da: Es parkte in meiner Straße. Zwei Typen folgten mir nach Laguna, saßen an der Bar, während ich aß, und als ich nach Hause ging, liefen sie wieder hinter mir her.«

»Beschreiben Sie das Auto.«

»Weiß, neu, ein Chevrolet. Es hatte ein Logo auf dem Kofferraum, irgendein springendes Tier. Ich ging auf dem Nachhauseweg vom Restaurant direkt daran vorbei. Auf dem Dach waren Scheinwerfer angebracht, aber es trug keine Embleme oder so. Wie ein Streifenwagen ohne Kennung.«

»Das Tier ist eine Impala-Antilope.«

»Jedenfalls ein großes hässliches Ding. Das Auto, meine ich.«

»Und die Männer?«

»Sehen Sie selbst. Sie sind da hinten und tun so, als wären sie Rosenliebhaber.«

Sobald ich hinüberschaute, gaben sie sich betont gleichgültig. Der eine war älter, vielleicht fünfzig, der andere etwa halb so alt, in den Zwanzigern. Der Jüngere war groß und trug Schlips und Anzug. Der Ältere war noch größer und hatte einen Bauch unter seinem weißen, kurzärmeligen Hemd; dazu trug er eine nachlässig gebundene Krawatte und eine Hose, die in der Sonne glänzte.

Mein erster Gedanke war: Steve Marchants Kumpel vom FBI. Aber diese Typen beschatteten Chrissa schon seit Dienstag, dem zwölften, zwei Tage, bevor das FBI erfahren hatte, dass Savannah aus ihrem Elternhaus verschwunden war.

Ihr Auto brachte mich auf einen weiteren Gedanken: das Verkehrsamt. Carl Rupaskis Leute? Das ergab für mich keinen Sinn.

»Unnötig zu sagen, Joe, dass mir in dem Augenblick, als sich diese Kerle an meine Rockschöße hängten, klar war, dass etwas nicht stimmte. Alex meinte zwar, ich solle mir keine Sorgen machen, aber das ist einfacher gesagt als getan.« Alex habe weder am Mittwoch noch am Donnerstag angerufen, fügte sie hinzu.

»Und dann«, fuhr sie fort, »sah ich am Donnerstagabend

die Nachrichten und begriff, dass Will Trona Alex' Freund Tony war. Ich erkannte ihn wieder.«

Das hatte ich nicht erwartet. Aber ich rief mir den Donnerstagabend ins Gedächtnis zurück: Will hatte mich nicht gebraucht, weil er zu Hause bei Mary Ann bleiben wollte. Doch dann hatte er sich offenbar um Mitternacht mit Savannah und Alex am Strand getroffen.

»Die andere große Meldung an diesem Abend handelte natürlich von Jack und Lorna. Und davon, dass Savannah *am Montagvormittag* entführt worden war. Ich blickte überhaupt nicht mehr durch. Als ich mit ihr telefoniert hatte, war es ihr gut gegangen. Also rief ich Jack und Lorna an. Ich erklärte ihnen, wer ich sei, und sagte ihnen, dass es Savannah am Dienstag noch gut gegangen und dass sie bei ihrem Sohn sei. Ich dachte, das wären gute Neuigkeiten für sie. Großartige Neuigkeiten. Aber Jack schienen sie nicht besonders zu interessieren. Er sagte nur, er würde veranlassen, dass mich das FBI am Morgen anruft. Es war sehr merkwürdig. Ich wusste, dass Jack seinen Sohn hasst – und deshalb vermutlich auch mich –, aber es ging um seine Tochter. Seine angeblich entführte Tochter. Ich verstand es nicht. Ich verstehe es immer noch nicht.«

»Da kann ich Ihnen weiterhelfen. Nach Darstellung der Blazaks hat Alex seine Schwester entführt und fordert für ihre Freilassung eine Million Dollar.«

Sie blieb stehen, sah mich erstaunt an und schüttelte den Kopf. »Blödsinn!«

»Deshalb ist an dem Morgen nicht das FBI, sondern Bo Warren bei Ihnen im Geschäft gewesen. Die Blazaks hatten sich entschieden, in aller Stille das Lösegeld zu zahlen, ohne die Polizei einzuschalten, Savannah zurückzubekommen und für Alex Hilfe zu besorgen.«

»Jack Blazak wollte Alex Hilfe besorgen? Nie im Leben. Seinen Ruf vor Schaden bewahren, das vielleicht. Ich habe ihm gesagt, dass es Savannah gut ging. Als sie allein mit ihrem Bruder, mir und Ihrem Vater den Strand entlangging, machte sie ganz gewiss nicht den Eindruck, als wäre sie entführt worden.«

Ich dachte über ihre Worte nach, kam aber zu keinem Ergebnis. Warum sollte Jack vorgeben, sein Sohn habe seine Tochter entführt, wenn er Anlass hatte anzunehmen, dass es ihr gut ging? Warum war er so erpicht darauf, eine Million hart erarbeiteter Dollars loszuwerden?

»Joe, es ist völlig ausgeschlossen, dass Alex seine Schwester entführt hat. Er hat es nicht getan.«

Sie steckte einen Daumennagel zwischen ihre Zähne und wandte sich zum Meer um. Im Sonnenschein sahen ihre Haare hell aus, aber ihr Gesicht lag weiterhin im Schatten der Hutkrempe. Dennoch konnte ich die scharfen Linien um ihren Mund sehen, während sie an dem Nagel kaute.

»Kauen Sie ihn nicht ab, Chrissa. Es würde sich nichts ändern – abgesehen von ihrem Daumen.«

Sie hörte auf. »Materiell eingestellte Leute. Unanständige Leute. Habgierige Leute. Die machen mich krank. Und wütend. Alex die Schuld zu geben! Hören Sie, er ist mein Freund und wie alle Männer ist er natürlich ein Schwindler. Er sagt mir nicht viel über seine Geschäfte, aber er hat seine Schwester mit Sicherheit nicht entführt. Er und Savannah stehen sich sehr nahe.«

»Was hat er dann getan?«

Sie seufzte und sah mich mit zusammengekniffenen Augen an. »Irgendetwas, für das er Geld bekam. Etwas, womit er seinem Vater wehtun konnte. Mehr fällt mir auch nicht ein.«

Ich drehte mich nach Chrissas Verfolgern um, die augenblicklich stehen blieben und wegsahen.

»Sie haben Bo Warren gesagt, wo Alex sich meist aufhält?«

Sie blinzelte mich an. »Ich habe ihm nicht *alle* seine Anlaufpunkte genannt. Dieser Bo Warren strahlt eine wirklich schlimme Energie aus – ganz egal, für wen er arbeitet. Wenn er einatmet, zittern seine Wangenmuskeln. Er ist irgendwie unangenehm, also habe ich … nun, belogen habe ich ihn eigentlich nicht, nur ein paar Dinge *vergessen.*«

»Würden sie Ihnen für mich wieder einfallen?«

»Da wäre das Rex in Newport, aber ich bin seit einer Woche immer wieder dort gewesen und habe ihn nicht gesehen. Dann die Lounge im *Surf and Sand*, aber ich kenne den Pianisten, der dort spielt. Er hat mir versprochen, mich anzurufen, sobald Alex auftaucht, aber bisher hat er es noch nicht getan. Auch im *Four Seasons* treibt sich Alex gern rum. Doch auch dort ist er nicht gewesen – ich kenne einen der Kellner. Außerdem mag er das Ritz-Carlton. Er geht häufig an diese Orte. Er kennt die Leute. Es sind seine … Verstecke. Er sucht sie auf, um irgendwelche Geschäfte abzuwickeln oder einfach nur rumzuhängen.«

Sie sah mich ergeben an und seufzte. »Er hat auch ein Lager, von dem kaum einer weiß. Es ist voller verrücktem Zeug.«

»Er war mit Savannah dort. Lorna hat mir die Adresse gegeben.«

Sie schüttelte den Kopf und blickte weg.

Ich fragte sie nach den drei Orten, an denen Alex und Savannah in den letzten vier Tagen gesehen worden waren – Rancho Santa Fe, Big Bear, Hollywood.

»Nein«, sagte sie.

Neues Territorium, dachte ich. »Er traut sich nicht an seine Stammplätze.«

Sie schüttelte den Kopf. »Er erfasst vieles instinktiv. Manchmal sind es Wahnvorstellungen, aber oft hat er auch Recht. Ich war an seinen alten Stammplätzen, habe nach ihm gefragt. Nichts. Ich glaube, er war so schlau, sich neue zu suchen.«

»Was für ein Auto fährt er?«

»Einen schwarzen Porsche Carrera. Den er *fast* so sehr liebt wie mich.«

»Das bezweifele ich.«

»Schau an! Wenn Sie wollen, können Sie sogar scherzen.«

»Nein, ich …«

»Ich weiß – Sie meinten es ernst.«

»Richtig.«

»Sie sind ein hoffnungsloser Fall.«

Das verstand ich zwar nicht, aber es schien mir nicht wichtig.

»Was haben Sie dem FBI gesagt?«

»Das Gleiche wie Bo Warren. Ich wusste von Anfang an, dass Alex es nicht getan hat, und solange sie glauben, dass er es getan hat, werde ich ihnen nur so viel helfen, wie ich muss. Aber, Mann, wenn die einen befragen, dann richtig. An dem Tag habe ich vier Stunden mit einem Typen namens Steve in einem Büro in Santa Ana verbracht. Am nächsten Tag noch eine Stunde und am letzten Donnerstag eine weitere Stunde. Ich musste ihnen erlauben, diese großen Tonbandgeräte an meine Telefone anzuschließen – an beide, sowohl zu Hause als auch im Geschäft. Andernfalls hätte ich die Justiz behindert. Sobald es klingelt, fangen sie an aufzunehmen und sie haben dieses Gerät, das ihnen die Nummer des Anrufers verrät. Außerdem verfolgen mich diese verdammten weißen Autos, wohin ich auch gehe. Die beiden Idioten da. Ich habe sie Schick und Wampe getauft. Sie winken nicht einmal zurück. Ich habe dem FBI von ihnen erzählt, aber sie sind noch immer da, aufdringlich wie Fliegen. Ich bin fast so weit, das Geschäft zuzumachen und für einen Monat nach Fidschi zu gehen. Ich kann nicht schlafen, ich kann nicht essen, alles, was ich kann, ist zu arbeiten und zu trinken. Ich vermisse meinen Freund. Ich vermisse mein Leben. Mann, es ist echt nervend.«

»Ich denke, Sie sollten nach Fidschi fliegen.«

»Ich werde Alex nicht im Stich lassen. Er ist ein bisschen merkwürdig, aber er könnte mich brauchen. Doch eins kann ich Ihnen sagen: Noch ein paar solche Wochen und ich werde auf gewisse Leute stinksauer sein.«

»Kennt Alex einen gewissen John Gaylen?«

Sie überlegte und schüttelte dann den Kopf. »Nicht dass ich wüsste. Aber er kennt eine Menge Leute.«

Ich sah mich wieder nach den Beschattern um. »Ich werde

sehen, was ich bei den Typen erreichen kann. Wenn sie für das FBI ermitteln, wird es allerdings nicht viel sein.«

»Sie sind nicht gerade klein.«

»Das spielt keine Rolle.«

Ich fuhr sie zu ihrem Geschäft zurück, wartete, bis sie einen Stapel Post aus dem Briefkasten an der Laguna Canyon Road geholt hatte, und ging dann mit ihr hinein. Sie drückte auf den Wiedergabeknopf ihres Anrufbeantworter.

»*Chrissa, hier ist Heidi. Was hältst du von ein oder zwei Drinks heute Abend nach der Arbeit?*«

Sie zuckte die Achseln. »So sieht jetzt mein Leben aus: Schick, Wampe, Freundinnen und Drinks.«

»Es wird wieder besser werden.«

»Ich habe keinen Grund, mich zu beklagen. Mein Vater ist nicht ermordet worden.«

»Nein.«

»Sie kommen zurecht?«

»Es geht.«

»Hart im Nehmen, was? Genau wie Alex. Schlappmachen gilt nicht.«

Ich sparte mir den Kommentar.

»Wissen Sie was, Joe? Sie sind süß. Wenn ich nicht schon einen Kerl hätte, würde ich Sie dazu bringen, mich wieder auszuführen.«

»Das ist sehr schmeichelhaft, aber ich bin schon verabredet. Ich meine, in ein paar Stunden habe ich eine Verabredung.«

Sie lächelte und seufzte. »Gut für Sie. Sie sind ein echter Pfadfinder, wie mein Vater sagen würde. Sie leben im falschen Jahrhundert oder zumindest im falschen Jahrzehnt. Ich mag das.«

»Danke für Ihre Hilfe. Hier.« Ich gab ihr meine Karte mit den Telefonnummern meines Privatanschlusses und meines Handys.

»Sie können sie zu Bo Warrens legen«, fuhr ich fort. »Aber ich hoffe, Sie rufen mich zuerst an.«

»Machen Sie sich darüber keinen Kopf, Joe. Hier, tragen Sie den manchmal.« Sie nahm den rostroten Filzhut ab und gab ihn mir.

»Danke.«

»Das Folgende sage ich nur einmal: Dieses Ding in Ihrem Gesicht ist nicht so schlimm, wie Sie meinen. Und die andere Hälfte ist perfekt. Sie haben einen hübschen kräftigen Blondschopf, nette braune Augen und ein markantes Kinn. Versuchen Sie ab und an zu lächeln – ich wette, Sie haben ein überwältigendes Lächeln. Außerdem sind große Typen sexy.«

Ich spürte, wie mir das Blut ins Gesicht schoss. Die Narbe juckte und in meiner Brust setzte das große Flattern ein.

»Ich weiß nicht, was ich sagen soll.«

»Nichts wäre ganz in Ordnung.«

Ich ging über den Parkplatz zur Bushaltestelle. Schick und Wampe wechselten grinsend ein paar Worte. Unter Schicks Anzugstoff verbargen sich eine Menge Muskeln und Wampe hatte Unterarme wie ein Schmied.

Wir zeigten uns gegenseitig unsere Dienstmarken.

»Wir wissen, wer Sie sind, Trona. Ich heiße Hodge und das ist Chapman«, verkündete Wampe.

»Warum beschatten Sie sie?«

»Das ist unser Job.«

»Rupaskis Idee?«

»Jemand, der mehr zu sagen hat als wir, könnte Ihnen das beantworten.«

»Wer zum Beispiel?«

»Das geht Sie genauso wenig an. Aber ich kann Ihnen sagen, es ist langweilig. Die Fotze ist ein netter Anblick, aber ich glaube, sie mag uns nicht besonders. Chapman hier hat die Hälfte der Zeit einen Steifen.«

Chapman lächelte, als hätte er ein Lob erhalten.

»Behalten Sie ihn in der Hose«, riet ich ihm. »Und, Mr Hodge, nennen Sie sie nicht Fotze. Ich hasse es, wenn Frauen so bezeichnet werden.«

»Sie sollten weiße Hüte tragen und keine pinkfarbenen.«

»Das ist Rostrot. Und bewahren Sie gegenüber Miss Sands gute Manieren – immer.«

Das brachte sie zum Lachen.

»Okay, Trona, klar doch. Sind es gute Manieren, wenn ich lächle, während ich sie mir vornehme?«

»Nein. Sollten Sie es tun, wird sie es mir erzählen.«

»Und dann was?«

»Dann werden Sie es zu spüren bekommen.«

Schick war groß, jung und selbstsicher. Ich vermutete, er wusste einiges über mich. Jedenfalls grinste er und warf seinem Partner einen Seitenblick zu, bevor er sich wieder mir zuwandte.

»Ich werde brav sein. Versprochen!«

»Er wird brav sein«, bestätigte Hodge. »Ich sorge schon dafür, dass er sich anständig benimmt, Trona. Keine Sorge.«

»Es gibt schon genug Sachen, über die sich Joe Sorgen machen muss«, meinte Chapman.

Hodge lachte und Chapman fiel in das Lachen ein.

»Einen netten Nachmittag noch.«

Damit ging ich in Chrissas Boutique zurück. Sie saß an ihrem Tisch und hatte Tränen in den Augen.

Vor ihr lag der Poststapel. Sie hielt eine Postkarte in der Hand, die sechs Tage zuvor in Mexiko City abgestempelt worden war. Die Vorderseite zeigte einen Olmekenkopf aus dem Anthropologischen Museum. Die Handschrift auf der Rückseite war nachlässig, aber leserlich:

Schatz,

es geht mir gut. Mach dir keine Sorgen. Als ich dieses Bild sah, fiel mir sofort Rosarito ein. Ich habe das Geschäft abgeschlossen und muss mich bedeckt halten. Was immer du hörst: S. geht es gut.

Küsschen.

A.

Chrissa schüttelte den Kopf und holte tief Luft. »Der gottverdammte Kerl ist in Mexiko, während ich hier sitze und mich wie eine Witwe gräme. Aber wenigstens weiß ich jetzt, dass es ihm gut geht. Dieser Olmekenkopf ähnelt einem, den wir vor ein paar Monaten in Rosarito gekauft haben. Nur dass der auf dem Bild echt ist. Der, den wir gekauft haben, kostete ungefähr achtzig Cent, ist aber aus schönem hellgrünen Glas hergestellt.«

»Kann ich die Postkarte haben?«

»Warum?«

»Ich kenne ein paar Leute, denen ich sie zeigen will. Und andere, die sie nicht zu Gesicht bekommen sollten.«

Sie schüttelte wieder den Kopf und stand auf. »Nehmen Sie sie. *Nehmen Sie sie.* Warum sind Sie überhaupt zurückgekommen? Haben Sie mich schon vermisst?«

»Ich wollte Ihnen nur sagen, dass Sie mich sofort anrufen sollen, wenn diese Typen da draußen unhöflich werden. Ich meine, schon wenn sie nur ein bisschen unhöflich werden.«

»Okay. In Ordnung.« Sie nickte langsam, während sie mich musterte. »Tragen Sie einen Panamahut, wenn es heiß wird?«

»Ich habe es versucht, aber Filz gefällt mir besser.«

»Warum? Filz hält ziemlich warm.«

»Der Schatten ist besser.«

Sie dachte darüber nach, sagte aber nichts.

Schick und Wampe beobachteten von der Bushaltestelle aus, wie ich das Geschäft verließ und zu meinem Auto ging. Dann redeten sie miteinander und brachen in Gelächter aus. Als ich auf die Laguna Canyon Road einbog, lachten sie noch immer.

Ich hielt auf sie zu und trat das Gaspedal durch. Ein 67er Ford Mustang mit 5,7 Litern, Edelbrock-Vergaser, einer Sig-Ersen-Nockenwelle und einem Glaspak-Auspuff bringt es auf rund 250 PS, mit denen man die Reifen zum Qualmen bringen kann, wann immer man will, und das Röhren ist eine Offenbarung.

Sie sprangen gleichzeitig in unterschiedliche Richtungen auseinander. Aus Schicks Gesicht sprach schierer Unglaube, während er geradezu an meinem Seitenfenster vorbeiflog.

Ich kurbelte es herunter und winkte ihm zu.

Kapitel zehn

Dr. Norman Zussman begrüßte mich mit einem herzhaften Handschlag und schloss die Tür seines Behandlungszimmers hinter mir. Dann bot er mir einen bequemen Stuhl an, während er selbst auf einer kleinen grünen Couch Platz nahm. Ich stellte Wills Aktentasche neben mich auf den Fußboden und hängte meinen Hut an eine Ecke der Tasche.

Zwischen uns stand ein leerer Couchtisch. Zussman war mittelgroß und schlank. Er hatte kurze, glatte graue Haare, blaue Augen und ein gebräuntes Gesicht.

Jetzt schlug er die Beine übereinander und legte einen gelben Schreibblock auf sein Knie. »Sie haben es geschafft, mir neun Tage aus dem Weg zu gehen, Joe.«

»Ich wollte nicht mit Ihnen reden, Doktor.«

»Ich will Ihnen keinen Vorwurf machen. Aber es wäre besser, wenn Sie es tun. Außerdem verlangt es Ihr Dienstherr von Ihnen. Wie geht es Ihnen?«

»Gut.«

Er musterte mich. Ich werde befangen, wenn man mich anstarrt und schweigt, aber ich wusste, dass er nur versuchte, mich dazu zu bringen, die Stille mit Worten zu füllen. Also sagte ich nichts. Ich begab mich an den Stillen Ort, kletterte auf den Baum und sah mich um. Manchmal sitzt ein Adler neben mir auf dem Baum, aber an diesem Tag war er nicht da. Ich saß allein auf dem Ast. Die Berge waren braun und trocken. Ich konnte sie riechen.

»Schlafen Sie gut, Joe?«

»Ja, Sir.«

»Und Ihr Appetit ist gut?«

»Ja.«

»Trinken Sie oder nehmen Sie Drogen irgendwelcher Art?«

»Vor einigen Tagen habe ich ein paar Gläser getrunken, aber ich trinke sonst nicht viel.«

»Warum?«

»Es verlangsamt meine Reaktionen und ich kann nicht klar denken. Außerdem fühle ich mich am nächsten Morgen mies.«

Er gluckste und schrieb etwas auf. »Erzählen Sie mir von der Schießerei, Joe. Nehmen Sie sich Zeit.«

Ich begann mit dem Augenblick, als Will getroffen wurde und zu Boden sank. Danach, erzählte ich, hätte ich Savannah über die Mauer gehoben und mich auf den Rücksitz des Autos geschoben. Ich sei mir sicher gewesen, dass die beiden Männer hinter mir zur Mauer gehen würden, und dabei hätten sie an der offenen Fondtür vorbeikommen müssen. Bei ausgeschalteter Innenbeleuchtung hätte ich sie dann direkt in der Schusslinie gehabt. Die Schüsse, erklärte ich, seien einfach gewesen, und ich hätte gewusst, dass beide Männer schwer getroffen waren.

Er hörte zu und schrieb. Als ich fertig war, seufzte er leise. »Haben Sie geschossen, um zu töten?«

»Ja.«

»Fühlten Sie sich von den Umständen gezwungen, so zu handeln, wie Sie es getan haben?«

Darüber musste ich einen Moment nachdenken. »Nein. Sir. Ich hätte mit Savannah über die Mauer springen können.«

»Aber Sie haben es nicht getan, weil Ihre oberste Loyalität Ihrem Vater galt.«

Ich nickte.

»Was haben Sie gefühlt, als Sie abdrückten?«

»Ich war angespannt, aber ruhig.«

»Was haben Sie gefühlt, als sie die Männer umfallen sahen und wussten, dass sie vermutlich sterben würden?«

»Ich war erleichtert, dass sie weder ihre Maschinengewehre gegen mich einsetzen noch Savannah verfolgen konnten.«

Zussman schwieg eine Weile. Dann fragte er: »Joe, was haben Sie *nach* der Schießerei gefühlt? Sagen wir, eine Stunde später?«

»Da habe ich nach Savannah gesucht.«

»Haben Sie nicht an die Männer gedacht, die sie gerade erschossen hatten?«

»Nein.«

»Und am nächsten Tag? Was haben Sie da bei dem Gedanken an das, was Sie getan hatten, gefühlt?«

»Ich habe nicht viel darüber nachgedacht. Meine Gedanken waren bei Will.«

Zussman notierte etwas und seufzte wieder. »Joe, wie fühlen Sie sich heute, wenn Sie an das denken, was Sie getan haben?«

»Wirklich gut, Doktor.«

»Kamen je irgendwelche unangenehme Erinnerungen wieder hoch, verspürten Sie Bedauern oder haben Sie irgendwann schlecht geträumt?«

»Bei der Beerdigung meines Vaters habe ich versucht, mich wegen des Todes der beiden Männer und der Tatsache, dass ich sie erschossen hatte, schlecht zu fühlen. Aber ich empfand überhaupt nichts für sie. Ich sagte mir, dass es Selbstverteidigung gewesen war und sie damit hatten rechnen müssen, als sie losgingen, um einen Menschen zu ermorden.«

Zussman betrachtete mich eine Weile und rutschte auf der Couch hin und her, als fühlte er sich unwohl. Schließlich schlug er die Beine erneut übereinander und legte den Block auf das andere Knie.

»Wenn Sie an die Schießerei denken, sehen Sie sie dann vor sich oder ist das Bild unscharf?«

»Es ist sehr scharf. Ich kann die Nähte des Lederbezugs der Sitzbank, auf der ich lag, und die Feuchtigkeit auf den Fenstern sehen.«

»Grübeln Sie über die Szene nach?«

»Ich grüble darüber nach, wie ich Will hätte retten können.«

»Es ist also eher eine taktische als eine moralische Sorge?«

»Ja.«

»Warum, denken Sie, ist das so?«

Ich überlegte. »Meine Aufgabe war es, meinen Vater zu schützen. Es war das Wichtigste, was ich tun konnte. Für diese Aufgabe hatte man mich erzogen. Zu diesem Zweck war ich ausgebildet worden. Und ich wollte es gut machen, mehr als alles andere auf der Welt.«

Zussman beugte sich vor, legte den Block auf den Tisch und schrieb etwas darauf. »Wie fühlen Sie sich jetzt, nachdem Sie bei Ihrer Arbeit versagt haben?«

Es dauerte einige Zeit, bis mir ein Vergleich einfiel. Ich wusste genau, was ich fühlte, aber ich hatte nie daran gedacht, es irgendjemandem zu erzählen, schon gar nicht einem Fremden.

»Wie Sand.«

»Sand? Warum wie Sand?«

»Trocken und lose und es ist nichts da, das ihn zusammenhält.«

Er sah mich erneut an. »Haben Sie das Gefühl, als würden Sie wie Sand auseinander fließen?«

»Nein.«

»Wieso nicht, wenn Sie trocken und lose sind und nichts Sie zusammenhält?«

»Ich habe mich nicht klar genug ausgedrückt, Sir. Etwas hält mich zusammen. Ich muss den Mann finden, der Will erschossen hat. Das ist sehr wichtig für mich geworden.«

»Ah. Natürlich.«

Es trat eine Pause ein, in der er seinen Block vom Tisch nahm und sich wieder zurücklehnte. »Was, glauben Sie, Joe, was wird passieren, wenn Sie diesen Mann gefunden haben?«

»Ich werde ihn wegen Mordes festnehmen, Sir.«

Er musterte mich wieder eindringlich. Dann blinzelte er, begann etwas zu schreiben und hörte wieder auf.

»Joe, was dachten Sie, als Sie im Rahmen dieser Untersuchung Ihre Waffe abgeben mussten?«

»Ich habe sie nicht abgegeben.«

»Warum nicht?«

»Niemand hat mich dazu aufgefordert, also habe ich sie noch.«

»Bei sich? Hier?«

Ich nickte und öffnete die linke Seite meines Jacketts.

»Ich möchte Sie bitten, sie hier zu lassen. Ich werde Sie Sergeant Mehring zur Aufbewahrung übergeben.«

Ich zog die .45er aus dem Holster, nahm das Magazin heraus und legte es auf den Couchtisch. Dann zog ich den Verschluss zurück, um sicherzugehen, dass die Kammer leer war, und legte den Sicherungshebel um. Die Geräusche waren in dem ruhigen Behandlungszimmer überraschend laut. Schließlich legte ich die Waffe neben das Magazin.

Ich sah zu Zussman, der meinen Blick erwiderte.

»Bereitet Ihnen das Kopfschmerzen, Joe? Ihre Waffe abzugeben?«

»Nein, Sir. Ich habe noch ein paar andere.«

Tatsächlich hatte ich in diesem Augenblick noch zwei andere bei mir, eine zweite .45 ACP, die ich unter der Achsel trug und rasch mit der Linken ziehen konnte, und eine kleine .32er am Knöchel. Niemand rechnet mit drei Kanonen. Will hatte mir gesagt, niemand käme auf die Idee, dass ein Polizist drei Waffen bei sich haben könnte. Eine gewiss. Vielleicht zwei. Aber niemals drei. Interessanterweise hatte Will während seiner Dienstzeit als Deputy nie drei Waffen getragen. Abgesehen von den letzten Jahren, als er nur bewaffnet war, wenn eine brenzlige Situation zu erwarten war, hatte er immer nur eine Waffe bei sich gehabt. Er mochte keine Kanonen und war nie ein guter Schütze gewesen. Ich glaube, er kompensierte das, indem er mich anhielt, eine kleines, aber griffbereites Arsenal mit mir herumzutragen. Und ich übe viel mit den Waffen.

Zussman starrte die Automatik an. Ich hoffte, dass seine Hände nicht allzu fettig waren, denn sogar gute Brünierung kann unter dem Einfluss von Schweißsalzen rosten, wenn man eine Pistole nicht abwischt, nachdem man sie in der Hand gehalten hat. Ich holte eines meiner mit Monogramm bestickten Taschentücher heraus und legte es neben die Waffe.

Zussman sah zu mir hoch. »Verspüren Sie wegen der Schießerei Reue?«

»Etwas.«

»Können Sie beschreiben, wie viel?«

»Gefühle zu messen ist ziemlich schwer, Doktor.«

»Versuchen Sie es.«

Ich überlegte. »Ungefähr die Menge, die man in eine Kaffeetasse füllt. Nicht die ganze Tasse. Sagen wir die Hälfte.«

»Eine halbe Kaffeetasse voll Reue?«

»Ja, Sir.«

Er nickte. Dann noch einmal. »Ich mache mir Ihretwegen Sorgen, Joe.«

»Danke.«

»Ich meine, Ihre Reaktion entspricht nicht dem Normbereich. Stattdessen zeigen Sie etwas, das man weit weniger … erwartet.«

»Ich bin nicht normal, Sir.«

Nach einer langen Pause und einigen ausführlichen Notizen fragte er mich über Frauen, Liebe und Beziehungen aus. Es waren sehr direkte Fragen und ich sagte ihm die Wahrheit: dass ich noch nie eine Beziehung gehabt hatte, die über ein paar Rendezvous hinausgegangen war. Ich erzählte ihm von einigen Frauen, die ich sehr gern gehabt hatte. Als er wissen wollte, ob ich jemals eine ernste Beziehung gehabt hätte, fragte ich zurück, was eine ernste Beziehung sei. Zuerst war er verblüfft, dann misstrauisch, als ob ich ihn auf den Arm nehmen wollte. Ich erzählte ihm von den Models, die ich bezahlt hatte, um sie ansehen zu können, und vom Sex mit einer Prostituierten. Ich erzählte ihm davon, dass ich mir in Zeitschriften und

Filmen gern Gesichter anschaute. In welchen Zeitschriften und Filmen, hakte er nach. In fast allen romantischen Komödien, antwortete ich, besonders in denen aus den fünfziger und siebziger Jahren und in Männermagazinen wie *Esquire, Men's Journal* und *GQ*. Manchmal würde ich Bilderrahmen nur wegen der Frauenbilder kaufen, die in ihnen steckten. An Frauen störe mich am meisten, wenn sie Mitleid mit mir hätten.

»Wie oft masturbieren Sie?«

»Nie, Sir.«

»Warum nicht?«

»Mein Vater hat gesagt, ich solle es nicht tun.«

»Verstehe. Was tun Sie dann mit Ihren sexuellen Wünschen?«

»Nichts.«

»Was ist mit nächtlichen Ergüssen, so genannten feuchten Träumen?«

»Ja, Sir«, antwortete ich, den Blick auf meinen Hut geheftet. Ich hätte mir gewünscht, dass er solche Fragen nicht stellen würde.

»Wie oft?«

»Einmal die Nacht. Manchmal öfter.«

»Jede Nacht?«

»Ich führe nicht Buch. Aber seit Will ziemlich oft.«

Er schluckte, zog die Augenbrauen hoch und notierte sich etwas. »Joe, wir haben viel miteinander zu bereden. Das nächste Mal würde ich gern mit Ihnen mehr über Ihre Mutter und Ihren Vater sprechen. Ich schlage vor, dass wir uns nächste Woche wieder treffen.«

Wir vereinbarten einen Termin.

»Bitte behandeln Sie diese Waffe mit Sorgfalt und Respekt, Doktor.«

»Das werde ich.«

Ich setzte meinen Hut auf und ging.

Meine Verabredung zum Kaffee mit June Dauer war um vier

Uhr, eine Stunde vor ihrer Sendung. Wir wollten uns in einem Café in der Nähe des Studios treffen. Ich war zu früh da, setzte mich an einen Ecktisch und dachte darüber nach, was Chrissa mir über Alex und Savannah Blazak erzählt hatte.

Als June das Café betrat, begann mein Herz zu rattern wie eine Waschmaschine mit einem kaputten Fuß. Schwarze Hose, ärmellose Bluse – beide eng und mit großen glänzenden Reißverschlüssen –, silberner Gürtel, schwarze Schuhe. Roter Lippenstift. Rubine in den Ohren. Doch am meisten beeindruckte mich ihre Haut: braun, feucht und extrem glatt. Das Unbekannte Ding troff nur so von ihr herunter, wie Regen von einem Dach.

Ich stand auf und zog einen Stuhl für sie heran.

»Sie sehen heute ausgesprochen hübsch aus«, sagte ich.

Sie lächelte. »Vielen Dank.«

Die Zeit verging wie im Flug, so dass ich nur eine verschwommene Erinnerung an die Verabredung habe. Sie erzählte, dass sie zur selben Zeit, als ich in Tustin aufwuchs, in Laguna Beach groß geworden sei. Wir hatten im selben Jahr an verschiedenen Schulen unseren Abschluss gemacht. Sie war wie ich 24. Ihre Eltern hatten ihr von mir erzählt, als wir acht gewesen waren, und sie hatte in einer Zeitung ein Foto meines Gesichts gesehen. Sie war in Irvine auf die Universität von Kalifornien gegangen und hatte Geschichte sowie englische Literatur studiert, aber viel Zeit im Universitätssender KUCI verbracht und das Rundfunkmetier erlernt. Für die von ihr entwickelte Sendung mit dem Titel *Real Live* hatte sie einen Rundfunkpreis gewonnen und sie war angenehm überrascht gewesen, als KFOC ihr eine Stelle anbot, die sie eine Woche nach ihrem Collegeabschluss antrat. Sie produzierte ihre Sendung und moderierte darüber hinaus eine vierstündige Musiksendung, in der sie auch die Nachrichten, den Wetterbericht und die Verkehrshinweise selbst sprach. Inzwischen war sie ungefähr ein halbes Jahr bei dem Sender.

»Ich liebe es«, sagte sie. »Aber ich habe das Gefühl, in einer Falle zu sitzen. Ich hocke mit vierundzwanzig jeden Tag sechs

Stunden in einem dunklen Studio. Ich bin erfolgreich und manche Leute beneiden mich. Aber ich möchte eigentlich meine Tage viel lieber mit zwei Hunden in einem Haus am Strand verbringen. Doch ich vermute, diesen Traum haben viele Leute.«

Ich ertappte mich dabei, dass ich sie anstarrte, und sah ostentativ weg, indem ich auf ihre Kaffeetasse, ihre Fingernägel, den Reißverschluss in der Mitte ihrer Bluse, auf alles, bloß nicht auf ihr Gesicht schaute.

»Joe«, flüsterte sie und winkte mich mit dem Zeigefinger heran. Als ich mich vorgebeugt hatte, fuhr sie fort: »Sie können mir ruhig ins Gesicht sehen.«

»Es tut mir Leid, ich ...«

»Hatte ich nicht gesagt, dass Sie das ewige Entschuldigen sein lassen sollen?«

»Ja. In Ordnung.«

Sie erzählte weiter von sich, wofür ich ihr dankbar war. Mir ging durch den Kopf, dass es vielleicht eine Art Dank dafür war, dass sie mich vor dem Mikrofon hatte befragen dürfen. Ich hörte zu, beantwortete ihre Fragen und versuchte, sie anzusehen, ohne sie anzustarren.

Ansehen, nicht anstarren.

Und dann war es vorbei. Ich begleitete sie zum Sender und hielt ihr die Tür auf.

»Ich habe es diesmal wirklich genossen«, sagte ich, »und ich würde mich freuen, wenn wir es wiederholen könnten. Würden Sie am Montagabend mit mir essen gehen?«

Sie musterte mich einen Moment. Mit entspanntem Mund, aber ohne zu lächeln, während ihr Blick zwischen meinen Augen hin- und herging, als würde sie sie einzeln inspizieren, indem sie so tief wie möglich in sie eindrang. Ihr schmales, rechteckiges Gesicht verriet keinerlei Regung. Ich vermochte nicht in diesem Gesicht zu lesen, erkannte nichts außer Intensität, aber mir war klar, dass in diesem Augenblick ein grundlegendes Urteil gefällt wurde.

»In Ordnung«, antwortete sie schließlich. »Rufen Sie mich an, dann werde ich Ihnen sagen, wo Sie mich finden.«

»Ich bin extrem froh darüber.«

»Wir sehen uns.«

Damit ging sie am Empfangstisch vorbei zur Tür, die sich summend vor ihr öffnete. Sie drehte sich noch einmal um und winkte. Dann war sie verschwunden.

Die Empfangsdame lächelte mich an.

Im Schießstand des Sheriff's Department verschoss ich zunächst fünfzig Übungspatronen mit der Rechten. Dann zog und schoss ich fünfzigmal mit der Linken. Bei den nächsten fünfzig Schuss wechselte ich zwischen linker und rechter Hand hin und her. Da ich mir vom Waffenmeister eine .45 ACP geliehen hatte, die nicht so butterweich funktionierte wie meine eigene, die Dr. Zussman beschlagnahmt hatte, lag die Treffergruppe auf der Silhouette fünf Zentimeter zu tief.

Anschließend zog und schoss ich zwanzigmal mit der kleinen .32er. Es ist erstaunlich, wie schnell man sich auf ein Knie fallen lassen, mit der Linken das Hosenbein hochziehen und dann mit der Rechten den Schnappverschluss aufreißen und ziehen kann. Das Schöne ist, dass man bereits kniet, sich also in stabiler Schussposition befindet. Dennoch ist es nicht leicht, mit einer so kleinen Waffe auf fünfzehn Meter eine gute Trefferquote zu erzielen.

Als ich fertig war, reinigte ich die Waffen gründlich. Ich hatte oft getroffen, obwohl die Linke müde geworden war und zu zittern begonnen hatte. Dann fuhr ich ins Sheriff's Department, um ein paar Gewichte zu heben und die Post aus meinem Fach zu holen.

Drei Mitteilungen besagten, dass Jaime Medina angerufen hatte. Auf jeder stand: »Wichtig! Bitte umgehend zurückrufen!« Außerdem hatte ich einen Brief von jemandem mit einer gedrängten Handschrift erhalten, die ich noch nie gesehen hatte; also machte ich mir nicht die Mühe, ihn zu öffnen.

Die letzte Mitteilung kam von meiner Freundin Melissa

vom kriminaltechnischen Labor. Sie lautete: »Hab was für dich. Komm ins Labor.«

Und ob sie etwas für mich hatte: Die DNS des Speichels an dem Lutscherstiel, den ich in Alex Blazaks Waffengeschäft gefunden hatte, stammte mit nahezu absoluter Sicherheit von Savannah. Melissa hatte sie mit der Speichelprobe von einem Wasserglas vergleichen können, das Steve Marchant vom FBI von Jack und Lorna Blazak erhalten hatte. Das FBI hatte das Glas unserem Labor übergeben, um die DNS zu bestimmen, und Melissa hatte sich das Ergebnis beschafft.

Die Macanudo-Zigarre hatte Alex geraucht, dessen DNS-Muster sich in den Akten der kalifornischen Strafvollzugsbehörden befand. Darüber, wer der Raucher der Davidoff war, dürfe spekuliert werden, meinte Melissa.

»Die Fingerabdrücke, die du mir gegeben hast, habe ich noch nicht überprüft«, entschuldigte sie sich. »Gib mir noch ein oder zwei Tage.«

»Ich schulde dir etwas, Melissa.«

»Wie wäre es gelegentlich mit einer Tasse Kaffee?«

»Hm … Es wäre mir ein Vergnügen.«

Ich verließ das Sheriff's Department mit einem merkwürdigen Gefühl im Bauch. Als ich an einem Restaurant anhielt, um mir etwas zu Essen zu besorgen, war es noch immer da. Während der Heimfahrt stellte ich mir vor, wie Bruder und Schwester in dem Loft in Alex' Lager saßen und sich Trickfilme ansahen, Savannah mit einem Lutscher und Alex mit einer Macanudo im Mund. Sie war weder gefesselt noch bewusstlos noch in ein Zimmer eingesperrt. Die Savannah, die ich an jenem Abend kennen gelernt hatte, war ruhig und höflich gewesen.

Sie hatte nicht wie jemand gewirkt, der entführt worden war, sondern wie ein Mädchen mit einem Pocahontas-Rucksack, das im Begriff war, eine kurze Reise anzutreten.

Kapitel elf

Der Brief in der engen Handschrift war von meinem Vater, Thor Svendson. Es war der Erste, den er mir jemals geschrieben hatte.

Ich las zuerst die Unterschrift. Schon dieser Blick genügte, um meinen Herzschlag zu beschleunigen und mir die Kehle zuzuschnüren. Meine Hände zitterten und ein Blitz grellweißen Schmerzes zuckte über mein Gesicht.

Ich ließ den Brief fallen. Übel riechender Angstschweiß schoss mir aus den Poren – Metall und Ammoniak. Ich atmete dreimal tief durch, stand auf und ging hinaus. Das Viertel sah aus wie immer, nur dass alles schwankte und hinter einem dünnen roten Schleier lag. Ich bekam kaum Luft, deshalb konzentrierte ich mich aufs Atmen.

Mein einziger Gedanke war, an den Stillen Ort zu gehen und auf den Baum zu klettern, wo niemand mich sehen konnte, während ich alles im Blick hatte. Ich fand den Baum, kletterte hinauf, zog mich zwischen die belaubten Äste zurück und starrte hinaus. Ich konnte wieder richtig sehen. Das Viertel hatte seine normale Farbe zurück und bewegte sich nicht mehr.

Ich blieb noch lange an dem stillen Ort, bevor ich wieder ins Haus ging.

Der Brief meines leiblichen Vaters lautete:

Lieber Joe,

hallo. Ich schreibe dir, weil ich möchte, dass du mir vergibst. Ich glaube jetzt an Gott und denke, dass ich erst in den Himmel kommen kann, wenn du mir verzeihst. So steht es in dem Buch, das ich bekommen habe. Du musst es persönlich tun, aber dieses Gerichtsurteil, das du gegen mich erwirkt hast, gilt mein ganzes Leben lang, es sei denn, du hebst es auf. Ich bin in Seattle und werde am Samstag, dem dreiundzwanzigsten, nach Santa Ana kommen. Lass mich nicht verhaften. Vielleicht können wir etwas zusammen trinken und ein bisschen nachholen. Ich werde zahlen. Möglicherweise tut es dir gut, deinen alten Herrn kennen zu lernen, jetzt, wo dein anderer erschossen worden ist. Zumindest bekämst du einen kostenlosen Drink. Und wie gesagt, ohne dich kann ich nicht in den Himmel kommen.

Herzlichst

Thor Svendson

Ich saß auf der Terrasse hinter dem Haus und aß das mitgebrachte Essen. Der Abend war kühl und feucht, wie der, an dem Will gestorben war. Bald nach Sonnenuntergang zog Nebel auf. Ich konnte winzige Wassertröpfchen herumwirbeln sehen, die dann als Dunstwolken meine Terrassenlampen einhüllten.

Ich holte mir eine Jacke und ging wieder hinaus. Wie Thor Svendson aussah, wusste ich von Zeitungsfotos, von denen einige nach seiner Verhaftung, andere nach seiner Verurteilung zu dreizehn Jahren Haft im Staatsgefängnis Corcoran und wieder andere nach seiner Freilassung sieben Jahre später entstanden waren. Ich besaß eine ziemliche Sammlung und las ab und zu etwas über ihn und mich in der Zeitung. Ich betrachtete die Fotos. Auf fast allen sah er ziemlich freundlich aus, ohne eine offensichtliche Spur von Bösartigkeit. Aber wahre Bösartigkeit zeigt sich nicht an der Oberfläche.

Nein, Thor war groß und dickbäuchig, mit langen weißen Haaren, einem weißen Bart und großen, auffallend blauen Augen. Er erinnerte an einen Weihnachtsmann. Er musste heute vierundsechzig Jahre alt sein, wirkte aber schon auf den nach seiner Verhaftung aufgenommenen Fotos alt, obwohl er damals erst vierzig gewesen war.

Aus Gründen, die ich nie verstanden habe, lächelte er auf einem großen Teil der Fotos. Nicht viele Männer hätten gelächelt, nachdem sie wegen Körperverletzung und Mordversuchs zu dreizehn Jahren in Corcoran verurteilt worden waren. Thor tat es. Es war ein trauriges Lächeln, eines, das auf hart erworbene Weisheit schließen ließ. Es war das hässlichste Lächeln, das ich jemals gesehen hatte.

Wenn ich von ihm und dem, was er getan hat, träume, lächelt er immer, während er nach der Kaffeetasse greift und sie ausgießt. Dabei scheint in seinen großen blauen Augen Bedauern zu liegen und sein Lächeln wirkt echt und besorgt. Und sehr aufrichtig. So als würde er nicht gutheißen, was er tat, es aber trotzdem tun müsse. In meinem Traum überlege ich jedes Mal, *warum* er es tun muss, aber – und das ist ein wichtiger Aspekt des Traums – ich finde es nicht heraus. Weil ich es verdient habe? Weil Gott es ihm befohlen hat? Weil es das einzige Mittel ist, mir eine enorm wichtige Lehre zu erteilen?

In meinen Träumen habe ich doppelt so viel Angst vor seinem Gesichtsausdruck wie vor der Säure, obwohl ich mich an das Gesicht, das er machte, als es geschah, nicht erinnere. Ich kann mich überhaupt nicht an ihn erinnern. Mir ist nur eins im Gedächtnis haften geblieben: dass ich mich tief in mich selbst zurückzog, um vor etwas Riesigem und Bösem zu fliehen, so wie man unter großen Wellen hinwegtaucht, um in ruhigere Gefilde am Meeresgrund zu kommen, wo man sich mit den Fingern im Sand festkrallen kann, als hinge das Leben davon ab.

Den Zeitungen zufolge brachte Thor mich nach seiner Tat zu einer Feuerwehrwache. Monate später erzählte er einer Zeitschrift, Gott hätte ihm gesagt, er solle die Säure ausschütten, und er hätte ihm auch befohlen, mich zur Feuerwehr zu bringen. Die Feuerwehrmänner brachten mich ins Krankenhaus und zeigten Thor an. Ich weiß nicht, warum er nicht einfach abgehauen ist und mich schreiend zurückgelassen hat. Und ich will es auch nicht wissen.

Von meiner leiblichen Mutter träume ich nie. Sie hieß Charlotte Wample und war achtzehn Jahre alt gewesen, als sie mich zur Welt gebracht hatte, musste jetzt also zweiundvierzig sein. Ich weiß nicht, wo sie lebt, und habe es nie gewusst. Sie war nicht mit Thor verheiratet gewesen. Den Medien und den Prozessprotokollen – die ich bis zum letzten »Hm« und »Äh« gelesen habe – ist zu entnehmen, dass sie nicht zu Hause war, als Thor durchdrehte. Sie war unterwegs, um das Nötigste einzukaufen: Windeln, Bourbon und Zigaretten.

Ich kenne nur ein einziges Bild von ihr, ein Zeitungsfoto, das aufgenommen wurde, als sie aus dem das Gerichtsgebäude von Orange County kam. Gesehen habe ich diese Ausgabe des *Journal* allerdings erst knapp vierzehn Jahre später. Sie war eine drahtige, unglücklich wirkende Frau mit langen blonden Haaren und kalten Augen. Auf dem Foto zündet sie sich beim Verlassen des Gerichtsgebäudes eine Zigarette an. Im Kreuzverhör hatte der Staatsanwalt sie gezwungen, ihren Spitznamen aus der Zeit, als sie mit den *Hessians* herumzog, zu nennen: Kokotte. Charlotte die Kokotte. Nicht sehr einfallsreich, aber der Humor der *Hessians* ist eben weit weniger entwickelt als ihre Fähigkeit, Speed einzuwerfen.

Vor sechs Jahren, mit achtzehn, habe ich sämtliche Telefonbücher von Orange County durchforstet und zwei Personen namens Wample gefunden. Ich rief beide an. Die eine war ein Mann, der sagte, er hätte noch nie von einer Charlotte Wample gehört, sei aber in Charlotte, North Carolina, geboren. Dann erzählte er eine Weile von dieser Stadt. Netter Kerl.

Die andere war eine Frau namens Valeen, die sagte, ihre Tochter Charlotte sei eine Hure und hoffentlich tot, denn dann ginge es ihr besser. Ich fragte sie, ob Charlottes Freund ihr Baby verletzt habe, und sie zischte ein Ja, dieser verdammte Mistkerl von Thor Svendson habe Säure über dem Baby ausgekippt, aber was, zum Teufel, mich das angehe?

Nach diesem kurzen Gespräch fühlte ich mich keineswegs besser, sondern erheblich schlechter. Ich weiß nicht genau, warum ich überhaupt angerufen und was ich erwartet hatte. Wäre Charlotte Wample selbst am Telefon gewesen, hätte ich wahrscheinlich aufgelegt. Was hätte ich sagen sollen? Warum sie mich nie habe sehen wollen? Ob sie mich nicht liebe?

Charlotte dürfte weggezogen sein und inzwischen geheiratet oder wenigstens ihren Namen geändert haben. Ich wollte sie nicht sehen. Aber ich legte Valeens Telefonnummer in meine Brieftasche, ganz tief in eins der Kreditkartenfächer. Als ich das letzte Mal nachgesehen hatte, war sie noch da.

Meine Großmutter war eine unheimliche Frau, selbst am Telefon. Aber Blut ist dicker als Wasser, wie man so sagt. Manchmal denke ich an Valeen Wample. Großmutter. Oma.

Ich rief am Bahnhof von Santa Ana an und hörte die automatische Ansage der Ankunftszeiten des Coast Starlight ab. Am nächsten Tag um 22.17 Uhr sollte er den Teufel persönlich auf der Suche nach Vergebung nach Santa Ana bringen.

Kurz nach neun Uhr rief Rick Birch an. »Kommen Sie in einer Stunde in die Lind Street. Da erzählen Sie mir, was Sie mir verschwiegen haben, Joe, verstanden?«

Ich sagte, ich wüsste, wovon er spreche, und Birch legte auf.

Lind Street. Mir sträubten sich die Nackenhaare, und als ich hinter Rick Birch die Wohnung betrat und wieder den Geruch von Speck und Zigaretten wahrnahm, spürte ich, wie es in meiner Narbe pochte.

Du hast ihn umgebracht Du hast ihn umgebracht Du hast ihn umgebracht.

Derselbe abgewetzte Teppich, dieselben Laken vor den Fenstern. Alles war gleich, bis auf die frischen Rußflecken und die Tatortschilder, die die Spurensicherung zurückgelassen hatte.

»Nette Absteige«, meinte Birch und sah mich mit klaren grauen Augen an. »Raten Sie, wer die Miete bezahlt hat.«

»Ein Typ mit Alex Blazaks Gesicht, aber einem anderen Namen.«

»Genau. Hat am Montag, dem 11. Juni, zum ersten und letzten Mal gezahlt, einschließlich einer Reinigungskaution. Laut seinem Führerschein hieß er Mark Stoltz. Adresse und Telefonnummer sind nutzlos. Zwei Tage später passierte dann das in der Gasse hinter dem Haus.«

»Was ist mit der Frau, die hier war?«

Birch zog sein Notizbuch hervor. »Da hat mir die Polizei von Anaheim weitergeholfen. Rosa Descanso. Anerkannte eingetragene Babysitterin. Wurde von Stoltz über eine Agentur unten in Katella angeheuert. Ich habe mit ihr gesprochen. Sie sagte, der Typ hätte eine Babysitterin mit eigenem Auto haben wollen. An jenem Abend ist sie um sieben Uhr hergekommen. Alex und Savannah waren hier. Die beiden seien gut miteinander ausgekommen, meinte sie – wie Bruder und Schwester eben. Sie habe Savannah gleich gemocht, während sie ihren Bruder als ›nicht so guten Menschen‹ empfunden habe. Alex sei ein paar Minuten später gegangen. Sie und Will seien um 10.15 Uhr gekommen. Als wenige Minuten darauf die Schießerei begann, habe sie sich in die Badewanne geworfen und geglaubt, es handele sich um irgendeine Auseinandersetzung mit der Lincoln-18th-Gang.«

Ich durchquerte langsam das kleine Wohnzimmer, ging den Korridor entlang und betrat das Zimmer, in dem ich Savannah Blazak kennen gelernt hatte.

Ich bin Savannah. Wie geht es Ihnen?

Ich weiß nicht genau. Kommst du trotzdem mit mir?

Ich drehte mich zu Birch um. »Es ist, als erlebe man einen Alptraum zum zweiten Mal.«

Er nickte, erwiderte aber nichts.

Der Aufenthalt in dem Zimmer regte mein Gedächtnis an und rief mir die Bilder jenes Abends wieder in Erinnerung: die

Scheinwerfer, der Große, das Mündungsfeuer, der zusammengebrochene, blutende Will.

Oh. Ich hörte in der Gasse hinter dem Haus ein Auto näher kommen und die Stimme in meinem Kopf begann wieder: *Du hast ihn umgebracht Du hast ihn umgebracht Du hast ihn umgebracht.*

Als ich mich an Birch wandte, konnte ich kaum meine eigene Stimme hören. »Ich habe Sie nicht angelogen, Sir, nur ein paar Dinge weggelassen.«

Er schüttelte den Kopf und sah mich fragend an. »Sind Sie bereit, sie nachzureichen?«

»Ja, Sir.«

»Gut. Und lassen Sie diesen ›Ja, Sir‹-›Nein, Sir‹-Quatsch. Davon hatte ich in der Armee mehr als genug.«

Ich erzählte ihm alles: Über Wills Anspannung an jenem Abend, seine Gespräche mit Jaime und Reverend Alter, die Rolle Geldscheine, die er Jennifer Avila gegeben hatte. Die Worte, die sie wechselten. Mary Anns Depression. Ich berichtete von dem am BMW befestigten Sender, von Wills Verabredung mit Carl Rupaski und Dana Millbrae. Ich wiederholte, was die Blazaks über Savannahs Entführung und ihren psychopathischen Sohn gesagt hatten. Ich sprach über Bo Warren und die Absicht, mich zu hypnotisieren, damit ich ihnen sagte, was ich gesehen und gehört hatte. Ich teilte ihm mit, dass Lorna Blazak mir die Adresse von Alex' Lager gegeben hatte und was ich dort gefunden hatte. Ich erwähnte Wills Treffen mit Ellen Erskine vom Kinderheim Hillview und informierte ihn darüber, dass Chrissa Sands mit Savannah gesprochen und danach Jack angerufen hatte. Ich sagte ihm, dass sie Will an dem Abend vor seinem Tod zusammen mit Alex und Savannah getroffen hatte. Schließlich gab ich ihm die Postkarte, die Chrissa von Alex bekommen hatte.

Als ich fertig war, fand ich mich am Fenster wieder, den Blick auf das Blumenmuster des schmutzigen Lakens gerichtet, das als Gardine diente. Ich konnte das Gefühl nicht abschütteln, dass ich Will irgendwie im Stich gelassen hatte, indem ich alles, was ich über jenen Abend wusste, erzählt hatte. Genauso wenig wurde ich das Gefühl los, dass ich ihn betrogen hatte, um ihm heimzuzahlen, dass er mich über so vieles im Dunkeln gelassen hatte.

Als ich mich umdrehte, sah Birch mich über seine randlose Brille hinweg an. »Sie haben das Richtige getan.«

»Danke.«

»Glauben Sie, dass Alex sie entführt hat, oder denken Sie, sie ist von zu Hause weggelaufen?«

»Letzteres.«

»Irgendeine Ahnung, warum?«

»Nicht die geringste.«

»Um den reichen Daddy auszutricksen?«

»Daran habe ich auch schon gedacht. Aber sie ist zu jung für so etwas.«

»Alex dürfte im richtigen Alter dafür sein, oder?«

»Und er und Jack hassen einander.«

»Ich werde die Postkarte zu den Beweisen legen«, verkündete Birch.

»Das dachte ich mir, Sir.«

»Aber ich habe auch etwas für Sie«, sagte er.

Er nahm ein zusammengefaltetes Blatt Papier aus seinem Notizbuch und gab es mir. Es handelte sich um die Liste der Telefongesellschaft mit den Gesprächen, die am Abend von Wills Tod mit dessen Handy angenommen oder getätigt worden waren. Die Sicherheitsabteilung der Telefongesellschaft hatte die Nummern in Namen und Rechnungsadressen aufgeschlüsselt, die sauber am Rand vermerkt waren.

Mein Blick wanderte rasch zu den letzten drei Telefonaten jenes schrecklichen Abends, zwei ankommenden und einem hinausgehenden.

Den ersten Anruf hatte Will um 21.38 Uhr erhalten. Ich erinnerte mich deutlich daran, wie er *Trona* sagte, dann zuhörte und schließlich fragte: *Du hast es bekommen, oder?*

Danach hatte er mir die Adresse in der Lind Street genannt. Laut Birchs mit Anmerkungen versehener Liste gehörte die Nummer zum Anschluss von Alex Blazak.

Alex, dachte ich, der bestätigte, dass er etwas bekommen hatte, vermutlich die Tennistasche, die ich auf der Bank abgestellt hatte. Lösegeld. Danach die Lind Street.

Den zweiten Anruf hatte Will um 21.57 Uhr erhalten. *Es geht alles seinen Gang*, hatte er gesagt. *Ich tue, was ich kann. Aber auch ich kann Kohle nicht in Diamanten verwandeln.*

Dieser Anruf war von einem Telefonanschluss aus geführt worden, der Luz Escobar gehörte. Sie wohnte in der Raitt Street in Santa Ana. Birch hatte an den Rand geschrieben: »Escobars Bruder Felix sitzt wegen Mordes. Luz alias Pearlita. Bandenchefin.«

Mir fiel ein, was Avila an dem Abend am Telefon gesagt hatte, während ich Will und Jaime belauschte: *Gib mir Pearlita.*

Das letzte Telefonat seines Lebens hatte Will um 22.01 Uhr getätigt, als er einen Privatanschluss in Newport Beach anrief, der Ellen Erskine gehörte.

Sieht aus, als würden wir es pünktlich schaffen.

So wie ich es verstand, hatte Will damit bestätigt, dass er dabei war, Savannah Blazak in der Lind Street abzuholen.

»Ich habe gestern mit Erskine geredet«, teilte mir Birch mit. »Nachdem ich die Telefonliste bekommen hatte. Und raten Sie mal? Will wollte Savannah an dem Abend nicht ihren Eltern zurückgeben. Stattdessen hatte er vereinbart, sie zu Erskine ins Kinderheim Hillview zu bringen.«

»Das verstehe ich nicht. Warum?«

»Das wusste Erskine auch nicht. Will hatte ihr den Namen des Mädchens nicht genannt. Auch sonst hat er ihr kaum etwas gesagt, außer dass das Mädchen einen sicheren Ort brauche. Will hat mit ihr verabredet, sich zwischen zehn und halb elf beim Kindernotdienst zu treffen, aber er tauchte nicht auf. Nachdem Erskine am nächsten Abend die Nachrichten gesehen hatte, ist sie sofort zu Marchant gegangen.«

Wie ich es auch drehte und wendete, das alles ergab für mich keinen Sinn.

»Joe, in was für eine schmutzige Geschichte war Ihr Vater da verwickelt?«

»Darauf habe ich keine Antwort. Ich glaube aber nicht, dass er mit schmutzigen Geschäften zu tun hatte. Ansonsten habe ich Ihnen alles gesagt, was ich weiß.«

»Ja?«, fragte er misstrauisch. »Ich bin fast geneigt, Ihnen diesmal zu glauben.«

»Es ist die Wahrheit.«

Ich stand auf der Treppe und wartete darauf, dass Birch die Wohnungstür abschloss. Dann gingen wir die Treppe hinunter zu unseren Wagen.

»Ich habe Bernadette Lee angerufen. Niemand da. Ich war bei der Adresse, die Sie mir gegeben haben. Nicht zu Hause. Vielleicht kann Sammy etwas Licht in die Sache bringen.«

»Ich werde sehen, was ich tun kann.«

Als ich aus der Lind Street herausfuhr, hatte ich John Gaylens merkwürdige singende Stimme im Kopf, und während ich zu der Adresse fuhr, die ich auf dem Zettel gelesen hatte, der an Birchs Block geheftet gewesen war, ging ich den Wortwechsel zwischen Gaylen und Will noch einmal durch.

Ich fand die Hausnummer und parkte zwei Häuser weiter auf der anderen Straßenseite. Es war eine gut in Schuss gehaltene Wohnanlage aus den sechziger Jahren. Gaylens Haus war gelb. Die Blumenkästen und Fensterverzierungen erinnerten entfernt an die Schweiz, die Palmen im Hof nicht.

Es war kurz nach 23 Uhr. Im Haus war Licht. Im Schein der Verandalampe konnte ich sehen, wie die Motten gegen sie anflogen.

Will! Ah, Will Trona! Lassen Sie uns reden!

Ich rutschte ein Stück tiefer in den Sitz und legte den Kopf zurück. So wie Will es zu tun pflegte. Und ich versuchte seine schläfrige Miene zu imitieren, während die Augen hellwach und aufmerksam blieben. Gleichzeitig versuchte ich einen nachdenklichen Gesichtsausdruck zu machen, so als würde ich darüber nachgrübeln, wie man die Welt verbessert.

Während ich das Haus beobachtete, dachte ich über Will nach. Ich erinnerte mich deutlich an das erste Mal, als ich ihm in Hillview begegnet war. Es war ein regnerischer Samstag gewesen. Ich war fünf Jahre alt und hatte mich in einer Ecke der Bibliothek des Kinderheims versteckt, wo ich *Shag, der letzte Büffel der Prärie* las, jedenfalls fast, denn ich konnte es fast lesen, weil ich viel Zeit mit Büchern im Allgemeinen und mit diesem Buch im Besonderen verbracht hatte. Ich liebte es. Ich liebte Shag. Die Bilder waren phantastisch.

Ich war ein zutiefst misstrauischer und verängstigter Fünfjähriger, der sich in einem Buch verlor. Mehr als verlor – »verlor« ist nicht ganz das richtige Wort. Wenn ich in ein Buch schaute, blickte ich nach unten, so dass niemand die schlimme Hälfte meines Gesichts sehen konnte. Niemand konnte den abscheulichen, schmerzenden, roten Brei aus Haut und Muskeln sehen, mit dem ich der Welt gegenübertreten musste.

Aber wenn niemand mein Gesicht sehen konnte, vergaß ich es und mein Geist konnte durch Raum und Zeit wandern, wohin es mich zog. Ich konnte Tausende Meilen von Hillview fortgehen, in die amerikanische Prärie von vor zweihundert Jahren und dieses großartige Tier beobachten – Shag –, während es mit einem Grizzly kämpfte, von einem Pfeil getroffen wurde und mit den Letzten seiner Art an den Yellowstone River floh.

Ich war mit Shag dort am Yellowstone.

Deshalb achtete ich nicht auf die Person, die hereingekommen war und sich mir gegenüber an den kleinen Tisch setzte. Ich war bei Shag. Der Mann – dass es ein Mann war, hatte ich aus dem Klang seiner Schritte und dem Geruch seines Rasierwassers geschlossen – trommelte mit den Fingern auf den Tisch. Aber ich war ja bei Shag.

»Kleiner«, sagte er schließlich. »Sieh mich an, denn ich sehe dich an.«

Also tat ich es und schaute in das klügste, freundlichste, hübscheste, traurigste und humorvollste Gesicht, das ich jemals erblickt hatte. Ich hatte noch nie darüber nachgedacht, aber als ich diesen Mann sah, verstand ich, was ein Mann sein konnte. *Er.* Das war mir genauso klar, wie Shag gewusst hatte, dass er an den Yellowstone fliehen musste.

»Es ist nur eine Narbe«, sagte er. »Jeder hat eine. Nur deine ist auf der Außenseite.«

Inzwischen hatte ich natürlich den Blick gesenkt, aber ich fand den Mut, flüsternd zu erwidern: »Shag hat Narben an den Seiten, von dem Bären.«

»Siehst du? Deshalb muss man sich nicht schämen.«

Ich weiß wirklich nicht, woher ich den Mut nahm, die folgende Frage zu stellen. Aber ich tat es: »Wo ist Ihre?«

»Darauf antworte ich dir, wenn du mich wieder ansiehst.«

Ich tat es.

Er klopfte sich leicht mit der Faust auf die Brust. »Ich bin Will Trona«, stellte er sich vor.

Dann stand er auf und ging.

Ich sah ihn erst am nächsten Samstag wieder. Da hielt ich mich wieder in der Bibliothek auf. Er gab mir ein Päckchen, das in die Comicseite einer Sonntagszeitung eingewickelt war. Darin befand sich ein brandneues Exemplar von *Shag, der letzte Büffel der Prärie.*

»Ich dachte mir, du hättest vielleicht gern dein eigenes«, erklärte er.

»Vielen Dank, Sir.«

»Hast du etwas dagegen, wenn ich mich setze?«

»Nein, Sir.«

»Ich habe mit einigen Leuten hier über dich gesprochen. Sie meinen, du wärst ein besonderer Junge.«

Ich sagte nichts, sondern sah nur weg und spürte das heiße Ziehen in meiner Wange.

»Joe, ich frage mich, ob du diesen Laden nicht für eine Weile verlassen möchtest. Vielleicht um ein Eis essen zu gehen oder auf dem Pier in Newport herumzustreunen. Da gibt es Fischer, Skateboardfahrer, schöne Mädchen und alles Mögliche anzusehen. Es ist ein schöner Tag. Ich habe deine Wärter überredet, dich für zwei Stunden freizulassen. Was hältst du davon?«

Ich wusste, was ich sagen wollte, aber es war so schwer herauszubringen. Bisher hatte ich so wenig selbst entscheiden dürfen, dass ich nicht wusste, wie ich für mich selbst sprechen sollte. Immer hatten die Institutionen für mich gesprochen: Gerichte, Krankenhäuser, der Staat, die Bezirksverwaltung, die Heime.

In diesem Augenblick erlebte ich zum ersten Mal die Erregung und den Schmerz der Freiheit. Mir war, als stünde ich in zehn Metern Höhe auf einem Sprungbrett über einem Schwimmbecken in der Größe eines Schuhkartons und versuchte mir darüber klar zu werden, ob ich springen, zur Leiter zurückrennen oder einfach stehen bleiben und weiterzittern sollte.

Will Trona sagte nichts. Er drängte mich nicht, fragte nicht noch einmal nach, trommelte nicht mit den Fingern oder seufzte. Stattdessen legte er die Hände hinter den Kopf, lehnte sich zurück und sah mich ruhig, fast schläfrig an. So als würde er überlegen, wie er mich zu einem besseren Menschen machen könne.

»Okay, Sir. Ja.«

»Ausgezeichnet, junger Mann. Dann machen wir, dass wir aus dieser Höhle herauskommen. Ich habe einen roten Trans-Am von 1980 mit einem großen V-8-Motor und Fünfganggetriebe. Wenn du mit dem Gas gibst, weht es dir fast die Haare vom Kopf, Joe.«

Nachdem ich eine Stunde gegenüber von John Gaylens Haus gesessen hatte, ohne dass etwas passiert war, schaltete ich das Radio ein.

Als eine weitere ereignislose Stunde vergangen war, schaltete ich es wieder aus.

Ich dachte noch etwas über Will nach.

Nach einer weiteren Stunde ging es auf 2.30 Uhr zu und an Gaylens Haus hatte sich nicht das Geringste verändert, außer vielleicht die Motten.

Ich setzte mich auf, ließ den Motor an und fuhr nach Hause.

Kapitel zwölf

Am nächsten Tag fuhr ich in aller Frühe zu Reverend Alter. Ich hatte ein paar Fragen an ihn, einige Dinge betreffend, die in Bezug auf Will und Savannah nicht zusammenpassten. Und noch etwas anderes wollte ich ihn fragen.

Der Reverend war seit fast zehn Jahren mein Pastor, obwohl es eine Lücke von einem Jahr gab, in dem ich ihn nicht oft gesehen hatte. In diesem Jahr um meinen siebzehnten Geburtstag herum war ich einer Manie erlegen, die mich dazu brachte, mich fast zwanzigmal taufen zu lassen. Meistens waren es Massentaufen, bei denen einer mehr oder weniger nicht auffiel, und mein Gesicht erregte bei mehr als einem skeptischen Priester Mitleid. An manchen Sonntagen fuhr ich siebzig Meilen hin und zurück.

Am besten waren die Taufen, bei denen man ganz ins Wasser getaucht wurde. Es hat einen gewissen Reiz, hinuntergedrückt und hochgerissen zu werden, im Weihwasser, das einem kühlend übers Gesicht und das harte Narbengewebe rinnt und alles wegwäscht, die Hitze, die Sünde, den Hass. Hinterher hatte ich immer enormen Hunger.

Doch das lag Jahre zurück. Damals war ich jung; jetzt beschränkte ich mich darauf, Reverend Alter zuzuhören. Er hat mich einmal getauft und das muss genügen. Manchmal ist mir nach mehr, aber ich halte mich im Zaum. Ich beobachte, wie die anderen nach vorn gehen, und lächle in mich hinein, während ich mir vorstelle, wie das Weihwasser durch die Furchen auf meinem Gesicht rinnt. Ich halte mein Gesicht auch gern in den Regen. Und ich mag den Winter.

Reverend Alters Sekretärin drückte auf den Summer, der

mir die Tür zum Büroaufzug der Kapelle des Lichts öffnete. Sieben Stockwerke hoch ging die Fahrt, in einem gläsernen Fahrstuhl mit Blick über Orange County bis hin zu den Bergen. Ich lief über den königsblauen Teppich mit den winzigen Orangen und den grünen Blättern darauf, während Reverend Alter sich umdrehte, um mich zu begrüßen.

Er trug stets die gleiche Kleidung: eine leichte Baumwollhose, schwarze Mokassins, ein weißes Polohemd und eine Baseballmütze der California Angels. Er hatte seiner Kongregation gesagt, die Mütze solle den Herrn überreden, den Angels die Meisterschaft ihrer Division oder wenigstens einige bessere Ergebnisse zu gönnen.

»Oh, Joe. Joe *Trona.*«

»Guten Morgen, Reverend. Entschuldigen Sie, dass ich so hereinplatze, aber ich muss mit Ihnen reden.«

»Meine Tür steht dir immer offen. Das weißt du. Bitte, setz dich.«

Wir setzten uns. Orange Ledersofas, blaue Kissen. Draußen erstreckte sich Orange County und war in Sommerdunst und Smog gehüllt.

»Ich liebe den Samstagmorgen hier drin«, eröffnete mir der Reverend. »Keine Gottesdienste. Keine Termine. Niemand hier, außer mir und den Kirchenmäusen. Womit kann ich dir helfen, Joe?«

»Darf ich Ihnen eine direkte Frage stellen?«

Er lächelte. »Die sind mir die liebsten.«

»Nun, als Sie und mein Vater sich an dem Abend, an dem er starb, im Grove getroffen haben, sprachen Sie über Savannah Blazak. Ein Teil des Gesprächs verlief wie folgt – Will sagte: *Ich weiß, wo sie ist. Aber ich bin nicht sicher, ob ich den Leuten, die sie haben, trauen kann.* Und Sie erwiderten: *Was meinst du damit?*

Alters Augen weiteten sich und wirkten durch die dicken Brillengläser viel riesiger, als sie ohnehin schon waren. »Joe, das nennt man Lauschen!«

»Ich weiß, Reverend. Das war eine meiner Aufgaben.«

Jetzt breitete sich ein Lächeln auf seinem Gesicht aus. »Was für ein Gedächtnis du hast, Joe.«

»Es ist eine Begabung.«

Er musterte mich mit großen Augen.

»Reverend, die Blazaks waren Bekannte meines Vaters. Haben Sie eine Ahnung, warum er ihnen misstraute?«

»Ich habe keinen Schimmer, Joe. Ich kann dir nur sagen, dass sie öfter die Klingen gekreuzt haben. Wie du weißt, vertraten sie unterschiedliche Standpunkte. Während Jack hartnäckig auf Wachstum pochte, wollte Will kein Wachstum um jeden Preis. Sie waren nicht eng befreundet. Aber ich habe keine Ahnung, weshalb Will Jack oder Lorna nicht traute. Oder Bo.«

Er schaute nachdenklich aus dem Fenster.

»Sir, Will hätte nicht ein entführtes Mädchen aufgespürt und sie dann ihrer Familie vorenthalten, ohne einen guten Grund dafür zu haben.«

»Da stimme ich dir zu.«

»Reverend, was haben Sie ihm an dem Abend gegeben?«

»Wann?«

»In der Nische im Grove. Als Sie sagten: *Hier, nimm schon.*«

Wieder riss er die Augen auf – ein Markenzeichen seiner Fernsehauftritte, mit dem er sein Erstaunen über die Gnade, Weisheit und Güte Gottes ausdrücken wollte. Er lachte hell auf.

»Joe, was für ein Gedächtnis. Ich wusste gar nicht, dass du so ein – äh …«

»Man nennt es fotografisches Gedächtnis.«

»Es kann ein Wunder sein – oder ein Fluch, nicht wahr?«

»Nicht vergessen zu können ist beides.«

»Dann vergisst du nie etwas?«

»Das weiß ich noch nicht. Ich bin erst vierundzwanzig.«

Darüber musste er lachen, dann lehnte er sich zurück. Sein Gesicht entspannte sich und seine Augen funkelten, wie sie es immer taten.

»Joe, du könntest dir beim Blackjack die Karten merken, auf ein gutes Blatt setzen und die Bank schlagen.«

Wenn Alters Gedanken sündige Gefilde streifen, kommt er gern aufs Glücksspiel zu sprechen. Er erwähnt es in seinen Predigten gern als Beispiel für die Sünden, die einen durch ihren falschen Glanz in Versuchung führen. Ich habe mit angehört, wie er sich mit Will über Sportwetten unterhielt. Er weiß eine Menge über Sport. Manchmal überrascht er mich, wie an jenem letzten Abend mit Will, als er mir sagte, wie ich die Kugel spielen müsse. Man sollte meinen, er hätte seine Seminarzeit überwiegend in Kasinos, Billardhallen und Sportstadien verbracht.

Vielleicht erregt ihn der Gedanke ans Glücksspiel, denn er ist ein Geizhals. Seine Kapelle des Lichts wirft jedes Jahr Millionen ab – die er zum großen Teil nicht versteuern muss – und doch lebt er in einem bescheidenen Haus in Irvine und fährt einen Ford Taurus. Seine Frau Rosemary ist von anderem Kaliber. Salomon in all seinem Glanz war nicht so herausgeputzt gewesen wie sie und er hatte auch keine Apartments in Newport Beach, Mallorca und Cabo San Lucas besessen.

»Nun, Joe, ich habe an dem Abend nur eine kleine, freundschaftliche Wette über die Freeway-Serie beglichen. Die Angels hatten versagt.«

Er zuckte die Achseln, halb beschämt darüber, dass er sich auf Wetten einließ, halb verärgert über die Angels.

»Wir hatten eine Vereinbarung, der zufolge alle Wettgewinne einem wohltätigen Zweck zugeführt werden sollten – welchem, bestimmte der Gewinner. Du weißt ja, Will musste immer irgendjemandem helfen.«

Zusammen hatten meine Mutter und mein Vater in den ersten sechs Monaten des Jahres 235 000 Dollar gespendet, die 50 000 Dollar für die Familie von Sammy Nguyens Opfer nicht mitgerechnet. So hatte es in einem der Artikel gestanden, die in der Woche der Beerdigung erschienen waren. Während seines Lebens hatte Will insgesamt 2,75 Millionen gespendet. Den größten Teil hatte meine Mutter beigesteuert, die ihren Anteil am Familienvermögen, laut Will, vervielfacht hatte. Der Grundstein für dieses Vermögen war am Anfang des 19. Jahrhunderts hier in Orange County gelegt worden und es hatte sich im Lauf der Zeit vermehrt – durch Viehzucht, Zitrusplantagen und Immobilien.

»Um wie viel ging es bei der Wette, Reverend?«

»Hundert Dollar.« Er senkte den Blick und wandte sich dann von mir ab, um aus dem Fenster auf das Land zu schauen, das so viele Menschen reich gemacht hatte.

»Betest du regelmäßig, Joe?«

»Nein, Sir.«

»Das solltest du aber. Er hört zu.«

Ich sah auf das unter uns liegende Land hinaus. Fast drei Millionen Seelen. Da bekam der Herr eine Menge zu hören, aber ich glaubte Reverend Alter trotzdem. Wenn ich eins im Leben gelernt habe, dann ist es, dass ich vieles nicht verstehe.

»Sir, glauben Sie, dass Alex Blazak seine Schwester entführt und gedroht hat, sie umzubringen?«

Er machte ein verwirrtes Gesicht. »Wieso? Absolut, Joe. Alex Blazak ist nachweislich geisteskrank und kriminell. Das ist belegt. Einmal hat er genau hier in diesem Arbeitszimmer ein Messer gezogen und gedroht, mich aus dem Fenster zu werfen. Damals war er vierzehn. Es war nur ein Spaß – hinterher schüttete er sich vor Lachen aus. Seinen Freunden erzählte er, ich hätte in die Robe uriniert – was nicht stimmte. Ich bin absolut überzeugt, dass er seine Schwester entführt hat. Ich glaube auch, dass er imstande ist, sie umzubringen, wenn er nicht bekommt, was er will. Die Geschichten, die ich von seinen Eltern über ihn gehört habe, sind ausgesprochen beängstigend. Er ist ein gestörter junger Mann – gerade einmal einundzwanzig Jahre alt. Aber trotzdem zutiefst gestört.«

Es war nicht schwer, Reverend Alters Worten Glauben zu schenken, selbst wenn man wusste, dass er es gewohnt war, Menschen dazu zu bringen, ihm zu glauben.

»Mein Vater wollte Savannah nicht zu ihren Eltern zurückbringen. Er wollte sie nach Hillview bringen.«

Der Reverend riss wieder die Augen auf. »Warum das denn?«

»Das hat er mir nicht gesagt. Ich dachte, Sie könnten es mir erklären.«

»O nein. Nein. Ich habe keine Ahnung, warum er so etwas hätte tun sollen.«

»Mein Vater pflegte zu sagen, er könne noch aus drei Metern Blazaks verfaulte Seele riechen.«

»Das ist übertrieben.«

»Aber es klingt, als stecke mehr dahinter als Meinungsverschiedenheiten über Mautstraßen oder Flughäfen.«

»Nun, ja, wenn du es so ausdrückst.« Er nickte. »Aber ich kann mir nicht vorstellen, dass Will sich in die Angelegenheiten einer angesehenen Familie eingemischt hat, nur um seinen politischen Zielen näher zu kommen.«

»Das kann ich auch nicht. Er muss einen anderen Grund gehabt haben.«

Damit stand ich auf und dankte ihm. Mir fiel der Coast Starlight ein, der am Abend um 22.17 Uhr in Santa Ana eintreffen würde, und ich spürte wieder diese Kälte in den Fingern. Alter musterte mich mit geduldiger, neugieriger Miene.

»Hast du noch etwas auf dem Herzen, Joe?«

»Ja. Mein Vater – Sie wissen schon, Thor, mein leiblicher Vater – kommt heute Abend hierher. Er will sich mit mir treffen und ich weiß nicht, was ich tun soll.«

Ich erzählte dem Reverend von dem Brief und Thors Absicht, in den Himmel zu kommen, wozu er meine Vergebung brauchte.

»Oje«, sagte Alter. »Das ist eine schwierige Situation.«

»Wenn ich an heute Abend denke, fängt mein Herz an zu rasen, mein Gesicht tut weh und ich fröstele.«

»Das ist verständlich, Joe.« Alter lehnte sich zurück und beobachtete mich. »Hast du Angst?«

»Ja.«

»Aber nicht davor, was er dir antun könnte, oder?«

»Antun? Nein, er kann mir nichts mehr tun.«

»Also Angst wovor?«

»Dass ich ihn nicht hasse.«

»Das musst du mir erklären, Joe.«

»Ich habe ihn immer gehasst. Es ist einfach, sicher und nachvollziehbar. Wills Tod hat mich nicht so stark aufgewühlt. Ich fühle weder Liebe noch Hass, sondern nur, dass alles andere gleichgültig ist und nichts mehr zählt. Also frage ich mich, ob ich Thor treffen und mit ihm reden sollte. Vor einem Monat hätte ich es noch erwogen.«

»Willst du ihm wehtun?«

»Das habe ich mir oft vorgestellt, wenn ich eine Kampfsportart erlernte oder schießen übte. Mit Freuden. Doch jetzt wäre keine Freude mehr dabei.«

»Was willst du ihm sagen, Joe? Was will dein Herz sagen?«

Darüber musste ich einen Moment nachdenken. »Nichts, Sir. Ich will ihm überhaupt nichts sagen.«

»Ach ja?«

»Nur eine einzige Frage: Warum?«

»Vielleicht täte es dir gut, eine Antwort darauf zu bekommen. Du hast sie verdient.«

»Das habe ich auch immer geglaubt. Aber wenn ich mir vorstelle, dort zu stehen und zuzusehen, wie er aus dem Zug steigt, dann revoltiert mein ganzer Körper. So als würden meine Nerven verrückt spielen.«

»Es ist eine große Sache, Joe. Willst du mit mir beten? Fragen wir Gott, was du tun sollst.«

Wir beteten und Reverend Alter beendete das Gebet mit meinem Lieblingspsalm, dem dreiundzwanzigsten. Ich versuchte, mit dem Herzen Gott zu hören, konnte aber außer einem leichten Rauschen in meinen Ohren nichts vernehmen. Man sagt, Gott spreche mit Menschen, und ich glaube daran, obwohl er mit mir noch nie gesprochen hat. Mir war nach einer Taufe, aber ich wollte nicht darum bitten.

»Danke, Reverend.«

»Vertrau auf den Herrn.«

»Ja, Sir.«
»Kümmere dich um deine Mutter. Sie braucht dich jetzt.«
»Ich treffe mich in ein paar Minuten mit ihr.«
»Grüß sie von mir.«

Meine Mutter war die erste Frau, in die ich mich verliebt hatte.

Als Will mich zum dritten Mal in Hillview besuchte, brachte er Mary Ann mit. Sie trug ein weißes Kleid und sah mit ihrem gebräunten Gesicht, den klaren Augen, den windzerzausten blonden Haaren und den braunen, glatten Beinen aus, als wäre sie gerade vom Strand gekommen.

Als die beiden an jenem Donnerstagabend den Aufenthaltsraum betraten, beobachtete ich zusammen mit einem unserer Erzieher, wie sie durch die Tür kamen und sich umschauten. Ihre Schönheit überwältigte mich. Will groß und kraftstrotzend, Mary Ann strahlend und ruhig. In meinen Augen sahen sie wie Wesen von einem anderen Stern aus, die einmal die Erde besuchten. Ich hoffte, dass sie *mich* besuchten. Ich *glaubte*, dass sie mich besuchten. Aber eine innere Stimme sagte mir, dass sie kaum einen Fünfjährigen mit zerfleischtem Gesicht, der kaum fähig war, anderen in die Augen zu schauen, besuchen würden.

Ich war dabei, mit Bausteinen ein kleines Haus zu bauen, und trat etwas von dem Haus zurück, um mich bemerkbar zu machen. Mein Blick war auf das Paar gerichtet, auch wenn ich es nicht direkt ansah. Als es in meine Richtung ging, schlug mir das Herz bis zum Hals hinauf, meine Ohren wurden glühend heiß und der Blick trübte sich.

Will stellte mir seine Frau vor und sie machte einen Schritt auf mich zu und streckte mir eine gebräunte Hand entgegen. Am Handgelenk trug sie ein dünnes goldenes Armband. Ihre Finger waren kühl und ich nahm ihren Geruch wahr: Wasser, Sonne, etwas Süßes und Tropisch-Blumiges. Sie ließ meine Hand los und richtete sich auf. Ich reichte ihr gerade einmal bis zur Taille. Sie lächelte mich an und ich sah sie kurz für eine

Sekunde an, so wie man in die Sonne blickt. Dann drehte ich die zerstörte Hälfte meines Gesichts weg.

»Es freut mich so, dich kennen zu lernen, Joe.«

»Es freut mich, Sie kennen zu lernen, Ma'am.«

»Will hat mir alles über dich erzählt.«

Darauf wusste ich nichts zu erwidern.

Wir standen einen Moment da und ich fühlte es zum ersten Mal: Zugehörigkeit. Es war ein wunderbares, leichtes Gefühl. Doch im nächsten Augenblick verwandelte es sich in die niederschmetternde Gewissheit des Verlassenseins. Waisen haben ein intuitives Verständnis für Vergänglichkeit. Ich wusste, dass diese Sache mit Will und Mary Ann Trona – welcher Art sie auch sein mochte – nicht von Dauer sein würde. Während ich dastand und nach Worten suchte, glaubte ich tatsächlich, dass sie schon vorüber war.

»Du kannst bleiben, wenn du willst«, sagte ich schließlich mit einer Geste auf mein Bauprojekt. »Das Haus ist noch nicht fertig.«

»Dann wollen wir es uns mal anschauen«, sagte Will.

Von unvernünftiger Freude erfüllt, führte ich ihn und Mary Ann zu den Bausteinen. Besitzerstolz.

»Das ist zu klein«, meinte Will. »Du brauchst etwas, wo du Platz hast, richtig spielen und lernen kannst.«

»Es ist ein hübscher Entwurf«, lobte Mary Ann. »Ist das da die Küche?«

Ich nickte.

Eines der älteren Heimkinder kam herüber, wie eine Motte, die vom Licht der Tronas angezogen wurde. Es war ein grober, selbstsicherer Junge von vielleicht acht Jahren, der mich in den Rücken kniff oder mir vors Schienenbein trat, wenn die Erzieher nicht hinsahen. Er nannte mich Gargantua, nach diesem Kerl, dem in einer Geschichte Säure ins Gesicht gespritzt wird. Ich drehte mich so, dass ich zwischen ihm und meinen Besuchern stand, aber er versuchte sich dazwischenzuzwängen.

Er wollte an Will und Mary Ann heran.

Ich stürzte mich mit einer Wildheit auf ihn, von der ich immer gewusst hatte, dass sie in mir war. Als Will mich wegzog, schrie der Junge und meine Hand schmerzte. Wie sich später beim Röntgen herausstellte, war ein Knochen gebrochen.

Beruhige dich, Joe, sagte er, während er mich schüttelte. *Beruhige dich. Ganz ruhig.*

Die nächsten drei Stunden verbrachte ich in der »Denkerklause«, wo man über das nachdenken sollte, was einen dorthin gebracht hatte. Meine Hand schmerzte mörderisch und schwoll an. Auf dem mittleren Knöchel war ein Abdruck von der Größe und Form eines Schneidezahns zu sehen.

Aber ich nahm den Schmerz kaum wahr. Mein einziger Gedanke war, dass ich die Tronas jetzt niemals wiedersehen würde. Am liebsten hätte ich das Gesicht in kaltes Wasser getaucht, aber in der Denkerklause gab es kein Waschbecken. Am nächsten Tag versuchte ich, mit Buntstiften Will und Mary Ann zu zeichnen. Die Zeichnung wurde ziemlich gut und schmückte fast eine Woche lang die Wand neben meinem Bett. Dann riss jemand sie ab und es blieben nur zwei von Klebestreifen gehaltene Ecken zurück.

Ich schrieb ihnen mehrere Briefe, die ich unter meiner Matratze versteckte. Ich dachte jede wache Minute an sie und in meinen Träumen raste ich mit ihnen in einem Raumschiff durchs All zu einem Planeten, wo man nur Spaß kannte und immer zusammen war. Gegenüber den Erziehern oder sonst irgendjemandem erwähnte ich meine Träume nicht, denn schon mit fünf Jahren wusste ich, dass Träume nicht wirklich waren und fast immer eine Demütigung folgte, wenn man sie jemandem erzählte.

Eine Woche nach der Prügelei wurde ich ins Büro des Direktors gerufen. Ich machte mich langsam und voller Angst auf den Weg. Vor dem Büro hob ich den Blick und las zum x-ten Mal das Motto, das dort an der Wand stand: *Heile die Vergangenheit, rette die Gegenwart, schaffe die Zukunft.* Der Kloß in meinem Hals war so groß, dass es wehtat.

Aber da waren sie und warteten auf mich, Will und Mary Ann, direkt von einem anderen Planeten, aus der Zukunft, die ich mir ausgemalt hatte. Ich saß da, hörte der Direktorin zu und begriff – zwischen freudiger Erregung und Pessimismus hin- und hergerissen – nach und nach, dass dies der Beginn eines formellen Adoptionsverfahrens war, an dessen Ende ich zur Familie von Will und Mary Ann Trona gehören würde. Was sie sagte, schien aus einem Traum zu stammen – es war genauso angenehm, aber auch genauso irreal.

Joe, das bedeutet, dass Will und Mary Ann, wenn du brav bist und alles gut geht, eines Tages deine Eltern sein werden.

Ich saß ganz still da und wartete darauf, dass der Traum endete.

Aber er hatte erst begonnen.

Ich holte Mary Ann ab und wir fuhren die Berge hinunter und die Jamboree entlang zum Kunstmuseum.

Sie saß schweigend neben mir – in einem einfachen schwarzen Kleid, die Hände auf der Handtasche in ihrem Schoß – und sah hinaus.

»Als ich klein war, standen hier anstelle der Wohnhäuser Orangenbäume«, sagte sie. »Dad hat das Land verkauft und sich eine goldene Nase daran verdient. Aber wenn ich es mir heute ansehe, wünschte ich, die Bäume wären noch da. Das lässt sich natürlich leicht sagen – wenn man wie ich so viel schnöden Mammon im Hintergrund hat.«

»Irgendwo müssen die Leute wohnen. Und manche hat man lieber um sich als Orangenbäume.«

»Nenn mir drei von ihnen, ganz gleich, aus welcher Zeit.«

»Du, Dad und Lincoln.«

Sie dachte darüber nach. »Dad und ich. Will und ich. Mir ist klar, dass du versuchst, mich aufzuheitern, aber du schaffst es nicht. Lass uns das Thema wechseln.«

»Jetzt ist der Sommer wirklich da«, sagte ich.

»Dabei fällt mir die Floßfahrt in Huntington ein.«

»Wenn das Wasser wärmer geworden ist, könnten wir sie wiederholen.«

»Sicher, Joe.«

Meine Mutter ist eine schöne, stattliche Frau mit glattem blonden Haar, blauen Augen, einem hübschen Gesicht und einem breiten, wissenden Lächeln. Als ich mich mit fünf Jahren in der Sekunde, als ich sie zum ersten Mal sah, in sie verliebte, hatte ich wirklich keine Wahl. Mein Herz flog ihr zu und es blieb bei ihr.

Damals wusste ich nicht, wie mir geschah, als ich aus den Anstaltssälen von Hillview in ein Haus in den duftenden Bergen umzog, zu diesen beiden überwältigenden Menschen. Ich glaubte nicht wirklich an einen dauerhaften Aufenthalt und wartete auf die Pointe, auf das Lachen und die Säure, die mir entgegenspritzte.

Erst viel später erzählte mir Mary Ann, dass sie es umgekehrt empfunden hatte und ich für sie ein großes Wunder war. Nach der Geburt von Glenn hatten sie ein weiteres Kind gewollt. Sie hatten es immer wieder versucht, Reproduktionsmediziner zu Rate gezogen – alles. Nichts hatte funktioniert. Sechs Jahre voller Hoffnung und Frustration. Und dann war in einem Gespräch, das Will mit einem Mitarbeiter von Hillview geführt hatte, mein »Fall« erwähnt worden. Weder Will noch Mary Ann hatte daran gedacht, ein älteres Kind zu adoptieren. Aber in der nächsten Woche war Will Trona in die Bibliothek von Hillview gegangen, um mich kennen zu lernen, und mein »Fall« war für uns alle zu einem Traum geworden, der sich erfüllt hatte.

Wir aßen in der Nähe des Museums zu Abend, saßen dann in der milden Sonne und tranken Limonade. Sie hatte ihre Sonnenbrille aufgesetzt, so dass ich nicht erkennen konnte, woran sie dachte.

»Mom, ich muss wissen, was er gemacht hat. Du hast ihm näher gestanden als jeder andere. Er hat dich geliebt und dir vertraut. Vielleicht hat er erwähnt, was er an dem Abend tun wollte. Irgendetwas über Savannah Blazak. *Irgend*etwas, was er zu *irgend*jemandem gesagt hat.«

Als sie mir den Blick zuwandte, zitterte ihr Kinn. Sie atmete tief ein. »Joe«, sagte sie leise, »Will war Weltmeister darin, mich aus allem herauszuhalten.«

»Du musst etwas gehört haben. Du musst gespürt haben, dass etwas vorging.«

»Könntest du etwas konkreter werden? Ich wüsste nicht, wo ich anfangen soll.«

»Okay. Warum hat Dad Jack und Lorna Blazak nicht vertraut?«

Sie musterte mich durch die großen dunklen Gläser ihrer Sonnenbrille. »Er hasste Jack, das weißt du. Er hasste seine Politik, sein Geld, alles an ihm. Ich nehme an, Hass gebiert Misstrauen. Was Lorna angeht, kann ich nichts sagen.«

»An dem Abend, an dem er starb, wollte er Savannah nicht zurück zu ihren Eltern bringen, sondern zum Kindernotdienst.«

»Hatte das etwas mit dem Geld zu tun?«

»Nein. Das hatte er schon abgeholt.«

»Dann hatte er vielleicht etwas erfahren.«

»Aber was, Mom? Genau das möchte ich wissen.«

Sie schüttelte den Kopf. »Ich kann dir nichts geben, was ich nicht habe, Joe. Vielleicht *wollte* er sie nicht zu ihnen zurückbringen.«

Interessant. Daran hatte ich noch nicht gedacht. »Warum nicht?«

»Ich weiß nicht, Joe. Ich spekuliere nur.«

Wenn es nicht um das Leben eines elfjährigen Kindes gegangen wäre, hätte ich zugegeben, dass Will so gut wie alles getan hätte, um Jack Blazak Steine in den Weg zu legen. Es hätte ihm Vergnügen bereitet, denn Blazak repräsentierte alles, was er verabscheute.

Blazak war immens reich und besaß enormen Einfluss in Orange County. Erst vor kurzem hatte er zwei Politiker ins kalifornische Repräsentantenhaus gebracht, hauptsächlich mittels verdeckter Wahlkampfspenden, die über das Entwicklungs- und Aktionskomitee des Grove Club gelaufen waren. In ähnlicher Weise unterstützte er die Vertreter sowohl des nördlichen als auch des südlichen Wahlkreises von Orange County im Kongress. Er saß im Aufsichtsrat von elf Unternehmen, die allesamt in der *Fortune*-500-Liste verzeichnet waren. Schätzungen zufolge belief sich sein Vermögen auf zwölf Milliarden Dollar. Er war fünfzig Jahre alt und somit vier Jahre jünger als Will.

»Was ist mit dem Flughafen, Joe? Will hätte... einiges dafür gegeben, wenn er den Leuten einen Strich durch die Rechnung hätte machen können.«

Der neue Flughafen war Jack Blazaks Lieblingsprojekt. Im letzten Jahr hatte er Hunderttausende Dollar ausgegeben, um die Wähler davon zu überzeugen, dass auf dem aufgegebenen Marinestützpunkt El Toro ein neuer internationaler Flughafen errichtet werden musste.

Obwohl der Flughafen, den wir hatten, vergleichsweise neu und zudem einer der am besten organisierten und am leichtesten zu benutzenden des ganzen Landes war, behaupteten Blazak und seine Geschäftspartner, er sei schon wieder zu klein, zu altmodisch und zu gefährlich. Außerdem versprachen sie sich eine Menge Geld, das er und seine Partner verdienen wollten, indem sie den Flughafen bauten und – durch ihre Freunde im Regierungsapparat – betreiben ließen. Blazak und seine Freunde firmierten als Bürgerkomitee für Flughafensicherheit und ihr bürokratischer Tanzpartner war natürlich das Verkehrsamt von Orange County unter Carl Rupaski.

Was die Kosten betraf, schlug Blazak vor, die Bezirksverwaltung solle achthundert Millionen Dollar aus dem Vergleich mit der Tabakindustrie in den neuen Flughafen stecken. Eigentlich sollte das Tabakgeld zwar in die öffentliche Gesundheitsversorgung fließen, aber formal gesehen war es jedem Bezirk überlassen, es nach eigenem Gutdünken zu verwenden.

Die Flughafenbefürworter, die Blazaks Idee als Geniestreich priesen, hatten fünf Millionen Dollar ausgegeben, um die Wähler für den Plan zu gewinnen. Die Flughafengegner, die das Projekt als illegal und unmoralisch bezeichneten, hatten zwei Millionen aufgebracht, um das Gegenteil zu erreichen.

Es war ein heißes Thema, dem Hektoliter von Tinte und Kilometer von Videoband gewidmet worden waren. Vermutlich waren die Bewohner von Orange County noch nie so gespalten gewesen. Für November war eine Sonderwahl angesetzt worden, für die eine riesige Wahlbeteiligung vorausgesagt wurde.

Und Will hatte verbissen gegen dieses Projekt gekämpft, seit Blazak es das erste Mal erwähnt hatte.

Ja, Will verachtete Blazaks Habgier. Aber wie passte Savannah ins Bild? Will hätte nicht mit dem Leben eines elfjährigen Mädchens gespielt. Das war nicht seine Art.

Mary Anns nächste Bemerkung verblüffte mich.

»Ich bin so wütend auf ihn, Joe. Wegen seiner Intrigen, seiner Vetternwirtschaft, seiner Flirts. Ich weiß, dass du in all das eingeweiht warst, während ich nichts davon wissen sollte. Irgendwie glaube ich, dass ihn das umgebracht hat. All diese nächtlichen Geschäfte. All diese Ränke, ohne die er nicht leben konnte.«

Ich spürte, wie mein Gesicht vor Scham rot anlief.

»Das ist in Ordnung, Joe. Dir gebe ich nicht die geringste Schuld. Bitte glaub mir das.«

Ich brachte kein Wort hervor. Selbst in diesem Augenblick war ich unfähig, ihr die Geheimnisse meines Vaters zu offenbaren, auch wenn sie viele von ihnen vermutlich kannte und mir an den Augen ablesen konnte, dass ich eingeweiht war.

»In dieser Hinsicht bist du sein Sohn«, fuhr sie nüchtern fort. »Junior hat den Wohlstand geerbt, Glenn das Glück und du die Wahrheit.«

Ich sah mit brennenden Augen auf den Boden und zog den Hut etwas tiefer in die Stirn, um den blendenden Sonnenschein abzuhalten und mein Gesicht vor Mary Ann zu verstecken.

»Und, Joe, ich hasse mich selbst dafür, dass ich wütend auf ihn bin. Ich denke an das, was passiert ist, und kann nicht fassen, dass ich außer Schmerz und Verlust auch noch Wut empfinde. Aber ich tue es.«

»Mir geht es ähnlich, Mom.«

Sie sah mich lange an. Dann erwiderte sie: »Ich wette, du bist wütender auf dich selbst und die Männer, die das getan haben, als auf Will. Und ich wette, du schlägst dich mit der Frage herum, wie es geschehen konnte und wieso du es nicht verhindert hast.«

»Ja.«

»O mein lieber, stiller Joe.«

Stiller Joe – Moms Kosename für mich.

»Hör auf«, sagte ich.

»Du willst Rache, stimmt's?«

»Und wie.«

»Nun, siehst du … jetzt bin ich schon wieder wütend auf Will, weil er daran schuld ist, dass du das durchmachst.«

»Nein. Dad hat Dad nicht umgebracht. Wir müssen einen klaren Kopf behalten. Wenn nicht, tun wir etwas Dummes und machen alles noch schlimmer.«

»Ich weiß, ich weiß.«

Ich spürte den warmen, mit salziger Meeresluft versetzten Juniwind auf dem Gesicht. Mir war jede einzelne Sekunde bewusst, die verging. Es waren keine glücklichen Sekunden, aber ich wollte sie trotzdem nicht missen.

»Joe, weißt du, was ich spätabends manchmal tue, wenn ich nicht schlafen kann? Dann stehe ich auf und fahre herum. Einfach so, ziellos. Wie Will es immer machte. Zu dieser Zeit sind nicht viele Menschen unterwegs. Man hat das Gefühl, als hätte man einen Vorsprung. Obwohl ich nicht weiß, vor wem oder vor was.«

»Ich habe dir gesagt, dass dir das Fahren Spaß machen würde.«

»Du hattest Recht.«

Am Grab schauten wir auf das frische Grasrechteck, das jetzt die Erde bedeckte. Auf dem Hügel waren einige Arbeiter mit einem Bagger dabei, ein neues Loch auszuheben. Das Brummen des Motors kündete davon, dass Leben und Tod weitergingen. Im Westen konnte man in der Ferne die Spitze der Insel Catalina sehen, die sich über den Dunst erhob. Möwen kreisten krächzend über dem manikürten Rasen.

Auf dem Grabstein stand die schlichte Inschrift:

Will Trona
1947–2001
Geliebter Ehemann und Vater
Diener des Volkes

Während ich dort stand und auf das Grab blickte, fühlte ich mich meiner Mutter nahe. Mir war deutlich bewusst, wie allein wir waren, wie weit ihr Lebensweg Will junior und Glenn fort geführt hatte. Als Mutter hatte Mary Ann stets Unabhängigkeit und Selbstverantwortung gefördert. Sie hatte mir immer vertraut, mir Verantwortung übertragen und Freiheiten gewährt. Sie war ein in sich gekehrter Mensch, der nur selten seine Gefühle zeigte. Ihr Auftreten war untadelig. Doch jetzt fragte ich mich, ob ihr eleganter Stoizismus nicht weniger eine Hilfe als vielmehr eine Bürde war.

Ich nahm ihre Hand. »Mom? Will hat mir an dem Abend erzählt, du littest mal wieder unter Depressionen. Mal wieder hat er gesagt. Gibt es etwas, das ich wissen sollte?«

Sie schaute auf das Grab hinunter und schüttelte den Kopf. Dann sah sie mit einem Seufzer zu mir hoch. »Lass uns im Wagen darüber sprechen.«

Eine halbe Stunde später fuhren wir die kurvige Straße des Friedhofshügels hinunter. Am Tor winkte uns ein schwarz gekleideter Mann zu.

»Er hatte ein Verhältnis. Bei der Beerdigung wurde mir

klar, dass es diese mexikanische Frau aus Jaimes Büro war. Es passierte nicht zum ersten Mal. Aber das hast du schon seit Jahren gewusst, nicht wahr?«

Ich wusste von vier Affären in den fünf Jahren, in denen ich sein Fahrer, Leibwächter, Vertrauter, Schnüffler, Lakai und Laufbursche gewesen war. Zwei waren binnen eines Monats zu Ende gewesen, zwei hatten länger gedauert. Wahrscheinlich waren es nicht die Einzigen gewesen.

»Ja.«

»Hast du, wenn du mich gesehen hast, nicht manchmal gedacht, Mom ist nur eine große, dumme Blondine, die zu blöd ist, um mitzubekommen, dass ihr Mann sie betrügt?«

»Ich dachte, du seist die schönste Frau der Welt. Ich habe nie verstanden, warum er seine Zeit mit anderen verbracht hat. Zuerst dachte ich, du hättest keine Ahnung. Später wurde mir klar, dass du Bescheid wusstest.«

»Wann hast du es gemerkt?«

»In der Nacht, als du allein in deinem Zimmer geweint hast. Ich hatte einen Film gesehen oder ein Buch gelesen, in dem eine Frau betrogen wurde und sich allein in ihrem Zimmer ausweinte. Da habe ich es begriffen. Damals war ich vierzehn, glaube ich.«

Sie lachte leise auf. »Nun, das muss eine von vielen Gelegenheiten gewesen sein.«

Ich sah zu ihr hinüber. Sie lächelte und unter ihrer Sonnenbrille rollte eine Träne hervor. Ihre Stimme war leicht und fragil, so als könnte die nächste Brise sie wegwehen. »Ich habe diesen Mann sehr geliebt. Manchmal habe ich ihn aber auch gehasst. Das bedauere ich am meisten, Joe, mehr als anderes: dass er gestorben ist, während ich ihn hasste.«

Sie legte eine Hand auf meinen Arm und drückte ihn kräftig.

Ich begab mich direkt ins Gefängnis – ohne über »Los« zu gehen – und plauderte ein paar Minuten mit Mike Staich, allerdings nur, um Sammys Aufmerksamkeit zu erregen. Es funktionierte. Er rief mich zu sich und winkte mich näher heran. Ich trat an die Gitterstäbe.

»Sands war richtig«, sagte ich.

»Gut aussehende Frau.«

»Alex meldet sich nicht oft.«

»Vielleicht ist sie einsam. Sie könnten sich mit ihr verabreden.«

»Das würde ich nie tun.«

Sammy schien darüber nachzudenken. »Fast hätten sie Alex geschnappt. Zweimal.«

»Er hatte Glück.«

»Er ist paranoid. Das hilft.«

»Das liegt daran«, meldete sich Giant Mike zu Wort, »dass die Bullen dumm sind.«

»Da wir schon von Einsamkeit sprechen – wie geht es Bernadette?«

Sammy sah mich misstrauisch an. »Ihr geht's gut. Warum sollte es ihr nicht gut gehen?«

»Sie haben von Einsamkeit gesprochen, nicht ich.«

»Sie ist einsam, Sammy.« Das war wieder Giant Mike. »Früher oder später sind sie alle einsam. Je hübscher sie sind, desto eher.«

»Halt's Maul, Mike. Du gehst mir schon wieder auf die Nerven.«

Sammy legte beide Hände an die Gitterstäbe. Der orange Gefängnisoverall war ihm etwas zu groß, so dass er wie ein Kleinkind im Laufstall aussah. »Wollen Sie sich mit Bernadette verabreden?«

»Nein. Aber wenn Sie möchten, kann ich einmal nach ihr sehen. Nur um sicherzugehen, dass alles in Ordnung ist.«

Sammy starrte mich an. Auf seinem Gesicht machte sich Verwirrung breit. »Warum sollten Sie das tun?«

»Sie haben mir geholfen und jetzt helfe ich Ihnen.«

»Ich hatte um eine gute Rattenfalle gebeten.«

»Ich kann Ihnen keine gute Rattenfalle besorgen. Die Verwaltung wird in den Installationsschächten ein paar Fallen aufstellen lassen.«

»Die toten Ratten werden stinken«, mischte sich Giant Mike wieder ein.

»Die Ratte ist nicht im Installationsschacht, sondern in meiner Zelle«, erklärte Sammy.

»Sie kommt durch den Installationsschacht herein.«

»Wenn ich eine Schnappfalle hätte, könnte ich sie fangen.«

»Keine Chance. Eine Schnappfalle kann ich Ihnen nicht beschaffen. Sie sind verboten. Sie könnten die Teile zurechtfeilen und eine Stichwaffe daraus herstellen.«

Sammy zog einen Flunsch.

»Ich habe einmal selbst eine Rattenfalle gebaut«, erzählte Staich. »Als ich in der zweiten Klasse war.«

Sammy verdrehte die Augen. »Wie alt warst du da – sechzehn?«

»Wenn ich könnte, würde ich dir deinen schlitzäugigen Kopf zurechtrücken.«

»Ein Hoch auf Trakt J. Aber es ist erstaunlich, womit man es hier zu tun hat. Mit Ratten und Dummköpfen,« erwiderte Sammy.

Darauf Giant Mike: »Häng dich doch auf, Mann.«

»Mike, ich habe weder Schnürsenkel noch einen Gürtel und eine Kamera beobachtet alles, was ich tue.«

Mike: »Verschluck deine Zunge.«

»Der Würgreflex würde den Selbstmord verhindern. Halt die Klappe, Mike. Bitte. Wenn du redest, kann ich nicht denken. Sobald du den Mund aufmachst, sinkt der IQ des Trakts.«

Mike: »Man muss kein Genie sein, um zu wissen, dass deine Alte einsam ist. Sie ist einsam.«

Sammy musterte mich. Dann ging er von den Gitterstäben weg, setzte sich auf seine Pritsche und sah zu dem Foto hoch.

»Nun, Sie werden nicht mehr lange hier sein, Sammy. Ihre

Verhandlung wird bald stattfinden und danach werden Sie entweder frei sein oder in ein anderes Gefängnis kommen.«

Er schüttelte den Kopf. »Ich werde freigesprochen. Ich bin unschuldig. Und ich glaube an Amerika, ich glaube an dieses System.«

»Viel Glück, Sammy.«

Er schaute wieder zu Bernadettes Foto hinauf. Dann sprang er von der Pritsche und kam an die Gitterstäbe zurück, während er mich zu sich winkte. Ich trat näher, ohne den Blick von ihm zu wenden.

»Versuchen Sie es im Bamboo 33. Nur um zu sehen, dass es ihr gut geht und ob irgendjemand sie belästigt.«

Ich nickte.

Giant Mike dazu: »Sie ist einsam, Sammy. Sie werden alle einsam.«

Das Wort »einsam« schwirrte mir weiter im Kopf herum. Ich dachte an Ray Flatley von der Abteilung für Bandenkriminalität und ging zum Präsidium hinüber, um ihn zu besuchen. An der Wand hing ein Foto, auf dem er beim Angeln zu sehen war. Er stand weit draußen in einem Fluss und holte gerade mit einer langen Angel aus wie mit einer riesigen Peitsche. Ich fragte ihn nach dem Foto und er erzählte mir, der Fluss sei der Green River in Utah. Er angle dort schon seit Jahren.

Er warf einen Blick auf das Foto. »Es hat etwas, in einem Fluss zu stehen. Die Dinge gehen durch einen hindurch, fließen heraus und treiben fort. Sie fließen herein. Ich weiß nicht. Es ist schwer zu erklären. Das ist nicht für jeden etwas. Die Fische sind nicht so wichtig wie der Fluss.«

»Ich glaube, mir würde es gefallen«, sagte ich.

Wir saßen da und unterhielten uns ein paar Minuten über das Gefängnis, das Wetter, die Angels. Als uns die Themen ausgingen, was bald geschah, verließ ich ihn.

Ich mochte Ray. Er erinnerte mich an mich selbst, gewissermaßen in einer von innen nach außen gekehrten Fassung. Ich weiß nicht, wie ich auf die Idee gekommen war, dass ein

Gespräch mit einem Deputy im vierten Jahr Ray aufheitern oder in irgendeiner Weise sein Leben verbessern könnte. Vermutlich tat es das nicht. Aber es liegt in der Natur des Menschen, nehme ich an, zu glauben, man könne jemanden aufheitern, nur indem man ihn besucht.

Kapitel dreizehn

Jennifer Avila willigte ein, sich am Abend mit mir im Hispano-Amerikanischen Kulturverein zu treffen. Ich fuhr durch das Latinoviertel; es war stets quirlig, doch jetzt mit den länger werdenden Tagen und der Sommerhitze ging es noch lebhafter zu. Als ich über den Parkplatz des Kulturvereins ging, stieg mir der Geruch von Gegrilltem in die Nase, vermischt mit dem betäubenden Duft von Klettertrompeten. Hinter den großen blassen Blüten stieg Grillrauch auf. Musik. Stimmen. Gelächter.

Jennifer öffnete die Hintertür und kam heraus. Dann schloss sie ab und wir gingen ums Haus herum, während der Kies unter unseren Füßen knirschte.

»Machen wir einen Spaziergang?«

»Gerne.«

»Oh – ich habe ganz vergessen, Sie zu begrüßen, oder? Hallo, Joe.«

»Hallo, Miss Avila.«

Es fiel mir schwer, sie anzusehen. Schwarze Haare, tiefbraune Augen, glatte Haut und derselbe dunkle Lippenstift, den sie vor dem Tod meines Vaters getragen hatte. Ein bescheidenes gelbes Sommerkleid, das ihre wundervolle Figur zur Geltung brachte. Es war das erste Mal, dass ich ihre Arme sah.

In meinen Fingerspitzen kribbelte es. Ich schämte mich für meine Bewunderung, weil ich das Gefühl hatte, ich würde meine Mutter und meinen Vater heimlich betrügen. Und ich war wütend auf Jennifer. Wegen ihres Verhältnisses zu Will und dem, was sie Mary Ann damit angetan hatte.

Jennifer hatte »Das Unbekannte Ding«. Will hatte es gesehen und ich nahm es auch wahr.

Wir gingen im Schatten von Markisen und Magnolien die belebte Straße entlang.

»Was wollen Sie, Joe?«

»Ich möchte wissen, wie Will Savannah Blazak gefunden hat.«

»Mit unserer Hilfe.«

»Ginge es etwas konkreter?«

»Alex Blazak hat mit den Raitt Street Boys und der Lincoln 18th Ganggeschäfte gemacht und wir kennen Leute, die mit diesen Gangs zu tun haben. Also brauchten wir nur ein bisschen herumzufragen.«

»Was ist dabei herausgekommen?«

»Ein Lager in Costa Mesa. Ein Nachtclub in Little Saigon – Bamboo 33. Ein paar Hotels. Das haben wir an Will weitergegeben.«

»Und woher kam dann der heiße Tipp?«

»Aus dem Ritz-Carlton. Will kannte den Geschäftsführer und der hat den Barkeepern gesagt, sie sollten die Augen offen halten. Alex und Savannah haben eines Abends spät dort gegessen und der Barkeeper hat Will angerufen.«

»An welchem Abend?«

»Ich weiß nicht. Anfang der Woche.«

»Ich bin in dem Lager gewesen. Und ich glaube, dass sie dort waren – Alex und Savannah.«

Sie sagte nichts.

»Wussten Sie, was in der Tennistasche war?«

Sie nickte. »Lösegeld. Eine Million in bar.«

»Warum hat Reverend Daniel es Will nicht direkt gegeben?«

»Warren hatte es. Jack wollte, dass es auf neutralem Boden aufbewahrt wird, wie auf einem Treuhandkonto. Daniel hat Jaimes Kulturverein vorgeschlagen, also haben sie es hergebracht, um es bis zur letzten Minute zwischenzulagern.«

Ich stellte mir Jaime als Hüter von einer Million vor, die er für seinen Kulturverein gut hätte gebrauchen können. An jenem Abend hatte er, wenn auch nicht ausdrücklich, einen Anteil von dem Geld gefordert.

»Wusste Jaime von der Wohnung in der Lind Street?«

Sie warf mir einen kurzen Seitenblick zu. »Ich weiß nicht.«

»Und Sie?«

Wieder ein Seitenblick aus ihren dunklen Augen, während sie ihre Schritte beschleunigte, so als könnte sie vor der Frage davonlaufen. »Woher hätte ich es wissen sollen?«

»Von Will. Weil Liebende sich vieles sagen.«

»Halten Sie sich aus meinen Angelegenheiten heraus.«

»Das kann ich nicht.«

»Hören Sie, ich wusste, dass Will zwischen Alex und seinen Eltern vermittelte. Er hat es mir erzählt. Ich wusste, dass eine Wohnung in Anaheim als Übergabeort dienen sollte. Mehr wusste ich nicht.«

»Auch nicht die Adresse?«

Sie schüttelte den Kopf.

Gib mir Pearlita.

Wir überquerten eine belebte Kreuzung und machten uns dann auf den Weg zurück zum Hispano-Amerikanischen Kulturverein. Die Leute betrachteten uns neugierig – eine schöne Frau in einem gelben Kleid und eine Narbe unter einem Hut.

»Wussten Sie, wann er in der Lind Street sein wollte?«

»Ungefähr. Warum?«

»Ich muss herausfinden, wer wusste, wo Will sein würde und wann er dort sein würde.«

Sie nickte und blickte dann lange starr geradeaus. Offenbar versuchte sie das Gehörte einzuordnen. Schließlich warf sie mir einen raschen Blick zu. »Ja, okay. Ich wusste, wo, aber nicht, wann.«

»Warum haben Sie Pearlita angerufen?«

Sie blieb stehen und fixierte mich. »Sie sind ein professioneller Spitzel, was?«

»Ich höre und behalte vieles.«

»Gott!«

Sie wandte sich kopfschüttelnd ab und begann schneller zu gehen. Ich lauschte dem Rhythmus ihrer Schritte auf dem Zement. Man kann Gefühle aus Schritten heraushören. Verachtung. Wut. Scham.

Wir kamen an einer *joyeria* und dann an der *discoteca* vorbei, aus der Musik auf die Straße plärrte.

»Sie ist eine alte Freundin. Von ihr wussten wir vom Ritz und im Ritz wurde Savannah gesehen, also meinte sie, dass Will ihr etwas schuldig sei. Ich rief sie an, als Sie Jaime aufsuchten.«

Okay, okay. Ja, er ist gerade hier.

»Aber sie kam nicht.«

»Sie wurde aufgehalten, wie sie sagte.«

»Wodurch?«

»Das hat sie nicht gesagt.«

»Warum wollte sie ihn treffen?«

»Luz... Pearlita wollte mit ihm über ihren Bruder sprechen. Ihr Bruder ist Felix Escobar.«

Plötzlich ergab alles einen Sinn. Wills guter Freund, Bezirksstaatsanwalt Philip Dent, vertrat im Doppelmordprozess gegen Escobar die Anklage. Escobar war ein mexikanischer Mafioso, der bei einem Überfall auf einen Supermarkt aus nächster Nähe zwei Männer erschossen hatte. Dent hatte vor zwei Wochen eine Verurteilung erreicht, über die die Geschworenen nur eine Dreiviertelstunde beraten hatten. Er hatte für die Todesstrafe plädiert.

»Pearlita wollte sich bei Will für ihn einsetzen«, sagte ich. »Sie hoffte, Will würde mit Dent reden.«

»Sie wollte um Milde bitten.«

»Felix hat nicht viel Milde bewiesen.«

Sie blieb vor einem Café stehen und drehte sich zu mir um. »Hauen Sie ab, Joe. Sie sind ignorant und gefährlich.«

»Soll ich Sie hier auf der Straße stehen lassen?«

»Verschwinden Sie!«

Meine Ohren wurden heiß. Auf der Vierten Straße fuhr ein

Auto mit derart lauter Musik entlang, dass die Schaufensterscheibe des Cafés vibrierte. Ich sah die Wut auf Jennifer Avilas schönem Gesicht und wartete ab, bis das laute Auto vorbeigefahren war.

»Miss Avila, Pearlita wusste etwas über den *Zeitpunkt*. Sie wusste, dass er im Kulturverein war, da Sie sie angerufen haben, als wir dort ankamen. Und später wusste sie, dass er auf dem Weg war, weil sie ihn angerufen hat. Vielleicht hat sie diese Information an jemanden weitergegeben. Haben Sie mit ihr über das Geld und die Absprachen geredet? Und über den *Ort?*«

»Ich kann mich nicht an jedes Wort erinnern, das ich gesagt habe. Ich traue Freunden.«

»Haben Sie Pearlita Wills Nummer gegeben?«

»Mag sein. Ich erinnere mich nicht. Was ist schon eine Telefonnummer? Jeder kann sie bekommen.«

»Angesichts dessen, was vorging, muss Ihnen klar gewesen sein, wie gefährlich das sein konnte.«

»Ich traue Freunden.«

»Vielleicht haben sie Ihr Vertrauen missbraucht und Will in die Falle gelockt.«

Sie versetzte mir eine schallende Ohrfeige – aber nicht auf die Narbe.

»Was haben Sie mit dem Geld gemacht, das Will Ihnen immer zusteckte? Ich habe es gezählt und zusammengerollt, daher weiß ich, wie viel es war und wie oft Sie es bekommen haben – zwei Riesen pro Woche in den letzten ...«

»Ich weiß, wie viel es war!«

Sie breitete pathetisch die Arme aus. Dabei bemerkte ich die leichte Narbe, die sich von der Schulter bis zum Unterarm um ihren Arm schlängelte und offensichtlich von einer Tätowierung herrührte.

»Es war für uns. Für sie. Die Armen und Kranken. Mit dem Geld sollte der Kulturverein während der staatsanwaltlichen Ermittlungen offen gehalten werden. Seit die Zeitungen geschrieben haben, wir würden die Wählerlisten mit ausländischen Wählern füllen, bekommen wir von der Verwaltung keine Unterstützung mehr. Aber die Meldung stimmte nicht. Also hat Will uns geholfen.«

Sie machte einen Schritt auf mich zu und zischte mir ins Gesicht: »Sie wollen etwas Nützliches tun, Joe? Sie wollen wie Will sein? Dann reagieren Sie auf Jaimes Anrufe. Er versucht der Familie von Miguel Domingo zu helfen und braucht Sie, so wie er Will gebraucht hat. Wenn Sie sein Sohn sein wollen, tun Sie für Jaime, was er für ihn getan hätte.«

»Miss Avila, zu welcher Gang haben Sie gehört? Ich frage wegen der Tätowierung.«

»Zur Raitt Street.«

»Pearlitas Gang.«

»Das ist lange her. Verschonen Sie mich damit. Ich hätte Will nie wehgetan. Wie können Sie behaupten, einer Freundin seine Telefonnummer zu geben sei das Gleiche, wie ihn zu töten? Sie haben keine Ahnung von Freundschaft, Loyalität und Respekt. Sie wissen nur, wie man Befehle von einem Mann entgegennimmt, der Sie benutzt hat, um Dinge zu tun, für die ihm selbst die *cojónes* fehlten. Er existiert nicht mehr und Sie nehmen noch immer seine Befehle entgegen. Also machen Sie sich nützlich und rufen Sie Jaime an.«

Mir stieg das Blut ins Gesicht. Ich dachte an Jaime, Miguel Domingo und Luria Blas. Vielleicht konnte ich Will ehren, indem ich etwas fortsetzte, woran er geglaubt hatte. Gewiss konnte ich einer Frau helfen, die er geliebt hatte, auch wenn sie mich verachtete. Sie wandte sich mit wehendem Haar und flatterndem gelben Kleid ab und öffnete die Tür des Cafés Los Ponchos.

Um 22.17 Uhr parkte ich am Amtrak-Depot in Santa Ana und ging durchs Bahnhofsgebäude auf den Bahnsteig hinaus. Ich betrachtete die Gleise, die am Horizont zusammenzulaufen schienen und dort von der Dunkelheit verschluckt wurden. Es war kühl und so wolkig, dass man am Himmel keinen einzigen Stern sehen konnte.

Dann verkündete der Lautsprecher die Ankunft des Coast Starlight. Ich ging ans andere Ende des Warteraums und stellte mich hinter eine Topfpalme. Schlaftrunkene Menschen erhoben sich von den Holzbänken und eine Familie mit vielen Kindern drängelte sich an die Tür. Eine Minute später spürte ich ein Zittern, dann das tiefe rhythmische Stampfen des Zuges, während er, aus der Dunkelheit kommend, in den Bahnhof einfuhr.

Das erste Mal sah ich ihn durchs Fenster, als er aus dem Zug stieg. Dann wieder, als er das Bahnhofsgebäude betrat. Er sah genauso aus wie auf den Fotos, wie in meinen Träumen: weiche weiße Haare, weißer Bart, Schmerbauch, ein großer Kopf, der knapp über den Schultern ansetzte, so als wäre er ohne Hals am Rumpf festgewachsen.

Als er in den Warteraum kam, hatte er seinen Dufflecoat über die Schulter geworfen. Ich trat hinter der Palme hervor.

Er blieb stehen und betrachtete mich. In seinen blauen Augen spiegelte sich das Licht der Lampen wider. Er fummelte an seinem Dufflecoat und nickte mir zu.

»Joe.«

»Thor.«

»Du hast mir nicht die Bullen auf den Hals gehetzt.«

»Ich bin die Polizei.«

»Stimmt. Aber lass mich bitte nicht auffliegen. Ich will nicht wieder hinter Gitter. Es würde mich umbringen.«

Seine Stimme war hoch und klar. Wenn er sprach, sah man seine Zähne, aber ein Lächeln konnte man es nicht nennen.

Hinter ihm tauchte eine Familie auf, deren Mitglieder rechts und links an Thor vorbeiliefen. Der Vater hatte ein Kind auf den Schultern, das weit über Thor hinausragte. Mir war nicht bewusst gewesen, wie klein er war, obwohl ich aus der Einlieferungsakte, die ich aus Corcoran bekommen hatte, seine Größe kannte: 1,68 Meter.

»Kann ich bei dir übernachten?«

»Nein.«

»Ich weiß, wo du wohnst.«

»Wag es nicht, uneingeladen bei mir aufzukreuzen.«

Er seufzte, so als wäre er enttäuscht. »Bist du sicher?«

»Absolut.«

»Na gut. Ich kann es dir nicht verübeln. An deiner Stelle wäre ich auch nicht gut auf mich zu sprechen.«

Einige der Menschen beobachteten uns und Thor schien ihnen zuzulächeln. Ein Mädchen in pinkfarbenem Kleid und glänzenden Schuhen blieb stehen und sah zu mir hoch, dann fuhr sie mit einer Grimasse zurück. Ihre Mutter holte sie und ich hörte ihre gedämpften Worte, achtete aber nicht darauf.

Ich betrachtete Thor. Ich konnte mich nicht daran erinnern, ihn je leibhaftig vor mir gesehen zu haben. Es hätte mich nicht verwundert, wenn ich in seiner Gegenwart etwas Böses und Ewiges gespürt hätte. Aber trotz seiner vielen Auftritte in meinen Alpträumen wirkte er in der Wirklichkeit sterblich und gewöhnlich.

»Fernsehen und Zeitungen haben viel über dich berichtet, Joe. Sogar oben in Seattle. Hat man das Mädchen und ihren Bruder schon gefunden?«

»Nein.«

»Verrückte Welt.«

»Das kann man wohl sagen.«

»Ja.« Er machte zwei Schritte auf mich zu und legte seinen Dufflecoat auf den Fußboden. »Gib mir die Hand.«

Ich schüttelte seine Hand. Meine Narbe war glühend heiß, während sich meine Knochen wie gefroren anfühlten. Ich war kaum in der Lage, seine harte, raue Hand zu drücken. Es war, als wären alle schlechten Gefühle gleichzeitig in mir geweckt worden, jede unangenehme Regung, die man haben kann. Ohne jede Ordnung oder Logik.

Ich bemerkte, dass er mich im Bahnhofslicht mit seinen blauen Augen musterte. »Es sieht gar nicht so schlimm aus, Joe. Tut es weh?«

»Manchmal.«

»Du siehst gut aus in Hut und Anzug. Teure Sachen, wie ich sehe.«

»Im Schlussverkauf gekauft.«

Er fixierte mich. »Nun, hör zu. Was ich getan habe, tut mir Leid und ich brauche deine Vergebung. Ich habe eine ganze Reihe von Religionen ausprobiert und in jeder, die irgendeine Art von Hölle hat, wandern Typen wie ich direkt dorthin.«

»Du hättest dir eine ohne Hölle aussuchen sollen.«

»Nein. Ich wollte einen Gott mit Biss. Mit diesen Weicheiern kann ich nichts anfangen. Die Bibel sagt, dass ich mit dir ins Reine kommen soll, und daran glaube ich. Auge um Auge und all das. Ich habe etwas Säure in einem Erdnussbutterglas in meinem Dufflecoat. Du kannst sie mir ins Gesicht gießen, wenn es das ist, was du brauchst, um mir zu vergeben. Es ist mehr, als du abbekommen hast. Dann könntest du mir sagen, dass du mit der Vergangenheit abgeschlossen hast. Du würdest sehen, dass in deinem alten Herrn mehr steckt als das, was er dir angetan hat.«

»Ich verzeihe dir«, sagte ich zu meiner eigenen Überraschung. »Aber wenn ich dich jemals wiedersehen sollte, werde ich meine Kanone in dein Herz entleeren. Von jetzt an existiert du für mich nicht mehr.«

Mit zitternden Händen griff ich nach meiner Brieftasche und nahm drei Hunderter heraus, die ich Thor gab.

»Viel Glück. Das sollte reichen, um nach Hause zurückzukommen.«

»Danke, mein Sohn. Es war großartig, dich kennen gelernt zu haben. Auch dir viel Glück.«

Ich raste die Mautstraße 241 entlang. Als ich an der Mautstation Windy Ridge vorbeirauschte, stand der Zeiger bei 210 Stundenkilometern. Durch die offenen Fenster und das Schiebedach blies mir der Wind ins Gesicht.

Dann ein Hochgeschwindigkeitswechsel auf die 91 und eine reifenquietschende Ausfahrt in Green River, wo ich kehrtmachte, um den Weg, den ich gekommen war, zurückzudonnern. Manchen Dingen entkommt man nicht, so schnell man auch ist. Denn sie spielen sich im Innern ab, wo Geschwindigkeit nicht zählt.

Ich brauchte eine Taufe, konnte so spät aber keine mehr erhalten. Es war kurz vor Mitternacht. Also fuhr ich zur Driver's Cove in Laguna, wo ich als Kind mit meiner Mutter schnorcheln gewesen war, und ging mit all meinen Sachen, außer den Schuhen, den Kanonen und der Brieftasche, ins Wasser, tauchte unter und hielt den Atem an. Während ich die Finger in den harten Sandboden bohrte, um mich festzuhalten, spürte ich, wie die Dünung mich hin- und herwiegte. Wie Treibgut oder eine Seetangfläche. Zwischendurch tauchte ich auf, holte Atem und tauchte wieder unter. Ich hätte gewünscht, unter Wasser zweihundert fahren zu können, denn dabei wäre, wie ich glaubte, alles abgewaschen worden – die Narbe, die Vergangenheit, die Angst, einfach alles – und ich wäre sauber und glänzend poliert wie eine Muschel wieder aufgetaucht. Schließlich wurde mir so kalt, dass ich es als schlimmer empfand, als Thor die Hand zu geben, also stieß ich mich durch die Oberfläche und ließ mich von einem Wellenbrecher an den Strand tragen.

Zu Hause angekommen, nahm ich die beiden .45er auseinander – eine war ein Ersatz für die Waffe, die Dr. Zussman mir abgenommen hatte – und reinigte und ölte sie. Dann kam die .32er dran. Es handelte sich einfach nur um nervöse Aktivität, denn die Kanonen waren vorher schon vollkommen sauber und eingeölt gewesen. Aber ich dachte über Thor nach und reinigte sie noch einmal. Dann säuberte und ölte ich die Patronen, bevor ich sie in die Magazine schob.

Ich rief Jaime Medina an. Er hatte schon geschlafen, doch seine Laune besserte sich, als ich ihm sagte, ich sei bereit, ihm zu helfen. Wir verabredeten ein gemeinsames Treffen mit Enrique Domingo, dem Bruder des getöteten Miguel.

»Sie tun das Richtige, Joe«, sagte Jaime. »So wie Ihr Vater es immer versucht hat. Sie werden sehen, Miguel Domingo war ein Held und nicht der verrückte Kriminelle, den die Bullen aus ihm gemacht haben.«

»Die Medien haben ihn dazu gemacht, Sir. Nicht die Polizei.«

»Das wird sich noch herausstellen.«

»Das hoffe ich, Sir.«

Melissa hatte angerufen, also rief ich sie zurück. Sie sagte, die Fingerabdrücke auf dem Sender stammten von Del Pritchard, einem beim Verkehrsamt von Orange County beschäftigten Automechaniker. Sie hatte ihn mir zuliebe überprüft, doch Del war sauber.

Dann nahm ich eine lange heiße Dusche und ging ins Bett. Ich starrte an die Decke. Dort hatte ich ein Foto aus einer Zeitschrift angeheftet, so wie Sammy das Foto von Bernadette. Es zeigte eine riesige Eiche auf einem sommerbraunen zentralkalifornischen Bergrücken. Der Baum warf einen blauen Schatten auf das trockene Gras. Oben in der Baumkrone war das Laub so dunkel und dicht, dass man nichts dahinter sehen konnte, nicht einmal den Himmel. Dort, in dieser dunklen Krone, befand sich mein Stiller Ort, der Winkel, in den ich mich zurückziehen und wo ich sehen und hören konnte, ohne selbst gesehen und gehört zu werden. Dorthin begab ich mich jetzt. Mein Freund, der Adler, war auch da. Er rückte zur Seite, um mir Platz zu machen. Ich schaute auf die lohfarbenen Berge, das goldene Gras und die kurvige glatte Sandpiste hinunter. Der große Vogel erhob sich von dem Ast und schwebte davon. Ich spürte, wie der Ast, leichter geworden, auf- und abwippte. Also stieß auch ich mich von ihm ab, breitete die Arme aus und folgte dem Adler.

Kapitel vierzehn

»Del Pritchard? Mein Name ist Joe Trona.«

»Ich weiß, wer Sie sind.«

»Können wir eine Minute reden?«

»Erst mal stecke ich meine Karte in die Stechuhr und dann habe ich zu tun.«

Damit ging er an mir vorbei ins Hauptgebäude der Werkstätten des Verkehrsamts. Ich hatte für die 25 Kilometer von meinem Haus in Orange bis zu den Werkstätten eine Stunde gebraucht. Mein Fuß war ganz steif vom häufigen Treten der Kupplung.

Ich folgte Pritchard und blieb hinter ihm stehen, während er seine Karte in die elektronische Stechuhr schob und dann in einen der Schlitze des daneben hängenden Kartenhalters steckte.

»Es wäre besser, wenn wir einen ruhigen Platz fänden«, sagte ich.

»Lassen Sie mich einen Kaffee holen.«

Er kramte etwas Kleingeld aus der Tasche und steckte es in einen Automaten in der Ecke. Der Dampf stieg vor seinem Gesicht auf, während er an dem Kaffee nippte. Pritchard war dick und hatte ein Babygesicht mit blauen Augen. Ungefähr mein Alter, vielleicht jünger. Seine Finger waren schwarz von der Arbeit, doch er trug ein sauberes Hemd des Verkehrsamts und seine Schuhe sahen neu aus.

»Worum geht's? Sie sind Deputy, richtig?«

»Ja. Könnten wir hinausgehen?.«

Er sah mich scharf an, dann ging er auf den Hof hinaus. An einer Seite waren die Busse aufgereiht, auf der anderen standen die Impalas, die Will so aufgeregt hatten. Daneben parkten Kastenwagen, die auf kurzen Busstrecken eingesetzt wurden, Rettungsfahrzeuge, eine Flotte von Streifenwagen, eine weitere Flotte von Limousinen und ein Dutzend neuer 1 200er Motorräder.

Es gab drei große, hohe Einfahrten. Als ein elektrisches Tor aufging, gab es den Blick auf weitere Fahrzeuge frei. Die Mechaniker waren bereits dabei, Motorhauben und Abdeckungen zu öffnen.

»Sie scheinen wirklich alles zu warten«, stellte ich fest.

»Ja. Sämtliche Fahrzeuge der Verwaltung – die vom Sheriff, vom Verkehrsamt, sämtliche Busse und Einsatzfahrzeuge. Alles, was rollt. Außer den Feuerwehren und den Jeeps der Rettungsschwimmer; für die gibt es eine extra Werkstatt. Auch das Gesundheitsamt macht seinen eigenen Stiefel.«

»Was ist mit den geleasten Autos der Verwaltungschefs?«

»Die auch. Aber von denen gibt es nur – wie viele – sieben?«

»Stimmt. Mein Vater fuhr einen schwarzen BMW. Einen aus der großen Siebenerreihe.«

»Ich erinnere mich. Tut mir Leid, was passiert ist.«

»Danke.«

Er nippte wieder an seinem Kaffee, während er zu den Bussen hinüberschaute. »Also, was wollen Sie?«

»Ich möchte wissen, wer Ihnen befohlen hat, den Sender am Auto meines Vaters anzubringen. Am Chassis, rechts, hinter der Schutzblechabdeckung. Ihre Fingerabdrücke waren darauf.«

Er lief rot an. »Reden Sie mit meinem Vorgesetzten. Ich tue nur, was man mir sagt, wissen Sie?«

»Wenn Sie mir sagen, wer es angeordnet hat, brauchen wir ihn nicht damit zu behelligen.«

Er warf einen Blick über den Hof, bevor er sich wieder mir zuwandte. »Ich weiß nichts von einem Sender. Überhaupt nichts. Hier läuft alles nach Vorschrift.«

»Dann bringen Sie mich zu Ihrem Chef.«

»Kommen Sie.«

Der Werkstattleiter hieß Frank Beals. Pritchard sagte, sie hätten ein Problem, und Beals schickte ihn weg. Dann ging er mit mir in sein Büro und schloss die Tür hinter uns. Von einem Sender wusste er nichts. Er rief den Chef der Wartungsabteilung des Verkehrsamts an, einen Mann namens Soessner, der eine halbe Minute später eintrat. Auch er wusste nicht, wovon ich sprach. Sie würden Autos reparieren und nicht verwanzen. Ich solle mit ihm kommen.

Er führte mich zu einem Mr Adamson, dem technischen Direktor des Verkehrsamts.

Adamson, ein Beamter in Schlips und Kragen, ließ mich ausreden. Dann fragte er: »Sind Sie im Rahmen einer offiziellen Ermittlung hier?«

»Ja«, antwortete ich.

»Ich dachte, das wäre Sache der Mordkommission.«

»Ich arbeite mit Birch zusammen.«

»Rick ist ein guter Mann.«

Ich wartete.

Adamson telefonierte über sein Handy. »Carl, hier ist ein Deputy, Joe Trona, der Fragen über einen Sender am Auto von einem der Verwaltungschef stellt. Er sagt, auf dem Sender wären die Fingerabdrücke von einem meiner Leute. Pritchard.«

Dann hörte er zu, nickte und beendete das Gespräch.

»Rupaski sagt, Sie würden heute im Grove zu Mittag essen. Bei der Gelegenheit würde er alles erklären.«

Ich war fünf Minuten zu früh im Grove. Der Wachmann am ersten Tor notierte meinen Namen, meine Autonummer und den Namen des Klubmitglieds, zu dem ich wollte. Dann klemmte er eine Karte unter den linken Scheibenwischer und ließ mich ein.

Die Straße schlängelte sich die Berge hinauf. Sie waren inzwischen braun geworden und würden erst nach dem nächsten Regen wieder grün werden – wahrscheinlich erst im

November oder noch später. Es herrschte eine drückende Hitze und nirgendwo regte sich ein Lüftchen. Durch die dichten Baumkronen sah ich die purpurnen Bougainvilleablüten, die sich vom Putz der Gebäude abhoben. Ich parkte im Schatten.

Ein Deputy außer Dienst, der den Eingang bewachte, erkannte mich, rief im Haus an und öffnete dann die Tür. Ich nahm meinen Hut ab und ging hinein.

Der Empfangschef lächelte und strich meinen Namen von einer Liste. »Zu Mr Rupaskis Nische geht es hier entlang, Mr Trona.«

Wir durchquerten den großen Speisesaal und gingen die Treppe zur Lounge hinauf. Ich betrachtete den polierten Holzfußboden, die roh behauenen Holzleuchter, die an Ketten von der Decke hingen, den Billardtisch, von dem aus ich das Gespräch zwischen Will und Reverend Alter belauscht hatte. Ich erkannte Rupaskis Fahrer – Travis –, der allein an der Bar saß und irgendetwas kaute. Er nickte mir zu.

Rupaskis Nische lag in einer entfernten Ecke. Er stand auf, gab mir die Hand und forderte mich mit einer Geste auf, mich zu setzen. Der Empfangschef begann den Vorhang zuzuziehen, aber Rupaski hielt ihn zurück.

»Das ist nicht nötig, Erik. Wir haben nichts zu verbergen. Diesmal nicht.«

Er lachte auf und Erik fiel in das Lachen ein. »Aber bringen Sie mir eine Partagas Churchill und einen Glenfiddich in einem Wasserglas. Joe, etwas zu rauchen oder zu trinken?«

»Limonade, bitte.«

Rupaski war groß, um die siebzig, hatte eine hohe Stirn und eine Halbglatze; die langen grauen Haare an den Seiten waren nach hinten gekämmt und bildeten im Nacken einen kleinen Entenschwanz. Seine dunkelbraunen Augen lagen unten dicken Augenbrauen tief in den Höhlen. Schwarzer Anzug, weißes Hemd ohne Krawatte. Das Jackett war für seine kräftige Brust zu eng und er schien sich unbehaglich darin zu fühlen. Seine Hände waren dick und rau, die Finger grob. Vor zehn Jahren hatte man ihn aus Chicago abgeworben. Er war dort aufgewachsen und als jemand bekannt gewesen, der sich überall in jeder Situation durchzusetzen wusste.

»Wegen der Wanze brauchen Sie sich keinen Kopf zu machen«, sagte er. »Will hatte mich gebeten, eine anbringen zu lassen. Also habe ich es getan. So einfach ist das.«

»Für mich klingt es keineswegs so einfach, Sir.«

Er zog eine buschige Augenbraue hoch und lächelte. Seine Zähne waren groß und standen ziemlich eng. »Ich will Ihnen genau wiederholen, was er mir gesagt hat. Er sagte, Mary Ann hätte spätabends merkwürdige Verabredungen. Für gewöhnlich würde sie mit ihrem eigenen Wagen fahren, manchmal aber auch mit seinem. Er wolle ihr in unauffälligem Abstand folgen. ›In unauffälligem Abstand‹ – das waren seine Worte. Also ließ ich Wills Wagen eines Morgens von Pritchard präparieren. Und ich gab Will einen Sender, den er an Mary Anns Auto anbringen konnte. Einen selbst haftenden, den er bloß anzudrücken brauchte.«

Es hätte fast geklappt. Ich wusste, dass Mary Ann gern mit dem eleganten neuen Leasingwagen fuhr. Ein paarmal haben Will und ich für unsere abendlichen Geschäfte ihren Jeep benutzt, weil sie die Limousine haben wollte. Und sie hatte mir gesagt, dass sie manchmal gern spätabends ziellos herumfahre. Aber Will hatte nie davon gesprochen, dass sie ausging. Wenn er beunruhigt gewesen war, warum hatte er es mir dann nicht gesagt? Außerdem hatte ich nie einen Empfänger bei ihm gesehen, weder im Auto noch in seiner Aktentasche, nirgends. Vor allem aber waren er und Rupaski Feinde. Wieso hätte er einem Feind etwas Derartiges anvertrauen sollen? Wieso nicht seinem Sohn, Fahrer, Leibwächter und Laufburschen?

»Jetzt verstehe ich«, sagte ich.

»Gut. He, Tabak und Alkohol.«

Ein Kellner im Smoking setzte einen großen gläsernen Aschenbecher mit einem Zigarrenschneider, Streichhölzern und einer dicken Zigarre darin ab. Daneben stellte er ein schlichtes Wasserglas mit einer goldfarbenen Flüssigkeit im unteren Viertel. Und meine Limonade.

»Die Spezialität des Tages ist pochierter chilenischer Seebarsch in Koriandersoße. Dazu werden Endiviensalat und Knoblauch-Pilz-Couscous serviert.«

»Für mich Steak, Kartoffelpüree und Salat mit Thousand-Island-Dressing«, bestellte Rupaski. »Das heißt ein T-Bone, englisch. Und für Joe hier dasselbe. Er muss noch wachsen.«

»Soll ich Ihre Zigarre abschneiden, Sir?«

»Ja.«

»Guillotinen- oder V-Schnitt, Sir?«

»Gottverdammt, Kenny, Guillotinenschnitt. Das gehen wir jedes Mal durch.«

»Ja, Sir. Natürlich.«

Als Kenny die Zigarre beschnitten hatte, steckte Rupaski sie sich in den Mund und richtete sie nach oben, während der Kellner sie mit einem überraschend kräftigen Butanfeuerzeug anzündete. Eine dicke Rauchwolke stieg zur Decke auf. Daraufhin verbeugte sich Kenny und verschwand. Rupaski hielt die Zigarre in der Luft.

»Manche Leute meinen, sie würden ohne Banderole besser ziehen«, erklärte er mit belegter Stimme. »Ich finde, das ist Unsinn.« Er inhalierte wieder und blies eine weitere Wolke in Richtung Decke. »Das Beste an einem Privatklub ist, dass man tun kann, was man will. Hier in Kalifornien, Joe, gibt es Teenager, die Kanonen in die Schule mitnehmen, aber man darf in Bars keine Zigarren rauchen. Es stimmt etwas nicht, wenn die persönlichen Rechte kleiner und die Verbrechen größer werden.«

Er beobachtete eine elegant gekleidete junge Frau, die allein und mit raschen Schritten die Treppe von den Konferenzsälen im dritten Stock herunterkam. In einer Hand hatte sie eine kleine Handtasche, die sie leicht zur Seite ausstreckte, um das Gleichgewicht zu halten. Sie hatte rote Haare, die bis über die Schulter reichten, und trug ein grünes Satinkleid. Ich hörte das Klacken ihrer Schuhe auf dem Holzfußboden.

»Ja, Sir, die persönlichen Rechte. Sie haben sich einen Tag vor Wills Tod mit ihm und Dana Millbrae hier zum Mittagessen getroffen. Könnten Sie mir sagen, worüber Sie gesprochen haben?«

Er riss sich vom Anblick der Frau los und sah mich an. Dann griff er, leise in sich hineinlachend, nach seinem Glas, nahm einen Schluck und zog anschließend erneut an seiner Zigarre.

»Sie sind ziemlich direkt. Ich mag das. Natürlich haben wir über den Kauf der Mautstraßen durch die Verwaltung und den Bau des neuen Flughafens gesprochen. Will war gegen beides, wie Sie sicherlich wissen. Wir haben nur versucht, ihn dazu zu bewegen, seine Meinung zu ändern.«

»Und wie wollten Sie das erreichen, Sir?«

»Durch Logik und gesunden Menschenverstand. Verstehen Sie, die Mautstraßen können einen Gewinn abwerfen, wenn sie vom Verkehrsamt betrieben werden. Einen großen Gewinn im Lauf der Jahre. Auf lange Sicht ist es eine vernünftige Investition für den Staat. Doch Ihr Vater wollte das nicht einsehen. Er wollte, dass das private Konsortium weiterblutet. Ich sage Ihnen was – Privatstraßen funktionieren im Westen nicht. Es ist zu viel Land zu erschließen. Je eher der Staat den Betrieb übernimmt, desto besser. Ich denke, Will wusste das. Aber es widerstrebte ihm, einem privaten Unternehmen mit öffentlichen Geldern aus der Patsche zu helfen. Beim neuen Flughafen war es das Gleiche. Eines Tages werden wir einen neuen brauchen und dieser Tag rückt näher. Wir haben versucht, Will auf unsere Seite zu ziehen und ihn dazu zu bringen, seinen Einfluss geltend zu machen. Im November ist Wahl und wir hätten Will gebraucht, um den ersten Bezirk für uns zu gewinnen.«

Er hustete, schaute auf die Zigarre und legte sie in den Aschenbecher. »Es tut mir Leid, Joe. Was passiert ist, tut mir verdammt Leid. Will und ich waren nie einer Meinung. Aber ich mochte ihn. Er war ein guter Mann und ein guter Gegner und ich achtete ihn. Wie hält sich Mary Ann?«

»Gut, Sir, wenn man die Umstände bedenkt.«

Er nickte. »Wo wollte sie so spät am Abend hin, ohne es ihrem Mann zu sagen?«

»Sie fährt gern durch die Gegend.«

Rupaski schüttelte den Kopf und brummte etwas. Dann nahm er einen Schluck Whisky, schwenkte die Flüssigkeit im Glas und setzte es wieder ab. »Aber ich habe Sie nicht eingeladen, um über Politik zu reden. Oder über Ihre Familie. Ich möchte Ihnen eine Stelle anbieten.«

»Ich habe schon eine.«

»Hören Sie mich trotzdem an. Doppeltes Gehalt, was Sie für den Anfang auf rund 65 000 im Jahr bringen würde. Meistens Nachtarbeit, so dass Sie tagsüber das College beenden, lange schlafen, Frauen aufreißen könnten, was immer Sie wollen. Sie bräuchten nur den Sheriffstern gegen einen Dienstausweis des Verkehrsamts einzutauschen. Damit würden Sie zu meinen Leuten gehören und für mich zu arbeiten ist nicht das Schlechteste. Außerdem bekämen Sie einen neuen Dienstwagen – einen dieser großen Impalas mit V8-Motor, Zusatzscheinwerfern und Kurzwellenfunkgerät. Und sie erhalten die Genehmigung zum verdeckten Tragen einer Waffe. Ihre Zuständigkeit würde die Jurisdiktion des Verkehrsamts umfassen und die ist groß und wächst weiter – Verkehrsabteilung, Autobahn- und Straßenverwaltung, Luftfahrtbehörde. Da ist viel zu tun. Schließlich stünden Ihnen einige phantastische Sozialleistungen zu, die jene des Sheriffs bei weitem übertreffen.«

»Was hätte ich zu tun?«

»Sie würden das tun, was Sie für Will getan haben. Joe, ich mache mir Sorgen. Die Leute heutzutage sind verrückt. Man braucht nur daran zu denken, was Will passiert ist. Einem Mann mit seinen Fähigkeiten und seiner Reputation. Sie konnten zwei dieser Hurensöhne erledigen, bevor sie ihn erwischt haben. Ich möchte jemanden, der so etwas kann. Jemanden, der abschreckt. Und dieser Jemand sind Sie.«

Ich sah ihn an, ohne etwas zu sagen. Alle wollen sie jemanden, der Angst einflößt. Einen, der tut, wovor sie zurückschrecken, der die dunklen Orte aufsucht und sich die Hände schmutzig macht. Dafür hatte Will mich ausgebildet. Das war mir klar gewesen, während er es tat, und es war mir jetzt klar.

»Mein Abschreckungspotential hat Will nicht das Leben gerettet, Sir.«

Er hatte gerade sein Glas an den Mund führen wollen und hielt mitten in der Bewegung inne. »Sie geben sich doch nicht selbst die Schuld daran, oder?«

»Ich sehe die Dinge nur, wie sie sind.«

»Sie sind ein wertvoller Mensch, Joe. Jeder wünscht sich jemanden wie Sie an seiner Seite. Sie haben Manieren, Verstand und Mumm. Sie haben Stil. Das zeigt sich an der Art, wie Sie mit diesen Typen umgegangen sind, die Chrissa Sands beschattet haben. Mir gefällt das. Sie sind bekannt. Sie haben ein Gesicht, das alle kennen. Man begegnet Ihnen mit Respekt, weil Sie gut mit Ihren Problemen umgehen können, weil Sie Ihr Leben im Griff haben, obwohl andere in Ihrer Situation den ganzen Tag zu Hause im Dunkeln sitzen würden. Sie haben viel von Will gelernt und er war großartig. Ich weiß, dass Sie vieles wissen. Aber lassen Sie mich Ihnen zeigen, was ich weiß. Joe, mit Ihren Jahren als Deputy und einigen weiteren beim Verkehrsamt im Hintergrund können Sie in der Bezirksverwaltung alles erreichen, was Sie wollen. Sie hätten Erfahrung und Beziehungen und wüssten, wie die Dinge laufen. Ich könnte mir vorstellen, dass Sie es eines Tages bis an die Spitze der Verwaltung bringen werden. Vielleicht werden Sie Chef des Verkehrsamts, wenn Ihnen das zusagt. Oder sogar Mitglied des Repräsentantenhauses oder des Senats von Kalifornien. Sie haben Starqualität, Joe. Ich könnte Sie gebrauchen und ich könnte Ihnen helfen.«

»Was ist mit Travis?«

»Er würde sich darüber freuen, wenn ich es ihm befehlen würde.«

»Nun, danke, Sir. Aber nein. Ich bin gern Deputy.«

»Es gefällt Ihnen im Gefängnis?«

»Ich bin auf der richtigen Seite der Gitter.«

Er lächelte und trank einen Schluck Whisky. Der Kellner servierte das Essen. »Denken Sie darüber nach, Joe. Sagen Sie mir einfach, dass Sie darüber nachdenken werden.«

»Also gut, ich werde darüber nachdenken. Sir, warum haben Sie Chrissa Sands durch Hodge und Chapman beschatten lassen?«

»Wegen der geringen Chance, dass Chrissa uns zu Savannah Blazak führen würde.«

»Aber sie sind ihr schon am Mittwochmorgen gefolgt, dem Tag, an dem Will starb, und Blazak hat die Entführung erst am Donnerstagabend bekannt gegeben.«

Rupaski nickte. »Richtig. Aber er ist privat zu mir gekommen. Direkt zu mir. Wir sind Freunde, Joe. Wir reden miteinander. Ich wusste, dass sein Sohn verrückt ist – letztes Jahr ist der Irre mit einem von Jacks Jaguars in die Mautstation Windy Ridge gerast, hat eine Wand mitgenommen und das Auto zu Schrott gefahren. Er war betrunken und high. Als meine Leute ihn aus dem Auto zerrten, versuchte er eine Kanone zu ziehen. Gott sie Dank besaßen sie die Geistesgegenwart, ihn windelweich zu schlagen. Jedenfalls habe ich angeboten, bei der Suche nach Savannah zu helfen. Ich finde, Savannah ist eines der süßesten Kinder, das ich kenne. Ich liebe sie. Also haben wir Alex' Freundin beschattet. Vor ein paar Jahren hat Jack Blazak die Verwaltung davon überzeugt, das Verkehrsamt einzurichten, und mir geholfen, den Spitzenjob zu bekommen. Er ist ein Freund und Freunde helfen einander. Genauso würde ich mich für Sie einsetzen, wenn Sie einer von uns wären.«

»Sie sollten Ihren Leuten befehlen, höflicher zu Chrissa zu sein.«

»Danke, dass Sie mich darauf aufmerksam machen, Joe. Mich und meine Leute.« Rupaskis Augen unter den dicken Augenbrauen funkelten vergnügt. »Joe, ich werde dafür sorgen, dass Sie für mich arbeiten, ob Sie wollen oder nicht.«

»Wie?«

»Das weiß ich noch nicht. Ich nehme an, ich werde Ihnen ein besseres Angebot machen müssen. Was ist mit Wills Auto? Es ist für zwei Jahre geleast, stimmt's? Ich könnte es einrichten, dass Sie es behalten dürfen und nach Ablauf des Leasingvertrags für ein Butterbrot kaufen können. Betrachten Sie es als Vertragsbonus. Als Dreingabe. Und den heißen Impala hätten Sie außerdem – für Dienstfahrten.«

Bei der Vorstellung musste ich lächeln. »Ich werde darüber nachdenken.«

Das Essen war ausgezeichnet. Besser hätte es nur noch sein können, wenn es den Teller nicht berührt hätte.

Während wir aßen, schlenderte ein junger Mann im Smoking die Treppe von der Konferenzetage herunter. Seine Haare schimmerten feucht. Entweder hatte er geduscht oder einfach nur Haargel benutzt. In einer Hand trug er ein großes Glas Orangensaft, in der anderen einen silbernen Aktenkoffer. Als er uns entdeckte, hob er das Glas in Richtung Rupaski.

Auf der Rückfahrt über die Mautstraße fiel mir eine Sentenz ein, die ich wohl hundertmal von Will gehört hatte: *Schütze deine Freunde, schade deinen Feinden.*

Enrique Domingo war klein und dünn und hatte große klare Augen und schwarze Haare. Da er kaum Englisch konnte, sprachen wir Spanisch. Will hatte darauf bestanden, dass ich Spanisch lernte, und ich war in der Schule ziemlich gut gewesen.

Wir saßen in Jaimes Büro im Hispano-Amerikanischen Kulturverein. Jennifer Avila hatte mir zur Begrüßung zugenickt, aber nichts gesagt.

Jaime bat Enrique, mir seine Geschichte zu erzählen, und er begann mit leiser Stimme zu berichten.

Er sei vierzehn Jahre alt, sagte er. Miguel, sein Bruder, sei sechzehn gewesen, als die Polizei ihn erschoss. Seine ältere Schwester, Luria Blas, sei achtzehn gewesen, als sie auf dem Pacific Coast Highway überfahren wurde.

Seine Schwester.

Nachdem ich erfahren hatte, dass er binnen weniger Wochen sowohl seinen Bruder als auch seine Schwester verloren hatte, sah ich ihn mit anderen Augen. Er schien vollkommen allein zu sein, selbst jetzt, während er mit Jaime und mir zusammensaß. Einsamkeit umgab ihn wie Ringe manche Planeten.

Ich sagte ihm, ich hätte keine Ahnung gehabt, dass Luria seine Schwester sei, und fragte, warum sie einen anderen Namen getragen habe.

Blas, erklärte er, sei der Name, den sie benutzt habe, um in die *Estados Unidos* einreisen und dort als Putzfrau arbeiten zu können. Durch ihn hätte sie sich für die Greencard qualifiziert, da sie behaupten konnte, die Schwester einer Frau zu sein, die mittlerweile eingebürgert worden war.

Während Enrique mir das erzählte, war ihm das Blut ins Gesicht geschossen.

»Das ist durchaus üblich«, warf Jaime ein. »Sie tun, was nötig ist, um *papeles* zu bekommen.«

»Warum haben die Polizei und die Zeitungen die Verbindung nicht gezogen?«, fragte ich.

Jaime reckte die Arme nach oben. Die Handflächen zeigten zur Decke. »Sie kennen sie, aber es ist ihnen egal. Für die Polizei ist ein Unfall ein Unfall und ein Zufall ein Zufall. Die englischsprachigen Zeitungen haben nur eine kleine Meldung gebracht. Sie war so klein, dass Sie sie nicht gesehen haben, stimmt's? Unsere spanischsprachigen Blätter haben die Geschichte wesentlich größer aufgemacht, aber wen schert das schon? Deshalb hoffen wir auf Ihre Hilfe.«

Ich sagte Enrique, was mit seinen Geschwistern passiert war, täte mir Leid. Er schaute weg.

Dann erzählte er mir, eine Zeit lang sei für ihn, Luria und Miguel alles gut gelaufen. Sie seien in der Lage gewesen, Geld für ihre Eltern und jüngeren Geschwister nach Guatemala zu schicken. Er und sein Bruder hätten als Gärtner gearbeitet; sie seien bei einer regulären Truppe untergekommen, die Rasen mähte und Bäume beschnitt. Acht Dollar die Stunde. Luria habe zwölf Häuser sauber gemacht, zwei pro Tag, sechs Tage in der Woche. Für jedes Haus habe sie fünfundsechzig Dollar bekommen. Sie sei beliebt gewesen, weil sie freundlich und schön war und hart arbeitete, ohne teuer zu sein.

Im Lauf der Monate hätte Luria sich jedoch verändert. Während sie früher immer fröhlich gewesen sei, sei sie nun mürrisch und abweisend geworden. Plötzlich sei sie mit Freundinnen ausgegangen, die Autos besaßen und teure amerikanische Kleider trugen, und erst spät nach Hause kamen. Sie habe angefangen zu trinken, weniger gearbeitet und dann irgendwann ganz damit aufgehört. Aber je weniger sie arbeitete, desto mehr Geld schien sie auszugeben. Sie habe weniger nach Hause geschickt, fügte Enrique hinzu und lief wieder rot an.

Eines Nachts, fuhr er fort, sei sie mit einem blauen Auge nach Hause gekommen. Sie hätte große Angst gehabt. Miguel sei rasend vor Wut gewesen. Zwei Wochen später sei sie in Fullerton, nur wenige Blocks von ihrer Wohnung entfernt, überfahren worden.

Enrique guckte aus dem Fenster, während er mir vom Tod seiner Schwester erzählte. Er hatte hoch im Gesicht sitzende, mandelförmige Augen. Es sah aus, als wäre er mit seinen Gedanken woanders, vielleicht in einer Zeit, als sein Bruder und seine Schwester noch am Leben waren und in der das wenige, das er besaß, genug zu sein schien. Ich fragte mich, ob er einen Stillen Ort kannte, an den er sich, wenn nötig, zurückziehen konnte, wo ein Adler neben ihm hockte und er eine bessere Welt vor sich sah.

Miguel sei außer sich gewesen über Lurias Tod, fuhr er fort. Am Abend danach hätte er gesehen, wie er eine Machete unter alten Jacken versteckte. Er hätte ihm gesagt, dass er Lurias Tod untersuche. Miguel sei sehr heißblütig gewesen.

Enrique sah mich an und beendete mit leiser Stimme Miguels Geschichte. Fünf Tage nach Lurias Tod sei er von der Polizei erschossen worden.

Luria habe Miguel näher gestanden als ihm, erklärte Enrique. Er sei so viel jünger gewesen und hätte die Probleme der Erwachsenen nicht verstanden.

Ich dachte über Miguel nach, konnte aber nicht erkennen, was er herausfinden wollte. Lurias Tod war ein Unfall. Die Frau, die sie überfahren hatte, war ausgestiegen und hatte zu helfen versucht.

»Ich dachte das Gleiche wie Sie, Joe«, sagte Jaime. »Also rief ich einen Freund im Leichenschauhaus an. Luria war obduziert worden, wie es bei gewalttätigen oder zweifelhaften Todesfällen üblich ist. Aber niemand wollte meine Fragen beantworten. Weil ich weder Familienangehöriger noch Justizbeamter bin. Daraus habe ich geschlossen, was jeder vernunftbegabte Mensch schließen würde – dass sie etwas zu verbergen haben.«

Ich dachte darüber nach, sagte aber nichts.

»Ich glaube, es war eine Gewalttat, Joe. Eine weitere Gewalttat gegen Latinos in Amerika und niemanden kümmert es. Der Staatsanwalt ruft nicht zurück. Die Polizei in Newport sagt, Miguel habe sie mit Waffen bedroht und sie nicht niedergelegt, als er von Gesetzeshütern dazu aufgefordert wurde. Und für die Polizei von Fullerton ist Luria durch einen Unfall ums Leben gekommen. Wie kann ich das glauben? Was wäre, wenn die Opfer keine armen Latinos gewesen wären? Wenn es zum Beispiel Ihnen passiert wäre, Joe? Ihr Vater hätte den Fall nicht auf sich beruhen lassen. Deshalb war er ein großer Mann. Also, wie können Sie uns helfen?«

»Lassen Sie mich darüber nachdenken.«

»Ihr Vater hätte mehr getan, als nachzudenken.«

»Er hätte zuerst darüber nachgedacht, Señor Medina. Und bitte, sagen Sie mir nicht, was Will getan hätte. Bei allem Respekt, Señor, ich kannte ihn wesentlich besser als Sie, wie viel er auch für den Kulturverein getan haben mag.«

Jaime stand auf und atmete laut aus. »Es tut mir Leid, Joe. Sie haben Recht. Ich bin wie Miguel. Wenn ich Ungerechtigkeit sehe, gehen die Pferde mit mir durch. Bitte verzeihen Sie mir.«

»Ich werde mehr darüber in Erfahrung bringen.«

Ich sagte Enrique, dass ich die Namen und Adressen von Lurias zwölf Arbeitgebern bräuchte. Er werde versuchen, sie zu beschaffen, erwiderte er, glaube aber nicht, dass er Erfolg haben werde. Luria habe sich ihm nicht so anvertraut wie Miguel.

Jaime brachte mich zur Tür. »Ich hatte Unrecht. Sie sind genau wie Ihr Vater, Joe.«

»Danke, Sir. Aber ich weiß, dass es nicht so ist.«

Ich fuhr zum Leichenschauhaus, ging hinein und fragte nach dem Direktor. Brian McCallum hatte Will nahe gestanden – sie hatten als Doppel zusammen Tennis gespielt und hinterher immer an der Klubbar gesessen. McCallum war ein schwerer Mann, der aber auf dem Tennisplatz überraschend behände war. Mir waren seine kräftigen Handgelenke aufgefallen, weil er den Schläger so geschickt bewegte. Er erzählte mir, er habe im College Baseball gespielt, was wohl die Erklärung war.

Er ging mit mir in sein Büro und nickte ständig, während ich ihm einen Teil dessen berichtete, was ich von Enrique Domingo und Jaime Medina gehört hatte.

»Nun, ja«, sagte er schließlich. »Ich war derjenige, der mit Medina gesprochen hat. Er ist neugierig und aufdringlich und verhält sich, als gehörte ihm hier alles, nur weil die Steuerzahler unsere Gehälter zahlen. Er sagte uns, dass Blas und Domingo Geschwister seien, was ich nach Newport und Fullerton weitergegeben habe. Dann wollte er Genaueres über Blas wissen, aber bei uns ist es die Regel, dass Informationen über Obduktionen nur an Familienangehörige oder Strafermittler gehen und an niemanden sonst.«

»Können Sie sie mir geben?«

»Tun Sie ihnen einen Gefallen?«

»Ja, Sir.«

Er sah mich einen Augenblick an, dann lehnte er sich

zurück. »Luria Blas wurde von einem Chevy Suburban von hinten angefahren. An einem Donnerstag gegen drei Uhr nachmittags. Der Aufschlagpunkt war ihr Schulterblatt und sie ist durch den Zusammenstoß vom Auto weggeschleudert worden, statt darunter zu geraten. Der Tod trat innerhalb von zwanzig Minuten ein. Lunge und Herz waren stark gequetscht und der Hals war an zwei Stellen gebrochen. Zwölf Brüche an acht verschiedenen Knochen. Das Röntgenbild ihrer rechten Schulter sieht aus wie ... nun, mehrfache Frakturen. Die inneren Blutungen müssen erheblich gewesen sein, wenn man bedenkt, dass sie nur noch wenige Minuten gelebt hat. Todesursache war Herz-Lungen-Versagen infolge des Zusammenpralls. Hätte sie durch irgendein Wunder überlebt, wäre sie vom Hals abwärts gelähmt gewesen.«

Ich stellte mir die Szene vor, obwohl ich es nicht wollte. »Wie schnell ist das Auto gefahren?«

»Die Unfallexperten geben die Geschwindigkeit mit 80 bis 95 Stundenkilometern an. Bremsspuren *nach* dem Zusammenstoß. Die Fahrerin sagte, sie hätte die Frau nicht gesehen. Es sei gewesen, als wäre sie auf die Straße gesprungen.«

Es fiel schwer, die Zeitungsfotos von Luria Blas' hinreißendem Lächeln mit einem neunzig Stundenkilometer fahrenden Suburban zusammenzubringen.

»Da war noch mehr, Joe. Erstens ist die Frau vor ihrem Tod zusammengeschlagen worden. Bauch, Rippen, Brustbein – alles voller blauer Flecken. Zwei Rippenbrüche. Blutungen der Leber und der Bauchspeicheldrüse, die *nicht* vom Zusammenprall mit dem Auto herrühren.«

»Womit wurde sie geschlagen?«

»Schwer zu sagen. Mit Fäusten wahrscheinlich. Mit nichts, das verwertbare Spuren auf ihrer Haut hinterlassen hätte. Keinerlei Späne oder Scherben, nichts.«

»Wie viele Stunden vor ihrem Tod ist es passiert?«

»Laut Frank Yee lagen die Schläge weniger als vierundzwanzig Stunden zurück und er verschätzt sich selten. Außerdem war sie schwanger. In der sechsten Woche. Die Schläge haben den Fötus nicht getötet. Das hat der Suburban erledigt.«

Wieder stellte ich mir vor, wie Luria Blas durch einen neunzig Stundenkilometer schnellen Chevy Suburban ihr Ende fand. »Sie ist auf die Straße gestolpert?«, fragte ich. »Konnte sie ihre Bewegungen nicht mehr kontrollieren? Aufgrund der Schläge?«

McCallum nickte. »Sicher. Es ist durchaus möglich, dass sie orientierungslos war. Mit Sicherheit quälte sie irgendetwas. Keine Drogen im Blut. Auch kein Alkohol. Sie könnte sich vor das Auto geworfen haben. Das ist eine Möglichkeit. Einen Anhaltspunkt haben wir gefunden – Haut unter den Fingernägeln. Vielleicht ein Stück von demjenigen, der sie geschlagen hat. Jedenfalls ein Stück von irgendjemandem. Wir haben sie gründlich nach Spuren untersucht, weil wir an einen Reflex, an eine selbst beigebrachte Wunde dachten. Sie hat sich nicht selbst gekratzt. Aber sagen Sie Jaime Medina, er brauche sich keine Sorgen zu machen – die Polizei von Fullerton arbeitet mit Hochdruck an dem Fall.«

Mir ging Enriques Erzählung über seine Schwester durch den Kopf – wie sie sich zurückgezogen hatte und unglücklich geworden war. Jung, arm, unverheiratet, in einem fremden Land und schwanger. Was würden Sie tun?

Meine Gedanken schweiften zu Will ab, weil mich jede Trauer an ihn denken ließ. Ich schüttelte den Kopf und versuchte, die beiden zu trennen und Luria Blas den Respekt zu bezeugen, den sie verdiente.

»Woran denken Sie, Joe?«

»Welche Verschwendung das alles ist.«

»Manchmal hat es den Anschein.«

»Vielen Dank. Medina wollte die Informationen, weil er Lurias Bruder kennt.«

»Das habe ich mir gedacht. Ich weiß, dass Jaime Gutes tut.«

»Sie glauben, ihr Tod hängt mit dem des Bruders zusammen.«

McCallum zog die Augenbrauen hoch und schüttelte den Kopf. »Ich wüsste nicht, wie.«

»Kann ich mir die persönlichen Dinge ansehen, die Miguel Domingo bei sich hatte, als er starb?«

»Außer den Waffen haben wir alles hier.«

Er führte mich in den Asservatenraum, sprach mit dem Dienst habenden Sergeant und machte einen Anruf. Einige Minuten darauf brachte ein Deputy einen Plastikkasten zum Tresen und stellte ihn ab. McCallum quittierte den Erhalt und wir gingen mit dem Kasten ins Labor zurück.

Er enthielt nicht viel: eine Plastiktüte mit 6,85 Dollar; ein Streichholzheftchen aus einem Supermarkt; einen schwarzen Plastikkamm; den Kontrollabschnitt eines Busfahrscheins; eine Brieftasche und einen Kugelschreiber. Ein in weißes Packpapier eingewickeltes Hemd. Eine blutige Hose. Eine weitere Tüte mit Socken und Unterwäsche. Ein Paar ausgetretene Turnschuhe mit locker zugebundenen Schnürsenkeln.

»Die Brieftasche, darf ich?«

»Nur zu.«

Ich öffnete die Tüte und nahm die Brieftasche heraus. Sie sah abgewetzt und schief aus, so wie es bei alten Brieftaschen oft der Fall ist. Ein Foto von fünf Kindern und zwei Erwachsenen, die vor einer mit Kletterrosen bewachsenen Mauer standen. Ein Gesicht erinnerte an das von Enrique, ein anderes an das von Luria. Kein Ausweis. Im Geldscheinfach lag ein kleiner, zusammengefalteter Zeitungsausschnitt. Ich faltete ihn auseinander – es war der Artikel aus dem *Journal*, in dem über Lurias Unfalltod berichtet wurde. Ich legte ihn wieder zusammen und steckte ihn in die Brieftasche zurück.

»Die Hose?«, fragte ich.

»Sie ist völlig verdreckt.«

Ich fummelte das Packpapier auseinander. Schwarze Jeans voller rostfarbener Blutflecke. Die vorderen Taschen waren leer, die hinteren ebenfalls. Doch als ich einen Finger in die Münztasche steckte, ertastete ich etwas Glitschiges. Ich schob den Finger um den Fund herum und versuchte ihn herauszuangeln, aber er steckte fest. Also versuchte ich es mit der Pinzette an meinem Taschenmesser. Ich rutschte zweimal ab, aber dann gab das angetrocknete Blut nach und ein rechteckiges Stück Papier kam zum Vorschein. Ich faltete es auseinander und glättete es auf dem Tisch. Es sah wie ein Stück von einem Briefumschlag aus – man konnte die diagonale Naht im Papier erkennen. Es war ein grobes Quadrat von etwa zwölf Zentimetern Seitenlänge. Eine Seite war schwarz und blutdurchtränkt.

Auf dem Zettel stand in gedrängter, schwer zu entziffernder Handschrift:

Señora Catrin – Puerto Nuevo
Señor Mark – Punta Dana
Señora Julia – Laguna
Señora Marcie – Puerto Nuevo

Die ersten drei Namen waren durchgestrichen, nur Señora Marcie aus Newport Beach nicht. Ich las den Namen zweimal. Dann fiel mir ein, was Bo Warren gesagt hatte, als wir das erste Mal im Wohnzimmer der Blazaks miteinander gesprochen hatten: *Marcie, das ist das Hausmädchen hier.*

»Jesus«, stieß McCallum hervor, »das haben wir übersehen. Was, nur Namen und Orte?«

»Miguel war außer sich. Er untersuchte Lurias Tod. Das hier sind vielleicht Informanten oder Verdächtige.«

»Nun, die Fahrerin des Suburban hieß Gershon, Barbara Gershon. Ihr Name wurde veröffentlicht. Er wurde nicht geheim gehalten.«

Ich suchte eine logische Erklärung für die Namen, fand aber keine. Nur eins war mir klar: dass ich einen bestimmten Telefonanruf machen musste und zwar bald.

»Joe, ich werde das hier beschlagnahmen und den Fund der Polizei von Newport melden müssen.«

»Ja, Sir.«

»Alles in Ordnung?«, erkundigte er sich.

»Ja. Ich habe nur all die Kugeln, das Blut und die gebrochenen Knochen satt.«

»Die sichern Ihren Arbeitsplatz.«

Ich legte einen Zwischenstopp bei der Bank ein, um den Inhalt des Schließfachs abzuholen. *Krimskrams. Nichts.* Trotzdem war es Zeit, sich darum zu kümmern. Ich packte alles in Wills Aktentasche, meldete mich ab und fuhr zum Schießstand des Sheriff's Departments.

Dort schoss ich hundert Schuss mit meinen .45ern, je fünfzig mit der Rechten und der Linken. Dann fünfzig mit der .32er, die ich am Knöchel trug. Ich schoss auf den Großen, auf Lurias Peiniger und Savannahs Entführer, falls sie überhaupt entführt worden war, und auf Thor, obwohl es mir weniger Spaß machte als sonst. Schließlich schoss ich auf diverse Ungeheuer, Gespenster und Dämonen, auch auf Satan selbst – und traf ihn mitten ins Herz.

Ich bin gut mit der Linken, wenn auch weniger ausdauernd. Die letzten zehn Kugeln feuerte ich aus fünfzehn Meter Entfernung ab und alle verfehlten den Rumpf, aber zumindest trafen sie die schwarze Fläche. Ich benutze fürs Scheibenschießen keine Wettkampfmunition, sondern die üblichen schweren Kupfermantelpatronen. Nichts soll sich anders verhalten als im Ernstfall, wenn ich auf etwas anderes schießen muss als Papier. Den Teufel zum Beispiel.

Als ich fertig war, nahm ich die Waffen auseinander und reinigte sie. Dann ölte ich sie ein. Ein wunderbarer Geruch, Hoppes Gewehröl. Meine Linke kribbelte und tat weh und beide Hände rochen nach Schießpulver.

»Luz Escobar«, sagte Ray Flatley. »Alias Pearlita. So heißt sie bei den Raitt Street Boys. Seit sie dreizehn war, hat sie eine Derringer mit eingelegtem Perlmutt in der Tasche getragen, und soweit ich weiß, tut sie das heute noch.«

»Kann ich die Akte sehen?«

Er reichte sie mir und ich betrachtete ihre Fotos. Größe

1,68 Meter, Gewicht 77 Kilogramm. Kurz geschnittene Haare.

»Sie zieht sich wie ein Mann an«, sagte Flatley. »Wir haben sie wegen einer Schießerei drangekriegt. Aber unser Zeuge wurde eines Nachts in seinem Wohnzimmer erschossen. Adieu Anklage gegen Pearlita. Sie hat das Heft in der Hand, Joe. Sie führt die Überfälle und Racheaktionen an. Unser Zeuge gegen Felix sitzt in einem anderen Staat in Schutzhaft. Wir warten darauf, dass Pearlitas Gangster den nächsten Schritt unternehmen, aber bis jetzt ist er noch am Leben.«

Ich betrachtete wieder die Fotos. Sogar auf den Gesichtern der Mörder und Vergewaltiger, die ich im Gefängnis bewachte, hatte ich selten eine solche Bösartigkeit gesehen. Sie sah nicht wie eine Frau aus, auch nicht wie ein Mann, sondern wie etwas Geschlechtsloses und Böses.

»Was ist los?«, fragte Flatley. »Warum interessieren Sie sich für Luz Escobar?«

»Will hat an dem Abend, an dem er starb, mit ihr telefoniert. Ich glaube, sie wollte seine Fürsprache bei Phil Dent.«

Flatley sah mich erstaunt an. »Weiß Rick davon?«

»Ich habe gebeichtet, Sir. Alles.«

»Gut, Joe. Denn mit Pearlita ist nicht gut Kirschen essen. Und wenn Will nicht bereit war, sich bei Dent für einen kaltblütigen Mörder einzusetzen, ist Pearlitas berühmtes Temperament vielleicht mit ihr durchgegangen.«

»Verkehren die Raitt Street Boys mit den Cobra Kings?«

»Sie hassen sich.«

Ich verbrachte ein paar Minuten in der Abgeschiedenheit des Installationsschachts in Trakt F. Hinter der Zelle eines kleinen asiatischen Gauners namens Hai Phan lehnte ich mich zurück und betrachtete die Rohre und Leitungen. Phan unterhielt sich mit seinem Zellennachbarn, einem weiteren asiatischen Ganoven, aber sie sprachen vietnamesisch. Ich saß reglos da und versuchte etwas mitzuhören, das mit Will oder Savannah Blazak zu tun hatte.

Nichts. Genauso gut hätte ich einem Kampf zwischen Katzen oder im Wind rauschenden Bäumen zuhören können.

Ich wechselte in die Wachstation im Speisesaal und beobachtete, wie die Insassen zum Abendessen hereinkamen. Es begann um sechzehn Uhr. Alles sah wie immer aus: ein Speisesaal im Gefängnis, Wachen, die sich an die Wände lehnten, ein scheinbar endloser Strom oranger Overalls, die sich herein und heraus bewegten. Wie üblich war das mexikanische Auto das größte, dann kam das Holzauto, das schwarze, die Asiaten. Ruhig. Geordnet. So weit war es ein weiterer friedlicher Tag.

Ich ging zu meinem Fach und nahm meine Post heraus. Sie bestand nur aus einer einzigen Postkarte. Sie kam aus Las Vegas und zeigte ein großes Hotel, das einer italienischen Stadt ähnelte. Die Handschrift war groß und akkurat.

Lieber Joe,

Sie haben mir das Leben gerettet. Im Moment geht es mir gut, aber ich habe große Angst vor dem, was passieren kann.

S. B.

Die Karte war vor drei Tagen abgestempelt worden. Ich rief Steve Marchant an.

»Ich möchte, dass Sie zwei Dinge tun«, sagte er. »Erstens stecken Sie sie in eine Papiertüte, wobei sie nur die Ecken anfassen. Benutzen Sie eine Pinzette oder Zange. Zweitens bringen Sie die Tüte auf der Stelle hierher.«

Marchant führte mich in den kleinen FBI-Arbeitsraum im dritten Stock und schloss die Tür hinter uns. Dann nahm er die Tüte, kippte die Postkarte heraus und schob sie mit einem Stift auf den Lichttisch. Danach schwenkte er eine Infrarotlampe über den Tisch und schaltete sie ein.

»Das Infrarotlicht macht das Salz im Hautfett sichtbar«, erklärte er. Dann sagte er: »Sehen Sie sich das an.«

Er trat zur Seite, damit ich einen Blick auf die Postkarte werfen konnte. Es war ein deutlicher Fingerabdruck, der aussah, als hätte ihn der Erkennungsdienst abgenommen.

»Warten Sie hier.«

Er warf die Tür zu, als er hinausging, und tat dasselbe, als er zurückkam. Er legte zwei Fingerabdruckkarten und eine Akte neben die Postkarte und zog ein am Tisch befestigtes Vergrößerungsglas über den Fingerabdruck.

»Ja, Spitze. Wirklich Spitze.«

Er murmelte noch irgendetwas, das ich nicht verstand, dann trat er beiseite. Ich schaute durch die Lupe auf den Fingerabdruck, dann auf die Karten, dann wieder auf den Abdruck.

»Meiner Meinung nach ist das Savannah Blazaks Abdruck«, stellte Marchant fest. »Ich werde Washington die Abdrücke vergleichen lassen, damit es amtlich ist.«

Damit schaltete er das Infrarotlicht aus und schob das Vergrößerungsglas beiseite. Als er sich zu mir umwandte, stand ihm die Wut ins Gesicht geschrieben.

Er zog eine selbst gemachte Muttertagskarte aus der Akte. Der Text lautete: »Mama, ich liebe dich mehr als alle Sterne zusammen. Deine Tochter Savannah.« Marchant schob die Muttertagskarte neben die Postkarte und drehte sie mit einer Pinzette um.

Ich schaute ihm über die Schulter. Die Schrift war dieselbe.

Marchant nahm einen Briefbogen aus der Akte. Oben war der Schriftzug »Alex Jackson Blazak« und unten die Adresse der Blazaks eingeprägt. Ich las die Anrede und die ersten beiden Zeilen:

Liebe Chrissa,

ich kann dir gar nicht sagen, wie lange her es mir vorkommt, dass ich dich gesehen habe. Dieses Essen am Valentinstag war klasse.

»Savannah schreibt, dass es ihr gut geht«, sagte Marchant.

»Und dass sie Angst vor dem hat, was geschehen kann.« Er machte einen Schritt zurück und sah mich an. »Ich werde diesen Typen schnappen und seine Geisel befreien. Sie können mich zitieren.«

Ich nickte.

»Vielen Dank, Joe. Danke für die prompte Meldung. Jetzt entschuldigen Sie mich bitte. Ich muss mit Las Vegas telefonieren. Eine Flucht mit einer Minderjährigen über eine Staatsgrenze hinweg in unmoralischer Absicht. Sie ahnen gar nicht, wie viel Arbeit uns der ›Mann Act‹ seit 1910 eingebracht hat.«

»Glauben Sie tatsächlich an die unmoralische Absicht?«

Er dachte kurz nach, dann erwiderte er: »Ich will Ihnen etwas sagen, auch wenn ich es eigentlich nicht tun dürfte. Aber es bleibt unter uns. Wir haben die Eltern, sofort nachdem sie wegen ihrer Tochter zu uns gekommen waren, einem Polygraphentest unterzogen. Beide haben ihn bestanden, aber einiges von dem, was der Lügendetektor bei Jack anzeigte, hat mir nicht gefallen. Mehr kann ich im Augenblick nicht sagen.«

»Ich habe gestern von der Absprache mit Ellen Erskine erfahren.«

»Ihr Vater hat sie im Dunkeln gelassen. Er hat ihr nicht einmal Savannahs Namen genannt. Sie ist sich nicht sicher, ob er immer ehrlich war.«

Ich wartete ab, ob er noch mehr sagen würde, aber es kam nichts mehr. Dann fragte er mich: »Was ist mit Ihnen? Glauben Sie immer noch, dass er ehrlich war.«

»O ja. Darauf würde ich mein Leben verwetten.«

Während der Heimfahrt rief ich mit meinem Handy Lorna Blazak an.

»Mr Trona, haben Sie von ihr gehört?«

»Sie hat mir eine Postkarte geschickt. Aus Las Vegas. Ich habe sie gerade vor einer Stunde erhalten. Es geht ihr gut, Mrs Blazak. Aber sie hat Angst.«

»Gütiger Gott ... und mein Sohn?«

»Ich kann nur vermuten, dass er bei ihr ist.«

»Ich weiß nicht, was ich tun soll. Sagen Sie mir, was ich tun kann.«

»Warten, Mrs Blazak. Helfen Sie dem FBI, Ihnen zu helfen.«

Stille.

»Mrs Blazak, hatten Sie eine Frau namens Luria Blas als Putzfrau beschäftigt?«

»Nein. Warum?«

»Ich habe Hinweise darauf, dass Marcie sie kannte.«

»Das mag sein. Aber in diesem Haus hat niemand mit dem Namen Luria Blas gearbeitet. Das ist die Frau, die in Fullerton überfahren worden ist, nicht wahr?«

»Das ist richtig.«

»Die Frau und ihre Familie tun mir Leid, Mr Trona. Aber ziehen Sie uns da bitte nicht mit rein. Wir haben schon genug Sorgen.«

»Das ist nicht meine Absicht, Mrs Blazak. Ich bin nur einer Spur gefolgt. Man muss allem nachgehen.«

»Ich verstehe.«

»Marcie ist Ihre Hausangestellte, richtig?«

»Ja.«

»Würden Sie mir ihren Nachnamen nennen?«

Wieder Stille. »Diaz. Mr Trona, denken Sie daran, dass es in Orange County mehr als eine Hausangestellte namens Marcie geben muss.«

»Das werde ich. Und vielen Dank. Ma'am, wir tun alles, um Ihre Tochter und Ihren Sohn zu finden.«

»Es ist absolut frustrierend, Mr Trona. Sie werden gesehen, sie verschwinden. Sie werden wieder gesehen, sie verschwinden wieder.«

»Bitte haben Sie Geduld.«

»Ich brauche etwas, woran ich mich festhalten kann.«

»Halten Sie sich an dem Wissen fest, dass Savannah am Leben ist. Glauben Sie fest daran, Mrs Blazak.«

»Danke. Und danke, dass Sie mich angerufen haben.«

Kapitel fünfzehn

Ich wusste nicht, was ich June Dauer bei unserem ersten echten Rendezvous schenken sollte, aber ich wusste, dass sie Rubine mochte. Also kaufte ich ein Armband, das über und über mit Rubinen besetzt war, und ließ es hübsch einpacken. Dann fiel mir ein, dass Blumen üblich waren, und ich kaufte einen Strauß Blumen und dazu ein paar Pralinen – und einen großen Korb mit Gourmetkaffee und Likören, weil der Geschenkeladen ihn im Sonderangebot hatte.

Das Ganze kostete mich fast ein Monatsgehalt, aber ich gab nur wenig von meinem Geld aus, da mein Haus bezahlt war. Will und Mary Ann hatten es für mich gekauft, als ich anfing zu arbeiten. Mary Ann wollte, dass ich so früh wie möglich auf dem schwindelerregenden Immobilienmarkt von Orange County vertreten war. Das Haus ist jetzt schon über fünfzigtausend Dollar mehr wert, als sie bezahlt haben, und ich habe nicht viel mehr getan, als Staub zu saugen und die Bäume zu gießen.

June wohnte in einem Haus direkt am Hafen von Newport. Ich stand vor ihrer Tür und hörte, wie die Leinen der Jachten gegen die Masten schlugen und die Schreie der Möwen widerhallten. Meine Knie wurden weich. Ich hatte meinen besten Anzug angezogen und den besten Hut aufgesetzt. Ich klingelte und wartete.

Sie öffnete die Tür und trat zur Seite, um mich hereinzulassen. Ihr Lächeln nahm einen belustigten Ausdruck an, als sie den Präsentkorb und das Schmucketui in meiner einen Hand und die Blumen in der anderen bemerkte.

»Es ist wundervoll, Sie wiederzusehen«, sagte ich.

»Nett, Sie zu sehen, Joe, aber Sie hätten mir das nicht alles mitbringen müssen.«

»Sie brauchen es ja nicht anzunehmen.«

Der Schatten, der sich auf ihr Gesicht legte, war echt. Mir war, als würde mein Herz gleich aufhören zu schlagen.

»Kommen Sie schon herein.«

»Danke.«

Das Haus war sonnendurchflutet. Wände und Teppich waren weiß und durch das große Panoramafenster sah man das Wasser im Hafenbecken glitzern und die vor Sauberkeit blinkenden Boote schaukeln. Eine große Jacht fuhr die Fahrrinne entlang.

»Es ist schön hier«, stellte ich fest. »Wie auf einer Postkarte.«

»Tatsächlich ist vom Dach des Hauses aus mal eine aufgenommen worden. Nun, ich denke, ich sollte Ihnen diese Sachen abnehmen.«

Sie stellte die Geschenke auf einem gläsernen Esstisch ab. Sie trug ein kaffeebraunes Seidenkleid und braune Pumps. Ihre Beine glänzten. Durch die offenen Fenster drang der Geruch von Meerwasser herein, aber ich roch auch ihr Parfüm. Sie betrachtete den Korb und die Pralinen, das Schmucketui und die Blumen.

»Overkill?«, fragte ich.

»Hm. Wir werden uns später eine angemessene Erwiderung ausdenken. Jetzt will ich erst einmal die Rosen ins Wasser stellen. Sie sind sehr schön, Joe. Ich habe die rosafarbenen immer besonders gemocht. Sie symbolisieren irgendetwas, aber ich habe vergessen, was.«

Sie nahm eine große Kristallvase aus einem Regal, ließ etwas Wasser hineinlaufen, beschnitt die Stile der Rosen und stellte die Blumen in die Vase. Dann trug sie die Vase zum Kaminsims. Auf der Oberseite waren ihre Arme dunkel, an der Unterseite hell. Ich half ihr, in der Mitte des Simses einige Fotos umzustellen, um für die Vase Platz zu schaffen.

Sie trat zurück und betrachtete unser Werk. Die rosa Rosen stachen von der weißen Farbe des Kaminsimses und der Wand ebenso ab wie June selbst. Mir war nie klar gewesen, was für eine schöne Farbe Braun war. Oder wie gut zwei Brauntöne miteinander harmonieren konnten: das matte Dunkelbraun der Seide und das schimmernde hellere Braun ihrer Haut. Sie war voller Frische und Anmut, wie aus Schaum geboren.

Das Unbekannte Ding. Es hatte mich erwischt.

»Schön«, sagte sie. Sie sah mich an und lächelte zum ersten Mal wirklich. Ihre Locken schimmerten im Sonnenlicht, das hinter ihr durchs Fenster hereinfiel. Ihre Augen waren dunkel und klar. »Danke, Joe.«

»Das Vergnügen ist ganz auf meiner Seite.«

Sie schüttelte den Kopf, lächelte aber weiter. »Wissen Sie, welche Wirkung es auf mich hat, wenn Sie so höflich sind und immer ›bitte‹ und ›danke‹ und ›ganz meinerseits‹ und all das sagen?«

»Nein.«

»Sie setzen in mir den Wunsch frei, aus vollem Hals Schimpfwörter zu brüllen.«

Ich lächelte und wandte den Blick ab. »Manchmal geht es mir genauso.«

»Wirklich?«

»Die Gedanken, die durch meinen Kopf huschen, stimmen nicht immer mit den gesprochenen Worten überein. Ich rede einen Mann mit ›Sir‹ an, während mir danach ist, ihm den Arm zu brechen.«

»Haben Sie das schon einmal getan?«

»Ein Mal.«

»Wirklich?«

Ich zuckte die Achseln. »Es ging fast nicht anders. Polizeischulquatsch – Rivalität und Hänselei und all das. Es ging gut aus. Sie wollten den Typen sowieso aussieben.«

»Nach dieser netten Geschichte sollten wir jetzt essen gehen.«

Ich suchte eines von Wills Lieblingsrestaurants aus, ein ruhiges italienisches Lokal auf Balboa Island. Der Tisch war ziemlich klein und zwang uns zu einer Nähe, die ich bei jedem anderen außer June Dauer unerträglich gefunden hätte.

Sie wurde von Minute zu Minute schöner. Wir bestellten eine Flasche Chianti, die für uns beide reichte, und nach dem Dessert tranken wir einen Cognac. In meinen Ohren summte es angenehm und mein Körper fühlte sich warm und leicht an. Ich hatte das Gefühl, mit Helium gefüllt zu sein. Wenn ich mich nicht mit den Händen an der Stuhlkante festgehalten hätte, wäre ich vermutlich bis unter die Decke geschwebt.

Nach dem Essen machten wir einen Spaziergang um die Insel und June zeigte mir verschiedene Häuser, in denen sie gewohnt hatte, als sie noch Studentin an der Universität von Kalifornien gewesen war. Den Sonnenuntergang beobachteten wir von der Westseite der Insel aus. Die Fenster, die auf die Bucht führten, warfen orangefarbenes Licht zurück und eine Fähre voller Autos schaukelte über die Wellen. Junes Haut nahm einen Goldton an und ihre Schokoladenaugen wurden hellbraun, während sie in die Ferne blinzelte. Mehr Brauntöne hatte ich nie gesehen – raffiniert und wundervoll.

Als die Sonne unterging, kam ein kühler Wind auf und June drückte sich an mich. Ich legte einen Arm um ihre Schultern. Etwas derart Dramatisches hatte ich noch nie bei einer Frau getan, aber sie zuckte nicht zurück und rückte nicht von mir ab. Beinahe hätte ich den Arm wieder zurückgezogen und mich entschuldigt, aber ich riss mich zusammen.

Ihre Haut war kühl und ich spürte kleine Vertiefungen darin. Noch nie in meinem Leben hatte ich etwas so Aufregendes berührt.

Als sie ihre Haustür aufschloss, war es dunkel. Aber man konnte das silbrige Wasser des Hafens und eine von Westen nahende blasse Nebelbank ausmachen.

Sie öffnete die Schiebetür zur Terrasse und schaltete eine Lampe neben der Couch ein. Das Zimmer füllte sich mit einem weichen Spiel von Licht und Schatten und eine kühle feuchte Brise wehte herein.

Dann nahm sie das Schmucketui vom Tisch. »Kommen Sie, setzen Sie sich zu mir auf die Couch«, sagte sie.

Ich setzte mich in respektvollem Abstand neben sie und schaute aus dem Fenster. Die Spitzen der hohen Masten schwankten im Mondschein.

June legte das Etui auf ihr rechtes Knie. »Ich habe Angst, es zu öffnen.«

»Es soll nur zeigen, wie sehr ich mich freue.«

»Sie neigen zu Übertreibungen, Joe.«

»Das passiert mir manchmal, June.«

Sie schaute auf das Etui. Es war in silbernes Papier eingewickelt, auf dem die Lichtstrahlen tanzten. Einer fiel auf das Bein, das der Lampe am nächsten war, aber das auf meiner Seite lag im Schatten. Ich schaute auf die Stelle, wo ihre Beine unter dem Stoff des Kleides verschwanden, und verspürte einen tiefen, zunehmenden Schmerz.

Sie packte das Geschenk aus, wie Frauen es tun: Sie streifte die Schleife ab, öffnete das Klebeband mit den Fingernägeln und entfernte das Papier, faltete es zusammen und legte es beiseite. Das Etui war mit schwarzem Samt bezogen. Sie öffnete es. Sogar in dem weichen Licht glitzerten die Rubine rot auf dem dunklen Futter. Wie hundert kleine Bremsleuchten auf einer Miniaturautobahn.

»Ach, Joe.«

Es war unmöglich, den Ton ihrer Stimme zu deuten.

»Das sind Rubine«, sagte ich.

»Das sehe ich. Das ist zu viel ... viel zu viel. Wirklich.«

»Wirklich?«

Sie sah mich an. »Ja.«

»Okay. Hier.«

Damit stand ich auf und hielt ihr die Hand hin. Sie legte das Etui hinein und ich ging damit auf die Terrasse, die sich direkt über dem Hafenbecken befand.

»Joe, nein!«

Ich ließ das Etui drei Meter tief ins Wasser fallen.

Sie stand plötzlich neben mir am Geländer und schaute hinunter.

»Himmel, Joe – mein Armband!«

»Es schwimmt.«

»Nicht für immer! Es macht sich besser an meinem Arm als auf dem Grund des Hafens.«

»Das hätten Sie auch sagen können, bevor ich es hinuntergeworfen habe.«

Ich zog Schuhe und Jackett aus und gab ihr meine Brieftasche. Die Kanonen hatte ich im Mustang gelassen.

»O Mann«, sagte sie.

Ich machte einen Kopfsprung, um so wenig wie möglich zu spritzen. Dann tauchte ich auf und schwamm mit kräftigen Brustzügen zu dem auf dem Wasser schaukelnden Etui. Das Wasser war kalt, fühlte sich aber gut auf dem Gesicht an. Wie Eis. Ich nahm das Etui zwischen die Zähne und machte kehrt, um zurückzuschwimmen.

Da hörte ich es hinter mir platschen und dann tauchte der glänzende nasse Kopf von June aus dem Wasser auf.

»Kalt!«, stellte sie fest.

Ich versuchte »Jawohl, Ma'am« zu sagen, brachte aber nur ein »Ja-a-Ma« hervor.

»Was ist das in deinem Mund, Fido, ein Etui voller Rubine?«

Ich nickte. Sie kam näher. Ihr Atem ging rasch, wie es in der Kälte kaum anders zu erwarten war. Ich spürte die Bewegungen ihrer Beine neben meinen und roch auf der Wasseroberfläche ihren warmen menschlichen Atem. Unsere Füße stießen zusammen, dann unsere Knie. Schließlich griff sie mit einer Hand nach meinem Hemdkragen, zog mir das Etui aus dem Mund und ersetzte es durch ihren Mund und ihre Zunge. Ich zog sie mit einem Arm an mich und spürte in den glatten Muskeln ihrer Taille das Echo ihrer tretenden Beine. Als wir zu sinken begannen, musste ich sie loslassen und mit den Händen paddeln, um unsere Köpfe über Wasser zu halten. Dabei trieb ich ein wenig von ihr ab. Sie lachte auf, griff wieder nach meinem Hemd, zog sich daran näher an mich heran und steckte mir das Etui wieder in den Mund. Dann lachte sie noch einmal auf, leise und irgendwie hinterhältig, bevor sie eine Hand auf meinen Intimbereich drückte.

»Du bist ein harter kalter Mann, Joe Trona.«

»Ja-a-Ma.«

»Jetzt kannst du nicht mehr sagen ›yes, Ma'am‹, ›no, Ma'am‹, ›nett, Sie kennen zu lernen‹, ›wie geht es Ihnen‹, ›ganz meinerseits‹, was?«

»'ch kah sah gahs meierseis.«

»Du kannst sagen ›mit Vergnügen‹? Meinst du das?«

Das Wasser fühlte sich da unten wie Eis an. Sie griff mit beiden Händen nach unten, zerrte kurz an mir und dann spürte ich ihre Hände durch all das Eis auf meiner Haut. Es fühlte sich großartiger an, als ich mir je erträumt hätte.

»Uff«, flüsterte sie.

Ich zog das Etui aus dem Mund und strampelte weiter im Wasser, während ich es mit der Hand umklammerte.

Sie ließ los, legte mir beide Hände auf die Wangen und küsste mich wild. Ich versuchte, alles wieder dort zu verstauen, wo es hingehörte, aber der Reißverschluss klemmte und ich begann zu sinken. Dann warf sie sich herum, dass es spritzte, und schwamm zu der Leiter, die von ihrer Terrasse hinunter ins Wasser führte.

Sie kletterte vor mir hinauf, in ihrem am Körper klebenden Seidenkleid, und drückte die Beine auf den Sprossen durch, während das Licht der Terrassenbeleuchtung in ihren nassen Haaren spielte.

Sie half mir, auf die Terrasse zu klettern, nahm mir das Etui aus dem Mund und legte es auf den Terrassentisch. Ich drehte mich um und versuchte weiter, mich in einen präsentablen Zustand zu versetzen, aber sie legte mir eine Hand auf die Schulter, drehte mich zu sich um und drückte wieder ihren Mund auf meinen. Dann dirigierte sie mich durch die Schiebetür ins Zimmer. Ich stolperte rückwärts und stieß gegen irgendetwas, das aber nicht umfiel oder zerbrach. Durchs Wohnzimmer mit den Rosen auf dem Kaminsims. An der Küche und am Essraum mit den Pralinen und dem Sonderangebotspräsentkorb vorbei, den Flur entlang, an den gerahmten Bildern vorbei, die an beiden Rändern meines Gesichtfelds auftauchten. Wirklich sehen konnte ich jedoch nur Junes Stirn, eine Wange und den schimmernden Fleck in einem ihrer Augen, als sie mich ins Schlafzimmer schob, eine Linksdrehung um neunzig Grad mit mir vollführte und mich ins Bad stieß. Das alles, ohne ihren Mund von meinem zu nehmen.

Ich spürte, wie sie den Arm ausstreckte, und hörte das Rauschen der Dusche. Sie griff nach etwas anderem und ich hörte ein Summen über mir und spürte den heißen Hauch einer Infrarotlampe im Nacken. Die Tür schloss sich und es wurde dunkel. Fast dunkel. Als ich an Junes Wange vorbeischaute, sah ich im Spiegel über dem Waschbecken unsere Oberkörper.

Es dauerte etwas, bis wir die Kleider herunterbekommen hatten. Wir hielten uns fest, küssten uns tief und zitterten, während wir darauf warteten, dass die Hitze der Infrarotlampe uns umfing und die Dusche stärker dampfte. Wir mussten uns nicht lange gedulden. Oder vielleicht doch. Dieser Kuss hatte irgendwie mein Zeitgefühl verändert und ich bekam keine Gelegenheit, auf meine Uhr zu schauen.

Dann das Klicken der Tür der Duschkabine und ein Schritt hinein und heißes Wasser strömte an uns herab. Seifenlauge, Shampooschaum und dieser glatte, geschmeidige Körper an meinem, Hände, die mich erkundeten und streichelten und erkundeten und streichelten. Unerträgliches Vergnügen. Sie kniete sich hin und wusch mich. Ich sagte ihr, sie solle in meinem Intimbereich vorsichtig sein, aber sie schien es absichtlich zu überhören. So stand ich dort, hart wie eine Statue, die Arme an die Fliesen gepresst, zitternd, während sie mich in der Dunkelheit streichelte.

Als sie fertig war, ging ich auf die Knie und wusch sie auf die gleiche Weise. Sie war nasser als nass. Dann schrie sie leise auf, grub ihre Fingernägel in meinen Hinterkopf und zog meinen Kopf zu sich. Ein zweiter leiser Aufschrei. Genau genommen ein Jaulen. Dann Starkstrom. Ihre Finger krallten sich förmlich in meinen Schädel. Während ihre Schauder schneller aufeinander folgten, drang die Wärme des Wasser schließlich durch die Haut in meine Muskeln und Knochen ein. Ich fühlte mich wieder so leicht wie im Restaurant. Wieder hatte ich das Gefühl, als könnte ich zur Decke hinaufschweben und mich im Duschkopf verfangen wie ein Ballon in einem Baum und June von dort oben beobachten.

Nicht, dass ich das wollte. Wir stiegen aus der Dusche und trockneten uns, so gut es in dem Dampf ging, ab. Schweißbedeckt führte sie mich zu ihrem Bett. Als die kühle Abendluft auf meine Haut traf, bekam ich unter dem Schweiß eine Gänsehaut. Es fühlte sich an, als würden unsichtbare Blumen aufblühen. June schlug das Bett auf und zog die Decke über uns.

Wir begannen um 22.13 Uhr miteinander zu schlafen. Ich weiß das so genau, weil auf Junes Nachttisch eine Digitaluhr mit großen grünen Ziffern stand. Wir wiederholten es um 0.25, 3.19, 5.58 und 8.44 Uhr. Um 23.40, 2.05 und 8.20 Uhr aßen wir im Bett – Eis mit Schokoladensirup, Reste aus dem Restaurant und zum Frühstück Würstchen und Pfannkuchen aus der Mikrowelle. Letztere auf kleinen Portionstellern, auf denen in einer Vertiefung im Plastik der heiße Sirup blubberte.

Am Vormittag schliefen wir noch einmal miteinander. Dann ging ich. Auf der Treppe vor ihrer Wohnung spürte ich meine Beine, meinen Intimbereich, meine Kiefer. Aber ich war so glücklich wie noch nie in meinem Leben, vielleicht mit Ausnahme des ersten Mals, als ich Wills und Mary Anns Haus in Tustin Hills betrat. Die beiden Erlebnisse waren sich sehr ähnlich. Mein Herz klopfte heftig, in meinen Ohren klingelte es und ich saugte alles, was ich sah, roch und fühlte, gierig in mich auf, weil ich mir ziemlich sicher war, dass mein neues Zuhause – und June Dauer – mir bald wieder genommen werden würden.

Kapitel sechzehn

Der Nachtklub Bamboo 33 lag in der Bolsa Avenue, mitten in Little Saigon. Ich parkte Wills Wagen weit hinten auf dem Parkplatz und stellte den Motor aus. Es war elf Uhr am Abend und der Parkplatz war zur Hälfte gefüllt. Es war eine klare Nacht ohne Nebel und Wolken. Nur eine warme Brise wehte von Osten aus der Wüste herein und der Himmel war mit Sternen übersät.

Birch und Ouderkirk trafen wenige Minuten nach mir ein und ich gab ihnen mit den Scheinwerfern ein Zeichen.

Wir lehnten uns an Birchs Crown Victoria. Ich konnte über dem schwachen Wüstengeruch des Windes das Essen der chinesischen Imbisse riechen. Die Lichter von Little Saigon erhellten die Bolsa. Der Verkehr war nicht sehr dicht und floss schnell.

»Ich glaube nicht, dass man den roten Teppich für Sie ausrollt«, meinte Rick. »Wenn Sie Bernadette finden, zeigen Sie ihr das Foto von ihr und Gaylen. Sagen Sie ihr, wie leicht es ist, das Foto in Sammys Zelle liegen zu lassen, und sehen Sie zu, dass sie herauskommt, damit wir uns alle zusammen ein bisschen unterhalten können.«

Ich fand die letzte Anweisung nicht besonders klug. »Das könnte einen falschen Eindruck erwecken, wenn sie mit mir hinausgeht. Sammy wird davon hören.«

Birch gab mir einen Abzug des Fotos, ich faltete ihn und steckte ihn in die Manteltasche. »Wenn sie Ihnen sagt, was wir wissen wollen, dann ist es in Ordnung. Wir geben Ihnen eine Stunde. Danach kommen wir hinein, um nachzusehen.«

Vor dem Eingang stand nur eine kurze Schlange. Ich zeigte

meine Marke. Der Eintritt kostete zwanzig Dollar. Die Kartenverkäuferin sah mich nicht an, wehrte mein Geld aber mit einer Geste ab und deutete auf die Tür.

Am Eingang stand ein hawaiisch aussehender Riese, der fast seine Uniform sprengte, mit einem verbeulten Schlagstock in der Hand. Er blickte auf die Dienstmarke und sah mich stirnrunzelnd an. »Kein Ärger! Wir haben hier keinen Ärger.«

»Schön zu hören«, erwiderte ich.

»Zu wem wollen Sie?«

»Zu Bernadette.«

»An einem Tisch auf der Empore.«

»Ich danke Ihnen.«

Er musterte mich wieder und riss dann die Tür auf. Ich betrat einen großen, offenen Raum. Die volle Tanzfläche war ein Wirbel aus Körpern und Licht. Über den Tänzern hing eine glitzernde Diskokugel und das rhythmisch aufblitzende Licht verlieh ihren Bewegungen etwas Ruckartiges. Um die Tanzfläche herum standen gut besetzte Caféhaustische. Überall tummelten sich Leute. Alles Vietnamesen, soweit ich sehen konnte – junge und alte. Überwiegend in Anzug oder Kleid. Dichter Zigarettenqualm hing in der Luft.

Auf der Bühne spielte eine Band »Beast of Burden« von den Stones. Die Sängerin war eine sehr attraktive schlanke Frau in schwarzer Hose und Weste, beides aus Leder oder Vinyl. Rechts von mir befand sich die Bar. Auf beiden Seiten des Raums führte eine Treppe zur Empore, von deren Tischen man die Tanzfläche gut einsehen konnte.

Viele Augenpaare starrten mich an. Als ich zu einer der Treppen ging, folgten sie mir. Ein schwarz gekleideter Kellner kam die Treppe herunter, während er Gläser auf einem Tablett balancierte und den Blick auf die Stufen gerichtet hatte.

Am Treppenabsatz blieb ich stehen und sah mir von unten die am Geländer aufgereihten Tische an. Einen nach dem anderen. Bernadette Lee saß allein an der Biegung der Empore. Sie betrachtete mich kurz und schaute dann wieder auf die Tanzfläche hinunter.

Als der Song vorbei war, ging ich zu ihr hinauf.

»Ich bin Joe Trona.«

»Ich weiß. Sammys Freund.«

»Ich bin nur sein Wärter. Darf ich mich setzen?«

Sie nickte und ich nahm Platz. Bernadette Lee war ausgesprochen schön. Sie hatte sehr helle Haut und dunkle, funkelnde Augen. Geschwungene Brauen. Hohe Wangenknochen, eine kleine Nase und einen vollen, roten Mund. Sie trug ein schwarzes Kleid mit Spitze, die Brust und Arme verhüllte. Schwarze, schulterlange Haare mit einem langen Pony. Schlanke weiße Finger mit langen, rot lackierten Nägeln. Mit einem von ihnen tippte sie auf ein Handy, das vor ihr auf dem Tisch lag.

»Hat Sammy Sie geschickt?« Ihre Stimme war sanft und etwas heiser.

»Er macht sich Sorgen um Sie.«

»Wieso?«

»Weil sein neuer Nachbar ihm ständig damit in den Ohren liegt, dass Sie einsam seien.«

»Giant Mike?«

»Genau. Hören Sie, Miss Lee, ich möchte mit Ihnen über jemanden reden und zwar nicht über Sammy.«

»Über wen dann?«

Ich beugte mich zu ihr, ohne ihr allzu nah zu kommen. Ihr Parfüm war unaufdringlich, mit einer Spur Zimt darin.

»Über John Gaylen.«

Sie blickte mich an und plötzlich schien alle Schönheit aus ihrem Gesicht zu weichen. »Ich habe noch nie von ihm gehört.«

»Miss Lee, ich habe ein Foto in der Tasche, auf dem Sie mit ihm zusammen zu sehen sind.«

Sie wandte den Blick ab, schaute auf die Tänzer hinunter und wählte, ohne hinzusehen, eine Nummer auf ihrem Handy. Ich konnte nicht hören, was sie sagte. Nachdem sie das

Telefonat beendet hatte, stand sie auf und nahm eine Handtasche vom Stuhl neben sich.

»Kommen Sie.«

Zwei junge Vietnamesen erschienen an unserem Tisch. Schlank, dunkle Anzüge. Einer übernahm die Führung, der andere folgte uns, während wir hintereinander die Treppe hinuntergingen. Wir schlängelten uns an der Tanzfläche vorbei auf die andere Seite des Raums, wo ein weiterer junger Mann an einer Tür auf uns wartete und uns einließ. Die Tür schloss sich hinter uns und wir befanden uns in einem schwach beleuchteten Flur. Durch die Wand dröhnte die Musik der Band. Bernadettes Absätze klackten auf dem Linoleum, während sie zu einer weiteren Tür voranging. Dahinter lag ein kleines Zimmer. Dort standen ein Konferenztisch mit sechs Stühlen und ein Kühlschrank. An der Decke flackerten und summten Neonröhren. An den Wänden hingen Poster vietnamesischer Sänger. Ein kleines Fenster mit heruntergezogener Jalousie davor.

Bernadette warf ihre Handtasche auf den Konferenztisch. »Zeigen Sie es mir«, sagte sie, während sie sich eine Zigarette anzündete und sich an den Tisch setzte.

Ich faltete das Foto auseinander und legte es vor sie. Sie schaute kurz darauf und sah dann zu mir hoch.

»Tja, Giant Mike hat Recht gehabt. Ich war einsam.«

»Was ist mit dem Abend des dreizehnten Juni, einem Mittwoch? Waren Sie da mit ihm zusammen?«

Sie trommelte mit den Fingernägeln schnell und leicht auf den Tisch. Dann griff sie seufzend in ihre Handtasche und förderte einen kleinen Kalender zu Tage. Eine Büroklammer trennte die Vergangenheit von der Zukunft. Sie nahm sie ab und blätterte einige Seiten zurück. Dann befestigte sie die Klammer wieder und schob den Kalender in die Handtasche zurück.

»Nein.«

»Wo war er, Miss Lee?«

»Keine Ahnung. Ich habe ihn nur ein paarmal gesehen.«

»Immerhin oft genug, um in Ihrem Kalender nachsehen zu müssen.«

Sie sah mich aus ihren schönen Augen kalt an und um ihren roten Mund erschien der Anflug eines höhnischen Grinsens. »Dafür ja. Was kümmert es Sie?«

»Er hat meinen Vater umgebracht.«

Sie zuckte die Achseln, während ihr Blick durch das Zimmer wanderte. »Ich glaube, jeder bekommt, was er verdient.«

»Gilt das auch für Dennis Franklin?«

»Sammy hat ihn nicht umgebracht. Die Bullen haben die Beweise gefälscht und der Staatsanwalt hat sie mit Freuden verwendet.«

»Es gab zwei Augenzeugen, Miss Lee. Und eine Kugel in Franklins Kopf, die aus Sammys Waffe stammte.«

»Beweise können untergeschoben werden. Das wissen Sie genau.« Sie zog geziert an ihrer Zigarette, aschte in einen Aschenbecher und drückte sie dann aus. Der Rauch stieg zu den summenden Neonröhren auf. »Sie wollen mich also bei Sammy anschwärzen?«

»Ich weiß nicht. Hätten Sie es verdient, Miss Lee?«

Sie sah mich wieder an. »Sie sind einer der hässlichsten Männer, der mir jemals begegnet ist. Sie halten Ihre Manieren für gut, aber da irren Sie sich gewaltig.«

»Ich habe hart an mir gearbeitet«, entgegnete ich.

»Los, gehen Sie nur und zeigen Sie Sammy das Foto, wenn Sie das mit Ihrem Gewissen vereinbaren können. Aber ich war an dem Abend nicht mit John Gaylen zusammen. Ich war hier im Klub, allein. Wie üblich.«

»Wo war Gaylen?«

Sie funkelte mich an.

»Wenn Sie wüssten, wo Gaylen war, wäre es sehr hilfreich, Miss Lee.«

»*Scheiße!*« Sie fegte den Aschenbecher und ihre Handtasche vom Tisch und stand so schnell auf, dass ihr Stuhl umkippte. »*Fick dich ins Knie! Weißt du, wie Sammy dich in seinen Briefen nennt? Godzilla!*«

Ich wusste es aus den Briefen, die ich gelesen, und aus seinen Gesprächen mit seinen Kumpels, die ich im Installationsschacht im Trakt F belauscht hatte.

»Es ist nur Narbengewebe«, erklärte ich. »Wo war John Gaylen an dem Abend, Miss Lee?«

»Fick dich doch selbst!«

»Hab ich nicht nötig.«

»Ach, werden Sie jetzt privat und bieten mir – ganz der verständnisvolle Bulle – einen Deal an?«

»Nein, ganz und gar nicht.«

»Dann werde ich Ihnen einen anbieten. Sie versprechen mir, dass Sammy dieses Foto nicht zu sehen bekommt, und dafür sage ich Ihnen, was Gaylen mir über den Abend erzählt hat.«

»Ich verspreche, dass Sammy das Foto nicht bekommt.«

»Geben Sie es mir.«

»Es ist nur ein Abzug. Damit hätten Sie nichts gewonnen.«

Sie schleuderte den Stuhl mit dem Fuß hoch und griff mit einer Hand nach der Lehne. Dann hob sie ihre Handtasche auf.

Ich legte das Foto wieder auf den Tisch.

»John hat gesagt, er hätte an dem Abend einen Auftrag auszuführen. Wahrscheinlich würde er hinterher für ein paar Tage verschwinden müssen. Am Abend vorher war er hier, hat viel getrunken und wenig geredet. Die drei Typen, die getötet worden sind, und der, der noch im Krankenhaus liegt – sie waren bei ihm.«

»Wann haben Sie ihn das nächste Mal gesehen?«

»Ein paar Tage später. Hier. Er wollte, dass ich mit ihm ausgehe, aber ich habe abgelehnt. Ich hätte überhaupt nie mit ihm ausgehen sollen. Die Cobra Kings halten sich nicht an die Regeln.«

»Sammys Regeln?«

»Alle Regeln, die ich jemals gekannt habe.«

»Was hat Gaylen über seinen Auftrag gesagt?«

»Dass alles glatt gegangen sei. Er wollte feiern und etwas Spaß haben.«

Ich hörte, wie die Band, einen neuen Song zu spielen begann. Die Neonröhren surrten und flackerten.

»Miss Lee, Gaylen hat zwei seiner eigenen Leute umgelegt, damit sie nicht mehr auspacken können. Meinten Sie das, als Sie die Regeln erwähnten?«

Sie schaute erst mich an und dann zu den Neonröhren hinauf. »Vielleicht.«

»Miss Lee, stand John Gaylen in Verbindung mit Alex Blazak?«

Ein weiterer beiläufiger Blick. »Nicht dass ich wüsste. Ich kenne niemanden, der gern mit diesem Jungen zu tun hat. Er ist verrückt und gefährlich. Unprofessionell.«

Ich schwieg und wartete.

»Ich habe etwas für Sie«, sagte sie schließlich. »Ich kann es Ihnen mitteilen. Aber Sie müssen Sammy eine Rattenfalle besorgen. Er hasst Ratten. Sie sind das Einzige auf der Welt, wovor er Angst hat.«

»Er dürfte eine Schnappfalle nicht behalten. Die Verwaltung wird im Installationsschacht ein paar Fallen aufstellen. Das habe ich ihm auch schon gesagt.«

»Wie wäre es dann mit mehr Telefonzeit?«

»Die habe ich gerade erst verlängert.«

»Sie reicht nicht aus.«

Ich dachte einen Augenblick darüber nach. Mehr Telefonzeit für Sammy herauszuschlagen war kein Problem. »Ich kann ihm zusätzliche fünf Minuten am Tag zusagen.«

Sie war eingeschnappt und stieß schweigend einige Rauchwolken aus. »Fünf Minuten? Ich hatte Sie für bedeutender gehalten.«

Ich wartete.

»In der Nacht vor den Morden habe ich gesehen, wie sich John hier auf dem Parkplatz mit ein paar Leuten getroffen hat. Es waren zwei. Ein Fahrer und einer auf der Rückbank. Der Mann hinten hat das Fenster heruntergekurbelt und mit

John geredet. Fünf Minuten, vielleicht auch länger. Danach hat er mir von dem Auftrag erzählt.«

»Könnten Sie sie identifizieren?«

»Nein.«

»Beschreiben Sie das Auto.«

»Eine rotweiße Corvette. Alt. Guter Lack, sehr glänzend.«

BoWar.

Bernadette beobachtete mich wie ein Pokerspieler. »Dann hat die Corvette ein bisschen Gummi gegeben und ist abgedüst.«

Warren, dachte ich. Aber wer war bei ihm gewesen?

»Jetzt können Sie etwas lernen, Mr Trona«, verkündete Bernadette. »Sie brauchen Sammy nicht einmal etwas dafür zu geben. Hören Sie mir einfach zu und Sie werden etwas lernen. Es ist wie im alten Rom oder in China oder wo auch immer. Wenn ein Mann wie Ihr Vater getötet wird, dann stecken seine Freunde dahinter.«

»Seine Freunde haben ihn nicht umgebracht, Miss Lee, sondern seine Feinde.«

»Freunde? Feinde? Nennen Sie sie, wie Sie wollen. Es bleiben dieselben. Leute, die ihn kannten. Leute, die für ihn arbeiteten. Die haben es getan. Nicht John Gaylen. Ihr Amerikaner seid naiv. Ihr seht den Wald vor lauter Bäumen nicht.«

Ich dachte einen Augenblick darüber nach. »Es gibt noch einen Wald, in dem ich mich mal umschauen sollte. Mein Vater hat sich Ihnen und Sammy gegenüber respektlos verhalten – bei der Eröffnung dieses Klubs hier. Er konnte Sammys Blick standhalten, wodurch Sammy sein Gesicht verloren hat. Für einen Gangster ist das eine Lizenz zum Töten.«

Sie schüttelte den Kopf. »Sammy ist schon seit Jahren über solche Dinge hinaus.«

»Und Sie?«

»Die Respektlosigkeit war unsere Energie nicht wert. Unser Kodex gilt nur für Leute, die wir ernst nehmen, und ihr Vater gehörte nicht dazu. Er war nur ein Politiker.«

Das, was ich als Nächstes sagte, überraschte mich selbst.

Ich sprach es aus, bevor ich es durchdenken konnte. Es schien mir einfach das Richtige zu sein.

»Cao ist heute Nachmittag aufgewacht«, sagte ich. »Nur für ein paar Minuten. Aber der Arzt hat mir gesagt, das bedeute für gewöhnlich, dass sie durchkommen.«

Bernadette studierte mein Gesicht. Ihr Blick blieb jedoch gleichmütig.

»Was hat er gesagt?«

»Das hat man mir nicht verraten. Aber wenn er das nächste Mal zu sich kommt, werden zwei Beamte der Mordkommission mit aufnahmebereitem Tonbandgerät und aufgeschlagenem Notizbuch da sein.«

Sie zündete sich eine neue Zigarette an. »Lügner.«

Ich lächelte, was ich sonst, wie gesagt, nie tue, weil es hässlich aussieht. Aber ich dachte, darin würde sich die ganze Genugtuung ausdrücken, die ich empfunden hätte, wenn Ike Cao tatsächlich aus dem Koma erwacht wäre.

Sie schürzte die Lippen in Richtung Decke und stieß eine Rauchwolke aus, wandte ihren Blick aber nicht von mir ab. Ich konnte nur das Weiße in ihren Augen erkennen – wie bei einem Hai.

Draußen auf dem Parkplatz berichtete ich Birch und Ouderkirk, was sie mir erzählt hatte.

»Gaylen hatte am Mittwoch, dem dreizehnten, etwas zu laufen«, verkündete ich. »Aber er war nicht mit Bernadette Lee zusammen.«

Birch notierte sich etwas und sah mich dann über seine Brille hinweg an. »Alle vier waren am Abend vorher bei ihm?«

»Das hat sie gesagt.«

Ich berichtete von Gaylens heimlichem Treffen mit zwei Männern in einer alten, glänzenden rotweißen Corvette und fügte sogar hinzu, wem sie wahrscheinlich gehörte.

Birch beobachtete mich erneut. Seine Miene erinnerte mich an die von Bernadette – gefasst, aber hungrig. »Blazak hat

Reverend Alter gebeten, ihm bei der Suche nach seiner Tochter zu helfen, richtig?«

Ich nickte. »Und Reverend Alter betraute seinen Sicherheitsmann damit, sich um Lösegeld und Austausch zu kümmern. Bis Will auf der Szene erschien.«

Birch schwieg einen Moment und kritzelte wieder etwas in sein Notizbuch. »Dann hat Gaylen Warren informiert oder war es umgekehrt?«

»Darüber grüble ich nach, seit Bernadette Lee die Corvette erwähnt hat.«

Wir blieben noch etwas an Birchs Crown Victoria stehen, ohne etwas zu sagen. Autos fuhren auf den Parkplatz des Bamboo 33 oder verließen ihn, viele davon tiefer gelegte Hondas mit knatterndem Auspuff. Ich beobachtete sie, ohne sie wirklich zu wahrzunehmen. Stattdessen sah ich das Bild von Warrens rotweißer Corvette vor mir, genau hier auf diesem Parkplatz, während John Gaylen sich zum Fondfenster hinunterbeugte.

Wer war der geheimnisvolle Passagier auf dem Rücksitz? Was wollten Warren und der Geheimnisvolle von Gaylen?

Einer der kleinen Hondas raste mit kreischenden Reifen über den Asphalt und schleuderte mit dem Heck herum, während weißer Rauch von den Reifen aufstieg und Musik aus einem Subwoofer im Kofferraum dröhnte.

Das holte mich in die Gegenwart zurück.

»Sir, ich habe Miss Lee mitgeteilt, Ike Cao wäre heute Nachmittag kurz aus dem Koma erwacht und hätte geredet. Ich habe erzählt, man hätte mir nicht verraten, was er ausgesagt hatte. Aber ein Arzt hätte mir erklärt, dies bedeute für gewöhnlich, dass der Patient durchkommen würde. Und wenn Cao das nächste Mal spräche, würden zwei Leute von der Mordkommission da sein. Das alles ist mir herausgerutscht, bevor ich über einen möglichen Gefängnisaufenthalt wegen untergeschobener Beweise nachdenken konnte.«

Birch und Ouderkirk sahen mich beide verblüfft an. Dann brachen sie in Gelächter aus. Ich hatte keine Ahnung, warum.

Aber sie hörten nicht auf und so wandte ich mich unsicher ab.

»Joe ist ein Bulle«, sagte Birch. »Sieh ihn dir an, ein vierundzwanzigjähriger Frischling und schon ein richtiger Bulle.«

Ouderkirk schüttelte den Kopf. »Ich werde dafür sorgen, dass Gaylen in den Knast wandert – und lange nicht mehr herauskommt, Rick.«

»Gut so, Harmon. Gut so, Trona.«

»Was für ein Gesicht hat Lee gemacht, als Sie es ihr gesagt haben?«, wollte Ouderkirk wissen.

»Das eines weißen Hais.«

Sie lachten wieder.

»Mann, ich liebe diesen Job«, sagte Ouderkirk. »Joe, wenn Sie alt genug sind, um zur Mordkommission zu kommen, werden Sie mein Partner.«

»Es wäre mir eine Ehre.«

Bernadette Lee lief mit schnellen Schritten über den Parkplatz. Sie hatte eine Fernbedienung in der Hand. Kurz darauf hörte ich das Piepen der Alarmanlage und sah, dass die Scheinwerfer angingen.

»Sollen wir?«, fragte ich mit einem Nicken in Bernadettes Richtung.

»Lassen wir sie erst einsteigen«, sagte Birch.

Sobald sie in ihrem Auto saß, stiegen wir in den Ford. Ich setzte mich hinten in die Mitte, so dass ich zwischen Birch und Ouderkirk nach vorn sehen konnte, und verfolgte, wie Miss Lees Jaguar auf die Bolsa Avenue einbog. Birch fuhr ihr nach, schaltete die Scheinwerfer aber erst auf der Straße ein.

»Ich würde sagen, Garden Grove, Washington Street 741«, prophezeite Ouderkirk. »Das ist Gaylens Wohnung.«

Aber sie hielt nicht in Garden Grove an, sondern raste weiter die Bolsa Avenue entlang, bis sie in Santa Ana zur First Street wurde. Dort fuhr sie nach links in die Raitt Street, ins Latinoviertel hinein. Kurz darauf bog sie nach rechts ab. Wäre Birch ihr gefolgt, hätte sie uns gesehen. Aber er reagierte gelassen, rollte über die Kreuzung hinweg und fuhr dann schnell zurück, aber nicht so schnell, dass die Reifen durchgedreht wären. Wir sahen, wie der Jaguar durch ein schmiedeeisernes Tor fuhr, das von zwei Latinos in Hiphopklamotten geöffnet worden war. Als er dahinter anhielt, beschnüffelten zwei Pitbulls die Reifen.

Birch nahm die andere Richtung und fuhr um eine weitere Kurve, bevor er zurückkehrte und, vier Grundstücke von dem Haus entfernt, auf der anderen Straßenseite parkte.

»Dann wollen wir das Bild mal etwas näher heranholen«, sagte Ouderkirk und nahm ein kleines Fernglas aus dem Handschuhfach. »Ah. Zwei nicht identifizierte Männer und die Drachenlady gehen ins Haus. Die Hunde sind Staffordshire-Terrier, auch Pitbulls genannt. Einer scheckig, der andere weiß. Keine Hausnummer am Haus. Es sieht aus, als wäre drinnen in zwei Zimmern das Licht an. Eisernes Tor, eiserne Fenster, eiserne Tür. Mit Verzierungen darauf. Blumentöpfe auf der Veranda, aber keine Blumen. Bäume und Hecken sind beschnitten – nirgends ein Platz für einen Heckenschützen. Scheinwerfer im Hof und über der Einfahrt. Deshalb mein detaillierter Bericht. Oh, jetzt sind die Scheinwerfer ausgegangen.«

»Komm schon«, sagte Birch. »Kannst du nicht die Namen der Besitzer auf den Hundemarken erkennen?«

»Auf einer steht ›Gang‹, auf der anderen ›Schläger‹.«

»Wie passend«, meinte Birch.

Wir lehnten uns zurück und warteten. Damit sich im Auto nicht die Feuchtigkeit sammelte, ließen wir die Fenster herunter. Trotzdem wischte Birch regelmäßig mit der Hand über die Windschutzscheibe.

Vor dem Haus rechts von uns stand eine Adresse auf einem Schild. Dann konnte es für das Haus, das wir beobachteten, nur zwei mögliche Anschriften geben und eine davon kannte ich aus der Liste von Wills Telefongesprächen.

»Es ist Pearlitas Haus«, sagte ich leise.

Birch drehte sich zu mir um und ich verfolgte, wie die

anfängliche Verwunderung in Erkenntnis umschlug. »Die Liste der Telefonate«, flüsterte er. »Sie haben ein gutes Gedächtnis, Joe.«

»Ein fotografisches.«

»Das ist eine nette Gabe«, stellte er fest. »Also, jetzt haben wir eine Frau, deren Freund den Cobra Kings angehört, die selbst aber mit den Raitt Street Boys unter einer Decke steckt. Das ist interessant. Es stellt sich die Frage, was diese zwei Gangs miteinander verbindet.«

»Geld, Geld und nochmals Geld«, warf Ouderkirk ein.

Eine halbe Stunde später ging die Außenbeleuchtung wieder an und Bernadette trat auf die Veranda heraus. Ihr folgten die beiden Männer in Hiphopklamotten und ein dritter, wesentlich dickerer Typ. Er wog ungefähr hundert Kilo, schätzte ich. Er trug weite Baumwollhosen, ein Flanellhemd, wenn ich mich nicht täuschte, und nicht zugeschnürte, glänzend schwarze Stiefel. Kurz geschorene Haare, keine Mütze. Und trotz der Dunkelheit eine Sonnenbrille. Er begleitete Bernadette Lee zu ihrem Auto. Sein Gang wirkte entspannt und lässig. Ich sah, dass sie miteinander sprachen, konnte aber in der feuchten Sommerluft nur ein fernes Murmeln ausmachen. Die Pitbulls kamen ans Tor und schnüffelten umher.

»Keine Pearlita«, wisperte Ouderkirk. »Entweder ist sie nicht zu Hause, oder sie ist drinnen geblieben.«

»Das ist sie«, flüsterte ich zurück. »Der Typ ist Pearlita. Sie zieht sich wie ein Mann an. Und es ist ihr Gesicht; ich habe Fotos von ihr gesehen.«

»Unmöglich.«

»Doch, Sir.«

»Wenn ich so hässlich wäre, würde ich auch um mich schießen.«

»Die anderen könnten ihre Brüder sein«, vermutete Birch. »Sie hat noch zwei weitere, einundzwanzig und fünfundzwanzig Jahre alt, so ungefähr. Angeblich nicht in die Aktivitäten der Gang verwickelt.«

»Offensichtlich nicht«, sagte Ouderkirk.

Scheinwerferkegel näherten sich uns. Wir duckten uns in unsere Sitze.

»Ich komme mir jedes Mal, wenn ich das tue, wie ein Fünfjähriger vor«, flüsterte Ouderkirk. »Es macht Spaß.«

»Dann sollten Sie es einmal mit Rodeln probieren, Sir.«

»Was meinen Sie damit?«

»Das erkläre ich Ihnen später.«

Ich hörte das Auto näher kommen, sah die Scheinwerfer durch den Ford streichen und auf der Raitt Street verschwinden.

Kurz darauf richteten wir uns wieder auf. Bernadette Lees Jaguar rollte rückwärts durch das fast ganz geöffnete Tor. Die dicke Gestalt stemmte die Hände in die Hüften und sah zu. Die beiden anderen drehten sich um und gingen ins Haus.

Bernadette fuhr in einer engen Rückwärtskurve auf die Straße, legte dann den Vorwärtsgang ein und raste davon. Pearlita beobachtete alles, zog dabei eine Zigarette aus einer Packung in ihrem Flanellhemd und zündete sie mit einem Feuerzeug an. Kurz darauf erloschen die Scheinwerfer, aber ich konnte sie immer noch vor der Veranda stehen sehen. Die Glut ihrer Zigarette wurde abwechselnd heller und dunkler, bis sie als Funkenregen auf die Erde fiel. Danach öffnete sich die Tür und Pearlita ging mit den Hunden ins Haus.

Fünf Minuten später machten wir uns auf den Rückweg, wendeten und fuhren in die entgegengesetzte Richtung wie Bernadette Lee davon.

Gaylen und Pearlita, dachte ich. Cobra Kings und Raitt Street Boys. »Seit wann interessieren sich die Gangs dafür, wer den Bezirk regiert?«

»Tun sie nicht«, entgegnete Birch. »Die Frage ist nicht, wer Gaylen geholfen, sondern wer ihn angeheuert hat.«

Während der Fahrt zurück zum Bamboo 33 gingen mir Bo Warren, sein geheimnisvoller Passagier und das Parkplatzgetuschel der beiden mit John Gaylen nicht aus dem Kopf.

Zwischendurch klärte ich Ouderkirk darüber auf, dass Rodeln bedeutete, auf einem Mechanikerschlitten den Wachgang im Trakt F entlangzurollen und dabei die Insassen heimlich zu beobachten. Er meinte, das würde er gern einmal ausprobieren. Ich verwies ihn an Sergeant Delano.

Eine halbe Stunde später parkte ich drei Häuser von Gaylens Haus entfernt. Dieselben Fensterverzierungen, dieselben Palmen. Dieselben Lampen auf der Veranda. Ich hatte fast erwartet, Bernadette Lees Jaguar vorzufinden, aber er war nicht da. Außerdem war ich halbwegs überzeugt gewesen, Lee hätte bereits bei Gaylen angerufen und ihm gesagt, dass Cao sich so weit erholt habe, um aufzuwachen und auf ihn zu zeigen, und Gaylen wäre dabei, seinen Mercedes für eine lange Reise voll zu packen. Aber auch das schien nicht zu stimmen.

Also lehnte ich mich zurück und wartete.

Vierzig Minuten später öffnete sich die Haustür, Gaylen kam heraus und blieb im Vorgarten unter einer Palme stehen. Er trug nur Jeans, kein Hemd und keine Schuhe. Seine Muskeln waren nicht übertrieben groß, aber ausgeprägt, wie bei jemandem, der viel joggt und Gewichte hebt.

Er zog etwas aus der Tasche und sah hinunter, aber ich konnte nicht erkennen, was er in der Hand hielt. Etwas kleines Weißes flatterte auf den Erdboden.

Dann blickte er zum Himmel hoch und zündete sich, das Ende in der Flamme des Feuerzeugs drehend, eine Zigarre an. Schließlich blies er eine Rauchwolke gegen den Palmenstamm.

Ein Mädchen kam aus dem Haus. Vierzehn, sechzehn, achtzehn – schwer zu sagen. Klein, schlank, glatte schwarze Haare. Schwarzer Bademantel mit eng geschnürtem Gürtel, barfuß. Sie trat hinter Gaylen und schlang die Arme um ihn. Ihre schwarzen Haare fielen ihr ins Gesicht. Sie griff um ihn herum nach oben, nahm die Zigarre, zog einmal daran und steckte sie ihm wieder in den Mund.

Dann versuchte sie ihn an seiner freien Hand zum Haus zu ziehen, aber er schüttelte sie ab. Ich hörte, wie sie leise auflachte.

Ein paar Minuten später gingen sie ins Haus. Ich wartete noch eine Stunde, schaltete dann die Innenbeleuchtung meines Wagens so aus, dass sie nicht angehen würde, wenn ich die Tür öffnete, stieg aus und drückte die Tür mit der Hüfte zu.

Ich ging den Bürgersteig auf der gegenüberliegenden Seite entlang und lief dann direkt zu Gaylens Vorgarten hinüber. Im Gras unter der Palme lag das weiße Ding, das Gaylen fallen gelassen hatte. Ich nahm es wie einen Schmetterling in die hohlen Hände und rannte mit langen Schritten zum Bürgersteig zurück.

Als ich auf dem Freeway war, schaltete ich die Innenbeleuchtung wieder ein und nahm das weiße Ding aus der Manteltasche. Genau was ich erwartet hatte: die Banderole einer Davidoff-Zigarre, sauber durchtrennt und noch in der ursprünglichen Ringform.

Ich fragte mich, was Gaylen in jener Nacht im Lager zu Alex gesagt haben mochte und welche Entscheidung eine halbe Zigarre gedauert hatte.

Gehören Sie zu Alex? – Sie gehören zu Alex. Lachen. *Der kleine Scheißkerl hat wohl die Hosen zu voll, um sich zu zeigen, was?*

Kapitel siebzehn

Am nächsten Morgen saß ich in der Küche, breitete den Inhalt von Wills Schließfach auf dem Tisch aus und ordnete ihn. Dann sortierte ich ihn um, nur um ihn dann erneut anders hinzulegen.

Es war ein warmer Tag und ich öffnete die Fenster, um zu lüften. Der Orangenbaum im Garten hing voller Früchte und ich wusste, dass sich normalerweise der starke süße Zitrusduft in der Küche ausbreitete, sobald ich mich wieder hinsetzte. Aber jetzt roch ich nichts. Ich nahm nur den Geruch meines eigenen Atems und meines eigenen Körpers sowie den schwachen metallischen Geruch von Blut wahr. Meine Gedanken kreisten um Alex und Savannah Blazak, Luria Blas und Miguel Domingo. Und um Will. Immer wieder um Will. Denn er war der Dreh- und Angelpunkt in meinem Leben.

Ich arrangierte die Gegenstände wieder neu und versuchte ihnen irgendeine Ordnung zu verleihen. Ordnung. Vernunft. Logik. Das Rationale. Das Nachvollziehbare. Auf dem Tisch vor mir sollte Ordnung herrschen – zumindest ein wenig davon –, so als wäre sie ein Talisman gegen alles andere, was in den letzten beiden Wochen geschehen war.

Es waren sieben Gegenstände – vier davon persönlicher Natur. Ihre Gewöhnlichkeit überraschte mich etwas.

Der erste Fund war ein Bündel mit fast vier Jahrzehnte alten Liebesbriefen von einem Mädchen namens Teresa, Wills Highschoolliebe. Er hatte mir praktisch nichts von ihr erzählt. Nur einmal hatte er gesagt, junge Liebe sei die sauberste. Die Briefe waren verblichen und vom vielen Lesen abgegriffen.

Ich legte sie vorsichtig nach rechts, auf die Seite von Güte, Liebe und Licht.

Außerdem lag ein Schwarzweißfoto von Will vor mir, das ihn im Alter von etwa acht Jahren zeigte. Er kniete neben einem Hund, einer schwarzen Promenadenmischung mit einer Zunge, die aus einem breiten Grinsen herauszuhängen schien. Sparky, Wills erster Hund. Ich hatte ihn nicht kennen gelernt, wusste aber, dass er Will viel bedeutet hatte.

Ich lehnte das Foto gegen die Liebesbriefe. Liebe und Treue passten gut zusammen, fand ich.

Dann ein Umschlag mit Farbfotos aus dem Vietnamkrieg. Auf einem war das Innere einer Bar oder eines Restaurants zu sehen. Vier GIs an einem Tisch mit vier Vietnamesinnen, die ihre Arme um sie gelegt hatten. Will sah betrunken aus – und zu jung für die Uniform. Er war damals sehr schlank gewesen. Gewicht hatte er erst später angesetzt. Ich erinnerte mich, wie er mir von seiner erfolglosen Zeit als Highschoolsportler erzählt hatte, als er drei Sportarten betrieb, aber meistens am Spielfeldrand saß. Er liebte die Mannschaftssportarten, schaffte es aber nie in ein Team.

Auf einem anderen Foto war er allein zu sehen, in einem Hotel vermutlich. Durch die Jalousien fiel Sonnenlicht in das Zimmer. Er saß, leicht vorgebeugt, mit nacktem Oberkörper auf einem Bett. In einem Aschenbecher neben ihm brannte eine Zigarette. Auf seinem Gesicht lag eine Verlorenheit, wie sie mir noch nie begegnet war. So einsam hatte ich ihn nie gesehen. Ich hasse Einsamkeit.

Dann kamen noch ein paar Schnappschüsse: ein Kumpel mit einem riesigen Joint; zwei vietnamesische Prostituierte, die sich umarmten; ein in einem Baum hängender amerikanischer Soldat ohne Gesicht, dem ein Arm abgerissen worden war – der andere war um einen Ast geschlungen, so als sollte er verhindern, dass der leblose Körper herunterfiel.

Das letzte Foto zeigte Will in einem Jeep, seine M 16 auf dem Schoß. Er hatte den Blick abgewendet. Mir fiel auf, dass er das Gewehr fest- und vom Körper weghielt, den Lauf nach unten gerichtet. So als könnte es jeden Augenblick ihn selbst aufs Korn nehmen. Ich dachte daran, wie unsicher er im Umgang mit Feuerwaffen gewesen war. In seinen Händen hatten sie immer deplaciert gewirkt, sogar als er Deputy war. Als ich zehn Jahre alt war, hatte er mich dem Schießausbilder des Sheriff's Departments vorgestellt, der mir die Grundlagen des Umgangs mit Waffen und der Schießkunst vermitteln sollte – Dinge, die Tausende von Vätern ihren Söhnen am Wochenende beibringen. Kanonen, dachte ich, gehörten zu den wenigen Dingen, vor denen er Angst hatte.

Ich steckte die Fotos wieder in den Umschlag, verschloss ihn und legte ihn unter die Liebesbriefe, weil ich Liebe für stärker als Krieg hielt.

Das Nächste war ein leerer Schildkrötenpanzer. Quer über den Rückenschild war mit roter Farbe geschrieben: DEKEY! Ich hielt den Panzer ins durchs Fenster hereinfallende Sonnenlicht und sah durch die Löcher der Vorderbeine, dann durch die der Hinterbeine. Das Innere des Panzers war glatt wie die Vertiefung eines Teelöffels. Von der Schildkröte hatte Will mir nie erzählt.

Ich stellte den Panzer hinter die Liebesbriefe, wo ich ihn nicht sah. Ich hatte genug von Dingen, die einmal lebendig gewesen waren.

Sparky grinste.

Die Liebesbriefe lagen friedlich, sicher und zerlesen da.

Der fünfte Gegenstand war ein zusammengefaltetes Blatt weißes Papier, das eine winzige Kassette enthielt. Auf dem Papier hatte Will notiert:

Rup an Millie über B., Gespr. vom 02. 05. 01:
22. 01. 01 – 25
14. 03. 01 – 25
07. 04. 01 – 35
Windy Ridge s. beigel. Kassette vom 12. 05. 01

Ich spielte die Kassette ab. Nach zehn Sekunden Zischen und

einigen Freundlichkeiten, die nicht wirklich freundlich klangen, war Folgendes zu hören:

Raue Stimme, männlich: *Okay, Milky, zum Geschäft. Es ist an der üblichen Stelle.*

Vorsichtige Stimme, männlich: *Verstanden.*

Raue Stimme: *Es ist besser, du schickst nicht sie.*

Vorsichtige Stimme: *Lass es mich auf meine Weise machen.*

Raue Stimme: *Du ahnst gar nicht, wie wichtig der Donnerstag ist.*

Vorsichtige Stimme: *Es könnte Probleme geben.*

Raue Stimme: *Welche, zum Teufel, sollten das sein?*

Vorsichtige Stimme: *Elementare Sicherheit. Ich weiß nicht. Es ist nur so ein Gefühl.*

Raue Stimme: *Das größte Problem wäre ein rotes Licht am Donnerstag.*

Vorsichtige Stimme: *Keine Sorge.*

Raue Stimme: *Ich hasse es, wenn man das zu mir sagt. Es bedeutet immer Ärger. Erledige einfach deine Aufgabe, Milky. Wenn du dich ausheulen willst, dann tu es bei deiner Frau.*

Vorsichtige Stimme: *Ja, ja. Wir hören voneinander.*

Ich hörte mir das Ganze noch einmal ein. Rupaskis raue alte Stimme war unverkennbar. Milky/Millie war Dana Millbrae, Wills gelegentlicher Freund und gelegentlicher Feind aus dem Verwaltungsrat. Das B. in der Notiz war Bridget Andersen, Millbraes Sekretärin und eine der heimlichen Liebschaften meines Vaters.

Das Gespräch selbst war höchstwahrscheinlich mit einem Rekorder aufgenommen worden, der an ein Abhörgerät in Millbraes Telefonleitung angeschlossen war. Ich wusste davon, weil ich beides an einem Samstag installiert hatte, während Will, die Füße auf Bridgets Schreibtisch, in Millbraes Empfangsbereich saß und eine Zeitschrift las. Er hatte die

Technik besorgt. Woher er sie hatte, wusste ich nicht, obwohl ich einen gewissen Verdacht hegte. Ich brauchte nur einen Elektrobohrer, zwei Klammern und vier Schrauben. Damit befestigte ich den Minirekorder unter dem mittleren Schubkasten von Millbraes Schreibtisch. Dann legte ich eine Leitung zum Abhörgerät. Sobald eine Stimme erklang, sprang der Rekorder an und das Abhörgerät leitete die Stimmen beider Gesprächspartner an ihn weiter. Meine Arbeit hatte ich nach ungefähr zwanzig Minuten erledigt und Will quittierte es mit der Bemerkung: *Sauber. Das ist für Bridget, mein Sohn. Du hast ihr gerade etwas Gutes getan.*

Das war das letzte Mal gewesen, dass ich etwas über die Aktion gehört hatte. Bis jetzt.

Ich dachte an Bridget, eine attraktive Frau in den Vierzigern, die während Millbraes gesamter sechsjähriger Amtszeit als Verwaltungschef seine Sekretärin gewesen war. Sie war extrem schüchtern. Verwitwet. Als ich letzten Februar die Abhöranlage eingebaut hatte, war ich davon ausgegangen, dass Bridget sie bedienen würde und die Mitschnitte ihr und nicht Will nutzen sollten.

Der nächste Fund war ein unversiegelter Briefumschlag, der zwei Quittungen enthielt, die das Kinderheim Hillview Will Trona für Spenden in Höhe von je 10 000 Dollar ausgestellt hatte. Unterschrieben waren sie von Will und Ellen Erskine.

Bei dem letzten Gegenstand auf dem Küchentisch handelte es sich um einen weiteren Umschlag. Er war ebenfalls nicht versiegelt und man konnte von außen weder fühlen noch sehen, dass er überhaupt etwas enthielt.

Ich öffnete ihn und schüttete zwei 8-Millimeter-Filmstreifen mit jeweils zwanzig Bildern heraus. Es schienen identische Aufnahmen desselben Bildgegenstands zu sein: Reverend Alter mit einer Frau. Er hatte beide Hände locker um ihren Hals gelegt und hielt mit den Daumen ihre Kiefer, während er, das Gesicht dicht über ihrem, auf sie hinunterschaute. Seine Miene war verträumt. Es schien, als wolle er die Frau küssen, obwohl er es vielleicht nicht getan hatte. Sie blickte mit weit aufgerissenen Augen und ergebenem Blick zu ihm hoch. Sie war jung, schwarzhaarig und dunkelhäutig.

Das Zimmer, in dem sie sich befanden, sah wie eine der Suiten über der Lounge im Grove Club aus.

Ich kannte das Gesicht der Frau aus den Zeitungen und den Fernsehnachrichten: Es war Luria Blas. Sie hatte die gleichen klaren großen Augen wir ihr Bruder Enrique.

Ich stand auf und ging in den Garten. Die Sonne stand inzwischen ziemlich hoch und der Wind hatte den Smog fast ganz vertrieben.

Ich setzte mich auf die Bank unter dem Orangenbaum und schaute in den Himmel. Ein Eichhörnchen rannte auf der Stromleitung über mir entlang und ich verfolgte seinen Schatten auf dem Rasen. Dann kam ein zweites, kleineres.

Ich brauchte jetzt auch meine Mama. Also rief ich sie an und wir verabredeten uns.

Bridget Andersen sagte, es wäre nicht gut, mit mir gesehen zu werden. Wir einigten uns darauf, uns um zwölf Uhr oben in den Hügeln von Orange zu treffen. Ich war zu früh dort und setzte mich auf eine im Schatten stehende Bank, sog den Duft der Salbeibüsche ein und lauschte dem entfernten Rauschen der Autos auf der Avenue unter mir.

Bridget, hellblond und eine große Sonnenbrille auf der Nase, parkte und kam dann zu mir herüber. Blauer Rock mit passenden Pumps, weiße Bluse, eine Handtasche über der Schulter. Als sie sich mir gegenüber hinsetzte, glättete sie mit der Linken den Rock. Wie so oft, schien sie sich in ihrer Haut nicht wohl zu fühlen. So, als wüsste sie nicht, wie sie mit ihrer Attraktivität umgehen sollte. Als sie die Brille abnahm, sah ich, dass ihre umwerfenden eisblauen Augen rot unterlaufen waren.

»Was schauen Sie mich so an? Haben die Augentropfen das Rot nicht vertrieben?«

»Nicht ganz, aber das wird schon noch, Miss Andersen.«

»Sagen Sie ruhig Bridget zu mir. Wieso haben Sie so lange gebraucht, bis Sie mich angerufen haben?«

»Manchmal bin ich etwas langsam. Aber dann habe ich mir das Band von Millbrae und Rupaski angehört.«

»Ah, natürlich. Die Hinterlassenschaft Ihres Vaters.«

»Ich weiß nicht ganz, was ich damit anfangen soll.«

»Will wusste es.«

»Könnten Sie es mir erklären?«

Sie setzte ihre Sonnenbrille wieder auf. »Ihrem Vater habe ich vertraut. Kann ich Ihnen auch vertrauen?«

»Ich bin seinetwegen hier, nicht meinetwegen.«

Ihr Blick war ruhig und eindringlich, trotz der roten Äderchen in den Augen. »Er hat Sie gut ausgebildet.«

Auch ein Hund kann ein Geheimnis bewahren.

»Also gut, Joe, hören Sie zu«, begann sie. »Jeder wusste, dass Rupaskis inoffizielle Bosse die Mautstraße 91 der Bezirksverwaltung aufhalsen wollten, weil sie damit ihr letztes Hemd verloren. Die Besetzung kennen Sie – Blazak und seine Freunde vom Bau, diese Clique. Der Preis? Sagen wir 27 Millionen. Eine ordentliche Summe. Aber sie brauchten den Verwaltungsrat, der den Kauf bewilligen musste. Drei Mitglieder waren dagegen, drei dafür. Millbrae hatte sich bis letzten Februar noch nicht entschieden. Da stellte das Entwicklungs- und Aktionskomitee des Grove Club etwas Geld zur Verfügung, um die richtigen Leute zu überzeugen. Das meiste ging in die PR-Maschinerie, um die Öffentlichkeit für sich zu gewinnen und die Meinungsumfragen zu beeinflussen. Ein Teil ging an Wahlkampfbüros – die übliche Art strafloser Bestechung. Ein Teil wurde weniger harmlos verwendet. Will spürte, dass Millbrae schwach wurde, und bereitete sich vor.«

»Er ließ mich den Rekorder anbringen.«

Sie schenkte mir ein freudloses Lächeln. »Das war gute Arbeit, Joe. Sie haben sogar die Bohrspäne entfernt.«

»Danke schön.«

»Rupaski war für die Verteilung der weniger harmlosen Zuwendungen zuständig. Millies Anteil wurde in braune

Tüten verpackt und in einem Gully neben einem Busch dreißig Meter nordöstlich der Mautstation Windy Ridge versteckt. Bei dem Busch handelte es sich um wilden Buchweizen, um genau zu sein. Das war die von Rupaski genannte ›übliche Stelle‹. Ich weiß davon, weil ich die Tüten für Millbrae abgeholt habe.«

Wills handschriftliche Notiz, dachte ich – Daten und Summen. »Darum also ging es in dem mitgeschnittenen Telefongespräch.«

»Genau – ein weiterer schmieriger Batzen für Millies blasse kleine Finger. Und es war der dickste Batzen, denn die Abstimmung sollte am darauf folgenden Donnerstag stattfinden. Das war ungefähr einen Monat, bevor Ihr Vater umgebracht worden ist.«

»Aber Millie hat sich auf Wills Seite geschlagen und gegen den Ankauf gestimmt.«

»Das hat er getan.«

Ich erinnerte mich deutlich an den Abend. An den Ausdruck auf Rupaskis Gesicht, die Art, wie Millbrae aus dem Sitzungssaal eilte. Wills Genugtuung hinterher im Auto, als er sich darüber freute, *dass der Mistkerl mal überstimmt worden ist*.

Es dauerte nur eine Sekunde, bis ich begriff, was wirklich passiert war.

»Oh«, sagte ich. »Ich verstehe.«

»Wie der Vater, so der Sohn.«

»Will hat Millbrae vor der Abstimmung das Band vorgespielt.«

»Man nennt das Erpressung, Joe.«

Ich dachte einen Moment nach. Millbrae war vom Aktionskomitee des Grove Club geschmiert worden, mit Rupaski als Kofferträger. Will hatte inkriminierende Beweise in der Hand gehabt. Und Bridget hatte das Schmiergeld abgeholt.

»Wusste Millbrae, dass Sie Will geholfen haben?«

»Nein. Millie glaubt, dass jeder ihn genauso liebt wie er sich selbst.«

»Hat Millbrae Rupaski gesagt, warum er mit Nein stimmte?«

»Aber gewiss doch. Das Erste, was ein Politiker lernt, ist, die Schuld abzuwälzen. Und Millie ist ein Naturtalent.«

»Dann war also beiden klar, dass Will sie in der Hand hatte.«

Sie nickte und sah mich dann forschend an. »Sie hatten Angst, er würde zur Staatsanwaltschaft oder zu seinen alten Freunden im Sheriff's Department gehen. Das hätte er natürlich nie getan, denn dabei wären ich und vielleicht auch er selbst mit aufgeflogen.«

»Das ahnten sie aber nicht.«

»Nein. Will hatte sie in der Hand. Sie haben sich sogar darüber gestritten, wessen Telefon angezapft worden war. Ich hatte den Rekorder entfernt, bevor Millie zu suchen anfing.«

Sie holte tief Luft und seufzte. Ihr Blick ging an mir vorbei ins Leere. Sie war vollkommen in sich selbst versunken.

Dann lachte sie leise auf. »Bevor er Millie das Band vorspielte, fuhr Will mit mir am Abend der letzten Auszahlung nach Windy Ridge. Er hat das Geld aus der Tüte genommen, Sand und ein paar Steine hineingetan und sie mir gegeben. So habe ich sie bei Millie abgeliefert, wie immer. Ganz die unschuldige Bridget, der treue Packesel. Ich hätte zu gern Millies Gesicht gesehen, als er die Tüte geöffnet hat. Will sagte, Jaime drüben beim Hispano-Amerikanischen Kulturverein könnte eine Finanzspritze gebrauchen. Mit neunzig Riesen konnte er sicher einiges ausrichten.«

Haben die neunzig nicht geholfen?

Will, dachte ich. Der Robin Hood von Orange County. Nett, solange es einen nicht umbringt.

»Joe, wenn Will es gewollt hätte, hätte ich mit Giftpfeilen auf Millie geschossen. Ich habe Ihren Vater geliebt.«

»Ich weiß.«

»Was hat er über mich gesagt?«

»Er sagte, sie hätten das größte, böseste Herz in Orange County.«

Sie dachte darüber nach, bis schließlich ein Lächeln über ihr Gesicht huschte. »Er besetzte mich gern gegen meinen Typ. Ich habe fast ein Magengeschwür bekommen, als das Telefon verwanzt war.«

Ich hätte ihr erzählen können, dass Will gesagt hatte, bei ihr sei Das Unbekannte Ding Amok gelaufen. Aber ich tat es nicht.

Sie stand auf und ging zu ihrem Auto.

Als ich selbst aus der Hügellandschaft hinausfuhr, ging mir durch den Kopf, dass Rupaski und Millbrae gute Gründe gehabt hatten, meinen Vater zu hassen. Aber waren sie auch gut genug gewesen, um ihn zu ermorden?

Ich nahm den Termin bei Dr. Zussman wahr, obwohl ich ihm nichts zu sagen hatte. Mir wurde schon beim Gedanken an June warm ums Herz, aber das ging weder Dr. Zussman noch sonst irgendjemanden etwas an. Nur mich. Also erzählte ich ihm von meiner Zeit in Hillview und meiner Beziehung zu Will und Mary Ann und zu meinen Brüdern. Dann redeten wir wieder über die Schießerei und ich sagte ihm, dass ich immer noch das Gleiche fühlte. Als er meine Äußerung von der halben Kaffeetasse voll Reue erwähnte, erklärte ich, ich hielte das nach wie vor für einen guten Vergleich. Er wirkte enttäuscht. Wieder und wieder fragte er mich nach Reue und Verleugnung, Wut und Sublimation. Doch er bekam nicht zu hören, was er hören wollte. Er sagte, ich könne in einer Woche wieder arbeiten gehen. Jetzt war ich enttäuscht und ich sagte es ihm. Darauf lächelte er und nickte und wir vereinbarten einen neuen Termin.

Ich verbrachte einen Teil des Nachmittags im Installationsschacht von Trakt F, konzentrierte mich aber nicht groß auf die Gespräche, auch wenn ich wie immer hoffte, etwas Nützliches zu erfahren. Ich hörte, dass durch die Mitarbeiterküche Dope hereingeschmuggelt wurde und einige der Häftlinge am

Sonntagmorgen in der Kirche Kassiber weitergaben. Das alles war nichts Neues. Aber irgendwie gab mir die Enge des Raums ein Gefühl der Sicherheit.

Dann unternahm ich eine Fahrt mit dem Mechanikerschlitten und konnte einen guten Blick auf zwei Mitglieder der Arischen Bruderschaft erhaschen, die sich im Aufenthaltsraum damit vergnügten, den mexikanischen Gangster in der Nachbarzelle zu quälen, indem sie laut eines ihrer rassistischen Lieder sangen, mit ausgestrecktem Arm salutierten und zwischen den Strophen hämisch lachten.

Als ich Sergeant Delano später berichtete, was ich gehört und gesehen hatte, putzte er mich herunter, weil ich so dumm war, im Gefängnis aufzutauchen, obwohl ich es nicht musste. Aber er ließ mich noch eine Weile herumhängen – in der Hauptwachstation der Einlieferungs- und Entlassungszentrale –, ohne dass ich etwas tat. Ich war einfach nur da.

Ich sprach kurz mit den Wachen und Insassen von Trakt J. Sammy Nguyen hatte die Ratte wiedergesehen und bettelte erneut um die Falle, die er nie bekommen würde. Er bat mich um eine kleine Taschenlampe, eine von den guten MagLites, damit er die verdammte Ratte im Dunkeln sehen und irgendetwas nach ihr werfen konnte. Doch Taschenlampen sind im Gefängnis verboten und das sagte ich ihm. Dann erzählte ich ihm, dass es Bernadette gut gehe und sie ihn schrecklich vermisse. Er warf mir einen misstrauischen Blick zu und ließ sich dann auf seine Pritsche fallen, um auf ihr Foto zu starren.

Giant Mike Staich war woanders untergebracht worden, weil seine Zelle durchsucht werden sollte. Irgendjemand hatte ihn angeschwärzt und behauptet, er besäße eine Waffe. Ich beobachtete die Durchsuchung der kleinen Zelle. Es wurde nichts gefunden. Als der Suchtrupp abzog, ließ er Giant Mikes spärlichen Besitz in der Mitte der Zelle auf dem Fußboden zurück.

Dr. Chapin Fortnell stand gerade vor Gericht.

Dave Hauser, der stellvertretende Bezirksstaatsanwalt, der mit Drogen gehandelt hatte, zeigte mir ein Foto des Anwesens, das er und seine Familie kaufen würden, sobald dieses »dumme Missverständnis aufgeklärt« worden sei. Auf dem Grundstück standen Palmen. Außerdem gehörten ein weißer Sandstrand und eine Lagune dazu, deren Wasser so blau war wie der Himmel darüber.

Der mehrfache Vergewaltiger Frankie Dilsey lag mit dem Rücken zum Gitter auf seiner Pritsche und summte. Dabei bewegten sich seine Füße wie bei einem Hund, der träumte, er würde laufen.

Kühlschrankkiller Gary Sargola sah mich traurig an, als ich an ihm vorbeiging, sagte aber nichts. Seine Strafe sollte nächste Woche verkündet werden und der Staatsanwalt hatte die Todesstrafe gefordert. Er war ein teigiger Brillenträger, dem man kaum zutraute, was er getan hatte. Aber was das betraf, sah keiner der Leute, die ich bewachte, schlimmer aus als »normale« Menschen. Tatsächlich sahen sie alle wesentlich besser aus als ich.

Ich saß eine Weile mit den anderen Deputys in der Kantine zusammen. Wir tranken Kaffee und redeten über die Insassen und unsere Chefs. Einige meiner Kollegen waren Neulinge und hatten noch fast die ganze fünfjährige Dienstzeit vor sich. Andere hatten ihre Zeit bis auf wenige Monate oder sogar bis auf wenige Wochen hinter sich gebracht. Auch meine Zeit im Gefängnis näherte sich dem Ende – vier Jahre waren vorbei und nur noch eines lag vor mir.

Als Sergeant Delano hereinkam, setzten wir uns etwas aufrechter hin und hörten auf zu reden.

»Trona«, sagte er, »Sie haben einen dringenden Anruf auf Leitung vier.«

Ich ging in die Wachstation, tippte den Code für die Leitung nach draußen ein und sagte hallo.

Es war Rick Birch. Er berichtete, das Beschattungsteam sei John Gaylen zu einem öffentlichen Park in Irvine gefolgt, wo er sich für zwei Stunden auf eine Bank an einem See gesetzt habe. In dieser Zeit habe er drei Anrufe getätigt und zwei erhalten.

»Das war zwischen zwölf und vierzehn Uhr«, fügte Birch hinzu. »Um 13.30 Uhr hat jemand im Krankenhaus eine schallgedämpfte Kugel in Ike Caos Stirn gejagt. Wir recherchieren noch, aber kurz bevor es passierte, tauchte eine neue Krankenschwester in der Station auf, die seither niemand mehr gesehen hat.«

»Wie sah sie aus?«

»Als wäre sie gerade aus dem Operationssaal gekommen – Kittel, Haarnetz, Mundschutz, vielleicht ein Klemmbrett. Klein, kräftig, übergewichtig. Dunkle Haare und Augen. Sie ist auf dem Überwachungsvideo. Das Bild ist furchtbar. Als wäre es so neblig wie in jener Nacht gewesen – kaum etwas zu erkennen.«

»Pearlita«, sagte ich.

»Wir haben sechs Teams in der Raitt Street. Wenn sie auftaucht, gehört sie uns.«

Mein kleiner Trick hatte funktioniert, jedenfalls gut genug, um Ike Cao umzubringen. Leichte Übelkeit stieg in mir auf, obwohl ich mir sagte, dass Ike einen Mordversuch unternommen und sein eigener Boss ihn getötet hatte.

Birch schien meine Gedanken gelesen zu haben. »Vergießen Sie darüber keine Tränen, Trona. Ike Cao war am Mord an Ihrem Vater beteiligt und er hätte auch Sie umgebracht, wenn er Gelegenheit dazu gehabt hätte.«

»Danke, Sir.«

»Die Kugel steckt noch in Caos Kopf. Wir werden sie vom Patronenarchiv und vom FBI überprüfen lassen.«

Reverend Alters Gesicht lief rot an, als ich ihm in der Kapelle des Lichts die Filmstreifen aus dem Schließfach zeigte. Aus Respekt vor ihm wandte ich den Blick ab und schaute aus dem Fenster. Der Abend brach gerade herein: Der Himmel war noch blassblau, aber der Mond hing schon als hochkant stehende weiße Sichel über Saddleback Mountain.

»Ich bin verletzt«, sagte der Reverend. »Und absolut außer mir.«

»Ja, Sir.«

»Was soll ich nun sagen?«

»Ich weiß nicht.«

»In Wills Schließfach?«

Ich nickte. »Aber das war Ihnen doch schon bekannt, Reverend. Er hat es nicht in der Bank aufbewahrt, weil er Sie mochte, sondern weil es wertvoll für ihn war. Wie viel hat er Ihnen abgenommen?«

Er riss die Augen auf, die hinter den dicken Brillengläsern noch größer wirkten. Unglauben. Aber selbst ich – ein großer Fan seiner Auftritte – erkannte, dass er schauspielerte. Er seufzte und gab das erstaunte Gehabe auf.

»Wir hatten uns auf monatlich zehntausend geeinigt. Ein Jahr lang sollte ich zahlen. Ich habe ihm zweimal Geld gegeben, also schuldete ich ihm noch zehn Raten.«

»Für einen reichen Mann wie Sie ist das nicht viel Geld, oder, Reverend?«

»Will sagte, wenn ich auch nur einen Schritt weitergegangen wäre, hätte er mich an den Bettelstab gebracht. Ich habe darüber gelacht, denn wir wussten beide, dass er das nicht getan hätte. Sehen Sie, ich weiß, dass Will mich ausgenutzt hat. Aber eigentlich habe ich es nicht ihm gezahlt, sondern dem Kinderheim. Er spendete die zehntausend Dollar dem Kinderheim Hillview. Das Geld interessierte ihn nicht als solches. Er interessierte sich vielmehr dafür, was man mit dem Geld tun konnte. Er hatte mich bei einer Sünde ertappt und ich habe dafür bezahlt. Aber ich hasste Will nicht dafür. Ich hielt es sogar für ... fair.«

Ich dachte an die Quittungen über zehntausend Dollar, die ich im Schließfach gefunden hatte.

»Wann ist dieser Film gedreht worden?«

Er schaute aus dem Fenster. »Vor zwei Monaten. Im Grove. Luria war reizend und einsam. Als ich nach oben ging, um mich auszuruhen, ist sie mir zusammen mit einer Freundin gefolgt. Wir haben uns unterhalten. Die beiden tranken etwas. Genau genommen tranken sie ziemlich viel. Irgendwann kam Will herein, so wie einige andere auch –, um zu reden und sich neue Drinks zu holen. Die Bar in der Suite war offen. Die Leute kamen und gingen. Alle waren ein bisschen aufgedreht. Und was diesen Moment angeht, der auf dem Film festgehalten ist – nun, ja, ich habe sie geküsst. Das gebe ich zu. Ich konnte nicht anders, Joe. Tatsächlich sollte es ein freundschaftlicher Kuss auf die Wange werden, aber sie hat im letzten Augenblick ihren Mund zu mir gedreht und ich … nun, Joe, ich wurde schwach. Kaum hatte ich es getan, wusste ich, dass es falsch gewesen war. Also habe ich mich entschuldigt und bin in die Lounge zurückgekehrt. Ich nahm einen starken Drink, auch das gebe ich zu. Dann suchte ich mir jemanden, der mich nach Hause fuhr. Zu meiner Rosemary. Der Frau, die ich liebe. Nun, genau genommen nicht zu ihr, denn sie war zu diesem Zeitpunkt nicht zu Hause. Sie war auf Mallorca und hat für – äh – für sich selbst, glaube ich, einen Gottesdienst abgehalten. Glauben Sie mir, als ich später den Film sah, habe ich Will und seine kleine Super-8-Kamera verflucht, die er in der Aktentasche versteckt hatte. Zu welchen Tricks er doch fähig war.«

Mir schien, als wäre Reverend Alter in den vergangenen fünf Minuten merklich geschrumpft.

Er wich meinem Blick aus. »Zwei Wochen später wurde Luria auf dem Coast Highway überfahren,«, merkte ich an.

»Ich war am Boden zerstört. Ich erkannte ihr Foto in den Zeitungen und betete für sie. Und ich betete für mich – dass dein Vater nie jemandem zeigen würde, was ich ihr angetan hatte.«

»Wussten Sie, dass der Junge, der am Wachhaus von Pelican Point getötet worden ist, ihr Bruder war? Luria war schwanger und vor dem Autounfall schwer geschlagen worden. Miguel Domingo wusste das alles und reagierte darauf mit einer Machete und einem Schraubenzieher.«

»Jaime hat es mir erzählt.«

Er senkte den Kopf.

»Wer hat die Mädchen in den Grove gebracht?«

»Ich habe keine Ahnung, Joe.«

»Niemand kommt dort ohne einen Bürgen hinein, auch keine Partygirls.«

»Ja, ja.«

Er schürzte die Lippen und runzelte die Stirn. Dann schloss er kurz die Augen. »Ich glaube, die Party wurde vom Komitee für die Wiederwahl von Dana Millbrae geschmissen. Zusammen mit dem Entwicklungs- und Aktionskomitee der Grove Foundation.«

Das passte. Ich erinnerte mich an den Abend. Es war im April gewesen und ich hatte mich auch dort aufgehalten, unten an der Bar, und Sodawasser getrunken, während oben die Party in Schwung kam. Ich erinnerte mich, dass der Reverend ein bisschen beschwipst war. Will war überall und nirgends – unten im Restaurant, dann an der Bar, dann oben in der Empfangssuite und im nächsten Augenblick wieder unten. Eine Menge attraktiver junger Frauen ohne Begleitung. Luria Blas hatte ich allerdings nicht gesehen.

»Reverend, Ihr Sicherheitsbeauftragter Bo Warren hat sich mit dem Mann getroffen, der Will ermordet hat. Am Abend bevor es passierte. Warum?«

Diesmal schien sein Erstaunen echt zu sein. »Ich ... ich habe keine Ahnung, Joe, ganz zu schweigen davon, dass ich einen Grund dafür wüsste. Ich kann es kaum glauben.«

»Ich habe einen Zeugen. Jemand war bei ihm im Auto. Ich muss wissen, wer das war.«

»Ich werde mit ihm reden. Das verspreche ich dir.«

»Teilen Sie es mir bitte mit, sobald Sie es wissen, Sir.«

Damit stand ich auf und griff nach Hut und Aktentasche. Dann ging ich zum Fenster und schaute in den alten Tag und jungen Abend hinaus.

»Joe, ich ... ich bin bereit, dir die restlichen hunderttausend Dollar zu zahlen. Das Kinderheim Hillview würde sich bestimmt über das Geld freuen. Wenn man von diesen inkriminierenden Filmstreifen hier auf dem Schreibtisch absieht, bleibt eine völlig legitime Spende für eine sehr ehrenwerte Sache übrig.«

»Will konnte vorgeben, jeden Monat zehn Riesen aus dem Familienvermögen zu spenden. Ich kann das nicht.«

»Dann werde ich das Geld selbst spenden und dir die Kopfschmerzen ersparen.«

Ich fragte mich, warum er die Zahlungen nicht von Anfang an direkt geleistet hatte. Doch ich brauchte die Sache nur von Wills Warte aus zu sehen, dann kannte ich die Antwort: Er traute dem Reverend nicht.

Ich drehte mich um und sah Reverend Alter an. Ich wollte, dass er unfehlbar war, aber er war es nicht. Ich wollte, dass er stark war, aber er schien schwach zu sein, wenn es darauf ankam, und stark, wenn es nicht so wichtig war. Ich wollte, dass er ehrlich und aufrichtig war, aber auch das war er nicht wirklich.

»Du wirkst enttäuscht, Joe.«

»Ich habe eine Menge Leute auf dem Gewissen, Sir. Doch Will ist trotzdem gestorben. Ich dachte, Sie wären Gott nahe, aber, bei allem Respckt, Reverend, ich halte Sie nicht für ehrlich. Wollen Sie wissen, was ich denke? Es sieht so aus, als wäre all das nicht passiert, wenn auch nur einer aufgestanden wäre und das Richtige getan hätte. Lügen über Lügen und nochmals Lügen. Habgier, nichts als Habgier. Und niemand, der dem Einhalt geboten hätte. Niemand, der es auch nur versucht hätte.«

»In diesem Punkt irrst du dich. Wir haben es alle versucht. Wir versuchen es jeden Tag aufs Neue. Aber wir sind unvollkommen und voller Fehler. Deshalb versagen wir. Lass nicht die Perfektion zum Feind des Rechten werden.«

»Wahre Worte. Aber nicht gerade aufbauend, Sir.«

»Ja, ich weiß. Bitte, setz dich noch für eine Minute. Bitte, setz dich.«

Ich ging zum Stuhl zurück, legte Aktentasche und Hut ab und setzte mich wieder hin.

»Will war kein Heiliger, Joe. Wie ich sehe, bist du dabei,

das zu begreifen. Im Lauf seines Lebens steht ein Mann vor vielen schwierigen Entscheidungen und mächtige Männer wie dein Vater noch öfter als andere. Das Leben ist kompliziert. Deshalb brauchen wir Gottes Führung. Wir können unsere Schiffe nicht allein steuern.«

»Reverend, ich habe immer geglaubt, dass Will im Recht war. Sogar wenn ich sah, dass er etwas Unrechtes tat. Denn ich war überzeugt, er würde es im Sinne einer höheren Gerechtigkeit tun. Ich dachte, später, wenn ich älter und weiser wäre, würde ich seine wahren Absichten erkennen. Ich hielt seine unrechten Taten für ... notwendige Umwege.«

»Möglicherweise waren sie das auch.«

Ich griff nach meinen Sachen und stand auf. »Und wenn sie es nicht waren?«

»Hier«, sagte er und reichte mir den Umschlag mit den Filmstreifen. »Der gehört dir.«

»Tun Sie damit, was Sie wollen, Sir.«

»Vielen Dank. Diese Antwort habe ich von dir erwartet.«

Er gab mir einen anderen Umschlag. Er war versiegelt, und nach Dicke und Gewicht zu urteilen, konnte er nur eins enthalten. Ich wog ihn in der Hand und sah Reverend Alter an.

»Für Hillview«, erklärte er. »Für Lurias Familie, falls Sie sie finden. Für das Andenken an Will und alles, was er Gutes getan hat.«

»Stecken Sie es zurück in den Opferstock«, sagte ich.

Damit legte ich den Umschlag auf den Schreibtisch und ging.

Ich traf Carl Rupaski in seinem Büro an. Seine Sekretärin war nicht mehr da und er saß, die spitzen braunen Stiefel auf der Mahagoniplatte, an seinem Schreibtisch und schaute aus dem Fenster. Sonnenlicht fiel durch den Smog und schien auf Santa Ana.

Er lächelte, als ich hereinkam, stand aber nicht auf. »Dann wollen Sie also doch für das Verkehrsamt arbeiten?«

»Nein, Sir. Obwohl es ein schmeichelhaftes Angebot ist.«

»Was haben Sie da bei sich?«

»Einen Kassettenrekorder. Ich möchte Ihnen etwas vorspielen.«

»Wenn es etwas ist, das ich gesagt habe, kann es nichts Gutes sein.«

»Es ist interessant. Und ich habe ein paar Fragen dazu, Sir.«

An diesem Punkt nahm er die Füße vom Schreibtisch und beugte sich vor. »Ist das ein offizieller Besuch des Sheriff's Departments, Joe?«

»Nein, Sir. Ich habe dieses Band und eine Notiz gefunden. Nun hoffe ich, dass Sie zur Aufklärung einiger Dinge beitragen können.«

»Wills Kassette?«

»Ja, Sir.«

Er lehnte sich zurück und verschränkte die Hände hinter dem Kopf.

Ich spielte die Aufnahme ab.

Rupaskis Gesicht versteinerte, als er erst seine und dann Millbraes Stimme hörte. Er fixierte mich. Braune Augen unter buschigen Brauen. Kleine Augen, scharf wie die eines Geiers. »Also?«

»Die *übliche Stelle* ist der wilde Buchweizen nordöstlich der Mautstation Windy Ridge. *Sie* ist Bridget. *Donnerstag* war der zehnte Mai, an dem der Verwaltungsrat über den Ankauf der Mautstraßen abstimmte. Gegenstand des Gesprächs war Geld – neunzig Riesen, die Sie Millbrae gezahlt haben, damit er seine Stimme in Ihrem Sinne abgab. Doch das Geld kam nicht bei ihm an, weil Will es an sich genommen hatte. Mr Millbrae hat an jenem Abend gegen Sie gestimmt, weil Will ihm vorher dieses Band vorgespielt hatte.«

Er zog kurz die Augenbrauen hoch. »Versuchen wir es damit: Die übliche Stelle ist der Grove. Man trifft sich auf ein paar Drinks und zu Strategiegesprächen. Sie ist natürlich

Bridget, die es liebt, ihre Nase in Millies Angelegenheiten zu stecken, und seine Entscheidungen in einer Weise beeinflusst, die mir, ehrlich gesagt, nicht gefällt. Donnerstag war der Tag der Abstimmung im Verwaltungsrat und die war in der Tat wichtig, genau wie ich auf dem Band sage. Gegenstand des Gesprächs war der Versuch, Millbrae im letzten Augenblick noch auf unsere Seite zu ziehen. Nun zu Ihnen, Joe. Wie zum Teufel kommen Sie darauf, dass auf dem Band von neunzig Riesen und Erpressung die Rede ist?«

Darauf konnte ich nicht antworten, ohne Bridget zu verraten, also griff ich zu einer Finte.

»Will hat es mir gesagt. Ich habe an jenem Abend das Geld in Windy Ridge abgeholt und die Tüte mit Steinen gefüllt.«

Rupaskis Gesicht lief rot an. Dann zuckte er die Achseln und sah aus dem Fenster. »Also, was in Gottes Namen wollen Sie?«

»Ich möchte wissen, wer John Gaylen dafür bezahlt hat, meinen Vater umzubringen.«

»Und ich soll das wissen?«

»Als ich mir das Band angehört habe, Sir, begriff ich, dass er Millbrae erpresst hat. Sie haben einen Sender an Wills Wagen anbringen lassen. Angeblich, weil er Sie darum gebeten hat, aber das glaube ich nicht. Ich denke, die Geschichte, die sie mir darüber aufgetischt haben, ähnelt sehr stark der, die Sie gerade erzählt haben – sie ist schlüssig, überzeugend und eine Lüge. Meiner Meinung nach haben Sie seinen Wagen verwanzt, weil Sie auch etwas gegen ihn in der Hand haben wollten. Irgendetwas, womit Sie Druck auf ihn ausüben konnten, egal was. Eine Affäre, ein Nebenverdienst, alles, was sich gegen ihn verwenden ließ. Ihre Leute sind ihm an dem Dienstag, bevor er starb, gefolgt. Sie folgten ihm an den Strand von Laguna und sahen ihn mit Alex und Savannah Blazak. Das haben Sie Jack erzählt, woraufhin er Ihnen gesagt hat, dass Will auf Alex' Wunsch die Übergabe von Savannah durchführen und das Geld überbringen sollte. Daher wussten Sie, dass Will zu dem Mädchen fahren würde, sobald Alex ihm mitgeteilt hatte, wo sie sich befand. Sie hatten ein Motiv, Will zum Schweigen zu bringen, und die Mittel, ihn aufzuspüren. Einer Ihrer Leute hätte ihm mit Hilfe des Senders folgen und Gaylen über Telefon auf dem Laufenden halten können.«

»Dann soll *ich* ihm also Gaylen auf den Hals gehetzt haben?«

»Das ist eine Möglichkeit, über die ich nachdenke, Sir.«

Er schüttelte den Kopf, ohne den Blick von mir zu wenden. »Diese Kassette ist kein Beweismittel, das wissen Sie. Sie ist vor Gericht nicht zugelassen. Man darf keine Unterhaltung mitschneiden, wenn sie in der Annahme geführt wird, es handele sich um ein Privatgespräch. Das rechtliche Vorgehen bei der Beweisaufnahme war nicht korrekt. Ich habe bereits mit dem Bezirksstaatsanwalt darüber gesprochen – in Bezug auf einen hypothetischen Fall, versteht sich. Die Aufnahme ist nutzlos.«

»Das Untersuchungsgericht sieht die Sache vielleicht anders, wenn ich von den neunzig Riesen erzähle, die Millbrae für seine Stimme erhalten sollte. Sie verstehen, Sir, Will ist tot. Wenn herauskommt, dass er Sie erpresst hat – nun, mehr als Gaylens Kugeln kann es ihm nicht schaden.«

»Das würden Sie tun? Seinen Namen auf diese Weise in den Schmutz ziehen?«

»Um den zu bekommen, der John Gaylen angeheuert hat? Ja, Sir.«

Er stand auf und schaute auf mich herab. Dann ging er zu der großen Karte von Orange County an der Wand, auf der die Straßen verzeichnet waren, deren Bau die Bezirksverwaltung plante. Sie waren durch unterschiedliche Farben gekennzeichnet: schwarz für die Gegenwart, blau für das nächste Jahrzehnt und rot für die ferne Zukunft.

»Es wird eine großartige Gegend werden, Joe. Und Will, Sie, ich – wir alle werden dazu beigetragen haben.«

»Die meisten der blauen und roten Straßen mochte Will nicht. Sie waren der Grund, warum er gegen Sie gekämpft hat.«

»Es gehörte zu seiner Rolle, sie zu bekämpfen. Das habe ich versucht zu erklären.«

Ich betrachtete die verwirrende blaue und rote Zukunft. Die Linien sahen wie Venen und Arterien aus, die sich um ein merkwürdig geformtes Herz schlangen.

»Ich will offen zu Ihnen sein, Joe. Was dieses angebliche Schmiergeld, diese neunzig Riesen, angeht, so habe ich davon nicht das Geringste gewusst. Auch nicht von einer Tüte voller Steine. Aber wenn Sie aus Ihrem Vater unbedingt einen Erpresser machen wollen, tun Sie sich keinen Zwang an. Ich gebe jedoch zu, dass meine Leute ihn beschattet haben. Warum? Weil Jack, wie ich es Ihnen erzählt habe, nach Savannahs Entführung zu mir gekommen ist. Und er hat mich auch informiert, als Will sich einmischte. Also ließ ich Wills BMW in der Werkstatt verwanzen, weil ich hoffte, er würde uns zu Savannah führen. *Ich habe es für Savannah getan.* Und es funktionierte, denn wir haben alle drei an dem Abend unten am Strand in Laguna gefunden. Ja, meine Jungs sind die ganze Zeit dem Funksignal gefolgt und es hat sie direkt zu ihnen geführt. Ich berichtete Jack, was wir herausgefunden hatten, und wir beschlossen, an Ihnen dranzubleiben, um Savannah nicht zu verlieren. An dem Abend, als Will starb, waren meine besten Leute hinter Ihnen, aber sie haben Sie zwischen dem Grove und der Lind Street verloren, Joe. Sie sind ein verdammt guter Fahrer und dieser verdammte BMW war einfach zu schnell. Sie haben uns abgehängt. Dieser Sender hat nur eine Reichweite von gut drei Kilometern. Und ich will Ihnen noch etwas sagen, junger Mann – bevor Sie ihn erwähnt haben, hatte ich noch nie etwas von John Gaylen gehört.«

Er war so überzeugend, wie er nur sein konnte. Schon mit der ursprünglichen Version der Sendergeschichte hätte er mich fast zum Narren gehalten. Und jetzt das. Ich griff nach dem Rekorder und steckte ihn in die Tasche.

»Und noch eins sollten Sie sich vor Augen führen, Joe. Bridget ist eine gute Frau und eine gute Mitarbeiterin und Sie wollen sicherlich nicht, dass ihr etwas passiert. Ich habe so ein

Gefühl, dass sie hinter dieser Aufnahme steckt. Ich kann es nicht beweisen, aber vor Gericht wäre sie zur Aussage gezwungen und müsste mit einigen harten Fragen rechnen. Meineid ist ein Verbrechen. Ihnen mag ihr Wohlergehen nicht am Herzen liegen, aber mir.«

»Bridget hat nichts damit zu tun.«

Er lächelte. »Ich muss Ihnen diese Frage einfach noch einmal stellen: Sind Sie wirklich bereit, Wills Namen in den Schmutz zu ziehen? Ein illegaler Lauschangriff, Erpressung eines Behördenleiters, Diebstahl von neunzigtausend Dollar?«

Ich stand auf. »Ich werde diesen Mordfall aufklären.«

»Um jeden Preis?«

»Absolut, Sir.«

Er schüttelte den Kopf. »Und wenn er das nicht gewollt hätte?«

»Dann würde ich es trotzdem tun.«

»Vielleicht haben Sie doch nicht so viel von ihm gelernt, wie ich dachte. Sie suchen die Schuld bei den falschen Menschen. Sie sind sauer, das verstehe ich. Aber seien Sie vorsichtig, Joe. Machen Sie aus den Freunden Ihres Vaters nicht Ihre Feinde.«

»Jetzt behaupten viele Leute, sie wären seine Freunde gewesen, Sir. Als er am Leben war, haben sie nicht so geredet.«

»Es ist ein System, Joe. Ein Prozess. Bewahren und nutzbar machen. Aufbauen und abreißen. Einnahmen und Ausgaben. Konservativ und liberal. Alles Teile ein und desselben Systems. Denken Sie an den Wald, Joe, nicht an die Bäume. Es sind Millionen von Bäumen, aber es ist nur ein Wald. Und in dem leben wir alle.«

Kapitel achtzehn

Am selben Abend betrat ich das Haus in Tustin Hills – wie schon Hunderttausende Male zuvor. Und ich hatte das gleiche Gefühl, das ich bei jeder dieser hunderttausend Gelegenheiten gehabt hatte, außer vielleicht bei den ersten paar hundert – das Gefühl, sicher zu sein und dazuzugehören.

Es hatte sich nicht viel verändert. Dieselben abgetretenen mexikanischen Fliesen, dieselben weißen Wände am Eingang, derselbe schwarze, schmiedeeiserne Tisch mit der kobaltblauen Blumenvase darauf, derselbe Spiegel, in dem man sich selbst erblickte, sobald man durch die Tür getreten war. Erst mit elf Jahren hatte ich mein ganzes Gesicht darin sehen können. Bis dahin hatte ich geglaubt, dass ich, wenn ich groß genug sein würde, um es ganz betrachten zu können, kein Junge mehr sein würde, sondern ein Mann. Außerdem hatte ich geglaubt, bis zu diesem Zeitpunkt würde man ein Heilmittel für mein Gesicht gefunden haben. Beides bewahrheitete sich nicht, aber wichtig war, dass ich daran geglaubt hatte.

Ich umarmte meine Mutter und folgte ihr den Flur entlang, am links abgehenden Fernsehzimmer vorbei und dann um eine Ecke ins große Wohnzimmer. Dieselben guten Ledermöbel, der gleiche Duft nach frisch geschnittenen Blumen und gesottenem Knoblauch, vermischt mit einer feinen Spur des Ammoniaks, mit dem sie jede Woche die Fenster putzte. *Durch schmutziges Glas kann man keine klare Sicht haben, oder, Joe?* Für gewöhnlich half ich ihr bei dieser Arbeit und wir haben zusammen, sie innen, ich außen, mit Fensterleder und Zeitungspapier die Streifen bekämpft. Diese eine Aufgabe wollte sie nicht dem Hausmädchen überlassen. Uns beiden entging kein Streifen.

»Setz dich, Joe. Ich werde uns etwas zu trinken machen.«

»Ich helfe dir.«

»Holst du bitte eine Zitrone?«

Ich ging durch die Schiebetür in den Garten und pflückte eine reife Zitrone. Besonders abends entfaltete Tustin Hills seinen Charme. Das Licht wurde weicher und die Bäume ließen in der ausklingenden Tageshitze ihre Äste hängen, so dass durch das Blattwerk die Linien und Winkel der Häuser sichtbar wurden. Am liebsten wäre ich wieder zehn Jahre alt gewesen und hätte zusammen mit Will, Mary Ann, Junior und Glenn dort gelebt.

Mary Ann machte Limonade mit Wodka, schnitt zwei Scheiben von der Zitrone ab und warf sie in die Gläser. Wir nahmen die Drinks mit hinaus und setzten uns an den Pool. Die Gartenmöbel waren neu, hellblaues Segeltuch in weißen Metallrahmen. Ein großer, nach Westen geneigter Sonnenschirm. Man hatte das Gefühl, in einem Badeort zu sein. Ich legte den Hut auf den Tisch und hängte den Mantel über die Stuhllehne.

»Was ist los, Joe?«

Ich erzählte ihr von Luria und Miguel, von Ike Cao, von Savannah und Alex. »Manchmal wünschte ich, ich könnte alles einfach abwaschen.«

»Im Gefängnis zu arbeiten ist da nicht gerade förderlich.«

»Nein.«

Sie räusperte sich und nahm einen Schluck von ihrem Drink. »Hast du je daran gedacht, deine Arbeit aufzugeben? Ich weiß, dass du Polizist werden wolltest. Und ich weiß, dass Will dich dazu gedrängt hat, weil auch er so angefangen hat. Aber ehrlich, du hast einen Abschluss und bist nicht auf den Kopf gefallen. Du hast Freunde in der Gemeindeverwaltung, Leute, die dich kennen. Du könntest etwas anderes finden, wenn du willst.«

»Mir gefällt es.«

»Aber was gefällt dir daran?«

Ich brauchte eine Minute, um nachzudenken. Jemandem, der dazu erzogen wurde, keine Fragen zu stellen, fällt das Antworten schwer. »Die Nützlichkeit.«

»Als Polizist?«

Ich nickte und schaute auf die schimmernde Wasseroberfläche des Pools, die vom Wind gekräuselt wurde. Mir fiel eine Taufe ein, an der ich an einem heißen Maivormittag in Los Angeles teilgenommen hatte, eine Ganzkörpertaufe, während im Hintergrund eine Band christliche Rockmusik spielte. Es war eine der besten Taufen gewesen, die ich je erlebt hatte, obwohl ich finde, dass christliche Rockmusik weder Gott noch dem Rock 'n' Roll zur Ehre gereicht. Ich weiß nicht, warum, aber diese Taufe schien tatsächlich alles abgewaschen zu haben, und dieses Gefühl hatte eine ganze Woche angehalten.

»Nun, es gibt viele Möglichkeiten, nützlich zu sein, Joe. Und sie belasten dich am Ende des Tages nicht. Will ist gerade noch rechtzeitig ausgestiegen. Nach fast zwanzig Jahren im Sheriff's Department. Als er zum Verwaltungschef gewählt wurde, war es, als tue sich ihm eine neue Welt auf.«

»So sah es seine Karriereplanung vor.«

»Vielleicht solltest du deine Karriere auch planen.«

»Carl Rupaski hat mir angeboten, ins Verkehrsamt zu wechseln. Das würde einen großen Gehaltssprung und ein neues Aufgabengebiet bedeuten. Er sagte, von dort könne ich später überall hingehen. Es sei eher eine Arbeit in Schlips und Kragen. Aber ich glaube, er hält sein Angebot nicht länger aufrecht.«

Sie schwieg eine ganze Weile. Dann sagte sie: »Rupaski ist ein charakterloser Idiot.«

»Er hat einen Sender an Dads Wagen anbringen lassen.«

»Warum?«

»Er sagt, er habe gehofft, dass Dad ihn zu Savannah führt. Aber ich glaube, er hat etwas gesucht, womit er Dad hätte zum Schweigen bringen können. Etwas, das er gegen ihn verwenden konnte. Dad hatte einen Beweis dafür, dass vom Aktionskomitee des Grove ziemlich viel Geld über Rupaski an Millbrae geflossen ist. Für Millbraes Stimme in der Abstimmung über den Ankauf der Mautstraße. Will hat den Beweis benutzt, um Millbrae wieder auf seine Seite zu ziehen.«

»Er hat ihn erpresst.«

»Ja.«

Ich erzählte ihr von dem Tonband und von Wills Notiz. Ich schilderte sogar, wie der Minirekorder an Millbraes Schreibtisch befestigt worden war.

Sie stellte seufzend ihr Glas auf den Tisch. »Immer diese Heimlichkeiten. Ständig musste er bei Nacht und Nebel irgendetwas herausfinden. Solange wir jung waren, schien das harmlos zu sein. Schließlich war Will Polizist und Ermittlungen gehörten zu seinem Job. Und er war immer freundlich. Also habe ich mich damit abgefunden. Aber je älter er wurde, desto ... verschlagener wurde er. Ich meine, eine Woche, bevor er starb, gab er dreihundert Dollar für so einen Apparat aus, den man ans Telefon anschließt, um seine Stimme zu verzerren. Einmal ... einmal hat er uns sogar ohne mein Wissen im Esszimmer gefilmt. Ich war außer mir, als er mir die Aufnahmen zeigte. Die Kamera war in einer speziellen Aktentasche versteckt gewesen, in die er ein Loch für die Linse gebohrt hatte. Auch so ein idiotisches Spielzeug, das er sich gekauft hatte, nehme ich an. Es ist schlimm, dass er dich dazu gebracht hat, die Gesetze zu brechen, um seine Karriere zu befördern. Das Büro eines Verwaltungschefs zu verwanzen! Das macht mich schon wieder wütend auf ihn, Joe, obwohl ich das gar nicht will. Aber ich kann nicht anders.«

»Ich hab es immer gern für ihn getan.«

»Weil er dich so erzogen hatte. Und weißt du was, Joe? Ich habe ihn danach gefragt. Ich habe ihn gefragt, ob er dich in seine Spielchen, in all diese abendlichen Geschäfte, hineingezogen hätte. Er hat gesagt, das habe er nicht getan. Du würdest ihn nur fahren und auf ihn aufpassen. Was für eine Idiotin ich doch war. Was für eine naive Närrin.«

Ich hatte mich schuldig gemacht und ich wusste es. Im Lauf der Jahre hätte ich ihr jederzeit mitteilen können, was Will von mir gewollt hatte. Die Wanze unter dem Schreibtisch war nur eine von vielen heimlichen Aufgaben gewesen, die ich für ihn erledigt hatte. Da war zum Beispiel der Sommerjob in der Katastrophenschutzabteilung der Bezirksverwaltung gewesen, den er mir besorgt hatte, damit ich ihm berichtete, welche der Deputys und Feuerwehrmänner die Verwaltung mit simulierten Rückenschmerzen betrogen. Damals war ich achtzehn gewesen. Dann waren da der berühmte Strafverteidiger, dessen Cadillac ich eines Nachts vor einem Jachtklub in Newport Beach außer Gefecht setzte, und der wegen Unzucht mit Minderjährigen angeklagte Collegeprofessor, dem ich auf einem Universitätsparkplatz, mit einer abgeschnittenen Strumpfhosen von Mary Ann über dem Kopf, eine Abreibung verpasste. Da war das Haus, in das ich eingebrochen war, während Will an einem vom Besitzer des Hauses veranstalteten Wohltätigkeitsball teilnahm. Ich hatte gefunden, was Will dort vermutet hatte – gefälschte Aktien und Schuldverschreibungen –, und ein paar Wochen später war der Hausbesitzer hochgenommen worden. Da waren die Briefumschläge, die ich hin und her befördert hatte. Natürlich war da auch die Aktentasche, die Will gekauft und dann mir gegeben hatte, damit ich sie »filmfreundlich« gestaltete, was ich mit einem Messer, einer Laubsäge, etwas Material zum Abpolstern sowie Klebstoff und schwarzer Gaze bewerkstelligt hatte. Allein schon die Tatsache, dass ich über seine Affären den Mund gehalten hatte, war schlimm genug.

Das alles hatte ich Mary Ann nie erzählt. Weil ich Will liebte und weil ich sie liebte und weil ich liebte, was ich für Will tat. Denn ich liebte es, nützlich zu sein.

Auch ein Hund kann ein Geheimnis bewahren, aber ein Mann muss lernen, wann er mehr schadet als nutzt.

»Ich war auch ein Narr«, stellte ich fest.

»Mach dich frei von allem, Joe«, sagte sie. »Löse dich davon, lass es sein, fang neu an. Nimm eine Stelle bei der Forstverwaltung von Utah an, was auch immer, aber gib die Arbeit in diesem verlausten Gefängnis auf, wo dir überall der Geist deines Vaters begegnet. Du hast etwas Besseres verdient.«

Sie setzte ihr Glas an und leerte es bis aufs Eis. Dann stellte sie es mit Nachdruck auf den Tisch und schüttelte den Kopf.

»Versuch nicht, wie er zu sein«, sagte sie.

»Ich muss ein paar Dinge zu Ende führen.«

»Setz nicht für Rache dein Leben aufs Spiel, Joe. Davon hätte Will nichts. Ich hätte nichts davon und du auch nicht.«

»Es geht nicht um Rache, sondern um Gerechtigkeit.«

»Nimm die Gerechtigkeit nicht als Vorwand.«

Ich blickte auf die Berge und die Häuser hinaus. Man hörte, wie ein Auto die Straße entlangfuhr. Dann schaute ich auf das dunkler werdende Wasser im Swimmingpool und beobachtete eine Motte, die sich aus ihm herauskämpfte und in die Luft erhob. Ich hatte noch nie gesehen, dass eine Motte das schaffte.

»Ich werde Abendbrot machen«, sagte ich.

Kapitel neunzehn

Als ich nach Hause kam, war es noch früh. Also legte ich eine Videokassette mit einer meiner Lieblingskomödien ein. Es war das erste Mal seit Wills Tod, dass ich etwas so Unproduktives tat, wie mir einen Film anzusehen. Zuerst schämte ich mich, aber als das Liebespaar zum ersten Mal aufeinander traf, dachte ich an June und vergaß die Scham.

Dann klingelte das Telefon.

Ich nahm ab und hörte die Stimme eines Fernsehreporters und Stimmengewirr. Ich schaltete mit der Fernbedienung bei mir den Ton ab.

»Hallo?«

»Ich muss mit Joe Trona sprechen.« Die Stimme eines jungen Mannes, klar und erregt.

»Ich bin Joe Trona.«

»Hier ist Alex Blazak. Ich möchte, dass Sie meinem Vater sagen, dass ich es ihm für zwei Millionen Dollar verkaufe. Danach wird Savannah wieder nach Hause kommen.«

»Was wollen Sie ihm verkaufen?«

»Er wird es wissen. Sie nicht. Wenn Sie auf meinen Vorschlag eingehen, seien Sie morgen Nachmittag um fünf Uhr allein an der Südwestecke der Kreuzung Balboa und Pavilion. Das liegt auf der Halbinsel. Wenn mir gefällt, was ich sehe, werde ich Kontakt zu Ihnen aufnehmen.«

»Ich kann Ihnen jetzt schon sagen, dass ich nicht auf Ihre Vorschläge eingehe.«

»Ich bringe sie um. Alles, was Sie gehört haben, stimmt nicht. Ich bringe sie um.«

Mit der Fernbedienung schaltete ich den Videorekorder

ab, das Fernsehprogramm ein und nahm dann noch einmal den Ton weg.

»Ich will Savannah«, sagte ich.

»Jeder will sie. Wofür?«

»Den Kindernotdienst.«

Es entstand eine lange Pause. Die Stimmen im Hintergrund waren laut und hallten wie in einer großen Bar wider. Ich konnte die aufgeregte Stimme des Fernsehreporters hören, verstand aber nicht, was er sagte. Großer Jubel ertönte. Ich begann mich durch die Kanäle zu zappen.

»Mr Blazak«, sagte ich, »diesmal werde ich auf Ihren Vorschlag eingehen. Wenn Ihr Vater zustimmt, werde ich morgen um siebzehn Uhr an der Südwestecke der Kreuzung Balboa und Pavilion sein. Aber wenn der Austausch stattgefunden hat, kommt Savannah mit mir.«

»Zum Kindernotdienst?«

»Korrekt.«

»Savannah meint, ich könne Ihnen vertrauen.«

»Ich stehe zu meinem Wort.«

Wieder großer Jubel, dann ein kollektives Wooahhh, so als hätte jemand einen Ball verpasst. Ich drückte Kanal 5 gerade noch rechtzeitig, um zu sehen, wie der erste Baseman der Angels locker und leicht um die Basen herumlief und seinen Homerun genoss.

»Abgemacht«, sagte Alex Blazak und knallte den Hörer so laut auf die Gabel, dass sogar ich es durch die Leitung hören konnte.

Ich wartete in der Dunkelheit darauf, dass Jack Blazak den Summer für das zweite Tor betätigte. Ein Blick auf die Uhr sagte mir, dass es kurz vor elf war. Als das Tor aufging, fuhr ich die Auffahrt zu dem riesigen Haus hinauf. Ich sah ihn die Eingangstreppe herunterkommen und am Pool entlanggehen. Neben dem Pool hielt ich an und er stieg ein. »Fahren Sie wieder hinaus«, sagte er. »Ich glaube, Marchant hört das gesamte Anwesen ab.«

Während der Fahrt durch die dunklen Hügel blieb er stumm. Wir passierten das erste Tor und fuhren die Kurven zum Coast Highway hinunter. Der Wachmann am zweiten Tor starrte uns neugierig an.

»Was wissen Sie über Miguel Domingo?«, fragte ich.

»Die Polizei hat ihn genau dort drüben getötet. Hatte eine Machete und einen Schraubenzieher bei sich.«

»Die Frau, die eine Woche zuvor überfahren worden war, war seine Schwester.«

Er sah mich kurz an und schaute dann wieder aus dem Fenster, ohne etwas zu sagen, während ich darauf wartete, auf die Küstenstraße einbiegen zu können.

»Davon habe ich nichts gelesen.«

»Die Zeitungen haben auf den hinteren Seiten darüber berichtet.«

»Sie war definitiv nicht bei uns angestellt. Lorna hat mir von Ihrem Anruf erzählt.«

Wir fuhren eine Minute schweigend weiter.

»Ich wünschte, es wäre nicht so«, sagte Blazak.

»Was sollte nicht so sein, Sir?«

»Dass die Leute Tausende Kilometer weit herkommen, um hier für sieben Dollar pro Stunde zu arbeiten. Manche schaffen es und steigen auf. Die Chancen sind sogar besser als bei einer Lotterie. Und besser als die verdammten Dschungel, aus denen sie kommen. Ich an ihrer Stelle würde auch herkommen.«

Ich bog auf die Straße und fuhr nach Norden. Auf der linken Seite verschwanden der schwarze Ozean und der schwarze Himmel in einer blassen Nebelbank. Der Nebel endete ein paar hundert Meter vor der Küste wie Rauch an einer Glasscheibe.

»Vor ungefähr einer Stunde hat mich Ihr Sohn angerufen. Er will es Ihnen verkaufen und Savannah übergeben. Für zwei Millionen.«

Blazak sah mich fragend an. »Verkaufen? Was?«

»Sie würden es wissen, ich nicht – laut Alex.«

Er schaute wieder aus dem Fenster, während ich bergauf in Richtung Corona del Mar fuhr.

»Und er benutzt jetzt Sie anstelle Ihres Vaters?«

»Offensichtlich.«

»Werden Sie Marchant einweihen?«

»Ich weiß noch nicht. Das hängt davon ab, was Sie tun.«

»Diese Sache mit Will – es hätte nicht passieren dürfen. Alex ist irrsinnig, Trona. Und er spielt mit Menschenleben.«

»Was will Alex Ihnen zusammen mit Ihrer Tochter verkaufen?«

»Eine Videokassette.«

Ich wartete.

»Ein Video von mir, Lorna und einer dritten Person. Weiblich. Ich will Ihnen etwas sagen, Trona. Ich schäme mich nicht dafür. Es gibt mir einen Kick und niemand wird dabei verletzt. Einvernehmlich handelnde Erwachsene. Aber ich muss Lorna schützen. Ich will nicht, dass diese Sache in der Öffentlichkeit breitgetreten wird, wenn Sie wissen, was ich meine.«

»Das würde ich auch nicht wollen, Sir. Haben Sie es aufgenommen?«

»Ja. Ich hatte es in der Hülle eines alten Zeichentrickvideos von Savannah versteckt. Einem von denen, denen sie sozusagen entwachsen war. Es stand ganz hinten in meiner Sammlung und die ist ziemlich umfangreich und recht ungeordnet. Aber Savannah wühlte überall herum. Sie spielt dieses Spiel namens ›Savannah die Spionin‹ – ständig durchstöbert sie meine und Lornas Sachen und die aller anderen. Die Kassette war offenbar in ihrem Rucksack, als sie entführt wurde. Sie scheinen sie sich angesehen zu haben und Alex muss aufgegangen sein, dass er sie für seine Lösegeldforderung gebrauchen konnte, gewissermaßen ein Doppelpack. Meinetwegen kann er das Band behalten. Aber nicht meine Tochter.«

»Wie lange werden Sie brauchen, um das Geld zu beschaffen?«

»Ich werde es um zehn Uhr morgen früh haben. Trona, ich bin einmal dabei auf die Nase gefallen. Aber ich liebe mein

Mädchen und deshalb riskiere ich es noch einmal. Doch ich bin nicht bereit, sie erneut einer Schießerei und all dem Mist auszusetzen, den mein Sohn so vergnüglich findet. Und wenn ich nicht Gefahr laufen will, dass das FBI beide umlegt, bleibt mir keine andere Wahl, als Ihnen zu vertrauen. Also werde ich Ihnen vertrauen. Aber Sie sollten wissen, dass man mich nicht zum Narren hält. Ich bin nur ein Geschäftsmann, aber wenn jemandem in den Arsch getreten werden muss, dann finde ich einen Weg.«

Ich sah zu einem Saftstand und den dicken Bäumen zwischen der Straße und dem Ozean hinüber.

»Sir, Sie beeindrucken mich nicht besonders. Ihre Drohungen sind im Grunde schlechte Manieren.«

Er lachte leise in sich hinein. »Sie sind ein komischer Typ, Trona. Ich beeindrucke Sie nicht besonders. Das gefällt mir. Genauso wie mir gefallen hat, was Sie in meinem Wohnzimmer mit Bo gemacht haben.«

Ich wendete an der Poppy Street und fuhr zu Blazaks Haus zurück.

»Ich verlange, dass Sie Marchant aus der Sache heraushalten«, sagte er. »Das ist *meine* Bedingung.«

Ich dachte darüber nach. »Das FBI versteht eine Menge von solchen Angelegenheiten.«

»Das haben wir ja in Waco und Ruby Rudge gesehen.«

»Sie haben Elian zu seinem Vater zurückgebracht.«

»Elian war nicht von jemandem entführt worden, der einen Obdachlosen in Brand gesteckt und ihn dann angepisst hat, um das Feuer zu löschen. Oder der seine eigene Katze in einen Eimer voller Säure geworfen hat. Mist, vielleicht hätte ich Ihnen das nicht sagen sollen.«

»Ich bin darüber hinweg, Mr Blazak. Auch wenn mein Gesicht nicht so aussieht.«

Er winkte kurz und das erste Tor wurde geöffnet.

»Kein Marchant. Ich werde das Geld um zehn haben«, wiederholte er. »Wenn wir miteinander reden müssen, rufen Sie Lorna bei uns zu Hause an. Sie wird es mir mitteilen und ich rufe Sie dann zurück. Marchant hat Tonbandgeräte an die Telefone angeschlossen.«

Wir schlängelten uns die Hügel hinauf zum zweiten Tor.

»Mein Vater ist von einem Gangster namens John Gaylen erschossen worden«, eröffnete ich ihm. »Wir sind dicht an ihm dran.«

»Gratuliere.«

»Am Abend vor dem Mord an meinem Vater hat er sich mit Bo Warren getroffen.«

Aus den Augenwinkeln sah ich, dass Blazak mich musterte. Es verging eine lange Minute, ohne dass er etwa sagte. Ich lauschte dem Grummeln des V8-Motors meines Mustangs, während wir die Straße langsam hinauffuhren.

»Ich habe keine Ahnung, was dieser Hurensohn Bo mit diesem Gangster zu besprechen hatte. Er arbeitet nicht für mich, sondern für Dan Alter.«

»An jenem Tag in Ihrem Haus sah es so aus, als würde er für Sie arbeiten.«

»Leihweise. Er produziert nur heiße Luft und bringt keine Resultate. Er hat beim Schutz meiner Tochter versagt und mich eine Million gekostet.«

»Wir sind überzeugt, dass jemand Gaylen mit dem Mord an Will beauftragt hat.«

»Und Sie glauben, Warren hat etwas damit zu tun?«

»Ich glaube, dass Warren nur ein Laufbursche ist, Sir. Und er hat sich nicht allein mit Gaylen getroffen. Er hatte jemanden im Auto bei sich. Ich möchte wissen, wen.«

Blazak schüttelte den Kopf. »Woher soll ich das wissen? Ihr Typen, ihr Polizisten, FBI-Leute, Sicherheitsbeauftragte – Leute wie Sie und Will und Rick Birch und Steve Marchant –, ihr seht überall Verschwörungen. Sie haben die Stirn gehabt, mich und meine Frau an den Lügendetektor anzuschließen, und dann die Ergebnisse geheim zu halten. Und dann all die Mutmaßungen, die sie vorbringen, all die Zufälle und Spekulationen. Dabei will ich nur eines, nämlich meine Tochter zurückhaben. Ein kleines elfjähriges Mädchen, mehr will ich nicht. Finden Sie heraus, was es mit Bo Warren und dem Mörder auf sich hat. Ich kann es nicht. Es interessierte mich nicht einmal. Ich bin Geschäftsmann. Ich setze Dinge in Bewegung. Ihr Typen seid ein ganz anderes Kaliber.«

»Ja, Sir. Wir räumen für Leute wie Sie den Dreck weg.«

Er schüttelte den Kopf und wedelte mit der Hand durch die Luft, als würde er eine Biene von einem Picknickteller verscheuchen. »Vielleicht können Sie Alex nach Gaylen fragen, wenn Sie die nächsten zwei Millionen von meinem Geld übergeben und Savannah abholen. Ich jedenfalls habe noch nie von ihm gehört.«

»Alles wird glatt laufen. Savannah ist bald wieder zu Hause.«

»Halten Sie am Tor an, Joe. Hören Sie, ich werde alles tun, um meine Tochter unbeschadet zurückzubekommen. Wenn Sie derjenige sind, mit dem ich zusammenarbeiten muss, dann tue ich das. Ich werde Sie als Geschäftspartner betrachten, bis Sie mir demonstrieren, dass auch noch andere Qualitäten in Ihnen stecken.«

Damit warf er die Autotür zu und ging zur Tastatur am Tor, um seine Codenummer einzutippen.

Als ich wieder auf dem Coast Highway war, rief ich Steve Marchants Pieper an, legte auf und wartete.

Er rief in weniger als einer Minute zurück und ich erzählte ihm, dass Alex Blazak mich als Vermittler in einem Handel um seine Schwester und ein schmutziges Video auserkoren habe. Der Preis für Jack: zwei Millionen in bar. Jack habe eingewilligt.

»Endlich«, sagte Marchant. »Jetzt kommt doch Bewegung in die Sache. Wir beide werden jemandem kräftig in den Hintern treten und das Mädchen zurückholen. Ich werde Sheriff Vale anrufen, um zu erfahren, wie er die Sache handhaben will.«

Kapitel zwanzig

Am nächsten Morgen parkte ich kurz nach Sonnenaufgang vor dem Eingang der Kapelle des Lichts und wartete auf Bo Warrens rotweiße Corvette. Der riesige Parkplatz wurde nachts verschlossen und morgens von den Sicherheitsleuten wieder geöffnet. Vor einigen Jahren hatten Vandalen die Fenster der Kapelle eingeworfen und Obszönitäten auf die Gehwege gesprüht, deshalb hatte Reverend Alter Vorsichtsmaßnahmen ergriffen.

Warrens Auto kam um die Ecke und blieb vor dem weiß lackierten Eisentor stehen. Es bestand aus senkrechten Stäben mit großen wolkenähnlichen Bögen darauf, auf denen Trompete spielende Engel saßen. Warren tippte eine Zahlenfolge ein und fuhr hindurch. Ich folgte ihm, bevor das Tor sich wieder schließen konnte.

Als er mich hinter sich wahrnahm, trat er auf die Bremse und stieg aus. Wir trafen uns auf halbem Weg zwischen unseren Autos.

»Machen Sie, dass Sie hier wegkommen«, fuhr er mich an. »Das ist nicht nur heiliger Boden, sondern auch Privatbesitz.«

Er sah frisch geduscht aus: feuchte, ordentlich gekämmte Haare, glatte, noch nicht zerknitterte Kleidung und nahezu überirdisch glänzende Stiefel. In seiner Sonnenbrille spiegelte sich eine kleine aufgehende Sonne. Mir kam eine andere Dusche in den Sinn, unter der ich kürzlich gestanden hatte, und ich musste mich mit Gewalt von der Erinnerung losreißen.

»Ich möchte über John Gaylen reden.«

»Dann reden Sie über ihn, Mann.«

»Sie haben sich mit ihm, in der Nacht, bevor er Will erschossen hat, auf dem Parkplatz des Bamboo 33 getroffen.«

»Klingt, als sollten Sie nicht mit mir, sondern mit ihm reden.«

»Das tun wir bereits.«

»Ich werde Ihnen sagen, was ich auch schon Seiner Heiligkeit mitgeteilt habe: Ich habe mich nicht mit John Soundso getroffen. Keine Ahnung, wo das Bamboo 33 liegt. Ist das so eine Schlitzaugenspelunke?«

»Es ist ein vietnamesischer Nachtklub. Und wir haben einen Zeugen, der Sie dort gesehen hat. Auto, Nummernschild, Beschreibung des Fahrers – alles passt genau auf Sie, Mr Warren.«

Er starrte mich mit versteinerter Miene an. Seine Brille reflektierte das Sonnenlicht.

»Es könnte so ablaufen, Mr Warren: Rick Birch leitet die Ermittlungen in Wills Fall. Wenn ich ihm sage, was ich weiß, wird er Sie zur Befragung vorladen. Dann ist es ein Leichtes, ein oder zwei Reporter davon in Kenntnis zu setzen. Das wäre eine Neuigkeit hier in der Gegend – Reverend Alters Sicherheitsbeauftragter zur Vernehmung im Mordfall Trona vorgeladen. Sie sind neu in der Kapelle des Lichts und das würde sich nicht besonders gut in Ihrer Beurteilung machen.«

Seine Kiefer mahlten und seine Halsschlagader trat hervor. Das ist das erste Zeichen, an dem ein Vernehmungsbeamter erkennt, dass sein Gegenüber auspacken wird.

»Ich dachte, Daniel sei Ihr Freund.«

»Ist er auch, Mr Warren. Aber Sie nicht.«

»Was für eine beschissene Art vorzugehen, Joe. Wissen Sie nicht, was Loyalität ist?«

Ich schwieg.

»Hören Sie, Joe. Jennifer Avila hat mich auf eine Kriminelle namens Luz Escobar alias Pearlita aufmerksam gemacht. Escobar sagte, Ihr Freund Gaylen hätte Alex Blazak erwähnt. Ich dachte, er könnte etwas darüber wissen, wohin

Alex mit Savannah gegangen ist. Also habe ich mit ihm geredet. Er wusste nichts. Zumindest hat er mir nichts gesagt. Die übliche Ermittlungsroutine, Joe. Mehr war es nicht.«

»Wer war bei Ihnen?«

»Pearlita. Was dachten Sie denn?«

»Mir ist Jack Blazak eingefallen.«

Er schüttelte lächelnd den Kopf. Wie ein Boxer, der nicht zeigen will, dass er angeschlagen ist.

»Nein. Jack hat die Fußarbeit mir überlassen. Delegieren – das macht ihn zu so einem cleveren Mann.«

»Nicht clever genug, um seine Tochter zurückzubekommen.«

»Er wird sie bekommen. Leute wie er bekommen immer, was sie wollen. Alles ist käuflich und sie können sich alles leisten.«

»Was ist passiert, Alex, als Sie das erste Mal das Lösegeld übergeben und Savannah abholen wollten? Bevor Will sich einmischte. Was ist schief gelaufen?«

Er schüttelte wieder den Kopf. »Alex ist nicht aufgetaucht. Also habe ich das Geld wieder mitgenommen. Keine Savannah, kein Geld. Das war der ursprüngliche Deal. Bis Will auf der Bildfläche erschien. Die erste Regel bei Lösegeldübergaben lautet: Keine Zahlung ohne Gegenleistung. Es hat mich überrascht, dass sich ein Exdeputy nicht darum scherte. Es kann natürlich sein, dass Alex ihn deshalb ausgewählt hat. So, wie es ausgegangen ist, hat Alex sowohl das Geld als auch Savannah.«

»Was ist mit dem Video?«

»Das ist unwichtig. Ein gelangweilter Geschäftsmann bei einem Dreier mit seiner Frau und irgendeiner Schwarzen. Himmel, diese reichen Leute sind widerlich.«

Er sah zur Kapelle hinüber. »Ich komme zu spät zur Arbeit. Und ich bin froh, Ihnen weiterhelfen zu können, Joe. Aber jetzt machen Sie, dass Sie von diesem heiligen Boden herunterkommen. Bei mir mögen Ihre Judogriffe funktionieren, aber Gott können Sie nicht zu Boden schicken.«

»Es überrascht mich, das aus Ihrem Mund zu hören, Mr Warren. Sie strahlen nicht gerade im Licht göttlicher Gnade.«

»Ich strahle, wenn der Gehaltsscheck kommt.«

Ich ging zu meinem Wagen zurück. Das Ausfahrtstor besaß einen Sensor und so gaben mir die trompetenden Engel automatisch den Weg frei.

Mittags traf ich mich mit June in einem Park unweit des Senders. Ich hatte sie seit unserem Rendezvous nicht mehr gesehen, sie aber zweimal angerufen und ständig an sie gedacht.

Ich hatte nicht erwartet, dass sie mir leibhaftig so schön erscheinen würde wie in der Erinnerung an jene außergewöhnliche Nacht. Als ich über die grasbewachsene Anhöhe ging und sie im Schatten eines Magnolienbaums stehen sah, begann mein Herz bis zum Hals zu schlagen und ich bezweifelte, dass ich auch nur ein Wort zur Begrüßung herausbekommen würde.

Aber ich schaffte es, wenn auch gerade so.

Wir setzten uns unter den Baum und aßen Hühnchensandwichs, die sie gemacht hatte. Sie trug das Armband und ihre Rubinohrringe. Wir breiteten eine Decke aus, legten uns darauf und küssten uns einmal. Der Kuss dauerte ungefähr eine Dreiviertelstunde. Mein linker Arm wurde taub und schließlich rollte ich mich auf den Rücken. Von dort sah der Magnolienbaum wie der stille Ort aus und ich dachte, wie angenehm, tatsächlich an einem stillen Ort zu sein, statt ihn sich nur vorzustellen.

»Darf ich dein Gesicht berühren?«

»Okay.«

Sie streckte die Hand aus und legte sie auf die Wange. Ich roch ihren Körper und ihr Parfüm und versuchte mich darauf zu konzentrieren. Ihre Finger waren weich. Wenn eine Narbe wie meine berührt wird, fühlt es sich an, als würde sich das ganze Ding zu bewegen versuchen. Wie eine Platte. Sie drückte sanft auf das untere Ende – unten am Kiefer – und auf den oberen Rand – oben über dem Auge – und tastete das gesunde Fleisch darum herum ab.

»Tut es weh?«

»Bei Heißem und Kaltem ja. Bei Berührung nein.«

»Wie rasierst du dich?«

»Äußerst vorsichtig.«

Sie lachte auf und ich grinste.

»Das solltest du öfter tun.«

»Ich habe mich im Spiegel gesehen. Schwer auszuhalten.«

»Das stimmt nicht. Joe Trona hat doch nicht etwa Selbstmitleid, oder?«

Ihre Finger strichen meine Wange hinauf. Blumen auf Felsen.

»Ich versuche, keines aufkommen zu lassen und daran zu glauben, dass Will Recht hatte. Bei unserer ersten Begegnung hat er gesagt, jeder hätte Narben, aber die meisten hätten sie auf ihrer Seele.«

»Das ist schön gesagt – und wahr.«

»Er hat gute Dinge gesagt. Und er hat Gutes getan.«

»Warum haben sie ihm das angetan?«

»Ich weiß nicht.«

Wir schwiegen eine Weile. Der Wind rüttelte an den großen Magnolienblättern und im Rücken spürte ich durch die Decke hindurch das kühle Gras.

Ihre Finger wanderten um mein Auge. Blütenblätter auf Stahl. »Würdest du irgendwann einmal mit mir und meinem Mikrofon durch Hillview gehen? Dich für mich erinnern und darüber reden? Wenn ein Besuch Joe Tronas in Hillview kein Material für *Real Live* ist, dann weiß ich nicht.«

»Ich werde es mir überlegen.«

»Nutze ich dich aus?«

»Das ist es nicht. Aber die falschen Leute würden eine Verbindung zwischen uns herstellen. In deiner Sendung habe ich Dinge gesagt, die ich noch nie zuvor jemandem erzählt habe. Wenn wir nochmals zusammen auf Sendung gehen, könnten diese Leute hellhörig werden.«

»Meinst du, die Feinde deines Vaters haben es auf dich abgesehen?«

»Ich glaube, ja.«

»Und du denkst, sie würden die Sendung hören und versuchen, mir wehzutun, um dir eins auszuwischen?«

»Ja.«

»Scheiß auf sie, Joe. Lass uns das Interview gleich machen.«

Ich rollte mich zu ihr herum und sah sie an. »Du weißt nicht, wovon du sprichst.«

»Ich weiß, dass es mir keine Angst macht.«

»Aber mir, June. Ich liebe dich, und wenn dir etwas zustieße, würde ich durchdrehen.«

Darauf trat Stille ein.

»Du hast Recht. Und ich war leichtsinnig.«

»Diesmal habe ich Recht. Du hast Mut. Setz ihn zum richtigen Zeitpunkt ein.«

Noch ein Kuss. Zehn Minuten, ungefähr. Dann löste sich June von mir.

»Es ist Showtime«, flüsterte sie. »Zeit, quasseln zu gehen.«

Zu Hause angekommen, entfernte ich den Sender aus Wills Wagen und legte ihn in einen meiner Fußbodensafes. Ich hatte wieder dieses Gefühl, dass sich etwas Schlimmes ereignen würde. Das gleiche Gefühl, das ich an dem Abend gehabt hatte, als Will ermordet wurde. Diesmal schenkte ich ihm mehr Aufmerksamkeit.

Das Gefühl wurde stärker, als ich am Spätnachmittag die Post aus meinem Fach holte. Wieder eine Postkarte, diesmal aus Monterey, Kalifornien:

Lieber Joe,

ich hoffe, ich kann Ihnen vertrauen. Verhindern Sie, dass wieder etwas schief geht. Ich habe es satt.

Liebe Grüße

S. B.

Um 16.58 Uhr stand ich an der Ecke Balboa Boulevard, Pavilion. Alex hatte einen guten Ort ausgesucht, um mich unauffällig zu beobachten. Auf dem Boulevard herrschte in beiden Richtungen starker, aber flüssiger Verkehr. Die Pavilion war eine kleinere Straße, die auf beiden Seiten des Balboa Boulevards zu Parkplätzen führte. Die Bürgersteige waren voller Fußgänger – Touristen, Strandbesucher, Skateboardfahrer, Angler, Studenten, Familien und Rentnerpaare. Es gab zwei Imbisse und zwei Restaurants, die einen guten Blick auf meinen Standort ermöglichten. Sogar ein Hotel. Alex Blazak hätte in jedem Auto oder hinter jedem Fenster sitzen können, ohne dass ich ihn bemerkt hätte. Er hätte einer der Studenten oder Touristen sein oder mich vom Ende des Piers oder vom Strand aus mit einem Fernglas im Auge behalten können.

Marchant hatte Agenten in dem Gebiet eingesetzt, mir aber weder gesagt, wie viele es waren, noch, wo sie sich befinden würden.

Ich ging mit dem Gefühl, beobachtet zu werden, zu meinem Auto zurück, fuhr den Balboa Boulevard hinauf und rief Marchant an, um ihm mitzuteilen, dass Alex nicht aufgetaucht war.

»Natürlich ist er nicht aufgetaucht«, erwiderte Steve. »Er will, dass Sie nur lernen, Befehle entgegenzunehmen, während er prüft, ob Sie Ihr Wort halten. Wir werden ihn erst zu sehen bekommen, wenn er das Geld abholt. Es könnte sein, dass er Sie noch ein paarmal in die Wüste schickt. Stimmen Sie allem zu und tun Sie, was er sagt. Und informieren Sie mich.«

Ich hatte die Halbinsel gerade hinter mir gelassen, als Rick Birch mich anrief.

»Gute Neuigkeiten«, verkündete er.

»Ich könnte welche gebrauchen.«

»McCallum hat im bundesweiten Schusswaffenregister die Kanone aufgespürt, aus der die Kugel in Ike Caos Kopf stammt. Wir hatten Glück. Mit derselben Waffe ist auch auf zwei Bandenmitglieder der Lincoln-18th-Gang geschossen worden – Felix Escobars Opfer.«

»Der Schütze war Pearlitas Bruder«, sagte ich.

»Vielleicht hat er sie ihr zur Aufbewahrung gegeben. Vielleicht wollte sie die Funktionstüchtigkeit der Kanone überprüfen und hat sie an Cao ausprobiert. Jedenfalls haben wir sie vor einer halben Stunde unter Mordverdacht festgenommen. Sie hatte eine .22er Automatik im Handschuhfach.«

»Vielleicht wird sie es auf Gaylen abwälzen.«

»Hoffen wir es. Jetzt werden wir sehen, ob sie ein Steher ist oder nicht.«

»Wenn sie den Typen identifizieren würde, der an jenem Abend in Bo Warrens Auto saß, würde es mich freuen.«

»Mich auch. Wir werden ihr heute Nacht Zeit lassen, sich an die Zelle zu gewöhnen, und dann sehen, ob sie einen Deal will.«

Ich fuhr zum Grove und wartete darauf, dass mein Handy noch einmal klingelte, aber es blieb stumm. Ich hörte mir Junes Sendung an. Ihr Gast war der Direktor des Zoos von Los Angeles, der in Orange County aufgewachsen war. Als Junge hatte er im Garten ein Krokodil, in seinem Zimmer einen Ameisenfresser und in der Garage eine Sammlung von Schlangen gehalten. Seine Mutter hatte er damit in den Wahnsinn getrieben. Aber er schien ein netter Typ zu sein. Der Klang von Junes freundlicher Flüsterstimme jagte mir warme Schauer über die Haut und ließ mein Herz schneller schlagen. Am liebsten hätte ich sie aus dem Radio gezogen und stundenlang geküsst.

Bob Spahn, der Sicherheitsbeauftragte des Grove Club, hatte zugesagt, mir »schnelle fünf Minuten« zu widmen, bevor er um sechs Uhr Feierabend machte. Spahn, groß, schlank, mit hellgrauen Augen und kurzen schwarzen Haaren, war früher Lieutenant im Sheriff's Department gewesen und arbeitete für seine frühere Dienststelle immer noch als

Ausbilder für Kampfsport. Den Gerüchten zufolge hatte er durch den Wechsel zum Grove Club sein Einkommen verdreifacht.

Sein Büro lag im zweiten Stock am selben Flur wie die Barküche. Ein außer Dienst befindlicher Streifenbeamter der Polizei von Santa Ana führte mich durch den Speisesaal, die Treppe hinauf und an den Nischen und den Billardtischen vorbei.

Spahn erhob sich hinter seinem Schreibtisch und gab mir die Hand. Sie fühlte sich dick und schwielig an, wie ich es aus meinen eigenen Wettkampfzeiten als Kampfsportler kannte. Wir hatten Stunden damit verbracht, unsere Finger und Fäuste in Eimer voller Vogelfutter zu stoßen. Später waren wir zu Strandsand übergangen. Es stärkt die Gelenke und führt zur Bildung von Schwielen an Fingerspitzen und Knöcheln.

»Sie trainieren noch immer, nehme ich an«, sagte er.

»Nur noch zweimal die Woche, Sir.«

»Vermissen Sie die Wettkämpfe?«

»Ja. Das Sparring ist nicht schnell genug.«

»Nun, was kann ich für Sie tun, Joe?«

»Ich möchte wissen, wer Luria Blas in den Grove gebracht hat. Es war eine Wohltätigkeitsveranstaltung für Millbrae, im April dieses Jahres.«

»Ich erinnere mich. Wenn man glaubt, die Geschäftsleute könnten feiern, muss man erst mal die Politiker sehen. Und wenn beide zusammenkommen, ist der Teufel los.«

»Ich habe das auch gesehen, Sir.«

»Blas … die von dem Suburban überfahren wurde, richtig?«

Ich nickte.

»War sie ein Callgirl?«

»Ich halte es für möglich, dass sie sich prostituiert hat.«

»Sind Sie sicher, dass sie hier war?«

»Ja.«

»Die Grove-Vorschrift lautet: Keine Prostituierten, egal welcher Art, zu keiner Zeit. Darauf wird streng geachtet.«

»Selbstverständlich. Aber manchmal kann man sie schwer von anderen Frauen unterscheiden, oder?«

Er sah mich an. »Nun, ja – ein Milliardär mit einer gut gekleideten Frau an seiner Seite: Soll man da einschreiten? Wenn sie allein kommen, lassen wir sie jedoch nicht rein, es sei denn, wir kennen sie. Sie müssen Klasse und gute Manieren haben. Man braucht diese Frauen, einfach für die Atmosphäre. Wie gute Möbel.«

»Ja, Sir, wie Möbel.«

»Noch etwas, Joe?«

»Es gibt also, was die weibliche Begleitung angeht, keine genauen Vorschriften darüber, wen die Mitglieder mitbringen dürfen?«

Er musterte mich wieder und schüttelte dann den Kopf. »Nicht wirklich. Dafür werde ich nicht bezahlt. Der Grove ist für die Mitglieder da. Sie bestimmen die Regeln. Ich bin ein besserer Babysitter. Meine Hauptarbeit besteht darin, darauf zu achten, dass die Angestellten das Tafelsilber hier lassen und die Barkeeper nicht in die Kasse greifen. Wirklich, es ist ziemlicher Kinderkram.«

»Könnten Sie mir ein bisschen unter die Arme greifen – hinsichtlich Luria Blas und jenes Abends?«

»Warum sollte ich?«

»Sie war arm. Sie war schwanger, als sie starb. Sie ist zusammengeschlagen worden, bevor sie starb. Ihr Bruder wurde getötet, als er herauszufinden versuchte, wer es getan hat.«

Er zuckte die Achseln und ich wartete.

»Sie klingen wie Ihr Vater«, sagte er schließlich. »Aber das habe ich an ihm gemocht – immer ein Freund der Unterdrückten.«

»Ich mag Unterdrückte auch, Sir.«

»Aber, wissen Sie, Will hat auch immer an sich selbst gedacht. Er war kein Märtyrer. Was ist dabei für Sie drin?«

»Ganz einfach: Ich habe Lurias Bruder kennen gelernt und finde, dass er ein netter Junge ist.«

Er nickte. »Ich werde sehen, was ich herausfinden kann.

Geben Sie mir Ihre Telefonnummer und würden Sie mir noch einmal das Datum nennen?«

Mir fiel etwas ein. »Sir, wenn im Grove eine Party stattfindet, muss der Gastgeber dann eine Suite oder das Restaurant oder was auch immer reservieren?«

»Ja, sicher. Sonst hätten wir das reinste Chaos.«

»Wer hatte an jenem Abend die Empfangssuite reserviert?«

»Das ist vertraulich, Joe. Wir sind ein Klub.«

»Ich verstehe.«

»Dann verstehen Sie auch, warum ich es Ihnen nicht sagen kann. Ich werde mich um diese Blas-Sache kümmern. Aber ich werde deswegen nicht meine Arbeit aufs Spiel setzen.«

»Nein, Sir. Und vielen Dank.«

Sobald ich von der Mautstraße 241 abgefahren war und mich wieder auf Handyterritorium befand, rief ich den Geschäftsführer des Grove an, Rex Sauers, einen alten Freund von Will. Er hatte zwanzig Jahre lang ein paar Häuser auf der Lower East Side geleitet, dann ein Hotel in Palm Springs und, bevor der Grove Club ihn anheuerte, ein Fünfsternerestaurant in Newport Beach. Seine Sekretärin stellte mich durch, als ich ihr sagte, dass ich Wills Sohn sei.

»Joe, wie geht es Ihnen?«

»So weit ganz gut, Mr Saunders. Ich vermisse ihn.«

»Das tun wir alle. Womit kann ich Ihnen behilflich sein?«

»Ich gehe gerade die Papiere meines Vaters durch und habe hier eine offene Rechnung für seine Teilnahme an Millbraes Benefizparty im April über gut dreitausend Dollar. Aber es steht nicht dabei, an wen das Geld zu zahlen ist.«

»Ich schau mal nach.«

Ich wartete einen Moment und lauschte den atmosphärischen Geräuschen in der Leitung.

»Jack Blazak.«

»Danke, Sir. Die meisten Gläubiger haben mich angerufen,

aber Mr Blazak war es wahrscheinlich unangenehm, von der Familie eines Verstorbenen Geld zu kassieren.«

»Jack ist ein guter Kerl. He, kommen Sie doch mal vorbei und lassen Sie sich von mir zum Essen einladen. Ich würde den Kontakt gern aufrechterhalten.«

»Es wäre mir eine Ehre, Sir.«

»Ist schon eine Verhaftung in Sicht?«

»Wir haben einen Verdächtigen und sind dabei, die Anklage vorzubereiten. Es ist nicht leicht, da ich zwar gehört habe, dass der Schütze mit Will redete, ihn aber nicht gesehen habe. Ich glaube, mein Vater ist da in etwas hineingeraten, das er nicht durchschaut hat.«

»Ich denke, es stinkt zum Himmel. Da versucht Ihr Vater, in der Sache mit Jacks Tochter zu helfen, und dann das. Will ist in meinem Ansehen enorm gestiegen, als ich gehört habe, was er getan hat. Blazak und er sind nicht gut miteinander ausgekommen. Sie waren immer verschiedener Meinung. Doch Will hat darüber hinweggesehen und Jack geholfen. Das sagt in meinen Augen viel darüber aus, was für ein Mann er war.«

»Er war ein großer Mann.«

»Amen. Melden Sie sich wieder, Joe. Lassen Sie es mich wissen, wenn ich helfen kann. Wenn Sie mit einer Freundin bei uns essen wollen, seien Sie mein Gast. Und wenn Sie noch mehr unbezahlte Rechnungen von Will finden, vergessen Sie sie. Sie sind beglichen.«

Mir ging durch den Kopf, dass ich nicht nur Wills Feinde, sondern auch seine Freunde geerbt hatte. Ich war mir nur nicht ganz sicher, wer in welche Kategorie gehörte. Und ich fragte mich, ob Will es gewusst hatte. Man brauchte sich nur einmal zu irren.

Liebe viel, vertraue wenig.

Kapitel einundzwanzig

Ich wärmte drei teure Fertiggerichte auf und wartete darauf, dass das Telefon klingelte. Vielleicht hatte Alex nicht gefallen, was er gesehen hatte. Vielleicht hatte er seine Meinung geändert. Oder er ließ sich einfach Zeit, wie er es von Anfang an getan hatte. Achtzehn Tage hatte er bis jetzt verstreichen lassen. Ich dachte daran, wie schnell manche Dinge geschehen und wie viele Leben man an achtzehn langen Sommertagen leben kann.

Um halb neun erhielt ich einen Anruf.

»Hallo, Joe, hier ist Thor.«

»Woher hast du die Nummer?«

»Von einem Privatdetektiv.«

Ich erwiderte nichts. So schnell ich ihn vergessen hatte – oder es zumindest versucht hatte –, so schnell war er wieder da. Ich spürte, wie meine Narbe heiß wurde, und meine Finger fühlten sich kalt und schwach an. In der Leitung war das hohle Klatschen einer auf einen Flaschenboden zurückschwappenden Flüssigkeit zu hören.

»Hör zu«, sagte er. »Es gibt etwas, worüber ich mit dir reden muss.«

»Ich habe dir vergeben.«

»Nicht darüber. Über etwas anderes. Über das, was passiert ist.«

»Ich höre.«

»Ich ... äh ... nun, du weißt ja, wie die Polizei ist. Sie kann einen dazu bringen, Dinge zu sagen, die nicht stimmen. Und wenn die Lügen einem helfen, nun, dann erzählt man sie eben.«

»Welche Lügen, Thor? Komm zur Sache.«

»Du bist nicht mein Sohn, Joe. Ich dachte, du wärst es, fast ein Jahr lang. Ich habe dir einen Namen gegeben, dich mit der Flasche gefüttert, die Windeln gewechselt und viel Geld für dich ausgegeben. Ich habe dich behandelt, als wärst du ein Teil von mir. Aber das warst du nicht.«

Mir war, als würde ich mit einem Fahrstuhl haltlos in die Tiefe rasen. Ich hörte eine menschliche Stimme gegen den Sturz anschreien. Meine, aber auch wieder nicht meine.

Dann hörte ich ihn wieder trinken. Was er danach sagte, konnte ich kaum verstehen, weil ich so schnell hinabstürzte.

»Das war's«, erklärte er. »Ich habe es gesagt. Ich dachte, du solltest es wissen. Mehr wollte ich nicht.«

Damit legte er auf. Ich versuchte ihn zurückzurufen, aber er hob nicht ab.

Tempo. Mit heruntergelassen Fenstern und durchgetretenem Gaspedal schoss ich die Straße nach Santa Ana entlang.

Du bist nicht mein Sohn, Joe.

Ich ging vom Gas und fuhr über die Edinger nach Santa Ana hinein in Richtung Bahnhof. Mein Herzschlag verlangsamte sich. Ich versuchte, an den Stillen Ort zu gelangen, sah auch schon den Baum und den Adler und die Berge dahinter, schaffte es aber nicht, mich ins Geäst hineinzuphantasieren.

Vor dem Bahnhof hielt ich an und sah mich nach einer Unterkunftsmöglichkeit um. Nichts. Im Umkreis von fünf Blocks fand ich eine Econo Lodge und eine heruntergekommene Absteige namens Paloma. Doch die nervösen Angestellten am Empfang hatten niemanden gesehen, auf den Thors Beschreibung passte. Also setzte ich mich ins Auto und suchte die weitere Umgebung des Bahnhofs ab.

Fernandez Motel, Superior Hotel, Fourth Street Apartments – wöchentlich/monatlich. Sogar im YMCA fragte ich nach. Nichts.

Also erweiterte ich den Suchradius – Oak Tree Motel, Saddleback Inn, La Siesta.

Am Empfang der Rancho Lodge hatte eine junge Inderin Dienst, die mich mit großen Augen ansah, als ich hereinkam. Dann wandte sie den Blick ab und schaute auf den mit einer Kette gesicherten Kugelschreiber auf dem Tresen. Ich beschrieb ihr Thor Svendson.

»Zwölf«, sagte sie zu dem Kugelschreiber. »Sie können das Telefon hinter sich benutzen.«

»Ich werde einfach klopfen. Danke.«

Zimmer 12 war das Letzte im Erdgeschoss, rechts von der Eingangshalle. Motten umschwirrten die Lampen im Korridor. In Zimmer 9 sah jemand Fernsehen und hatte die Lautstärke extrem aufgedreht. Dann stand ich vor einer türkisfarbenen Tür und klopfte.

Stille. Keine Bewegung. Kein Geräusch. Ich klopfte noch einmal.

»Wer ist da?«

»Joe.«

»Eine Sekunde.«

Ich hörte, wie eine Kette ausgeklinkt und der Schlüssel im Schloss herumgedreht wurde. Dann ging die Tür auf und Thor stand vor mir. Sein Gesicht war blass und seine Augen waren blau. Auf seinem Gesicht zeigte sich das immer gleiche wenig überzeugende Lächeln. Weißer Bart, weiße Haare. Ausgebeulte Jeans, ein schmutziges T-Shirt, das am Bauch spannte. Barfuß, weiße Füße.

»Wie hast du mich gefunden?«

»Ich bin herumgefahren. Ich komme jetzt herein.«

Er trat zur Seite und ich ging in das spärlich beleuchtete Zimmer. Der Fernseher lief ohne Ton. Ich roch Zigaretten, Schnaps und Pommes frites. Es war ein Zimmer mit einer Kochnische in einer Ecke. Die Badezimmertür war geschlossen. Thor ließ sich in der Ecke gegenüber dem Fernseher auf einen Stuhl fallen. Auf dem Nachttisch standen eine halb leere Flasche eines Supermarktwodkas und eine Packung Orangensaft.

»Ich hatte es dir schon beim ersten Mal sagen wollen«,

erklärte er. »Aber diese Sache mit der Vergebung war wichtig. Ich wollte dir nicht zu viel zumuten.«

»Woher weißt du, dass ich nicht von dir bin?«

»Zuerst hatte ich nur einen Verdacht. Dann habe ich mir den Kalender angesehen und es anschließend aus ihr herausgeprügelt.«

»Von wem bin ich?«

»Sie war sich nicht sicher. Eine Frau wie die kann den Vater nicht kennen. Als ich im Gefängnis saß und auf meinen Prozess wartete, hat sie mir Geld angeboten, damit ich nichts darüber erzählte. Nur damit jeder glaubte, du wärst mein Kind, und ich war verrückt genug, darauf einzugehen. Ich nahm das Geld. Mir war klar, dass ich einige Zeit abzusitzen haben würde, also dachte ich mir, dass ich mich dafür auch bezahlen lassen konnte. Und indem ich die Leute in dem Glauben ließ, es sei mein eigenes Kind gewesen, dem ich Säure ins Gesicht gekippt hatte, machte ich mich zu etwas Besonderem. Das habe ich sehr früh mitgekriegt, schon bei der Einlieferung. Ich blieb im Hochsicherheitstrakt, was gut ist. Es hat mir ein paar Interviews eingebracht. Scheiße, ich war berühmt. Also habe ich das Beste daraus gemacht und mich auf diese Geschichte verlegt, der Herr hätte mir gesagt, ich sollte es tun. Bei meinem eigenen Sohn. Wie Abraham. Auf diesem Bild, das ich von ihm gesehen habe, hatte er einen weißen Bart wie ich.«

Ich sah in seine freundlichen Kinderaugen. »Warum hast du es getan?«

Er erwiderte meinen Blick. Auf seinem Gesicht machte sich leichte Überraschung breit. »Um sie zu verletzen! Ich war betrunken, high und fuchsteufelswild. Es ging nicht gegen dich. Ich möchte, dass du das weißt. Ich wollte einfach nur etwas zerstören, das ihr gehörte. Ihr heimzahlen, was sie mir angetan hatte. Ich sage nicht, dass es richtig war, aber ich sage auch nicht, dass es falsch war. Es gibt ein paar Dinge, Joe, die ein Mann nicht vergeben kann.«

Wir ließen diese Worte im Raum hängen und schwiegen.

Thor senkte den Blick, nahm einen Schluck Wodka und spülte ihn mit Orangensaft hinunter.

»Und du erwartest, dass ich dir vergebe?«

Er sah auf. Blaue Unschuld. Der Versuch eines Lächelns. Weihnachtsmannbart. »Das hast du schon getan. Erinnerst du dich? Jetzt können wir weitermachen. Es vergessen. Neu anfangen. He, nimm einen Schluck. Für eine Billigmarke ist der Wodka nicht schlecht.«

»Wo ist sie?«

»Charlotte? Ich habe sie seit dreiundzwanzig Jahren nicht mehr gesehen. Auch nicht mit ihr geredet. Nur das Geld ist gekommen. Sie hat es immer pünktlich geschickt. Ich wette, sie hat ihr Leben in Ordnung gebracht, ihren Namen geändert und einen Bankier geheiratet.«

»Wie viel? Wann?«

Er sah an mir vorbei, so als schaue er in die Vergangenheit. Wenn man ein Foto von ihm herumgezeigt hätte, hätte ihn vermutlich jeder für nett gehalten. Abgesehen von den großen dunklen Säcken unter den Augen und der blassen, schweißbedeckten Haut.

»Tausend im Monat, dreiundzwanzig Jahre lang. Ich habe 276 Riesen bekommen. Und fünf hat sie mir bei Vertragsabschluss gezahlt. Als Bonus sozusagen. Es ist alles ausgegeben.«

»Aber du hast nie mit ihr gesprochen, nicht einmal am Telefon?«

»Ein- oder zweimal hat sie vielleicht angerufen, aber nichts gesagt. Das Geld kam ohne Absender, also spar dir die Frage.«

»Woher wusste sie, wohin sie es schicken musste?«

»Es ging immer an mein Postfach in Seattle.«

»Wo hat sie deines Wissens zuletzt gewohnt?«

»Wo alles passiert ist – in Lake Elsinore, draußen in Riverside County. Vor Jahren hat mir ein Typ im Gefängnis erzählt, sie sei nach L. A. gegangen. Aber ich weiß nicht, ob das wahr ist.«

»Wo waren die Umschläge abgestempelt?«

»In San Diego.«

»Die ganze Zeit über? Dreiundzwanzig Jahre lang?«

»Ja. Und?«

»Hast du noch einen der Umschläge?«

»Ich habe nur die Scheine behalten.«

Er nahm einen langen Schluck aus der Flasche und dann einen aus der Orangensaftpackung.

»Einen Drink, Joe?«

»Wann hast du die letzte Zahlung erhalten?«

»Vor drei Wochen. Das Geld kommt immer am Ersten.«

»In was für Scheinen?«

»In Hundertern. Gebrauchten. Keine neuen.«

»Was hast du damit gemacht?«

»Miete, Wodka, hin und wieder eine Freundin. Ich musste leben, weißt du.«

Mein Blick wanderte durchs Zimmer, zur Flasche, zu dem stummen Fernseher und zurück zu der schrecklichen Unschuld in seinen Augen.

»Ja. Du musst leben.«

»Ich dachte schon, du würdest sagen, das müsste ich nicht, und mich dann umbringen, wie du es angekündigt hast.«

»Die Dinge ändern sich.«

»In der Tat.«

Er schien über etwas nachzudenken, trank einen Schluck und stellte die Flasche dann klirrend weg. »Du willst sie treffen?«

»Richtig.«

»Ich nehme an, wenn du mich töten wolltest, würdest du diese Kanone unter deinem Mantel hervorziehen und mich wegpusten.«

»Ich würde dir den Hals brechen.«

Er schaute weg. Aber das Lächeln war noch da, ebenso wie die zerzausten weißen Haare und die blauen Augen, die so offen, klar und leer wirkten.

Ich trat auf ihn zu und nahm seinen Kopf in die Hände. Es

sah aus, als hielte ich seinen Kopf fest, um ihm in die Augen zu schauen und ihm vielleicht etwas Nettes zu sagen. Aber ich brachte nur meine Hände in die richtige Position, um ihm den Kopf herumzudrehen, während ich Balance und Gewicht richtig verteilte und seinen möglichen Widerstand abschätzte. Ein solcher Angriff kann tödlich sein, weil das Opfer nicht weiß, in welche Richtung man dreht oder wann der Angriff erfolgt. Thor schien all dies zu begreifen. Ich brachte mein Gesicht dicht an seines. Ich roch die Wodkaausdünstung und den säuerlichen Geruch von Orangensaft.

»Ist das die Wahrheit gewesen?«, fragte ich.

»Oh, alles. Ich habe keinen Grund zu lügen.«

»Ich bin froh, dass ich nicht von dir bin. Ich bin lieber menschlich.«

»Siehst du!«, krächzte er. »Ich bin gar nicht so schlecht.«

Wieder zu Hause, saß ich im Dunkeln und dachte nach. Der Mondschein reichte gerade aus, um blasse Streifen durch die Jalousien zu werfen. Ich hatte binnen zwei Wochen zwei Väter verloren und meine Gefühle vermochten mit den Tatsachen nicht Schritt zu halten. Die Gefühle waren jedoch da – ich konnte sie dicht unter der Oberfläche erahnen, aber die war taub gefroren und hätte eine Taufe nötig gehabt. Doch alles, was ich hatte, war eine Badewanne.

June rief an und ich sagte ihr, dass ich jetzt nicht reden könne, weil ich einen sehr wichtigen Anruf erwartete. Ich versuchte höflich zu sein, aber vielleicht hätte ich mich besser ausdrücken sollen. Sie war nicht glücklich, als sie auflegte, und mein Herz war schwerer, als es hätte sein sollen. Ich fragte mich, ob Liebe immer irrational war oder nur in meinem Leben – dem Leben eines Spätentwicklers.

Ich fühlte mich von allem abgeschnitten. Als löste ich mich auf. Ich hatte Thor mehr gebraucht, als ich gedacht hatte. Er war mein Luzifer, derjenige, dem ich immer die Schuld an der Dunkelheit in mir hatte geben können. Will hatte ich auch gebraucht – als mein Licht. Jetzt, da beide auf ihre Weise fortgegangen waren, hatte ich das Gefühl, als wäre mein gesamtes bisheriges Leben falsch gewesen. Wenn sich die eigene Geschichte auflöst und die Fundamente, an denen man so hart gearbeitet hat, wegbrechen, bleibt eine furchtbare Leere zurück.

Mit heftig pochendem Herzen rief ich June zurück und erklärte ihr, was ich erklären konnte. Thor und Charlotte. Betrunken und high. Um Charlotte zu verletzen. Nicht gegen mich. Tausend Riesen pro Monat, dreiundzwanzig Jahre lang, damit er die Welt in dem Glauben ließ, ich sei sein Sohn. Poststempel: San Diego.

Es verging viel Zeit, bevor June etwas erwiderte.

»Du bist jetzt neu«, sagte sie leise. »Du bist frei. Und übrigens, ich liebe dich. Ich wusste es in dem Augenblick, als unser Interview zu Ende war.«

»Ich liebe dich auch. Ich wusste es, als du zu mir ins Wasser gesprungen bist.«

Eine Stunde später klingelte das Telefon. Das Handy, nicht der Festnetzanschluss.

»Holen Sie das Geld. Schalten Sie dieses Telefon nicht aus. Wenn mir auch nur das Geringste nicht schmeckt, bringe ich sie um. Wenn ich auch nur einen Hauch FBI rieche, bringe ich sie um. Wenn mir Ihr Tonfall nicht gefällt, bringe ich sie um.«

»Bringen Sie sie nicht um. Werden Sie reich.«

Er legte auf.

Ich packte das Handy beiseite und rief seinen Vater vom Festnetz aus an.

Kapitel zweiundzwanzig

Ich wartete am Zugang zur Diver's Cove in Laguna Beach auf Jack Blazak. Es war eine halbe Stunde nach Mitternacht. Die Nacht war klar und hinter den Bäumen blinkten die Sterne. Die Luft roch nach Gischt, Eukalyptus und Jasmin.

Blazak kam fünf Minuten zu spät. Er zeigte mir den Koffer im Kofferraum seines neuen Jaguar. Die Scheine waren offensichtlich in Stapeln zu jeweils hundert Stück gebündelt. Ich hievte den Koffer in den Kofferraum meines Mustang.

»Das ist eine Menge Geld, Joe.«

»Zwei Millionen Dollar, hoffe ich.«

»Mit der Hälfte könnte man sich ein hübsches Haus in Strandnähe kaufen und mit der anderen eine Weile ziemlich gut leben.«

»Vielleicht wird Alex genau das tun.«

»Er wird es vergeuden. Wie alles andere auch.«

»Warum hassen Sie sich gegenseitig?«

Er sah mich an und schüttelte den Kopf. »Ich hasse ihn nicht. Ich bin enttäuscht von ihm. Nur Extrawünsche, aber keine Leistung. Er hat alles zunichte gemacht, was wir jemals für ihn getan haben. Mit seiner eigenen Schwester wegzulaufen und Lösegeld zu fordern – welcher junge Mann tut so etwas?«

Ich antwortete nicht darauf. Alles, was ich wusste, war das, was ich von Savannah gesehen hatte – ein niedliches Mädchen in großen Schwierigkeiten. Das reichte. Es bedeutete mehr als Jack und Alex zusammen.

Blazak trat dicht an mich heran. »Bringen Sie Savannah nicht zum Haus. Bringen Sie sie hier her. Rufen Sie Lorna an. Fragen Sie sie, ob sie etwas von Savannah gehört hat. *Ob sie etwas von Savannah gehört hat.* Lorna wird mich zu erreichen wissen, ohne dass Marchant oder sonst irgendjemand es mitbekommt. Ich werde sie hier abholen.«

Ich willigte ein.

»Und die Videokassette, über die wir gesprochen haben – ich vertraue darauf, dass Sie sie mir zusammen mit meiner Tochter zurückbringen.«

»Das ist der Deal, Sir.«

»Das meinen Sie, Trona. Aber Sie kennen Alex nicht. Es ist so gut wie sicher, dass er versuchen wird, uns weiter auszunehmen.«

»Ich werde dafür sorgen, dass er es nicht tut.«

Er sah mich skeptisch an. »Sie sind allein bei dieser Sache – kein FBI, keine Sheriffs?«

»So ist es.«

»Keine Freunde, die Ihnen helfen?«

»Ich erledige das allein.«

Blazak fixierte mich und trat dann einen Schritt zurück. »Was wollen Sie? Warum tun Sie das?«

»Für Will. Und Ihre Tochter.«

»Es sind hundert Riesen für Sie drin, wenn alles glatt läuft.«

»Danke, Sir.«

»Das beeindruckt Sie nicht?«

»Nein.«

»Wollen Sie das Geld überhaupt?«

Darüber musste ich nachdenken, auch wenn ich nicht die Absicht hatte, ihm seine Tochter zurückzubringen. »Hunderttausend Dollar sind okay.«

Er lächelte. So als hätte ich etwas begriffen oder ihm in einem entscheidenden Punkt beigepflichtet. Der Haken bei Leuten, die Geld lieben, ist der, dass sie glauben, alle anderen würden es auch tun. Das ergibt einen ziemlich großen blinden Fleck.

»Ohne Videokassette kein Deal«, sagte er. »Savannah *und* die Kassette. Vergessen Sie das nicht.«

Während ich mit zwei Millionen Dollar im Kofferraum aus dem Laguna Canyon herausfuhr, vergaß ich es tatsächlich nicht. Das Handy lag neben mir auf dem Beifahrersitz und ich erwartete den Anruf, der mir erlauben würde, abzuschließen, was Will nicht mehr hatte vollenden können.

In der Einsatzzentrale herrschte emsige Betriebsamkeit: Marchant und zwölf weitere FBI-Agenten, Birch und Ouderkirk, Sheriff Dwight Vale und der Chef der Spezialeinsatztruppe des Sheriffs.

Marchant packte die zwei Millionen in einen abgewetzten Seesack, in dessen Trageriemen ein elektronisches Beschattungssystem untergebracht war. Einen weiteren kleinen Sender schob Marchant zwischen die Scheine eines Geldbündels.

»Unser Ass sehen Sie nicht einmal«, sagte Marchant. »Es ist im Futter versteckt. Ein Infrarotstrahler. Er erzeugt ein Hitzefeld, das wir aus der Luft sehen können, ob von einem Flugzeug oder von einem Hubschrauber aus. Wo immer es diesen Seesack hin verschlägt, wir werden ihn aufspüren. Er wird auffallen wie ein Glühwürmchen.«

Sheriff Vale war ein großer, schwerer Mann, der im Sheriff's Department den Spitznamen »Bulle« erhalten hatte. Er hatte auf unserer Seite das Sagen, aber alle im Raum wussten, dass das FBI das letzte Wort hatte.

Marchant und Vale hatten bereits zwei »Sozialarbeiterinnen vom Kindernotdienst« bestimmt, die mich begleiten sollten, Irene Collier, Detective der Mordkommission des Sheriff's Departments, und Cheryl Redd, Detective der Polizei von Santa Ana. Collier war in den Vierzigern und stämmig; Redd war schlank, in den Fünfzigern und hatte lange, grau melierte schwarze Haare. Wenn sie ihre Lesebrille aufsetzte und ihre Haare im Nacken zusammenband, sah sie harmlos genug aus.

»Nennen Sie mich graue Maus«, sagte sie mit einem verschlagenen Lächeln. »Aber passen Sie auf sich auf.«

Marchant nickte. »Joe, wenn Alex anruft, um den Übergabeort bekannt zu geben, sagen Sie ihm, dass Sie zwei Sozialarbeiterinnen mitbringen. Sie bräuchten sie, um Savannah in Schutzgewahrsam zu nehmen – andernfalls würden Sie sie ihren Eltern übergeben müssen.«

Ich wurde mit einem zweiten Handy ausgerüstet, um mit der Einsatzzentrale in Verbindung bleiben zu können, und erhielt einen Kastenwagen, in dem man alles unterbringen konnte, was man wollte – sofern Alex Blazak mir genügend vertraute, um mich das Fahrzeug meiner Wahl fahren zu lassen. Ich bekam sogar eine neue schusssichere Weste, das teure Modell SpectraFlex Point Blank, das schwere Treffer abwehrte – und zwar viele.

»Nicht schlecht für einen Frischling«, sagte Birch. »Ich habe eine solche Gelegenheit erst mit dreißig bekommen.«

»In Ordnung«, sagte Marchant. »Zeit für Nervosität. Jetzt können Sie nur noch warten und sich bereithalten.«

Er brachte mich auf den Parkplatz, wo wir den Seesack im Kofferraum meines Mustang verstauten.

Zum Mittagessen gingen wir zusammen in die Kantine des Gerichts – Marchant, Birch und Ouderkirk, Collier, Redd und ich. Die anderen wirkten gelöst und schienen gut miteinander auszukommen und niemand machte eine Bemerkung über mein Leben oder mein Gesicht, über Will oder Thor. Wir waren einfach nur da und machten unsere Arbeit. Es war wie in der Mitarbeiterkantine des Gefängnisses beim Mittagessen mit den anderen Deputys. Ein Team. Menschen an deiner Seite. Eine Familie. Aber für mich bedeutete es noch mehr. Es war, als hätte meine Zukunft schon begonnen. Ich dachte an Will und die schreckliche Schönheit der Welt, in die er mich eingeführt hatte.

Zwanzig Jahre, dann geh in die Politik oder ins Geschäftsleben, Joe. Du bist jetzt schon bekannter, als ich es je war. Das Säurebaby. Jesus – spiel deine Karte aus. Das Säurebaby zum Präsidenten! Das hat was, findest du nicht?

Nach dem Essen nahm Birch mich beiseite. »Ich habe Pearlita heute Morgen ziemlich hart rangenommen. Das Tonband, die Übereinstimmung des Eintrags im Schusswaffenregister mit der .22er, die in ihrem Besitz war. Ich habe noch ein paar Zeugen erwähnt, die sie in der Schwesterntracht erkannt haben wollen. Jedenfalls ist sie zu einem Handel bereit. Sie sagt, sie könne Gaylen den Mord an Will anhängen, wenn wir sie laufen ließen. Ich habe ihr erklärt, dass wir so etwas in der wirklichen Welt nicht tun. Aber wir könnten mit einem kleineren Handel anfangen – etwa mit der Frage, wer in der Nacht, als Bo Warren am Bamboo 33 mit Gaylen geredet hat, bei ihm war. Sie hat gesagt, sie wüsste es und wenn wir die Anklage um einige Punkte reduzierten, würde sie es uns verraten. Ich habe mit Phil Dent gesprochen, der für gewöhnlich kompromissbereit ist. Jetzt müssen wir abwarten.«

Es war 13.35 Uhr. Noch kein Anruf von Alex.

Ich hing bei der Mordkommission herum. Ich hing im Gefängnis herum und döste mit dem Kopf auf dem Tisch im Wachraum kurz ein.

Ich ging in die klimatisierte Sporthalle des Gefängnisses, wo Zivilisten keinen Zutritt haben, sondern nur Uniformierte. Ein Teil der Halle ist dem Andenken an einen unserer gefallenen Deputys gewidmet, Brad Riches, einen jungen Mann, der von einem Räuber niedergeschossen wurde, als er vor einem Supermarkt anhielt. Auf eine Wand ist Brads Streifenwagen gemalt – mitsamt einigen davor liegenden Patronenhülsen. Auf der gegenüberliegenden Wand sind vier Deputys mit gezogenen Waffen zu sehen. Als Betrachter schaut man direkt in die perspektivisch vergrößerten Mündungen und auf den Gläsern ihrer Sonnenbrillen sieht man die Spiegelbilder der Gangster. Ein Transparent über der Eingangstür verkündet: *Die Macht der Wölfe ist das Rudel und die Macht des Rudels ist der Wolf.*

Ich trainierte besonders hart und dachte dabei an Riches und das Rudel und an John Gaylen. Wie standen die Chancen, dass er wieder an der Übergabestelle auftauchen würde? Und wie standen die Chancen, dass derjenige, der Wills Tod gewollt hatte, mich auch tot sehen wollte und noch einmal versuchen würde, was beim ersten Mal so gut geklappt hatte? Schlecht, ich wusste es. Und ich hatte Angst – wegen der Symmetrie, der Wiederholung, der Gelegenheit.

Es war schon 15.43 Uhr. Kein Anruf.

Ich ging zum Gericht hinüber und setzte mich für eine Weile in Dr. Chapin Fortnells Verhandlung. Als ich den Saal betrat, schaute er nach unten, offenbar auf den Tisch der Verteidigung. Dann drehte er sich um und sah mich mit schläfrigem Blick an, während ich unter den Zuschauern Platz nahm. Ein stellvertretender Bezirksstaatsanwalt befragte gerade eines von Fortnells Opfern, einen inzwischen einundzwanzigjährigen Mann, der zwölf Jahre alt gewesen war, als Fortnell ihn zum ersten Mal belästigte.

Und wo waren Sie genau, als der erste Übergriff stattfand?

In seinem Büro. In Newport Beach.

In seinem Behandlungszimmer? Dort, wo er kleine Jungen und Mädchen einer Familientherapie unterzog?

Einspruch, Eurer Ehren! Unzulässige Beeinflussung des Zeugen zum einen. Zum anderen ist der Zeuge nicht über das Alter von Dr. Fortnells ...

Stattgegeben. Fahren Sie fort, Mr Evans.

Mir fiel ein Vorfall ein, der stattgefunden hatte, als ich elf Jahre alt gewesen war. Ich war in den Boy's Club in Tustin eingetreten und fuhr immer mit zwei von dessen Angestellten und einer Horde anderer Kinder zum Strand. Eines Tages hatte ich in der Toilette in der 15. Straße gerade mein Geschäft erledigt, als ein kleiner kräftiger älterer Mann mit Sonnenbrille und langen roten Haaren mir den Weg versperrte und mich fragte, ob ich wisse, was Sex sei. Ich sah weg und sagte: »Nein, Sir, weiß ich nicht«, während ich an ihm vorbeizukommen versuchte. Ich erinnere mich noch an den feuchten Gestank in der

Toilette, die nasse, sandige Schicht unter den Füßen, das schmutzige Klo und die undefinierbaren Pfützen auf dem Betonfußboden. Als ich mit gesenktem Kopf an dem Mann vorbeigehen wollte, sah ich, wie sich seine bloßen Füße mir in den Weg stellten, und dann spürte ich seine große, harte Hand auf meinem Arm. Ich trainierte damals schon seit fünf Jahren Kampfsport und besaß in drei verschiedenen Stilen den grünen Gürtel und so hieb ich mit meiner freien Hand auf seinen ausgestreckten Arm und kratzte dann mit allen fünf Fingern über sein Auge. Das brachte ihn dazu, mich loszulassen, und ich kratzte über sein anderes Auge. Während er dastand und die Hände vor die Augen schlug, trat ich mit Schwung gegen seine linke Kniescheibe, und als er mit einem Aufschrei zusammensackte, rannte ich hinaus zum Rettungsschwimmerturm. Aber als ich dort ankam, brachte ich es nicht über mich, zu erzählen, was passiert war. Ich bekam einfach die Worte nicht über die Lippen. Selbst das verhinderte die Scham, obwohl es kaum mehr als eine verbale Belästigung gewesen war. Außerdem hatte der Rettungsschwimmer kein Auge für mich, weil er sich gerade mit ein paar Mädchen unterhielt. Also legte ich meine Schwimmflossen an und schwamm in die mächtigen kalten Wellen hinaus. Ich war dabei, Bodysurfen zu lernen, und warf mich auf eine Welle nach der anderen, bis ich erschöpft und gereinigt war. Wenn ich später in diese Toilette ging, dann stets mit einer Gänsehaut im Nacken und einem vor Furcht brennenden Gesicht.

Als ich den Gerichtssaal verließ, sah Dr. Fortnell immer noch auf den Tisch hinunter.

Um fünf Uhr ging ich zu meinem Auto und hörte mir Junes Sendung an. Ihre Gäste waren ein Bauarbeiter und eine zweiundachtzig Jahre alte Frau. Der Arbeiter hatte die Frau unter Wasser aus einem Auto gezogen. Die Frau hatte statt auf die Bremse aufs Gaspedal getreten und mit ihrem Auto daraufhin einen Carport und einen schmiedeeisernen Zaun durchbrochen und war im städtischen Schwimmbad gelandet. Niemand war verletzt worden, nicht einmal die Frau. Sie sagte, sie hätte die Hand Gottes an ihrem Arm gespürt, als sie dabei war zu ertrinken.

Das schrie förmlich nach einer Taufe.

Um sieben Uhr fuhr ich nach Hause. Immer noch kein Anruf. Ich aß meine Fertiggerichte mit zwei Millionen Dollar unter dem Tisch. Dann telefonierte ich vom Festnetz aus kurz mit June. Ich sagte ihr, dass alles gut laufe und bald etwas geschehen werde. Ihre Flüsterstimme klang in meinen Ohren so hinreißend, dass ich am liebsten in den Hörer gegriffen und sie herausgezogen hätte, um sie durch die Luft zu wirbeln, ihrem Lachen zu lauschen, sie mit dem Mund aufzufangen und hinunterzuschlucken. Ich konnte sie schmecken, die Stimme und die Sprecherin: salzig, blumig, milchig.

Um 21.37 Uhr rief Alex Blazak an. »Bringen Sie das Paket zum Newport Pavilion, und zwar mit dem Mustang. Nördlich des Eingangs steht eine Telefonzelle. Gehen Sie exakt um 22.10 Uhr hinein. Wenn mir gefällt, was ich sehe, reden wir weiter.«

»Ich werde zwei Frauen vom Kindernotdienst mitbringen. Nur so kann Savannah heute Nacht noch aufgenommen werden.«

»Sie können mitbringen, wen Sie wollen. Sie werden mich nicht zu sehen bekommen.«

Damit legte er auf. Mir wurde schlagartig klar, dass Alex Blazak ein Narr und zudem völlig zugedröhnt war.

Ich wählte die Nummer der Einsatzzentrale, ließ mir Marchant geben und erzählte ihm, was gerade geschehen war.

»Wir werden den Hubschrauber nehmen und Collier und Redd werden vor zehn Uhr in der Nähe der Telefonzelle sein. Ende.«

Ich war um 22.05 Uhr an der Telefonzelle. Besetzt. Ein stämmiger junger Mann in weißen Shorts und einem roten ärmellosen T-Shirt redete laut mit jemandem. Ich stellte den Seesack ab, tippte ihm auf die Schulter und zeigte ihm meine Dienstmarke. Er runzelte die Stirn und legte die Hand über die Sprechmuschel. Nachdem ich ihm erklärte hatte, was ich wollte, hob er den Hörer wieder an den Mund, sprach aber weiter mit mir.

»Das Telefon gehört Ihnen, Joe«, sagte er. »Ich bin Larson. Collier und Redd sitzen dort in der Bar und beobachten uns. Ich werde in der Nähe sein.«

Er nickte zweimal, hängte dann ein und ging davon. Um 22.10 klingelte das Telefon.

»Wo sind Ihre Freundinnen?«

»In der Bar.«

»Die Gegend muss von ihnen wimmeln.«

»Zwei Sozialarbeiterinnen. Das war der Deal.«

»Nehmen Sie die nächste Fähre nach Balbao Island. Stellen Sie sich am Bug auf die Steuerbordseite. Nachdem Sie von Bord gegangen sind, warten Sie an der Telefonzelle auf der rechten Seite. Gehen Sie jetzt. Sie läuft gleich aus.«

Ich hängte ein, winkte Collier und Redd zu und ging zum Anlegesteg. Das letzte von drei Autos wurde gerade an seinen Platz gewunken und die Reifen des ersten Autos wurden mit Krampen gesichert. Ich ging, den Seesack über die Schulter gehängt, an Bord. Collier und Redd folgten mir. Collier trug Jeans und eine alte Strickjacke und hatte eine große Handtasche bei sich. Redd trug einen langen, nicht sehr eleganten Rock, einen unförmigen Pullover und Tennisschuhe. Die Haare hatte sie zu einem Knoten geschlungen. Ich konnte den Empfänger in ihrem Ohr und das winzige, auf das Kinn zeigende Mikrofon sehen.

Auf beiden Seiten der Fähre drängten sich Fußgänger – Touristen in grellen Farben, Pärchen, die sich wegen des kühlen Nachtwinds aneinander kuschelten, Kinder mit Skateboards und Fahrrädern. Ich bahnte mir unter vielen Entschuldigungen einen Weg zur vorderen rechten Ecke des Schiffs. Dann stellte ich den Seesack ab und schaute auf das Karussell und das Riesenrad in der Balboa Fun Zone zurück. Collier und Redd waren mir gefolgt und standen neben mir.

Der Motor der Fähre dröhnte und ich spürte die Schwingungen in den Beinen, während wir ablegten und ins offene Wasser hinausfuhren. Ein zweimastiges Segelboot tuckerte mit Motorkraft in Richtung Fahrrinne. Zwei Teenager in einem Mietboot brummten mit schaukelnden Angeln an uns vorbei. Auf der anderen Seite des Hafens war Balboa Island zu sehen. Ein junger Angestellter in Khakishorts und einem Hemd mit Blumenmuster nahm den Dollar für uns drei entgegen und gab mir einen Vierteldollar heraus.

Der Steuermann der Fähre drehte, gegen die Strömung anfahrend, nach Backbord ab. Ich sah den anderen Landesteg und es schien, als müssten wir ihn auf diesem Kurs verpassen. Das Segelboot verschwand langsam in der Dunkelheit, bis auch das schildförmige Heck nicht mehr zu sehen war. Zehn Meter entfernt tuckerte ein Schlauchboot längsseits.

Mein Handy klingelte.

»Halten Sie sich bereit.«

Ich hob den Seesack mit einem Arm hoch und balancierte ihn auf der Reling. Ich spürte, wie Colliers und Redds Rücken sich versteiften, während ich auf das schwarze Wasser blickte. Das Schlauchboot fiel zurück, ohne sich weit von der Fähre zu entfernen.

»Ich bin hinter Ihnen. Ich komme längsseits und Sie werfen dann den Sack herunter. Noch nicht bewegen.«

»Wo ist sie?«

»Das werden Sie erfahren, wenn ich mein Geld habe. Wenn Sie oder diese Bullen, die bei Ihnen sind, mich abknallen wollen, denken Sie daran: Savannah hat gerade genug Luft für zwei Stunden. Wenn Sie mich töten, bringen Sie auch sie um. Da können Sie absolut sicher sein. Machen Sie sich bereit, Narbengesicht. Wenn ich sage: Fallen lassen, dann werfen Sie ihn herunter. Behalten Sie das Handy oben. Oben!«

Ich sah zu Collier und Redd und schüttelte den Kopf. »Er

hat sie irgendwo ohne viel Luft eingesperrt. Nicht schießen!«

Das Schlauchboot holte mit knatterndem Außenbordmotor rasch auf. Ich konnte einen Mann darin ausmachen, dunkle Kleidung, eine Baseballmütze verkehrt herum auf dem Kopf, halb abgewandt, um das Boot zu steuern. Zehn Meter. Fünf Meter. Dann war er nur noch gut anderthalb Meter von der Bordwand entfernt und kam zentimeterweise näher heran. Ich hob den Seesack an, hielt ihn über die Reling und wartete darauf, dass das Schlauchboot sich unter ihn schob. Ich konnte Alex Blazak nicht gut erkennen, aber als ich im Schein der Positionslichter sein Gesicht erblickte, dachte ich zuerst, ich würde seinen Vater sehen: kompakt, angespannt, explosiv.

Er lächelte zu mir hoch. »Fallen lassen!«

Ich ließ den Seesack los und er klatschte aufs Wasser. Das Schlauchboot schlingerte vorwärts. Ich beobachtete, wie Alex Blazak eine lange Gaffel unter einen der Griffe steckte und den Seesack zum Boot zog. Dann beugte er sich vor, tauchte ihn zweimal unter Wasser und hob ihn dann mit beiden Händen ins Boot. Danach sah er zu mir hoch, nickte und lächelte wieder.

Dann drehte das Schlauchboot wie ein erschrockenes Wild ab und jagte, eine Abgaswolke hinter sich herziehend, mit aufheulendem Motor in die Dunkelheit davon.

Ich sah ihm nach, während es die Fahrrinne zum Hafenausgang entlangraste und nach und nach mit der Dunkelheit verschmolz. Die Hecksee driftete auseinander und das Kielwasser beruhigte sich langsam, während das Motorengeräusch schwächer wurde.

Ich fragte mich, ob die elektronischen Sender zu nass geworden waren, um noch zu funktionieren, und ob der Infrarotstrahler das Untertauchen heil überstanden hatte.

Ich hatte immer noch das Handy am Ohr.

»Trona, ich rufe Sie wieder an, wenn ich dort bin, wo ich hinwill. Rufen Sie Ihre Hunde zurück, dann wird Savannah nichts geschehen. Auf dann, Blödmann.«

Ich gab Redd ein Zeichen, wählte auf meinem zweiten Handy Marchants Nummer und erzählte ihm, dass Blazak das Geld habe und im Hafen in westlicher Richtung fahre, auf den Kanal zu, der aufs offene Meer hinausführte. »Savannah ist irgendwo ohne viel Luft eingesperrt, Sir. Er wird uns anrufen, wenn er sich sicher fühlt.«

»Larson empfängt immer noch Signale von dem Seesack. So weit, so gut. Wir haben drei zivile Einheiten, die im Augenblick die Halbinsel hinunterfahren. Die Hafenpolizei ist dran und ich werde die Hubschrauber informieren. Wir werden ihn kriegen. Bleiben Sie dran, Joe.«

Ich hörte ihn mit irgendjemandem sprechen, konnte aber nicht verstehen, was er sagte. Dann war er wieder am Apparat.

»Ja, okay, Joe – die Hafenpolizei durchkämmt die Südhälfte zwischen der Anlegestelle der Fähre und der Fahrrinne. Bis jetzt noch keine Spur von dem Schlauchboot. Nehmen Sie die nächste Fähre zurück und warten Sie bei Ihrem Wagen – alle drei.«

»Verstanden, Sir. Lassen Sie ihn am Leben. Sie müssen ihn lebendig kriegen.«

Die Hubschrauber dröhnten durch die Dunkelheit und im Süden konnte man die Suchscheinwerfer der Hafenpolizei sehen. Mein Herz schlug heftig und jedes Licht auf dem Wasser schien ein Versprechen zu sein, bis es von der Dünung verschluckt wurde.

»Sie haben Ihren Teil der Abmachung erfüllt, Joe«, sagte Collier und legte mir die Hand auf den Arm. »Jetzt ist Alex an der Reihe.«

Wir standen neben meinem Wagen. Ich kam mir dumm vor, nur wie ein Tourist dazustehen und nichts zu tun.

Fünf Minuten vergingen. Zehn.

Um 23.05 Uhr rief Marchant an. »Joe, fahren Sie auf die Halbinsel und dann in südlicher Richtung den Balboa Boulevard entlang. Die Hafenpolizei hat jetzt Sichtkontakt und das

Signal ist laut und klar. Der Gesuchte ist zu einem privaten Kai gefahren und scheint an einem Pier an der K Street festgemacht zu haben. Wir brauchen Sie dort – für alle Fälle.«

»Töten Sie ihn nicht.«

»Wir sind ganz locker. Bleiben Sie es auch. Ende.«

Ich fuhr in dichtem Verkehr langsam über die Halbinsel, an den großen Villen und Bungalows, den Palmen und Bougainvilleas vorbei. Als wir die K Street passierten, sah ich mich möglichst unauffällig um, indem ich den Kopf zurücklegte, wie Will es immer getan hatte, und die Lider entspannte, während die Augen ihre Arbeit taten.

Linkerhand parkten drei Streifenwagen der Polizei von Newport Beach. In der L Street standen drei Funkwagen des Sheriffs. Außerdem konnte ich drei weitere, zivile Sheriffwagen und zwei Autos, in denen wahrscheinlich Marchants Leute saßen, ausmachen. Über dem Wasser hingen die beiden Hubschrauber, deren Scheinwerferkegel sich in der Luft kreuzten. Die ersten Touristen hielten bereits an, um sich das Schauspiel anzusehen.

Der Boulevard endete an der Fahrrinne, also wendete ich und fuhr zurück. Einer der zivilen Wagen stand in der Nähe des Landungsstegs. Ein weiterer fuhr an uns vorbei zur K Street zurück.

Es war merkwürdig. Sollte er nach zwanzig Minuten immer noch auf dem Wasser sein?

Wir fuhren wieder an der K Street vorbei. Nichts. Ich rief Marchant an.

»Liegt er noch immer an dem Kai?«

»Die Hafenpolizei ist gerade dabei, sich dem Boot zu nähern. Joe, fahren Sie mit Ihren Sozialarbeiterinnen zum Strand an der K Street. Bleiben Sie in der Leitung. Ende.«

»Wir sind schon dort.«

Ich schoss die K Street entlang und hielt direkt am Strand an.

»Sir, was ist mit Blazak?«

»Noch kein Sichtkontakt.«

»Ich könnte wetten, dass er das Boot und den Seesack versenkt hat«, prophezeite ich.

»Joe, bleiben Sie am Apparat.«

Er sprach mit jemandem über eine andere Leitung. Dann war er wieder dran.

»Joe, ich bin mit dem Leiter der Hafenpolizei verbunden. Sie haben sich herangepirscht, können Blazak aber nirgends entdecken. Sie haben Nachtsichtgeräte und die Sicht ist sogar ziemlich gut. Sie können das Schlauchboot sehen. Auf einer der Bänke ist sogar etwas zu erkennen, was ein Seesack sein könnte. Aber kein Blazak. Joe, die Einsatztruppe braucht noch drei Minuten, deshalb schicke ich Sie drei zum Boot, um die Sache in Augenschein zu nehmen. Redd soll die Führung übernehmen. Sie hat viel Erfahrung. Passen Sie auf. Ende.«

Collier nahm die eine Straßenseite, Redd und ich die andere. Als wir das letzte Haus vor dem Wasser erreichten, ging Redd voran. Ich folgte ihr und Collier bildete die Nachhut. Es war mein erster echter Streifeneinsatz und ich fühlte mich ebenso stolz wie ruhig. Es war wie an dem ersten Abend, an dem ich mit Will in Geschäften unterwegs gewesen war, nur irgendwie noch besser. Redd hatte ihre Waffe gezogen und trug sie locker an der Seite. Ich tat es ihr gleich.

Das Boot der Hafenpolizei lag zehn Meter weit draußen auf dem Wasser und strahlte mit seinen großen Scheinwerfern den Anlegeplatz an der K Street an. Ich konnte nur die Umrisse des Bugs und der Männer auf dem Boot erkennen. Die Hubschrauber flogen tiefer, so dass sich die Wasseroberfläche kräuselte und ein dünner Wasserschleier aufgewirbelt wurde.

Als Erste betrat Redd den hell erleuchteten Kai. Ich folgte ihr. Im Wirbel der Rotorblätter löste sich ihr Haarknoten auf. Sie sah sich nach mir um. Dann kniete sie sich hin und zielte mit ausgestreckter Waffe auf das Schlauchboot. Ich folgte ihrem Beispiel, und als sie in der Hocke zum Schlauchboot schlich, tat ich es ebenfalls.

Sie senkte die Waffe und sagte irgendetwas, aber da die

Hubschrauber so nah waren, konnte ich sie nicht verstehen.

Als ich zu ihr aufgeschlossen hatte, sah ich unter mir auf der Bugbank den schlaffen Seesack liegen.

Hinter mir hörte ich Colliers Schritte.

»Wie Sie vermutet haben«, meinte sie.

»Er ist clever«, sagte ich.

Dann donnerte eine Megaphonstimme vom Polizeiboot herüber.

IST DER HURENSOHN WEG?

Ich steckte die Kanone ins Holster zurück und schickte ein stilles Dankgebet dafür, dass er sich abgesetzt hatte, zum Himmel. Denn es bedeutete, dass er uns zu seiner Schwester führen konnte, sofern er es übers Herz brachte, seinen rentabelsten Besitz aufzugeben.

»Wir sind am Leben«, stellte ich fest. »Sie ist am Leben.«

Redd drehte sich zu mir um. »Seien Sie da nicht so sicher, Joe.«

Mein Handy klingelte. Redd wandte sich um und versuchte die Hubschrauber zu verscheuchen, während ich die Taste für die Anrufannahme drückte und das Telefon ans Ohr hob.

Kapitel dreiundzwanzig

»Wo ist sie?«

Alex Blazak lachte. Es klang, als befände er sich in einem Fahrzeug. Der Empfang war voller statischer Störungen und Hintergrundgeräusche.

»Sie haben doch nicht wirklich geglaubt, dass ich sie umbringen würde, oder?«

»Bei verrückten Leuten weiß man nie.«

»Und zu denen gehöre ich. Amtlich beglaubigt. Sie wartet im Bay Breeze Motel auf Sie. Wenn Sie noch in der K Street sind und an meinem Boot herumhängen, ist das Motel rund drei Kilometer entfernt. Zimmer 14. He, Trona, war nett, mit Ihnen Geschäfte zu machen. Chrissa meint, Sie seien ein wirklich cooler Typ.«

Er gab mir noch die Adresse des Motels, dann legte er auf. Ich informierte Redd, die es an Marchant weitergab, und dann fuhren wir los.

Fünf Minuten später erreichten wir das Bay Breeze Motel. Es lag auf der Strandseite des Coast Highway. Zwei Streifenwagen des Sheriffs standen bereits auf dem Motelparkplatz und zwei Funkwagen der Polizei von Newport Beach parkten nebeneinander auf dem Highway. Am Himmel näherten sich aus verschiedenen Richtungen zwei Hubschrauber.

»Ich gehe voran, Joe. Wenn ich an der Tür Hilfe brauche, sind Sie an der Reihe. Die Uniformierten werden die Rückseite und die Flanken decken.«

Zimmer 14 befand sich am oberen Ende einer Betontreppe. Im Zimmer brannte Licht. Collier und ich stellten uns auf die eine Seite der Tür, Redd auf die andere.

Sie klopfte zweimal.

»Ja?«

»Savannah Blazak?«

»Ja.«

»Ich bin Sergeant Cheryl Redd von der Polizei von Orange County. Bist du allein?«

»Ja.«

»Mach bitte die Tür auf.«

Man hörte, wie der Schlüssel herumgedreht und eine Kette beiseite geschoben wurde. Dann schwang die Tür nach innen auf und Savannah Blazak stand in dem trüben Licht vor uns. Ihre Haare waren kurz geschoren. Jeans, ein rückenfreies Top. Barfuß. Sie sah blass und schmutzig aus.

»Hallo, Joe. Hallo, Deputys. Mir geht's gut. Und es tut mir Leid, dass Sie wegen mir so viel Arbeit hatten.«

»Ist schon in Ordnung«, versicherte ich ihr. »Schön, dich wiederzusehen.«

»Geht es Alex gut?«

»Soweit wir wissen, ja.«

»Es ist meine Schuld. Es ist alles meine Schuld.«

»Gehen wir von hier weg. Reden können wir immer noch.«

»Ich will nicht nach Hause gehen. Auf gar keinen Fall.«

»Wir bringen dich ins Kinderheim Hillview«, teilte ich ihr mit. »Da bist du sicher. Ich war auch eine Weile dort.«

Sie seufzte und senkte den Blick. »Okay. Kann ich noch meine Sachen holen?«

»Wir haben Savannah«, sagte Redd in ihr Mikrofon. »So wie es aussieht, ist mit ihr alles in Ordnung.«

Savannah saß neben Collier auf der Rückbank meines Autos. Redd setzte sich auf den Beifahrersitz.

Redd fragte Savannah, ob sie in der Lage sei, mit uns zu sprechen.

»Klar doch.«

»Erzähl uns, was passiert ist, Savannah.«

»Ich habe ›Savannah, die Spionin‹ gespielt. Dabei nehme ich meine Videokamera und spioniere andere Leute aus. Es ist ein Spiel. Und ich habe diese Kassette aufgenommen, auf der mein Dad schlimme Dinge tut. Wenn er die Fassung verliert, ist er unzurechnungsfähig. Einmal hat er mich so geschlagen, dass mir das Trommelfell geplatzt ist. Aber ich musste dem Arzt sagen, dass Alex es getan hatte. Ich wusste nicht, was ich mit meiner Spionagekassette tun sollte, also bin ich weggelaufen und zu meinem Bruder gegangen und habe ihm alles erzählt. Er meinte, ich solle mir keine Sorgen machen. Wir würden irgendwo in Sicherheit zusammenleben und vergessen, was Dad getan hat. Aber dafür würden wir viel Geld brauchen. Und für meinen Dad sei die Kassette wertvoll. Also rief Alex ihn an und sagte, dass er sie hat und Geld dafür will. Dad antwortete, er würde Alex umbringen, wenn er irgendjemand das Video zeigt. Dann hat Will uns im Ritz gefunden und gesagt, er würde uns helfen. Dann wurde er umgebracht und Dad ist im Fernsehen aufgetreten und hat Alex einen Kidnapper genannt und das FBI fing an, uns zu jagen. Da dachten wir, dass Joe uns vielleicht helfen könnte, und es hat funktioniert. Hier ist das Video. Sie können es haben.«

Ich drehte mich um und sah zu, wie sie in ihrem Pocahontas-Rucksack wühlte.

»Danke«, sagte Collier.

Savannah seufzte und begann zu schluchzen.

»He«, sagte Collier sanft. »He, es ist alles in Ordnung, kleine Lady. Du hast das Richtige getan. Du bist in Sicherheit. Du sitzt in einem Auto mit drei Polizisten. Nur Mut!«

Aber Savannah schluchzte weiter. »Joe – ich hatte noch nicht die Gelegenheit, Ihnen dafür zu danken, dass Sie mich über diese Mauer gehoben haben.«

»Keine Ursache. Wo bist du hingegangen?«

»Zur Ecke Lincoln und Beach. Das war unser Treffpunkt, falls etwas schief läuft.«

»Alex hat dich dort abgeholt.«

»Ja.«

Ich hörte einen Augenblick ihrem Schluchzen zu. »Savannah, ich bin nie dazu gekommen, dir für das zu danken, was du an dem Abend in der Lind Street getan hast.«

»Was habe ich denn getan?«

»Du hast mir ins Gesicht geschaut und ›Wie geht's?‹ gesagt.«

»Mir gefällt Ihr Gesicht. Es ist anders als andere.«

»Ich mag dich, Kleine. Halt durch. Wir sind in ein paar Minuten im Hillview.«

Es war merkwürdig, Hillview zu betreten. Ich war schon Dutzende Male dort gewesen und hatte als Berater fungiert, eine der sozialen Funktionen übernommen und auch sonst ausgeholfen, so gut ich konnte. Ich glaubte an Hillview. Aber jedes Mal, wenn ich durch diese Tür ging, fühlte ich mich in die Zeit zurückversetzt, in der ich dort gewesen war, und spürte wieder die Atmosphäre von damals mit den ständig wechselnden Gesichtern, der Routine, der Einsamkeit, der Angst, der Traurigkeit und den Zweifeln.

Während wir im Aufnahmeraum saßen, sah ich zur Bibliothek hinüber, wo ich Will und Mary Ann kennen gelernt hatte; zur Turnhalle, wo ich mit Kindern, die größer und stärker als ich waren, endlos Basketball gespielt hatte; zu den Häusern für Mütter im Teenageralter und ihre Kinder; zum Grill- und zum Spielplatz. Ich betrachtete die ordentlichen Gehwege, von denen ich insgeheim immer gehofft hatte, sie würden mich von diesem Ort fort und woandershin führen, zu etwas Wirklicherem und Dauerhafterem, in ein Zuhause, aus dem ich nicht herausgerissen und das mir nie wieder genommen werden konnte.

Savannah bemerkte, dass ich durchs Fenster schaute, und sah ebenfalls hinaus.

Ein Arzt untersuchte sie und erklärte sie für unversehrt und gesund. Eine psychische Untersuchung würde folgen, aber für den Augenblick war Savannah bereit für den Eintritt ins Hillview.

Die Aufnahmeprozedur dauerte keine Stunde. Der Direktor von Hillview und ein Sozialpädagoge füllten die Formulare aus und nahmen Savannah Blazak formell in Schutzgewahrsam. So lautete die amtliche Bezeichnung. Binnen zweiundsiebzig Stunden würde die Staatsanwaltschaft einen Richter davon überzeugen müssen, dass sie zu ihrem eigenen Schutz in Hillview bleiben musste. Andernfalls müsste sie ihren Eltern übergeben werden.

Das würde schwer werden, wenn man den gesellschaftlichen Status von Jack und Lorna bedachte. Aber die Begründung für den Antrag befand sich in Colliers Handtasche und ich brannte darauf, Hillview hinter mir zu lassen und ihn im Präsidium in einen Videorekorder zu schieben.

Ich schüttelte Savannah die Hand und kniete mich dann hin, um sie vorsichtig zu umarmen. Mein Herz raste wie ein Ast in einem Wildbach, denn ich wäre nie auf den Gedanken gekommen, dass ich mich jemals von jemandem verabschieden und ihn in Hillview, meinem alten Palast der Tränen, zurücklassen würde. Es war eine der wenigen Gelegenheiten in meinem Leben, bei denen ich zu wissen glaubte, was eine andere Person fühlte. Wirklich fühlte.

»Ich komme wieder, Savannah. Du wirst hier nicht für immer bleiben«, versprach ich und schaute zum Direktor und zum Sozialpädagogen. »Das sind gute Menschen.«

»Joe muss es wissen«, warf der Direktor ein. »Er ist einer unserer berühmtesten Ehemaligen.«

Ich öffnete gerade die Tür meines Mustang, als das Handy, das ich von der Polizei erhalten hatte, klingelte. Es war Marchant.

»Vor fünf Minuten haben wir Alex Blazak festgenommen. Ohne dass ein Schuss gefallen wäre.«

Auf der Fahrt zum Präsidium rief ich Lorna Blazak an. Ich wollte ihr gerade mitteilen, wo ihre Tochter war, als ich hörte, wie Jack ihr befahl, ihm den Hörer zu geben.

»Haben Sie sie?«

»Sie befindet sich in Schutzgewahrsam.«

»Wo?«

»Das kann ich Ihnen im Augenblick nicht sagen. Man wird Sie zu gegebener Zeit über Ihr Besuchsrecht informieren.«

»Ich bin ihr Vater! Was, zum Teufel, tun Sie mit ihr?«

»Sie wird geschützt. Durch ihre zwei Millionen Dollar ist sie in Sicherheit gelangt, Sir. Ich an Ihrer Stelle wäre froh darüber.«

»Ich bin glücklich«, versicherte er mit einer Stimme, die so scharf war, als hätte er Glas geschluckt. »Ich bin überaus froh. Und das andere?«

»Ich habe es.«

»Dann treffen wir uns gleich am Diver's Cove. Ich werde mein Eigentum nehmen und Ihnen geben, was wir vereinbart haben.«

»Nein, Sir. Erst werde ich es mir ansehen.«

»Das ist Privateigentum und Sie haben nicht die Erlaubnis, es zu benutzen.«

»Es ist ein Beweisstück, das im Zuge polizeilicher Ermittlungen gefunden worden ist, Sir. Ihre Erlaubnis ist weder nötig noch relevant.«

»Ich beschäftige die besten Anwälte der Gegend.«

»Gratuliere.«

»Ich zahle eine Million für die Rückgabe. Bevor Sie oder sonst irgendjemand es gesehen hat. Außerdem habe ich Ihnen gesagt, was darauf ist. Sie müssen verstehen, wie peinlich es für meine Frau und mich selbst wäre.«

»Ich verstehe die Peinlichkeit.«

»Dann geben Sie mir das Video! Zwei Millionen, Joe. Es ist *Privateigentum.*«

»Savannah geht es übrigens gut. Sie ist ein bisschen müde, aber sonst ist alles in Ordnung. Sagen Sie das bitte Ihrer Frau.«

»Wenn Sie mir das Video nicht zurückgeben, werde ich Sie aus dem Polizeidienst klagen.«

»Und Ihr Sohn – also Alex – ist festgenommen worden.«

»Ich gehe auf drei Millionen für das Video. Allein für Sie. Drei *Millionen* Dollar, Joe.«

»Gehen Sie angeln, Sir.«

Damit beendete ich das Gespräch.

Zwanzig Minuten später, kurz vor ein Uhr nachts, saßen wir in einem der Konferenzräume des FBI: Marchant, Birch und Ouderkirk, Redd, Collier und ich. Marchant drückte auf die Wiedergabetaste des Videorekorders und setzte sich dann neben Birch.

Zuerst waren nur schwarzweißer Schnee und am oberen Bildrand Datum und Uhrzeit zu sehen. 18. Mai, 14.35 Uhr.

Dann war ein kicherndes Mädchen zu hören. Ein Strand – Crystal Cove zwischen Newport und Laguna. Lorna Blazak ging allein in Shorts und einem rosafarbenen Sweatshirt spazieren. Vor ihr rannte ein Jack-Russell-Terrier hin und her, indem er den Wellen hinterherjagte, wenn das Wasser ablief, und an den Strand flüchtete, wenn sie wieder anrollten.

»Hier ist Savannah, die Spionin, auf der Spur von Mama. Das ist Crystal Cove. Mama kann eine Strafe bekommen, weil Abner nicht angeleint ist. Spione bemerken solche Dinge. Aber ich werde den Polizisten zuerst sehen und sie warnen. Mama! Mama! Mama … lächeln.«

Lorna lächelte, während ihr die Haare ins Gesicht geweht wurden. Die Kamera zoomte näher heran. Bellend floh der Hund vor einem Wellenbrecher.

»Ich werde Abner auf unsere nächste gefährliche Mission mitnehmen, irgendwo in Afrika oder in New York. Er ist langsam reif dafür. Abner! Abner! Schön in die Kamera lächeln, Abs!«

Das Bild wechselte und man sah ein Zimmer wie aus einer Architekturzeitschrift: vor dem Fenster das Meer, auf dem Fußboden eine große goldene Vase in ägyptischem Stil, mit zwei Kobras als Griffen. Das Datum war jetzt der 21. Mai und die Zeit 11.58 Uhr.

Am Fenster stand Jack Blazak in Unterhemd und weiter Satinturnhose. Er telefonierte, atmete dabei aber schwer und seine Armmuskeln waren angespannt. Über den Schultern lag ein weißes Handtuch.

»Savannah, die Spionin, erwischt Papa beim Geschäftemachen nach seinem Boxtraining. Hast du hart zugeschlagen, Papa?«

Blazak schaute ausdruckslos in die Kamera, drückte eine Taste auf dem Telefon und führte lächelnd seinen Bizeps vor. *»Ich bin nicht Muhammad Ali, aber es fühlt sich gut an.«*

»Wer gewinnt den nächsten großen Kampf?«

»Ich! Ich werde gewinnen!«

»Spione mögen kein Blut, Papa.«

»Ich werde ihn in der ersten Runde k. o. schlagen – ohne einen einzigen Tropfen Blut zu vergießen.«

»Du bist der Champion.«

»Ich seh klasse aus! Ich bin ein Ass! Ich schlag den Gorilla in dem Thrilla in Manilla!«

»Das ist rassistisch, Papa.«

»So? He, wenn du mich dieses Telefongespräch beenden lässt, kann ich in einer halben Minute ungefähr vier MILLIONEN Dollar machen.«

Blazak grinste wieder, holte tief Luft und drückte eine andere Telefontaste.

»Tut mir Leid, Carl. Savannah spioniert mir wieder nach. Savannah, Carl lässt dich grüßen.«

»Hallo, Carl. Ich bin mit dem VW-Gokart gefahren, den du mir heute Morgen geschenkt hast. Es ist mein Lieblingsgeschenk.«

»Carl sagt: Nichts zu danken. Und jetzt ab mit dir, Süße. Paps muss in die Sielen zurück.«

»Dauernd arbeitest du und ...«

»AB JETZT! Ich habe zu arbeiten, verdammt noch mal!«

Das Bild zitterte und schwankte, während Savannah aus dem Zimmer rannte. Dann kamen ein langer Flur, eine hohe Decke mit Oberlicht und Flügeltüren, die in einen kleinen

Weingarten führten, ins Bild. Ich kannte den Anblick von meinem Besuch bei den Blazaks.

»Alles, was Papa macht, ist, zu arbeiten und zu boxen. Letzte Woche hat er uns ein neues Haus in Florence gekauft. Da werde ich in diesem Sommer spionieren.«

»Wie viele Häuser haben sie denn?«, wollte Redd wissen.

»Vier«, antwortete Birch. »In Newport Beach, Aspen, Key West und Florence. Blazak war letztes Jahr die Nummer 41 auf der Liste der reichsten Männer Amerikas.«

»Er ist etwas schroff gegenüber seiner Tochter«, meinte Ouderkirk. »Aber ich würde jeden Tag drei Runden mit ihm boxen.«

Collier erkundigte sich nach dem Zimmer mit der Kobravase.

»Das ist in Newport«, sagte ich. »Ich war vor drei Wochen dort.«

Die nächste Szene spielte in dem Wohnzimmer, in dem ich mit den Blazaks und Bo Warren gesessen hatte. Es war der 29. Mai, 10.20 Uhr. Savannah hatte sich offenbar hinter einem der Sofas versteckt, das in Richtung Fenster stand. Eine kleine, dunkelhaarige Frau wischte auf dem Kaminsims Staub und hob die Fotos an, um mit dem Tuch darunter zu kommen. Abner, der Terrier, saß daneben und schaute ihr interessiert zu. Es war ein klarer, sonniger Tag und durchs Fenster sah man Catalina Island, das sich scharf vom Blau des Himmels und des Pazifiks abhob. Als die Frau mit dem Kaminsims fertig war, wandte sie sich zur Kamera um. Savannah musste sich hinter das Sofa geduckt haben, denn für einen Moment sah man nur den Teppich und eine Wand. Dann wackelte das Bild und die Kamera richtete sich wieder auf die Frau, die jetzt mit einem langen hellrosa Staubwedel in einer Zimmerecke die Decke abwischte. Dabei summte sie leise vor sich hin.

Marcie, dachte ich, Blazaks Hausmädchen.

Plötzlich drehte sie sich um und Savannah kicherte.

»Ich wusste doch, dass jemand mich beobachtet! Hab ich dich!«

»Savannah, die Spionin, von Marcie erwischt! Auf frischer Tat ertappt!«

Gelächter, während das Bild ausgeblendet wurde.

Es folgte eine abendliche Szene – am 8. Juni, 22.40 Uhr. Zuerst war es nur schwer zu erkennen, doch dann wurde mir klar, dass es eine Großaufnahme der Ocotillo-Sträucher an der Südwand des Hauses war. Die Gartenbeleuchtung warf Schatten auf die Mauer, und als sich die Perspektive weitete, wurden die dünnen, verdrehten Äste sichtbar.

»Savannah, die Spionin«, flüsterte Savannah, *»auf dem Familienanwesen des internationalen Finanziers Simon Carny, dessen Reichtum sich nach Milliarden und Trillionen bemisst. Ein gut aussehender und mysteriöser Mann mit jeder Menge Geheimnisse.«*

Sie ließ die Kamera über den dunklen Weingarten, den riesigen Swimmingpool zwischen den kanarischen Dattelpalmen und das Gästehaus dahinter schweifen. Das Gästehaus war eine kleinere Version des Haupthauses, eine Kreuzung zwischen griechischem Tempel und römischem Landhaus – Pfeiler und Säulen, ein großer Portikus, der aus Marmor zu bestehen schien, die gleiche schwere rechteckige Silhouette, das gleiche Flachdach.

»Aufgrund der gegenwärtigen außergewöhnlichen Sichtbedingungen befindet sich Savannah auf einer besonders gefährlichen Mission. Ihre Mutter ist für eine Woche weg. Ihr Kindermädchen guckt fern und Savannah ist vor fast zwei Stunden ins Bett geschickt worden. Aber sie ist … leise aus ihrem Fenster gestiegen und … hat entdeckt, dass der Trillionär und Kämpfer Simon Carny sich in sein römisches Büro zurückgezogen hat, das sich zwischen seinem großzügig angelegten Pool und seinem Weingarten mit den feinsten Bordeauxreben der ganzen Toskana befindet.«

Savannah betrat den Weingarten. Die Rebstöcke waren belaubt und man konnte die kleinen Traubenstände sehen. Langsam kam das Gästehaus ins Bild. Savannah hatte sich offenbar auf den Bauch gelegt und robbte langsam näher.

»Savannah, die Spionin, will nicht das Risiko eingehen, dass der einsiedlerische Carny sie entdeckt. Sogar den großen Spionagehund Abner hat sie eingeschlossen, damit er nicht ihre Tarnung auffliegen lässt. Die größte Tugend der Spione ist die Stille. Junge, das ist gar nicht so leicht, auf dem Bauch durch den Dreck zu kriechen. Pass bloß auf, dass du keiner Anakonda begegnest.«

Die Rebstöcke zogen langsam vorbei und das Gästehaus kam näher. Im Innern brannte Licht.

»Noch drei Reihen, dann wird Savannah, die Spionin, in der Hoffnung, einen kurzen Blick auf den Trillionär und Börsenmakler Simon Carny erhaschen zu können, ganz leise zum Fenster schleichen.«

Das Gästehaus wurde immer größer, während Savannah mit der Kamera näher herankroch. Ein zurückgesetztes Fenster mit senkrechten Eisenstangen davor wurde sichtbar. Es stand halb offen und ein dünner weißer Stoff flatterte abwechselnd heraus und wieder hinein. Auf beiden Seiten befanden sich Blumenhalter mit roten Geranien und unter dem Fenster stand eine Betonbank. Als Savannah näher kam, war eine männliche Stimme zu hören. Und noch etwas, ein hoher, immer wieder unterbrochener Ton: Jemand weinte oder lachte. Savannah schlich zu der Bank und stieg hinauf.

Durch die Eisenstäbe und die flatternde Gardine konnte man den Wohnbereich, die Küche und einen Flur sehen, der in den hinteren Teil des Hauses führte.

Die männliche Stimme: *»Hier, damit sollte es erledigt sein.«*

Dann ein dumpfes *Wummp*, so als hätte jemand auf ein Kissen geschlagen.

Der hohe Ton war ganz und gar kein Lachen, sondern kam von einer Frau, die würgte und verzweifelt nach Luft rang.

Wummp!

»Denkst du, du könntest mit einem Mann wie mir so einen Scheiß abziehen?«

Die Frau würgte, brachte aber kein Wort heraus.

Wummp!

»Du wirst dich also darum kümmern, richtig, du Schlampe?«

Würgen. Dann: *»Ja, ja.«*

»Ja, genau das ist die gottverdammt richtige Antwort. Du nimmst, was ich dir gebe, und schlägst dir den Rest dieser dämlichen Ideen aus deinem beschissenen kleinen Hirn. Verstanden?«

Wummp!

»Ja, ja.«

Dann ein langer Atemzug, als der Frau Gelegenheit gegeben wurde, Luft zu holen. Heftiges, ruckartiges Keuchen, unterbrochen von Schluchzen und unverständlichen Lauten. Wie von jemandem, den man zu lange unter Wasser gedrückt hatte.

»Zieh deine verdammten Kleider an. Du bist hier für immer raus, du Schlampe. Hier, das soll dich daran erinnern, was du zu tun hast.«

Wummp!

»Halt die Fresse. Da, atme, so viel du willst. Wenn man mich erst besser kennt, bin ich ein richtig netter Typ.«

Jack Blazak stürmte, nur mit einer Shorts bekleidet, ins Wohnzimmer, zerrte ein Poloshirt über den Kopf und stieß die Arme durch die Ärmellöcher. Dann rannte er wieder aus dem Bild.

»Nein! Nein!«

Wummp!

»Zieh dich an, du knochige Schlampe. Ich kann deinen Anblick nicht länger ertragen.«

Blazak kam wieder ins Bild und balancierte auf einem Bein, während er das andere anhob, um einen Segelschuh anzuziehen.

Aus dem hinteren Teil des Hauses war Schluchzen zu hören.

»Du bist die gottverdammt dümmste Frau der Welt und das will einiges heißen.«

Als er den anderen Schuh angezogen hatte, setzte er sich an den Küchentresen und griff nach einem *Forbes*-Magazin. Dann strich er sich über den Nacken, betrachtete seine Finger und warf einen Blick in Richtung der Frau, bevor er sich wieder der Zeitschrift zuwandte.

Einige Minuten später stolperte sie herein. Kurzes schwarzes Kleid, schwarze Pumps, ein kleiner Kaschmirpullover mit aufgenähten Perlmuttstücken und Pailletten. Sie stand vornüber gebeugt und schwankte in den Schuhen. In einer Hand hatte sie ein dickes Geldbündel. Sie schlang die Arme um sich, als wäre ihr kalt. Sie waren dünn und braun und die langen schwarzen Haare zerzaust. Sie hingen ihr ins Gesicht. Als sie mit einer Hand nach einigen Strähnen griff und sie nach hinten warf, kam ein ebenso schönes wie verängstigtes Gesicht zum Vorschein.

Birch hielt den Film an.

»Luria Blas«, stellte ich fest. »Achtzehn Jahre alt und zu diesem Zeitpunkt schwanger. Wenige Stunden vor ihrem Tod Opfer heftiger Schläge. Mir scheint, sie hat Blazak gerade die Neuigkeit mitgeteilt.«

»Die Frau, die überfahren worden ist?«, fragte Collier.

»Klingt, als hätte sie Geld aus ihm herausgeholt«, meinte Ouderkirk.

»Himmel, Harmon«, protestierte Redd. »Sie war achtzehn, unverheiratet und von der Nummer 41 der reichsten Arschlöcher Amerikas schwanger. Vielleicht hat sie einfach um Hilfe gebeten.«

»Tut mir Leid. Genau das habe ich gemeint.«

»Jesus, Harmon, er hat den Fötus geschlagen.«

»Ich weiß! Sie haben ja Recht! Ich wollte nur ein Motiv für die Schläge aufzeigen. Blazak hat versucht, sie zu einer Abtreibung zu zwingen. Sie hat gedroht, das Baby zu behalten und Vaterschaftsklage einzureichen.«

Darauf trat Stille ein, in der wir das Grauenhafte, das wir gerade gesehen hatten, erst einmal sacken lassen mussten.

Birch drückte auf die Wiedergabetaste. Luria wankte zum

Küchentresen hinüber, griff nach einer kleinen schwarzen Handtasche, stopfte das Geld hinein und versuchte einen Reißverschluss zuzuziehen, aber die Geldscheine waren im Weg. Die schwarzen Haare fielen ihr wieder ins Gesicht. Unter einem Auge waren noch die Spuren einer alten Quetschung zu erkennen. Zitternde dunkle Beine.

Blazak beobachtete sie, als wäre sie eine Kellnerin, die schlechte Arbeit leistete. Dann strich er sich wieder über den Nacken.

»Du hast mich gekratzt.«

»Entschuldigung.«

»Raus!«

»Ich schon gehe.«

»Das wird für alles reichen. Und mehr. Benutz es, um dahin zurückzugehen, woher du gekommen bist.«

»Ich nach Hause gehe.«

Luria ging auf die Tür und die Kamera zu. Das Bild schwankte wild und dann wurde es schwarz.

»Das Labor hat eine Hautprobe, die unter Lurias Fingernägeln gefunden wurde«, sagte ich. »Vielleicht ist dieser Kratzer das, womit wir ihn drankriegen können.«

»Und dieses Video«, ergänzte Birch. »Und Savannah Blazaks Aussage.«

Wieder trat für einen Moment Stille ein, während sich die Teile des Puzzles zusammenfügten.

Schließlich stand Marchant auf. »Rick, tun Sie, was Sie tun müssen. Wir sind hier, um zu helfen.«

»Blazak hat drei Millionen Dollar bezahlt, um seine Tochter und dieses Video zu bekommen«, sagte Birch. »Er braucht Savannahs Schweigen. Und er braucht dieses Video, um es zu vernichten. Jetzt hat er keins von beidem. Cheryl, schicken Sie zwei weitere Uniformierte zum Hillview hinüber.«

»Wird erledigt.«

»Harmon, kopieren Sie das Video. Mehrmals.«

»Verstanden.«

»Collier, Sie gehen zu McCallum, sobald er das Labor öffnet. Erklären Sie ihm die Lage und sagen Sie ihm, dass ich bis Mittag eine Vergleichsprobe haben werde. Mal sehen, ob es Blazak war, der ein Stückchen Haut unter Luria Blas' Fingernägeln hinterlassen hat.«

»Ich werde auf ihn warten«, versprach Collier.

»Joe, es ist zwei Uhr nachts. Fahren Sie nach Hause und ruhen Sie sich etwas aus. Und ich gratuliere. Sie haben gerade ein Mädchen vor ihrem durchgeknallten Bruder und einem Vater, der Frauen schlägt, gerettet. Hillview ist im Augenblick der richtige Ort für sie. Und seien Sie vorsichtig. Dieser Großkotz Jack könnte es auf Sie abgesehen haben.«

Birch reichte mir die Hand und ich schüttelte sie. Danach gaben mir auch alle anderen die Hand. Sogar Marchant. Ouderkirk klopfte mir auf die Schulter.

Es war der drittstolzeste Augenblick meines Lebens – nach dem Tag, an dem Will und Mary Ann nach Hillview gekommen waren, um *mich* zu besuchen, und dem ersten Mal, als June und ich uns geliebt hatten. Ich lächelte, drehte die verunstaltete Seite meines Gesichts weg und ging hinaus.

Als ich im Auto saß, rief ich June an. Sie nahm beim dritten Klingeln ab und klang völlig klar und nicht im Geringsten überrascht.

»Es ist vorbei«, sagte ich. »Es geht ihr gut. Sie ist in Sicherheit. Niemand ist erschossen worden. Ich würde gerne bei dir vorbeikommen.«

»Das solltest du tun.«

Kurz vor drei Uhr stand ich auf Junes Veranda, von der man über den Hafen von Newport blicken konnte. Die Lichter glitzerten auf dem Wasser und die Luft schmeckte nach Salz und Muscheln. Ich klopfte und wartete. Sie öffnete im Dunkeln die Tür und wisperte mir zu, ich solle hereinkommen.

Wir begannen um 3.08, 5.22 und 7.12 Uhr miteinander zu schlafen. Um 4.15 Uhr aßen wir Cornflakes mit Milch und

Honig und um 6.30 Uhr briet ich Eier, Speck, Würstchen und Kartoffeln, die ich mit Waffeln, Melonen und Orangensaft servierte.

Gegen neun Uhr, bevor June zur Arbeit ging, sagte sie mir, ich solle so lange schlafen, wie ich wolle. Ich stand um zwölf Uhr auf und lief mit einer Tasse Kaffee durch die Wohnung. Der Morgendunst hatte sich aufgelöst und das Wasser der Bucht war glasig grau. Ich hatte das Gefühl, in einer anderen Welt, einem anderen Universum zu sein. Ohne Gitter, Uniformen, Waffen, Verbrechern.

June war überall, wo ich hinsah: Sie saß auf dem Sofa, stand in der Küche, schaute aus dem Fenster, saß auf der Terrasse. Ich sah ihre dunklen Locken, die schönen geraden Linien ihres Gesichts, ihre kräftigen braunen Beine und hörte ihre klare, sanft wispernde Stimme.

Ich fragte mich, wie es wäre, diesen Ort zu bewohnen, und ob ein großer Mann mit Narbe und Kanone hier hineinpasste. Es war komisch, denn als ich es mir vorstellte, nahm ich mich als einen anderen Mann wahr. Ich fühlte mich anders – kleiner, leichter, weicher. Ohne Narbe und Kanone. Ich fühlte mich wie ein Lächeln mit Beinen und wie ein Körper, der nur eines wollte: ihr nahe sein. Zu Hause sein. So als wäre sie ein Haus, in das ich heimkehren konnte.

KAPITEL VIERUNDZWANZIG

UM VIER UHR NACHMITTAGS stand ich vor Zelle 8 in Trakt J, schob das Abendbrottablett in die Durchreiche und blickte in die klaren Augen von Alex Blazak. Sergeant Delano hatte mir erlaubt, Alex das Essen zu bringen. Heute Abend gab es Fleischklöße, Kartoffelbrei, Gemüse und Milch.

»Säurebaby.«

»Ich heiße Joe Trona.«

»Ja, ja, ich weiß. Wills Sohn. Zu schade, was passiert ist. Er hätte sich nicht mit den Schwergewichten einlassen sollen.«

»Wer hat Gaylen auf ihn angesetzt?«

»Lassen Sie mich hier raus und ich sage es Ihnen.«

»Das kann nur ein Staatsanwalt.«

»Er wird mich freilassen, sobald er mit Savannah geredet und herausgefunden hat, dass es gar keine Entführung gab. Das war Dads Story.«

»Da wäre noch die Erpressung.«

Er lächelte, sprang von seiner Pritsche und kam an die Gitterstäbe.

»He, ich habe das Mädchen nicht halb tot geschlagen.«

»Wer hat Gaylen angeheuert?«

Er setzte sich mit dem Tablett auf den Knien auf die Pritsche. »Fragen Sie nicht mich, fragen Sie Dad. Das war alles sein Ding.«

»Aber Sie wussten, dass etwas passieren würde. Sie hatten mit Gaylen geredet. Deshalb haben Sie Savannah geopfert und sie allein in der Lind Street zurückgelassen, nachdem Sie Ihr Geld bekommen hatten. Und deshalb hatten Sie einen

Treffpunkt für den Notfall vereinbart, Ecke Beach und Lincoln.«

»Reiner Instinkt. Wenn Sie mit Jack als Vater aufgewachsen wären, hätten Sie den auch. Wie rasieren Sie das da eigentlich?«

»Ich frage mich, ob die zusätzliche halbe Million dafür war, dass Sie mitgeholfen haben, Will in die Falle zu locken. Sie haben sich zwar seiner bedient, ihn aber auch hintergangen. Zusammen mit jemandem, der seinen Tod wollte.«

Er lief leicht rot an und schaute auf sein Essen. »Ist das Gemüse frisch?«

»Tiefgefroren. Sie sind gerade rot geworden.«

Ich ließ meine Augen nicht von ihm. Sein Gesicht bekam noch mehr Farbe.

»Sagen Sie mir nichts über rote Gesichter.«

Ich starrte ihn weiter an, ohne etwas zu sagen.

»Bei Ihnen läuft es einem ja kalt über den Rücken«, sagte er.

Als ich ihn weiter fixierte, drehte er sich zur Wand um und schlug die Beine übereinander.

Ich schloss mit dem Schlüssel, den ich von Sergeant Delano erhalten hatte, die Zelle auf. Alex wandte sich um und schaute mich an. Ich bat ihn um das Tablett. Nachdem ich es auf den Fußboden gestellt hatte, zog ich ihn am Kragen hoch, riss ihn herum, so dass er mich ansehen musste, und presste ihn am Hals an die Rückwand der Zelle. Erst zappelte er noch mit den Beinen, dann stand er auf Zehenspitzen. Unter meinen Händen spürte ich den kräftigen Puls des Lebens.

»Wer hat ihn reingelegt?«

Ich ließ ihn ein Stück herunter, ohne den Griff um seinen Hals zu lockern.

Er schnappte mit aufgerissenen Augen nach Luft.

»Soll ich Sie noch ein bisschen baumeln lassen?«, fragte ich ihn.

Er hustete, spuckte und hustete wieder.

»*Es war nur Gaylen selbst*«, brachte er keuchend hervor.

»Ich hatte mit einigen seiner Freunde Geschäfte gemacht. Das ist Monate her. Daher wusste er, wo er mich finden konnte. Er teilte mir mit, was er für den Austausch brauchte – einen Ort ohne Zeugen, nach Einbruch der Dunkelheit, irgendwo, wo man mit dem Auto hin –, aber auch wieder wegkam. Dafür seien noch einmal drei Riesen drin, meinte er. Ich dachte, ich könnte noch ein bisschen Kleingeld gebrauchen. Dass es eine Falle sein sollte, wusste ich nicht. Irgendetwas hat mir nur gesagt, dass ich mich lieber verdrücken sollte. Das Geld schuldet er mir übrigens noch. Gott, mein *Hals*!«

»Freunde von Gaylen? Wer?«

»Pearlita und Felix Escobar.«

»Und Sie haben ihm zugesagt, was er wollte?«

»Nun, ja. Geld ist Geld, oder? Aber ich wusste nicht, worum es ging. Ich wusste nicht, dass er Ihren Vater allemachen und sich Savannah schnappen wollte. Wäre ich dort gewesen, hätte er mich wahrscheinlich auch erledigt. Aber es war Gaylen. Er kam zu mir, Mann. Ich habe keine Ahnung, wie zum Teufel er herausgefunden hat, was vorging. Er ist einfach in meinem Lager aufgetaucht.«

»Sie hätten eigentlich auch bei der Übergabe in der Lind Street dabei sein sollen, oder?«

»Das haben alle angenommen. Mein Vater genauso wie Ihrer.«

Die Hände immer noch um seinen Hals, führte ich ihn zu seiner Pritsche und ließ ihn sich hinsetzen. Dann hob ich das Tablett auf und gab es ihm.

»Essen Sie das Gemüse.«

»In Ordnung.«

»Sie sind fast zweiundzwanzig Jahre alt. Sie hätten es besser wissen müssen, als das Leben Ihrer Schwester aufs Spiel zu setzen. Sie einfach dort auszusetzen! Es hat nicht viel gefehlt und sie wäre erschossen worden. Was stimmt nicht mit Ihnen?«

»Sie ist eine Überlebenskünstlerin.«

»Und Sie sind ein Feigling. Trotz der Kanonen und all der anderen Waffen sind Sie doch nur ein Feigling.«

»He, ich brauchte das Geld. Mein Dad ist die Nummer 41 der reichsten Männer Amerikas, da bin ich an gewisse Dinge gewöhnt.«

Er sah mich mürrisch an und rieb sich den Hals.

Am späten Nachmittag befragten Rick Birch und ich Savannah. Der Arzt hatte uns gesagt, sie habe den größten Teil des Tages geschlafen und sei desorientiert und niedergeschlagen aufgewacht.

Wir setzten uns an einen kleinen Tisch in der Bibliothek von Hillview. Ich hatte diesen Ort vorgeschlagen, weil sich Savannah, wie ich glaubte, dort wohl fühlen würde. Ich erzählte ihr die Geschichte von Will und *Shag*. Es interessierte sie offenbar sehr. Sie wollte wissen, ob ich mich erinnerte, auf welcher Seite ich gewesen war, als Will sich zu mir gesetzt hatte. Ich erinnerte mich tatsächlich: Seite dreißig, an der Stelle, wo Shag um die Herrschaft über die Herde kämpft. Der Tisch, an dem wir jetzt saßen, war derselbe, an dem ich an jenem schicksalhaften Tag Platz genommen hatte. Ich erkannte es an einem schwachen X, das irgendein kreativer Bewohner von Hillview in die Platte geritzt hatte. Will hatte daran herumgefingert, während er sich mit mir unterhielt. Das X war noch da, auch wenn es im Lauf der Jahre gewissermaßen verwittert war. Aber man konnte es noch sehen.

Wir nahmen Savannahs Aussage auf Band auf. Sie dauerte fast eine Stunde. Savannah sprach schnell, wobei sie große, ereignisreiche Zeiträume in wenigen Worten zusammenfasste. Wir ließen sie die ganze Geschichte in einem Zug erzählen, bevor wir damit begannen, ihr Fragen zu stellen.

»Wann hast du dich entschieden, mit dem Video zu Alex zu gehen?«

»Als ich das Gesicht der Frau in der Zeitung sah und las, dass sie überfahren worden und gestorben war.«

»Hat sie jemals für deine Familie gearbeitet?«

»Ja, sie hat ein paarmal das Haus sauber gemacht. Ich erinnere mich an sie, weil sie sehr hübsch und sehr still war.

Ihr Lächeln war wie ein großes Licht. Ich habe sie gefragt, wie sie es schafft, dass ihre Haare so glänzen, und sie hat geantwortet, sie spült sie mit Bier.«

»Wer hatte die Idee, von deinem Vater Geld für das Video zu verlangen?«

»Alex. Er will immer Geld haben.«

»Hast du das für eine gute Idee gehalten?«

»Nein. Aber ich hatte Angst davor, was Papa mit mir machen würde, wenn ich das Video zur Polizei bringe. Und Alex hat gesagt, wir könnten etwas von dem Geld, das wir von Papa bekommen würden, der Familie der Frau geben.«

»Wann hat Alex das erste Mal Geld gefordert? Mit wem hat er telefoniert und wie viel hat er verlangt? Wann und wo war das?«

»Zuerst mit Papa, dann mit jemandem, der Bo hieß, und dann mit Will.«

»Wo und wann genau hast du Will Trona getroffen?«

»In Laguna Beach. Ich weiß es nicht mehr genau, aber ich glaube, es war, zwei Tage bevor er ermordet wurde.«

»Hat Alex danach Will angerufen, um eine Verabredung zu treffen?«

»Er hat mit ihm telefoniert. Aber er hat auch viel über andere Leute geredet. Über Geld und Orte und darüber, wer dort sein würde und wo er sein würde.«

»Über welche anderen Leute?«

»Einer hieß Daniel. Das war, glaube ich, Reverend Alter. Ein anderer hieß John und einer Pearl. Dann war da noch eine Frau ... Donna? Renee? Irgendwie so.«

Ich notierte mir den Namen: Donna oder Renee – eine neue Figur im Spiel.

»Weißt du, dass Alex deinem Vater gesagt hat, er würde dich ihm übergeben?«

»Ja, aber das war eine Lüge. Wir wollten mit dem Geld ein kleines Haus am Strand kaufen und dort leben.«

»Wusstest du, wie viel Geld Alex zuerst verlangt hat?«

»Fünfhunderttausend Dollar.«

»Wusstest du, dass er die Summe erhöht hat?«

»Das war Wills Idee.«

»Wusste Will von dem Video?«

»Alex hat es ihm vorgespielt. Und Will sagte, er soll die Summe verdoppeln. Außerdem hat er gesagt, Alex soll das Geld nehmen und mich und das Video ihm überlassen.«

»Was hast du davon gehalten, mit Will zu gehen?«

»Ich mochte ihn. Ich habe ihm vertraut. Er sagte, er würde mich zum Kindernotdienst bringen und ich sollte mir keine Sorgen darüber machen, was mein Vater tun würde. Und über das Video hat er gesagt, es gibt keinen Grund, es meinem Vater oder der Polizei zu übergeben. Er würde sich um alles kümmern, damit danach alle zufrieden sind.«

Mir ging durch den Kopf, welches Druckmittel Will dank des Videos gegen Blazak in der Hand gehabt hätte. Welche Zugeständnisse hätte er ihm mit der Drohung, das Video den Behörden auszuhändigen, abringen können.

»Würdest du uns sagen, wohin ihr, du und Alex, in der Nacht, als Will ermordet wurde, gegangen seid?«

»Ich weiß die Reihenfolge nicht mehr, aber wir sind in Big Bear, Lake Arrowhead, La Jolla, Imperial Beach, Julian, Hollywood, Santa Monica, Santa Barbara und San Francisco gewesen. Und in Mendocino, Reno, Las Vegas, Bullhorn City, Yuma, Palm Springs und Mexico City. Und in Zihautanejo und Tucson und in einigen anderen Städten.«

»Jeden Abend in einer anderen?«

»In Las Vegas sind wir zwei Tage geblieben, weil Alex spielen und einen Kampf sehen wollte. Und in Mexico City sind wir vier Tage geblieben, weil wir müde waren. Sonst waren wir überall nur eine Nacht.«

»Seid ihr zu allen diesen Orten mit dem Auto gefahren?«

»Außer nach Mexico City und Zihautanejo. Dahin sind wir von Tijuana geflogen. Alex' Porsche ist sehr schnell.«

»Hat Alex dir jemals weh getan?«

Savannah sah mich überrascht an. *»Mir weh getan? Er hat alles getan, um mich zu beschützen und mich glücklich zu* *machen. Als ich in Mexico City krank wurde, ist er die ganze Nacht aufgeblieben und hat Waschlappen auf meine Stirn gelegt. Und der Zimmerservice musste mir Tortilla und Mineralwasser bringen. Er ist der beste große Bruder, den ein Mädchen haben kann.«*

Ich machte mir einige Notizen, während ich über Unschuld, Vertrauen und Angst nachdachte und darüber, was es hieß, ein elfjähriges Mädchen zu sein. Dabei fiel mir Savannah, die Spionin, ein.

»Savannah, hast du auch, während du mit Alex auf der Flucht warst, das Spionagespiel gespielt?«

»Ja, natürlich. Ich habe zwei ganze Kassetten voll. Ich habe uns überall bei unseren geheimen Dingen gefilmt. Alex hat es lustig gefunden.«

»Wo sind die Kassetten jetzt?«

»In meinem Rucksack, zusammen mit meinem Camcorder. Wollen Sie sie sich ansehen?«

»Ja, das würden wir gern.«

Ein Mitarbeiter des Heims war so freundlich, ein Fernsehgerät und einen Videorekorder in die Bibliothek zu rollen, und in den nächsten zwei Stunden schauten wir uns an, wie Alex und Savannah in einem glänzenden schwarzen Porsche kreuz und quer durch den Westen fuhren, in der blauen Bucht von Zihautanejo badeten, in Hotels eincheckten, sich in irgendeinem Hotelzimmer mit Hamburgern bewarfen, aus dem Fenster guckten, um zu sehen, ob jemand sie verfolgte, hastig ihre Sachen einpackten und weiterfuhren, während sich Alex paranoide Verschwörungstheorien ausdachte und Savannah die Geschehnisse kommentierte. In einer Szene warf Alex in einer Suite im Venetian in Las Vegas mit seiner Million um sich. Eine andere zeigte die öde Grenze bei Tijuana, die Händler, die purpurne Buddhasparbüchsen, *Star-Wars*-Figuren mit Sombreros auf dem Kopf, auf Schnüre aufgezogene lackierte Sandhaie, grellfarbene Kästen in Pink, Gelb und Blau anboten. Dann wieder waren die wild romantische Küste von

Mendocino, die Golden Gate Bridge, die Hügel von Santa Barbara, die Baumwollfelder von Yuma, das Schaf vor dem Ritz-Carlton in Palm Desert und die märchenhafte Gebirgslandschaft bei Tucson zu sehen.

»Warum hat Alex mich angerufen?«, fragte ich. »Was hat euch darauf gebracht, einen neuen Deal mit eurem Vater auszuhandeln?«

»Alex wollte mehr Geld. Außerdem hatte ich keine Lust mehr wegzulaufen, Joe. Es war nett, aber in ein paar Monaten komme ich in die sechste Klasse und da kriege ich in Mathe und Englisch Begabtenförderung.«

»Warum habt ihr mich ausgewählt? Wieso habt ihr nicht euren Vater direkt angerufen?«

»O nein, Joe. Ich vertraue Ihnen. Deshalb habe ich die Postkarten an Sie geschickt. Ich musste irgendjemandem irgendetwas sagen und meiner Mutter kann man solche Dinge nicht schreiben. Sie ist immer sehr nervös. Also habe ich Sie ausgesucht. Außerdem hat Alex Ihrem Vater vertraut. Mit Papa kann man nicht direkt verhandeln; er ist ein sehr guter Geschäftsmann. Er ist immer der Sieger, auch wenn es zuerst nicht so aussieht.«

Ich dachte an Jack Blazaks Temperament, seine Doppelzüngigkeit und seine Macht.

»Was ist mit deiner Mutter, Savannah? Vertraust du ihr?«

Sie sah zuerst mich und dann Birch an. Dann wandte sie seufzend den Blick ab. »Sie ist immer seiner Meinung. Auch wenn sie weiß, dass er Unrecht hat. Er will es so – sie soll immer sagen, was er auch sagt.«

Ich fragte mich, ob Jack seiner Frau jemals das Gleiche wie Luria angetan hatte.

»Hat dein Vater deine Mutter jemals geschlagen?«

Savannah sah noch immer aus dem Fenster.

»Ich habe es nie gesehen. Doch Mama liegt oft tagelang im Bett. Ich weiß nicht, warum. Aber es ist meistens nach einem Streit. Sie streiten sich sehr laut und beschimpfen sich. Meist passiert es, wenn Mama viel getrunken hat.«

»Hast du jemals blaue Flecken oder Schnitte an ihr gesehen?«

»Nein.«

Ich folgte ihrem Blick. Der Spielplatz war voller kleiner Kinder. Auch zwei Hillview-Berater spielten mit.

»Savannah, kannst du dich erinnern, ob Alex mit einer Donna oder einer Renee telefoniert hat?«

Sie schloss die Augen und dachte nach. Dann holte sie tief Luft und stieß den Atem langsam wieder aus. »Nein. Es war ein Frauenname wie die beiden, aber vielleicht auch ein anderer.«

»Es war also möglicherweise nicht Donna oder Renee, sondern einer, der so ähnlich klang?«

»Ja. Ich finde es blöd, wenn mir etwas nicht mehr richtig einfällt. Tut mir Leid. Glauben Sie, ich kann jetzt etwas zu essen kriegen? Und ein bisschen allein sein? Irgendwie fühle ich mich heute so schlapp.«

An diesem Abend fuhren Birch, Ouderkirk und ich nach Pelican Point. Uns folgte ein Streifenwagen des Sheriffs.

Birch zeigte dem Wachmann seine Marke.

»Zu wem wollen Sie?«

»Das geht Sie nichts an. Öffnen Sie das Tor.«

Der Wachmann verzog das Gesicht, gehorchte aber.

Am zweiten Tor ertönte Jack Blazaks Stimme aus dem Lautsprecher. »Was, zum Teufel, wollen Sie?«

Birch nannte seinen Namen und antwortete, dass er gern mit ihm sprechen würde.

»Worüber?«

»Über Luria Blas.«

Für einen Augenblick waren nur Leitungsgeräusche zu hören. »In Ordnung.«

Das zweite Tor öffnete sich und Birch steuerte den Crown Victoria über die gewundene Auffahrt. Schließlich kam das griechisch-römische Haus in Sicht.

»Sieh sich einer das an«, sagte Ouderkirk. »Ein Palast.

Pool, Tennisplatz, romantischer Teich, Hubschrauberlandeplatz. Eine Garage für fünf Autos – und was ist das? Ein Weingarten? Ich habe den falschen Beruf. Ich wusste es. Ich *wusste* es. Ich kann mir nicht einmal eine Putzfrau leisten und dieser Typ schlägt sie zusammen, weil sie schwanger werden, wenn er sie bumst. Da könnte man doch glatt wünschen, als Arschloch wiedergeboren zu werden.«

»Dazu kannst du auch in diesem Leben werden«, meinte Birch.

»Ich werde einfach deinem Beispiel folgen.«

»Sieh dir diese Statuen an. Die rechts ist eine Rodin-Kopie.«

»Vielleicht ist sie auch echt«, entgegnete Ouderkirk. »Wenn man sich einen Palast wie diesen leisten kann, hat man auch Geld für Nippes.«

Im Schatten hinter der Garage parkte ein Bentley von der Größe eines Öltankers. Der Fahrer döste, doch als wir anhielten, griff er nach einem Handy und wählte eine Nummer.

»Mir scheint, Blazak hat seinen Anwalt bei sich«, bemerkte ich.

»Das wird interessant«, prophezeite Birch. Dann befahl er mir über die Schulter hinweg: »Joe, sagen Sie nur etwas, wenn Sie gefragt werden.«

»In Ordnung.«

Der Streifenwagen gab unsere Verfolgung auf und parkte vor dem Bentley im Schatten. Birch nickte den Deputys zu, dann ging er am Teich entlang voran.

Blazak erwartete uns in Jeans, weißem Hemd und Segelschuhen an der Haustür. Er wirkte frisch rasiert und seine Augen waren klar und verrieten keinerlei Reue. Birch und Ouderkirk gab er die Hand, während er für mich nur einen geringschätzigen Blick übrig hatte.

Wir gingen in dasselbe helle Wohnzimmer, in dem die Blazaks und Bo Warren ihre Lügengeschichte vor mir ausgebreitet hatten. Auf dem Platz, an dem Warren gesessen hatte, saß jetzt ein älterer, weißhaariger Gentleman in vornehmem blauen Anzug. Seine Augen waren blau und hatten das offene Blinzeln eines Zweijährigen.

Er erhob sich elegant, stellte sich als Adam Duessler vor und gab allen die Hand, bevor er wieder Platz nahm und die Beine übereinander schlug. »Jack hat mich gebeten, ihm in dieser Situation zur Seite zu stehen«, erklärte er. »Ich habe ihm geraten, vorläufig zu schweigen. Einer der Gründe dafür ist, dass ich noch nicht ganz auf dem Laufenden bin. Außerdem weiß ich nicht genau, was Sie hier wollen. Also, meine Herren, wenn Sie so freundlich wären, mich aufzuklären.«

Birch und Ouderkirk ließen sich auf einem der cremefarbenen Sofas nieder, während ich mich in einen Sessel an der Seite setzte, meinen Hut auf die Beine legte und meine Hände davor faltete.

Birch beugte sich vor. »Mr Blazak wird keines Verbrechens beschuldigt. Komisch, dass er einen Anwalt hier hat.«

»Das ist sein gutes Recht«, entgegnete Duessler.

»Nun, gewiss«, bestätigte Birch. »Wenn mir danach ist, kann ich meinen Anwalt auch zum Autowaschen mitnehmen. Aber ein Recht auf Beratung haben nur Beschuldigte.«

Birch ließ seine Worte wirken.

»Wir sind beeindruckt von Ihren juristischen Kenntnissen«, sagte Duessler. »Aber fahren Sie fort.«

»Wir haben Beweise dafür, dass Mr Blazak am 8. Juni dieses Jahres eine junge Hausangestellte namens Luria Blas misshandelt hat. Wir haben einen Augenzeugen. Doch bevor wir irgendwelche Schlüssen ziehen, wollten wir Mr Blazaks Erklärung hören. Vielleicht haben wir gar nicht gesehen, was wir zu sehen glaubten.«

»Es ist freundlich von Ihnen, damit zu uns zu kommen«, sagte Duessler.

»Das geschieht aus Respekt vor Mr Blazaks Stellung in der Gesellschaft und wegen der hässlichen Natur dessen, was passiert ist.«

Darauf herrschte für einen Augenblick Stille.

»Mr Blazak«, fuhr Birch fort, »wir haben ein Video, auf

dem Sie und Miss Blas draußen im Gästehaus zu sehen sind. Es wurde von Ihrer Tochter Savannah während ihres Lieblingsspiels aufgenommen. Haben Sie es gesehen?«

»Mr Blazak wird diese Frage auf meinen Rat hin zum gegenwärtigen Zeitpunkt nicht beantworten«, sagte Duessler.

»Wir wollen doch nur wissen, ob er das Video gesehen hat«, hakte Ouderkirk nach.

»Jack?«, fragte Duessler.

Blazak schüttelte den Kopf.

Birch zückte unter Blazaks aufmerksamem Blick Notizbuch und Stift und schrieb etwas auf, bevor er wieder zu Blazak schaute. »War Luria Blas bei Ihnen beschäftigt?«

»Mr Blazak wird diese Frage auf meinen Rat hin zum gegenwärtigen Zeitpunkt nicht beantworten«, sagte Duessler.

»Hatten Sie Geschlechtsverkehr mit Luria Blas?«

»Mr Blazak wird diese Frage auf meinen Rat hin zum gegenwärtigen Zeitpunkt nicht beantworten«, sagte Duessler.

»Dafür, dass Sie immer dasselbe sagen, bezahlt er Ihnen entschieden zu viel«, meinte Ouderkirk.

»Es ist die Wahrheit!«, betonte Duessler. »Hören Sie, meine Herren, mein Mandant ist bereit, diese und jede andere Ihrer Fragen zu beantworten, nur nicht zu diesem Zeitpunkt. Wir beide hatten kaum Zeit, uns über diese Dinge zu unterhalten. Geben Sie uns eine Woche Zeit, in dieser Angelegenheit auf den neuesten Stand zu kommen. Dann können wir uns wiedertreffen. Es besteht absolut kein Grund, warum wir nicht alle bekommen sollten, was wir wollen.«

Birch nickte und stand auf. »Was denken Sie, Mr Blazak? Wollen Sie lieber die Befehle Ihres Anwalts entgegennehmen oder nicht vielleicht doch selbst alles ins Reine bringen?«

»Für den Augenblick nehme ich lieber Befehle entgegen.«

»Es würde uns helfen, wenn Sie uns die Ereignisse aus Ihrer Sicht schildern könnten. Wollen Sie, dass wir unsere Informationen von allen anderen bekommen, nur nicht von Ihnen?«

»Beschaffen Sie sie sich, wo immer Sie wollen.«

»Wie Sie möchten«, sagte Birch.

»Verlassen Sie mein Haus, Sie alle, Versager.«

Birch und Ouderkirk wechselten einen Blick. Etwas war in diesem Moment entschieden worden.

Birch schüttelte den Kopf. »Mr Blazak, ich verhafte Sie wegen schwerer Körperverletzung an Luria Blas. Sie haben das Recht auf einen Anwalt und das Recht zu schweigen. Alles, was Sie sagen, kann und wird vor Gericht gegen Sie verwendet werden. Legen Sie die Hände hinter den Kopf und drehen Sie sich um.«

Blazak lief rot an.

»Aber, aber, meine Herren«, sagte Duessler. »Es ist nicht nötig, meinem Mandanten Handschellen anzulegen, und auch nicht, ihn zu diesem Zeitpunkt abzuführen. Geben Sie Mr Blazak die Gelegenheit, sich morgen Mittag freiwillig zu stellen. Eine Fluchtgefahr können Sie gewiss nicht unterstellen.«

»Ich sehe durchaus eine Fluchtgefahr«, entgegnete Ouderkirk.

»Ihr verdammten Bastarde«, schimpfte Blazak.

»Seien Sie vernünftig«, beschwor Duessler die beiden Kriminalbeamten.

»Dieser Typ hat das Mädchen gebumst«, beschied ihn Ouderkirk. »Und als sie schwanger wurde, hat er sie halb tot geschlagen. So vernünftig ist Ihr Mandant, Mr Duessler.«

Birch legte Blazak Handschellen an und führte ihn ab.

»Wir sehen uns vor Gericht«, sagte Ouderkirk. »Der Staatsanwalt wird Ihren Mandanten in der Luft zerreißen.«

Während wir zum Pacific Coast Highway hinunterfuhren, beobachtete ich die Falken in der Luft und betrachtete den dunkler werdenden Himmel und die Villen, in denen nach und nach das Licht eingeschaltet wurde. Samstagabend in Newport Beach, einem Stück vom Paradies für einige wenige.

Ich fragte mich, wie es sein konnte, dass ein Mann alles besaß außer Anstand und gesunden Menschenverstand. Seine Ehe, seine Familie, sein Ansehen, sein Geschäft würden Schaden nehmen und sich wahrscheinlich nie wieder davon erholen. Und das nur, weil er dachte, sein Penis sei wichtiger als die Rechte eines anderen Menschen, noch dazu eines armen.

Er würde nach wie vor eine Menge Geld haben. Das war aber auch schon alles.

Ich blickte mich nach dem hinter uns fahrenden Streifenwagen um. Zwölf Milliarden Dollar hinter dem Sicherheitsgitter eines Streifenwagens und zwei Deputys, die zusammen vielleicht hundert Riesen im Jahr verdienten, wenn sie so viele Überstunden wie möglich machten. Was für ein sonderbarer Glanz, dachte ich, wenn die Mächtigen stürzen. Aus irgendeinem Grund neige ich immer dazu, sie auf einen Sockel zu stellen. Sie sollten besser sein als wir, heller strahlen und uns den Weg weisen.

Wir passierten das bewachte Tor, vor dem Miguel Domingo gestorben war, als er die Ehre seiner Schwester zu verteidigen versuchte. Einer Frau, die diese Ehre für ein bisschen Geld aufgegeben hatte. Und alles, was sie hinterließ, war ein Kratzer im Gesicht des Mannes, der sie geschlagen hatte.

Eine Machete, ein zurechtgefeilter Schraubenzieher und ein Fingernagel gegen den reichsten Mann von Orange County. Dennoch waren Miguel und Luria dabei, diesen Kampf, den sie nie hatten führen wollen, zu gewinnen. Aber er hatte sie das Leben gekostet.

Kapitel fünfundzwanzig

Am selben Abend rief ich Valeen Wample an. Großmutter. Der lappige Zettel mit ihrer Telefonnummer, den ich seit Jahren mit mir herumtrug, zerfiel, als ich ihn auseinander faltete. Die Tinte hatte nur noch die Farbe einer Vene. Die Postleitzahl gehörte zu einem Ort in der südkalifornischen Wüste.

Sie hob beim fünften Klingeln ab. »Ja?«

»Hier ist Joe Trona.«

Darauf trat eine Pause ein. Im Hintergrund hörte ich einen Fernseher und irgendetwas, das surrte, wahrscheinlich eine Klimaanlage oder ein Ventilator.

»Und?«

»Der Sohn Ihrer Tochter, Ma'am.«

»Ich weiß, wer du bist. Was willst du?«

»Charlottes Adresse und Telefonnummer.«

»Ich nehme an, sie ist tot.«

»Dann die letzten Angaben, die Sie haben.«

»Warum?«

»Ich muss mit ihr sprechen.«

Wieder eine Pause. »Du willst Charlotte nicht anrufen.«

»Warum?«

»Genau: *Warum?*«

»Um einige Dinge zu klären.«

»Sie ist nichts wert, hat kein Rückgrat und kein Herz. Reicht das?«

»Thor ist nicht mein Vater.«

»Sagt wer?«

»Thor. Charlotte hat ihn bezahlt, damit er nicht sagt, warum er mir die Säure ins Gesicht gekippt hat.«

»Oh, Scheiße.«

»Mag sein, Ma'am. Aber Charlotte kann mir mehr darüber erzählen.«

Die nächste Pause. Ich hörte, wie sie den Hörer ablegte. Fernsehton. Rauschen. Dann war sie zurück. Eis klapperte in einem Glas.

»Die Nummer war vor fünf Jahren aktuell. Ich hatte sie angerufen, um sie um etwas Geld zu bitten. Sie hat mir nichts gegeben. Seither habe ich mich nicht mehr bei ihr gemeldet.«

Sie gab mir die Telefonnummer und eine Adresse in einer bei San Diego gelegenen Kleinstadt namens Fallbrook.

»Wo leben Sie, Ma'am?«

»In Bombay Beach, dem schlimmsten Ort der Welt. Wir sind so mies dran, dass wir es ins Fernsehen geschafft haben. Tote Fische am Strand. Vögel fallen tot vom Himmel, weil sie an Fischvergiftung krepiert sind. Der verdreckte Saltonsee. Den ganzen Sommer über mehr als vierzig Grad im Schatten. Skorpione und Schlangen. Ein richtiges Höllenloch, aber etwas Besseres kann ich mir nicht leisten.«

»Ich könnte Ihnen etwas Geld schicken.«

»Wie viel?«

»Würden tausend Dollar helfen?«

»Fünfzehnhundert wären besser. Schick es gleich rüber, Enkel Joe. Ich kann jeden Penny gebrauchen.«

Sie gab mir ihre Adresse und ich hörte wieder das Klappern von Eiswürfeln. »Ich wünschte, du würdest nicht mit ihr reden. Sie ist verdorben. Sie ruiniert alles, was sie berührt.«

»Ich werde ihr Grüße von Ihnen bestellen.«

»Tu das nicht.«

»Danke für Ihre Hilfe.«

»Hilfe? Ich würde es eine Dummheit nennen.«

»Trotzdem danke.«

»Ist dein Gesicht abgeheilt?«

»Ein paar Narben sind noch da.«

»Schlimme Geschichte. Hör auf meinen Rat und ruf sie

nicht an. Was immer dir zugestoßen ist, sie wird die Sache noch schlimmer machen. Ach ja, sie hat ihren Namen geändert. Sie heißt jetzt Julie Falbo.«

Ich schrieb einen Scheck über fünfzehnhundert Dollar aus. Weil die Rubine so viel gekostet hatten, war mein Konto fast leer geräumt. Dann sah ich die Grußkarten der Vereinigung der Kriegsversehrten durch, die ich jedes Jahr als Dank für meine Spende erhielt. Ich wählte eine neutrale Karte mit einem Kätzchen und einem Wollknäuel darauf aus, wusste aber nicht, was ich schreiben sollte.

Also fuhr ich in den Drugstore und suchte im Kartenständer nach etwas Passenderem. Ich wusste nicht, was ein Enkel im Allgemeinen für eine Großmutter empfand, zumal für eine, mit der er nur zweimal im Leben gesprochen hatte. Sie schien keine besonders liebenswerte Person zu sein, aber man kann niemanden nach zwei Telefongesprächen beurteilen. Ich entschied mich für eine Faltkarte, die auf der Vorderseite wie ein zerknitterter Pullover aussah. Er trug die Aufschrift: *FÜR GROSSMUTTER*. Im Innern der Karte war zu lesen: *Ich habe gerade an dich gedacht, an jemand Besonderen in meinem Leben.*

Wieder zu Hause, unterschrieb ich die Karte »In Hochachtung und Zuneigung«, legte den Scheck dazu und adressierte das Kuvert. Als ich den Absender schrieb, fragte ich mich, ob sie mir antworten würde.

Dann goss ich mir einen großen Wodka ein, warf ein Paar Eiswürfel ins Glas und ging damit in den dunklen Garten. Ich hörte die Eichhörnchen über die Stromleitungen rennen. Wenn sie abstürzten, würden die Katzen sie fangen. Der Orangenbaum verlor gerade seine letzten Blüten, aber der Garten roch noch immer süß und gut. Der Duft erinnerte mich an die ersten Monate bei Will und Mary Ann in den Ausläufern der Tustinberge. Als ich damals zum ersten Mal das Haus meiner Träume betreten hatte, standen die Zitrusbäume in voller Blüte.

Kaum war ich zwei Minuten draußen, erhielt ich einen Anruf von Rick Birch. »Pearlita geht einen Handel ein«, verkündete er. »Dent hat ihr gesagt, er würde für Felix nicht mehr die Todesstrafe fordern. Tatsächlich glaubt er, dass er sich mit dieser Forderung bei den Geschworenen sowieso nicht hätte durchsetzen können. Also wirft er ihr einen Knochen hin, den sie wahrscheinlich sowieso bekommen hätte. Laut Pearlita war der Passagier in Bo Warrens Auto an jenem Abend niemand anderes als der Verwaltungschef des Zweiten Bezirks von Orange County – Dana Millbrae.«

Donna? Renee? Etwas in der Art. Es war ein Frauenname wie die beiden, aber vielleicht auch ein anderer.

Dana.

Ich rief Ray Flatley an und entschuldigte mich sofort dafür, dass ich ihn zu Hause störte.

»Kein Problem, Joe. Ich habe mich auf dem Klavier durch die neuen Titel von Warren Zevon gearbeitet. Ich glaube, er ist ein ziemlich unangenehmer Knabe, aber schrecklich witzig. Und bei seinen Balladen kräuselt sich meine Kopfhaut, so schön sind sie.«

»Könnten Sie mir bei einer Aufnahme helfen?«

»Ich wusste gar nicht, dass Sie singen.«

»Keine Musik, Sir«, sagte ich. »Nur ein paar Worte.«

»Wessen Worte?«

»Meine. Ich werde mich selbst spielen und Sie sollen John Gaylens Part übernehmen.«

Darauf schwieg er eine Weile. »Und wer soll dieses Beispiel illegaler Polizeitricks zu hören bekommen?«

»Das brauchen Sie nicht zu wissen.«

»Wann wird es vernichtet?«

»Morgen Abend um zehn Uhr. Wenn Sie wollen, werde ich Ihnen einen eingeschmolzenen Tonband- und Plastikklumpen überreichen, Sir.«

Wieder verstummte er für einen Augenblick, bevor er mit tiefer, voll tönender Stimme erklärte: »Also gut, Joe Trona, ich glaube, ich werde Ihnen helfen. Wann soll John Gaylen das Wort ergreifen?«

»Sofort.«

Er gab mir seine Adresse und legte auf.

Um zehn Uhr war ich wieder zu Hause und suchte in Wills Adressbuch Millbraes Privatnummer heraus.

Er nahm selbst ab. Ich sagte ihm, wir müssten miteinander reden, aber er bräuchte gar nicht erst zu fragen, worüber.

»Lassen Sie sich von meiner Sekretärin einen Termin geben«, entgegnete er.

»Es muss sofort sein, Sir.«

»Eine Polizeiangelegenheit, Joe?«

Ich hörte die Angst in seiner Stimme und das konnte ich nicht ungenutzt lassen. »Ja.«

»Nicht hier.«

»Wie wäre es mit dem Grove?«

»Ich bin kein Mitglied und Sie auch nicht.«

»Darum werde ich mich schon kümmern, Sir. Sie sind mein Gast.«

Ich legte auf und rief Rex Sauers an. Er versprach, mir eine Nische zu reservieren.

Dana Millbrae schlurfte mit den Händen in den Hosentaschen und gesenktem Blick durch die Lounge zu unserer Nische, setzte sich und sah mich an. Er hatte ein jungenhaftes Gesicht, ernste Augen und helle Haare, die ihm teilweise in die Stirn fielen. Universität von Kalifornien, dann Betriebswirtschaftsstudium in Stanford. Er war vierunddreißig Jahre alt und dies war seine erste Amtszeit als Verwaltungschef. Verheiratet, vier Kinder. Auf Wills Beerdigung hatte er zu mir gesagt, der Verlust von Will sei wie der eines Vaters. Will habe ihm alles beigebracht, was er über seine Rolle als einer der sieben mächtigsten Wahlbeamten der Bezirksverwaltung wisse.

Wir schüttelten uns die Hand. Dann sah er zu einem Kellner hinüber.

»Stört es Sie, wenn ich rauche?«, fragte er.

Ich verneinte es. Der Kellner kam und Millbrae bestellte einen doppelten Stolichnaya-Martini mit einer Zitronenspirale.

»Also, was gibt's?«

»Sie und Bo Warren haben sich, in der Nacht bevor Will starb, auf dem Parkplatz des Bamboo 33 mit John Gaylen getroffen. Ich möchte wissen, worüber Sie mit ihm gesprochen haben.«

Er stand auf und zog den Vorhang vor der Nische zu. Während er sich wieder hinsetzte, warf er mir einen unsicheren Blick zu.

»Wir haben darüber gesprochen, wie Savannah Blazak freikommen könnte.«

»Was wusste Gaylen über Savannah?«

»Er stand mit Alex in Kontakt. Sie hatten geschäftlich miteinander zu tun.«

»Was genau hat Gaylen gesagt?«

Millbrae paffte und schloss dann die Augen. »Ich weiß es nicht mehr genau.«

»Dann eben in groben Umrissen.«

Der Kellner teilte den Vorhang und stellte Millbraes Drink auf den Tisch. Dann schloss er den Vorhang wieder.

Millbrae nahm einen kräftigen Schluck und spülte ihn mit einem zweiten hinunter. »Es hat uns gesagt, dass es ihr gut gehe. Dass alles zu einem guten Ende kommen werde.«

»Sie beide sind nach Mitternacht den weiten Weg zum Bamboo 33 gefahren, nur um das zu hören?«

Er nickte.

»Das glaube ich Ihnen nicht.«

»Fragen Sie Bo. Es ist die Wahrheit.«

»Bo hat gesagt, er sei mit Pearlita dort gewesen.«

Millbrae hob eine Faust vor den Mund und räusperte sich. »Nein. Ich war der Mitfahrer.«

»Ich danke Ihnen für Ihre Ehrlichkeit, Mr Millbrae, und will offen zu Ihnen sein. Will wusste, dass Sie Geld von

Rupaski genommen haben, als Gegenleistung für Ihre Zustimmung zum Ankauf der Mautstraße. Will hatte ein Gespräch zwischen Ihnen beiden auf Band, in dem Sie über die Abholung des Geldes in Windy Ridge gesprochen haben. Ich bin sicher, Carl hat Ihnen das alles schon erzählt, stimmt's?«

Er nickte. Er sah wie ein Schuljunge aus, der beim Rauchen erwischt worden war.

»Nun, Will verfügte außerdem noch über ein unangenehmes Beweisstück gegen Jack Blazak und ein weiteres gegen Reverend Alter. Er hat Sie dazu gebracht, in der Abstimmung gegen den Ankauf der Mautstraße zu stimmen. Von Reverend Alter hat er Spenden erpresst und er bereitete sich darauf vor, Jack Blazak unter Druck zu setzen. Und Rupaski hätte er jederzeit wegen Bestechung und Verschwörung verhaften lassen können. All das kann ich auf eine Weise untermauern, die vor Gericht Bestand hätte. Kommt Ihnen das meiste davon bekannt vor?«

Millbrae nickte wieder. An seinen Schläfen bildete sich ein leichter Schweißfilm. Er nahm einen großen Schluck Martini und zog an seiner Zigarre. »Dieser ...«

»Dieser was?«

»Dieser Scheißkerl hatte gegen jeden etwas in der Hand.«

»Ja, das hatte er. Und deshalb haben Sie dafür gesorgt, dass John Gaylen ihn umlegte.«

»Das stimmt absolut nicht.«

Selbst in dem trüben Licht der Nische konnte ich sehen, dass Millbrae rot angelaufen war. Er schien etwas zu suchen, worauf er den Blick richten konnte. Aber in der Nische gab es keine große Auswahl. Also betrachtete er seine Zigarre.

»Wollen Sie Gaylens Version im Originalton hören?«

Sein Gesicht wurde noch röter und er nahm einen weiteren großen Schluck Martini. »Nein.«

»Hören Sie sich das Band trotzdem an.«

Ich holte meinen Minirekorder heraus und spielte die Kassette ab, die Ray Flatley und ich aufgenommen hatten.

Ich: *Also, wer hat zuerst davon gesprochen, Will Trona in die Falle zu locken?*

Flatley: *Zuerst Bo Warren. Pearlita hat mich mit ihm zusammengebracht. Dann kam Millbrae dazu, der Verwaltungschef. Und dann war da noch so ein Arschloch namens Carl. Und der Vater des Mädchens, Jack. Ich dachte, sie wären vor allem darauf aus, das Mädchen zurückzubekommen. Aber am meisten waren sie scharf darauf, dass jemand Joe Trona umlegte. Millbrae war nur der Laufbursche. Sie haben ihn Millie genannt und sind hinter seinem Rücken über ihn hergezogen.*

Ich schaltete den Rekorder ab, spulte das Band ein Stück zurück und sah dann Millbrae an.

»Wir haben ihn heute Vormittag vernommen«, log ich. »Er hat Sie und die anderen bei der ersten Gelegenheit auffliegen gelassen, kaum dass wir ihm einen Handel angeboten hatten. Diese Aufnahme ist ungefähr sechs Stunden alt.«

In der Zwischenzeit war jegliche Farbe aus seinem Gesicht gewichen und er wischte sich mit der Hand den Schweiß von der Stirn. Dann nahm er einen langen Zug von seiner Zigarre und starrte in sein leeres Glas.

»Diese Aufnahme könnte eine Fälschung sein.«

»Ihr Anwalt kann ja auf Ihre Kosten einen Sachverständigen anheuern.«

Ich legte den Rekorder wieder in Wills Aktentasche, öffnete dann den Vorhang, damit der Rauch abziehen konnte, und zeigte – mit Blick auf den Kellner – auf Millbraes leeres Glas.

Eine Minute später stand ein weiterer doppelter Martini vor dem Verwaltungschef. Er nippte daran, sah mich mit einer Art verunglückter Boshaftigkeit an und murmelte irgendetwas vor sich hin.

»Was war das, Mr Millbrae?«

»Ich sagte, Ihr Vater war ein komplettes Arschloch.«

Ich streckte den Arm aus und zog den Vorhang wieder zu. Dann fixierte ich ihn.

»Tun Sie es nicht«, warnte er mich. »Ich weiß, dass Sie mich in Stücke reißen könnten.«

»Das wären schlechte Manieren.«

»Ja. An einem Ort wie diesem.« Er trank einen Schluck und blickte auf seine erloschene Zigarre. »Werden Sie mich verhaften?«

»Das hängt davon ab, was Sie in der nächsten Stunde tun.«

»Wir könnten eine Vereinbarung treffen.«

»Ich höre.«

»Ich werde für diese Leute nicht den Kopf hinhalten. Ich bin der Juniorpartner und ich werde nicht für sie bluten.«

»Stattdessen suchen Sie nach einem Weg, die andern bluten zu lassen. Damit es Dana Millbrae ein bisschen schneller an die Spitze schafft. Damit er dort hinkommt, wo er sich sehnlichst hinwünscht.«

Er funkelte mich an und spielte mit seiner Zigarre. »Machen wir einen Deal. Die anderen gegen mich. Können Sie mich raushalten, wenn ich das tue?«

»Ich kann Sie teilweise heraushalten, aber nicht ganz.«

»Im Grunde bin ich reingelegt worden.«

»Ich sage Ihnen, was ich tun kann, Mr Millbrae: Wenn Sie mir jetzt sofort die Wahrheit erzählen, und zwar in diese kleine Maschine hier hinein, dann werde ich die Angelegenheit, so weit wie möglich, vorantreiben, ohne Sie hineinzuziehen. Gaylen sagte, Sie seien nur der Laufbursche gewesen. Das glaube ich auch. Und wenn Sie mir genug an die Hand geben, um Blazak, Rupaski und Bo Warren dranzukriegen, dann habe ich, was ich will. So wie ich die Dinge sehe, haben sie Sie benutzt. Aber ich muss genau wissen, wie. Und ich will Ihnen noch etwas sagen: Wenn ich meinen Leuten diese Kassette vorspielte, würden sie alle auf Sie zeigen und Sie würden für lange Zeit im Gefängnis verschwinden.«

»Das alles ist furchtbar. Ganz furchtbar.«

»Verglichen mit dem, was Sie Will angetan haben, ist es ein Gesellschaftsspiel.«

Millbrae versuchte etwas Härte in seinen Blick zu legen, aber mehr als einen feigen Mann und gescheiterten Politiker vermochte ich nicht zu sehen. Sein Kinn zitterte.

»Ich bin in die Politik gegangen, um der Öffentlichkeit zu dienen. Ehrlich, das ist wahr. Aber alles, was ich geschafft habe, ist, sie hereinzulegen. Und mich selbst gleich mit.«

»Sie haben verhindert, dass die Bezirksverwaltung die Mautstraße gekauft und Rupaskis Freunde noch reicher gemacht hat.«

Er lächelte gequält und nahm einen Schluck Martini.

»Dank Will. In wessen Büro war übrigens die Wanze angebracht – in Rupaskis oder in meinem?«

»In Ihrem. Sie werden auch wieder bessere Tage erleben, Mr Millbrae. Wer weiß, wenn Sie mir helfen, den Sack zuzumachen, werden Sie vielleicht glimpflicher davonkommen, als Sie es verdient haben. Aber daran haben Sie bestimmt auch schon gedacht. Sie haben doch garantiert in dem stinkenden Haufen, den Sie aus Ihrem Leben gemacht haben, bereits den süßen Geruch einer Chance wahrgenommen.«

Er stieß etwas Ähnliches wie ein Lachen hervor. Und dann sah er mich mit solcher Verachtung an, dass ich mich fragte, in welcher Schule er diesen Blick wohl gelernt haben mochte.

»Sie könnten es sich anders überlegen, Trona. Sie könnten mich hochgehen lassen, wann immer es Ihnen in den Kram passt. Sie haben mich genauso in der Tasche wie Ihr Vater. Alle hat er in der Tasche gehabt. Trotzdem werden meine Taten niemals sterben.«

»Ganz recht. Das Sterben hat Will erledigt.«

Manchmal sieht man in den Augen eines Mannes etwas aufscheinen, das man nicht einordnen kann, sooft man es auch wahrnimmt. Selbst nach hundert Jahren könnte man es noch immer nicht erklären. So etwas sah ich in diesem Moment in Millbraes Augen.

»Ich habe beobachtet, wie Sie in seinem Auto vorgefahren sind«, sagte er. »Ich sehe, dass Sie seine alte Aktentasche tragen. Und jetzt sitzen Sie hier im Grove und machen mit einem

Verwaltungschef von Orange County zwielichtige Geschäfte. Sie werden genau wie er. Das muss Ihnen auch gefallen. Ich hätte jedenfalls meine Freude daran. Vierundzwanzig Jahre alt und Sie haben jetzt schon alles, wofür Ihr Vater ein Leben lang gearbeitet hat.«

»Ich mag den Wagen.«

»Ich habe einen grünen, das gleiche Modell, aber mit Siebzehnzollreifen.«

»Die großen Reifen sind nur Show. Sie verschlechtern die Fahreigenschaften und erhöhen den Verbrauch.«

Er sah mich an und nahm wieder einen Schluck Martini. »Nun holen Sie schon diese verdammte Maschine heraus, Trona. Mann ... ich kann kaum glauben, was gerade passiert. Ich bin im Begriff herauszufinden, wie gut ich meinen eigenen Arsch retten kann.«

»Sie tun das Richtige, Mr Millbrae.«

»Es war eine Verkettung unglücklicher Umstände, Trona. So wie ein perfekter Sturm entsteht, wenn drei meteorologische Gegebenheiten zur gleichen Zeit eintreten. Nur dass es mehr als drei waren, vielleicht zwanzig oder hundert. Es war, als hätte die Geschichte es bewirkt, als hätten sich die Umstände gegen Will verschworen. Erstens war da das Tonband, das Will gegen mich und Carl in der Hand hatte. Ich hätte für mein Abstimmungsverhalten kein Geld annehmen sollen, aber ich habe es getan. Ich muss den Kindern das College bezahlen und eine dicke Hypothek abstottern und das Gehalt eines Verwaltungschefs ist nicht gerade üppig. Trotzdem war es falsch. Und Will hat mich erwischt, das heißt *uns*. Wissen Sie, als er mir auf demselben Gerät, das Sie jetzt benutzen, diese Kassette vorspielte, war es, als hinge mein ganzes Leben von ihm ab. Ich war tot. Wenn diese Kassette in die falschen Hände geraten wäre, hätte mir alles genommen werden können, wofür ich gearbeitet hatte.«

Er seufzte und sah auf den Tisch hinunter.

»Wie wäre es mit noch einem Drink, Mr Millbrae?«

»Warum nicht?«

Ich bestellte mit einem Handzeichen neue Getränke für uns und wir saßen schweigend da, bis der Kellner sie gebracht und ich den Vorhang hinter ihm zugezogen hatte. Millbrae strich mit der Zitronenspirale am Rand des Glases entlang, tauchte sie dann ein und saugte an ihr.

»Carl war außer sich. Natürlich war es mein Fehler, dass eines unserer Telefonate mitgeschnitten worden war. Carl brauchte meine Stimme für den Ankauf der Mautstraße, aber ich konnte mich Will nicht widersetzen. Er hatte uns in der Hand und wir wussten es. Carl ließ ihn abends durch einige seiner Leute beschatten, um ihn bei irgendetwas zu erwischen. Alle wussten, dass er eine Schwäche für Frauen hatte. Also hofften wir, etwas in Erfahrung zu bringen, was das aufwiegen würde, was er gegen uns vorweisen konnte. Carl ließ sogar einen Sender an seinem BMW anbringen, als der zur Inspektion in der Werkstatt des Verkehrsamts war. Auf diese Weise hat Carl entdeckt, dass Will Kontakt zu Savannah Blazak hatte. Daraufhin haben Carl und ich mit Jack gesprochen.

Wir haben uns am Montagabend getroffen, zwei Tage bevor Will ermordet wurde. Hier im Grove. Wir spielten ein bisschen Billard, tranken etwas und flirteten mit den Frauen. Aber vor allem schimpften wir auf Will Trona und darauf, dass er ein derart schmutziges Spiel spielen und damit davonkommen konnte. Jack machte mich mit Bo Warren bekannt und Warren deutete an, dass sogar Reverend Alter Probleme mit Will habe. Es war das Gegenteil von einem Liebesfest – ein Haufen Leute kamen zusammen, um sich gegenseitig zu versichern, wie sehr sie jemanden hassten. Nein, nicht hassten ... fürchteten. Ich meine, Will machte das ständig. Er verbrachte den lieben langen Tag damit, Schmutz und Geständnisse, Gefallen und Geld einzusammeln und sie zu benutzen, um seine Machtposition auszubauen. Er war der Fürst, Mann, genau wie bei Machiavelli. Dann wurde es irgendwie ... ernst. An jenem Abend erfuhren wir, dass Jack diesen Gangster namens John Gaylen aufgetan und ihn angeheuert hatte, um seinem Sohn Angst zu machen, und zwar richtig. Jack hatte durch Vermittlung von Will die Zahlung einer fetten Lösegeldsumme vereinbart, um seine Tochter zurückzubekommen, und als der Zeitpunkt des Austauschs näher rückte, wollte er seinem Sohn einen gehörigen Schrecken einjagen. Gaylen und seine Leute sollten das Mädchen abholen, Alex windelweich prügeln und Jack das Geld von Will zurückbringen. Dem Kleinen sollte eine Lektion erteilt werden, klar? Was natürlich seinen Preis hatte.«

»Welchen Preis?«

»Das hat Blazak nie gesagt. Also, wir spielen eine Runde Billard und da sagt Bo Warren: Warum bezahlen wir Gaylen nicht lieber dafür, Will aufzumischen? Vielleicht hält er sich dann zurück und überlegt es sich zweimal, ob er weiterhin alle mit Schmutz bewirft. Dann bräuchte Gaylen auch Alex nicht zu verprügeln, denn es dürfte ihm schon genügend Angst einjagen, wenn Will vor seinen Augen und denen von Savannah fertig gemacht wird.«

Millbrae trank einen Schluck Martini. Dann griff er nach der Zigarre, zündete sie wieder an und lehnte sich in einer blaugrauen Wolke zurück.

»An diesem Punkt wechselte ich einen Blick mit Carl und wir lasen beide die Gedanken des anderen. Dann sah ich zu Warren und Blazak und stellte fest, dass es ihnen genauso ging, dass sie auf der gleichen Wellenlänge lagen wie wir. Dan Alter konsultierte gerade seine angebliche persönliche Astrologin, die, wie ich sagen muss, eine auffallend schöne Frau war. Zweifellos redeten sie über Gott. Deshalb verpasste er diesen Moment. Aber wir nicht. Niemand musste etwas sagen, doch binnen fünf Sekunden war aus dem Aufmischen etwas anderes geworden. Und das war der Punkt, an dem ich nein sagte. Ich sagte, lasst mich da raus. Carl entgegnete, er halte es für eine gute Idee, Will ein bisschen aufzumischen, und du, du kleiner Hosenscheißer – damit war ich gemeint –, wirst es mit John Gaylen besprechen.«

Das war Millbraes Schlupfloch und ich ließ es ihm.

»Wie viel haben Sie ihm angeboten?«

»Neuntausend Dollar.«

Ich weiß nicht, ob er mir meinen Unglauben ansah. Er war betrunken und dabei, die Verabredung zu einem Mord zu gestehen, den er niemals als Mord bezeichnen würde. Es konnte also durchaus sein, dass er ein bisschen durcheinander war. Aber die Summe hätte mich eigentlich nicht überraschen dürfen. Ich wusste von Mordaufträgen für Beträge, die zwischen drei- und zehntausend Dollar lagen. Doch allein der Gedanke, dass Wills Leben für neuntausend Dollar beendet worden war, führte mir alles noch einmal schlagartig vor Augen: die Bösartigkeit und Gewissenlosigkeit dessen, was diese Männer getan hatten, ihre Habgier und Feigheit, ihre Arroganz. Ich wurde einfach das Bild nicht los, wie Reverend Alter mit seiner Astrologin poussierte, während seine Freunde die Ermordung meines Vaters planten. Damit konnte ich auch noch Ignoranz, Eitelkeit und Wollust auf die Liste setzen.

»Und Ihnen ist hoffentlich klar, Trona, dass diese neun Riesen fürs Aufmischen waren.«

»Aufmischen? War das das Wort, das Sie gegenüber Gaylen benutzt haben?«

»Ja. Er wollte wissen, was damit gemeint sei, was genau er tun solle. Darauf habe ich gesagt, er solle ihm die Knie brechen, weil in Filmen immer davon geredet wird, jemandem die Knie zu brechen. Auch ein paar Rippen könne er ihm brechen. Aber Gesicht und Zähne, habe ich ihm gesagt, solle er nicht verunstalten, weil das doch etwas zu weit gegangen wäre.«

»Wie rücksichtsvoll.«

Er sah mich an und schaute dann weg, seufzte laut auf und griff nach seinem Martini. Dann nahm er einen weiteren langen Zug von seiner Zigarre.

»Mr Millbrae, wie und wann wurde John Gaylens Auftrag erweitert. Wann lautete er Mord?«

»Das weiß ich nicht. Ich weiß nicht einmal, ob er erweitert

wurde. Auf jeden Fall nicht von mir. Niemand hat jemals etwas von Mord gesagt.«

»Gaylen hat nie von Zusammenschlagen gesprochen. Für ihn war es ein Mordauftrag.«

»Das Wort ›Mord‹ ist nie gefallen.«

»Nein. Im Grove benutzt man dieses Wort nicht.«

Er setzte das Glas an und trank es aus. Seine Augen weiteten sich ein wenig und er wischte sich mit der Hand das Gesicht ab. Seine glatten Haare waren feucht und klebten an der Stirn.

»Ich wusste nichts davon.«

Ich starrte ihn schweigend an.

Er wandte den Blick ab. »Habe ich meinen Arsch gerettet?«

»Sie sind fertig.«

Sein Mund klappte auf, er blickte hoch und sah mir in die Augen.

»Fertig?«

»Für den Augenblick.«

»O ja. Für den Augenblick.«

In dieser Nacht fuhr ich lange und schnell durch die Gegend, auf der 241 hinaus und auf die 91, dann auf die 55 und über die 5 und die 133 auf die 241 zurück, hinunter auf die 261 und wieder auf die 5, dann auf die 405 und über die Jamboree und den Pacific Coast Highway wieder auf die 55 und schließlich über die 91 zurück nach Hause.

Während ich bei heruntergelassenen Fenstern mit über 220 Stundenkilometern über die Straßen raste, ging mir durch den Kopf, dass Wills Leben für eine Summe verkauft worden war, die man als Bargeld in den Taschen eines reichen Mannes finden konnte. Und ich dachte an das, was er am letzten Abend gesagt hatte: *alle*. In diesem Moment begriff ich, dass er mir mitgeteilt hatte, wer es getan hatte: alle. Alle hatten es getan. So viel war ihm klar gewesen. Und ich dachte über Millies Bemerkung nach, die Geschichte habe sich gegen Will verschworen. Tatsächlich hatte vieles zusammenkommen müssen, um diese Kugeln in seine Brust zu lenken: die Blazaks und Bo Warren, Reverend Alter und Luria Blas, Gaylen und Alex, Jaime Medina und Miguel Domingo, Pearlita und Jennifer Avila, Rupaski und Millbrae. Sogar Joe Trona. Joe, der es hätte kommen sehen müssen, der im Nebel jenes Abends den Betrug hätte spüren müssen, der dem Schweiß in seinen Handflächen und dem Jucken in seiner Narbe hätte trauen müssen, der auf die warnende Stimme hätte hören müssen.

Alle.

Ich kaufte mir einen Sack und parkte vor Junes Haus, ging aber nicht hinein. Während ich aß, betrachtete ich ihre Fenster und ihre Eingangstür, ohne zu wissen, warum ich dort war. Ich wusste nur, dass »Das Unbekannte Ding« mich dorthin geführt hatte, genauso wie Will es vorausgesagt hatte. Mir war nach einer Taufe, aber es ging nicht, es sei denn, ich hätte Reverend Alter aus dem Schlaf gerissen und gezwungen, in die Kapelle des Lichts zu fahren. Ich stellte mir den Reverend im Grove vor, wie er mit einer schönen Astrologin sprach, während die Beamten und Industriekapitäne unten Wills Tod planten. Wenn ich ein alter Meister wäre, würde ich die Szene malen. Ich glaube nicht, dass eine Taufe durch Reverend Alter ihren Zweck erfüllt hätte.

Ich rutschte tiefer, legte meinen Hut auf den Beifahrersitz, ließ den Kopf nach hinten sinken und betrachtete das Haus, die Stromleitungen und die Sterne. Dann schloss ich die Augen und sah June vor mir. Als Nächstes sah ich das Haus in Tustin Hills an dem Tag, als ich es zum ersten Mal betreten hatte, und den Sonnenschein auf dem roten Hibiskus und den weißen Rosen im Garten der Tronas. Dann sah ich, wie sich Shag mit dem Rest seiner Herde aus der Ebene in die eisigen Gefilde des Yellowstone zurückzog, um vor den Menschen sicher zu sein, die ihn und seinesgleichen auszurotten versuchten. Schnee bedeckte die lang herunterhängenden Mähnen und die Augen der Tiere waren klein, hell und voller Gefühl.

Um halb drei klingelte mein Handy.

»Hier ist Ihr alter Freund Bo.«

Ich schwieg.

»Die Dinge sind in Bewegung, Joe.«

»Inwiefern?«

»Ich habe mit Millbrae gesprochen und dann mit einigen anderen, Sie wissen schon, mit wem, und wir haben eine Lösung gefunden. Es geht um viel Geld.«

»Ich bin nicht interessiert.«

»Nicht so hastig. Denken Sie daran, wie viel dieses Tonband wert ist.«

Ich beendete das Gespräch und dachte fünf Minuten darüber nach. Dann schloss ich wieder die Augen.

Das Nächste, woran ich mich erinnere, sind die ersten Sonnenstrahlen, die vom Rückspiegel Stunden später direkt in meine Augen gelenkt wurden.

Kapitel sechsundzwanzig

Am frühen Vormittag spielte ich Birch, Ouderkirk und Phil Dent Millbraes Aussage vor. Als sie zu Ende war, trat Stille ein.

»Wow«, brummte Birch.

Dent begann mit gesenktem Blick auf und ab zu gehen.

Ouderkirk lachte auf. »Nichtsnutzige Scheißkerle«, stieß er hervor. »Los, verhaften wir sie alle wegen vorsätzlichen Mordes und Verschwörung. Das ist ein besonderer Tatumstand. Das gibt die Todesstrafe.«

»Immer mit der Ruhe«, sagte Dent. »Wir müssen es richtig anpacken. Joe, würden Sie uns erzählen, wie Sie ihn dazu gebracht haben, so mit Ihnen zu reden?«

Ich tat es. Was das »Gaylen-Tonband« betraf, blieb ich allerdings vage und Ray Flatley erwähnte ich überhaupt nicht. Ich sagte nur, ich hätte, um Millbraes Aussage zu bekommen, möglicherweise bei einigen Beweisen »improvisiert«. Außerdem räumte ich ein, dass ich »in Bezug darauf, wann wir mit Gaylen gesprochen haben, den Zeitablauf angepasst« hätte.

»Sie haben improvisiert und den Zeitablauf angepasst? Sie reden schon wie ein Anwalt«, sagte Ouderkirk. Dann wandte er sich an unseren Bezirksstaatsanwalt: »Ich meine das als Kompliment, Phil.«

»Danke, Harmon«, erwiderte Dent. »Bei einer Verschwörung braucht man nur einen aus der Gruppe herauszubrechen. Gelingt das, ist man fein raus, denn dann kann man die anderen wie Apfelsinenstücke voneinander trennen und einzeln auspressen.«

»Ich habe gegenüber Mr Millbrae angedeutet, es könnte

für ihn von Vorteil sein, wenn er sich kooperativ zeigt«, warf ich ein. »Aber ich habe ihm nichts versprochen.«

»Hören Sie«, sagte Birch. »Wir haben genug, um Rupaski, Blazak und Warren zu vernehmen. Vielleicht auch Alter, wenn wir das wollen. Blazak wird sogar in zwei Fällen belangt werden, in diesem und wegen der Misshandlung von Luria Blas. Und sobald einer von ihnen glaubt, ein anderer sei umgefallen, kippen sie alle um. Ich habe das tausendmal erlebt.«

»Der Schlüssel ist Gaylen«, sagte Dent. »Er kann einen einzelnen oder alle als seine Auftraggeber nennen. Das ist der Punkt, den sie niemals zugeben werden. Vielmehr werden sie alle Millbraes Beispiel folgen und sagen, es sei alles ein großes Missverständnis gewesen, Gaylen sei über das Ziel hinausgeschossen und Joe habe sie überrumpelt. Und dann verlangen wir von den Geschworenen, leitende Mitarbeiter des öffentlichen Diensts und einen der reichsten Männer Amerikas zu Mördern zu erklären. Im Augenblick dürften wir in dieser Hinsicht einen schweren Stand haben. Fangen wir mit Gaylen an. Ich denke, dass wir genug für eine Verhaftung wegen dringenden Tatverdachts haben. Nehmen Sie ihn fest. Ich werde alle nötigen Papiere für den Haftbefehl zusammenstellen. Joe, von Ihnen brauche ich ein paar Seiten, auf denen Sie zusammenfassen, was Sie gegen Gaylen in der Hand haben, und eine Niederschrift von Millbraes Aussage.«

»In einer Stunde liegt beides auf Ihrem Schreibtisch.«

»Wir haben Gaylens Beschattung vor zwei Tagen eingestellt«, sagte Birch. »Aber wir werden ihn schnell wiederfinden.« Damit griff er zum Telefon.

Dent lief immer noch auf und ab.

Ouderkirk säuberte sich mit einem Taschenmesser die Fingernägel. »Sie haben gute Arbeit geleistet, Joe«, lobte er mich. »Eines Tages werden Sie ein richtig guter Polizist sein.«

»Ja«, bekräftigte Birch mit einem Blick über den Telefonhörer hinweg.

»Wir werden sehen«, sagte Dent. »Ich will ja kein Spielverderber sein, aber man muss eine lange Durststrecke in

Kauf nehmen, wenn man aus einem unter zweifelhaften Umständen abgegebenen Geständnis eine Verurteilung wegen Mordes machen will.«

»Deshalb haben wir Sie ja in der Mannschaft«, erwiderte Ouderkirk. »Weil Sie so ein guter Läufer sind.«

Er rieb sich das Knie.

Birch fragte nach dem Einsatzleiter.

»Rick, sag ihnen, sie sollen bei Gaylen vorsichtig sein«, warf Ouderkirk ein. »Gangster spüren es, wenn sich die Schlinge zusammenzieht. Dann werden sie gefährlich wie Klapperschlangen.«

»Gehen Sie mit Bedacht vor«, riet Birch dem Einsatzleiter. »Betrachten Sie ihn als bewaffnet und gefährlich.« Zu Ouderkirk sagte er: »Jetzt wird sich zeigen, Harmon, ob er einfach zu finden ist, etwa zu Hause im Bett.« Dann wandte er sich an mich: »Setzen Sie sich an Ihren Bericht, Joe. Und denken Sie daran, dass er einem Richter gefallen soll.«

Auf diesen Bericht verwandte ich mehr Sorgfalt als auf alles, was ich jemals zuvor in meinem Leben geschrieben hatte. Ich dokumentierte meinen Verdacht gegen Gaylen, die lange Spur, die mich von Savannah Blazak zu Dana Millbrae geführt hatte, das Eingeständnis von Del Pritchard, einen Sender an Wills Auto angebracht zu haben. Eine von Dents Sekretärinnen tippte Millbraes Geständnis in die Maschine und ich exzerpierte hinterher die wichtigsten Teile daraus. *Niemand musste etwas sagen, doch binnen fünf Sekunden war aus dem Aufmischen etwas anderes geworden.*

Phil Dent bat mich, einige Korrekturen vorzunehmen. So sollte ich zwar schreiben, dass ich bei Gaylens Verhör durch Birch und Ouderkirk dessen Stimme erkannt hatte, aber die Tatsache herunterspielen, dass ich den Schützen nicht eindeutig hatte identifizieren können. Außerdem sollte ich einen Hinweis auf die Überwachung von Gaylens Haus ebenso streichen wie die Worte »bei einigen Drinks« in der Schilderung meines Gesprächs mit Millbrae.

Als Dent die zweite Fassung des Berichts zu Ende gelesen hatte, sah er mich an und nickte. »Machen Sie sich auf Dreckkübel gefasst«, warnte er mich. »Und seien Sie der Presse gegenüber vorsichtig. Wenn Sie zu sehr den Eindruck eines rachedurstigen Sohnes erwecken, könnte es sich vor Gericht negativ für uns auswirken. Es wird schwer genug sein, Millbraes Geständnis als Beweismittel durchzusetzen. Aber ohne es wäre unsere ganze Arbeit umsonst gewesen.«

Den Nachmittag verbrachte ich in meinem alten Zuhause in Tustin Hills damit, einige Dinge aus Wills Schrank auszusortieren. Mary Ann kam und ging, augenscheinlich aufgeregt und unfähig, länger als ein paar Minuten im Schlafzimmer des großen Meisters zu bleiben, während ich seine Anzüge aus dem Schrank nahm und aufs Bett legte. Einige würde ich behalten. Mit ein paar kleinen Änderungen würden sie mir passen. Die anderen würde ich der Heilsarmee in der Vierten Straße spenden, wo Will immer seine ausrangierte Kleidung hingebracht hatte.

»Bitte lass ein paar von den hellen Leinenanzügen da, Joe. In helleren Farben hat er mir immer gefallen. Und den Smoking ganz hinten im durchsichtigen Plastiksack auch – den hat er bei unserer Hochzeit getragen.«

In ihren Augen standen Tränen und sie ging hoch erhobenen Hauptes hastig aus dem Zimmer.

Am späten Nachmittag kam Reverend Alter vorbei. Ich hatte seine Predigt an diesem Morgen verpasst, weil ich zu sehr damit beschäftigt gewesen war, seine Freunde hinter Gitter zu bringen. Er sah erschöpft und hager aus. Wie üblich trug er eine Baumwollhose und ein Poloshirt. Er hätte mir offensichtlich gern geholfen, wirkte aber sehr hilflos und blieb zögernd hinter mir, während ich aus den Tiefen von Wills begehbarem Wandschrank Schuhe herausholte.

»Ich mache mir Sorgen um dich, Joe.«

»Es geht mir schon besser.«

»Verreist du gern?«

»Als Junge habe ich die Familienurlaube immer sehr gemocht. Meine Lieblingsreise war die mit dem weißen Wohnmobil zum Meteoritenkrater und in den versteinerten Wald in Arizona.«

»Klingt großartig.«

»Man sieht alles, wenn man fährt.«

Daraufhin lud er mich ein, mich einer Gruppe von Vertretern der Kapelle des Lichts anzuschließen, die eine Fahrt ins Heilige Land unternehmen würde. Es sei eine zwanzigtägige »spirituelle Rundreise«, die außer nach Israel auch nach Ägypten, auf einige griechische Inseln sowie nach Paris, Rom und London führen werde.

»Es geht heute Abend los«, sagte er. »Du brauchst nur einen Pass. Alles andere wäre gratis, Joe. Ein Geschenk der Kapelle des Lichts. Alles erster Klasse und die besten Unterkünfte, die wir finden konnten.«

Ich warf ihm einen Seitenblick zu, während ich ein Paar Mokassins in einen Karton legte.

»Das geht nicht.«

»Warum nicht?«

»Ich habe zu tun, Reverend.«

»Ich dachte, du seiest wegen der Schießerei immer noch suspendiert.«

»Bin ich auch. Es geht um etwas anderes.«

Er lächelte schüchtern und sah mich mit seinen durch die Brillengläser leicht vergrößerten Augen an.

»Du weißt, dass du eine Begleitperson ins Heilige Land mitnehmen könntest? Wen immer du willst, Joe. Vielleicht diese Frau vom Rundfunk?«

Ich drehte mich um und fixierte ihn. Er hatte einen von Wills zweifarbigen Golfschuhen in der Hand und fuhr mit den Fingern über die Spikes.

»Wer hat Ihnen davon erzählt?«

»Niemand, Joe. Ich habe ihre Sendung gehört. Du hast ihr in einer Stunde mehr gesagt als mir, deinem geistlichen Beistand, in fünfzehn Jahren. Und ich war froh, dass du ihr von dir erzählt hast. Ich hatte beim Zuhören den Eindruck, dass du ihr gegenüber sehr aufgeschlossen warst. Und dass sie dir gegenüber sehr aufgeschlossen war. Das ist alles. Vielleicht könnte sie dich begleiten, ein paar Interviews führen und einen Arbeitsurlaub daraus machen.«

»Nein.«

»Es war nur ein Angebot, Joe.«

»Vielen Dank, Sir. Ich weiß das zu schätzen.«

Er saß mit übereinander geschlagenen Beinen und auf dem Bauch gefalteten Händen auf der Kante von Wills und Mary Anns Bett und sah zu, während ich die letzten Schuhe und Gürtel einpackte. Ich wandte mich den Krawatten zu, die an einem kleinen hölzernen Drehgestell mit Messingsprossen hingen. Diejenigen, die ich behalten wollte, legte ich beiseite, die anderen landeten neben Reverend Alter auf dem Bett.

»Erinnerst du dich an unser Gespräch darüber, dass dein Vater mit Blick auf eine höhere Gerechtigkeit gehandelt hat?«

»Ja, Sir.«

»Dass er daran immer geglaubt hat, auch wenn seine Handlungen schädlich oder korrupt waren? Dass er glaubte, richtig und falsch definierten sich durch die Umstände?«

»So hat er es mir beigebracht.«

»Verstehst du es?«

»Es ist nicht schwer zu verstehen, nur schwer zu leben.«

»Mein ganzer Glaube und meine ganze Gelehrtheit sagen mir, dass Wills Weg nicht weit genug führt.«

»Sie haben Gott.«

»Ich habe erst vor wenigen Stunden lange und inbrünstig zu ihm gebetet. Denn heute Morgen habe ich ein paar Dinge erfahren, Joe, schreckliche Dinge über gute Männer. Und mir wurde klar, dass ich etwas tun musste. Aber ich wusste nicht, was. Deshalb habe ich zu Gott gebetet. Lange, Joe. Lange und mit vielen Fragezeichen.«

»Haben Sie Antworten erhalten?«

»Ja. Er sagte: Reverend Alter, tu das Richtige. Und er sagte weiter: Reverend Alter, sage Joe Trona, er solle das Richtige tun.«

»Wir werden Sie allesamt belangen, Sir.«

Sein Gesicht sah grau und eingefallen aus. »Ich verstehe. Ich wäre dir dankbar, wenn du meinen Namen so lange wie möglich heraushalten könntest.«

»Sie waren dort. Sie haben mit der Astrologin geredet.«

Er errötete leicht und wandte den Blick ab. »Ja. Und von der Astrologin abgesehen, gibt es nicht viel, was ich über jenen Abend sagen könnte.«

»Sie könnten vorgeladen werden, Reverend. Das zu entscheiden ist Sache des Staatsanwalts.«

Er stand auf. »Und wenn ich gerufen werde, werde ich antworten. So habe ich es mein ganzes Leben zu halten versucht.« Er sah einen Moment lang aus dem Fenster, bevor er sich seufzend wieder zu mir umwandte und mit weicher Stimme und feuchten Augen fortfuhr: »Joe, ich möchte dich als einen Mann, der in dieser traurigen und schmerzlichen Welt lebt, um etwas bitten. Lass es sein. Das hätte Will auch getan. Lerne daraus. Benutze das Wissen, das du erworben hast, um das Gute zu befördern. Du kannst so viel Gutes tun, Joe, wenn du dich in der Welt der Männer als Mann verhältst. Will hat dies auf sich genommen. Rette aus Wills Opfer etwas Gutes für dich selbst, deine Familie, deine Freunde. Das hätte er dir gesagt. Glaub mir, genau das hätte er gesagt.«

»Ich lasse keine Mörder davonkommen.«

»Bestrafe sie – mit allen Mitteln. Bestrafe sie als Männer. Aber übergib sie nicht dem Gesetz. Das Gesetz wird alles Gute, das hieraus entstehen könnte, zunichte machen. Alles Gute, das *ihre* Herzen tun könnten, wenn sie Gelegenheit dazu bekommen. Das Gesetz sieht nur sich selbst. Es kann zur Trauer nur Trauer hinzufügen, zur Tragödie nur Tragödie. Deine Ziele sind größer als das Gesetz. Wills waren es.«

»Sie erinnern mich an Luzifer aus der Bibel.«

»Niemand hat bisher etwas so Gemeines zu mir gesagt. Niemand.«

»Ich finde, es ist ein guter Vergleich, Sir. Im Übrigen ist es zu spät. Eine Menge Leute wissen inzwischen, was ich weiß.«

Er trat auf mich zu, packte mich an den Schultern und drückte fest zu. Ich spürte, wie seine Finger zu zittern begannen, als er an die Grenze seiner Kraft stieß.

»Joe, dies ist die bedeutendste Entscheidung in deinem jungen Leben. Alles Nachfolgende wird davon abhängen, was du jetzt tust. Nicht nur für dich, sondern auch für viele andere. Ruf mich an, wenn du es dir anders überlegen solltest. Ich habe einige Ideen, wie der Gerechtigkeit Genüge getan und das Gute befördert werden kann, wie wir alle geläutert aus dieser Tragödie hervorgehen können und wie Wills guter Name sauber bleiben und für seine Familie gesorgt werden kann, gut gesorgt. Ich habe Zusagen von Männern, die all dies bewirken können. Außerdem möchte Mr Millbrae seine Worte revidieren und sein Gedächtnis noch einmal befragen. Die Männer sind bereit, dir ihre Mittel, ihre Macht und ihre Loyalität zur Verfügung zu stellen. Sie alle haben ihre Sünden Jesus zu Füßen gelegt.«

»Sagen Sie ihnen, sie können sich selbst ficken, Sir.«

»Dieses Wort habe ich aus deinem Mund noch nie gehört.«

»Es ist das erste Mal in meinem Leben, dass ich es ausgesprochen habe. Aber danke für die Warnung. Und für das Reiseangebot.«

June gestattete mir, im Raum des Produzenten zu sitzen und zuzusehen, wie sie um siebzehn Uhr *Real Live* moderierte. Ich hatte das gleiche angespannte Gefühl, dass irgendetwas im Begriff war, schief zu laufen, wie an dem Abend von Wills Tod. Ich spürte förmlich die auf meinen Körper gerichteten Waffen und das fast dunkle Studio wirkte bedrohlich, so als würden sich in den schattigen Ecken schlimme Dinge abspielen.

Aber June war brillant und entspannt. Sie unterhielt sich mit einem Lehrer, dem vor zwei Jahren ein Schüler aus einer siebten Klasse in den Kopf geschossen hatte. Er hatte mit geringen Verletzungen überlebt und äußerte sich sehr nachsichtig und großzügig über den Jungen, der ihn angeschossen hatte. Seit dem Vorfall hatte er viele Stunden darauf verwandt, sich mit ihm anzufreunden. Der Junge habe sich verändert, sagte er. Er gedeihe jetzt wie ein schöner Baum, der aus schlechtem Boden umgepflanzt worden sei.

Ich fragte mich, ob der Lehrer Gott näher war als ich, und musste es bejahen. Ich war froh, dass es Leute wie ihn auf der Welt gab, insbesondere solche, die sich um junge Menschen kümmerten.

Als Junes Arbeitstag vorüber war, hielt ich ihre Hand und ging mit ihr rasch zu ihrem Auto. Inzwischen machte uns die Junihitze schwer zu schaffen und die Luft war schmutzig und stickig. Ich behielt die Hecken und Pflanzen auf dem Campus und die anderen Autos auf dem Parkplatz im Auge.

Ein schwarzer Mercedes mit getönten Scheiben fuhr auf den Parkplatz und parkte schräg in eine Lücke ein.

»Ist mit dir alles in Ordnung, Joe?«

»Ich schau mich nur um.«

Eine Frau stieg aus dem Mercedes, zog die Fondtür auf und nahm ein Baby aus seinem Sitz.

»Stimmt etwas nicht?«

»Steig ein, bitte. Und lass den Motor und die Klimaanlage an.«

Sie musterte mich, tat aber, was ich gesagt hatte. Ich setzte mich auf den Beifahrersitz in den heißen Luftstrom, der aus den Ventilationsöffnungen kam.

»Sag was, Joe.«

»Ich habe ein Hotelzimmer für dich gemietet. Es ist hübsch, eine Suite, wie sie es nennen, unten am Strand von Laguna. Mir wäre wohler, wenn du ein paar Tage dort bleiben würdest. Man weiß von dir und mir. Etwas ist im Gange und ich möchte nicht, dass du etwas abbekommst.«

»Verdammt, Joe, meinst du das ernst?«

»Ja.«

»Wirst du auch im Hotel sein?«

»Nein.«

Sie starrte mich an, während ihre Locken im Luftstrom flatterten. Feuchtigkeit zeigte sich auf ihren Schläfen. Ihre Augen waren sehr dunkel. Ich beugte mich hinüber, um ihr einen Kuss zu geben, aber sie wandte sich ab.

»Bin ich in Gefahr?«

»Ich glaube nicht. Ich mache mir aber trotzdem Sorgen um dich.«

Sie berührte mein gutes Ohr. Langsam wurde es kühler im Wagen und ich spürte, wie der Schweiß auf meinem Gesicht kribbelte.

»Aber du bist besorgt genug, um ein Hotelzimmer für mich anzumieten.«

»Nur für zwei Tage«, sagte ich, während ich weiter den Parkplatz, die Autos auf dem Boulevard, den Bürgersteig beobachtete. Ich kam mir wie ein einziges großes Auge mit zwei angehefteten Ohren vor. Gleichzeitig war ich mir meiner Hände und meiner Kanonen bewusst und wusste, wo der Türgriff war und wie lange man brauchte, um June auf den Boden des Autos zu stoßen.

»Das ist so ungefähr das Netteste, was ein Typ jemals für mich getan hat. Ich meine, es kommt gleich nach Blumen, Kaffee, Pralinen und zwei Millionen Rubinen beim ersten Rendezvous.«

»Es ist wegen der Sicherheit.«

»Ja, ich weiß. Ich muss nach Hause und ein paar Sachen holen.«

»Ich werde dir folgen, wenn das in Ordnung ist.«

Sie schüttelte seufzend den Kopf. Dann griff sie mir ans Kinn, drehte meinen Kopf mit festem Griff in ihre Richtung und zog mich herunter. Der Uhr im Armaturenbrett zufolge dauerte der anschließende Kuss genau 1 Minute und 42 Sekunden.

»Wenn du bei mir bist, komme ich trotz Klimaanlage ins Schwitzen, Joe.«

»Vielleicht ist zu wenig Kühlmittel drin.«

Sie schüttelte den Kopf und ich suchte wieder Parkplatz und Straße ab, bevor ich ausstieg, den Knopf der Türverriegelung hinunterdrückte und die Tür zuwarf.

Ich eskortierte June zu ihrem Haus, versicherte mich, dass alle Türen und Fenster verschlossen waren, und wartete dann im Auto auf sie. Soweit ich sehen konnte, war uns niemand gefolgt. Ich ging die Treppe hinauf und wir liebten uns, bevor sie packte, während sie packte und danach. Mein Herz war so voll, dass ich es in jedem Teil meines Körpers schlagen fühlte. Und ich konnte auch ihr Herz fühlen. Es war, als wären wir ein einziges Tier – ein verschlungenes, aber dennoch komplettes Wesen. Ich sagte ihr etwa zwanzig- bis dreißigmal, dass ich sie liebte. Zu zählen aufgehört hatte ich beim achtzehnten Mal, als June keuchte und bebte und ihre Fingernägel so tief in meinen Hinterkopf krallte, dass ich in ihre Haare beißen musste, um nicht aufzuschreien.

Die Suite im Surf and Sand war größer als mein Haus und hatte eine wesentlich schönere Aussicht und bessere Möbel. Durch die Fenster schaute man auf den glitzernden Pazifik. Kleine Wolken zogen über den Himmel, der sich in unterschiedlichen Blautönen über uns wölbte: zu unseren Köpfen blassblau, dann mittelblau, bis er am Horizont in ein tiefes Indigo überging. Von der Terrasse konnte man die Kinder im Wasser spielen sehen und die Surfer, die sich auf die nächste Fahrt vorbereiteten.

Ich prüfte Türschlösser, Riegel und Telefonleitung. Dann vergewisserte ich mich nochmals beim Geschäftsführer – einem Bekannten, den ich durch Will kennen gelernt hatte –, dass sie angemeldet war. Er war so freundlich gewesen, sie zwischen Flitterwöchnern und einer vierköpfigen Familie unterzubringen. Ich legte eine .22er Browning Automatik auf den Tisch. June erblasste. Also nahm ich sie wieder an mich und gab das Vorhaben, ihr die Grundlagen des Schießens beizubringen, auf.

Wir liebten uns wieder, diesmal jedoch langsamer und anders als zuvor. Mir ging durch den Kopf, dass wir all das vielleicht nie wieder fühlen würden, und sie sagte mir, dass sie das auch befürchte. Sie schrie in meinen Armen. Ich hatte noch nie die Tränen eines anderen Menschen auf meiner Narbe gespürt. Es war seltsam, so als würde sie mit etwas Kühlem und Warmem zugleich abgetupft, mit einem Einreibemittel vielleicht, das Menthol oder Alkohol enthielt.

Ich schlug vor, in den Urlaub zu fahren, wenn alles vorüber sei und ich das Gefühl hätte, dass ihr keine Gefahr mehr drohe. Sie lachte, aber ich fragte nicht, warum, denn zu diesem Zeitpunkt waren wir wieder getrennte Tiere und ich zog mich an, um zu gehen.

Zu Hause angekommen, rief ich Rick Birch an. Von ihm erfuhr ich, dass Dent Jack Blazak am nächsten Tag der Verabredung zum Mord anklagen und die Neuigkeit an die Presse durchsickern lassen würde. Damit hoffte er, Rupaski und Bo Warren zum Reden zu bringen. Birch würde die beiden ein oder zwei Tage beschatten, während sie höchtwahrscheinlich versuchen würden, ihren Kopf aus der Schlinge zu ziehen. Dann würde er sie zum Tod von Will vernehmen. Savannah, fuhr er fort, schlafe in Hillview viel. Sie habe übrigens ihre frühere Darstellung der Entführung um einige Einzelheiten ergänzt. Der Direktor von Hillview habe einen überwachten Besuch ihrer Mutter gestattet. Als Lorna Blazak das Besuchszimmer betreten habe, sei Savannah in Tränen ausgebrochen. Alex Blazak sitze weiterhin im Gefängnis. Wenn er sich nicht erheblich kooperativer zeige, werde die Staatsanwaltschaft am nächsten Tag Anklage gegen ihn erheben. Pearlita sei auf zwei Gefängniswärter losgegangen und habe eine Dosis Pfefferspray ins Gesicht bekommen. Weiter berichtete Birch, dass er und Ouderkirk mit Haft- und Durchsuchungsbefehl zu Gaylens Haus gefahren seien, es aber verlassen vorgefunden hätten.

»Kein Auto, wenig Kleidung, kaum persönliche Dinge«, berichtete Birch. »Abgeschalteter Thermostat, die Post von drei Tagen im Briefkasten. Kein Telefon. Kein Anrufbeantworter. Er ist weg. Trotzdem haben wir zwei Mann in seinem Haus postiert, für den Fall, dass er zurückkommt, um seine Zahnbürste zu holen.«

»Ist er im Bamboo 33 gesehen worden?«

»Dort redet man nicht mit Leuten wie mir. Joe, passen Sie auf sich auf. Wenn diese Leute Will getötet haben, werden sie auch vor Ihnen nicht Halt machen.«

Ich saß in meinem abgedunkelten Haus mit einer Remington 100, Kaliber zwölf, auf den Knien da und sah mir einen Teil eines Liebesfilms an. Dann rief ich June an und wir unterhielten uns eine Stunde und fünfzehn Minuten lang. Sie sagte, der Sonnenuntergang, den sie auf der Terrasse erlebt habe, sei unbeschreiblich gewesen und das Essen, das der Zimmerservice gebracht habe, sei das beste gewesen, das sie jemals gegessen habe. Und der Martini habe sie »umgehauen«.

»Ich bin immer noch ziemlich erledigt, Joe, aber mir ist da dieser Gedanke durch den Kopf gegangen, dass ich dich liebe, dich vermisse, dich heiraten will und dir Kinder schenken möchte, nachdem wir ein paar Jahre herumgebumst und Spaß gehabt haben.«

»Okay.«

»Das war leicht.«

»Was ist mit *Real Live*?«

»Ich werde weitermachen, solange ich will. Es ist leicht und macht Spaß. Ich meine, ich tue nicht mehr, als zu reden.«

Ich sah mich in meinem kleinen Haus um, betrachtete im flackernden blauen Fernsehlicht die schlichten Möbel und stellte mir June Dauer zwischen ihnen vor.

»Hier gibt es keinen Zimmerservice«, sagte ich, während

ich mit einem Finger über den glänzenden Lauf der Remington strich.

»Wir werden beide unsere Häuser aufgeben, das Geld zusammenlegen und etwas Größeres suchen. Auch wenn wir bis jetzt aus dem Bett kaum herausgekommen sind, muss ich dir sagen, dass ich manchmal viel Platz und Privatsphäre brauche.«

»Ich auch.«

Wir schwiegen einen Moment. Ich lauschte ihrem Atem und hörte, wie im Hintergrund die Wellen auf den Strand schlugen.

»Hier ist June Dauer«, wisperte sie, »und sagt, Sie sind wirklich lebendig. Wenn Sie nicht glücklich sein können, dann seien Sie still.«

»Ich wäre gern beides«, flüsterte ich zurück.

Eine Weile später legten wir auf.

Gegen zehn Uhr rief Bridget Andersen an. Ihre Stimme war ruhig und tief, aber sie klang verängstigt.

»Millie ist heute spät ins Büro gekommen«, erzählte sie. »Er sah aus, als hätte er eine harte Nacht hinter sich. Telefonierte dauernd bei geschlossener Tür. Führte lange Gespräche mit Carl und einem Typen namens Warren Soundso oder Soundso Warren. Ich habe alles auf Band. Mit Einzelheiten über den Abend, an dem Will starb. Etwas über einen Typen namens John Gaylen. Und sie haben über Sie geredet, Joe – dass Sie der Einzige seien, der die Sache mit Will rekonstruieren könne. Sie haben darüber geredet, Sie aus dem Weg zu räumen. Millie sollte irgendetwas, das er Ihnen erzählt hat, zurücknehmen. Er sagte, er würde behaupten, es sei alles Unsinn gewesen, mit dem er nur seinen Arsch habe retten wollen. Dann haben sie über mich und diese erste Aufnahme geredet. Sie glauben, dass ich Will geholfen habe. Sie wollen mich zum Schweigen bringen. Keine Ahnung, ob das bedeutet, dass sie mich feuern wollen, oder ob sie vorhaben, mich umzubringen. Als ich zur üblichen Zeit Feierabend gemacht habe, ist mir ein weißer Impala gefolgt. Erst zum Fitnessklub und dann zu mir nach Hause. Carls Wadenbeißer. Sie haben zwei Häuser weiter auf der anderen Straßenseite geparkt. Als ob ich sie da nicht sehen würde.«

»Ich dachte, Sie hätten den Rekorder abgebaut.«

»Nachdem Will ermordet worden war, habe ich ihn wieder angeschlossen.«

»Ist mit Ihnen alles in Ordnung?«

»Ja. Natürlich.«

»Wo ist die Kassette?«

»In meinem Schrank.«

»Bleiben Sie, wo Sie sind.«

»Machen Sie sich darüber keine Sorgen.«

Sie gab mir ihre Adresse und legte auf. Ich stellte das Gewehr in die Ecke und rief Rick Birch an, um ihm mitzuteilen, dass ich das Haus verlassen und wohin ich fahren würde. Dann warf ich mir meine Jacke über, verschloss die Haustür und sprang ins Auto.

Als ich rückwärts aus der Ausfahrt fuhr, musste ich ruckartig auf die Bremse treten, um nicht mit Bo Warrens rotweißer Corvette zusammenzustoßen.

Ich stieg aus. Er stieg aus.

»Passen Sie doch auf, Joe!«

Rechts von mir tauchten vier Männer in langen Mänteln aus der Dunkelheit auf. Ihre Waffen zielten auf meine Brust. Sie umringten mich und der Stahl ihrer Kanonen stieß hart gegen meinen Körper. Sie nahmen mir eine meiner .45er und die .32er, die ich am Knöchel trug, ab.

Hinter Warrens Auto hielt ein weißer Impala und John Gaylen stieg aus.

»Ah, John Trona. Lassen Sie uns reden!«

Kapitel siebenundzwanzig

Sie schubsten mich vorwärts und dann in die weiße Limousine – Rückbank, Mitte, auf beiden Seiten einer von ihnen. Der auf meiner Rechten hob ein Seil vom Boden auf, legte die Schlinge um meinen Hals und zog sie fest. Ich hörte die Schritte der anderen, während sie durch die Dunkelheit zu einem weiteren Auto eilten. Die Türriegel senkten sich.

Carl Rupaski drehte sich auf dem Beifahrersitz zu mir um und sah mich an, während Bo Warrens Corvette die stille Straße hinunterdonnerte und Gaylen mit dem Impala hinterherjagte.

Eau de Cologne. Schweiß. Waffenöl.

»Das war dumm, solche Spielchen mit mir zu spielen«, sagte Rupaski. »Ich biete Ihnen die Welt an und Sie scheißen darauf. Nun, das haben Sie jetzt davon.«

»Und was hat Bridget davon?«

»Schauspielunterricht«, antwortete Rupaski. »Das Drehbuch stammte von mir und wir haben zusammen geprobt. Ich dachte mir, dass Sie auf dieses angebliche Tonband hereinfallen würden. Wir waren während des Telefonats keine sechzig Meter von Ihrem Haus entfernt.«

»Wo ist sie jetzt?«

»Im Kofferraum. Mit zugeklebtem Mund.«

Gaylen bog in Richtung Osten auf die 91 ein und trat aufs Gaspedal. In der Nähe der Bezirksgrenze wechselte er auf die Mautstraße 241. Während wir die lange Steigung nach Windy Ridge hinauffuhren, betrachtete ich die blinkenden Sterne über den dunklen Bergen und spürte das Gewicht der .45er Automatik, die sie übersehen hatten. Niemand sucht nach drei Waffen. Sie steckte rechts, musste also mit der Linken gezogen werden, sieben Schuss.

Der Mann auf meiner Rechten hatte seinen Revolver aufs Bein gelegt und das Seilende dreimal um seine linke Faust gewickelt. Mein Bewacher zur Linken hatte irgendeine Handfeuerwaffe in meine Nierengegend gerammt. Er drückte noch etwas härter zu und grinste mich herausfordernd an.

Rupaski drehte sich wieder um. In dem schwachen Licht war sein Gesicht in Blau und Schwarz getaucht. Unter den buschigen Augenbrauen schimmerten die kleinen Geieraugen.

»Mit diesem Geständnis von Millie werden Sie nicht weit kommen«, eröffnete er mir. »Sie haben Gaylens Stimme irgendwie gefälscht – Gaylen selbst wird das bezeugen. Wir werden davonkommen, Joe. Ich, Jack, Millie und John hier. Wenn Sie nicht mehr sind, bricht die Anklage zusammen. Birch kann uns befragen, bis die Hölle zufriert. Er wird nur die Antworten bekommen, die wir geben wollen.«

»Er wird einen Weg finden.«

»Er ist älter als ich. Wir werden immer noch mit den Köpfen wackeln und uns darauf berufen, dass nach der Verfassung niemand ohne hinlängliche Beweise verhaftet werden darf, wenn Birch schon längst im Grab liegt.«

Ich sah die Lichter der Mautstation Windy Ridge vor uns auftauchen, die einzigen weit und breit. Ansonsten herrschte rundum Dunkelheit, bis zu den Sternen hinauf.

»Die Betriebsstraße kommt gleich, John«, sagte Rupaski. »Gleich hinter dem Schild.«

»Ich weiß, wo sie ist.«

Gaylen blieb auf dem Gas und trat dann hart auf die Bremse, so dass der Wagen merklich in die Knie ging. Ich hörte Kies und Sand unter dem Chassis. In den dichten niedrigen Salbeibüschen und Erdbeerbäumen raschelte der Wind. Einige Meter hinter dem Schild fuhr Gaylen über einen niedrigen Bordstein und durch ein offen stehendes Tor auf eine unbefestigte Straße. Sie führte auf ein mit Maschen- und Stacheldraht umzäuntes Gelände. Er bog scharf nach rechts ab, schaltete die Scheinwerfer aus und fuhr langsam in die Richtung, aus der wir gekommen waren, zurück.

Hundert Meter. Zweihundert. Dann fuhr er nach links und es folgte eine lange Steigung. Im trüben, orangenen Licht der Instrumentenbeleuchtung sah man die aufgewirbelten Staubwolken. Die Berghänge waren tiefschwarz, und nur weil Sterne am Himmel standen, konnte man erkennen, wo ihre Kuppen endeten. Ich blickte zur Mautstraße und zu den Scheinwerferkegeln der Autos hinunter. Dann wurde der Weg eben, bevor es wieder bergab ging. Als wir die Kuppe hinter uns gelassen hatten, war nichts mehr zu sehen außer schwarzen Bergen und einer schwachen Lichtschneise dort, wo die Straße sie durchschnitt.

»Du kannst die Scheinwerfer wieder einschalten«, sagte Rupaski. »Hinter dem Wassertank fährst du nach links.«

Im Licht der Scheinwerfer sahen die Salbeibüsche und der wilde Buchweizen silbern aus und das trockene Gras schien aus Gold zu bestehen. Die Grashalme zitterten im Wind, bewegten sich dann einen Moment lang nicht und begannen anschließend wieder zu zittern.

Kurz darauf kam der Tank in Sicht, eins der großen Modelle mit Pumpe und Steigleitung zum Befüllen von Tankwagen. Auf der Seite prangte ein Logo des Verkehrsamts. Gaylen bog nach links ab und der Weg wurde schlechter.

Es ging über eine weitere Bergkuppe hinweg und dann hinunter durch eine Wiese. Da die Sterne hier tiefer hingen und der Wind schwächer war, konnte man sie recht gut erkennen. Der Weg wurde zu einer Huckelpiste und die großen Stoßdämpfer des Impala bekamen einiges zu tun. Steine prallten klappernd vom Chassis ab und alle paar Sekunden zischte ein Sandstrahl den Unterboden entlang.

»Es wird Ihnen gefallen, Joe«, versicherte mir Rupaski. »Ich bin heute früh so gegen drei Uhr, gleich nach Millies Anruf, hier herausgefahren. Dunkelheit, Stille. Bis ich einen der Bagger angeworfen hatte und mit ihm diesen Weg entlangfuhr. Früher habe ich in den Ferien bei meinem alten Herrn als Baggerfahrer gearbeitet. Das hat mir immer Spaß gemacht. Aber wie dem auch sei, ich bin also auf diese Wiese hier gefahren und habe die alte Baggerschaufel herabgesenkt. Raten Sie mal, was ich dann gemacht habe.«

»Ein Grab für mich ausgehoben.«

»Genau. Es ist ungefähr zweieinhalb Meter lang und etwas breiter als Ihre Schultern. Sie werden Gesellschaft von der reizenden Bridget haben. Es wird also nicht allzu kalt werden.«

Der Mann auf meiner Linken lachte auf und rammte mir die Kanone in die Seite. »Ich denke, wir sollten ihn lebendig begraben.«

»Halt die Klappe«, fuhr ihn Rupaski an. »Wir sind doch keine Wilden. Wir sind die Behörde. Das Verkehrsamt. Wir werden Joe und Bridget an einen besseren Ort befördern, das ist alles. Wir dienen der Öffentlichkeit. Es ist unsere Aufgabe und wir tun es gern. Wissen Sie, was das Lustige daran ist, Joe? Ich werde es Ihnen sagen: Im nächsten Monat werden vier Hektar dieser Wiese eingeebnet und betoniert. Das Verkehrsamt braucht für all die Wartungsarbeiten auf den neuen Mautstraßen einen neuen Betriebshof im Süden. Es wäre nicht kostengünstig, die Maschinen von dem Gelände in Irvine aus einzusetzen. So werden Sie und Bridget also das Vergnügen haben, den neuen Hof von unten betrachten zu können. Sie werden der Grundstein sein. Ich finde das komisch – Will Tronas adoptierter Freaksohn und eine seiner Gespielinnen, begraben unter einer Anlage des Verkehrsamts. Das ist fast wie in Chicago. John, halt hier an. Am Loch ist der Boden ziemlich weich und ich möchte nicht, dass der Wagen stecken bleibt. Den Rest werden wir zu Fuß gehen.«

Gaylen hielt an und schaltete Scheinwerfer und Motor aus, während sich Rupaski zu dem Mann auf meiner Rechten umwandte. »Ihr beide bleibt bei ihm. Bringt ihn erst raus, wenn ich es sage. Wie viele Kanonen habt ihr bei ihm gefunden?«

»Beide«, antwortete der Rechte.

Rupaski grinste, stieg aus und drückte die Tür mit der Hüfte leise zu. Kaum war er weg, rammte mir der Mann zu meiner Linken erneut die Kanone in die Nieren.

»Wir werden dich lebendig begraben.«

»Das habe ich schon beim ersten Mal kapiert.«

Ich hörte, wie der Kofferraum geöffnet wurde, und spürte, dass sie etwas entluden. Dann sah ich Bridget an der linken Seite des Autos vorbeigehen. Ihre Hände waren auf dem Rücken gefesselt und Gaylen und Rupaski hielten sie jeder an einem Arm fest.

»Bringt ihn raus«, befahl Rupaski. »Auf dieser Seite.«

Der Nierenrammer drückte die Tür auf seiner Seite auf, stieg aus und hielt mir seine Kanone an die Stirn. Ich spürte, wie der Mann hinter mir an dem Seil zog. Beim Aussteigen hielt ich die Arme möglichst eng am Körper. Meine Hoffnung steckte unter meiner rechten Achsel und ich wollte nicht, dass jemand sie bemerkte.

Draußen richtete ich mich auf und sah zu Bridget hinüber. Sie wimmerte leise, so als hätte sie Schmerzen. Ihre Haare waren zerzaust, die Bluse hing aus ihrem Rock und sie presste die Lippen fest zusammen. Über ihre Wangen rannen Tränen.

»Keine Sorge«, sagte ich.

»Keine Sorge«, echote Rupaski. »Joe hier hat alles unter Kontrolle. In Ordnung, Mädels, gehen wir. Wir haben ein gutes Stück Weg vor uns und ich muss morgen früh zur Arbeit.«

Mit einer Taschenlampe in der Hand lief er los. Ihm folgten Bridget und Gaylen, der sie mit einer Hand am Rockbund festhielt. Sie schwankte auf ihren niedrigen Absätzen und ihre hellblonden Haare stachen aus der Dunkelheit hervor. Sie wimmerte jetzt lauter. Als Vierter kam Nierenrammer, der abwechselnd rückwärts und vorwärts lief, um mich, so gut es ging, im Auge zu behalten. Den Abschluss bildete der Cowboy mit dem Seil und dem Revolver.

Der Boden war eben und sandig. Ein alter Wasserlauf, dachte ich, vielleicht ein Fluss oder eine Quelle. In der Ferne war das Brummen der Autos auf der Mautstraße zu hören. Unter unseren Füßen knirschten Sand und trockenes Gras. Ein Flugzeug dröhnte im Anflug auf den John-Wayne-Flughafen über uns hinweg. Ein Stück vor uns hörte ich das *Tschick-tschick* von Wachteln, während wir uns offensichtlich ihrem Schlafplatz näherten. Es ist ihr Alarmruf, den sie ausstoßen, bevor sie aufflattern.

»He, Joe«, rief Rupaski zurück. »Wie geht es Mary Ann inzwischen?«

Ich gab keine Antwort, sondern lauschte weiter den Wachteln. Als Nierenrammer mir den Rücken zukehrte, um ein paar Schritte vorwärts zu gehen, schob ich meine Linke ans Holster und löste den Verschluss.

»Ich fand sie immer ziemlich heiß, Joe. Für einen liberalen Wohltäter und opportunistischen, stets politisch korrekten Intriganten wie Will war sie ein netter Fang. Ganz zu schweigen davon, dass sie zigfache Millionärin ist. Natürlich liebte er sich selbst viel zu sehr, um sich mit einer schönen Frau zufrieden zu geben. Er musste gleich einen ganzen Harem haben.«

Erneut ertönte das *Tschick-tschick*. Dann wieder. Je öfter hintereinander die Vögel diesen Ton ausstoßen, desto ängstlicher sind sie. Er kam von derselben Stelle: rechts vor uns.

Ich sah mich nach dem Schlafplatz um. Hohe Büsche, Bäume, stachelige Kakteen, die sie manchmal benutzten, sofern die Pflanzen hoch genug wuchsen. Wenn wir nah genug an ihnen vorbeiliefen, würden die Wachteln lautstark auffliegen und fünf menschliche Herzen vor Schreck einen Satz machen.

Ruhe breitete sich in mir aus. Meine Sinne schärften sich. Ich erkannte die Umrisse des Buschwerks am Weg vor uns, noch bevor der unstete Lichtkegel der Taschenlampe darauf fiel. Und ich nahm Dinge wahr, die ich normalerweise überhört hätte: das Links-rechts-Muster der Schritte des Cowboys hinter mir, das Rascheln des Mantels des Nierenrammers, wenn er sich zu mir umdrehte. Ich hatte einen klaren Kopf und meine Beine waren leicht.

»Ja, Joe. Abgesehen davon, dass Will uns Steine in den Weg gelegt hat, wo er nur konnte, habe ich immer zwei Dinge am meisten an ihm gehasst: Mary Ann und das Geld. Dass er diese hübsche und reiche Frau bekommen hat, war mir immer ein Dorn im Auge. Meine Frau ist hässlich. Sie ist es immer gewesen und wird es immer sein. Aber auch ich bin es, also habe ich nie damit gerechnet, jemanden wie Raquel Welch zu heiraten. Raquel Welch! Da siehst du, wie alt ich bin. Ich hätte einen jüngeren Filmstar nennen sollen, aber ich kenne keinen. Ich gehe nicht ins Kino. Mein ganzes Leben besteht aus Arbeit.«

Ich hörte ihm zu, während ich an ihm vorbei zu den Erdbeerbäumen am rechten Wegrand schaute. Vielleicht fünfzig Meter vor uns.

Tschick-tschick. Tschick-tschick. Tschick-tschick.

»Sagen Sie was, Joe.«

»Ich finde meine Mutter auch sehr attraktiv, Sir.«

Er gluckste.

»Lebendig begraben!«, sagte Nierenrammer.

»Vielleicht werde ich das tun. Vielleicht werde ich genau das tun, Joe.«

Bridgets Wimmern wurde lauter. Die Erdbeerbäume waren noch gut dreißig Meter entfernt. Ich hörte Rupaskis schweren Atem und die Schritte des Cowboys hinter mir. Die Vögel rührten sich auf ihren Schlafstellen.

Tschick-tschick-tschick. Tschick-tschick-tschick. Tschick-tschick-tschick.

Bridget stolperte, aber Gaylen hielt sie am Rock fest, so dass sie nicht stürzte. Ihre blonden Haare leuchteten förmlich in der Dunkelheit. Sie weinte noch immer und presste die Lippen zusammen.

»Sie hätten es auch besser wissen müssen, Bridget«, sagte Rupaski. »Mich zu erpressen. Jesus!«

Noch fünfzehn Meter bis zu den Erdbeerbäumen. Die Wachteln wurden auf ihren Zweigen unruhig. Nierenrammer drehte sich zu mir um und ging ein Stück rückwärts. Ich holte tief Luft und machte noch zwei Schritte.

Tschick-tschick-tschick-tschick. Tschick-tschick-tschick-tschick. Tschick-tschick-tschick-tschick.

Flatternde Flügel.

Dann brachen die Vögel aus dem Geäst hervor und Nierenrammer wirbelte geduckt herum, als wäre er unter Beschuss geraten.

»Was zum Teufel ...?«, rief Rupaski.

Ich schoss zweimal auf Nierenrammer, drehte mich um und schoss zweimal auf den Cowboy. Dann, während Gaylen den Arm in meine Richtung schwang, kniete ich mich hin und schoss auch zweimal auf ihn.

Bridget ließ sich fallen, während Rupaski wegrannte.

Ich lief ihm mit dem Seil um den Hals hinterher. Es dauerte nicht lange, bis ich ihn einholte; er war schwer und langsam. Ich rechnete damit, dass er sich umdrehen und auf mich feuern könnte. Als ich in Reichweite kam, sprang ich auf ihn, wir landeten im Gebüsch und ich schlug ihn k.o. Dann durchsuchte ich ihn, drehte ihn um und durchsuchte ihn noch einmal. Er rang nach Luft und begann derart dreckig zu fluchen, dass ich ihn mit einem kurzen linken Haken außer Gefecht setzte.

Ich fesselte seine Hände mit dem Seil, das ich um den Hals gehabt hatte, und lief im Zickzack zu Gaylen zurück. Er lag auf dem Rücken und atmete schnell und flach. Mit Tränen auf den Wangen und Blut um den Mund. Seine Kanone lag neben ihm und ich trat sie weg. Die anderen beiden atmeten nicht. Der Puls des Cowboys schlug noch schwach, hörte aber bald unter meinen Fingerspitzen auf.

Ich stand neben Gaylen und sah auf den Mann hinunter, der Will umgebracht hatte. Ich wünschte, ich hätte ihn besser rächen können. Blut und Tränen. Kurze Atemzüge. Finger, die sich in die Erde gruben. Dann streckte sich der Hals, in seiner

Kehle rasselte es und seine Finger entspannten sich. Für Will änderte sich dadurch nichts.

Bridget saß aufrecht auf der Erde, reglos und mit im Rücken gefesselten Händen. Die Beine waren gekreuzt und die Haare hingen ihr ins Gesicht.

»Hmm«, wimmerte sie leise.

»Ja.«

»Hmm-Hmm.«

»Ich helfe Ihnen gleich.«

»Hmm.«

»Können Sie gehen?«

Sie nickte.

Ich half ihr auf die Beine. Sie fiel mit dem Gesicht voran gegen meine Brust und ich umarmte sie, während die Grillen wieder zu zirpen begannen und hinter dem östlichen Bergrücken der Mond aufging. Meine Augen und Ohren arbeiteten wieder normal. Mein Herz raste und ich fing an, so heftig zu schwitzen, dass ich es am ganzen Körper spürte. Ich fühlte mich als Sieger und mir war schlecht.

Kapitel achtundzwanzig

Drei Tage später fuhr ich nach Fallbrook in San Diego County. Die Gegend war grün und hügelig und es war heiß. Ein Schild begrüßte mich: »Willkommen im Ort der Freundlichkeit«. Ich aß in einem mexikanischen Restaurant zu Mittag und las die Lokalzeitung. Die Schlagzeile auf der Titelseite informierte darüber, dass Fallbrook in einem neuen Reiseführer über Südkalifornien als »sehenswert« eingestuft worden war. Warum, wurde nicht erklärt. In einem anderen Artikel hieß es, die größten Wirtschaftszweige der Stadt seien Kindergärten sowie Zitrus- und Avocadoplantagen.

Ich hielt mich an den Stadtplan. Je weiter man kam, desto größer wurden die Häuser. Die meisten lagen zurückgesetzt im Schatten von Avocado- und Eukalyptusbäumen. Es gab weiße Zäune, Pferde, Scheunen und Magnolien mit glänzenden Blättern und riesigen weißen Blüten.

Schließlich hatte ich Julie Falbos letzte Adresse gefunden. Ich fuhr daran vorbei, machte dann kehrt und hielt fünfzig Meter vom Briefkasten entfernt an. Von dem Haus war von meinem Standort aus nicht viel zu sehen; zwischen dem Laub der Bäume waren nur etwas weißer Putz und ein Teil eines Schornsteins auszumachen. Ich fuhr an die Seite, von wo ich einen besseren Blick hatte. Eine Auffahrt führte zu einem alten, gut gepflegten Haus mit Ziegeldach und Fenstern mit blauen Rahmen. Auf der Westseite spendete ein Portikus, an dessen Säulen violette Bougainvilleen rankten, Schatten.

Auf der rechten Seite der Auffahrt lag ein Garten, um den sich ein weißer Zaun zog. Dahinter lag ein Swimmingpool mit riesigen Palmen auf der einen und Gartenmöbeln auf der anderen Seite. Am Rand des Pools saß eine Frau mit den Beinen im Wasser, neben sich ein kleines Mädchen. Ein Junge hüpfte vom Sprungbrett, flog quietschend durch die Luft und landete mit einem Platschen im Wasser.

Ich stieg aus dem Auto, zog trotz der Hitze meine Jacke an und setzte den Hut auf. Dann ging ich zum Tor. Der Junge, der gerade wieder aufs Sprungbrett gestiegen war, entdeckte mich und zeigte in meine Richtung. »Mama! Guck, da!«

Sie drehte sich um, schaute mich an und stand dann auf. Sie streifte eine weiße Bluse über und knöpfte sie zu, während sie zum Tor kam. Zehn Meter von mir entfernt blieb sie abrupt stehen, als würde eine unsichtbare Hand sie zurückhalten. Sie sah aus wie Mitte dreißig, obwohl ich wusste, dass sie älter war. Gute Figur, hübsches Gesicht, dichte dunkle Haare mit einem Rotschimmer. Ich kannte sie von dem einen Foto, das ich von ihr gesehen hatte – dem, auf dem sie das Gerichtsgebäude verließ und sich eine Zigarette ansteckte. Doch sie hatte sich sehr verändert.

Sie kam näher, blieb knapp zwei Meter vor mir aber erneut stehen.

»Ich bin Joe Trona«, sagte ich.

»Ich weiß.«

Sie starrte mich an und ich bemerkte die gleiche Kälte in ihren Augen wie auf dem Foto. Für einen Moment verschwand sie, dann war sie wieder da, so als könne sie sie nach Belieben an- und abschalten.

»Ich wollte Sie nicht stören, aber ich habe eine Frage.«

»Das sind meine Kinder. Dies hier ist mein Leben. Es hat nichts mit Ihnen zu tun.«

Ihre Stimme war weich und angenehm.

Das Mädchen kam herüber und lehnte sich an seine Mutter. Sie betrachtete mich, drehte sich dann um, rannte zum Pool zurück und sprang hinein. Ihr Bruder hatte sich mit den Ellbogen auf den Beckenrand gestützt und starrte mich an. Als seine Schwester über ihn hinwegsprang, kreischte er.

»Sie sind glücklich«, sagte Julie Falbo. »Ich bin zufrieden.

Mein Mann ist liebevoll und zärtlich. Und ich bin eine gute Ehefrau.«

»Das alles freut mich für Sie.«

»Was wollen Sie?«

»Thor hat mir gesagt, warum er die Säure über mich gekippt hat. Auch von dem Geld hat er mir erzählt. Ich will wissen, wer mein Vater ist.«

Sie sah mich lange an. Ich hörte die Kinder im Wasser flüstern. Etwas von einem Monster mit Hut. Mein Halbbruder und meine Halbschwester spähten über den Rand des Pools hinweg zu mir herüber. Julie blickte an mir vorbei zum Haus und rief eine Maria. Laut, rau und kehlig.

Fast im gleichen Augenblick hastete eine kräftige dunkle Frau die Treppe vor dem Haus herunter und kam auf uns zu. Sie warf mir einen kurzen Blick zu und schaute dann auf den Boden.

»Pass auf die Kinder auf, Maria.«

Darauf schoss Maria an mir vorbei und öffnete das Tor.

Julie kam heraus und ging in Richtung meines Autos die Auffahrt hinunter. Die Auffahrt war von Jakarandabäumen gesäumt, die uns kühlen Schatten spendeten und den Beton mit welken Purpurblüten übersät hatten.

Für Leute, die nebeneinander gingen, hielten wir einen recht großen Abstand. Ich schaute sie an und bemerkte etwas in ihrem Gesicht, das ich wiedererkannte – unabhängig vom Foto. Ich wusste nicht, was es war. Es war mir vertraut, obwohl ich es noch nie zuvor gesehen hatte.

»Dieses Gespräch wird nicht lange dauern«, sagte sie.

»Muss es auch nicht.«

»Ich war nie ein nettes Mädchen. Das ist das Wichtigste, was du von mir wissen musst. Ich war nie nett, immer nur wütend.«

»Auf wen?«

»Ich weiß nicht«, sagte sie. »Mit fünfzehn bin ich von zu Hause weggelaufen, weil ich mitbekam, dass ich von meinem Vater alles haben konnte, was ich wollte. Mehr werde ich dazu nicht sagen. Ich habe Speed genommen, weil ich schnelle Dinge immer geliebt habe. Wenn mein Gehirn raste, war ich glücklich. Bis ich siebzehn war, bin ich mit Rockern herumgezogen. Wurde geschnappt wegen Pot, Pillen, Trunkenheit in der Öffentlichkeit. Einmal habe ich jemanden schwer verletzt. Meinen Mann, Fastball, wie er genannt wurde. Er hatte es verdient. Ich zog ihm eins mit dem Stahlrohr über. Das Problem war nur, dass er bewusstlos wurde und stark blutete. Ich geriet in Panik, rief die Polizei an und sie kamen und nahmen ihn mit. Das war oben in der Nähe des Ortega Highway, bei San Juan Capistrano. Ich sagte dem Polizisten, Fastball sei betrunken gewesen, gestürzt und mit dem Kopf gegen den Schraubstock in der Garage gefallen. Aber der Polizist glaubte mir nicht. Ein paar Stunden später tauchte er wieder auf und stellte mir noch mehr Fragen. Er glaubte mir noch immer nicht. Aber er war cool und meinte, Fastball habe es wahrscheinlich verdient, ganz gleich, was passiert sei. So kam es, dass ich dafür nicht eingesperrt wurde.

Ein paar Monate später wurde ich schwanger. Nicht von Fastball. Ich gab das Speed auf, versuchte clean zu bleiben, verhielt mich unauffällig und wartete ab. Ich war achtzehn. Da lernte ich Thor kennen. Er war vierzig. Er fuhr zwar Motorrad, gehörte aber keiner Gang an, sondern war einfach jemand, der Motorräder und Drogen liebte. Er hatte gerade ausnahmsweise einen Job und mich sehr gern. Außerdem hatte ich nicht viel Zeit, mich nach einem Besseren umzusehen. Also habe ich ihn genommen. Einen Monat später sagte ich ihm, dass meine Periode ausgeblieben sei und ich ein Baby von ihm erwarten würde. Er war glücklich und dumm. Erst nach deiner Geburt wurde er argwöhnisch. Möglicherweise habe ich irgendetwas gesagt, ich weiß nicht. Wir waren immer betrunken und stritten uns ständig. Er rechnete anhand eines Kalenders nach und sagte, ich hätte ihn reingelegt – du könntest gar nicht von ihm sein. Ich erwiderte: Was soll's? Wen kümmert es? Du wechselst seine Windeln und ernährst ihn von deinem kümmerlichen Tankwartsgehalt, wo ist also der

Unterschied? An diesem Abend wurde es richtig schlimm. Wir tranken und stritten uns wieder und nahmen Speed. Ich erinnere mich nur noch an diesen Kaffeebecher mit Schwefelsäure, die er von einem seiner Speedkumpel bekommen hatte. Du lagst in einer Orangenkiste in der Küche und er schüttete sie hinein und sie lief an einer Seite deines Gesichts hinunter. Als er sah, was er getan hatte, rastete er völlig aus. So als wäre er überrascht gewesen – darüber, dass er es getan hatte, und darüber, wie schlimm es war. Er hob dich hoch und hielt deinen Kopf unter den Wasserhahn, aber es half nichts. Er versuchte es mit Zeitungspapier, aber auch das brachte nichts. Das Zeug fraß sich einfach weiter.«

Ich sah sie an und sie erwiderte meinen Blick. Ihre Augen waren dunkelbraun wie meine. Weder Make-up noch ihre natürliche Schönheit konnte über die Kälte in ihnen hinwegtäuschen.

»Was hast du getan?«

»Ich habe mich verdrückt. Ich wollte nicht, dass der nächste Becher in *meinem* Gesicht landete.«

Diesmal erwiderte sie meinen Blick nicht. Stattdessen schaute sie nach unten und horchte in sich hinein. Etwas schien ihr die Kehle zuzuschnüren.

Ich erkannte die Grundform meines Kopfs in ihrem wieder. Die gleiche Grundstruktur des Gesichts, dieselben Winkel und Ansätze von Ohren und Nase. Auch ihre Haltung erinnerte mich an meine eigene.

»Ich rief einen meiner Freunde bei der Polizei von Elsinore an. Später erfuhr ich, dass er zu unserem Haus gefahren war, Thor dich aber schon zur Feuerwehr gebracht hatte. Er war mit dem Motorrad gefahren und hatte dich wie einen Fußball unter den Arm geklemmt. Das Auto hatte ich ja genommen. Es wird mir immer ein Rätsel bleiben, wie er die Kupplung bedienen konnte. Vielleicht ist er die ganze Strecke im ersten oder zweiten Gang gefahren. Es war nicht sehr weit. Wie dem auch sei, so ist es passiert. Es gibt schlimmere Dinge, schlimmere Geschichten. Wenn ich zurückdenke, finde ich es schrecklich, aber dann lese ich die Zeitung und mir wird klar, dass es im Vergleich zu dem, was heute geschieht, keine so große Sache war. Ich sehe mich um und erkenne, dass man sich verändern und ein besserer Mensch werden kann. Dass man sich von der Vergangenheit lösen kann. Genau das habe ich getan. Ich denke nicht mehr daran.«

In ihrem Profil bemerkte ich wieder dieses undefinierbare Etwas. Sogar auf dem Foto war es zu ahnen gewesen. Ich konnte es noch immer nicht benennen. Aber es war da und ich kannte es und ich wusste, dass es da war. Das Unbekannte Ding. Julie Falbo hatte es. Und auch Charlotte Wample hatte es gehabt.

Wir gingen durch die abgefallenen Jarakandablüten. Zwischen den Bäumen konnte man den blauen Himmel sehen, an dem einige Wolken hingen. Als ich sie wieder anschaute, fiel eine Purpurblüte herab und blieb in ihren rotschwarzen Haaren hängen. Sie zog sie sorgfältig heraus und schnippte sie wie einen Zigarettenstummel auf die Auffahrt. In diesem Augenblick begriff ich, dass sie schön war. Sie hatte sich zu einer Schönheit entwickelt, nachdem vor dreiundzwanzig Jahren dieses Foto aufgenommen worden war. Damals hatte sie hager und hungrig ausgesehen. Jetzt wirkte sie erfüllt und stark. Es war, als hätte ein freundlicher Zimmermann einen Ast aufgehoben und etwas Glattes, Schönes daraus gemacht.

Jetzt verstand ich es. Fastball hatte Das Unbekannte Ding in ihr gesehen. Thor hatte es gesehen, ebenso wie der Polizist, der Charlotte Wample nach ihrer Attacke auf Fastball in die Mangel genommen hatte. Er hatte es nur allzu deutlich gesehen und so alle Beteiligten ins Unglück gestürzt.

»Der Polizist, der dich über Fastballs Verletzung ausgefragt hat«, setzte ich an. »Er war eigentlich ein Deputy, nicht wahr?«

»Er war zehn Jahre älter als ich, verheiratet, zwei Kinder. Er wirkte sehr beeindruckend. Und er konnte reden. Mann, konnte der reden. Und eine unglaubliche Energie hatte er. Dagegen wirkten meine Speedtrips wie Nachmittagsschläfchen. Er liebte mich. Deputy zweiten Grades Will Trona vom Sheriff's Department von Orange County zu Ihren Diensten, kleines Fräulein.«

Sie blieb stehen und wandte sich zu mir um. Die kalten Augen sahen mich aus dem weichen Gesicht an – es war, als stünde ich zwei Frauen gegenüber.

»Ich fand es gut, dass er dich adoptierte. Ich wusste, dass er und seine Frau keine Kinder mehr bekommen konnten, und ich kannte ihn gut genug, um zu wissen, dass er dir all die Liebe geben würde, die ich dir nicht geben konnte. Er bezahlte Thor, um den Rest seiner Familie vor den Folgen seines Ausrutschers zu schützen. Ich bin froh, dass du in einer anständigen Familie aufgewachsen bist. Und aufs College gegangen und dann ins Sheriff's Department eingetreten bist. Leid tut mir nur, dass du es erst jetzt erfährst.«

»Danke, dass du mir die Wahrheit gesagt hast.«

»Ist das dein Auto?«

»Es war Wills.«

»Ich fahre den großen Lexus. Es ist die schnellste Limousine ihrer Klasse.«

»Sagt die Werbung.«

»Geh bitte.«

»Warte. Wenn Thor kein Geld mehr bekommt, wird er nachfragen. Ihn beschäftigt seine Tat noch immer. Wenn er die Wahrheit erfährt, wird er begreifen, dass sie ihn noch einmal berühmt machen kann.«

»Dann werde ich die Zahlungen ab jetzt übernehmen. Adieu.«

»Ich würde gern noch eines wissen. Du hast gesagt, du hättest mich nicht lieben können. Warum?«

Weiches Gesicht, kalte Augen. »Gott hat mein Herz nicht an den rechten Fleck gesetzt. Es schlägt nur zu meinem eigenen Nutzen. Alles, was ich tue, geschieht nur aus Berechnung.«

»Warum hast du mich dann nicht abgetrieben?«

»Ich dachte, Will würde sich seinen Seitensprung etwas

kosten lassen. Nachdem Thor dir das angetan hatte, dachte ich, du wärst weiteren Ärger nicht wert.«

Ich dachte einen Augenblick nach. Sie schaute zum Pool zurück. Ich sah den Jungen mit ausgestreckten Armen und strampelnden Beinen durch die Luft fliegen, ein brauner Wirbel vor dem blauen Himmel.

»Ich verstehe die Leere in deinem Herzen«, sagte ich. »Ich habe auch etwas davon.«

»Hoffentlich nicht so viel wie ich.«

»Nein.«

»Will hatte ein volles Herz. Vielleicht ist in deinem jetzt genau die richtige Menge.«

»Ich habe jemanden kennen gelernt und jetzt fühlt es sich voll an.«

Ihr Gesicht wurde rot und Tränen stiegen ihr in die Augen. Aber sie konnten die Kälte nicht verdrängen. Ihre Augen waren kalt und feucht wie Quarze in dreitausend Metern Tiefe.

»Adieu, Sohn. Geh.«

»Adieu, Mutter. Es freut mich, dich kennen gelernt zu haben.«

Kapitel neunundzwanzig

Ich träume noch immer von Mohnblumen, von Mohnfeldern auf Berghängen. Manchmal verwandeln sie sich auf dem Gesicht eines Mannes in Flammen und ich erkenne, dass es mein Gesicht ist. Aber manchmal sind es einfach nur Blumen und auch sie gehören mir, hell und zerbrechlich.

Ich träume von schönen Gesichtern. Ein Gesicht taucht immer wieder auf. Es ist schmal und gerade. Mit dunkelbraunen Augen, die manchmal lachen und manchmal funkeln. Die Haut hat die Farbe von feuchtem Kupfer und der Mund ist klein. Mein Herz schlägt heftig. Manchmal weckt das Gesicht mich auf, ich strecke den Arm aus und finde es neben mir, in der Wirklichkeit, ins Kopfkissen vergraben, in tiefem Schlaf. Dann streiche ich mit der Handfläche darüber und spüre die Wange, das Ohr und das Kitzeln der Haare.

Aber es gibt noch ein anderes Gesicht, das dem ersten nicht unähnlich ist. Es ist das eines Mannes und ich kann die Stärke seiner Kiefer, seine Barthaare und den Hunger in seinen Augen sehen. Manchmal weicht der Hunger einem Bedauern und er versucht mir etwas zu sagen, bekommt aber nicht alle Worte heraus. Ständig wiederholt er denselben Anfang: *Ich denke, du solltest wissen … Ich denke, du solltest wissen … Ich denke, du solltest wissen …* Und wenn ich von diesem Gesicht träume, sage ich ihm immer das Gleiche: *Ich weiß. Ich weiß. Ich weiß.* Dann lehnt der Mann sich zurück und schließt seine Augen zur Hälfte, während er mich mit einem scharfen Blick mustert, in dem Besitzerstolz liegt, aber auch Abgeklärtheit, die mir zu verstehen geben will, dass ich mich noch verbessern könnte.

Und ich träume von einer Frau, die viel von dem Unbekannten Ding ausstrahlt. Ihr Gesicht ist hübsch, aber ihre Augen sind kalt und sie wendet sich ständig ab, so dass ich sie umkreisen muss, um sie anzusehen. Doch sie dreht sich immer etwas schneller als ich und ich schaffe es nicht, sie einzuholen, um sie aus dem Winkel zu betrachten, der mir gefällt. Schließlich ist sie nur noch ein Wirbel, der langsam verschwindet. Adieu. Es freut mich, dich kennen gelernt zu haben.

Eine Taufe würde nicht mehr wirken. Das Bedürfnis ist nicht mehr da. Stattdessen spüre ich eine starke Sehnsucht, in bewegtem Wasser zu stehen. Ich habe es am Strand versucht, aber es war zu viel los; außerdem darf das Wasser nur in eine Richtung fließen. Eines Tages stand ich in meiner Straße im Rinnstein, als meine Nachbarin ihren Rasen unter Wasser setzte und es anschließend als dunkles Rinnsal an meinen Füßen entlanglief. Ich spürte den Beginn einer wahrhaften Reinigung, hätte aber mehr Wasser gebraucht. Es war so, als würde man leise ein Lied hören, das aus einem weit entfernten Radio dringt.

Also suchte ich mir einen Fluss, in den ich mich stellen konnte. Genau genommen ist es nur ein Bach. Es gibt dort Krebse, Frösche, Schildkröten, kleine graue Fische und alle möglichen Arten von Vögeln, exotische wie einheimische. Der Bach liegt nicht weit von meinem Haus entfernt und führt sogar im Sommer Wasser. Dort stehe ich in der Mitte, beide Ufer nur wenige Meter entfernt, und spüre die sanfte Bewegung des Wassers um meine Knöchel.

Rauschendes Wasser wäre besser – ein mächtiger, kilometerbreiter Fluss mit Untiefen und Stromschnellen. Mein Bach ist nur wenige Zentimeter tief, aber wenn ich die Augen schließe und die Sünde, die Narbe und die Hässlichkeit aus meinem Herzen fließen lasse, spült sein Wasser sie fort.

Ich habe eine Liste der großen Flüsse des Landes angefertigt. Bevor ich sterbe, möchte ich in jedem von ihnen gestanden haben. Ich habe einen groben Zeitplan entworfen und ihn in ein blaues Notizbuch geschrieben. Er umfasst fünf Jahrzehnte und einunddreißig Flüsse. Ich werde mit dem Colorado River beginnen. Es ist eine nette Fahrt durch Orange County, wenn man an die Grenze zwischen Kalifornien und Arizona will. Danach kommen der Russian, der Eel, der Sacramento, der Columbia und so weiter dran. Wenn ich den Hudson River erreiche, werde ich ein alter Mann sein. Ich frage mich, ob es auch wirkt, wenn man im Rollstuhl sitzt. Vielleicht kann ich mich auch ans Ufer legen und einen Fuß oder Finger ins Wasser halten.

Eine Woche später wurde Savannah ihrer Mutter übergeben. Ich hatte mehrmals täglich mit ihr gesprochen, meistens per Telefon. Savannah schien sich im Verlauf der Woche erholt zu haben. Sie sagte mir, sie und ihre Mutter würden für den Rest des Sommers in das Haus in Aspen ziehen. Ich besuchte sie einmal in Pelican Point. Lorna machte einen wachen, nüchternen Eindruck und Savannah hatte zugenommen. Zu meiner Überraschung überreichte mir Lorna einen Scheck über hunderttausend Dollar und sagte, sie wisse von dem Angebot ihres Mannes für Savannahs unversehrte Rückkehr. Ich behielt das Geld.

Alex wurde als Gegenleistung für eine Aussage gegen seinen Vater freigelassen. Außerdem glaubte Phil Dent nicht, dass die Entführungsanklage standhalten würde, wenn Alex' Anwalt Savannah in den Zeugenstand riefe, und sie erklärte, nicht ihr Bruder habe sie mitgenommen, sondern sie sei zu ihm gegangen und habe jederzeit wieder gehen können. Alex tat, was er am besten konnte – er verschwand.

Sein Vater blieb im Gefängnis, natürlich in Schutzhaft in Trakt J, und wartete auf seine Prozesse wegen Körperverletzung an Luria Blas und wegen Mordes an Will Trona. Melissa vom kriminaltechnischen Labor hatte sein Blut mit der Hautprobe verglichen, die unter Lurias Fingernägeln gefunden worden war, und nachgewiesen, dass diese Haut von ihm stammte. Lurias Fingernägel und ein kleiner Kratzer werden seinen Untergang besiegeln, selbst wenn Savannahs Video am Ende als unzulässiges Beweismittel eingestuft werden sollte.

Als Gaylens Auto nach dessen Tod durchsucht wurde, fand Rick Birch dort, wo eigentlich der Reservereifen liegen sollen, fünfunddreißigtausend Dollar. Ich glaube, das war das Geld, mit dem Jack Blazak aus einer Abreibung einen Mordauftrag gemacht hat. Sogar ein Mörder hat seine Tarife. Vermutlich hat Bo Warren es vor der Aktion übergeben, vielleicht sogar in jener Nacht auf dem Parkplatz des Bamboo 33. Ich hoffe, dass Warren etwas Licht in die Angelegenheit bringen wird, wenn Dent anfängt, die Schlinge um seinen Hals enger zu ziehen.

Der alte Carl Rupaski saß ebenfalls in Trakt J. Gegen ihn lautete die Anklage auf Verabredung zum Mord an Will sowie auf gewaltsame Entführung und versuchten Mord an Bridget Andersen und mir.

Bo Warren, gegen den die gleichen Beschuldigungen wie gegen Rupaski erhoben werden, hat man in Trakt F untergebracht, weil sein Bekanntheitsgrad für Trakt J nicht groß genug ist. Man hat ihn in eine Zelle mit vierundzwanzig Insassen gesteckt, zwischen einen weißen rassistischen Killer, der gern vor sich hin singt, und einen redseligen bewaffneten Räuber. Von meinen Freunden weiß ich, dass sich Warren brüskiert fühlt, weil wir ihn in Trakt F untergebracht haben. Aber das war genau der beabsichtigte Effekt. Verletzter Stolz könnte seine Zunge lösen. Den Wärtern zufolge hasst er das Gefängnis mehr als jeder andere, den sie bis jetzt beaufsichtigt haben.

Wir benutzen Millbrae, um die Anklage gegen die drei anderen Verschwörer wasserdicht zu machen. Natürlich bezichtigen sie alle unseren verängstigten kleinen Verräter und den jetzt wehrlosen John Gaylen. Ihre Anwälte lassen praktisch jede Stunde irgendetwas an die Presse durchsickern. Millie steht *so* kurz davor, verhaftet zu werden. Das muss Dent entscheiden. Mir ist es gleich, ob Millbrae hinter Gitter kommt oder nicht. Er ist ein Feigling und erledigt – das reicht.

Er war ein nützlicher Idiot und kein Brutus. Und er war unser widerstrebender kleiner Schlüssel.

Bernadette Lee, Pearlita Escobar und Del Pritchard kooperieren aus offensichtlichem Eigeninteresse mit der Polizei.

Bisher hat noch niemand Reverend Alter erwähnt. Es bleibt abzuwarten, ob die Medien von seiner Verwicklung in den Fall Wind bekommen. Seine Predigten sind in letzter Zeit jedenfalls sehr leidenschaftlich geworden, voller Demut und Gebeten um Erlösung und Vergebung. Als eine Buße, die nur wenige verstanden haben, hat er einen Hilfsfonds für die Familie von Luria Blas und Miguel Domingo ins Leben gerufen. Ich dachte daran, Lornas hunderttausend Dollar zu spenden, aber June fand das dumm. Zusammen besuchten wir Enrique Domingo, Lurias kleinen Bruder. Wir luden ihn zum Essen ein, und als wir uns verabschiedeten, schenkten wir ihm einen neuen Rucksack mit den hundert Riesen darin. In eine der Taschen hatte ich Visitenkarten von mir und von Mary Anns Anwalt gesteckt – für den Fall, dass er kontrolliert und befragt werden sollte. Bis jetzt ist kein Anruf von Enrique gekommen.

Ich war verblüfft, einen Anruf von Jennifer Avila zu erhalten. Sie sagte, Pearlita hätte sie benutzt. Pearlita sei wütend gewesen, weil sich Will geweigert hatte, ihrem unter Anklage stehenden Bruder zu helfen. Und das, nachdem sie Will den Tipp mit dem Ritz-Carlton in Dana Point gegeben habe, wo er Alex und Savannah gefunden hatte. *Ich tue, was ich kann. Aber auch ich kann Kohle nicht in Diamanten verwandeln.* Als Jennifer an dem Abend Pearlita anrief, um zu bestätigen, dass sich Will im Hispano-Amerikanischen Kulturverein aufhielt, hatte sie geglaubt, die Bandenchefin wollte sich nur noch einmal bei Will für ihren Bruder einsetzen. Später hatte Pearlita dann – mit der Nummer, die Jennifer ihr gegeben hatte – Will angerufen, um in Erfahrung zu bringen, ob er tatsächlich auf dem Weg zur Übergabe war. Diese Information hatte sie dann an Gaylen weitergegeben. Jennifer spekulierte, dass Pearlita aus Wut Ike Cao für Gaylen ausgeschaltet habe, obwohl sicherlich auch Geld im Spiel gewesen sei – das Geld im Kofferraum von Gaylens Auto erhielt so eine mögliche neue Bedeutung.

Ihr sei all dies erst später klar geworden, fügte Jennifer hinzu. Von Gaylen habe sie erst gehört, als alles vorbei gewesen sei. Ich glaube ihr. Sie ist zu stolz, um sich für eine solch riesige Dummheit zu entschuldigen, aber ihre gebrochene Stimme war Entschuldigung genug.

Dann beantwortete sie eine Frage, von der ich geglaubt hatte, sie würde für immer unbeantwortet bleiben. Ich hatte darüber nachgegrübelt, aber bis zu diesem Zeitpunkt nicht gewusst, wen ich hätte fragen können. Von allen Menschen auf der Welt war Jennifer die Einzige, der Will es erzählt hätte.

»Warum hat er mich nicht eingeweiht?«, fragte ich.

»Weil er sich schämte«, antwortete sie. »Er hat ein Mädchen benutzt, um an ihren Vater heranzukommen. Die Entscheidung, ob er die Sache durchziehen sollte oder nicht, fiel ihm schwer. Ständig hat er seine Meinung geändert. Er fragte sich dauernd, was Sie denken würden, wenn Sie im Bilde wären. Ich hatte ihm von Anfang an gesagt, er solle Savannah einfach dem Kindernotdienst übergeben. Aber er konnte diese Gelegenheit, Blazak zu ruinieren, nicht ungenutzt lassen. Er hasste sich selbst dafür, machte aber trotzdem weiter. Es hat ihn umgebracht. Er hat mir gesagt, er wolle Sie fördern und nicht verderben. Deshalb hat er sie erst ganz zum Schluss einbezogen. Als alles danach aussah, dass es gut ausgehen würde. Er hat Sie an dem Abend mitgenommen, damit er vor Ihnen als Held dastehen konnte.«

Darüber musste ich einen Augenblick nachdenken. »In zwanzig Jahren hat er mich nicht ein einziges Mal danach gefragt, was ich von ihm halten würde.«

»Er hat Sie vergöttert. Ich denke, er hat sie mehr geliebt als seine beiden anderen Söhne, auch wenn Sie adoptiert waren.«

Nachdem Dr. Zussman meine geistige Gesundheit bescheinigt hatte, konnte Sergeant Delano mich nicht wieder im Männergefängnis und in Trakt J einsetzen. Es hätte dort zu viel Konfliktpotential gegeben, weil so viele Insassen mit Will zu tun gehabt hatten. Ich bin jetzt auf der Musik Honor Farm draußen auf dem Land, wo es entspannter zugeht. Ich vermisse die Reglementierung, die Ordnung, die Strenge des Männergefängnisses und des Trakts J.

Letzte Woche wurde überraschend Sammys Zelle durchsucht und dabei fand man eine nette kleine Gummibandkanone. Gebastelt war sie aus einem Kugelschreiber, etwas Aluminiumblech von einer Getränkedose und der Feder einer Rattenfalle. Als Schlagbolzen hatte er einen Bügel seines stählernen Brillengestells verwendet. Zusammengehalten wurde das Ganze von einigen winzigen Schrauben aus dem Reparaturset für seine Brille. Der Rest der Falle wurde nicht gefunden. Wahrscheinlich hatte Sammy sie zerbrochen und im Klo hinuntergespült. Niemand kann erklären, wie er sich die Falle beschafft hat. Vermutlich auf dieselbe Art wie die Krallenschere. Die Kanone war mit einer .22er Randfeuerpatrone geladen und wäre absolut tödlich gewesen. Sergeant Delano hat eine eingehende Untersuchung eingeleitet, um herauszufinden, wie Sammy im Trakt J an scharfe Munition herankommen konnte. Die Waffe war klein genug, um sie in einer Körperhöhle versteckt bei sich zu tragen oder zwischen die Lagen einer Tennisschuhsohle zu schieben.

Am nächsten Tag wurde ein für Bernadette bestimmter Kassiber abgefangen, der von Sammy stammte und einen Fluchtplan enthielt. Danach hatte Sammy Krämpfe vortäuschen wollen, um ins Krankenhaus überführt zu werden. Dort hatte er mit seiner Gummibandkanone den Wärter erschießen, sich als Arzt verkleiden und sich auf dem Parkplatz mit Bernadette treffen wollen. In dem Brief stand ausdrücklich, er hoffe, dass nicht ich der Wärter sein werde. Jetzt erhöht sich sein Strafmaß um die Strafe für dieses Verbrechen. Allerdings hat man ihn sowieso schon für die

Ermordung des Streifenpolizisten Dennis Franklin zum Tode verurteilt.

Trotzdem vermisse ich ihn. Ebenso wie Chapin Fortnell, Frankie Dilsey, Giant Mike Staich und die anderen Mörder und Vergewaltiger aus Trakt J. Ich vermisse die angespannte Ruhe im Speisesaal, das Holzauto und das schwarze Auto, das mexikanische und das asiatische Auto, diese Kriminellen, die in einer Reihe darauf warten, gefüttert zu werden. Hände in die Taschen. Nicht reden. Von links nach rechts hinsetzen. Irgendwie erinnert mich das alles an mich selbst.

Ich vermisse den Mechanikerschlitten und die langen Stunden im Installationsschacht, das Belauschen der Pläne, Träume und Wünsche von in Käfigen eingesperrten Männern. June meint, die gute Luft der Honor Farm würde mir gut tun. Das wird sie wohl, denn ich glaube fast alles, was June sagt, aber bis jetzt merke ich noch nichts davon. Ich habe noch ein Jahr Gefängnisdienst vor mir – egal in welchem Bereich –, doch danach bin ich für den Streifendienst qualifiziert.

Den Streifendienst.

Ich werde ein richtiger Polizist sein.

Ich habe lange und intensiv darüber nachgedacht, ob ich meiner Mutter von Will und Charlotte Wample erzählen soll. Sollte ich den Kummer ihres bedrückten Herzens noch vergrößern? Sollte ich der Lüge gestatten, ihr langsam wirkendes Gift zu verspritzen, wie es Lügen nun einmal zu Eigen ist? Würde das Wissen, dass Wills Blut in mir floss, sie möglicherweise stärker machen?

An einem Sonntagabend, als wir es unter dem Sonnenschirm am Pool unseres Hauses in Tustin Hills gemütlich gemacht hatten, erzählte ich ihr die Geschichte.

Als ich fertig war, saß sie da, nippte an ihrem Drink und sah auf die grünen, vom Smog eingehüllten Berge.

»Nun ja, Joe, ich weiß nicht, was ich dazu sagen soll.«

»Du musst nichts sagen.«

»Will, Will, Will. Seine Lügen gehen weiter und immer weiter.«

»Dieser haben wir jetzt ein Ende gesetzt. Ich liebe dich. Und das werde ich immer tun. Du bist meine Mutter.«

Wir standen auf. Sie nahm mich fest in die Arme und ich umarmte sie. Diese Umarmung stand für vieles. Für Loyalität und Betrug, Schweigen und Geheimnisse, Schmerz und Stärke, Vergebung und Liebe. Vor allem für Liebe.

Ende Juli unternahmen June und ich unsere erste gemeinsame Reise. Es war nur ein Wochenendausflug – zwei Nächte in einem Ort namens Bullhead City, der direkt am Colorado River lag. Das Hotel, das ich gebucht hatte, versprach uns ein Zimmer mit Terrasse und Blick auf den Colorado.

Wir fuhren am Samstagmorgen um neun Uhr los. Wir nahmen den Mustang, da die Bezirksverwaltung Wills Auto zurückverlangt hatte. Es tat mir Leid, den BMW aufgeben zu müssen, denn er war ein gutes Auto und er hatte ihm gehört. Der Mustang ist laut, schnell und unbequem, nach einer Stunde Fahrt hat man das Gefühl, in einer Achterbahn festzusitzen. In Riverdale, Barstow und Needles, mit 50 Grad im Schatten an diesem Tag der heißeste Ort des Landes, hielten wir an, um uns zu lieben. In Riverside hatten wir ein üppiges spätes Frühstück; in Barstow gab es Hamburger und Kräuterbier und in Needles kauften wir eine Kühlbox und einen Sechserpack Bier. So dauerte die Vierstundenfahrt neun Stunden.

Bullhead City war nicht so schön wie im Prospekt, aber es lag direkt am Colorado River und unser Zimmer war kühl, still und geräumig. Allerdings war der Fluss voller Speed-, Wasserskibooten und Jetski, die anscheinend allesamt von suizidgefährdeten Betrunkenen gefahren wurden. Aber nachts verschwanden sie und das Wasser floss auf seinem Weg nach Mexiko still und dunkel an unserem Hotel vorbei.

Tief in der Nacht gingen wir bis zu den Knien hinein und spürten die kühle Macht durch uns hindurchströmen. Ich hielt Junes Hand, schloss die Augen und ließ alles, was ich nicht in mir haben wollte, aus mir heraus ins Wasser fließen. Ich stellte mir die Gesichter der Männer vor, die ich getötet hatte, und auch sie strömten in den Fluss. Ich stellte mir Will und all seine Geheimnisse vor, all den Hass und die Rivalitäten und sie flossen aus meinem Blut ins Wasser. Ich stellte mir mein eigenes Gesicht und das von Thor vor und auch sie schwammen im Fluss fort. Ich stellte mir vor, all diese Dinge würden immer weiter in die Welt hinaustreiben. Ich wusste, dass sie zurückkommen würden. Auch dann, wenn sie hässlich waren und man sie von Anfang an nicht in sich hatte haben wollen. Der Fluss würde nicht alles behalten. Er würde sich nur eine Weile ihrer annehmen und sich um sie kümmern, um sie mir dann wieder zurückzugeben. Denn ich war derjenige, dem sie gehörten.

Will war wieder in mir, noch bevor wir das Ufer erreicht hatten. Ich nahm ihn mit ins Hotel und er war bei mir, als June und ich auf der Terrasse saßen und auf das mondbeschienene Wasser hinausschauten.

Ich griff nach Junes Hand und dachte über »Das Unbekannte Ding« nach und darüber, dass June ganz daraus zu bestehen schien. Ich dachte an die Frauen, an denen ich es bemerkt hatte, und begriff, dass es etwas mit Güte und mit Gottlosigkeit zu tun hatte, aber am meisten mit Unwiderstehlichkeit. Es kann einen Mann dazu bringen, sich bis auf die Knochen zu blamieren, aber auch dazu, sich unsterblich zu verlieben.

»Worüber denkst du nach?«, fragte June.

»Über dich.«

»Gute Gedanken?«

»Gute.«

Ich hätte ihr die ganze Wahrheit sagen und erklären können, wie sehr mich »Das Unbekannte Ding« zu ihr hinzog und wie leicht es einen Narren aus mir und aus uns machen konnte. Aber ich bin meines Vaters Sohn. Also hielt ich mich zum zigmillionsten Mal an seinen Rat.

Ich sagte nichts mehr, hielt nur ihre Hand und beobachtete, wie der Fluss an uns vorüberglitt – silber auf schwarz – und Sünden und Geheimnisse, Lachen und Licht mit sich forttrug.

Augen auf, Mund zu. Du könntest etwas lernen.

Ich habe von meinen Erinnerungen erzählt. Lückenhaft. Es gäbe noch mehr zu erzählen. Ein paar Dinge habe ich gelernt.

Schütze deine Freunde, schade deinen Feinden.

Wer hat es getan?

Alle.

Was sagt ein Mann mit einem Gesicht wie meinem, ein Mann mit Blut an den Händen und einem Herzen, das heiß genug brennt, um zu lieben, und kalt genug ist, um zu töten? Was sagt er seinem Nächsten?

Sieh mich an, denn ich sehe dich an.

Danksagung

Für ihre Hilfe bei diesem Buch danke ich den Männern und Frauen vom Sheriff-Coroner-Department von Orange County. Mein besonderer Dank gilt Sheriff Michael Carona, seinem Stellvertreter Rocky Hewitt, Lieutenant Terry Boyd und Deputy Mike Peters, die mir mit Rat und Tat zur Seite standen – besonders Mike, der mich in die Geheimnisse der Installationsschächte einweihte und mich lehrte, vorsichtig zu sein.

Zu Dank verpflichtet bin ich auch Rex Tomb, Matthew McLaughlin, Mark Hunter und Carl Swanson vom FBI, allesamt hervorragende Männer.

Wie die meisten meiner Bücher begann auch dieses mit einem Telefonanruf bei Larry Ragle, dem pensionierten Chef des kriminaltechnischen Labors von Orange County, der mir viele Türen geöffnet hat – nicht wenige davon in Gefängnissen –, die ich allein niemals hätte öffnen können. Noch einmal: Danke, Larry.

Danken möchte ich ferner den Mitarbeitern des Kinderheims Orangewood, und zwar nicht nur dafür, dass sie mir geholfen haben, sondern auch dafür, dass sie jedes Jahr Hunderten von Kindern helfen.

Außerdem stehe ich in der Schuld des früheren stellvertretenden Bezirksstaatsanwalts Chris Evans, der geduldig und kenntnisreich meine Fragen beantwortet hat. Byron Brenkus reagierte mit prompten Antworten.

Abschließend möchte ich Jonathan Lethem danken, dessen Bücher mich ermutigt haben, diesen Roman zu schreiben.